嵇康叔叔

程青 作品

作家出版社

目录

梅子黄时雨……001

月色朦胧……027

黎先生和黎太太……073

绿灯笼……114

礼拜二的下午茶……160

春深处……178

情人节……233

梅林罐头……247

旱河街的午后……334

凤　舞……363

嵇康叔叔……415

后　记……454

梅子黄时雨

　　不认识倪先生的时候我就留意他了。因为工作关系我频繁出差上海，每次基本住同一个饭店。闲暇的时候我常去光顾饭店附近的咖啡馆，有一家在弄堂深处门脸刷成湖蓝色名叫"蔚蓝之海"的咖啡馆是我去得最多的。好几次我在这个咖啡馆里看见一位满头银发的老先生坐在靠窗的桌子边，面前放着一杯冒着气泡的苏打水，对面总是坐着不同的女士。那些女士都比他年轻得多，大约也就二三十岁。看老先生和她们的样子并不像是谈情说爱，也不像是闲聊，倒像是一对一地辅导。因为不过是匆匆一瞥，我也就留下这么点儿模糊的印象。

　　与倪先生熟识之后他告诉我他确实是在给她们辅导雅思，我理所当然地以为他是英语老师，他听了开心地笑起来，说能到学校里当老师一直是他的一个梦，只不过这个梦想从来没有实现过。他告诉我他这一生做过不少工作，他在街道小工厂里糊过纸盒子，在副食店里站过柜台，还在公交公司当过调度员，不过时间都很短暂，他做得最长的一份公职是当过三年半的邮递员，穿着绿制服骑着刷着绿漆的自行车在徐家汇一带风雨无阻地送信。上世纪八十年代中他辞职去了德国，而他原本是准备去英国的。他有一个叔公早年在英国定居，老人家无儿无女，写信叫他去继承遗产。他兴兴头头学了英语，东拼西凑借了旅费，又东奔西跑办齐了各种手续，正准备买机票启程去英国，结果和分手一年多的初恋女友旧情复燃耽搁了下来。他打算结了婚再去，这当口收到叔公飞越重洋的来信，说自己不幸破产，已经没有什么东西留给他了，怕他失望，特写信向他说明。他收到叔公的信倒是并没有太大的失望，因为虽然有好几个月都在为出国这件事忙碌，但他心里并无确实的感觉，继承遗产就像是说说而已，这样的事情之前他也只是在电影里见过，这下他也就正好打消了出国的念头。他很快结了婚，在上海踏踏实实安享一份柴米油盐的小日子。不过因为他英语不错，他的一位家里有些背景的同学来找他一起做外贸。那时他年轻英俊，风度翩翩，头脑灵活，懂得人情世故，本能地会讨人喜欢，因此生意做得顺风顺水。他们把中国的纺织品以极低廉的价格销往德国的超市，同时也做一些旧家具生意，包括把一些不允许出关的年头久远的旧屏风和旧家具拆开来夹在三夹板里运出去，几年下来就发了大财。

倪先生说起这一段是欣悦和欢快的，他脸上泛起红光，整个人就像一只亮堂堂的灯盏。也许是因为曾经有不少时间生活在欧洲，他举止文雅，气度雍容，绅士派头十足。虽说上了年纪，但依然是很有魅力。尤其是他笑容里的那份真挚和友善，让他看上去略显矜持和清冷的外表变得十分生动和亲切。有几次他的学生因故迟到，我看见他一次次走到咖啡馆外面迎候，就像在车站等待晚点的亲人。而当她们来到，他又若无其事，谈笑风生，没有一丝一毫责怪的神色。和他闲聊我也觉得相当有意思，他坦率诚恳，言谈之中渗透着一种自我调侃和苦中作乐的幽默感，这与土生土长的本地人不尽相同。五六月间我又去上海出差，在江南梅雨季节闷热潮湿的下午和冗长无聊的晚上，我习惯性地去冷气开得很足的"蔚蓝之海"闲坐消磨时光。倪先生上完课之后总会笑眯眯地走过来和我闲聊会儿。有天，他说他在网上百度到我是一个作家，他笑得就像孩子似的对我说："那我就可以毫无障碍地给你讲讲我的故事啦。"

不出所料，他给我讲了他的感情故事，或许可以这么说，他对我讲了很多他的隐私。

倪先生的妻子就是他那位旧情复燃的初恋女友，名叫苏瑞雪，她有先天性心脏病，因此他的母亲不同意这门婚事，他本人也不是没有犹豫，但两个人还是结了婚。他们从中学时代就开始谈恋爱，从拉拉小手算起前后处了有十五年。倪先生说那会儿的爱情非常单纯也非常纯洁，两个人在一起说过太多海誓山盟的话，不结婚似乎有点说不过去。他们去白云照相馆拍了结婚照，花了一块钱领了两本织锦缎封面的红彤彤的结婚证。那是1980年，倪先生三十岁，妻子比他大两岁。

因为妻子有心脏病他们不能要孩子，倪先生觉得这没有什么，没有孩子至少清静。结婚之初他很照顾苏瑞雪，家务不要她做，都是他自己动手。后来有钱了，家里常年请保姆。苏瑞雪因为身体不好没有下放，她顶替父亲在百货公司上班。他下海挣了钱之后她便辞职了，就在家里织织毛线看看电视。婚后她身体依然不好，脸色越来越苍白，瘦得就像影子一般。他叫她出去走走，她不肯。她不爱动，见人也怕。他一有空就陪她出去，还带她去邻居家里串门。后来她总算跟街坊四邻走得熟了，再后来她每天睡过午觉起来出去跟他们打八圈麻将。

结婚三年多，倪先生和金小娥好上了。金小娥是和他一起做生意的同学小霍的小姨娘，他第一次见到她还跟着小霍一起叫她"小阿姨"呢。金小娥比他小五岁，刚刚离婚不久，搬到她大姐家来住。金小娥长得胖乎乎的，一笑嘴角边两个小酒窝，既娇憨又明媚。他第一次见到她就非常喜欢她，得知她离婚了，他一边为她叹惜，一边又暗自高兴。在她身上他看不出一点离过婚的痕迹，尤其是听她发出脆爽的银铃般的笑声，他感觉她就是一朵硕大的在阳光下随心所欲盛开的花朵。他原本不喜欢胖人，但唯独金小娥例外，他觉得她胖得好看，胖得有风韵，胖得令他心软。他觉得她性感十足，而且因为是离婚独居，这份性感越发撩人。

金小娥没有工作，她下放过，后来回城了，考了两次大学都没有考上，也就不考了。平常她上午在家帮大姐家做做饭，下午没事去隔着两条街的内衣店里找小姐妹聊聊天，顺便帮着看看店。倪先生常常在晌午时分过来看她，他从来不空着手来，有时带点应季水果，有时带几块奶油蛋糕，有时带一包专门去南京路买的卤菜，足够中饭时一家人吃的。他来了就是坐在客厅里看《解放日报》，或者倚在厨房门边看金小娥切菜烧饭，偶尔也帮她剥剥毛豆，拣拣韭菜。到饭快好他就走了，从不留下来吃饭。下午等家里人上班走了他会再来，他们关上门，家里是安安静静的两人世界。他们吃茶谈笑，自然少不了拉上窗帘做点恩爱缠绵的事情。天长日久，难免要被撞到。有两次大姐回家早，还有一次小霍回家拿东西，他们正在床上翻滚，听见敲门声只好穿衣起来，大家也就是笑一笑。他们的关系在这个家里似乎被默认了，不过都是心照不宣，没有人说破。

可是他和金小娥的事情在他自己家里却引起了轩然大波。他两个女人都想讨好，对苏瑞雪，对金小娥，他努力做到一碗水端平。比如他给苏瑞雪买新衣服，也给金小娥买新衣服，反过来也是一样，给金小娥买金首饰，也给苏瑞雪买金首饰，甚至给她们买的衣服首饰款式和价钱都是差不多的。然而实际上这碗水是难以端平的，他自己心里是一清二楚。比如在金小娥这里尽了兴，回到家里他只想倒头便睡，和苏瑞雪连话都懒得多说。有时候他在家里被苏瑞雪啰啰唆唆烦得坏了情绪，到了金小娥这里也要好半天才缓得过神来。不过在苏瑞雪不知道有金小娥存在的时候还是好办的，不管是好情绪还是坏情绪他自己消化就是了，而当苏瑞雪知道了有金小娥这么个人存在，事情就不那么简单了。

具体苏瑞雪怎么知道金小娥的他不得而知。有一天他回到家，一进门就看见苏瑞雪黑着脸坐在饭桌边，脸上挂着泪痕，水门汀地板上是一片摔得粉碎的玻璃片，他一眼就看出是玻璃杯的残骸，而且显然不止一两只。他一惊非同小可，因为苏瑞雪从来没跟他发过脾气，而且她特别爱惜东西，最关键的是她发这么大火很容易直接送命，这是医生一再警告过的。他不敢跟她发急，赶紧好言安慰，但苏瑞雪根本无动于衷。有三天时间她倒在床上闷睡，不吃不喝也不说话，只有上厕所才起来一下。他吓坏了，强行把她送到医院里去打点滴。

很快苏瑞雪娘家也知道了这件事。她的父母并没有就这事说什么，他们都是老实巴交的工人，平常话就不多，遇到事情也没什么主张，他们见了他没说一句埋怨的话，只是跟他更加无话可说了，不过对他的态度倒似乎比从前更好。他们面带讪讪的笑容，小心翼翼地听他说话，似乎生怕做错什么。只要他上门，他们会准备比以前更加丰盛的饭菜招待他。这让他心里更加过意不去，因此也更加难得上门。

苏瑞雪的大哥作为娘家代表专门来找他谈过。但他们见了面只是闷头吸烟，涉及实质性问题的话很少。苏瑞雪大哥的意思是怕他要离婚，他说妹妹这个身体，辞了职也没有公费医疗，再找人结婚也会被人家挑剔，要是离了婚是不大好办的。他赶紧表态说自己没有这个意思——他确实是没想过要跟老婆离婚，从结婚那天起他就没想要离婚。

苏瑞雪出院之后回娘家住了几天，他觉得这样过渡一下也好，正好她妈妈可以给她做些她爱吃的东西调养一下身体，她家里人或许还可以开导开导她。一礼拜之后她回来了，气色略微好了一点，人看上去很平静，只是好像太平静了，有点心如止水的意味。他很满意，心里感激她娘家的工作做得到位，至少是没有挑拨和挑唆什么。他主动去给丈人家换了冰箱、彩电和洗衣机，又给他们装了空调，还给了一笔钱让他们装修房子。他给大舅哥同样送了一套崭新的电器。那时他很有钱，无论是他自己还是别人都认为他是个成功人士。这件事能摆得如此四平八稳，他心里明白苏瑞雪家那边其实也是看在他混得比绝大部分人都要好的份上。

再之后他的母亲也知道了这件事。他问妈妈是怎么晓得的，妈妈含糊说是去菜市场买菜听从前的一个老邻居说的。那个时候通讯还不太发达，装个固定电话需要好几千块钱的初装费，手机叫大哥大，个头像板砖那么大，又贵又不好买，打电话接电话都要钱，用得起的都是很有钱的人。普通人传播资讯的方式除了写信、拍电报、打公用电话之外基本就是口耳相传。他不知道有关他的消息是通过什么渠道传到他母亲的老邻居的耳朵里的，但他母亲已然知道得一清二楚，甚至对苏瑞雪娘家的反应都了如指掌。

倪先生的母亲一共生了五个孩子，前头四个都是女儿，他是唯一的儿子。在那个物质贫乏、重男轻女的时代，他在家里享受到的是独一无二的优厚待遇。母亲对他一向宠溺，不过他心里还是十分惧怕她，从来不敢对她稍有违拗，因此一直有孝子的好名声。母亲和他说起这件事，他心中忐忑，不过母亲倒没说他什么，只是说："一个不够烦，还弄两个？"他听了羞惭地笑，不说什么。母亲便像是自言自语一般说："有什么用呢？"这句话倒是刺痛了他的心，他认为母亲话里的意思是说他弄了两个女人却没有一个能给他生孩子的。母亲不到四十岁就守寡，无论是按照风俗还是按照心愿，她都是要跟小儿子相依为命的，因为儿媳不中意，她打消了这个念头，自己一直单独住着。原先礼拜天他会和苏瑞雪一道来看望母亲，陪母亲吃顿中午饭，自从有了这件事之后苏瑞雪就再没有上过母亲的家。他知道她是怨他母亲不出来为她伸张正义，他也知道母亲是不会做这样的事情的，她是个非常传统的女人，识字不多，从骨子里认同三从四德、男尊女卑，她是绝不会为任何人得罪自己儿子的，哪怕是儿媳也不例外。苏瑞雪不和他母亲走动，对他母亲来说似乎并没有多少损失，充其量就是少听她软绵绵嗲兮兮地叫几声妈，也算是眼不见心不烦。然而苏瑞雪不来，金小娥便来了。金小娥怀着要取代苏瑞雪升堂入室的强烈意愿，对他母亲十分恭敬和讨好。她像一只邀宠的猫一样围着他母亲妈长妈短，进门就帮他母亲做事，做饭洗衣服打扫房子样样都做。母亲对她客客气气，却从来没有流露出一丝一毫的偏向。时间一长，金小娥来还是来，做事也还是做事，但巴结的态度明显淡了。

倪先生和苏瑞雪的婚姻经受住了冲击并没有破裂，金小娥无法往前一步，只得还处在那个不尴不尬的地位。倪先生仍然对两个女人都好，因为他觉得两头亏欠，因此两头都尽力补偿。他虽然生意很忙，但总是尽量抽出时间陪她们。为了补偿金小娥他把她常去串门的那个内衣店盘下来送给了她。金小娥有了自己的店，专心地打理起来，对他也不像之前那样缠得紧了。他就在这个时候迷上了跑步，每天一大清早马路上还没有人就出去跑，跑得大汗淋漓回家。跑步让他精力充沛，心情舒畅。他身体健壮，在两个女人之间穿梭，合理地分配时间和精力，他自认为足以让她们满意。两个女人相安无事，他的生活达到了新的平衡与和谐。

这样过了两年多，金小娥意外怀孕了，在要不要生下孩子的事情上他们面临了一次艰难的抉择。如果要生，他们就必须结婚，如此，他和苏瑞雪就得离婚——这是违背他初衷的，而且他清楚这样一来家里不可避免会引发强烈地震，他没有勇气迎刃而上，也害怕自己承担不起后果。他觉得这个意外等于是把刀架在了他的脖子上。金小娥在刚得知自己怀孕时还十分高兴，她惊喜地看到怀孕等于把一次翻盘的机会摆在了她的眼前。可是她看他却远不像她这样高兴，知道事情不那么简单。再后来她看他迟迟不表态，也沉不住气了，变得焦躁不安。她不敢直接问他，怕他把决定说出来不好转弯。她去他母亲那里探口风，当然也是希望他母亲能帮她说话。她还是老策略，去他母亲家里做事，买菜烧饭洗衣服扫地样样都做，而且做得尽心尽意。他母亲自然是明白她的意思的，但并不开口替她说话。金小娥也清楚她知道自己的心思，看她到了这个地步都不肯替自己说句话心中只是气苦。有两次她把话头引过去，他母亲也不接话。转眼她怀孕满三个月了，倪先生去了德国，走前也没有明确地交代，而且一时半会儿也回不来。无奈之下她只得把话挑明了问他母亲怎么办。他母亲叹了两口气，说了一句话："阿姐，我哪能好讲啥？"

金小娥无可奈何，流着眼泪去医院把孩子做了。四个月之后倪先生从德国回来，家里又是风平浪静。他仍然享受着拥有两个女人的生活，家里人习以为常，连亲戚朋友也都习以为常，没有人说他什么，顶多是有人会拿他开几句玩笑。苏瑞雪自从知道他出轨之后对他冷淡了不少，不过这个冷淡是相对于之前的浓情蜜意而言的，再说她还要靠他，她晓得利害，所以也就是少了亲密而已，并没有到日子过不下去的地步。有时候她也要吃醋，她会无缘无故拉长了脸，好几天不跟他说话；或者是无名火起，冲他大发脾气。不过他哄哄她就好了，他知道她就是跟他瞎胡闹呢，孙猴子是翻不出如来佛的手掌心的，因此心里是笃笃定定的。金小娥自从打掉了孩子，对他也冷了不少，她的冷倒不是做在脸上，而是表现在床上。以前她上了床热情似火，而且很有服务精神，叫她做啥就做啥，听话得很，这是苏瑞雪远远比不及的，也是让他最称心快意的。他跟金小娥开玩笑说她是把床上的生活当作事业的。现在她不那样了，虽然不能说完全没有热情，却多少有点半推半就，而她的半推半就也不是装出来的，真的就是打不起精神。有时候做得时间久点，她会中途熄火，本来是小溪潺潺，两岸青葱，忽然干得就像一根木桩，让他颇为扫兴。从前连续作战所向披靡的干劲已经再难见到。他忽然觉得就像季节更迭，他跟金小娥显然已经走过了春天，而且他们也不可能总是在春天里徜徉，现在大约是秋天了，他不敢去想是不是很快就会走进严寒的冬天。

他依然生意做得很好，钱赚得很多，但他内心里觉得命运之神并不总对他露出微笑了。他年幼的时候深得母亲和四个姐姐的宠爱，从小习惯了女性的柔情，而现在无论是苏瑞雪还是金小娥，对他都不再是百分之百爱慕和依恋，这让他心里很落寞。他本来贪恋苏瑞雪的情和金小娥的色，现在这两样都大大地打了折扣。他心里也有懊悔和忧伤，却说不出来，而且也无处可说。他慢慢对她们心劲也松了，不再像以前那样两个都挂在心上。

他花更多的时间忙自己的事，外出也更加频繁，在欧洲一住就是好长时间。这个阶段他开始有了外遇——他心里从来没有把金小娥当外遇，他当她是自己的女人，另一个老婆。他的那些外遇用他的话说不过是"露水夫妻"，多数连露水夫妻都称不上，就是露水关系。长的也有相交两三年的，短的就是见个两三次，甚至也有一夜情的。他已经过了四十岁，因为常年坚持跑步，依然肌肉结实，容光焕发。他毫不费力就能交往到新的女人，那些女人还真不是因为钱跟他搞到一起的，当然他跟她们一起时也是很舍得为她们花钱的。这一点上他认为自己和长辈很不一样，他不再以节俭为美德，懂得该花的钱一定要花出去，原本他就生性大方，这下更加是花钱如流水。而且他认为钱花到女人身上是值得的，因为这世界上男女之间最好的润滑剂就是金钱，当然若是再能把钱花得贴心贴意，效果自然更佳。他跟那些外遇也是有过不少美好和美妙的时光，然而更多的却是空虚感。他弄不清楚到底是什么原因，也不知道别人是否跟他一样，但空虚就是空虚，他骗不了自己。

如此一混就混到了五十岁。五十岁对他来说就像一下子进入了多事之秋。他的一个生意上的合作伙伴和他闹翻，那人卷了他很大一笔钱跑到澳大利亚去了；时隔不久，苏瑞雪查出患了癌症，他带她四处寻医问药，找最好的医生替她治疗。那一段他不再在外面寻花问柳，连金小娥那里都去得极少，他就像一个好丈夫一样对老婆尽心尽责。苏瑞雪的手术很成功，术后恢复得很好，暂时没有生命之虞。为了给苏瑞雪看病，他拿出了本来答应给金小娥买房子的钱。金小娥当时没有意见，她明白救命比买房重要——这么多年一块儿过下来，她知道他们三个其实是一家人，真的是一荣俱荣一损俱损。可是，苏瑞雪病情稳定后，金小娥也就理所当然地跟他重提买房子的事。

他没有给她买房子，而是把手上的余钱投进了股市。2000年那会儿股市正走牛，他每天听到的都是周围的朋友买股票挣了大把的钞票，实在心痒难忍，决定一试身手。他打的如意算盘是从股市里把金小娥要的房子给她挣出来。他以前也买过股票，知道股市里挣钱是很快的。可是他忘了股市涨起来快跌下来比涨起来更快，尽管还没到熊市，他刚刚建仓便满仓被套，亏损很大。那时他没有止损和止盈的概念，听信了别人说的价值投资，以为拿得时间越长越好。的确有人因为持股时间长而发了大财，比如巴菲特老先生，而到他这里完全不是这么回事。他前半辈子挣来的钱除了花出去的，竟有一大半亏在了股市里。他原本是想给金小娥从股市里捞套房子出来的，没想到进了这口热气腾腾的大锅一滚资金严重缩水。这时候他如果有壮士断腕的勇气，不在乎亏损，有多少拿出多少还是足够买两三套房子的，只是他实在舍不得割肉。他看着每天上上下下的指数和红红绿绿的盘面，离他解套获利总是差着一大截距离。他心灰意冷，任由那一大把深套的股票在股市里涨涨跌跌。偶尔打开账户看一眼，还是绿肥红瘦，而房价却蹿了起来，而且就像吃了春药一样金枪不倒。他答应给金小娥买房子的诺言也就一直没有兑现。

为了补偿金小娥他拿出自己以前买的一套房子给她住，金小娥自己的房子出租，每月能收五千多块钱的房租。他让给金小娥住的这套房子的房本上也写着苏瑞雪的名字，因此他和她说了一声。苏瑞雪对这事睁一只眼闭一只眼，当时没说话，隔了些日子借题发作，拉着脸说了几句气话，不过并没有跟他吵架。她精神不好，有点自顾不暇。为了调养身体，她大部分时间住在娘家。苏瑞雪不在家住的时候他就和金小娥住到一起，渐渐地金小娥这边似乎成了他主要的家——一方面是为了相互有个照应，另一方面也是为了省钱。从做生意挣到第一桶金开始，他从来没有想过要省钱，现在他已经需要考虑这个问题了。

他母亲连续两次大腿骨折，让他意识到她真是老了，他得负起为她养老的责任。他母亲骨折之前身体一向不错，她帮别人看小孩，中午在家里摆一张小饭桌，照应几个父母没空做饭的小学生吃中饭，挣来的钱足够她自己花销。现在她卧床不起，自己的生活都需要雇人照顾。一里一外，钱上就紧张了。照理母亲的养老应该由五个子女分担，但是她对四个女儿向来很无所谓，她们小的时候她想打就打想骂就骂，很少给她们好脸色看。她眼里只有儿子，她也只对儿子言听计从。四个女儿早已经伤透了心，除了逢年过节礼节性地拜访，平日很少上她老人家的门。她们都是工薪阶层，挣得不多，混得远不如弟弟好，平常都是精打细算过日子，对从牙缝里省下钱来贴补母亲都很畏难。他同情姐姐们，也替母亲难过。他决定独自承担起这个责任，并且认为自己责无旁贷。他征求了母亲的意见，把她送进了养老院。

他给母亲选的养老院在青浦，刚开始每个星期天他都去看她，后来改成两个星期去一次，再后来是一个月去一次。苏瑞雪身体不好，正好有理由不去看他母亲。金小娥也不去看他母亲，主要是因为她跟她感情疏淡。至今她还对自己怀孕时她不肯站出来替她说话耿耿于怀。她说起他母亲老是挖苦说"当初你妈骑在墙上……"，他对她把"骑墙"说成"骑在墙上"十分恼火，却不好跟她发作，因为这里面是埋着雷的——他没娶她，没让她生下孩子，也没给她买房子，跟她不明不白过了半辈子也没个交代，细究起来是说不过去的，因此他只好忍气吞声，随她去说。他自以为有两个老婆，但这两个老婆没一个跟他去看他母亲，每次他都是独自一个人去，好在母亲什么也不说什么也不问。每次他去看母亲都给她带一些吃的：水果、点心还有卤菜，他认为这些东西是人人爱吃的，母亲自然也爱吃。他从来没问过母亲想吃什么，母亲也从来没跟他提过任何要求。在他面前，母亲永远是一副非常知足的样子。后来想想，他似乎被她满足的样子给迷惑了。有一天母亲对他说做梦梦见吃烧鸡，自此以后他每次去看望她都会给她带一只烧鸡。

他仍然坚持跑步，但他发现好像连跑步都变了味儿了。以前他跑步的时候总是感觉自己风华正茂，步履轻捷，有一种血气方刚犹如年轻小伙子一般的感觉，现在他跑步脚后跟会不自觉地拖在地上，自己都觉得自己有点苟延残喘。他已经感觉到身体一天不如一天，明显在走下坡路。他已经不在外面猎艳了，一是闲钱不多，二是没有这个兴头。

过完五十五岁生日，他处理了外面的生意，除了留下一点银行股的底仓清掉了别的股票，他甚至要回了从前不好意思张口要的别人的欠款，他算了算，这点钱并不够用到老。从三十来岁手头阔绰了开始，他一向是挥霍成性的，后来收敛了不少，尤其是近几年已经是十分节约，再缩减开支，就要到节衣缩食的程度了。他想想害怕，决定节流之外还要开源。

到了这个年纪他已经没法出去找工作了。但凡能看见的招聘广告写的都是需要年轻人，尺度最宽的也是要四十五岁以下的人，他已经被彻底排除在招聘的人选之外了。再说他自己心里也过不去这个坎，他曾经是有钱人，自己把自己看作是社会精英，如今他没有办法豁出脸去求职，即便是朋友的公司，他也放不下架子，再说越是朋友他越是张不开口。到了这个时候，他忽然发现自己竟然一无所能。他没有学历，没有专业技术职称，也没有职务，甚至没有能够开列出来证明自己能力的唬人的工作经历。他有的只是搭同学便车的投机经验和顺风顺水挣些容易钱的经历，再就是一些历年积累下来的知道什么不能干什么不能碰的教训。他没有办法凭自己这个年龄经历过的挫折和失败去找工作，更不可能找到一份能达到内心要求的工作。他忽然对自己很灰心，觉得此生完了，已经被这个时代和社会抛弃了。他再出去跑步，脚后跟更加拖在地上，嚓嚓嚓的，就像一只垂死的刺猬。不过他没有因此消沉，他毕竟是有年纪有阅历的人，也是风风雨雨过来的，知道凡事要靠自己想办法，也知道办法总比困难多。

有一天他在跑步的时候看到一张被雨淋湿已经脱落了一半的街头小广告，心里立马有了主意。他记下了广告上的电话，去报了一个雅思班，学完之后同样贴出小广告，开始招收学生教授英语。

他不开班，只是一对一辅导学生。刚开始他心里是有点忐忑的，生怕自己水平不够。他确实水平不高，不过就是依葫芦画瓢，怎么贩来的怎么卖出去。他的优势是时间灵活，全由对方说了算，价钱也公道，比报班上雅思的学费要便宜三分之一，而且态度好，永远是笑呵呵。他一边教英语一边讲笑话，或者反过来说，一边讲笑话一边教英语，所以他开张不久来的学生就相当多。他清楚像他这样靠教雅思是发不了财的，不过就是挣点茶饭钱而已。而放在从前，这样的小钱他是不屑去挣的。

他渐渐在教雅思中找到了乐趣，不是钱上的乐趣，而是人与人之间的另一番乐趣。除了一开始，他没再打过广告，他的绝大部分学生都是通过口耳相传来的，而且绝大多数都是女性。偶尔也有个把男生来找他，通常在听完他的免费试听课之后就再不露脸了。他觉得也算是两相便宜。他自嘲是一个"专教女生的雅思老师"，不过他很满意自己的这个状态。

杨莲是他学生中的一个，刚开始并没有给他留下特别的印象，在他眼里她除了容貌不错，其他都很普通。她的英语水平在他的学生当中属于基础差的，所以他还同时给她补习语法。一开始杨莲每星期来他这里上两次课，一次课时一小时。每次她都来去匆匆，不是迟到就是早退。本来就只有一个小时，纠正完预留的作业，也讲不了太多新内容。出于好心，他建议她把课时延长一小时，这样也不枉赶路辛苦。她似乎有些为难，他怕她是出于经济上的考虑——实际上他收的学费已经是很低了，他半开玩笑说增加的这个小时算是买一送一，不额外收费。她听了露出笑意，但却口气坚决地说："谢谢，不用。"

杨莲的断然拒绝让他有些莫名的震动，可以说是从那一刻起他对这个外柔内刚的姑娘有了特别关注。他不知道人跟人是如何产生微妙的联系的，对他来说这是生活中的一个秘密。他觉得自己和杨莲之间就是从她的断然拒绝开启了某种微妙的关系，至少在他是这样体会的。

自从他意识到自己方方面面在走下坡路他已经不再猎艳了，但他依然热爱生活。到了这个年纪，他自以为生活对他来说就是清淡可口的饭菜，滚烫的香茶，还有干净的衬衫和挺括的裤子。他认为自己对女人的色心已经像黎明到来时候的星辰一样隐去了，虽有残留，也可忽略不计。他觉得自己剩下的都是对女性无害的友善，他丝毫没有想到自己的心头竟然还会再起涟漪。

杨莲在他这里补习了将近两年雅思，这在他的学生中是绝无仅有的。请他辅导雅思的学生绝大多数是为了尽快拿到一个不错的雅思分数出国留学，而杨莲的目的似乎并不明确，她跟他说自己可能出国定居，也可能出国留学，或者仅仅就是把英语学得好一点。他对她没有多少了解，对她学习的目的也没有深究。因为认识的时间久了，他们偶尔也会聊聊闲天。同样也是在一个黄梅天气，那天下课之后雨下得大起来，杨莲没有急着走，他们聊了一下午，到傍晚雨停的时候他们已经成了朋友。

关于杨莲的过去他全部是从她的口中得知的。他和她没有任何一位共同的朋友或熟人，他曾开玩笑说他们是真正的单线联系，适合做地下工作。也许正因为如此，她跟他说得很多也很深，什么都敢跟他说。然而她本人对他这个说法是否定的，她说跟他说自己的事情完全是因为信赖他——他其实是知道的，而且也很为她的这份情意感动。

杨莲二十八岁，没有结婚，她正为自己的恋情备受困扰，不知道该怎么办。她告诉他自己生在乡下，上面有两个姐姐，她是父母交了超生罚款吃足了苦头却并不如愿的产物，童年受尽了来自亲人的歧视和羞辱。初中没毕业她就毅然决然离开了家乡，跟着老乡南下去打工。她坐长途汽车颠簸了两三天到了东莞，做了制鞋厂的工人。因为鞋厂挣钱太少，不久她就换了工作。两三年后她和几个要好的小姐妹一道到了昆山，进了一家台资企业。之后她到了苏州，再之后到了上海，现在在一家化妆品公司做销售。她爱上的就是这个公司的老板，她说老板也很爱她。两年前她给他生了一个儿子，他答应娶她，还说要带她和儿子移民加拿大，她因此决定好好学英语。然而老板说了话却迟迟没有行动，他不仅不离婚，对她也躲闪起来。她越是追得紧，他越是态度含糊，到后来人也不怎么见得着了。大约半年前他告诉她老婆又怀孕了，B超鉴定是儿子，而且还是一对双胞胎。从这一天起她再没有听他提过一句要跟老婆离婚的话。她眼睁睁看着他满心喜悦满怀期待地等着双胞胎儿子降生，心中又悲又苦。

他听她倾诉，同情她的遭遇。明摆着这是一段插足别人婚姻的不伦之恋，不过他却毫无保留地站在了她这一边。他从来不会用道德去评判感情上的事，对自己和对别人同样是宽容的。他想她所想，急她所急，甚至冲动地想自己出面去帮她解决问题。不过当他想明白了发现自己也就是能说些宽心的话安慰安慰她而已。

他总想多为她做点什么，能让她开心，他会加倍开心。他为她买咖啡，买冷饮，有时会走几条街去买他自己觉得好吃的零食送给她，有时下课之后他会陪她走一段，然后目光如水地送她离开。他对她不仅仅是同情，更多的是怜惜。她顺理成章般地接受了他的好意，渐渐地她对他的那份信赖转变成了依赖。他们不知不觉就把雅思课变成了聊天课，他当然也不再收她学费。只要她来，那一天他再不安排其他学生。他独自在街头散步的时候自己想想觉得好笑，似乎现在他教雅思已经成了一个幌子。

杨莲对他推心置腹，每次见面都向他汇报自己恋情的最新进展。她告诉他老板的老婆生下了双胞胎儿子，隔一段又告诉他老板家的双胞胎儿子满月了，她平淡地说着这些，就好像是在说她自己家里的事情。他听了不由恍惚起来，心间萦绕着挥之不去的忧伤。他想到金小娥，他不知道她会不会也像杨莲这样说起他和苏瑞雪就像说起自己的家人？杨莲的情事纠结，令他心中五味杂陈，也不知如何去解。其实他自己也纠结了大半辈子，只是他并不觉得苦海无边，平心而论也就是喜忧参半，要说也有不少时候还是乐在其中的。他从来不去想苏瑞雪和金小娥两个人的感受，然而面对这个比自己年轻得多的女孩子，他却为她心痛不已。有一次杨莲告诉他老板对她看得很紧，不许她随便与人交往，而在公司里因为大家都知道她是老板的小蜜，表面跟她不错，实际上都很排斥她，她很孤立，在这个城市中几乎没有朋友。他问她老板为什么这样对她？又问她老板对她这样她为什么不离开他？她说出她和老板是在东莞的时候认识的，他对她有恩，两个人知根知底，而且在一起的年头也很长……她说得吞吞吐吐，欲说还休，他立刻从她的神情和话语中推测出了她从前可能的经历和她与老板可能是怎样相识的。其实她似乎也并不想瞒他，有些话说得还是挺明了的，或者干脆说是说得很露骨。倒是他不想知道得太多，尤其是她心里的创痛，他比她还要不敢面对。好几次他怕她说出他不想知道的真相生硬地扭转了话头。他小心翼翼地对待她，就像对待一个失散多年而且在外面受尽磨难的亲闺女一般。在某个细雨迷蒙的傍晚，他默默地送她走过长长的三条街，站在湿气氤氲的街角和她告别的时候，他的眼泪不由自主地漫上了眼角——他透过她坎坷的情事深深爱上了她。

他特别想帮她，总在仔细地寻找着这样的机会。然而他本人的经济情况却并不乐观，他原以为自己挣的钱两三辈子都花不完，没想到在股市里折腾得所剩无几。他终于决定彻底割肉离场，把犹如从烂果子里旋出来的那点好果肉仔细地收藏起来。他把钱存进了银行——这也意味着他彻底放弃了在股市里翻本的机会。他老了，再经不起折腾了。人老就得有所放弃，他非常理性地承认这一点。

然而他对杨莲的爱却是与日俱增。他忘记了自己的年纪，胸中涌动着年轻人一般火热的激情。看不见她的日子他非常想念她，他会忍不住倒两趟地铁和一趟公交车到她住的小区附近去散步，希望能跟她不期而遇。但这样的机会却一次也没有出现。不过他头脑清醒的时候也认为遇不到她更好，至少不给她心理压力，如果真的跟她碰上，他都不知道怎么向她解释自己来这里做什么。他发现从前自己猎艳的那套武功都废掉了，面对杨莲他真的就像歌里唱的那样"爱你在心口难开"。

他总算有了一个能帮她的机会。一天清早杨莲发短信给他，说有事想跟他说说。他直觉她是遇到麻烦事了，果不其然，她直言不讳地告诉他老板抛弃了她，带着老婆孩子移民加拿大了。中午她抱着不到三岁的儿子来找他，两天不见，他发现她憔悴得就像换了一个人。她忧戚地向他诉说老板正式向她提出分手，给了她十万块钱，还有半屋子没有卖完的化妆品，让她从此再不要找他。她说她没有了工作，房子的租约也快到期了，一个人带个没爹的孩子，往后的日子不知道怎么过。她一边说，一边眼泪滚滚而下。

他很同情她，心里也冲动地想帮她去跟她老板讨个公道，然而他根本不知道这样的事情该如何处理，也不知道对她有利的法律依据是什么，最大的问题是他不知道自己该以什么身份或者说立场去帮她办这件事。有一样倒是他能做的，就是他可以向她伸出援手了。他找人把母亲那套房子粉刷了，让她和孩子搬去住。那套房子是他刚挣到钱时买给母亲的，当时没想到房价会涨得这么快，他一直后悔买小了。母亲去养老院快十年了，她早已经需要全天候护理，显然不可能再回这个家了。杨莲不肯白受他的好，提出租他的房。他实在拗不过她，也觉得这样能让她容易接受，便同意租给她。他只肯收她每月一百元的房租，她说按市场价至少也得七八千元，最后他们说定每月两百元，他说意思到了就行。——在他看来这是两全其美的，他帮了她，她离他比以前近了许多，现在他只要花一刻钟就能到她楼下散步了。

杨莲还来看他，但来得很少。她不再学雅思，因为对她已经没有用了。她先找了超市的工作，后来去商厦做导购，再后来去了一家美容院，她一直跳来跳去，所幸总能找到工作。他认为是因为她长得好看，年纪又轻，性格也讨人喜欢。他经常给她打电话，在电话里和她聊天，关心她的近况。她没有沉沦，而且一直非常努力。他为她高兴，同时心里又有一点落寞。

不知不觉他六十岁了，他对杨莲的热情依然如故。六十岁最明显的是身体的变化，因为膝盖酸痛他已经不跑步了，只能适度地散步。好在走上个把小时还是没有问题的。他时常会在天黑以后，或者是清晨天色尚未放亮的时候，走到他母亲从前住过如今是杨莲住着的那座楼下，在周围慢悠悠地散步。他心里是希望遇到杨莲的，也明知道这个时间不会遇到她，而实际上，他仍然没有勇气让她碰见。这么几年他始终没敢越雷池一步，还是和她保持着一两个月见一面吃个饭的那种平淡如水的交往方式，他认为这是安全的，也是可持续的。要说他也不是没有机会，至少是可以试探一下，可是他没有那样做。他不想冒险，更不想乘人之危。他清楚地意识到自己的年龄，觉得自己配不上她。他从心里不想委屈她——他既然给不了她足斤足两，他也不能去耽误她。有时候他也心有不甘，可还是自己说服了自己。他一向认为自己是个君子，在她面前他更是要做个君子，而君子是宁肯委屈自己也不亏待别人的，更何况是深爱的人。然而心里对她的想念他却压抑不住，有几次他在一种看似十分悠闲淡定的念头的引诱下在大白天来到她的楼下，他踱着方步走进一个小烟杂店，和很早以前就相熟的同样是上了年纪的店主聊天，眼睛透过烟杂店的窗户眺望着街道，那是她出门的必经之路。有两回他还真的等着她了，一次大约是她下班回家，在黄昏金色的光影里步履匆匆。她头发梳得溜光，在脑后绾着一个小小的发髻，短短的黑色裙子绷在臀部，在他眼里依然是那么年轻靓丽。他一看见她便心跳加速，血液奔涌，有一种既像是飞升又像是坠落的眩晕。事后他一次次回味，仔细地品尝着那种从未经历过的狂喜的感觉。另一次是盛夏的中午时分，他又在烟杂店里一边和店主东一句西一句地闲聊，一边悄悄等她，他看见她自行车后面带着儿子回家，大太阳明晃晃地照在他们母子身上，他替他们感到焦渴和困倦。他发现她的儿子长大了不少，忽然意识到光阴似箭。

但是他依然不敢走近她，除了每隔一两个月一次的见面吃饭，他不敢让她发现任何他在她周边活动的蛛丝马迹。他不想让她知道其实他的生活重心都是围绕她的，他怕吓着她，更怕因此失去她。他对自己说他需要的不多，能看看她就很高兴。甚至看不见她，想想她都很高兴。他自己都难以懂得自己的这份情感，这和他一贯对女人的态度是完全不同的。从前他是实用主义者，不知怎么就变成了一个幼稚的理想主义者。一个人出神，他会在心里把杨莲想象成自己的各种亲人：老婆，女儿，姐姐，妹妹，甚至是妈妈和外婆，但凡对他好的女性身上他都能找出她的影子。可是仔细想想，又觉得不像，完全是他牵强附会，他自己都忍不住会为自己的胡思乱想哑然失笑。有时候他甚至觉得把杨莲想成一个实际的女人都亵渎了她。某一天他看见一个流行于网络的词汇——"女神"，心头蓦地一亮，觉得杨莲就是他的女神。可是转而一想，自己拿一个曾经可能是堕入风尘、后来被男人包养之后又被无情抛弃的女孩做自己的女神，实在也不是一般二般地糊涂。

六十一岁这年他生活中接二连三发生了几件事。年初他母亲去世了，老人家活到九十三岁，在养老院里无疾而终。在母亲去世前的四五年，他去看她不像以前频繁，因为她已经不认得他了。他除了去为她交各种各样的费，每次去仍会给她带一只烧鸡，此外还会给她带一束鲜花。他并不知道母亲喜爱什么花，每次去花店都像去菜市场一样挑最新鲜的。母亲仍然爱吃烧鸡，对他带去的花无动于衷，但是他手里的花束赢得了养老院里那帮年轻护士和护工对他的格外尊敬，她们都觉得他浪漫，有爱心，而且还和蔼可亲。母亲死得那样安然令他欣慰，他除了不用再来给养老院交费，心里也放松了下来——从此他再用不着为妈妈担心。母亲死后他去墓地看过她几回，烧鸡已经用不着了，每次他还是给她带一束鲜花。他在她的墓前坐一会儿，默默地想想心思，然后回家。他觉得母亲活着和死了对他来说区别不大。

他生活中发生的另一件事是苏瑞雪在他母亲去世后五个多月也走到了生命的尽头。苏瑞雪的死和母亲的死同样没在他心里引起巨大的悲痛。他和她已经分居十来年了，尽管他按月给她生活费，而且不时给她添置生活用品，但实际上与她的交流并不多。除了去给她送钱送物，他每天都会给她打一个电话，问候和通报平安，但这个电话通话时长一般在一分钟之内，他认为不过是例行公事。有时想到每天一个不到一分钟的电话几乎成了他合法婚姻的全部内容，他内心悲哀，甚至有想哭的冲动。他不知道年轻时候和苏瑞雪之间那种爱慕、柔情、浪漫和依恋都到哪里去了。他觉得自己就像一个匆匆赶路的人，光顾着脚底下，却没有多留意沿途的风景。可叹的是刚刚还是红日当空，一转眼已经是日薄西山。苏瑞雪走了，让他意识到自己的黑夜已经来临。

随后不久，他生活中还发生了一件事——金小娥提出跟他分手，这对他来说实在是个不小的打击。从他和金小娥相好到现在已经有二十八个年头，这么多年过去，两个人早已经是老夫老妻。他从来就是

备的。

金小娥离开他这里又搬回到她大姐家里去借住。小三十年过去，她大姐家也是物是人非。她的大姐和大姐夫已经在几年前相继过世，她的外甥，也就是他的同学和曾经的生意搭档小霍（如今早已经是老霍）常年住在德国，现在家里只有小霍的儿子和儿媳住着，小夫妻俩都是医生，没有孩子，他们平淡友好地接受了姨奶奶。

金小娥搬走的那天天空飘着毛毛细雨，他跟着她早早起来，却无所事事。她要带走的东西不多，就是随身的衣服，早已经打点好了。他望着雾气迷蒙的窗外，眼眶一次次地潮湿了。他心里也是湿漉漉的，蓄着流不出来的泪水。他体会到比死别更加痛楚的生离。他没有下楼去送她，他坐在跟平常没有什么变化但却觉得搬空了的房间里，对着窗户发了整整一天的呆。

事后他很后悔自己这样薄情寡义，直到听说金小娥找到了对象之后他才慢慢摆脱了那股自责的情绪。有一天他经过宛平路遇到了金小娥的表嫂，她隔着马路叫住他，跟他站在街角聊了十来分钟。她告诉他金小娥马上就要结婚了，对象是一个退休老教师，比她大几岁，老伴死了好多年了，家里小孩也工作了。都是一些再平常不过的家常话，他听得却心烦意乱浑身冒汗，觉得她是急不可耐地要告诉他如今金小娥找到了真正的归宿。他忽然不耐烦起来，没听她说完就打断了她的话，匆匆走了。

他心里难受了一个多月，才算渐渐平复。他宽慰自己，金小娥要的一份安定和依靠，现在有人给她了，自己肩头的担子从此可以卸下了，但是他却毫无轻松感，有的只是痛楚和失落。他想来想去，决定把他和金小娥一起住了十多年的这套房子送给她。他去找她，没有走进那座早年间他走得相当熟悉的门口有冬青丛和梧桐树的红砖楼房，他站在不远处的街心花园里等她，被太阳晒得暖烘烘的桂花香气一阵阵地钻进他的鼻孔，他胸口酸胀，眼泪随时都要掉下来。他远远地望着她走过来，小小的利索的步伐，一看就是好人家的女人。而现在他把这个女人丢了，她不再属于他。他等她走近，站在太阳底下把话对她说了。他知道她怕晒，她一向特别爱惜自己的白皮肤，老了也还是如此，但他却没有带她走到树影下，就那几步路，他觉得自己没有力气走。他开门见山地把话说出来，她先摇头说不要，随即流下了眼泪。他看她流泪，心酸得不行，眼眶也潮了，差点跟着她一块儿落泪。他扭过头去看旁边来来往往的人，人家各忙各的。他感叹这个世界上跟自己相关的人真的不多，金小娥怎么说都是他最亲最近的人。他有点蛮不讲理地跟她约好了去过户的时间。

他搬回了他和苏瑞雪一起住过的房子，现在这是他仅有的可住的属于自己的房子。不过已经没有苏瑞雪了，苏瑞雪成了墙上挂着的一张遗像。遗像印得很模糊，那还是他拿着她的一寸小照去放大的。不过他觉得遗像倒是应该模糊一点，好让逝去的人跟这个闹哄哄乱糟糟的世界保持距离，给死者以清静。他想要是征求苏瑞雪的意见，她肯定也是会同意的。苏瑞雪活着的时候他很少征求她意见，通常是他说了算，即使她有意见，她也很少说出来，就是说出来，他也很少听得进，现在想想他多少是后悔的。不过后悔也来不及了。有些事情就是这样，等你想明白了，早已经时过境迁，再也无法补救。他细想想，如果可以重新来过，他需要补偿苏瑞雪的方面还是很多的。他重重地叹气，不敢多想。

他时常有意无意抬头去看苏瑞雪的遗像，似乎想从她那熟悉的面容上找些安慰。他望着她仿佛透过一个影影绰绰的世界和他对视，心里既空虚又充实。他不知道苏瑞雪生前是怎么看他的，他也不知道她是否真正了解他和理解他，他倒是希望她并没有把他看得太清楚，那样她反倒可能多得到些安慰，少受些伤害。他本不想伤害她，但他也清楚自己并没有好好爱护她。负疚他是有的，但也并不算深重。他原谅自己是个男人，而女人就是女人，你对她做多少让她高兴的事，只要做一件让她不顺心的事，她就会把你的那些好统统一笔勾销，更何况他还是做了一件根本上让她不开心的事，即使她不肯原谅他，他也无话可说。他在反省自己之外也站在一个自以为比较客观的立场上评估自己和苏瑞雪的关系，他认为自己和她还是有感情的，她是他的亲人，无论如何这是不会改变的。有一天他端详着她的遗照，惊讶地发觉她很像自己的母亲，不但容貌像，神态也像。这是他在她活着时从来没有察觉的。他心里觉得她就是自己的另一个母亲。

金小娥和退休老教师结婚还举办了一个十分认真的婚礼，他们一起冒雨给他送来请柬，但是他没有去。他是绝不会去的，他和金小娥心里都清清楚楚，他们这辈子的缘分已经到头。

现在他心里只剩下一个杨莲了，他可以毫无羁绊清清净净地爱她一个人了。除了和苏瑞雪新婚燕尔那一段，他很少有专心致志爱一个女人的时候，他受女人谴责最多的也是这一方面，如今他要彻彻底底地改邪归正了。可是他仍然不敢靠杨莲太近，他依旧是隔一两个月请她吃一次饭，也依旧会在天黑以后，或者是清晨很早的时候，去她小区周围散步。他渴望遇到她，也更害怕遇到她。他总是算好时间，行动相当谨慎。他小心翼翼地保护着自己的秘密，不让她发现。而除她以外，他清楚自己的秘密已经没人感兴趣了。

我很关心故事的结局。

"许多故事其实是没有结局的。"倪先生就像喝了老酒一样脸色泛起酡红，神态也有些微醺，"或许也可以这样说嘛，大多数故事是没有那个期待中的结局的。"

但我还是好奇。那，后来怎么样了呢？

倪先生久久地沉默着。我凝视着他，试图从他面色的转变中搜寻出最细微的悲喜，并且试图破译他身上隐藏的命运和机遇的密码。他叹了口气，笑起来："你是个作家，你应该能猜到结局吧？"

我不想猜，只想知道真实的结局是什么样的，但他似乎不想吐露。他就像是忽然想起似的说起他多年以前读过的一篇文章，主人公的经历跟他十分相像，他说读着那篇文章就像在水里看见自己的倒影。他含笑望着我，问我："你也是个作家，你能向我解释一下怎么会这么凑巧？"没等我回答，他像是自言自语一般说，"有时候我们以为是独一无二的人生，在这个世界上其实可能就是普遍现象。也许大家过得都差不多，只是不说出来，你说是不是呢？"

隔一日，我在咖啡店里再次遇到他，他步履快捷地走过来，拿给我一本法国作家玛格丽特·杜拉斯的《外面的世界》，他说给我讲到的那个故事就是这本书里的。

他手指快速翻动着泛黄的书页，指给我看一个标题——《只够两个人的，就没有第三个人的份》。他拿起书，翻开递到我手中。那篇文章只有三页，我在等咖啡煮好的空当已经读完了。这篇文章写的查尔斯·克雷芒年轻的时候仪表堂堂，他会做账，会英文，懂得人情世故，而练瑜伽使得他心平气和。他去过中南半岛和印度，有时他相信自己可以算得上是成功了。他在太太之外还有情妇，他两个人都想讨好，他的双重生活遭到了舆论的强烈谴责，但他承担下来了。他没有逃避责任，他太太患了癌症他卖掉了房子给她治病，还卖掉了从中南半岛和印度带回来的东西。在沉重的经济压力下他该做出选择了，在两个女人中他只能选择一个。他的太太被送到疗养院去休养，他和情妇靠一个生意很不景气的饰带店过日子。后来他的情妇也死了，他靠赊账度日。有一天他散步回来，看门人告诉他电和煤气都停了。他数了数剩下来的钱：1495 法郎，他说这会令我的继承人感到尴尬的。到此查尔斯·克雷芒的故事走向结局——他出去买了一瓶白兰地，花了 1490 法郎，然后上楼回家。他撕毁了一切，打碎了一切，焚烧了一切，他躺在床上朝自己开了一枪，连同自己也彻底毁灭了。

倪先生端着玻璃杯默默地坐在我的咖啡桌对面，依旧是一杯一成不变的冒着气泡的苏打水。

"你发现没有，我比这位法国的查尔斯·克雷芒先生活得要坚强一些。"他脸上显出机智和揶揄的神色，柔和地笑一笑，像是在搜索词句，然后慢条斯理地说，"这篇文章的题目说'只够两个人的，就没有第三个人的份'，我认为不是这样的，只要够两个人的，稍微紧一紧，就够三个人的，甚至够四个人的。这是我们中国人的逻辑。我们中国人其实是不怎么讲逻辑的，我们讲哲学。尤其是在道理上说不大通或者说不过去的时候，我们最喜欢讲的就是情怀。"

2015年12月

月色朦胧

1

直至坐上海口到三亚的火车秦益心还是晕的。车窗外完全是符合想象的风景，青碧的天空，洁白的云朵，星星点点的鲜花和在风中摇曳婆娑的椰树，还不时出现一段平静得像画又像是悬挂的幕布一般的湛蓝海面。她侧脸瞄一眼坐在旁边的老公，樊志同正专注地朝另一边的窗外望去，似乎不舍得浪费一点飞逝而过的风光。她脑子一闪，想起段子里说的坐在一辆车里的情人会相互凝望，夫妻是各看窗外。隔着过道儿子小火星瘫坐在座位上正拿着他爸爸的手机打游戏，玩得不亦乐乎。从她的角度看不见朱总一家，他们坐在前一节车厢，车门是自动关闭的，她心里莫名有一点轻松，仿佛透上一口气来。不过心里的这个空间并不大，似乎刚刚够转个身，还不够走动和奔跑的。她换了个舒服点的姿势，闭起眼睛，想眯上一小觉。

但她睡不着，脑海里浪花翻卷，有一队队的小人儿在踏浪跳舞。她失眠的时候就是这样，头脑比清醒时还要活跃，不过这会儿她并不担心失眠，睡着睡不着无所谓。迷迷糊糊中她梳理了一遍行程计划，又像查漏一般把计划的每一项过了一下，将不周之处做了调整，心里感觉踏实多了。

微信一响让她立刻清醒了过来，她意识到刚才还是有片刻迷瞪了过去，脑子里的那些规划也是错乱的，就像梦里做的题目一样。她仿佛有特异功能似的听声音判断微信是戴敏娜发来的，一看果不其然，立马振作起来，她对这位从前一起租房的室友如今的职场知交有一种很难描述的情感上的依恋。戴敏娜的微信还是她一贯的简洁风格："到啦？"紧接着是，"咋样？"

秦益心觉得前一个问题简单，后一个问题三句两句说不清楚。她迫切想给戴敏娜打个电话聊聊，心里这个冲动十分强烈，可老公就坐在旁边，她感觉多少有些不方便。如果像吸烟的人那样跑到车厢连接处去，她又觉得未免小题大做，说不定老公还以为她有什么不可告人的秘密。不知道是不是自己过于敏感，她觉得这次樊志同出来一直处于一种紧绷的状态，尽管不到"紧张"和"戒备"，但却有一种说不出的不放松，她也不知道该如何去消解他的不放松，她自然是知道症结所在，可她觉得早就是老夫老妻了，这个理解和体谅应该有的，难道他还不清楚她的用心吗？她还不是为了他们的家好？她懒得跟他解释，也不想用肢体语言让他和缓下来，心里想的是随他去吧。她给戴敏娜回了"一言难尽"四个字，随即把手机调成了静音。

她想想忽然觉得好笑，这次能成行要说也跟戴敏娜有着相当直接的关系，若不是她一味怂恿鼓动，若不是自己习惯了无脑听她的，估计是拿不出如此这般果断迅速的行动力的。从朱总委婉暗示继而明确向她表达这个意思，到两家人拖儿带女上路，一共不足二十四个小时，真的就是一次说走就走的旅行。也不知从什么时候起她遇到吃不准或者拿不定主意的事情就找戴敏娜，戴敏娜总是知无不言有啥说啥，对她的事情就像对自己的事情一样上心，甚至比对她自己的事情热情还高，她那种直来直去也不怕事后落埋怨的态度让秦益心对她产生了毫无保留的信赖，就像考试不会时抄邻座的，人家让抄，她便眼一闭心一横好赖就是它了。不过这么多年来戴敏娜在她面前确实是建立起了良好的信誉，秦益心发自内心承认她为自己出的主意还是比较高明的。在她眼里戴敏娜聪明能干那是没得说的，关键是这个官员家庭出身的孩子嗅觉特别灵敏，无论是看文件还是听说话，她能够及时捕捉到一些旁人没留意到或是留意不到的信息，加上她自己独出心裁甚至是匪夷所思的分析判断，总能及时有效地趋利避害，这也是令秦益心很服气的，因此她也乐得不动脑子听戴敏娜的。

昨天午饭后秦益心在电梯口碰到朱总，他请她到他办公室，像往常一样先是给她布置了一番工作，对她指导了几句当期专题的标题、内容要点及注意事项，又转身从保险柜里拿出几份红头文件让她抓紧时间看一下，提炼一下精神确定下期选题，说完这些他压低了嗓音，透露秘密一般对她说："那件事看来快了。"

她晕乎了一下，心里立刻明白他说的"那件事"指的是哪件事。去年年初编辑室主任老高到点退休，主任的职位空缺了快两年，一直传说要从别处调人过来坐这个位子，但却迟迟没有来。直到上月底，楼道里贴出公示，副主任宋波被任命为编辑室主任，腾出了副主任的位子。秦益心早就从消息灵通的同事口中听到过自己是呼声很高的人选，无论是从资历还是从水平来说，她无疑是很有优势的，宋波升迁，她又听见同事议论大概率会轮到她，虽然这不过是他们私下猜测，但她相信不会完全是空穴来风。

她满心喜悦，等着朱总往下说，可他却收住话头不说了。在她心目中朱总向来不是一个吞吞吐吐的人，至少对她不是那样，他不像总编辑老涂那样老谋深算说话喜欢藏头露尾，她觉得他是几位高层的领导中最敞亮的一个，又是垂直领导她所在的编辑室的，所以跟他也比跟其他几位大领导走得要近一些。他像这样犹犹豫豫欲说还休在以前是很少有的，让她觉得有点古怪，不过她也没有多想。既然他不说，她理解他大概只是点到为止吧。

她正欲告退，朱总打个手势示意她再坐一会儿，一边利索地起身去关上了办公室门。他轻声告诉她上午开完编前会涂总把他找去说话，他面露羞赧地笑骂道："他妈的也不知哪个孙子在背后瞎说我们，你听没听到？当然是一派胡言，纯属无稽之谈！"

她并没特别惊愕，她想朱总平常比较庇护她，肯为她说话，对她的态度也确实更加友善亲切，别人乱猜疑也不算太不正常吧。

朱总带着被冤枉的愤懑说："我都想不出是什么人喜欢背后瞎琢磨，没事都能给你编派出事情来。"他叹了口气又说，"别人不知道怎么回事，至少我们自己清楚吧。"

他两眼望着她，一脸无辜。她听了却没有激愤，莫名有点好笑，心里很好奇涂总为这么件没影的事情跟朱总聊些什么，也想弄明白朱总对她说这话的真实意图是什么。

朱总似乎不好意思对她复述涂总跟他的谈话，他讲得线条很粗，而且有点语无伦次，好多次一句话没说完自己就打断了自己。他忽然似乎有些委屈地说："涂总那么明白的一个人，老于世故，足智多谋，他不至于耳朵根子那么软，人说啥信啥吧？你知道他对我怎么说的——"他停下来，羞于启齿一般。过了片刻才接着说，"涂总说：'你们要想办法自证清白。'"他瞪着眼睛，做出一副惊愕至极的表情，"我真想问问他怎么个自证清白法？清白一定能自证吗？既然清白还需要自证吗？"

她来不及细想朱总这些话里有没有更多的内涵，直接问朱总该怎么办。朱总沉吟片刻，突然换了很亲近的有点婆婆妈妈的絮絮的语气说："我相信俗话儿说的，身正不怕影子歪，主要是怕对你影响不好，你年纪轻，又是女孩子，名声玷辱不起，最主要的当然是你还恰好在有可能上升这么个节骨眼上。"

说完他笑眯眯地静观她的反应。

随即他又换了玩笑的口气自我解嘲般说："我在这里不是头号人物，也不在升迁的节点上，涂总刚过五十五岁，还是风华正茂呢，再说在一串的副总编当中我也不是排名最前的，那几位哪个不是雄心勃勃斗志昂扬渴望大展宏图的？"他换了一本正经的口吻说，"跟你说说也没关系，我跟涂总反复表过态，我会全心全意协助他工作，他对我也是相当不错的，我们在工作中配合一直都是非常默契。"

她含笑听着，不明白朱总为什么要跟她说这些，追问他那到底该怎么办。朱总也笑，笑得很知己，仍用很像是玩笑的口吻说："既然涂总给开出了药方，那咱们就照方抓药呗。"

她的脑子瞬间出现了短路，一时没想出这个"照方抓药"究竟怎么个做法。大概是看她发愣，朱总就像随口提起说明天就是周末，他准备休年假，再不休年前年后忙得陀螺似的又要休不成了，他打算带老婆孩子出去转一转透透气，她还是没有反应上来这与她有啥关系。朱总似乎只好把话说得更加直接些，他问她是不是年假也没休，他向她建议，如果可以的话，要不两家一起出去度个假，比如三亚或者什么地方，两家人在一块儿玩，还有什么比这个更能说明他们之间啥事没有的。

她想都没想一口答应。朱总让她还是回家跟先生商量一下再说。他送她到办公室门口，开门的当口轻轻拍了拍她的肩膀，用一种老前辈的腔调笑眯眯地夸奖她说："看你遇事不急不躁，这么沉得住气，真让我刮目相看，跟你刚来时大不一样了，确实是成熟了啊。"

她走出朱总办公室，就像回过味儿来一样觉得这事真有点莫名其妙，她也说不上是哪儿不对劲，就是感觉哪儿都不对劲。她在走廊里就给戴敏娜发了条微信，约她马上到新闻大厦底楼的咖啡厅见面，不搬救兵她觉得自己真有点搞不定这个状况。

戴敏娜火速赶到，竖起耳朵饶有兴味地听她把刚才朱总对她说的话原原本本复述一遍，戴敏娜听得乐不可支，用看热闹不嫌事儿大的口气说："这下你麻烦了。"

秦益心问她为什么这么说。

戴敏娜说："这还用说？我给你翻译一下，去掉枝叶留下主干，就是朱总要让你跟他一起去海南休假，你愿意不愿意都得答应。"她用长辈般的目光望着她，叹了口气，自言自语般嘀咕说，"不至于啊，按说朱光会算是个挺正派的人。"说完便咻咻地笑起来。

秦益心接上去说："可不是嘛，我对朱总印象一直挺好的。你记得你说《论语》中子夏曰'君子有三变：望之俨然，即之也温，听其言也厉'，朱总还比较符合的，怎么说他也算是个君子吧。"

戴敏娜说："我说过吗？我已经忘了。再说人是会变的，谁也打不了谁的保票。"她咯咯笑起来，随即又说，"这可是对你和你家樊老师爱情的一次考验。"

说到"爱情"她语气很夸张，说完又是一通笑。

秦益心听了立马反驳说："这我是最不担心的，我们早过到一个锅里了，谁怎么回事彼此都清楚，我想志同绝不可能想歪的。"

戴敏娜笑说："那行，那你就踏踏实实地去吧。"

戴敏娜说得十分肯定，秦益心心里反倒又有点犯怵，踌躇地问她："你帮我再想想，能不能不去呀？"

"当然不能。"戴敏娜一口否定，"你不但要去，而且要大大方方坦坦然然地去，还要事事周全，要不然人家感受不够好，你去也是白去。"她望着秦益心，眼中闪着狡黠的光，态度却是极其诚恳地替她出主意道，"朱总既然提出来了，你要是驳了他面子，就怕你提拔的事情上少了个帮你说话的人，还多了份阻力——姑且当我是小人之心，你姑妄听之。不管说是顺水推舟，还是将计就计，我看你只一个选项，没有旁的选项。"

她听戴敏娜的话，不再犹豫。她给老公打电话，樊志同正在开会，她在电话里简单跟他说了准备这一两天全家去趟三亚，是朱总提议的，问他下周若是请假行不行，他回答说可以，随即挂了电话，没有多问她一句怎么忽然想起要去三亚，也没提一句疫情还没过去对出行会不会有影响。她想大概他早已习惯了她自作主张，也习惯了她会有各种心血来潮的计划。打完电话她跑去对朱总说了，朱总笑得称心如意。

她立刻打开 APP 下单订机票和酒店，朱总和颜悦色地站在旁边看着，他没有提一句费用的事，只是用一种陷入美好回忆般的语调说道："小时候我最向往坐火车出门了，火车和我心中外面的世界是密切相连的。你肯定想不到，考上大学我才第一次坐火车，我特别喜欢吃火车上的盒饭……"

朱总流露出与他年龄和身份不相称的憧憬，她愣了一下，说："从北京到三亚您不会打算坐火车去吧？"

朱总哈哈大笑，说："当然不是，不过旅行我还是最喜欢坐火车。"

她脑子一转，提出把飞凤凰机场改到飞美兰机场，然后再乘火车由海口到三亚，朱总的脸上瞬间出现了惊喜的神色。

不过她回到家便和老公发生了冲突。当她告诉他去三亚是和朱总一家一块儿去时，他不仅吃惊，而且非常生气。她说下午不是在电话里跟你说得好好的吗？樊志同说我还以为是你们单位组织的集体活动呢，我没心情陪你们领导。樊志同其实是个脾气不错的人，家里的事情也愿意让她做主，能听她的都听她的，像这样不通融还是很少见的。

他问她为何要和朱总一家一起去度假，她忽然发现竟然不能照搬下午朱总跟她说的那一番话，如果她说他们这一趟去三亚主要是为了她和朱总"自证清白"，她不知道老公会是什么反应，但无疑是越描越黑，刹那间她甚觉此事荒唐，也回过味来戴敏娜说的"这下你麻烦了"那句话的分量。不过她还是觉得樊志同莫名其妙，自己跟朱总的关系他应该是一清二楚的，她和朱总走得近一些不假，朱总对她比较关照也不假，但他们之间并没有太多私交，当然更谈不上有任何私情。每天她下了班就回家，采访或者加班盯版都会如实告诉他，时间地点都是相当明确，就像坐标一样准确无误把行踪框定给他，可以精确到分秒，而且从来没有含糊不清的时候。她认为樊志同理应像相信自己那样信任她，如果他以为她和朱总有事，那是对她诚信的践踏。所以一看他那副急赤白脸的样子她也气不打一处来，倏地跟他战了起来，吵完两个人赌气谁也不理谁。

到夜晚临睡前她还是主动跟他和解了。她收拾完厨房便去洗了澡，连追的剧都没看，早早把儿子哄睡了，这样的信号他自然是明白的，态度也就软下来，不再一脸黑线绷得像张弓。她心里想的是这个时候不能跟他闹气，次日一大早就要上路，出门的各种准备工作还没来得及做不说，关键是他要是这副别别扭扭的样子去三亚也没意思。她主动给他泡了茶，主动削水果给他吃，主动和他说了话，还主动要和他做事，他说有项目报告没写完，突然要外出把原先的计划打乱了，人家还等着要，他得抓紧时间赶出来。虽然他拒绝了，但他已经完全缓和过来了。

她收拾行李的时候他很配合，不时主动从电脑前站起身帮忙找东西。他也不再追问她为什么只是和朱总一家去三亚，就像认命一般接受了这个安排，还跟她合计一些琐碎的细节，比如是带这口小一点的箱子还是带那口大一点的箱子，要不要带雨伞，还有不能忘记的一些小东西诸如墨镜、草帽、防晒霜、驱蚊剂、止痒水、湿纸巾，当然还少不了口罩。她在给他和儿子找游泳裤的时候出现了一点小意外，先是怎么也找不到，翻箱倒柜老半天，能找的地方找遍了，就是不见踪影。后来终于在一只旧旅行包里翻了出来，还是上一次他们去郊外泡温泉回来忘记洗干净收起来了。两个人回忆起那已经是三年前的事情，那会儿小火星才三岁，他的游泳裤小得早不能穿了，樊志同的也是皱皱巴巴没模样了。这个钟点商店关门了，网上下单也来不及，她有点沮丧。他宽慰她这类东西三亚随处能买到，用不着为这么点小事费心。

她整理行装的时候樊志同仔细地询问起她订的机票和酒店，她一向大大咧咧，在他看来比较粗心，所以这也是每次出行他必做的工作。她打开手机APP，调出订单让他看，他马上就看出了问题。他建议她把朱总一家的机票火车票和酒店升级，机票改成公务舱，火车票改成商务座，酒店改成套间，她吃惊地望着他，以为他是故意这么说，甚至还以为他是找碴，看他一脸明朗的表情才明白并不是。

她说："有这个必要吗？"

他没有马上回答，而是问她："费用咋说？"她说没提，他肯定地说，"所以更应该这样了。"

她反过来有点心疼钱，略带不满地说："去三亚是朱总提出来的，最关键的话他一句没说。"

他立马接上去说："这样才好，这是给咱们机会。"

她听了心里忽地一亮，觉得樊志同准确无误地认清了这件事情，甚至比她认识得还要到位。

他这么理解和体谅她令她心情大好。她赶紧给朱总一家改票改房间。这趟航班公务舱的票已经售罄，只能到机场看看能否升舱。从美兰到三亚是城际列车，她在 APP 上竟然查不到有商务座，只好作罢。换客房还算顺利，她给朱总一家换了一个豪华套间，等了不到一个小时就接到了确认信息。弄完这些她定下心来，觉得还是老公想得周到，这样才算是跟随领导出游的样子。

2

他们一行人刚下火车就遭遇了一场急雨。这场雨让三亚的气温一下子降低了几度，变得凉爽，但他们是从天寒地冻的北方来的，这场瓢泼大雨丝毫不令他们愉快。好在秦益心预订的来接他们的车到得很及时，他们一点没被雨淋到，等他们到达饭店雨也恰好停了。

可能还是因为受疫情的影响，五星海景酒店气派宏伟的大堂空空荡荡，他们扫了健康码，测了体温，很快就办好了入住。服务生开着敞篷电瓶车送他们去房间，朱总一家的豪华海景套房先到，秦益心问服务生另一个房间远不远，服务生说不近，电瓶车还要开几分钟。她问服务生能不能调换一下，服务生说不太清楚，要到总台去办理。朱总说就这样吧，不必麻烦了。秦益心忽然看见樊志同朝她使眼色，一下想起这个豪华套房是换过的，同时也领会了他阻止的意思。她和樊志同两个下车帮朱总一家把行李拿进房间，和他们约好晚上在自助餐厅见。

电瓶车在树林间穿梭，大约绕过了大半个酒店才到达他们的房间。秦益心带点抱怨说："这个酒店看着都没什么人住，一起订的两个房间隔得这么远，也太不方便了吧。"

樊志同说："豪华不豪华当然得有所区别，这样才能体现出一分钱一分货。"又说，"我看这样挺好，要离得那么近干吗？"

秦益心说："那不是方便照应嘛。"

樊志同不以为然地说："有啥要照应的。"又补一句，"又不是生活不能自理。"

秦益心短促一笑，立马意识到他心里其实还是不顺，不再说啥。

梳洗过换好衣服，秦益心和老公孩子一起去了自助餐厅。自助餐厅灯火通明，却空无一人，餐食都摆在了室外。朱总一家已经先到，正在餐厅前的草坪边上散步。他的太太丽琴和女儿樱樱都穿着漂亮的衣裙，打扮得花枝招展，秦益心顿觉眼前一亮。一路上她都没有好好看看她们娘俩，在她模糊一团的印象中她们就是一个面色灰暗的妈妈和一个神情呆滞的孩子。在机场见面时朱总向他们夫妇介绍太太她甚至都没能记住她的名字，虽然之前订票的时候她看过她的身份证照片。细看之下朱太太比朱总年轻得多，大约要小十来岁，比她和樊志同也就大个两三岁的样子。在美兰机场朱太太曾跟随她一起去了趟卫生间，给她的感觉是她到了陌生的地方很晕菜，就好像不跟着她很可能找不到卫生间，或者再摸不回来。朱太太显得羸弱，胆怯，有点木头木脑，秦益心甚至怀疑她没怎么上过学。从洗手间出来她仍然跟在秦益心身后，她生怕她跟丢，好几次回头去看她。有一个细节令秦益心有所触动，在某次回头时她无意间发现朱太太竟然化着很下功夫的眼妆，上下眼睫毛都用睫毛膏刷过，眼皮上涂了金色和红紫的眼影，但在长途颠簸中那些热闹的颜色脱落了不少，就像年久失修的古建筑一般油漆斑驳，倒是和她那张皮肤黝黑气色不佳的脸相对协调。这会儿她又重新化了妆，眼睛周围仍是重点，睫毛刷得又长又卷，上眼皮和眼角赤橙黄绿青蓝紫涂了好几种颜色，因为衣饰艳丽，倒也不显得乍眼，只是仍然掩不住脸色的憔悴和神情的疲惫。朱总的女儿七八岁，小姑娘长得很纤细，一副瘦弱娇气的样子，眼神很戒备，就像一只受惊的小兔子，她不笑也不说话，一刻不离爸爸或者妈妈。倒是朱总气色鲜亮，十分放松，他换上了蓝白相间的T恤衫，白色短裤，一副地地道道到海边度假的打扮。平常上班他都是衣冠楚楚，忽然穿得这么休闲，显出身材发福臃肿的趋势，尤其是肚子微凸，秦益心生怕他不好意思，不敢朝他多看。

出于防疫的谨慎，两家人找了一张离别人很远的桌子坐下来吃饭。可能是时间尚早，吃饭的人不多，只坐了三五桌，零零星星坐得很分散。

"我们来对了。"朱总得意洋洋地说，"这里没有疫情，空气清新，不冷不热，犹如仙境。"

他说得一锤定音，大家都附和着笑。

他们两对夫妇在报社的年会上其实是见过的，但像这样坐在一起脸对脸吃饭还是第一次。刚开始大家没什么话，说得也是东一句西一句的，主要是朱总一个人说。朱总说起他最早来海南岛还是上世纪九十年代，"那时候这里赶上开发潮，遍地黄金，有'十万大军下海南，各大财团抢地盘'之说，满大街都是炒房炒地者，我看文章里说在一楼签了房产购买合同，到六楼加价就卖了，我亲耳听人说早上来的晚上就有发了大财的，简直不可思议。"他感叹道，"海南真是一个迷人的地方，什么时候来都让人喜欢。一个地方和一个人一样，有历史，有经历，甚至是有波折就不一样，就有内容，有光泽，有不一般的气质，在我看来就有意思。"

他说起他有几位朋友同学大学毕业后都跑到岛上来发展，他也十分动心，差一点就过来了，没有过来的最大原因是家里希望他能到北京做官，他笑言他们村里的人认为到北京就是当官。秦益心和樊志同听得饶有兴味，朱太太一声不吭，脸上神情肃穆冷淡，似乎对这个话题毫无兴趣，或者早就听厌了。

朱总话锋一转，说起那时候也是纸媒的黄金时代，报纸从传统的四版越办越厚，八版、十二版、十六版、三十二版、四十八版、六十四版甚至一百多版，早报、晨报、午报、晚报、日报、周报，办什么都火，翻开报纸尽是广告，甚至头版整版都是广告。他说那时候当记者十分风光，拿着记者证到哪里都很受欢迎和重视，真有无冕之王的感觉。报社的记者编辑待遇也相当好，收入高那是不必说的，那些跑消息的光收收车马费就比上班拿的工资要多，报社还时不常发东西，吃的穿的用的，从猪肉、牛肉、海鲜、鸡蛋、水果到卫生纸样样都有。报社分鱼整座新闻大楼都是腥的，水果多到追着吃都吃不完。他说当时报社流传一个笑话：不会过的把坏果子一扔还吃着几个好果子，会过的不舍得扔掉坏果子结果吃了整筐的烂果子。优惠券打折卡多得数不胜数，大家拿了根本不当回事，见谁送谁。有时报社里一多半人穿着一模一样的衣服，进进出出就像穿着工作服一样，那都是厂家赠送的，或者是广告抵来的。办公室里的矿泉水和啤酒一年到头喝不完，赶上有酒企来做常年广告，上下夜班的人总有喝得醉醺醺的。最离谱的时候从上到下都喝高了，稿子都是蒙着脑子签发的。那时候酒驾管得还不严，哪天都少不了了喝了几两免费白酒开车上路的。后来领导怕出事担不起责任，又拿广告换了个仓库把白酒锁了起来。秦益心和樊志同听了大笑，朱太太也笑，他们三个年龄相仿的人似乎找到了共鸣点，桌上的气氛一下子融洽了起来。

来吃饭的人渐渐多起来，香喷喷的美食一盘一盘端上来，长条桌上摆得琳琅满目，两个孩子兴奋极了，不过他们嘴大喉咙小，吃得不多，而且同样很挑食，拿来的东西有的尝一口就不吃了，有的连碰都不碰。他们吃得差不多的时候旁边又新开了一个食亭，这个亭子样子别致，顶上盖着稻草，稻草涂了白漆，就像覆盖着一层厚厚的雪，一亮灯就吸引了两个孩子的注意。里面除了摆着一圈一圈色彩诱人的热带水果，还挂着三只烤得金黄喷香的小乳猪，两个孩子不约而同走过去，站在转台前面，目不转睛地盯着烤乳猪。

朱总马上起身走了过去，樱樱依偎着爸爸，朱总俯身问她："你是不是想吃啊？"

樱樱没有表态，似乎拿不定主意是想吃还是不想吃。小火星凑过去，一副垂涎欲滴的样子，哈喇子都快流下来了，他结结巴巴地说："小小小猪佩奇。"朱总对他的态度完全是忽略的，秦益心看在眼里，没做任何反应。小火星过来拉她，显得有点委屈。这次出来她才知道这孩子很敏感，短短一天不到就已经看清楚了自己的地位，有樱樱在场是轮不到他提要求的。

朱总耐心很好地问女儿："你想不想尝一尝？"樱樱点了点头，带着勉强。朱总如同得了恩准，马上叫打着黑领结文质彬彬的服务生给他女儿切一盘。服务生微笑着说烤乳猪不包括在自助餐里，是需要单独收费的。朱总朝他眼睛一瞪说："你是怕我们付不起吗？"

秦益心赶紧抢上去说单另收费没关系，服务生仍然保持着微笑说这三只烤乳猪是客人预订的，如果有需要只能预订明天的。

朱总不满地说："不卖挂这里干吗呢？就不能调剂一下吗？谁能一口气吃得下去三只乳猪。"

服务生笔直地站着，保持着礼貌的微笑，没有通融的意思。

樊志同也赶紧凑上去好言跟他商量，问能不能先卖一只给他们，哪怕是半只也行，服务生还是强调需要的话可以预订明天的。

朱总再次俯身问女儿："你真的想吃吗？要不就不吃了吧？"樱樱望着他，委委屈屈地摇了摇头。朱总换了口气又问服务生，"你们领导呢？跟你们领导说说去。"

服务生还是不失礼貌地微笑着说："这里由我负责，您有什么需要都可以跟我说。"

朱总很不高兴，一挥手说："算了算了，不吃了。"

他拉着女儿的手回到座位上坐下来，秦益心和樊志同也紧随其后快快地走了回去。没能吃上烤乳猪，他们夫妻两个都是一脸的歉意。

晚餐草草收尾，两家人一起去海边散步。

天暗下来，还没有黑透，四周一片幽蓝。小风一阵阵吹过来，海水轻拍沙滩的声音有节奏地响着，暮色中的海面平和宁静。朱总拿着手机给樱樱拍照，把樱樱拍得很不耐烦，他一直在低声下气哄她。樱樱突然就跑开了，他去追她，追上之后又给她拍。

等他们过来与大家会合，朱总提议拍个合影，但光线已经很暗了。樊志同找了个路人把手机调好请人家给他们按两张，这时候樱樱又一次跑开了，合照也就没有拍成。朱总有些遗憾地说："我还准备过会儿发朋友圈呢，这小妮子太不给面儿了。"

大人们一错眼工夫樱樱和小火星捡了两把小铲子两个脑袋扎在一块儿在海滩上挖起了沙子。两个孩子玩得特别投入，朱总赶紧拿出手机咔嚓咔嚓拍个不停，边拍边自言自语："抢到一张是一张哎。"拍了一阵他很得意地拿给秦益心看，朱太太和樊志同也凑上去看。他拍的每一张照片都只有自己女儿，完美地避开了跟樱樱挨得很近的小火星，秦益心笑得就很不自然。她朝樊志同看去，两个人的目光碰了一下，樊志同脸一冷，立刻掏出手机给小火星拍。但光线实在太暗，他的手机又不好，照片拍出来黑乎乎的，效果很差。

风凉下来，朱总怕女儿冷，提出回屋休息。两个孩子正玩在兴头上，意犹未尽，不肯回去，大人们站在夜色笼罩的沙滩上又陪了一会儿，最后连哄带骗把他们弄了回去。

回到房间，秦益心甩掉鞋子，仿佛卸下负担似的长出一口气。这一天她快累散架了，睡眠不足加上旅途劳顿，身体疲惫之外主要是心累。樊志同一进门也瘫倒在沙发上，他刷着手机，一副不想动的架势。只有小火星还是劲头十足蹦蹦跳跳。

秦益心开箱找衣服准备给小火星洗澡，忽然听到一阵奇怪的声响，她一看他正用力去推大床，问他这是要干什么，他不作声，埋着头吭哧吭哧使劲。秦益心看明白他是想把两张大床并到一起，笑着帮他去推。樊志同远远瞄他们一眼，嘀咕道："又是这一套。"

床拼好了，小火星爬上去翻滚蹦跳，秦益心抱怨他弄得满床沙子，拖了他去洗澡。等一家人都洗过澡躺到床上，小火星四仰八叉睡在床中间，一会儿滚向爸爸这边，一会儿滚向妈妈那边，兴奋异常，一点困意没有。

两个大人各自刷着手机等孩子睡着。秦益心躺下不久就睡着了，捣蛋的小火星又把她吵醒。樊志同说她："你倒好，哄孩子睡觉每次都比小孩先睡着。"说完他转过脸去吼小火星，"快睡快睡，别吵个没完，再闹我揍你。"

小火星一吓，转身钻到秦益心怀里。她搂着孩子，没过多会儿竟然听到樊志同响起了鼾声。她用脚碰了碰他，说："你睡啦？"

樊志同不耐烦地"嗯"了一声。

秦益心嘟囔一句："那就算了。"

隔了片刻，樊志同就像梦呓般说道："荷尔蒙水平低了。"说完翻了个身，很快又响起了鼾声。

秦益心却没有了睡意，她心里涌过一阵失落和沮丧，并不太强烈，却萦回于心。倒也不是因为老公没兴致，而是她隐约感到他们的关系变淡了，远不如结婚之初。她尽量不去多想，自我安慰都老夫老妻了。她继续看手机，这已经成为她例行的睡前消遣了。

她打开朋友圈，看到朱总刚刚发出一条，他贴了三张照片，一张是奢华的酒店大堂，由于拍摄的角度看上去比真实的更加富丽堂皇；一张是椰子树下的海滩，夕阳西下之后满目幽蓝，调子十分浪漫；一张是他正在玩沙子的女儿，细腻的面颊沾着沙粒，娇憨可爱，文字很简单，就两个字"假日"。她立刻给他点了赞，想写句评论，还没想好写什么，忽然有微信进来，一看正是朱总发来的。

他告诉她自己已经发了朋友圈，让她也发一个。她答应了，斟酌了一下，同样挑了三张照片，一张是酒店的外景，一张是海边成排的椰子树，还有一张是小火星挖沙子的照片，那是樊志同拍了发在家庭群里的，因为光线不足，几乎看不出来是小火星，模模糊糊的一团就像趴在地上的一只小狗。她把三张照片选好之后发给朱总过目,朱总立刻像往常审稿一般回过来一个字"发"。她配的文字也是与朱总相呼应的,同样只写了两个字——"小憩"。

她刚发出,就有同事点赞,不一会儿已经点赞和评论一片。和通常一样评论都很正面和友好,大都是"好羡慕""好开心"一类,也有三两个同事表示惊愕,一个说"呀,我们这儿挥汗如雨地加班,你跑优美的大自然度假去了,还有丝毫公平可言吗",一个说"天哪,我没看错吧,你和领导在一起?不会是假公济私吧……",当然,后面都配着一连串夸张的小表情,一看就是跟她逗着玩的。那两位都是素日跟她关系极好的,她边看边笑出声来。她觉得发这个朋友圈效果起到了,别人不说,朱总应该是满意的。

正这么想着,朱总又发来微信,告诉她涂总也给他点赞了,能感觉到他情绪相当好。他们在微信上用文字聊了片刻,朱总发来一句:"这下涂总应该挑不出啥毛病了吧?感谢他老人家,我们也可以高枕无忧了。"随即他发过来一个熄灯睡觉的动图。

她心里不由咯噔一下,这些话和动图都没什么,微信聊天中很常见,但朱总发微信向来简洁,在她看来保持着他一贯沉稳谨慎的作风,平时除了工作他从不给她发微信,即便是发工作信息也都是言简意赅,几乎没有感情色彩,今天一反常态,让她感到突兀。现在他们在度假地,同住一个酒店,又是深夜时分,他给她发这些,令她不能不多想一些。

3

第二天他们换了一家酒店,因为吃早餐的时候朱总抱怨房间里有蚊子,而且还有叫不出名字的小虫子,把樱樱身上咬了好几个大包。他告诉秦益心大半夜打电话到前台,让他们送电蚊香,等了快一个钟头服务员才送到。可能是蚊香片过期了，或者是房间太大，并不管用，他只能为女儿手动驱蚊，折腾得一夜没怎么睡。

秦益心听了深感抱歉，她倒是带了驱蚊剂和止痒水，但她没有想到给朱总他们也备一份，房间是她订的，有蚊子加上服务不好，责任自然是她的。她立刻在手机APP上另选了酒店，让朱总过目，朱总挑了一个网红酒店，早饭之后他们就搬了过去。

这家网红酒店坐落在一个很美的小海湾里，没有之前的那个五星海景酒店气派，却雅致幽静，更加舒适。价钱要比之前的酒店贵，朱总满意，秦益心觉得也还值得。

两个孩子对住哪里并不在乎，他们的兴趣点还是在挖沙子上，朱总笑说挖沙子在北京也可以，没必要大老远跑海南来——他的神情和语气是欢娱的，带着满满的凡尔赛味道。这个酒店卖品部有整套挖沙子的工具出售，比昨天两个孩子在沙滩上捡的别人的铲子和塑料小桶要高级得多，樊志同给他们一人买了一套，让他们挑了自己喜欢的颜色，又给大家添了一些游泳衣裤、护目镜等等东西，两家人拎着这些行头到海边去玩。

这个酒店的海滩比上一家酒店的海滩要大得多，经营项目也丰富多彩。据说疫情之前这里店铺林立，是个热闹好玩的地方，不仅外地游客来得多，当地人也常来这儿玩。现在只有冰淇淋店、果汁店、饭馆、礼品店等等还开着，人气不旺，有的店里售货员比客人还多。两个孩子专心致志地挖沙子，朱总跑过去指导，樊志同也跟过去帮忙，两个爸爸协助两个孩子挖了一个很大的沙坑，又把挖出来的沙子绕着沙坑堆成一道长长的围墙，他们埋头干活，忙得有滋有味。

只剩下秦益心和朱太太斜靠在海边的躺椅上，秦益心觉得自己必须和她说点什么，不然两个人就太尴尬了。可是她不知道跟她聊点啥才恰当——既保持礼貌又不显得生分，还最好不涉及朱总，免得有刺探隐私之嫌，她的脑子在那一刻出现了短路。她的目光落在朱太太脸上，发现她这天居然没化眼妆，眼睛周围干干净净，睫毛很淡，似有若无，一张脸也因此缺乏生气。她还有一个发现就是朱太太有些兜齿，不仔细看是看不大出来的，她也因此笑起来显得很天真，不笑的时候便有点苦相。这天她穿了条五分裤，露出修长结实的小腿，一件烟青色真丝长衬衫，风一吹贴在身上，勾勒得身材线条很好，既苗条又凹凸有致，腰肢挺拔，没有赘肉，很有几分少女感，又颇有成熟女人的风韵，竟跟昨天一脸疲惫强打精神给她的印象判若两人。她心里不由对她嫁给年纪比她大得多的朱总感到好奇。

朱太太明显比昨天放松，她夸秦益心一头的秀发好漂亮，问她是怎么保养的。秦益心立马想起说话刻薄的戴敏娜说的，如果一个女人不漂亮就夸她年轻，不年轻就夸她苗条，不苗条就夸她秀气，不秀气就夸她时尚，不时尚就直接喊她美女，反正女人听别人叫自己美女都不会脸红。她在心里暗暗评估了一下朱太太对自己的看法，嘴上客气地说了声谢谢。

两人没聊几句，朱太太就单刀直入地问她和先生是怎么认识的，是不是青梅竹马。秦益心不知道她怎么会想到他们是青梅竹马，告诉她自己和樊志同是工作之后认识的，她停了片刻，又告诉她他们是通过相亲网站认识的。朱太太听了一脸吃惊，大概怕不礼貌，她努力掩饰着惊讶说："怎么会呢？你们看上去可一点也不像是网上认识的。"

朱太太说得认真而诚恳，秦益心觉得好笑，理解她这么说不是出于偏见而是出于好意，更加认定了她是个简单的人。她顺嘴问她跟朱总是怎么认识的——平心而论，她并非出于八卦之心，就是闲聊而已，没想到朱太太即刻收敛起笑容，显得怅然若失。

她吓了一跳，以为踩雷了。

朱太太微皱着眉头说："我们真的是阴差阳错。"她嘴角卷起一丝苦笑，"本来说不定我还能和你做同事呢。"

朱太太告诉她大三那年她到他们报社实习，因为是通过一位官很大的亲戚介绍去的，朱光会对她特别关照，亲自带她去采访，亲手给她改稿。那时候他是编辑室主任，帮她发了不少稿，还与她联名发表文章，对于一个实习生来说简直是殊荣，她成了他们一块儿来实习的那一拨学生中的佼佼者。她以为自己十拿九稳可以留在报社，可是录用的名单里却没有她。那会儿朱光会不仅业务上很帮她，而且与她走得很近，连饭卡都给她用，她对他太相信了，没有再去找亲戚帮她打招呼。看到那么个结果她蒙了，跑去找他，他竟然直接跟她表白，说想要跟她结婚，还说两个人在一个单位不方便，也没必要。

"那会儿我啥也不懂，没有社会经验，总觉得这件事不怎么对劲，但架不住他左说右说——他可真能说啊，大道理小道理，真的假的，有的没的，就把我说动了。我稀里糊涂跟他谈起了恋爱，他帮我在他一个朋友的公司里找了个工作随随便便就把我打发了。"

秦益心听了不知说什么好，她不清楚这对朱太太来说是不是一个更好的结果，即便是，她也不清楚如果说出来朱太太听了会不会高兴。

朱太太似乎并不在乎她的反应，继续往下说："我这个人运气总是不太好，就是人家说的点儿背，比如排队买东西，轮到我就没有了，抽奖我从来就没抽到过。当时我回家一说，我爹妈都反对，一是嫌他年纪大，他比我大了一轮还多，二是嫌他之前结过一次婚。我爸反对得尤其厉害，说他城府深，甚至对他的人品打了问号。我爸那个人是很偏激的，在家里霸道惯了，我在他面前从来就是个小绵羊，但是那次我反抗了，那是我一生中第一次违背他，也是唯一的一次吧。我偷了户口本跑去跟朱光会登记结婚了。不怕你笑，因为那时我已经怀孕了，如果不结婚的话，麻烦更大。"她叹口气，"唉，不敢回头去想，当时真的是进退两难。"

秦益心听她一口气说了这么多，有点消化不了。虽说她觉得其实就是女孩们谁都可能遇到的普普通通的事情，当人家毫不设防地脸对脸亲口告诉你，你听了心里还是会震动。何况朱太太的老公还是她的领导，她更加确认朱太太不仅头脑简单，而且真如她自己说的缺乏社会经验。

她们两个正聊着，朱总远远地招手喊她们过去，她们这才发现爸爸和孩子早就不在不远处的沙滩上了，连他们挖的沙坑和码的沙墙也已经被海水冲刷得干干净净。

她们朝朱总走过去，他把她们带到一个游乐厅，樊志同正领着两个孩子在玩游戏。樱樱对抓娃娃表现出极大的兴趣，可是她对那个不听使唤的"手爪"束手无策。她自己抓不起来，让爸爸帮她抓。朱总很有耐心，他试了一次又一次，似乎比樱樱兴趣还大。他仿佛突然找到了窍门，轻而易举就把一个小兔子抓了出来。樱樱快乐地大笑起来，要爸爸再去抓别的玩具。朱总按女儿的指示兴致勃勃地去抓下一个目标。他状态极好，女儿指哪打哪，没有失手的时候。他对着樱樱的耳朵给她传授秘诀，让她再试试，果然她很快也找到了门道。她一口气抓出了好几个毛绒玩具，在朱总的鼓励下她竟然抓到了箱子里最大的那个娃娃。周围响起一片喝彩声，樱樱的小脸蛋红扑扑的，显得特别高兴，朱总也是满脸放光，既得意又开心。

结账的时候遇到一点小麻烦，店主除了收取了游戏币的钱，还把每个毛绒玩具都算了钱，秦益心说抓上来的玩具不是奖品吗？樊志同也说我们在哪里玩都是只用交一道钱，抓上来的玩具应该是白送的。店主用听起来很费劲的普通话说我们这里是分开来算的，要不然你们把娃娃都抓走了，我们就要赔光了。秦益心跟店主分辩，说抓出来的娃娃还得付钱，那这是玩啥呢？店主理直气壮地说就是玩个乐趣嘛。又说，你们去钓过鱼吧？钓上来的鱼不是也要额外收钱的吗？樊志同说这是两码事，规则不同。店主说规矩是人定的，在我们这里玩就要按我们这里的规矩，对不对？朱总声音很响地插上去说你们这是啥规矩嘛，你们这叫霸王条款。店主还是不依不饶。朱总火了，说这些破玩具我们一个不要，你都收回去，这总可以了吧？店主还是不肯，说你们把鱼钓上来说不要了能行吗？

两边相持不下，围观的人多了起来，人群里还闪现出两个戴着大金链子文着大花臂的汉子，秦益心害怕惹出事情来，向樊志同使眼色，樊志同便不多说什么把账结了，花了四百多块钱。朱总还要跟他们理论，被朱太太劝住。

店主收了钱，变得和颜悦色，去找了个塑料袋，把朱总和樱樱抓出来的玩具塞进去，满满地装了一兜。朱总拉着樱樱气呼呼地走了出去，樊志同只好接在手里，一路帮他们提着。

午饭之后朱总因为夜里给女儿赶蚊子没睡好要补觉，两家人便说好自由活动。这家酒店有个特别大的环绕游泳池，游泳池里到处有游乐设施，秦益心和樊志同带着小火星去游泳，玩到四点多钟，大人和孩子都累了，便回房睡觉。

秦益心睡醒已经是薄暮时分，她看父子俩睡得正香，轻手轻脚下了床，换了衣服，一个人下楼去院子里闲逛。

酒店的院子很大，风景秀丽，四处水声潺潺，极目远眺便是一望无际的大海，此刻海水是灰蓝的，更远处是灰白色，还有一抹余亮照在上面，把那窄窄的一条海面染成了金色，再后面便是一片灰暗，毫无过渡。她正眺望海面的时候，旁边的树木扑簌簌落下一些叶子，她扭头望去，这片错落有致很有设计感的树林之中有一座小山，奇石垒成，山前影影绰绰有一个眼熟的身影，细看不是别人，正是朱总。

她踩着鹅卵石小径分花拂柳疾步走向朱总，自己心里忽地好笑起来，觉得这个情景很像古代小说中才子佳人幽会，当然她对朱总完全没有那种感觉。离他还有十来米远，朱总回过头来，大概是听见了她的脚步声。他竖起一根手指，朝她打了一个嘘声的手势，她定睛一看，原来前面的假山石上有两只大猫正虎视眈眈盯着对方，不时发出凶悍的带威胁性的叫声。她放慢脚步走近朱总，跟他一起默不出声地看猫儿打架。

两只大猫一直对峙，严阵以待，却谁也没有出手，不时发出凄厉却婉转的叫声。朱总看得饶有兴味，秦益心却看糊涂了，她以为是两只公猫争抢地盘或是争夺母猫，却发现似乎并不是这么回事。她想象公猫争地盘或者争异性应该打起来才对，那样才能决出胜负，像这样光是扯着嗓子高叫肯定是不解决问题的。而且这两只猫不仅没有准备厮杀和决一死战的意思，反倒越对峙越松懈，甚至在慢慢靠近，彼此竟变得温柔起来。

朱总转过脸对她嘿嘿笑着说："我看了半天才闹明白，人家不是打架，是在谈恋爱呢。"

听朱总这么一说，她才恍然大悟。

朱总用一种就事论事的口气说："在我们农村，牛是干活的，狗是看家的，猫就是抓老鼠的，城里人把猫当宠物，甚至当孩子养，猫在城里的地位真是高啊。"他带着感叹说，"说出来也许你不信，我上大学以前没到过县城，别说大海了，连条像样的河都没见过，我们那里还有一辈子连村都没出过的，能过上现在这么好的生活，放那会儿我做梦都不敢想。"

朱总这番话让秦益心不知该怎么接，在她看来他身上农村出身的痕迹已经相当淡了，他要不说她根本就不会想到。

朱总话头一转说："上午我看你和丽琴两个在海边聊得还挺投缘，你们都聊些什么呢？"

秦益心笑，心说这话他应该问他老婆才对。她自然不会把朱太太对她说的那些话说给他听，她料想他听了未必高兴。她便像是很随意地说："也没聊什么，就是女人之间日常的话吧。"

朱总哈哈笑了两声，说："丽琴是个单纯的人，没心眼，你不说我也能猜到她会跟你聊点啥。"看她没说话，他又说，"她大概齐会问问你和志同是怎么走到一起的，她这人好奇心强，还有就是估计她会跟你说我们之间的那点儿旧事。"

朱总说得不容置疑，秦益心听得都呆了，她从认识朱总起就感觉他非常聪明，没想到他对老婆了解如此之深，连她会跟她聊些什么竟能如此料事如神。她感到心惊，模模糊糊想到不知道樊志同对她是否也这样，如果男人都有这样的智商和观察力甚至是第六感，女人在他们面前岂不成了透明人？她不由吐了下舌头。

朱总又说："我关照过她，别跟我同事瞎扯那些陈芝麻烂谷子，看来她不是忘了就是没憋住。"

秦益心赶紧替朱太太辩解说："我们聊的都是些很平常的话，她说她来我们报社实习时您是她师父，是您带的她，还帮她发了不少稿子。"

没想到朱总听了却深深叹了口气。停顿了一下他说："唉，当初水灵灵的一个小姑娘，几年一过就跟换了个人似的。来我们报社实习那会儿她漂亮，机灵，学什么上手都很快，领悟能力非常强，又肯听话，我一眼就把她给看上了。那个时候我离婚也有好几年了，想着自己年纪不小该重新成个家，跟她就直奔主题了。她老说我'泡妞泡成了老公'，其实根本就不是那么回事。倒是她结婚之后成了一个地地道道的家庭妇女，工作早辞掉了，啥也不想做，只想靠男人。这个我也不好说什么，说了好像挺小气的，可是她眼神空洞不求上进的样子我看了还是觉得挺痛心的。我反思过她是不是被我耽误了，用她的话说是被我摧残的，可我其实是支持她上进的呀。"

秦益心没吭声，她觉得不好接话。

朱总苦笑了一下又说："我听人说——好像还是个很有名的人说的，无论你娶了谁，等娶到家肯定不是当初相中的那个人。这话很残酷，因为太真实了。"

朱总这么说自己老婆，或许他就是实话实说，秦益心听了还是非常尴尬，她想把话岔开，但习惯了不打断领导说话，便一言不发地听着。

朱总显然察觉到了她的不自然，他哈哈大笑起来，说："我可没有泛指的意思啊，我相信你们志同跟我的感受肯定是完全不同的。"

秦益心笑笑，不置可否。朱总目光在她脸上停留了几秒，他意味深长地笑了笑。

"不过话又说回来，婚姻再将就，有个家还是好的，这是我的感受，我相信肯定也不光是我一个人的感受。"朱总就像是总结人生经验一般平心静气地补充道。

"是么？"秦益心笑着反问。

朱总也笑，他收了笑，以一种带着真情实感的口气说："我年纪轻的时候看人家一家人走出来整整齐齐的，就非常羡慕，觉得他们一定很幸福，有了年纪之后当然就不会这么简单了，明白其实不少人家过得鸡飞狗跳，一家人凑在一起也是一盘散沙，家就像木桶上的箍硬把一个个人箍在一起而已。我结了两次婚，有时候还是会困惑，想不好如果人生从头再来一次，我会不会选择婚姻。"

秦益心听朱总的话似乎前后矛盾，但他的情绪却并不矛盾，仿佛说什么都很有道理。她认真地听着，应和着，并不细究。

"我前面一段婚姻很短暂，不到一年就离了，好在没有孩子。"朱总说着，穿过树林信步往前走去，"真不敢想象如果有了孩子会怎么样。如果那个孩子就是樱樱，我想打死我也不会有勇气离婚的。"

秦益心跟随着他，跟他保持着相应的步幅节奏。

"我跟丽琴结婚最大的成果就是有了樱樱，我跟她也说过，她自己也这么说，我和她倒是都挺直爽的，是吧？"朱总爽朗地大笑起来。

他们走到一片开阔地带，一群水鸟在他们身边无声无息地飞着，暮色又深了一层。酒店的路灯和地灯忽地亮了起来，灯光倒映着水面，四周一片璀璨世界。他们突然陷入了沉默。

朱总转身折返，她跟着他慢慢往回走。

走出一段，朱总轻轻笑了两声，声音很低地说："我还笑丽琴好奇心重，要说我自己也是一样，老话说'家家都有一本难念的经'，但我看你和志同就不像是那样。你们一看就相当不错，用'郎才女貌'形容太俗了，说'天造地设'又太夸张了，你们看着就是那种很和谐很默契的夫妻，让我很是羡慕。"他带着一点迟疑又说，"还真有点出乎我意料。"

他说得十分诚恳，秦益心听了不由自主脸红了起来。

朱总侧过脸，两眼凝望着她说："让我说对了是不是？"

"也不完全是吧。"秦益心羞涩地说，"有时候我们也会吵架。"

"吵架只是表面的磕碰，夫妻之间这是在所难免的，我指的是更加投契的那种东西——"朱总说。

秦益心老实地承认："他对我确实是很好。不知道他对我是否满意，我对他是挺满意的。能嫁给他这样一个人，也算是运气不错吧。"她说得很由衷。

"哦，你的满意度挺高啊。"朱总说，"我冷眼旁观，你这个人很善于合作，也愿意配合别人，这确实是美德，很难得。"

他又一次对她展露意味深长的微笑。

她有点不好意思，慢慢移开了目光。

他们走回到刚才看猫儿打架的假山石边，两只大猫已经不见踪影，朱总驻足观望，他专注的样子就像在寻找某种答案。假山石旁有个椭圆形的莲池，静静地漂着几团睡莲，荷花灯亮着，满池生辉。

"花间一壶酒，独酌无相亲。"他慢慢吟道。

"举杯邀明月，对影成三人。"她就像下意识一般随口接了上去。

朱总显得神思悠远，他说："以前我不懂，或者说没有真懂，现在似乎懂了。"

他忽然沉默着，没有再说下去。

她一愣，觉得自己刚才冒失了。

"看！"他说，"快出来了。"

她以为是说猫，但朱总说的是月亮。

天空有云，而且云层挺厚，一朵边缘不规则的云边上透出一些光亮，月亮的踪影很模糊。

"也许要再耐心等一等。"朱总用听上去带点抒情色彩的语调说，"今晚的月亮应该是很圆很亮的，只是被云彩挡住了。"

秦益心听着感觉他似乎一语双关。

就像一个插入的片断一闪而过，朱总回到现实，接上刚才的话头说："志同是个很不错的年轻人，长相英俊，聪明得体，对你那自然是没得说，作为一个丈夫，应当说相当达标，你确实应该很知足。"他显出推心置腹的神情说，"不过——"他停顿下来，没有马上说下去。

秦益心望着他，等着他的下文。

朱总似乎不大想往下说。

她凝神敛气地等着，一时间气氛似乎有些紧绷。

"我还是说了吧。"朱总好像跟自己妥协，"我有个感觉啊，也不知道对不对，你聪慧，伶俐，要强，业务上算是很拔尖的，依我的判断，你与志同算是旗鼓相当，他对此能接受吗？"

秦益心笑说："他有什么不能接受的呢，他对我一直是很支持的。"

朱总摇头说："我看未必，要知道有时候男人说话是言不由衷的。"

秦益心直截了当地说："他不会，我们之间还是很坦诚的。"

朱总幅度更大地摇着头说："你没有理解我的意思，我是说志同对你应该更加包容。"

秦益心显得毫无城府地说："他挺包容我的呀。"

朱总说："那我这么说，你需要一个更加包容和支持你的人。"

秦益心虽然后知后觉，但也听明白了他这些话里的潜台词。她心中大惊，甚至不相信自己的感觉，但嘴上立马转弯，说："对对，现在是我很包容他。"

朱总马上露出了欣慰的笑容，像小学生一样用胳膊肘轻轻碰了碰她，和她对了下眼神。她以为他会哈哈大笑，但他并没有笑。她心里一动，立刻想到他们在工作中那些特别默契的时候。

4

晚饭后两家人一起去歌厅。去歌厅是朱总的提议，理由是"怀旧"。他们去的这个歌厅还是以前KTV的样子，包房很大，有一个小小的舞池，装潢却是非常时尚新潮，音响一流，灯光设计得也时髦别致，一条条的灯带会随着音乐飞舞闪烁，很有气氛。朱总和朱太太一走进歌厅都是满脸放光，情绪格外好。朱太太以神秘加得意的语气告诉秦益心歌厅是朱光会的大爱，秦益心马上对樊志同说朱总是很棒的男高音，在报社里唱歌无人能及。朱总瞬间笑容灿烂，谦虚地说年轻的时候喜欢唱歌，多年不唱嗓子锈住了。樊志同夸他不算老，正当年。秦益心赶紧替老公补台说："朱总现在就很年轻。"朱总听了笑得十分开怀。

朱总兴致勃勃地拿起麦克，不过他没有马上开唱，而是把麦克递给秦益心和樊志同，一定要让他们两口子先唱。樊志同不爱唱歌，也不怎么会唱，秦益心便让朱总和朱太太唱。朱太太也不推脱，落落大方地跟朱总一起唱起来。朱太太也有一条宽阔嘹亮的好嗓子，歌唱得非常好，丝毫不在朱总之下。他们夫妻唱得声情并茂，水乳交融，秦益心被他们的歌声打动。若不是之前朱太太在海边和她说过那些话，还有朱总在院子里散步时跟她说过那些话，她一定会认为他们两口子是她见过的最心心相印的夫妻。

朱总两口子合唱过之后，朱总邀秦益心唱，她与他唱了，他又让樊志同与秦益心唱，他们勉强唱了一首，唱得干巴巴的，远不如朱总和朱太太的水平，之后无论朱总和朱太太怎么劝，樊志同都不肯再唱。两个孩子对这样的场所兴趣不大，玩了一会儿便待不住了，闹着要走，樊志同便自告奋勇带他们去吃冰淇淋打游戏。

他们一走，大包房里就剩下朱总、朱太太和秦益心三人。朱总夫妇轮番上场，唱得甚是高兴。秦益心不爱唱他们也不勉强她。

朱太太唱的时候朱总便邀秦益心跳舞，他自然而然地拉起她的手，把她揽在臂弯里，随着歌声摇曳晃动。朱太太脸对着屏幕唱歌，心无旁骛，十分投入的样子。秦益心起先略有不安，她拘着，有点放不开，甚至把舞步都迈错了。朱总跟她完全不一样，他很松弛，而且潇洒，尤其是带着她转圈的时候，转得又圆又美，还要她把胳膊伸开，做出优美飘逸的舞蹈动作，她不太好意思，按他的意思做了动作，但做得很不到位，肩膀没有完全打开，胳膊伸得也不直，朱总的手指在她腰间轻轻敲了两下，简洁地命令道："身体别这么僵硬。"

他是挨在她耳边说的这句话，嘴里温热的气息喷在她脖颈里，她联想到早晨推开窗户感觉到的植物叶片间飘散的薄薄的水雾，她觉得脖子里痒痒的。朱总握住她的那只手微微加了点力，那股力像电流一样迅速流遍她的全身，仿佛给她注入了一股丰沛的能量，她感觉自己轻盈得就像一只鸟一样。她调整了姿态，跟上了他的节奏，心情也瞬间放松了下来。

朱太太唱得入心动情，她温柔婉转的歌声也为他们跳舞带来了一种唯美和超脱的气氛。朱总把她搂得紧紧的，她不可抗拒地贴近了他。跳舞带来的轻快愉悦的感觉席卷了她，她不再分心，完全沉浸到跳舞之中。她的肢体软下来，变得柔韧。她心里生起的是一种温暖、踏实的感觉，有点类似于安全感。她情不自禁地想起她刚到报社时朱总对她的种种帮助，他为她仗义执言，为她争取到一些好的机会，甚至他对她的稿子提出一针见血的意见和批评，所有这一切，她感受到他都是出于真心，至少，他没有在任何事情上害过她。这样一个人，作为领导，作为男人，都得到了她的尊重。此刻，她和他相拥而舞，他彻底放下了架子，她内心深处不由涌出另一种情愫，觉得他就像是一个亲人一样，她不由自主沉醉于他们两个犹如一体的感觉之中。

秦益心从歌厅回到房间，老公和儿子已经回来。小火星见到她就像久别重逢一般不顾一切扑进她怀里，樊志同还是习惯性地躺倒在沙发里刷手机，她进门他没有明显的反应。秦益心抱起小火星，笑嘻嘻地走过去拖他起来，叫他去洗澡，他身体沉沉的根本拉不动，而且很不耐烦，嘴里嘟囔一句"我不洗"，翻了个身闭起眼睛装睡。秦益心明白他心里不爽，觉得无趣，也不好明说，还是笑着推他，又叫小火星帮忙哄他，才算把他逗开心了。

三个人洗完澡上床，小火星又当仁不让要睡在他们中间，秦益心连哄带骗把他抱到另一张床上哄睡了，回过身发现樊志同竟然也已经睡着，而且睡得十分香甜。她正犹豫要不要叫醒他，忽然听见一阵响声，好像是家具发出的，不算太大，却十分清晰，那种咯吱咯吱有节奏的声音让她一下子会意到墙壁那边正在发生什么。她下意识地屏住呼吸，似乎生怕自己的呼吸声也会传过去。

那种声响结束得很快，随后隐约传来男女的说话声和男人浊重的咳嗽声，那些声音令她很不安，甚至令她心惊。她非常担心听出熟悉的味道，甚至模模糊糊想去遮掩那些穿墙而来的声音，然而立刻醒悟自己无能为力。在某个瞬间她很恍惚，心里有一种说不清的羞愧和无处藏身的感觉。

她发现樊志同醒了，他用十分清醒的声音说："这房间的隔音特别不好。"

她条件反射一般问他："你也听见啦？"

他说："你去洗澡的时候我就听到了，也不止一起两起，这楼里的入住率看来还行。"

她居然暗暗松了口气。

她在老公身旁躺下来，伸手搂住了他的脖子。忽然又有一阵声音传来，好像是女人的哭泣声，隐隐约约的，似乎很压抑。不一会儿那个声音大起来，带着某种旋律一般，随即是杯子之类摔碎的声音，夹杂着男人的说话声，哭声小下去，慢慢止息了。她侧耳静听，感觉是朱太太，又下意识地希望不是她。她发现樊志同也同样在凝神听着，不过他没什么反应。

他挣脱开她，不耐烦地说："我很热。"她又一次搂住他，他往另一边挪了挪，问她，"难不成你也想加入大合唱吗？"

他的语调冷冰冰的，毫无温度。她心头刚刚燃起的一丁点小火苗也就熄灭了。她突然生起气来，对着黑暗怒冲冲地说："明天起来就换酒店。"

5

于是他们在次日早饭之后又搬了一次家，换到了一个山间别墅酒店。这个酒店更加奢华也更加幽静，价格比之前两家差不多翻了倍。但秦益心铁了心一般，完全不在乎价钱昂贵，而且她要了两个一模一样的依山临海的豪华房间。樊志同不说什么，随她的便，朱总和朱太太对换到更好的酒店表现得安心乐意，两口子都是一副客随主便的样子。

两个小孩对这个升级却表现得兴致不高，甚至还很不满意，因为这里的房间离海边有一段距离，不能随时随地开展他们喜欢的挖沙工程，而且这里也没有超大的环绕游泳池和水上游乐场，远不如之前那家酒店好玩。两个孩子有点没精打采，而且还哼哼叽叽。秦益心想起在推送中看见这个酒店有口碑极好的儿童托管服务，便提出不如把孩子送去托管，大人也好轻松一天。小火星不肯，他本来就恋母，有事没事喜欢缠着妈妈，好容易出来度假有机会可以整天跟着妈妈，要把他交给别人他坚决不干。樱樱比小火星更加娇气，一会儿渴了一会儿热了，随时都要获得父母的关注，一听托管快要哭了。不管大人怎么跟这两个小祖宗解释托管不是把他们关起来，而是有专人带他们去玩好玩的，可以去挖沙子、戏水，还可以玩比如城墙迷宫、野兽洞穴、奇异孤岛和丛林探险，还有许多他们见都没见过的游乐设施也都能随便玩，然而两个孩子听了都毫不动心，一个劲儿地摇头，都只要跟着爸爸妈妈。

秦益心便提出下午出去转转，别闷在酒店里了，她的这个建议得到大家一致赞成，大人们毫无争议定下来去逛免税城。

大概是因为疫情不少机场免税店关闭，这里的免税城竟然要排队进门。进了店秦益心和朱太太直奔化妆品柜台而去。两位男士领着两个孩子跟了一阵就不想跟了，与她们约定了时间，各自分散活动。秦益心和朱太太丢下老公孩子，一身轻松去看自己感兴趣的商品，投身到抢购大潮之中。免税神仙水双瓶装肯定是要的，小黑瓶限定版肯定是要的，奢护逆龄美肌套装肯定是要的，超值闪购打折款肯定是要的，今日特惠缤纷唇彩全系列肯定是要的……没多一会儿秦益心手里的购物篮已经快要装满。樊志同管她叫"购物狂人"，她自己都承认名副其实。她再一看朱太太，手里两只购物篮都已经装得满满的。

她们一个区域一个区域逛过去，时间过得飞快，转眼两个钟头快到了，她们去了收款处，朱总、樊志同和两个孩子已经等在那里了。秦益心看他们四个都是神情漠然的样子，跟她们两个冲锋陷阵热火朝天的样子截然不同。朱总购物篮里放着两瓶酒，樊志同两手空空，啥也没拿。

秦益心问他："你怎么啥都没买？"

樊志同淡淡地说一句："不需要。"

朱太太笑说："这里好东西真不少，关键是还便宜。"

朱总说："便宜倒也未见得有多便宜，不买肯定最便宜。只是到了这里如果什么也不买，等于是浪费了时间。"

大家听了都笑。

排队结账时朱太太排在秦益心前头，秦益心便客气一句："我来吧。"

朱太太拿眼睛望着朱总，朱总就像有些迟钝的样子，客气一句："那多不好意思。"

朱太太脸上挂着笑，身体下意识地闪到一旁。秦益心对收银员说："一起结吧。"

秦益心刷卡付钱，收款机吐出长长的一条购物清单，一共八千多块。朱总和朱太太笑着异口同声对她说了句"谢谢"。

回到酒店，刚进房间还没有关上门，樊志同就沉下脸说她："你真把自己当大款了是吧？人家说谁的钱也不是大风刮来的，我看你花钱的劲头就像是刮大风。"

秦益心赶紧关上房门。

"你能轻点声吗？"她说樊志同，"别花了钱还不落好。"

"你花了钱就一定能落好吗？"樊志同愤愤地说。

"别心疼了，回头我再挣上来就是了。"她温柔地对他好言相劝，笑嘻嘻地说，"假如我升职了，这点投入实在不算啥，咱得把眼光放长远点。"

"你以为我光是心疼钱吗？我是看不惯你这种做法。"樊志同说。

"这有啥呀？"她平淡地说，"你是没看见别人怎么做的。我们总不能一点功夫不下吧？"

"要这样的话，我看就拉倒吧。"樊志同拉着一张脸说。

"拉倒？你不是一直鼓励我上进吗？这就打退堂鼓啦？"她脸上还是挂着笑，"机票酒店该花的都花了，还在乎啥呢？跟你这么说吧，人家肯接受就是给我们面子，你要是请了人家出来，抠抠搜搜的，处处都是人家自己掏钱，那人家赏光跟你出来又是为何呢？"

樊志同板着脸说："是他先跟你提要出来的好不好？你亲口说的，你可别自己搞混了。"

秦益心不以为然地说："这根本没有区别。"她劝老公，"朱总多聪明一个人，咱们怎么对他们的他心里不会没数的，谁先提出来的有啥关系，对我们来说这就是一个机会。你想吧，有他在上面罩着我，关键的时候肯为我说句话，比什么不强？如果他能助我一臂之力当上副主任，那就是等于打开了上升通道。往小里说，每个月的奖金都能增加不少，除了有岗位津贴，记者写的每一条稿子我编一道就能收一份钱，他们评上的好稿我同样每条有份，而且无论评好稿还是评职称，我手里都有一票，评职称自己不能投自己的票，评好稿可没有回避这一说，一边踢球一边当裁判吹哨，你想想还有比这更爽的吗？"

她一番话说得樊志同声气小了下去，不过他还是很不满，嘀咕说："你们朱总就是打好算盘我们会掏钱，拿我们当冤大头。这事你和他应该是一开始就说好的，我看他是吃准你不好意思开口跟他算账，他那样的人我太清楚了。这也就先不说了，就算是你们愿打愿挨。吃了还要拿，有点太过分了吧——就他刚才那两瓶酒，一瓶皇家礼炮25年苏格兰威士忌一千七百多块，一瓶芝华士25年苏格兰威士忌两千多块，我怀疑要他自己花钱他都不一定会买。"

秦益心笑着打断他说："你也太小瞧人家了吧。"

"我没瞎说。"樊志同认真地说，"我看他拿酒的时候挑过来挑过去，拿起来又放下，放下又拿起，也是很犹豫的，那会儿他还不知道我们会替他买单，就是想到也不能肯定呀。"

秦益心笑笑没说话，她不想再为这些多说什么。

樊志同就像透露什么似的说："你知道他买那两瓶酒是干吗的吗？他说是要带回去送给涂总的。"

"真的？"秦益心反应很直接，"涂总那么老土一个人，怎么会喜欢苏格兰威士忌这种洋酒？"

樊志同说："朱总说涂总就喜欢洋酒。"

秦益心说："那等于朱总拿我买的酒去送涂总——"

樊志同揶揄地说："你乐意的呀。"

秦益心扑哧一笑，若有所思地说："那我是不是也应该给涂总送份礼物才好？"

樊志同听了恼怒地说："你送好了，不必问我。"

她看他那副模样，赶紧撒娇地搂住他嘻嘻哈哈地说："看看，花点钱就心疼成这样，你还说为了我什么都肯做呢。"

樊志同便软下来，不再说什么。

6

夕阳西下，秦益心和樊志同坐在露台上赏景，朱总在对面看见了，敲门过来，手里拿着那瓶皇家礼炮25年苏格兰威士忌。

"咱们喝上一杯怎么样？"他乐呵呵的，情绪相当好，脸上泛着一层吃饱睡足的亮色，"我已经叫服务生送冰块上来了。"

他们请朱总坐，问他朱太太和樱樱怎么没有一起过来，他说她们娘儿俩还在午睡。他们赶紧安顿了小火星到房间里看动画片，洗了水果沏了茶，陪朱总坐。不一会儿服务生端着托盘送来了冰块和喝威士忌的酒杯。

秦益心差点说出来怎么把要送涂总的酒拿过来喝了，但她忍住了，她想朱总愿意怎样就怎样吧，反正听他的总没有错。

三个人喝酒。

朱总抿着酒，对着秦益心和樊志同触景生情一般说起自己年轻时候的事。他讲到自己刚到单位时的情形，经历过的一些错综复杂的事情，怎样一步步走上领导岗位，他不停地说着，似乎并不在乎面前的这两个年轻人是否爱听，他的年龄和身份仿佛有这个特权。秦益心和樊志同两个得体地应和，简短地插话，在该笑的地方高声大笑，气氛显得相当融洽而且欢快。

秦益心一边听着一边想着朱太太应该也算是朱总这段步步上升的岁月中的一个闪光点吧，但他好像是故意回避，一句没提。他陶醉于自己的讲述，说得兴味盎然。秦益心跟他相识并在一起工作十年从来没见过他如此大谈自己的事，心中颇有些惊讶。朱总说话时目光不时停留在她身上，给她的感觉就像是对着她一个人在说，这让她有点不自在，她生怕樊志同不快，回头又跟她挑理。好几次她避开朱总的目光，顾不得他会怎么想。

有一个片刻令秦益心特别不自在，动画片播完小火星喊他们进去换台，樊志同刚刚走开，朱总立刻中断了正说着的话题，他的目光像蝴蝶一样翩跹着落回到她的脸上，他用柔情似水的口气低声说："志同对你好体贴，他真拿你当宝贝。"他略停了一下又说，"他这么做很对哦。"

秦益心听不出他这么说是赞赏还是吃醋，心中涌起一股难以形容的情绪，仿佛百感交集，她笑了一下，自己知道笑得极不自然。

朱总似乎没有注意到她的神情，或许根本不当回事，他突然改用柔和暧昧的口气，声音低低地说："和你这样脸对脸坐在这个风景优美的大阳台上，我怎么觉得这一幕似曾相识，就好像发生过一样，你也是么?"

她一愣,没说出话来。

他眼波流转,慢慢吟出:"'月上柳梢头,人约黄昏后'——"然后语速很快说,"昨天在假山石边,那一幕太美了,对我来说是特别珍贵的记忆。我几乎一夜无眠,只要一闭上眼睛就出现我们俩在一起说话的情景。"

她听了脊梁后面一阵发紧。

她有些害羞地说:"我们好像也没说什么呀。"那个瞬间她确实有点想不起来昨天和他都说了些什么。

"你羞涩的样子很好看,非常动人。"他凝视着她,脉脉含情。

她避开了他的凝视,想到的却是昨夜与他跳舞的情形,不由脸一红。

他依然口气温软地说:"说什么不重要,我指的是那种氛围,你不觉得有一种特别的情调吗?"他用轻到快听不见的声音说,"就像恋爱。"

他们静默下来。他端起酒杯,隔着桌子朝她做了一个碰杯的动作。

樊志同突然出现在他们面前,他们仿佛被吓了一跳。不过朱总比她要沉着得多,他立刻从如梦如幻的气氛中出来,接上之前的话题,简直犹如行云流水一般,就好像根本没有中断过。

正聊得热闹,朱太太带着樱樱过来,樱樱睡眼惺忪,没精打采,好像还没醒透,朱太太则是一脸焦急和惶恐,一进门就对朱总说:"孩子好像有点发烧,不知是着凉了还是吃坏了。"

朱总皱起眉头,狠狠瞪了她一眼,脸上是难以形容的不满和恼恨。他赶紧把女儿搂着怀里摸她的额头,他摸了良久,好像很难下判断。他显得心烦意乱,一下子没了谈话的兴致。他打电话让前台送了体温计来,给樱樱量了体温,只有三十六度多,并不发热。樱樱已经很不耐烦,跑去和小火星凑在一起看动画片,朱总追上去问她有没有不舒服,她一个劲儿摇头,推他走开。朱总这才松了一口气,重新回到露台上坐下。

秦益心正要给朱太太倒酒，朱总接过杯子，倒了一点酒，加了冰块，递到太太手里。他的态度已经完全转过来，变得十分殷勤，甚至反客为主，一会儿给太太拿水果，一会儿给太太加茶，对太太体贴入微。他也不怎么和秦益心搭话，对她完全没有了刚才情意绵绵的样子。秦益心毫不介意，她说说笑笑，维护着气氛。酒瓶、冰块在桌子上不停地传来传去，大家喝得似乎很开心热闹。

趁着酒兴，朱总说起了他和朱太太认识的经过，讲完他这样说："要说吧我这个人运气还是相当好的，一个从大山里走出来的穷小子，祖祖辈辈都是农民，从名叫'朱根惠'脱胎换骨成为'朱光会'，能娶到像丽琴这样的如花美眷，真可谓三生有幸。"说着他伸手捏了捏朱太太的肩膀，还作势将她搂在了怀里。

"你喝多了吧？"朱太太挣脱了他的搂抱，笑一笑，随即端端正正坐好，慢慢地品着酒说，"我第一次去他老家真是吓了一跳，我从来没见过那样的深山老林，下了火车要坐大半天的小卡车，全是蜿蜒曲折的盘山公路，我快把五脏六腑都吐出来了。他家里空空荡荡三间房，最显眼的就是灶台，用'家徒四壁'形容真是一点不过分。"

朱总喝一口酒，毫不避讳地说："我家确实是真穷，人家说开门七件事，柴米油盐酱醋茶，我家柴要到山里去砍，不砍没得烧，米是年年不够吃，油永远只有瓶底子那么点儿，盐都要省着用，酱和醋买不起，平常烧菜也不用，茶倒是有，我们是采来炒好了卖给别人的，算是家里的一大经济支柱吧。说出来不怕你们笑，如果不是考上大学的话，我留在老家恐怕连个村姑都娶不上，我们村里就有好几个打了一辈子光棍的大老爷们儿。"

朱太太望着他笑，带着自嘲跟他开玩笑："你是穷怕了，所以能娶到媳妇就心满意足了吧？"

朱总略停了一下，像在思考，随后一本正经就像表忠心一般说："胡说，我是出于爱情和你结婚的。"

他们三个笑。

朱太太说："嗯，看来还没真喝高。"

朱总说："哪能呢？我说的都是发自内心的话，真要喝高了我就什么也不说了。"

他眼光一闪，飞快朝秦益心瞄了一眼。

朱太太继续用玩笑的口气对他说："你不是说过那会儿你就想好了要为自己挑个好丈人，那样才有助于你进步，我没记错吧？"

朱总点头说："有这话。"他喜形于色地对秦益心和樊志同说，"我岳父大人对我确实挺关照的，老局长为人本分，一身正气两袖清风，老同志一辈子不求人，自尊得很，为了我啥都不顾了，老人家真是豁出面子替我去求人，他四处打招呼，有一丁点关系都不放过，没少为我张罗，我心里真是特别感激他。"他说得十分由衷。

朱太太俏皮地一笑说："我早明白了，你跟我结婚其实挑中的是老丈人。"

朱总做出实诚的样子说："那顶多就是一个因素吧。"他突然哈哈大笑说，"你一出来就比在家里机灵，不，是犀利多了，也开朗多了，看来还是不能老闷在家里，在家时间待久了人容易变傻，所以必须经常出来换换空气。"

朱太太就像没听见似的，扭过头对秦益心和樊志同说："当初对我们结婚我爸妈都是反对的，先是我爸，后来是我妈反对得特别厉害，要死要活那种。她嫌他年纪比我大，还嫌他有婚史……"

朱总不耐烦地打断她说："但她架不住你愿意。"

朱太太也不理会，继续说："结婚后我辞职当全职主妇，我妈直接就炸了，跟我大吵大闹，差点犯了心脏病。她说打死她都弄不懂我读了那么多书怎么甘心情愿做个家庭妇女，她气极了，说她和我爸省吃俭用费劲巴力培养我十几二十年等于打了水漂。不管我怎么跟她解释也没用，她跟我们僵了好几年，大概看在樱樱面子上才算转过弯来……"

朱总再次打断她，冷笑道："儿大不由娘啊。"

秦益心和樊志同两个竖起耳朵听着，却不敢说啥，也不敢笑，他们给他们斟酒、加冰，一次次地端着果盘给他们递水果。

"自己选的路，好走难走都得一步步走下去，是吧？"朱太太脸上浮起一层古怪的笑容，既像是羞于启齿又像是自鸣得意地说，"现在说说也没关系啦，其实那会儿我已经有男朋友了，从大一进校不久我们就好上了，关系一直不错，他对我很好，说把我捧在手心里也一点不夸张。但是，我承认他的的确确没有竞争力，他太年轻了，比我还小一岁，没有社会经验，没有背景，也没有钱。他自己是个普通的学生，父母是普通的工人，说句大实话，他怎么跟光会比？我跟他提出分手，他伤心得不行不行，但又能怎么样呢？"

大家都沉默，连朱总都没说什么。他晃了晃杯子，和大家碰杯。

7

太阳眼看就要落山了，一脉余晖从房间的玻璃窗反射到露台上，正是一天中光线最美的时候。他们放眼四望，绿树成荫，海天一色，三百六十度都是美不胜收的风景。朱总叫樱樱出来要给她拍照，但樱樱不肯，他便有点兴味索然。朱太太让他给她拍，他应付地摁了两张，便坐回到椅子里。朱太太嘀嘀咕咕，抱怨他对她敷衍了事。樊志同也叫秦益心拍照，他是个摄影爱好者，拿出相机，认真地替秦益心选景选角度，拍了一张又一张，把朱总和朱太太抛在了脑后。秦益心一看朱总他们已经坐了下来，赶紧拉了他一起过去陪他们。

他们继续喝酒闲聊。

再坐下气氛却不像之前热烈，似乎冷了不少。朱太太话也不似刚才那么多了，朱总不时看一眼手机，脸上阴晴不定。

"唉，又有二三十家传统媒体关张，有的连休刊词都不发了，每次看到这种消息真是心有戚戚焉。想起前不久我们报社五十周年庆典，请一些知名的专家学者企业家写祝辞，也就一两句话，结果绝大部分都拒绝了，说是没空。用涂总的话说，也怨不得人家，咱还得在自己身上找原因。遥想当年，媒体是多么火爆而且荣光的一个行业，谁能想得到纸媒衰落得这么快。不过话说回来，这也许正是说明时代发展快——最初我们没有纸，然后有了纸，再然后是无纸化，报纸从出现到衰落，之后便是新媒体崛起，未尝不是好事。"他叹了口气，"只是我上班这小三十年工夫，一腔热血，起早贪黑，生生把一个行业给做夕阳了。"他转向朱太太，揶揄地说，"所以说你没进报社其实也没多大遗憾。"

秦益心听了朱总这番话，有点紧张地问他："咱们报社没事吧？"

"暂时还没事。"朱总说，"恐怕也没法高枕无忧。"

秦益心还想细问，朱总似乎不愿多说。他喝着酒，短促地叹了两口气，忽然说起了涂总。他用的是一种遗憾的口气，他说涂总这人能力很强，机遇很好，要不然也不能走到今天这个高位。然而——，朱总话头一转说，他心思很深，当面一套背后一套，以为他足智多谋，实际却是胆小怕事，庸碌无能，白坐了这个位子，错过了报社最好的发展时机。他用"不舞之鹤"形容涂总，秦益心还是第一次听到这个词。他随口举了几个例子，说涂总当一把手以来，不说锐意进取，连原来置起来的摊子到他手上都大大缩水了。他砍掉了"要闻周报""经济信息速递""一线民生""惠农平台""股市传真"和"采编往来"，等于把大树的一些强壮的枝干都砍去了。前几项用户很多，不仅吸引了不少广告，而且做了不少好事，扩大了报社的影响力和竞争力，《采编往来》虽说只是个内刊，但却是记者编辑评职称时重要的参考依据，属于口碑刊物，影响力非常大，涂总这么做是他确信"做得少犯错少"，说穿了就是为保自己头上那顶乌纱别的啥都可以舍弃。他说涂总特别看重自己的官声，表面上做得清正廉洁，早先报社有外联费，他上任之后一分钱不用，更不许别人用，到年底如数上交，下一年度这一块的预算就没有了。再比如他压缩办公室，腾出半层楼交上去，弄得办公室拥挤不堪，他自己倒是得了一大堆的荣誉，还得到了十万元的奖励。秦益心很吃惊朱总会说这些，她一直以为他和涂总关系是相当好的，在报社他也表现得非常拥戴涂总，向来是唯涂总马首是瞻，在任何场合他不仅总是显示与涂总非常团结，而且还显示与他私交甚好，她从来没有听见他在私下里抱怨涂总，更是从来没有听到过他用这样的口气说涂总。他还说了自己在工作中碰到的一些事情，都是涂总明哲保身只顾自己的事例，听他的意思是他有许多好的想法，但在涂总一手遮天之下根本无法实施。说完这些他又话锋一转——他说不过话说回来，涂总还算是个好领导，比起那种一味以权谋私、谄上欺下、把单位掏成一个窟窿的一把手不知要好多少。

秦益心觉得朱总或许是因为出来了比较放松才会说起这些，他在她面前这么说无疑表明对她是非常放心的——能被大领导如此信任她心里涌起阵阵喜悦，认为这趟出来挺值的。

听朱总说话的时候她的微信响过几次，借着进屋续茶她打开一看，戴敏娜给她发来了一串信息。这位职场好闺蜜给她传递了两个重要消息，一个是她接到通知评职称的会明天上午就开，另一个是她听说新媒体部有可能很快要升格成和报社同等级别，她开玩笑地问她跟着大领导有没有听到什么确切的内幕消息。

秦益心在心里飞快地判断了一下，这两个消息前一个对她来说肯定不好，朱总不在，她至少损失一票，而且肯定也不会有大领导能像朱总那样挺她；后一个倒可能是利好，她一直想去新媒体那边，戴敏娜也说过欢迎她过去，但她只是个小头目做不了主，再说她自己没有职务也没有高级职称，即便过去也是普通一兵，若是有人把副主任的位子一占，那她连上升的空间也被封死了。戴敏娜一直对她说职务和职称至少解决一样再过去，最好是直接过去当副主任，她认为她说得很有道理，也确实是为她着想。如果真像戴敏娜说的新媒体部门升格在即，虽然怎么设置还不清楚，但无疑位子会比原来更多，要是朱总肯帮自己说话，无疑往上走一步的可能性也更大。

她趁樊志同进来去卫生间的当口三言两语悄悄跟他说了，他听了也有点高兴，说可能还真是一个机会。他们夫妻俩再出现在露台上都是喜气洋洋的。

已经到了晚饭时分，秦益心以东道主的热情问大家想到哪里吃饭。朱总和朱太太都说一点不饿，樊志同说晚饭还得吃。朱总说就怕小朋友们饿，他建议叫点东西到房间来吃，大家一致赞成。他提议叫海鲜饭，说看介绍手册这家酒店的西班牙海鲜饭特别有名气，也是这家酒店的招牌之一。秦益心立马拿起电话准备点餐，朱太太说樱樱好像有点海鲜过敏，前天吃自助餐之后耳朵后面出了一些小疹子。朱总忧心忡忡地责备朱太太说："你怎么不早说？"他赶紧进房间搂过女儿细看，看过之后松了口气，对秦益心说，"那就这样，西班牙海鲜饭不要海鲜。"

秦益心以为餐厅会拒绝，老婆饼没有老婆，狮子头没有狮子，但海鲜饭怎么可以没有海鲜？没想到人家居然一口答应。半个多小时西班牙海鲜饭就送过来了，除了没有海鲜，一招一式都很地道。因为是朱总的决策，三个大人不好说什么，只说味道还行，两个孩子都说不好吃，吃了几口就不肯吃了。送餐过来时秦益心让服务生挂账，朱总执意要由他来买单，他说："这一路都是你们招待，丽琴说过意不去，我们要付钱你们又那么客气，这顿饭嘛就不要争了，让我来吧。"

他掏出钱包用现金付了账，顺嘴让服务生开张票送过来。

秦益心暗暗吃惊，她没想到朱总叫服务生开发票那样落落大方，而且他那几句话等于是明说了接受他们为他一家花钱。她下意识地朝樊志同看去，两个人的目光碰在一起。樊志同飞速挪开了目光，他们两个的脸上都依然挂着笑容。

8

朱总一家走后，打发了小火星睡觉，秦益心靠在床头给戴敏娜回微信。她问新媒体部门升格的话朱总过去的可能性大不大，戴敏娜回说当然是有这个可能，他当了那么多年副总，业务过硬，年龄合适，应该算是个不错的人选，不过这种事猜测是没有用的。她调侃秦益心："看来你这次公关活动卓有成效，对上峰如此关心。"后面配了一连串各式笑脸的表情图。

隔了片刻，她发了长长的一段语音过来，向她透露有消息说涂总可能要亲自到新媒体那边挂帅，听小道消息他想两边兼任，她形容涂总"一个屁股想坐两把椅子"，但据说已经被上面否了。假如他过去的话，这边腾出一个一把手的位子，他不过去，那边也有一个正职的位子，估计怎么都会有好戏上演。

秦益心听了还是立马想到了朱总。他是四个副总编之一，虽说不是排名最前面的，但却是公认的业务能力最强的，也是在媒体圈知名度最高的，因为他报道尤其是社评写得漂亮，报社重要节点的重头文章都由他执笔，多少年来已成惯例，他的名气远远超过涂总，也超过历任总编辑，应该是很有竞争力的。她心里腾地激动起来，从私心里说她当然是特别希望他能当上去。

戴敏娜转而愤愤不平地跟她抱怨新媒体部是自己带着几个刚从大学毕业不久的小记者创建起来的，辛辛苦苦弄出点模样就要让人摘桃子。

秦益心回微信劝慰她："你在新媒体是元老级人物，应该会有你的一席之地。"

戴敏娜回她："你太天真了，我听说要完全打碎重组。"

秦益心一时无从判断这对自己来说是否算好消息。

戴敏娜发语音挺知己地对她说:"你现在是近水楼台,赶紧跟朱总说说,如果他过来当一把手,你也跟过来吧。"她又说,"连涂总都争先恐后要往新媒体这边来,可见是不会有亏吃的,你别放着大好的机会让它白白溜走。"

秦益心回了个小鸡啄米的点头动图。

"听我一句话,你现在不走,是想留那里等别人吃完了洗碗吗?"戴敏娜紧接着又发来一句,"朱总不一定能为他自己说得上话,替你还是应该能说得上话的。"

秦益心回复她:"这让我怎么说呀?"

戴敏娜发来语音说:"这有什么不好说的?你都陪朱总出去度假了,谁不晓得你是他的人呀。"

戴敏娜说话经常就是这样口无遮拦,秦益心朝樊志同看去,好在手机音量低,他正在专心致志地打游戏,不大像注意到她这边的动静,她暗暗松了一口气,生怕他听到这些话多心。

她跑进卫生间,用很小的声音发语音说:"我不是朱总的人。"她忍不住笑起来,边笑边说,"我知道越描越黑——我真不是他的人,我要说是他的人,恐怕他也未必认啊。"

她说完走出来。

戴敏娜语音回过来:"唉,这时候你再清高就没有必要了,也没有意义,听我一句,你抓紧替自己把正事办了吧。"

秦益心心里忽然涌过一阵莫名的委屈,她发语音给她:"一不留神我们怎么变成这样了?以前我们多简单,没什么钱,没什么追求,合租一个小房子,下不起馆子不想做饭就吃泡面,下了班不是看电影就是看书,现在不是琢磨人就是琢磨事……"

她们两个正在微信上聊得火热,朱总的电话突然打了进来。朱总说他们一家明天就想要回去,秦益心带着遗憾说还没怎么出去玩呢,这里好玩的地方很多,朱总说原本也是想在酒店歇三两天再去玩的,谁知情况有变。

一直靠在床头玩手机的樊志同听到了，猛地抬起头来，声音极小地说："太好了，赶紧回吧，这样待下去我们的钱包受不了。"

朱总在电话里跟她解释说朝阳区又出现了疫情，丽琴父母家就住在酒仙桥，她担心父母，急着回去。

朱总说："唉，家庭主妇心里装的就是一个家，她也没经历过什么，心理脆弱得很，有点事情就慌，觉也睡不着了，只想赶快回去。"

秦益心说那我替你们订票吧，朱总立马说："好。"她问朱总订几点的票，是否直飞，后面一句她认为是多余的，但问一下周全。朱总这人凡事仔细，甚至可以说琐细到啰唆，她很知道他。朱总回答说都好。她揣摸他心意，难不成还想要坐火车？她觉得有点好笑。好在他随即就像做出了巨大的让步和牺牲似的说："那就直飞吧，早点到北京踏实。"

她刚挂断电话樊志同凑上来说："朱总没说是他自己着急回去？"他冷笑道，"这人可真会装。"

后面一句他说得口气很硬。

秦益心没接腔，心咚咚地跳了几下，显见刚才戴敏娜的语音樊志同肯定还是有听见的。她迅速下单订好了翌日一早回北京的机票，发给了朱总，朱总在微信上简洁地回了一个字："好。"

樊志同忽然寻根究底一般说："我搞不懂想问问你啊，你们报社正在发生那么大的变动，朱总怎么会在这个时候出来呢？是他消息不灵通不知道单位里的情形，还是让你们涂总给施了调虎离山计？如果是涂总把他支出来的话，是不是嫌他碍事呀？我说句话你别急啊——那朱总的地位就没那么牢靠，说不定还岌岌可危，你不会是跟错人了吧？"

秦益心一听就炸了，她不由提高了声音说："胡说什么！你也不了解情况。"

樊志同用冷静的口气分析道："朱总这么晚了慌慌张张打电话叫你订票，找的理由还要推到自己老婆头上，朝阳区的疫情也不是今天才有的，编谎话都不肯下点功夫，你怎么还能相信他？"

秦益心并不觉得他说得毫无道理，嘴上却说："是我主动给他们买票的。"

"是你主动没错，来也是你主动买票，回还是你主动买票，因为他吃准了你会'主动'。"

樊志同说得不紧不慢，秦益心听得却有点扎心。

他就像没忍住似的说："如果我以上分析得不对，你们报社高层之间精诚团结，没那些钩心斗角蝇营狗苟的事，那我只能说你们朱总是别有所图。"

秦益心听了，心里一震。

樊志同用一种少见的镇定的口气说："我不想说别的，咱们让人割了韭菜没啥，但至少不能稀里糊涂当韭菜。"

再说下去肯定要吵起来，只是他一个"咱们"消了她不少火气，她克制着自己，没有一下子爆发出来。

明天一早就要走了，但樊志同也不收拾行李，继续拿着手机埋头玩游戏，就好像任何事情与他无关。秦益心收拾完行李洗过澡之后没有马上睡觉，而是拿了本书靠在床头翻着等他。最让她来气的是她催了几遍他也不去洗漱，而且就像听不见她说话一样不理不睬。她极爱干净，他不洗澡等于是无声地拒绝。他玩够了游戏，扔下手机便呼呼睡去。

秦益心却睡不着。如此的良辰美景虚度，她心里有说不出的懊恼。这个假期就像沙子一样从指缝里溜走了，她觉得非常可惜。她真希望是樊志同误解了她，她甚至可以不把这当回事，就像以往他们有分歧时不管谁对谁错总是她率先妥协一样，她也仍然可以宽容大度地一笑了之。然而，回想起这三天的一幕幕，她清楚地意识到自己确实很傻，尤其是当她试着用樊志同的眼光去看，显然这还不止是简单的犯傻。

她惊起一身冷汗，犹如中了伏击一般情绪低落，心里涌过愧悔、不安、担心、自怜等等复杂的情绪。她越想越清醒，对自己也越来越生气。

她在自责中失眠。

她望着窗外的天空，夜色暗沉，云层很厚，看不见星星，也看不见月亮，只有一团云彩的边缘透出似有若无的光亮。夜很静，仿佛连大海也睡着了。她一次次闭上又睁开眼睛，直到天空泛白，树叶上渐渐有了颜色。

2021年3月28日

黎先生和黎太太

我和老唐结婚的第七个年头他终于决定买房，房价在当时看已经是涨上天了，但和后来相比其实才刚刚爬到山坡上。出乎我意料的是一向以理性著称的理工男老唐头脑一热竟然看中了沁芳园的房子，那可是刚开盘不久的崭新小区，不仅非常昂贵，而且连二手房都没有。老唐嘴上念念叨叨"要买就买个好的"，我清楚他真实的理由就是一条，沁芳园的房子带有巨石国际学校的入学名额，买这里的房子我们的女儿小糖果儿就能顺理成章地进入这所万千望子成龙的家长梦寐以求的高大上的学校，为了小宝贝儿我们自然是在所不惜。我们拿出所有积蓄，包括双方父母的无私援助，再加上积攒多年一分未动的公积金，又去银行申请了最大额度的贷款，才算在这个有湖有花的小区里买了一套面积最小的房子。

一年之后我们搬到了这个楼书上写着"享受阳光湖水，生活犹如度假"的与我们经济实力相比更加显得奢华无比的高档小区，小糖果儿也如愿以偿进入了巨石国际学校读一年级。至此，老唐时常会露出志得意满的样子，完全是一副功成名就人生赢家的姿态，下班回来除了在网上逛逛打打游戏释放自己，似乎没有更多要做的事情。他不再像从前那样珍惜分秒读书查资料，也不再点灯熬油通宵达旦做项目，甚至连家务活儿都不怎么动手。他松弛而平和，仿佛像是准备安度晚年了，而我觉得他这样子也是理所应当，谁让他是我们家决定买房的功臣呢?

在沁芳园住了一阵子就发现这里的邻居都很不一般,就我们结识的那些人,他们要么有很好的教育背景,几乎都是名校毕业,不少是在欧美留过学的;要么有令人羡慕的工作,他们工作的单位和公司都名头响亮而体面,要么两样皆有。他们最突出的一点是看上去都非常有钱,远比我们富有得多。很快老唐就不再骄傲和得意,他改成了通达和恬淡。

黎先生和黎太太是我们入住沁芳园最早认识的邻居。黎先生叫黎明睿,黎太太叫朱莹莹,他们夫妻两个都曾在国外留学,他们大学本科都是在美国读的,两人同样是在清华大学学术桥上了一年预科之后去的马萨诸塞大学波士顿分校。黎先生读的是数学,之后又在纽约大学获得金融硕士学位,本来打算继续读博,因为回国结婚改变了计划。黎太太读的是管理,毕业之后去英国读了硕士,因为英国一年就能获得硕士学位。母亲希望她早点结婚,不要错过生儿育女的黄金年龄,她听母亲的话,对学业并不十分较劲,倒是花了不少精力在梳妆打扮和交友择偶上。她比黎先生晚两年出国,拿到文凭比他回国还早。他们夫妻二人一个英俊潇洒,一个秀丽娟媚,都是气质出众,举止优雅,连笑容都透着高级和洋气。他们有一个七岁的儿子,名叫黎鼎鼎,也在巨石国际学校上学,和我们家小糖果儿同年级不同班,是个大眼睛长睫毛聪明讨喜的孩子。他们一家三口个个出彩,简直就像电视广告里见到的那种完美家庭。

黎家的房子是沁芳园最大最好的户型,他家所在的东一区离大湖最近,房子三面朝湖,落地窗前面是修剪得整整齐齐的草坪和树形低矮本朴的花木,视野一无遮挡,门口是开发商送的将近一百平方米的小花园,他们打理得别致漂亮,一年当中有大半年都开着颜色淡雅的花朵,其中不少花草还是不太常见的稀有品种,听说这个小花园名声在外,不止一次上过园艺和生活方式杂志。有时黎太太会剪了园中开得繁盛的花朵送给相识的邻居,我们也有幸领受过她的美意。虽然各家搬来不久，但黎家已然在我们小区有了名气，据我观察，许多邻居都以结识黎先生和黎太太为荣，包括我和老唐。

因为接送小孩我和黎太太逐渐熟识起来。我们给孩子报了相同的课外班，在等孩子下课的时候我们时常会聊聊闲天。最初的话题几乎都是关于孩子的，我们相互交流育儿经验，给孩子吃什么穿什么，要不要请家教，周末带孩子去哪里玩，孩子不听话怎么办等等。她讲究的穿着和优雅的谈吐给我一种无形的压力，和她说话我自觉不自觉出语规范，也不随便开玩笑，生怕冒犯了她。聊过多次以后，我们的话题开阔了一些，在孩子之外也说些别的，比如周边哪家餐馆好吃，哪个瑜伽老师好，哪家店做头发好，某某品牌推出的新款好看或者不好看。尽管我们在一起聊得很开心，笑得也很欢畅，但我还是明显感觉到她良好教养下的端庄和矜持，换句话说就是不放松。我觉得她就像我们在学校读书的时候遇到的那种严于律己又自视甚高的好学生一样，总是把自己框定在某些说不清道不明的规则里，也就有意无意在自己周围竖起了一道看不见但能感觉得到的屏障。我觉得她自觉不自觉总是端着，和她频繁见面了一个学期，我们的关系也没有更近。

忽然有一天她对我亲近起来，令我很感意外。她对我说是因为无意间看到了我的博客和微博，觉得跟我有话可说。她开始放下淑女的架子，第一次在我面前露出了孩子气的笑容。极少谈论自己的她对我说起她从英国毕业回来在一个大学里做过三年的行政秘书，怀孕之后辞职回家当了全职主妇，再没有去上过一天班。"当全职主妇的感觉怎么样？"我听了这么问她。"挺好的呀。"随后是一个甜美的无懈可击的微笑——完全是我预料中的标准答案。

然而她的好又是那样显而易见。她热心公益，无论是小区还是学校有事情或者有活动，她都是积极的参与者，出钱出力十分大方。而且她细心，体贴，随时随地都在关心和照顾你，就像出于一种本分甚至是本能，让我非常感动。有两次我出差在外，学校临时组织春游和参观，她主动替小糖果儿准备了午餐。再后来，老唐不在家，我下班晚归或者临时要加班的情况下，她总是主动帮我接孩子，等我匆匆忙忙赶回去，小糖果儿已经在她家吃过晚饭写完作业，安安逸逸地和黎鼎鼎一起看电视或者打游戏了。

"有你真好！"好几次我满怀感激由衷地对她这样说，她听了都是甜甜一笑，略带羞赧。她的笑容那样明媚娇柔，让人暖到心里。我心中理想的好太太无疑就是她这个样子——温和体贴，善良美丽。真不知道在男人的眼里她是多么的可心可意。

黎先生无疑是很爱她的，他对她非常好，说话和颜悦色，散步的时候和她手拉手，或者搂着她肩膀，偶尔有车经过的时候他会挡在她外侧保护她，从外面回来总是他提着东西，有时很晚了还看见他出来遛狗和扔垃圾，总之一句话，他看着就是一个地地道道的好丈夫。而实际上，据我看来，黎太太对他的满意度显然更高。从她小鸟依人般娇滴滴的姿态，和看丈夫时温柔如水的眼光，就能感觉到她是一个对自己这桩婚姻称心如意的幸福女人。

不过黎先生是个什么样的人我还真是不太了解，我跟他碰面的机会不多，几次匆匆的照面他给我的印象是对人很客气，但也仅限于热情地打个招呼、随意聊上几句闲天而已，虽然没有像传说中的老外那样只谈论天气，却也没有什么具体内容。因此我很主观地认为他是一个骄傲自负的人，即便是去他家接孩子碰到他，也不和他多说话，更不久留。听黎太太说过他在美国已经找到了薪酬丰厚的工作（也说过他本来还想继续读博士，听上去似乎并不矛盾），因为要和她结婚才回国的，听她口气他为她做出了巨大的牺牲。因为回国仓促，没有找好合适的工作，他在朋友的公司打工，后来和两个同学一起在中关村开公司，公司做得远不如预期，一直半死不活，他终于找了一个机会进了银行，再之后跳槽到了现在的这家投资公司，除此，我对他所知甚少，当然我也不想知道他什么。

一个偶尔的机会我听见黎先生和几位邻居在谈论小区的园艺，他说从前建园子种花植树都是很考究的，花木是园林的一部分，花木长好了，园子才算真正造成，所以花草和建筑必须相得益彰。松、竹、梅、芭蕉、桃、李、杏、海棠，不管是借景点缀，还是烘托渲染，一草一树要依循章法，随心所欲不逾矩，优美之外，还需恰当。他还说这个小区用了"沁芳"两字做名字，《红楼梦》里就有"沁芳亭"，"绕堤柳借三篙翠，隔岸花分一脉香"，贾宝玉题写的这副对联真是传情达意，柳临水而翠，水照花更香，这里湖水清碧，花花草草也借得上神采。他说得慢条斯理，平平淡淡，我听了深以为然，也觉得长了不少见识。

一天，我从外面回来走在湖边的小径上，听见黎先生叫我，他满脸笑容，站在自家的花园前面，远远地对我说他知道我是谁了。我很惊讶，一时没明白他是什么意思，也不知道他何以显得如此兴奋，他那种就像小孩获知了谜底一般的神情让我很觉意外。

他快步朝我走近过来，依然是笑容满面地说："听人说你是个作家，我上网搜了，原来你真的是个作家。"他在"真的"两字上加重了语气，边说边哈哈大笑起来，"之前我一直不知道你名字，你们都是'张太太''李太太'这么叫，真瞎耽误工夫。"

他站在小路上和我聊起了文学，一口气提了一堆写作上的问题。比如你是怎么想起来要写小说的，是不是要等有了灵感才能写，是想好了写还是一边想一边写，怎么知道一个小说写到哪里就算结束了，自己写的小说不看原稿再写一遍还能不能写成那个样子，等等等等，他一个问题接一个问题，问得兴味盎然，不容我喘息。这简直就像是一场突如其来的采访，或者说面试，让我对他的印象一下子改变了——原来他并不像他看上去的那样高傲自负，竟然也有着如此强烈的好奇心。

他对文学这么有兴趣也激起了我的热情与好奇，我不由试探地问他："您也写小说吗？"

他一个劲儿摇头，一脸羞涩地说："没有没有，我可写不了小说。"

隔了两天便是周末，一早我就接到黎太太打来的电话，她柔声细语地问我下午有没有空去她家里喝茶，她轻快地笑着，特别强调是黎先生要请我，他自己不好意思打电话，非让她邀请我。她在电话里边笑边说黎先生其实是个文学青年，他上中学就开始写诗，他从小的理想就是当作家。她这样说："我们谈恋爱那会儿他给我写过好多首情诗，写得可浪漫了！他的诗稿有好几大本，现在还堆在阁楼上，你快来跟他聊聊吧，说不定他真的也能成为一个作家呢。"

"那你可得好好鼓励他，说不定你家阁楼上就藏着文学名著呢。"我跟她开玩笑。

她听了欢快地笑起来："你不知道我多么希望他能成为一个作家！我最喜欢读小说了，从小时候起我读到喜欢的书就会迷上写书的作家，我从不追星，唯有作家例外。"她换了开玩笑的口气说，"他要是成了作家，那我就是作家的太太，天哪，太浪漫了，想想都美得不行。"她很响地大笑起来，我从来没有听她笑得这样激越。

下午我如约去了黎家。

难得风和日丽，而且不冷不热，黎太太把茶桌摆在花园里，上面整齐地放好了茶碟茶碗和几盘精巧的点心，还有一束一看就是从自家园子采摘的颜色素雅的鲜花。他们夫妇穿着浅色的亚麻衣衫，打扮得舒适悦目，两个人都是神采奕奕。

"我们把小朋友打发出去了。"黎先生一脸轻松地说，显得特别愉快。"谢谢你让我们也过一个悠闲的下午。"黎太太笑意盈盈地呼应他。

黎太太用她那双戴着TIFFANY钻戒和CARTIER手镯的纤纤素手给我们泡茶。她一边斟茶一边绽露出美美的笑容说："今天我拿出来用的这套WEDGWOOD野草莓茶具，还是我读研究生的时候明睿去英国看我送给我的生日礼物。"她含情脉脉地望一眼黎先生，脸上的笑容更加甜蜜。眼前的温馨图景让我感觉自己就像在看一部好莱坞风格的爱情影片。

黎先生听她这么说，浅浅一笑，慢悠悠地纠正她说："好像是情人节的礼物吧。"

黎太太俏皮地吐了一下舌尖，低眉一笑，小声说："那我记错了。"她转向我，既像是羞愧又像是炫耀地说，"我们家弄错事情的那个人总是我，你看出来学霸和学渣的区别了吧？"

她这样不加掩饰地秀恩爱，仍然显得十分可爱，也并不让我感到尴尬。我夸赞了他们的盛情，又夸赞了他们的花园——我来过这里许多次，坐在花园里还是第一次，细细观赏之下，我不由对这个精心侍弄的小园子赞不绝口。他们夫妻两个不约而同露出由衷的笑容，这显然是一个令他们相当愉快的话题。

"我们都喜欢漂亮而不张扬的花。"黎先生说，"花园里开得姹紫嫣红热热闹闹让我觉得受不了。"

黎太太没有马上接话，她笑了一下，又很快收了笑容，轻轻摇了下头。随后她就像是没忍住，发表了不同意见："花当然是五彩缤纷才好看，我其实还是喜欢颜色鲜艳的花，越鲜艳越喜欢。"

"真的吗？"黎先生皱起眉头微笑着，似乎听她这么说很出乎意料。

"你没看出来我一直是在将就你吗？"黎太太娇俏地说。

"不会是所有的事情吧。"黎先生一本正经地开了句玩笑。

黎太太脸上浮起宽宏的笑容，我们随即一起大笑起来。

喝着茶聊着天，悠闲而惬意。黎先生说起他上高中那会儿曾经想考艺术院校，他说："我从小就喜欢艺术，梦想当一个艺术家。高中文理科分班之前我去找我爸爸商量，想让他同意我上文科班。他要我去他办公室跟他谈，他板着脸问我：'你会什么呀？'我说我学过钢琴和画画，他说：'你知道学过钢琴和画画的人有多少吗？你有自信水平不在他们之下吗？你有把握考试的时候一定能发挥正常吗？即使你水平真的不错，艺术是需要天赋的，你确信自己这方面的天赋很好吗？'他这几句话说得我心里一下子虚了，没敢回话。这还没完，他直截了当地说：'我不同意你去学什么艺术，你趁早打消这个念头。你肯听我的话，就去读一个能吃饭的专业，你要不肯听，那就随你的便吧。'他坐在一张后背很高的老板椅里对我说话，口气冷冰冰的，就像一个黑社会老大。我小心翼翼地问他希望我读什么专业，他还是板着面孔，有点不耐烦地说：'什么都行，只要离钱近一点。'我听了很受打击，心情很灰暗，我觉得他一点不为我想，他根本就不在乎我。那是我第一次经历的印象深刻的挫败，还有那种来自最亲的亲人的冷漠，真的让我委屈和心碎……到现在我看到别人感恩父亲说什么'父爱如山'，我心里都会冷笑。对我来说父亲是压在我心上的一座大山，尽管后来他给过我很多钱，还为我花了很多钱，但我感情上却没法依恋他，我心里也从来没把他当成靠山。我最不能原谅的是他在我年少的时候跟我妈妈离了婚。"

他停下来，一时我们也沉默了。

黎太太一只手托腮，专注地凝望着他，脸上带着惊讶说："你从来没有说过这些。"

"都是过去的事，平常也想不起来说这些。"黎先生笑了笑，"其实我也差不多忘记了。"

"我们爷爷确实有点冷面，他话少，也不怎么笑，不过给起钱来很大方。"黎太太对我说，我觉得她有替丈夫打圆场的意思。

黎先生却冷笑一声毫不留情地说："他不知道有些东西是金钱买不来的。"

气氛略微有点尴尬，但很快归于平静。黎太太一边斟茶一边用开玩笑的口气说："要说爷爷也没错，他让你读了一个能挣钱养家的专业，至少我们不用跟着你饿肚子。"

黎先生听了笑起来，脸色透亮了。他带着自嘲说："我也差点就是百万富翁了——如果股市再跌得狠点的话。"

黎太太丝毫不怕露富地提示他："还有房产呢。"

他点头笑着说："那要等还清了银行贷款看看房价有没有狂跌。"

黎太太对我说："他比我悲观，总有不安全感，这算不算是童年阴影？"

我没说话，黎先生说："我不是悲观，我是居安思危。"他停了片刻说，"我不喜欢'童年阴影'这个词，感觉就像是一个痛处。"

"所以我没有说错。"黎太太说。

黎先生突然哈哈大笑，黎太太也跟着笑起来，他们两个笑得那样心领神会。所有的理解、通融、慰藉似乎在那一阵大笑中晕染开来，他们是那样心意相通，我感觉到了他们辐射出来的那种心心相印的温情和暖意。

黎先生情绪很好，他提议喝点威士忌，但话一出口就遭到黎太太的反对，她认为这个钟点不是喝酒的时间，而且这一阵子黎先生外面应酬太多，已经喝得过量了。黎先生没有坚持。

黎太太起身进屋里去换茶，黎先生在片刻的沉默之后陷入沉思一般说："现在这样的日子真的挑不出毛病，我不清楚是不是我梦寐以求的，应该说我甚至都没想到会这么好。物质方面应有尽有，对我来说足够了，甚至有点太多，家庭和工作也都相当不错，可是我觉得生活变软了，软得都没有形状，就像快化掉了一样。"他皱紧了眉头，"有时候我感到十分迷茫，仿佛人生失去了目标。"

我听着，没有说话，我不知道该说什么。

他望着我，露出孩子气的笑容问我："你说，写作能治我的毛病吗？"

我脱口说道："我不知道。"

他说："我知道这种问题不该问别人，应该问自己，或者问上帝。"

黎太太端着茶壶走出来，她似乎听见了我们的对话，脸上挂着笑容对我说："我跟明睿说，我发现他近来有点颓唐，以前他可不是这样的，他精力充沛，总像充足了电一样，做什么事情都兴致勃勃。"她替我们重新斟了茶，拉近椅子挨着丈夫坐下，把一只手搭在他肩头上，娇声问他，"Honey,是这样的吧？"

黎先生不置可否。他抻直胳膊默默地伸了个懒腰，一脸严肃地说："估计我是陷入中年危机了。"

我说："你这样的，还会危机？"

他眼神定了一下，还是一本正经地点了点头。

黎太太飞快地接一句："你怎么会中年危机？你还是个孩子呢。"

我们三个一起哈哈大笑。

这次愉快的下午茶之后，我和他们聊天的机会多起来，有时偶尔碰面，也会说上几句。渐渐地我们两家往来也密切起来，周末我们一起出去吃饭，一起去市场采购，一起带孩子去游乐场，还一起去山里住过两夜。我们两家在一起很合拍，大人小孩都玩得到一块儿，彼此日渐亲近起来。

某天我接孩子遇到黎太太，她就像透露一个秘密似的跟我说黎先生开始写作了，她说他吃完晚饭就把自己关进书房，连电话都关成了静音，她进去给他送茶，看到他在电脑上写个不停。这些日子他也不出去应酬喝酒了，下班回家比往常早得多。她毫不掩饰为黎先生的这个变化开心，她亲热地对我说："还真是要谢谢你呢，从你来跟我们喝茶之后，我好像又看见了年轻时候的他，当初我就是爱上他专注和文艺的样子。"

黎太太称黎先生是"写作发烧友"，我看他确实是热度很高。也许是因为周围没有别人是干这行的，黎先生很喜欢跟我谈论文学。他让我给他推荐优秀的文学作品，随即下单从网上一箱一箱买回书来读。我去他家时他特意带我参观书房，几个从地板到天花板的大书架摆满了我眼熟的书籍。

"这么多的书，就是什么也不做整天读，要读到哪一天才读得完啊！"他一脸陶醉地说，"每天看看这些书，让它们熏染一下，我都觉得获益匪浅。"

那一段他创作热情特别高，他说他一有空就写，在家写，外出写，上班开会还偷偷写。有一天他们夫妇约我和老唐去水库玩，他开着车行驶在高速路上，忽然就在紧急停车带上停了下来，我们都以为是车抛锚了，结果却是他脑子里忽然来了创作灵感，生怕忘记了要赶紧记下来。我们在烈日炙烤的高速公路边等了他将近半个钟头，他在手机上写完，才又一路跟我们说说笑笑往水库开去。

黎太太对他的写作相当支持，我甚至觉得她对这件事的热情比他本人还高，她显然是对他寄予厚望的，有时候我看她就像是一个望子成龙的妈妈，心里觉得好笑。比如她看见他要写作，或者仅仅是要记下什么，她马上就把手指放在嘴唇上让大家别说话，因为他写东西喜欢安静，她生怕声音打断了他的思路。听她说自从他把自己关进书房准备写作开始，她就十分愉快地包揽了全部家务。除了她看作是自己分内事的管孩子和做饭洗衣，她把原先归他负责的一块粗重些的活儿也承包了。我们经常看见她遛狗、扔垃圾、收拾花园、开车去超市采购，甚至一个人从地库往家里一箱一箱搬矿泉水等东西。她纤细瘦弱，娇模娇样，但她做起事情来毫不惜力，没有一点娇气。黎先生在我们面前赞誉她"不辞辛劳，尽心尽责"。

黎太太看上去忙得很高兴，不过她也有苦恼，就是黎先生写的什么不给她看。她不无抱怨地跟我说："我想知道他在写什么，写得怎么样，但他就是不肯给我看，我怎么求他都不行，有一次还差点跟我急了。"

她满脸的失落，还有不悦。

我对她解释说："这不过就是个人习惯吧，不少作家在作品没写完之前是不会给别人看的，有的连说都不会说。"

"可我对他来说不是别人。"她带着委屈说，"反正我对他这样子挺理解不了的。我觉得夫妻之间是不应该设防的，不瞒你说，我有点受伤。"

我不知道是不是该对她说即使夫妻好得就像一个人也并不真的就是一个人，多少还得有点各自的空间吧。她在国外待过那么多年，我想她不会没有这样的意识。我说："这说不上设防不设防吧，他写好了大概就会给你看的。"

"那也没有，也许他从来就没有写好过。"她仍然沉浸在不满的情绪里，坚持说，"我就是觉得夫妻之间应该什么都能分享，何况我这么支持他写作，我把他的写作看得那么重，比我自己的任何事情都重，我不仅是支持，我也很热爱啊，我觉得这就是我和他共同的一件事，他为什么就不能让我看看呢？我觉得其实他心里对我并没有像他说的那么认同，他没有我爱他那么爱我。"

我被她这逻辑和推理折服，忍不住笑了。

"你说远了吧。"我说她，"这完全不是一码事。"

她脸上闪过一丝羞涩，却又很固执地说："那就是我不懂，我倒希望你是对的。有时候我一个人在家待着会胡思乱想，甚至还会疑神疑鬼。"

黎先生虽然一直没有作品拿出来，但听黎太太说他写作的劲头还是很足。"真的是废寝忘食，"她说他，"一写东西好像进入了另一个世界，他比以前高兴了，有活力了，也不颓废了。"据说黎先生加班或者应酬回家不论多晚都会打开电脑写，有时天还没亮就起床写，周末节假日更是花整块的时间写，写起来几乎能一天不动窝。黎太太形容他"赶上高考用功了"，黎先生说自己高考倒没有这么用功过，因为那时候他已经知道妈妈一门心思要送他出国念书。他对我们说他这么投入写作真不是用功，而是着迷，或者干脆说是上瘾，以前他读武侠小说和玩电子游戏也是这样，想停都停不下来。他说用功不一定都是自发的，而上瘾则是控制不住的主动，自己其实很懒，可是一写起来却没有一点懒劲，而且也不怕麻烦，写了删，删了写，去掉几句，加进几句，后面的搬到前面，前头的调到后头，有时为找一个恰当的词翻半天辞典，有时为了查证一个表达在网上搜寻好久，写完了一稿又写一稿，改来改去，不行又推翻重写，写好了看看不满意又整篇删除……他这样说："天哪，我不知为什么要这样自我折磨，每一天的写作都是如临深渊如履薄冰，可是写得这么苦这么累，我却觉得其乐无穷。就好像是爬山，总想要登顶，实际上我连山顶在哪里都不知道。"

因为晨昏颠倒，加上体力和脑力的透支，一段时间下来，黎先生经常失眠，又在不是睡觉的时间犯困，用他自己的话说就是出现了严重的"时差反应"。有几次我们一起在外面吃饭，他中途忽然离席，好半天也不见回来，我们不知道他去做什么了，本着尊重隐私，我们忍着没问。有一天又出现这样的情况，他走开的时间实在是太长了，我们饭早吃完了，咖啡也喝好了，聊天的热情也过去了，两个小孩已经坐不住了，我忍不住问黎太太，她笑而不言，一次次把话岔开去。后来连一向沉稳的老唐也开口问了，她才很不好意思地说出来他去车里睡觉了。大概就是从这一次之后，黎先生下决心改变自己不规则的作息时间。

黎先生的作息趋向规律，他的写作却停滞了。"我是因噎废食的典范。"他这样自嘲。然而为了保证睡眠时间，而且不要因为大脑皮层太兴奋而睡不着，他停下了写作，可他失眠的毛病却并没有好转。有好几次在夜深人静之时他给夜猫子老唐打电话，约他出去喝酒。老唐只要接到黎先生电话，总是第一时间穿戴整齐出门去，速度堪比救火队员。他们喝起酒来大约也是酒逢知己千杯少，不喝到凌晨不会完事，有几次甚至喝了通宵，而且两个人很少有不喝高的时候。黎太太又跟我抱怨，说黎先生"一样毛病没好，又添一样新病"。我只好劝老唐不要半夜再和他出去喝酒，免得他太太不开心，老唐立马把面孔拉得驴脸一般，说黎太太小题大做，还让我不要拿她来说事借机整治他。

失眠加上喝酒，黎先生面色憔悴，看上去不像以前那么鲜亮。有一天他自己也意识到了，据黎太太说，早晨起床他仔仔细细端详着镜子里的自己，顾盼自怜地说："人比黄花瘦。"她及时进言，劝他进健身房锻炼。"我不去。"他当即一口回绝，还振振有词地说，"你以为去健身房真是为了健身吗？去那里要么是看美女，要么是秀肌肉，目的就是一个，为了泡妞。我知道自己经不起诱惑，还是不去为好。"但是她并没有被他的歪理蛊惑，硬是把他拉进了健身房。

黎先生竟然坚持了下来。从走进健身房第一天起，整整三个月他一天不落去打卡，甚至连出差都推掉了。他迷上了健身，几个月刻苦锻炼下来，明显瘦了，身形也更加俊秀挺拔，玉树临风一般，比之前更帅了。有时跟我们聊着天，他会撸起袖子秀一下大臂上结实的肌肉，一脸纯真地露出得意的笑容。黎太太一向热爱健身，她每周要去好几次健身房，还去练瑜伽，对饮食也极其注意，她跟我说她一个人在家吃饭从来不沾油腻，食谱就是水果和蔬菜，偶尔加一小块鱼或者奶酪。她身高一米七，一直控制在五十公斤左右，体脂率不超过百分之二十。以前黎先生一直取笑她通过精心计算制定出来的"健康食谱"，自从他也开始健身，他对饮食同样进行了严格的规划，比她还要郑重其事。每天摄入多少蛋白质多少脂肪多少微量元素以及什么时间吃饭什么时间喝水他都有自己的一套，还制成了图表，执行得一丝不苟。我们虽然明里暗里笑话他，但眼看着他一天天变得健美也不得不信服锻炼和自律的效果。黎先生因为每天要花三四个钟头健身，常跟我们念叨时间不够用，再没提写作这件事，似乎把这事丢掉了。倒是听他这样说过："健身比写作靠谱多了，你进健身房只要肯出力流汗，多少总能有收效，你对着电脑费劲巴力，把自己熬干了，也未必能写出像样的作品，更别说写出梦想之中的传世之作了。写作真的是太难了，要不是那块料，再怎么强努也没用，就跟你在水里游上一辈子也不会变成鱼一样。"

因为健身黎先生不再喝酒，老唐再没接到他的深夜来电。看见黎先生和黎太太夫妻俩穿着运动短裤在夜色里形影相随地沿湖跑步，不爱运动又爱吃肉喝酒的一天胖似一天的老唐无比感慨地说："一个人做自己是多么的难哟！"

那一段黎太太显得特别高兴，脸上挂着犹如恋爱般的甜蜜笑容。他们夫妇除了一块儿去健身，黎先生也带黎太太出去应酬。而以前，黎太太不止一次抱怨黎先生出去吃饭喝酒总不带她，甚至还为此生气。他们夫妇一同外出的时候黎太太托我照看黎鼎鼎，她送孩子过来的时候总是精心地化过妆，面颊上搽着胭脂，嘴唇上涂着同色系的口红，戴着光芒闪闪的钻石耳环，头发梳得一丝不乱，穿的衣裙都是大牌的时新款式，还喷了气味幽雅的高级香水，那种奢华时髦，一看就是有钱人家的太太。然而她又一点不艳俗，再名贵华丽的衣裙首饰穿戴在她身上和她都是相得益彰，简直就像是专为她量身定制的。看着她姣好美艳的容颜身材和流光溢彩无懈可击的妆扮，我真心认为很难见到一个女人把天生丽质和人工雕琢结合得如此完美。不必说，她肯定让黎先生极有面子。

在一段频繁的外出交际之后，他们似乎又回归到家庭生活，最明显不过的是他们好久不送孩子来我们家了。有一天我也是出于好奇，在跟他们夫妇闲聊时随口问起近来怎么少见他们出去，黎先生微笑不语，黎太太刚才还是笑靥如花，慢慢收敛起了笑容。我正后悔是不是问了不该问的问题，黎先生忽然爽朗地笑起来："说心里话，我对那种风光热闹的场面真的没啥兴趣，大家就是喝酒吹牛，我也不能说喝酒吹牛有什么不好，玩总是轻松愉快，不过玩过之后我心里觉得空虚，我也很心疼那些浪费掉的时间。"黎太太听了，似乎面色不悦。黎先生仍然很坦率地说，"从前我也的确很喜欢那种灯红酒绿纸醉金迷的生活，现在不知不觉变了。说实在话，我是看着她高兴才出去的，其实我是陪她去的。"

黎太太重新展露笑容，娇媚地凝望着他说："你还记得自己的诺言啊，我还以为你早忘了呢。"

黎先生微微愣了一下，随即松弛地笑了。

尽管不怎么外出应酬，他们夫妇也并没有关起门来过清静的日子。他们呼朋唤友到家里去玩，那座奢华雅致的豪宅里经常是高朋满座笑语喧哗。我和老唐也是他们的常客，除了我们，常去的有黎先生的朋友和同事，而多一半是我们沁芳园的邻居。因为见面频繁，大家彼此也都很熟。黎家聚会有几位几乎场场必到的核心成员，一位是特别擅长讲各式段子的银行副行长郝佳伦，他是黎先生在纽约大学读研究生时的学兄，据说他岳父是高官，结婚之后凭借太太家的背景平步青云，成了他们银行最年轻的副行长。另一位是快人快语行事麻利的裴真真，她是医术精湛的胸外科大夫，虽说名气还不够大，没有红到如日中天的地步，但却是业内称道的一把好刀。还有一位是儒雅文气喜欢拿自己开玩笑取悦大家的伦理学教授金唯远，他有两句常挂在嘴边的我们称之为金句的话，一句是"生命的焦虑将我们引向伦理学"，另一句是"理论是灰色的，生活之树常绿"，尽管我们听过无数遍，却并不明白他通过这两句话真正要表达的意思是什么，因为他总是毫无由来地引用它们，故意显得无厘头，引得大家哄笑。再有一位是开了一家几乎不承接业务的公关公司的老板方子谦，听说他以前是书商，出教材教辅和盗版书发了大财，三十多岁就赚足了钱可以退休了，后来做什么都只不过是玩玩。他直言不讳说过开公关公司一是为了洗白自己，重塑形象，更重要的是为了给自己争取一份自由，免得让老婆成天看在家里。除郝佳伦这几位都住沁芳园，因为地理方便，即使黎先生临时起意聚会，他们也能随叫随到，因此黎家的聚会不仅频繁，而且有种即兴的意味。

天气好的时候黎先生和黎太太会把餐桌摆在花园里，通常从下午茶喝起，直到深夜酒足饭饱方散。他们待客相当大方，酒和食物都是最好的，还不时有稀罕货拿出来，有的是他们去进口商店买的，有的是他们提前好几个礼拜从网上订购的。除了吃的喝的尽善尽美，黎家聚会的气氛既轻松又愉快，没有宾主之分，大家人人平等，坐在餐桌旁边的人想说话就说话，想争论就争论，经常是几个声音同时说话，有时候喧嚷得谁也听不清谁。我们这些宾客也都互留了电话，加了QQ、MSN，后来又加了微信，还拉了群，只要有一阵子没聚了，群里就会有人催促他们张罗。

记得那年情人节的聚会特别热闹。老唐和我是从来不过情人节的，我们不仅不过洋节，就是中国的传统佳节除了像春节、中秋那样的大节，都过得马马虎虎凑凑合合，有时干脆就忘掉了。但是黎先生和黎太太不一样，他们土节洋节大节小节都过得十分经心。我曾和老唐提出，以后我们家也要像黎家那样把日子过得浪漫热闹有滋有味，结果他一句话就把我呛了回去，他说你喜欢弄那些繁文缛节你跟他们过去。我清楚他那点小心思，就是想多些时间玩游戏，别的都是得过且过。不过黎先生和黎太太邀请他去聚会他还是蛮高兴的，因为他喜欢凑热闹。

这天的聚会共有十四个人，男女各一半，而且恰好是七对夫妻。大部分是常聚的人，只不过这一天都是带着太太或者先生一起来的。黎先生向大家敬酒时打趣地说："对于我们这些已婚人士来讲，情人节多少是一个令人尴尬的节日，重视呢不太好，忽视呢也不太好，这一天你出去有鬼，外面是不是有放不下的人？不出去也有鬼，是不是故意在避风头？总而言之，过也不是不过也不是。所以呢，我想想还是把你们各位请过来，咱们组团过，相互监督，彼此放心。"

黎家的聚会上从来没有出现过这么多夫妻，以前黎先生喝了酒说过夫妻在一起免不了有所顾忌，说话不随意，玩得放不开，这天他呵呵笑着友情提醒大家即使喝高了也要醒着点神，千万不要酒后吐真言，说出什么夫妻不宜的话。我们听了，哄然大笑。

不过大家显然没拿他的"友情提醒"当回事，在喝了不少茅台和山崎18年之后，饭桌上的话题还和以往相聚时一样无拘无束，甚至因为顶着"情人节聚会"这么个名头更加开放热烈。聊着聊着有人聊起了出轨。黎先生一次又一次站起来敬酒，半真半假要打断这个话题。他表面上阻止，暗地里又火上添柴，大家聊得越发起劲。有人提出干脆来个真心话大冒险，既然是过情人节，就应该来点应景的，都来谈谈对出轨的看法，当然必须实话实说，有啥说啥。

黎先生已经喝得有点大了，他红光满面，情绪高亢，自告奋勇当起了真心话大冒险的司仪。他从花瓶里抽出一枝花，敲起了面前的碟子。他故意让花落在了在老婆面前唯唯诺诺的金教授手里，大家哈哈大笑，暗中传递眼色，等着好戏上演。

金教授用两根白皙的手指拈着花站起身，羞涩地一笑说："那我就从学术的角度说几句吧。"立马有嘴快的跳出来反对，说不要学术角度，要他自己的看法。

金先生用眼角悄悄瞄了一眼金太太，低眉婉转一笑，清了清嗓子，收敛了笑容，就像讲课一般神情严肃地开讲："关于出轨这个问题，说起来既敏感又复杂。首先要弄清楚原因，通俗地说，究竟是夫妻之间没有了感情，还是正常的夫妻关系意外被旁人插足？也就是说，到底是内因变了，还是受到了外因的影响和干扰，或者是内因也变了同时又受到了外力的作用。发生这样的情况，我个人认为，重要的是要评估这个婚姻还有没有前景，还有没有挽回的可能。如果是一方出轨，那没有出轨的一方能不能原谅？两个人还能不能修复感情？如果是双方都出轨，那情况就更加复杂，挽回的可能也就更小。如果无法挽回，那就会出现分居甚至离婚的情况。如果是离婚，那就要涉及财产。"他的目光在镜片后面炯炯有神地环顾大家，用谆谆告诫的口气接着说下去，"在座的各位都是有产者，出轨的代价是什么？自然不用我来说。所以这个问题我就不往下细说了。"他狡黠地嘿嘿笑了两声，恢复了严肃的表情，仪态端庄地缓缓落座。

没等他坐稳就有人质疑说："您一句也没说自己，这不算数吧？"大家马上七嘴八舌要他继续说。

金教授扭扭捏捏推托了一番，实在推托不掉，只好再次站起身，勉为其难地往下说："所以在我看来，出轨这件事成本是很大的，不仅是很大，是太大了，而且夫妻双方的共同利益越多，密切度越高，成本相应也越大，甚至是成几何级数放大。因此，面对这种情况，我认为夫妻双方还是应该冷静面对，充分沟通，重拾信任，化解困境。"

响起了零星的掌声，还有人不依不饶催他说说自己，他局促地笑着，额头上冒出一片亮晶晶的汗来。黎先生出面替他解围，说金教授讲得很好，算是从理论上阐述了这个问题，下面就转入实践经验交流吧。还有人嘀嘀咕咕不肯罢休，说这样太便宜金教授了，金教授连连抱拳作揖，关键是金太太半座铁塔一般端坐在他旁边，一张搽了胭脂的宽阔的脸上挂着凛冽的笑容，于是没有人再坚持了。

黎先生又敲起了碟子，花停在了裴真真手中。她大笑两声，亮开嘶哑中带着磁性的嗓门说："我对出轨零容忍，一个字——离，两个字——坚决离。这里在座的有人知道，我可不是空口说白话，我当真是身体力行，已经离掉过两个了。我这人眼睛里不揉沙子，绝不宽容背叛感情的人。谁敢在我手里犯病？看我狠狠治他！我们医院的大夫们送我一个外号——'渣男终结者'。"

我们几乎是不约而同望向她先生，她老公温和恬淡地笑着，脸上的表情既不是不以为然，也不是特别在意，看不出有一点的恼怒和不悦，非常坦然从容。

黎先生笑嘻嘻地对我们说："你们是不是在替裴医生担心？放心吧，大可不必。"他告诉我们她老公小贺是她的病人，两年前突发心脏病是她救了他一命。小贺笑着朝大家点头，表示确实如此。大家都纷纷向裴医生敬酒，夸她不愧是女中豪杰。黎先生赞叹地说："人家手里拿着刀呢，所以才这么气冲斗牛！"

游戏继续，又有人中招，一屋子人嬉闹疯笑得快开锅了。郝佳伦抢过去做了司仪，终于让花落到了黎先生的手里。一晚上他煽风点火，扬汤止沸，一次次把气氛推向高潮，大家早就想以其人之道还治其人之身，总算迎来了这个机会。

黎先生端着酒杯向大家敬酒，他顾左右言其他，就是不切入正题。不时有人打断他，要他言归正传。他笑着说："我不是不肯说，我是不敢说呀。"

大家一致叫他不要要赖。

黎先生目光绵长温存地望着黎太太笑，脸上的表情和刚才金教授回答问题之前一模一样，裴医生看了不屑地说："男子汉大丈夫，有什么好叽叽歪歪的？怎么想的就怎么说出来。"

黎先生深吸一口气，做出一副铤而走险的样子，说："今天各位赏光来寒舍一聚，说什么我也不能让你们失望。"他转向黎太太，讨好地朝她一笑，附在她耳边轻声说了句什么，随后对大家说，"要不这样，我让莹莹代表我说好不好？"

大家意见不一，有说好，也有说不行。

黎先生走过去替太太把酒杯斟满，端起杯子和她碰杯。黎太太喝完杯中的酒，落落大方地问我们："你们要问什么？我保证有问必答。"

郝佳伦即刻向黎太太发问："遇到对方移情别恋，你说一个人越是在乎另一个人，到底是更加容易原谅，还是更加不会原谅？"

黎太太说："当然是更加不会原谅。"

方子谦插话说："那我问得直接点，假如黎先生出轨，你能原谅他吗？"

"他不会的。"黎太太回答得干净利落，毫不犹豫。

"我是说假如。"方子谦说。

"当然会原谅。"黎太太仍然回答得干净利落，毫不犹豫。

黎先生得意洋洋地举起胳膊打出一个胜利的手势。

金教授打断他们："且慢且慢，这里似乎有点自相矛盾……"但是没人理会他。

"你说的是真的吗？"方子谦紧追不舍问黎太太。

黎太太柔柔地一笑，说："我说的当然是真的。"

方子谦得意洋洋地望一眼黎先生说："好了，我问完了。"

黎先生走过去拉住太太的手，哈哈大笑着说："亲爱的，你让方老板给带到沟里去啦！"

喝得面孔通红的金教授倏地站起来，朝黎太太说："何苦呢您这是？您没这个必要啊，瞧瞧您这般模样，这般人品，您可真没必要……"他舌头打结，却急着为黎太太打抱不平，金太太木着一张脸拉他的袖口，示意他不要再说下去，他却大大咧咧地把老婆的手用力一甩，提高了声音说，"一个男人怎么能够辜负这么好一个女人，真是岂有此理！"说着，他就像在舞台上表演一样咕咚一声倒在地上。大家未及笑开一惊之下赶紧去扶他，七手八脚把他抬放到沙发上，裴医生赶忙替他检查。倒是金太太沉着,说他喝多了就是这个样子,不用管他,过一会儿自己会好。果然没两分钟他就苏醒过来,从沙发上坐起身,面带羞涩,说话口齿清楚,酒也差不多醒了。大家这才松了一口气。

有了这么个插曲,真心话大冒险的游戏不了了之。已经是夜阑人静,大家酒足饭饱,便散了席。

从黎家出来,老唐和我一起往家走。他大步流星走在前面,一句话没有。快到家门口,他停下来,从口袋里摸出一包烟说:"喝得有点头晕,抽支烟醒醒酒。"他点着烟,一边吸着,一边说,"我真替那几个啥都说了的人担心,还怎么跟老婆回家?"他笑嘻嘻地又说,"你要跟人家黎太太学学,她给出的家庭政策多宽松啊。"

"人家喝得上头,你是喝了上脸。"我说,"眼热你上他们家过去。"

老唐嘿嘿笑着,掐灭烟蒂,扔进旁边的垃圾箱里,像是自言自语一般感叹道:"都明说了容许老公出轨,那不出轨还等什么呢?"

"你这叫啥话?"我说,"人家是那个意思吗?您这阅读理解也是没话说了。"

"我这是一语中的。"他一板一眼地说,"给了政策不用,岂不是白辜负了。"说完哈哈大笑。

聚会不久,我去黎家送些时鲜水果,看见他们楼下的客厅变了模样,空空荡荡,一件家具不见。我问黎先生和黎太太难不成要搬家,他们说不是,马上要动工重新装修一下。黎先生兴致勃勃地向我描绘装修之后的样子,这里要打通,那里要加高,这边要改成啥样,那边要做出什么效果,他滔滔不绝地说了许多细节。

"还有一个重点他没有说到。"黎太太同样是兴高采烈,她说,"我们要把家装修成白色调——白色的地板,白色的墙壁,白色的窗户,白色的窗纱,白色的床品,白色的桌子,白色的花瓶里插着白色的花朵……想象一下,是不是特别美?"

她两只好看的大眼睛笑成了两弯妩媚的月牙。

"你们实在是太浪漫了！"我由衷地赞叹。

因为装修房子，有好一段黎家停止了聚会。暑假过后，黎太太隔三岔五把黎鼎鼎送到我家，我还以为她是和黎先生出去应酬，有一天她跟我说，她妈妈病了，她接了她过来看病，要去医院照顾她。

"我妈妈情况很不好，癌症，发现已经是晚期了，医生说她这个病会很快的。"她似乎难以启齿，随即眼圈红了，"我一直没有勇气跟你说，我怕一张嘴就会哭出来。"她声音哽咽了，泪水夺眶而出。

我不知怎么安慰她。

她抹着眼泪说："说出来恐怕别人不相信，我根本想不到我妈妈会生病。她特别能干，特别麻利，而且特别要强，在我眼里她就是铁打的，任何时候她都能把事情做得特别好，没有困难能击垮她。从小到大我都非常依恋她，结婚之后才慢慢不那么依赖她。不过我竟然渐渐把她忘记了——我也是在她生病之后才突然意识到的。在我心里她就像一座大山一样稳稳当当地立在那里，我以为她总归会好好的，忽然听说她得了这么凶险的病，来日无多，我就像一下子掉进了黑暗的深渊。"她的眼泪再一次滚滚而下。

她抽抽噎噎哭得就像一个孩子，让我看着心疼。她一看就是那种从小到大被保护得特别好的人，我在怜惜她的同时甚至对她心生羡慕。

"我从来没有经历过这样的事情，这些日子过得暗无天日。我时时刻刻担心会失去妈妈，只要想到她躺在病床上，我就心如刀割……"

她哽咽得说不下去。

我尽力安慰了她，让她有什么事情只要我们能帮上忙的尽管开口。

隔了两三个星期，去课外班接孩子的时候我在教室外的楼道里遇到她，我小心翼翼地问她母亲怎么样。

"她动过手术了，手术很顺利，恢复得还算不错。"她比上次看上去神情轻松了一些，不过依然十分憔悴。

在等孩子下课的十来分钟她对我说了许多，她说心里一直特别后悔没有把妈妈接在身边住。"如果我带她定期去体检，也许就不至于这样。"她还说除了为妈妈担忧，她心里被自责的阴影笼罩。她是妈妈一手带大的，在她三四岁的时候爸爸就从家里搬出去了，尽管父母没有离婚，但爸爸从不回家，她记事起就没有在家里见到过他。上幼儿园的时候她特别眼热别的小朋友有爸爸去接，她心里也想要爸爸，但她从来不敢说出来，她好像天生就知道这是一个禁忌。她十二三岁时跑去问过姑妈，想知道爸爸妈妈之间究竟是怎么回事。姑妈含糊其辞跟她说他们合不来。在她反复追问下姑妈才说出来她爸爸是因为割舍不下初恋女友，回到了那个女人身边。而且，他们三个人是师范学院的同班同学，他们还是一张派遣通知书分到同一个中学的。爸爸因为"作风问题"受到了处分，不能在学校里待下去，他辞职下海了，而妈妈和她的情敌仍然留在这个学校里，都没有走，她们两个还一直都是同一个教研室的同事。得知这些她非常震惊，她无法忘记姑妈用哀怜的口气对她说的那些话："从来没见过你妈妈那样的人，她不争，也不退，什么也不说出来，也无法商量，硬得像一块石头。你爸爸既风流又软弱，身不由己夹在两个他根本惹不起的女人当中。"她明白姑妈是在替她爸爸说话，但这件事情上她心里只同情妈妈。

"妈妈对我付出得太多，我对她回报得太少，我太对不起她了。"她黯然神伤。我劝她不要这样想，父母为孩子付出是心甘情愿的，而且现在为妈妈多做一点也还来得及。她点头，柔声说，"谢谢你听我说这些，谢谢你开导我。"

之后有好一段时间我没有看见她，直到放寒假前的一天，我开车出去，在小区门口遇见她开车回来。她消瘦了很多，脸色苍白，显得十分疲惫。我们俩同时停了车，摇下车窗互致问候。她说她刚从苏州回来，陪妈妈在那边休养，回来安排一下家务马上还得过去照顾她。我跟她说黎先生不方便的时候让他尽管把小孩送来，她答应了。我们匆匆说了几句，便各奔东西。

很快就要过春节，黎先生打电话来，问我们把黎鼎鼎送过来方便不方便，他说有点急茬的事情要临时出个短差，恐怕夜里很晚才能来接。我跟他说如果没啥不放心的话就让孩子在我们家里过夜，省得他赶得太匆忙。他谢了我，说这样万一当天回不来他也不用那么着急了。那天因为下雪航班果然停飞，他直到第二天中午才回到家。好在黎鼎鼎住在我家很适应，他和小糖果儿玩得很开心，两个小朋友一块儿写作业一块儿打游戏一块儿吃零食，亲亲热热，倒比一个孩子更加省心。

有了这次成功的尝试，黎鼎鼎在我家过夜的次数多了起来。整个寒假，甚至春节，黎太太都没有回来，她不在家的那些日子里，黎先生忙起来就把他放在我家，有时甚至连着住两三夜。黎鼎鼎很乖，很自律，做事非常有条理，读书写作业相当自觉，玩游戏也很有节制，一看就是养成了良好习惯的孩子。他住在我家，起床之后会把被子铺得平平整整，吃完饭会收拾碗筷，看见别人做事会主动帮忙，我觉得最难能可贵的是他年纪小小很会体察别人的情绪，对人亲善，很有爱意，真是一个教养极好讨人喜欢的孩子。他并不像他爸爸说的那样给我们添了多少麻烦，相反，我们一家三口都很喜欢他，他也给我们带来了不少快乐。

清明节刚过不久黎太太的妈妈去世了，她安葬了妈妈回来了一趟，随后又回老家去了，因为按当地风俗葬礼还没有结束，七七四十九天要请和尚念经超度，要烧纸，还要请亲戚朋友吃豆腐饭，有不少的仪式要做。走前她收拾了黎鼎鼎的衣服用品要交给我，她说按老规矩新丧不便到人家里去，所以约我在小区会所的咖啡吧见面。

她比上次见到更瘦了，脸上一点妆没化，连口红都没有搽，头发也没有做过，用橡皮筋简简单单勒在脑后，穿一件蓝不蓝黑不黑的羽绒服，看上去既像十七岁，也像四十岁。这在她是少有的，我不记得见过她素颜的样子，更别说如此不加修饰。她冒雨走过来，外衣和头发都淋湿了，更显得楚楚可怜。

她为我点了咖啡和点心，一边感谢我和老唐帮她照顾孩子，一边从包里掏出一盒香烟，动作娴熟灵巧地弹出一支点着，深深吸了一口。我第一次看见她抽烟，有点暗暗吃惊，她吸烟的样子跟我内心深处的那个她有点对不上号。尽管女人吸烟并不少见，但我觉得吸烟的女人容易给人世故和沧桑的印象，她倒是不世故，但那一瞬间我还是从她身上看到了一点沧桑感。她伸手拂开面前的烟雾，半开玩笑地对我说："对不起，是不是有点破坏形象？"她淡淡一笑，"我从来不敢当着黎鼎鼎吸烟，在他面前我一直努力维持着一个好妈妈的形象。"

"你本来就是好妈妈。"我说。

她用力摇了下头说："跟我妈妈比起来，我可差得太远了。"

她就像是情不自禁地说起她妈妈，对我讲了从小到大经历的好些事情，她说得断断续续，有头没尾，从这件事情跳到那件事情，一件事没讲完又讲起了另一件事，似乎那些印象深刻的旧事奔涌而出，她来不及叙述，所有这些事都是妈妈为她的付出和牺牲，好几次她眼睛里漾满了泪水。她说当年外婆家知道了她父母分居的事情，想让她妈妈带她回老家的镇上去住，也好对她们母女有个照应，可是妈妈为了她能继续留在城里的重点学校读书，为她的前途考虑，没有接受父母的安排。她一人挣钱养家，除了上班，还做家教，从早到晚很少有闲的时候。小时候她只看见妈妈操劳，并不知道她留在那样一个令她心碎和羞耻的环境里有多么痛苦，她也体会不到妈妈所受的委屈和压力，长大之后随着阅历的增长，她才知道妈妈忍辱负重，吃了那么多的苦头。

"妈妈为了我什么都能忍受，可我在她活着的时候没有好好关心她，没有好好陪陪她，没有耐耐心心地跟她聊聊天，甚至从来没有听她说说心里话，一想到这些，我就心痛难忍。我是她最亲的亲人，可我不知道她一个人在家里是怎么过的，我也从来没想要知道，她的生活和内心对我来说就像是个黑匣子。"

她强忍着眼泪，掐灭了手里的烟头，又重新点上一支。

"我最对不起妈妈的是让她孤独地老去，我早该接她到身边来生活的，可我竟然根本就没想到要这么做。现在说这些太晚了！"她重重地叹了口气，"我只顾自己过得幸福，完全忘记了对我那么好，什么都为了我，对我那么无私的妈妈，我太自私了，没人知道我有多后悔，多自责。现在她不在了，我想弥补都弥补不了了。"

她的话就像外面下个不停的雨一样透出阵阵寒意。

随后的一个多月，我没有见到黎太太，黎先生也没有送黎鼎鼎到我家来。一天晚上，我在超市门口碰到黎先生，他手里拎着一个塑料袋，袋子里若隐若现透出两包方便面和两三个西红柿。他跟我打招呼，我随口问他这是准备做晚饭吗？他点头，说回来晚了，也累了，做一点凑合吃一口。我问他黎太太回来没有，他说还没有。

"她这一趟回去时间不短了。"我说，"你怎么没把黎鼎鼎送我家来？"

"总麻烦你们不好意思，你们也很忙。"他说，"我这一段没有出去，所有出差的事情都推掉了。"

"其实不用客气。"我说，"两个孩子很玩得来，而且你们黎鼎鼎特别懂事，乖得让人心疼。"

他露出笑意，说："最近我也发现这孩子好像长大了，他自己的事情做得有条不紊，不怎么要人操心，而且还挺会关心人的，每天晚上写完作业睡觉前都会过来看看我，我要是不忙他会跟我聊几句。以前他只跟他妈妈亲热，好像有点怕我，跟我一点不近。"

我听了笑起来。

"你送他过来吧，我们随时欢迎他。"

"好的。"他说，"先谢谢了。"

我问他："黎太太快回来了吧？"

"还真说不好，她娘家那点事情好像永远没个头。"他苦笑着说，"她心太重了，她妈妈去世，她一夜一夜通宵守灵，自己发着烧也不顾。我劝她，她根本听不进去。她说她妈妈活着的时候一个人太孤单，这是她最后陪她的机会了，不能再错过。她给她妈妈办了非常隆重的葬礼，三亲四戚，七姑八姨，有交情没交情，有来往没来往，见过没见过，甚至于认识不认识的，能想到能问到的全都请来了，出路费，包酒店，请他们吃请他们喝，连她家街坊四邻都说多少年也没见过这么排场风光的白事了。不管她家亲戚朋友说个啥，她就照着去做，有些事情说出来都荒唐可笑——她给她妈妈烧了不知多少东西过去，别墅、汽车、电视机、洗衣机、冰箱、烤炉、电脑、手机等等，只要能想到的都要烧过去，衣服首饰更是不计其数，反正是这边有的她都要让她妈妈在那边也有。她生怕她妈妈钱不够用，不断烧纸钱给她。她从网上买了好多锡箔纸，仔仔细细裁成小方块，把每一方折成三角帽，据说就成了元宝。她把叠好的元宝装在一个布口袋里，口袋装满之后倒进贴了红纸的财宝箱，攒满一箱之后就用纸做的锁锁上，再贴上封条，去烧给她妈妈。她回来看我们的三天都没有停下做这件事，白天夜里都忙着叠银元宝。还有更夸张的，她在网上订了一个整体厨房，当然也是纸糊的，烧给她妈妈。她说她妈妈一手的好厨艺，又喜欢做饭，必须要给她弄个好厨房。我简直是无语！你能想象她是一个在美国和英国都留过学有着硕士文凭的人吗？"

"天呐！"我忍不住感叹，心里其实完全理解她为什么要这么做。

他又说："她忙起那些事情有一种奇怪的热情，我找不到贴切的词，只能这么说。她差不多把我们都忘了。我理解不了，她妈妈人都不在了，做那么繁复的仪式是为了什么？而且她花那么长时间待在老家，丢下我们也不管，我觉得……怎么说呢，真有点不可理喻。"

"她这么做也是为了自己心安吧。"我说。

他听了不置可否，神情冷峻而淡漠。

"这么晚了，你和孩子不如去我家吃口便饭，老唐在做晚饭，这会儿估计做好了。"我转换了话题，向他提议。

"真不用。"他谢了我，"改天再去打扰吧。"

6月初，我在沁芳园一年一度的义卖会上碰见了黎太太。她一向是慈善活动的活跃分子，这次也不例外，带了一大篮子自己烤的小蛋糕来献爱心。她跟我说刚回来匆匆忙忙，后悔没有多准备几样东西来卖，还有小孩没来得及穿就小了的新衣服也应该带过来。那天她连同义卖的钱捐了好几千块给失学女童。

　　我问她老家的事情结束了没有，她说丧事办完了，但是房产、股票、保险等等还要处理，有些手续相当繁琐，很费时间和周折，不知道什么时候才能办得好。她说处理房产就特别费事，首先是房子里的东西要一样一样收拾，她睹物思人，一看到妈妈的那些用品就忍不住流泪，每次只能整理一小点，就伤心得弄不下去了。

　　"我一直以为妈妈过得简单朴素，整理她遗物才发现她存了不少钱，还买了股票、黄金和保险，攒下了不少家产。其实她没生病前就跟我交代过，不过我从来没当回事。尽管这些都是留给我的，可我真的一点也没觉得开心，反而更加难过。想到她不舍得吃不舍得用，能存下多少就存下多少，我就特别心痛。"她说，"打开她的衣柜，里面有些衣服还是新的，连吊牌都没有剪，我想她真是节俭惯了，买了新衣服还不舍得穿。叫我吃惊的是我看她衣柜下面几个大抽屉里满满的都是新袜子，少说也有三四百双，一个人怎么用得着那么多的袜子？果不其然，她人走了，那些袜子还是崭新地留下来了。我忽然明白了，她没有慰藉，而且心里有很强的不安全感……"

　　她和我当街站着，她有那么多话迫不及待要倾诉，完全顾不得周围人来人往。

　　"原来我以为人死了眼睛一闭就和这个世界没有关系了，其实真不是，人死了以后还有许多事情要办。而且，人死了之后影响还在，甚至可能比活着的时候影响还大。"她两只眼睛里忽地蒙上了泪雾，"我妈妈对我就是这样。"

　　她告诉我，她在妈妈卧室的壁柜里发现一只因为年月过久瘪了的藤条箱，她掸去灰尘，打开锁，发现里面装满了书信和日记，从她小学二年级去参加夏令营写给妈妈的第一封信，到她去美国留学期间寄给妈妈的每一张贺卡，都完好地保留着，而妈妈写给她的信她早已经不知丢到哪里去了。后来因为用了手机，她再没给妈妈写过一封信，连贺卡都不寄了。看了妈妈那么经心地收藏着她的信件、贺卡甚至是写在小纸片上的简短留言，她泪如雨下。

"我把那只箱子带了回来，夜里睡不着觉的时候就在书房里看妈妈写的那些日记，虽然就是一些流水账，我能从字里行间感觉到她的呼吸和心跳，我真的是从来没有觉得自己和她这么近。"

她一次次红了眼圈，强忍着总算没在这个人头攒动的热闹场合流下眼泪。

一天夜里我从外面回来，碰见在网球场边上遛狗的黎先生。

"你们都好吧，这一段？"

"都好。"他微笑着说，随即又补一句，"只能说还凑合吧。"

"哦，怎么啦？"我问他。

"也没什么。"他说，"就是……过得挺沉闷的。"

"要不哪天我们聚会吧？老唐早说要请客了，干脆约上大家一起热闹一下。"我说。

黎先生没有说话。

我意识到他说的不是这个意思。

果不其然，他说："怎么说呢，自从朱莹莹妈妈去世，她一直就没有走出来，回来以后每天都是无精打采的，动不动就哭，为一点小事就会情绪失控，甚至什么事没有也会发脾气。有时她好几夜失眠，有时她不吃不喝连着睡上几天，我真担心她得了抑郁症，让她去看看医生，她根本不听。"

我说："她确实是心重。"

他说："我反复劝她，妈妈不在了，你再难过也不能换她活过来，你这么折磨自己，妈妈要是有知，会心疼的，你好好生活才对得起她。但我说也是白说，不起作用，她还是沉浸在自己的情绪里。最近一段时间，一到夜晚她就把自己关在书房里读她妈妈的日记，一边读一边哭，还说要把那些日记整理出版，我觉得真有点……匪夷所思。说句那什么的话，现在大师写的作品都不一定有人读，谁会感兴趣一个普通人的日记？不过我这话是绝对不能对她说的，我要是说了她肯定会跟我急。以前那个通情达理的朱莹莹现在基本上看不见了。"

听他这么说，我不知说什么好。

"我觉得最委屈的是孩子。我看黎鼎鼎回到家有点战战兢兢的，原先他们母子俩好得就像一个人，小孩有事没事黏着他妈妈，现在他在他妈妈面前小心翼翼的，一点也不放松，没有了小孩子那种天真和任性，我看了心里真有点发酸。我小时候我妈妈就总不开心，我就是在那种阴郁压抑的家庭气氛中长大的，所以我深有体会，心里很不是滋味。"

我安慰了他几句，并说会找时间约黎太太出去透透气儿。

周末，我约黎太太一起去健身，她有些犹豫，但还是答应了。到了健身房门口，她感叹一句："我已经好久没进来过了，感觉都陌生了。"

我们领了钥匙刚走进更衣室，迎面一个高挑苗条的女孩走出来，她显然刚运动过，面颊红扑扑的，像新鲜的玫瑰花瓣一般，湿漉漉的头发垂在肩头，就像时尚杂志的封面女郎那样明媚性感。她大步朝外走的时候旁若无人地扭过头望着落地镜里的自己，并朝镜子里的自己嫣然一笑。她实在太漂亮了，我和黎太太都看傻了。

这位姑娘刚一走出去，黎太太就由衷地感叹说："这样花朵般的年纪，这样花朵般的心情和状态，我是一去不复返了。"

"谁不是呢？日月如梭，时光不饶人啊。"我跟着她发了句感叹。

宽敞明亮的更衣室里就我们两个人，她在加了亚麻布坐垫的木条凳子上坐下来，一边慢吞吞地换衣服，一边神情疲惫地说："不知怎么我感觉生活就像喝淡了的茶一样越来越没有味道，应付每天的日常事情我都疲惫不堪。现在一天天过得让我感觉就像下雨天拖着大草包，越来越重，越来越拖不动。"

我想到黎先生跟我说的那些话，我劝她说："你刚经历了那么大的变故，需要缓一缓，好在时间会治愈一切。"

"没什么办法的时候我们就只好相信时间能治愈一切，似乎真把时间当成了包医百病的良药。"她嘿地笑了一声，"他也跟我这么说，但我觉得……"她突然收住话头不说了。被硬生生截断的话头就像断了的线头一样悬挂在空中，没有着落。

"什么？"我说。

她就那么静静地坐着，好像在思考，又像是发呆，沉默了好一会儿才说："谁能说得清楚时间是良药还是毒药？时间有太大的腐蚀性了，可以吞噬一切，消灭一切，什么都不存在了，自然也就没有痛苦和烦恼了。"

"你想说什么？"我问她。

"他对我不如从前了，尽管表面上还和以前一样，但我能从他的情绪里察觉出来他对我的爱淡了。没办法，我们太熟悉了，一个笑容一个眼神彼此都能明白是什么意思，就像心灵感应一样。"她努力挤出一个笑容，但却是苦笑，"我在英国读书那一年，他七次飞到伦敦来看我，他自己学业也特别忙，有时只是来和我一起过一个周末。那时候他没什么钱，为了买机票不但要去打工，还要省吃俭用。结婚这么多年他除了让我和孩子衣食无忧，总是尽最大可能给我们最好的，而且还经常给我惊喜和感动，我真的是被他浓浓的爱包裹，现在那层爱，怎么说呢，好像云消雾散了。"

"也许是你太敏感了。"我说，"再说，多好的婚姻也会有疲劳期吧。"

"不仅仅是疲劳，我们是极点出现了。"她说。

"老话说'家家都有一本难念的经'，你是不知道别人家都是怎么过的，如果有客观的比对，说不定你就不会这么说了。也许你觉得不满意的境况还是别人追求而不可得的呢。"我拉了她一把，笑着说，"走吧，去跑五千米再游上三十个来回，没准你就心情改变振作起来了。"

不过我和黎太太的健身活动并没有坚持下来，我上班太忙，而她老是没精打采，有时好容易凑了时间约好了，她又推说有事或者不想出门取消了，我的兴致也就渐渐没有了。

有相当一段他们夫妇和我们来往不多，然而不知从哪一天开始，几乎是毫无预兆，沉寂多时的黎先生和黎太太又和我们走动频繁起来。不过他们并不像以前那样双双对对一起来，而是分头过来，有时有点小借口，有时任何借口没有，打个电话或者微信上说一声就来了。看得出来他们并不像以前那样只是来串串门，像是有话要说的样子，可是又只顾聊些别的，新闻，传说，球赛，明星，等等，聊完也就走了，两口子都是一样。"我看他们有点儿不正常啊。"老唐这么说。连不怎么八卦的老唐都看出来了，我觉得他们之间恐怕真是有点儿问题。

黎先生常过来找老唐下棋，一天夜里他又来了，他脸上带着酒后的酡红，怀着歉意说："真不好意思，老来打扰，我把你们家当成乐园了。"

下完棋我们送他到楼门口，他喃喃地说："现在我看哪个亮着灯的窗户都很羡慕，我觉得哪家过得都比我们家快乐。"他叹了口气说，"刚才下棋的时候我还在想呢，婚姻大概也是有周期性的吧？我发现我们就像是进入了下降通道，连大师都说趋势的力量是很可怕的，趋势会碾压一切。"

他说完笑一笑，抬脚走了。

老唐和我对视了片刻，但我们都没说什么。

没过多久，我们又听到了黎太太抱怨黎先生的话。她说他现在老是出差和加班，或者干脆说经常以出差和加班为名躲出去，好像什么地方都比自己家好，回到家里也没一个笑脸，就像是迫不得已才回来的。以前他生多大气都不当着小孩跟她吵架，现在一句话不对付就跟她吵起来，原先的好脾气完全没有了。以前他跟她说话声音高了都会主动向她道歉，现在跟她吵了架之后只会跟她冷战，好几天甚至好几个星期不和她说一句话。最令她难以忍受是的他经常喝酒，不是从外面喝得醉醺醺回来，就是一到家就喝，不把自己喝醉不罢休。

"我快不认识他了，我不知道他怎么会变成这样。前天是我们结婚十周年纪念日，本来我是想请你们几个老朋友一起到家里来吃饭的，他这个样子，让我还有什么心情？我怕朋友来了没滋味，我还担心会让你们尴尬。"她蹙起双眉说，"如果一开始有人告诉我结婚十年之后会是这个样子，我恐怕根本就不会结这个婚。"

隔了没几天，那天夜里十一点多钟，黎太太发微信给我，问我睡了没有，如果没睡让我去她家一趟。她从来不在这个时间找我，我猜想一定是有什么着急的或者是特别的事情。我立刻去了她家。出现在我面前的她头发蓬乱，眼泡浮肿，一看就是刚刚哭过。

"这是怎么啦？"我吃惊地问她。

"我跟他走到头了……"她说。

我以为他们吵架了。

正要安慰她几句，她说："他有外遇了。"

听上去完全是一个爆炸性消息，我毫无心理准备。我倒不是说黎先生出轨这件事让我多么惊诧，让我吃惊和震动的是黎太太居然会把这种夫妻间的隐私这样直言不讳地对我说出来。

她在餐桌边的椅子上坐下来，微微颤抖着手指点着一支烟，深深吸一口，吐出一片烟雾。她似乎在等我问她，但我不想问，心里也觉得不好问。她将窗户打开，放了放烟，看上去她尽管还很恼火，却镇定了许多。

她说前一段因为处理房产她又回苏州去了一阵子，从这个学期开始黎鼎鼎住校，周末才接回来，所以平常只有黎先生一个人在家。她不在家的日子晚上经常会和他视频，他一般都是坐在书房里，一边玩着电脑游戏，有一搭没一搭跟她闲聊，有时说得长点，有时就是寥寥几句，他说要和同事对接工作，或者是累了困了，也就不聊了。表面上一切正常，但她心里总是隐隐觉得哪里有点儿不对。她仔细想过，可能是他态度里略微有点敷衍，又似乎他急着要去做别的更吸引他更让他觉得有意思的事，这使她起了疑心。回到家她里里外外进行了一番检查，发现了几个明显的疑点，一是客厅里原来放在鞋架下层的一双女式拖鞋挪到了鞋架上层；二是厨房里出现了两把朝上放的叉子，而她放刀叉要么平放，要么都是朝下的，这完全是出于一个母亲的谨慎和细致，她害怕叉子朝上会扎到孩子。她不但自己这样做，也要求他和孩子这样做，因此叉子朝下放在这个家里早就是一条不成文的规矩；三是有一根手机充电线从书房移到了床头，而他从来都习惯在书房或者客厅给手机充电，那根充电线自从买来之后就没有移过地方。这些细节要说也都能解释得了，不能看作是有人在她不在期间"入侵"的铁证，但她无法消除心中的疑惑。她去门房查了外卖的送餐登记，然后挨个给餐馆打去电话，问前一份都点了什么。有的餐馆不肯回答，也有餐馆热情地回应，果然除了冷热菜之外，主食和饮料都是双份的：双份的面条，双份的炒饭，双份的果汁，双份的冰淇淋，还有两个人才吃得完的大号的比萨饼。她去找物业，用被陌生男人尾随的理由要求按照点餐单上显示的时间调出车库的监控视频来看，不出意料看见黎先生是和一个女的一起下车的。她还看到了她认为是关键的一幕，可能是车库里有点冷，黎先生脱下外衣裹在那个女人身上，而且还是无比亲热地搂着她一起走。她说她在震惊中崩溃，在此之前，她一直以为自己的丈夫只对自己这样，从来没有想到过他还会对另一个女人这样。而且，她一直被他这种亲昵的举动深深感动，觉得自己非常幸福，刹那间她就为那份幸福支付了心碎的代价。

"会不会就是个误会？"我说。

"我也真希望是个误会——可惜不是。说实话，本来我是想忍的，假装什么也没发生，假装什么也不知道，但是今天一早，他收拾了箱子，跟我说公司让他去广州开会，我问他什么时候回来，他突然就急了，很不耐烦，说你问那么多干吗？可能他自己也意识到这个反应有点过激，他说他不知道会议的情形，到那边看情况再定。然后我们就没话了。我感觉他还想找补一下，似乎想说点啥缓和一下气氛，但他最终还是没说什么。他走了之后我心里乱糟糟的，一直不踏实。下午我给他打电话，他手机还关机，我想他大概是在飞机上吧。傍晚再打给他，电话通了，但他没有接，打了几个都是这样。我打电话到他公司，他的秘书说他休假了。休假？我竟然不知道他是去休假！不瞒你说，那一刻我有点疯了，我突然想起来要查他的信用卡，跟他结婚这么多年，我也从来没有这样做过。我知道他银行卡的密码，是我的生日，他居然一直也没有改过。我看了他的消费记录，果然前两天就买了机票，而且我还查到了他许多别的消费，买首饰，买包，买女装，还有开房等等……我给他发了微信，让他看到信息给我打电话。九点多钟他打来电话，说到了就开会和吃饭，忙得没有工夫。我说你真是在忙公事吗？怕不是在忙私事吧。他先还说我疑心病重，让我不要没事找事，在我追问之下他有点急了，叫我不要无中生有诈他，还找出各种听上去蛮像那么回事的理由向我解释，说他真的在忙什么什么——到这个时候他还在一个劲儿撒谎，真的让我太生气了。"她又点着一支烟，愤愤地说，"我们在电话里大吵一架，后来他口气不硬了，其实就是承认了。他在电话里哄了我半天，让我别生气，说回家跟我解释。他这个样子反而让我更加伤心，不光是伤心，还很绝望。想想这么多年自己的生活就是围绕着他这么一个中心，我爱他爱得心里都产生错觉了，以为跟他就是一个人，可是他背着我竟然做出这种事情，我真是傻透了！现在我和他之间只剩下离婚一条路了。"

"你别冲动。"我劝她，"你怎么也要为孩子想想吧？"

我没好意思直接说你难道就不为自己想想吗？她在家做全职主妇，差不多有十年上下没到外面工作过了，不说别的，往后生活怎么着落？难道这么年轻就过坐吃山空的日子？如果重返职场，不说如今找工作难，就算找到一个称心如意的工作，还有一大堆的困难等着呢，更何况她和社会脱节了这么多年，职场上的游戏规则恐怕和以前都大不一样，我随便一想都替她忧心。我忍不住劝她说："你还是冷静下来好好考虑考虑再说。"

"没什么好考虑的，委曲求全的日子我一天也过不了。"她异常坚决地说。

她的坚毅和绝不妥协的样子是我从来没有见过的，和我之前认识的那个温柔娇弱的黎太太判若两人。我还想再劝劝她，但她却有条有理地说起了她要托我的事情。

"本来我是要上门去找你的，可是这么晚了，而且我这副样子，不好意思去打扰你们一家人，所以只好麻烦你过来。刚才我和他吵架的时候他在电话里说明天一早就飞回来，要和我当面谈，我说了我跟他没有什么好谈的，我也不想在这个时候跟他见面。婚我肯定是要离的，我跟他说得清清楚楚。我明天就回苏州，等找好了学校就来把小孩带走。"她把拴着一只毛绒小狗的一串钥匙递给我说，"他说明天就回来，不知道他什么时候到家。明天就是周末了，黎鼎鼎放学之后要回来，我放一套钥匙在你这里，我发信息告诉他，如果回来开不了门，让他找你们去。"

"你这是干吗呀？"知道挽留不住她，我还是说，"你非要这样吗?"

"这里的一切让我心痛得喘不上气来。"

我接过钥匙，答应如果黎先生一时没回来，我们会照顾黎鼎鼎。我拥抱了她，心酸得眼泪涌了上来。

他们的婚变发生得太突然了，用老唐的话说"令人眼前一黑"。我不清楚黎先生是怎样面对这件事情的。黎太太走了之后，他跟我们几乎断了来往，偶尔碰见，他的神情是严肃甚至有点戒备的，对我们淡了许多。我说不上他是愧疚，还是隐含着对我们没有在关键时刻帮他劝住太太的不满。其实，他当然不是不知道我们一定会尽力而为的，而且同住在这个院里，他也不会不知道我们懂得尊重别人的生活。

自从黎太太搬出了他们临湖的豪宅，那座房子看上去没有了往日的生气。从周一到周五，也许是因为黎鼎鼎不回家，一到夜晚整座房子都是黑黢黢的，只有书房的位置亮着灯光。我不知道黎先生是不是在写作，那个泛着橙黄色的光线暗淡的窗口让我感觉有一种说不出的孤寂。到了周末，有时会看见黎先生一个人带着孩子去餐馆吃饭，去超市买东西，或者是开车外出，如果不知道他家发生了那样的事情，他们父子俩的生活看上去平静安逸。黎先生还是和以往一样帅气，他的衣着和汽车都是干干净净一尘不染，他一点没有因为处在婚变之中而马虎邋遢。黎鼎鼎同样穿得整洁鲜亮，我仔细留意过，他衣服的增减与季节和温度相当适宜，甚至上衣和裤子，帽子和鞋袜的颜色搭配都协调好看。平心而论，黎先生一个当爸爸的带孩子带得如此精心，连我这个当妈妈的都有点自愧弗如。

黎太太走了好长一段时间，黎先生见到我们才自然一些。他偶尔会来我们家串门，有时是送黎鼎鼎过来找小糖果儿玩，有时是来找老唐下一两盘棋，我们彼此说话也都十分谨慎，生怕触碰到他的旧伤痛。他不跟我们说黎太太，我们也同样是一句不提。

但我们这些老朋友都记挂着黎太太。有一天我去医院找裴真真请她帮我看体检的心电图，她一边用咖啡机冲茶，一边讲起她科里突发的一件事，一位新提没多久的副主任两天前在家门口遛狗，突发心脏病倒在地上再没能起来，他手伸进裤子口袋去掏手机，连手机都没来得及掏出来。保安就离他几米远，眼看着那么一个大活人几秒钟就过去了，而他头天晚上还在给别人做心脏手术。

"世事无常，我认识的恩爱夫妻本来就寥寥无几，我们这位副主任是疼爱老婆的楷模，结果刚刚四十出头就撒手走了，留下三十不到的老婆和一个刚上小学的孩子。看他老婆哭得泪人儿一般，我们也跟着心碎。"她感叹地说，"神仙眷侣一般的黎先生和黎太太也分了，还记得我们在黎家喝酒畅谈，多开心啊！真是欢声笑语犹在耳旁，已经物是人非。"

我也跟着她叹气。我问她："你有黎太太最近的消息吗？"

裴医生苦笑了一下："还黎太太呢，恐怕已经不是黎太太了。"她摇了摇头说，"至少有半年多没她消息了，还是她刚离家不久来找过我，让我帮她介绍工作。她认为我做医生人脉广，而且跟别人开口人家也肯给面子，确实是这样吧，不过你也知道，现在要找个不错的工作哪儿那么容易，好的岗位都不是一般人能挤得进去的，要么凭关系，要么凭票子，都是硬碰硬的。不少地方都规定只要三十五岁以下的，还是死杠子，没办法突破，她刚刚三十六岁，真叫尴尬。"

她说起为黎太太找工作的经过，三个月之内她就帮她介绍过两次工作。她先把她介绍到一家报社做财务，她嫌报社给的薪水太低，做了一个月就辞职了。她又介绍她到一家办得很火的教育培训机构，这一次她没做满一个月就又辞职了，实际上是被炒了，原因是老板要求她在账簿上少列收入，想借此少缴税款，她认为这是偷税行为，不肯那样做。老板大约也不想得罪她，就派了一个完全不懂财务的老家亲戚当她的上司，每天上班就是挑理，她坚持了一两个星期实在忍受不了，就主动离开了。

"我真不知道她居然那么天真幼稚。"裴医生说，"我倒也佩服她有自己做人的原则。"

"这个社会发展太快了，她在家里一待十年，成了温室里的花朵，哪里经得住这样的风霜刀剑严相逼？"我听了很替她忧心。

"可不是嘛！"裴医生说，"其实依我看她不适合出去工作，要说她也不缺钱用，她说过她妈妈给她留下不少遗产，老家还有房子，再说她和黎先生离婚他也会给她赡养费，至少她自己生活不愁，但她一心想要孩子的抚养权，所以必须得自己有收入才行。而且她儿子一直是上国际学校的，每年的学费就不是一般工薪阶层能负担得起的，所以她压力巨大。我很同情她，也很心疼她，所以才一次又一次帮她。

不过我也觉得她有点自讨苦吃。"

"其实他们要是不离婚多好。"我忽然脱口而出。

裴医生笑了笑，随即拿出医生的冷静，就像宣布一个结果说："已经没有这个可能了。"

我忽然想起那次情人节在黎家聚会，大家玩真心话大冒险时黎太太还信誓旦旦说假如黎先生出轨她是会原谅她的，言犹在耳，他们却已各奔东西。

"你不记得金教授的名言了？'理论是灰色的，生活之树常绿'——生活本身比理论要复杂得多，不但是多维的，不断再生的，而且是瞬息万变的，沟沟壑壑，枝枝蔓蔓，不是哪一个人可以控制的。"裴医生说，"朱莹莹跟我说过，她和黎明睿是一见钟情，从爱上他那一刻起她心里就只有他，不知不觉，也是心甘情愿，把自己活成了他的影子。直到有一天觉察他有了外遇，她的爱情梦破碎，才发现之前她相信的爱情不过是一个泡影。"

"爱情本来不就是一个梦吗？"我说。

裴医生微微愣了一下，突然哈哈大笑起来。"是这么回事。"她说，"我是离了两次婚结了三次婚才明白的，爱情可不就是一个梦嘛，而且说不定你的梦里还套着别人的梦，她太年轻了，还不懂得这些。"

冬去春来，黎家花园里的花又开了，浅浅淡淡，生机勃勃，还像往年那么好看。可是到了夏天，花草都长疯了，没有修剪的小树像没理过的头发一样乱蓬蓬的，杂草蹿得有半人高，月季的藤蔓都爬到小马路边上了，花园的围栏也歪了，绿意盎然却掩不住颓败衰落。

一天，我和老唐从黎家门前经过，看见黎先生正蹲在大太阳底下给花园的围栏刷油漆，见了我们他停下手里的活儿，说："装修完房子我才发现外面这圈栅栏忘记让工人刷了，丢了大半年也没顾上，我嫌为这么点小事找人麻烦，干脆自己动手。"

当晚，他晚饭后来到我家，跟我和老唐坐在黄昏的阳台上一起喝加冰的威士忌。已经有好久他没有过来坐坐了。迎着客厅里的光亮他慢慢翻动着手掌，他无名指上贴着创可贴，就像戴着一个戒指。他说下午刷栅栏的时候手被围栏上的旧铁钉扎了，流了不少血。

他随口聊到房子装修的事，淡淡地笑着，说："当初完全是为了她才动了装修房子的念头。她说从电影里看到一座房子雅致极了，美得无法形容，心里忽然种了草，梦想自己也有一个那样的房子。我问她是什么样的房子，她说白色的墙，白色的地板，白色的天花板，白色的窗户，白色的窗纱，白色的家具，白色的床单，白色的花瓶插着白色的花，然后我头脑一热就答应了她。结果呢，她热情澎湃地开了个头就扔给了我，再也不闻不问。这也罢了，等房子装修好了，她人却不在这个家里了……下午我把花园的围栏都刷了，一切都按照她的要求来的，毫不走样，今天算是真正大功告成了。"

他慢慢地喝一口酒，慢慢地转动着杯子，慢慢地绽露出一个悠长笑容，简直就像电影里令人感伤的慢镜头。

这是黎太太走后他第一次在我们面前提起她，喝到第三杯酒的时候，他说起了他们离婚的事情。

"说句大实话，我是一点不想离婚的，从结婚那天起，我从来就没起过离婚的念头。我很小父母就离婚了，所以对离婚这件事我有童年阴影。记忆中我父母离婚前经常吵架，吵急了还动手，他们打起架来惊天动地，两个人都是逮什么砸什么，房间里飞沙走石，简直就像爆炸现场。我家的电视机都被砸坏过，那时候也算是挺贵的物件，要存好长时间的钱才买得起。我是在惊吓中长大的，当时我最怕的还不是他们吵架，而是他们离婚。我只要一听见他们说出这两个字心里就怕得要命，哭得要死要活。我担心他们离了婚没人要我，我会流落街头，吃了上顿没下顿，再不能睡在自己温暖干净的小床上，只能浑身脏污在桥洞里过夜，说不定我也像卖火柴的小女孩一样在某个风雪交加的夜晚孤苦伶仃冻饿而死。不过我父母真的离了婚他们谁也没有告诉我，他们一直瞒着我，从来不跟我说实话。他们分开之后我跟着妈妈，她骗我说爸爸出差了，又说爸爸出国了，其实我心里早明白是怎么回事了。轮到我自己经历离婚这件事，我心里那个童年时代的伤口又被撕开了……"

"你们就没有挽回的可能吗？"我没忍住问他。老唐直直地瞪着我，在微暗的光线里他朝我眼光一闪，我直觉他大概是认为我说了冒失的话。

黎先生非常肯定地摇了摇头，他咧嘴苦笑了一下，低下头去喝酒。

老唐默默地往他杯子里加了点酒。

"不瞒你们说，我不是没有试过，我做了不少努力，不过收效甚微，干脆说是没有效果。我对她说我爱的是她，牵挂的是她，心里放不下她，但我说什么都没用，这些话已经不再能打动她，她不理我。"他沉默了片刻又说，"自从她搬出去之后我听她说得最多的一句话你们知道是什么吗？三个字——不是'我爱你'，而是'你走吧'。每次我去找她，不管是怎么开局，是吃闭门羹，还是以为能有一个新的开始，最后得到的总是这三个字。"

我说："她内心真不像她外表那么柔弱。"

老唐又飞快向我投来一瞥，不过这一次我发现他目光里没有责难，更多的却是认同。

"她的心冷了。"黎先生顾自说下去，"她是个涉世未深的人，所以她心里的爱情还是爱情本来的样子。但我真没想到她竟是一个宁为玉碎的人。"

我们不知不觉都喝得有点多，喝到后来我们就把黎太太忘记了，我们说起从前聚会时那些好玩的事情和讲过的笑话，我们乐不可支，笑得前仰后合。

"我建议我们再干最后一杯。"夜深了，脸上泛着红晕已有了几分醉意的黎先生对我们提议，"为爱情干杯！"

三只玻璃杯清脆地碰在一起。

2019 年 5 月 9 日

绿灯笼

外面风刮得好大，睡着床上也能听见飞沙走石的响动。我早就醒了，睁着眼睛望着天花板，心里想着下午跟他见面会发生什么事。

三天前经人引荐我认识了他，是在他办公室见的面。他人很和蔼，说话慢条斯理的。说实话我不喜欢说话慢条斯理的男人，但是求人办事，跟我喜欢不喜欢没关系。我从头到尾都装得兴趣盎然和注意力集中的样子，一般我讨好别人时就是这个样子。告辞出门的时候他跟介绍我们相识的那位阿姨还有我都握了手，我微微吃惊的是他握手很有力，似乎有点什么暗示在里面。不过我马上觉得自己想多了。昨晚收到他发来的短信，约我今天下午四点去公司和他面谈，我又有点想入非非起来。我想至少他对我印象不错，否则不大可能是这个办事效率。之前我去过几个地方应聘，也托过关系见到过三四位大领导，他们要么直接推脱了，说不进人了什么的，要么是婉言拒绝，无非是话说得好听一点，结果其实是一样的。只有他不是那样。我自然而然想到他可能对我有兴趣，这不光是女人的直觉，也是我的人生经验吧，虽然我才二十三岁，走上社会还不到两年。我甚至幻想过接下来的事情，拥抱，接吻，开房……反正是男人和女人的那一套。你想吧，如果一个男人对一个女人感兴趣，这个女人还有求于他，他们之间还不是水到渠成？

这个时候我想到的是顺水推舟。我开了衣柜，在里面挑来挑去，我想挑出一件性感的裙子。说实话我的裙子都不怎么性感，用我亲爱的室友玫瑰小姐的话说基本都是女用人的围裙——只有实用功能没有审美功能。玫瑰小姐说话从来就是这么犀利刻薄一针见血。她是我在网上找到的合租伙伴，搬了三次家我们俩还是不离不弃。她比我大五岁，用她自己的话说一把年纪了还在底层打拼。半年前她认识了一个据她说是有头有脸的朋友，随后她就从一家小软件公司跳槽去了一家国有银行上班。她吞吞吐吐跟我说过那个朋友帮了她很大的忙。我跟她开玩笑，人家既然都能把你弄去银行上班，怎么还舍得让你住在这么个小破地方？她笑嘻嘻说鱼和熊掌不可兼得嘛。我想了一天才想明白她说的是什么意思。有的时候我确实是很迟钝，但我不愿意别人看出我笨，所以我喜欢装出聪明的样子。相反，也有的时候我明明知道是怎么回事儿，我会故意装傻。因此总体上我看着不像是个机灵的人，这我心里一清二楚，我有这个自知之明。不过眼下的问题不是我机灵不机灵，而是我需要把自己捯饬得性感一点。

我总算把自己收拾利索走出门去，为了显出身材我穿了一件夏季的裙子，外面是一件BURBERRY的风衣，其实早已经是深秋了。走出家门一阵大风吹得我透心凉，我单薄的衣衫根本挡不住这样级别的寒冷。但我并没想回去换衣服，我根本就没有像样的衣服可换。这件风衣是我花巨资在网上买的，说实话我真不知道它是真BURBERRY还是假BURBERRY，当然，我肯定是把它当成真的。穿上这件衣服我自信满满，简直就像一个荷枪实弹的士兵走上战场。

和他的见面比我想得还要顺利，也比我想得还要轻松。我如约去了他公司，他请我到小会客室坐下，问我是喝茶还是喝咖啡。一时我脑子有片刻的短路。我准备好回答他各种提问，但并没有想好回答这个问题。我总算决定喝咖啡，他却抢在前面说："我平常喜欢喝茶。"这样简简单单一句话，让我立马改变了主意，于是我也跟着他喝茶。

他手法娴熟地洗茶，冲泡，斟茶，把精致的玻璃茶碗轻轻放到我面前。我看着他这一套流畅的动作，心里生出羡慕，真希望自己有一天也能达到他这样的生活质量。我忽然很喜欢他这个公司，觉得很有品位和文化，非常渴望能来这里上班。他一边喝茶，一边东一句西一句和我聊天，并没有像以往在别的地方面试那样向我提一连串的问题。相反，他一个问题也没有问，只是自己在说。他说的都是些很平常的话，我一边听一边就忘记了。他说话还是那么慢条斯理，但我并不觉得慢条斯理有什么令人不快的地方。相反，我心跳的节奏也似乎跟着放慢了，甚至有一种和眼前的气氛融为一体的感觉。

我心里盼着他能聊到正题，也就是我工作的事，到底是有戏没戏，最好能给个准信。然而他却一句没提，只顾说他的那些话。我听着听着都走神了，想起坐在小学课堂里听老师布置作业，下课铃已经响过好久了，老师还在唠唠叨叨说个没完。他和我聊了有大半个小时，我觉得下课铃应该随时响起了。可是他却还没有让我走的意思，不时新起一个话头又往下说。我甚至怀疑是不是自己没有留意到他给出的结束谈话的信号，而他不愿意让我尴尬，所以还要这样滔滔不绝地说下去。于是我变得警觉，也不再走神，仔细地留意他给出的任何微小的信号。

终于他似乎在说结束语了，我心里暗暗松了一口气。他突然话头一转，告诉我明天他要去圣地亚哥出差，十天之后回来。我认真地听着，心里除了记住了他要十天之后才回来，有点回不过神来他为什么要跟我说这个，我也不明白他去圣地亚哥跟我有什么关系。

他突然轻轻一笑，问我："你知道圣地亚哥在哪里？"

这是这个下午他问我的第二个问题，可是和第一个问题一样我毫无准备。

我想了想说："在美国吧。"

他笑起来，说："不对，是另一个圣地亚哥。"

我很茫然，一时想不起另一个圣地亚哥在哪里。

他露出温和的笑容，似乎宽容了我的无知。他耐心地对我解释说："我要去的是智利的首都圣地亚哥。"

我不知道下面该接一句什么，我想到的句子是"路好远啊"，但我觉得路远路近跟我毫无关系。于是我只是简单地说："噢。"

他又一次笑了，笑得很亲切。他终于有了明确与我告辞的意思，他说："今天就到这里吧，马上我要去参加一个晚宴，等我出国回来再约你吧。"

走出小会客室我心情舒畅，虽然没有得到明确的答复，也看不出来事情的端倪，但我心里却明净而轻松，没有那种面试过后或者是见过人之后担心自己说错了话或者担心自己的举止让人笑话的失落和懊丧。

转眼十天过去了，我发现我在下意识地计算日子。其实我并没有在盼他回来，他是我的什么人呢我要盼他回来？这之间我出去应聘了两次，两次都是铩羽而归。虽然人家并没有当面说什么，只是让我回家等消息，但我心里清清楚楚肯定是没有一点戏。这小两年在江湖行走，别的学到了什么我说不好，但对被拒绝我已经是相当敏感，甚至已经有了第六感。于是他又成了我的希望，我甚至暗暗祈祷他乘坐的飞机平安无事。

十天之后又一个十天过去了，我等得有点不耐烦。这之间我又出去应聘过，说实话我打不起精神来，我也不相信会有什么好结果，却又不想在等待中浪费时间。这个月就这样在一事无成和无精打采中快要过掉了，我查了查银行卡上的余额，心头更加沮丧。我不由自主想到他，心里竟然有了几分委屈。

我打算忘掉他。其实就是个萍水相逢的人，他手里是有权力和资源，但他并没有承诺我什么，也许他在公司里四面楚歌自顾不暇，哪里又能帮得了别人？这么想着，我不由叹了一口气，仿佛看着一条咬钩的大鱼跑掉了一般。可是我不能松劲，更不能这样烂下去，我必须另作打算。我不能让我望子成龙的爹妈失望，我知道他们一辈子的希望就寄托在我的身上。我只好强打精神，按着可能性的大小往外打出了一连串的电话。

就在我说得口干舌燥放下电话的一刹那，有个电话打进来，我没看名字就接了起来，耳边响起一个男人浑厚的声音。他没有自报家门，就像一个老熟人似的开门见山问我晚上有没有空和他一起吃饭。我午饭就没吃，只啃了几块饼干，正饿得头昏眼花，这时候我想就是一个我不喜欢的人邀请我共进晚餐我也会欣然答应的。我在三两秒钟之内就判断是他了，周身立时生起一股软绵绵暖洋洋的幸福感，如果用颜色来形容，那一定是五彩缤纷的。我尽量口气温柔地和他对话，让自己听上去像个淑女。说实话他直接给我打电话真让我感到意外，他用这样熟稔的口气跟我说话就更加出乎我的意料了，不过想想又似乎是情理之中。我心中不由暗喜，我觉得自己就像买彩票一样，现在至少已经中了不止一个数字了。

这次他没有让我去他公司，而是让我直接去一家餐馆等他。他把那家餐馆的地址发到我手机上，我一看餐馆名字就认定一定是非常高档的。我赶紧洗澡化妆，竭尽全力在衣服堆里挑出一件比上次那件更加艳丽的裙子。我准时前往，到那里一看果然是个相当高级的地方。他订的是一个包间，里面装修得古色古香，但不是中国风格，很有欧洲的味道。不过我其实并不知道真正的欧洲是不是这个样子，因为我长这么大还没有机会走出国门。我到的时候他还没来，我一个人坐在偌大的包间里，就像第一次去一个陌生人家做客，心里有些忐忑不安。我想他一上来就请我吃饭，工作的事自然是一句话啦。于是我决定这个晚上一定好好表现，说话机灵一点，尽量讨他喜欢，不要让他觉得我笨。

他来了。进门的时候带着一股寒气，但脸上的笑容却十分灿烂。他向我伸出手，似乎要拥抱我，但其实就是跟我握了下手。他招呼我在他对面的位子上坐下来，拿起菜谱放在我面前，让我点菜。我看着打开的菜谱，一眼瞥见了定价，那些菜都很贵，顿时便乱了方寸。他显然看出我的局促，轻轻一笑，把菜谱接了过去，随手翻了一下，对恭候在旁边的服务生点起菜来。很快他点完了菜，两眼炯炯地望着我说："你好吗？这一阵。"

他这种亲昵的口气一下子就把我们的见面定性成了约会，当然，来之前我心里隐隐约约就有这种感觉，只是没有这么明确。现在一切都变了，好像跳过一条线，进入了另一片领地。我心里暗想：那工作的事呢？难道这个晚上他就不跟我说工作的事吗？我尽量让自己平静而且随遇而安，我不想让他觉得我太急功近利，虽然我找他本来就是目的清楚。现在这个目的似乎只能藏一藏了，要不然我的嘴脸就太难看了。我最讨厌那种势利的人，我不想自己成为那样的人，尤其是在一个对自己还有好感的男人面前。我的自尊心在这个时刻陡然爆棚，我只能像一条漂荡在水面的小船一样随波逐流。

我朝他笑着说："挺好的。"

我心里其实是伴随着这句话涌起一股苦水。

他似乎得到了意料之中的回答，满意地说："你还是很沉得住气的，你身上有一种沉静的气质。"

我又一次朝他露出笑容，我把他的话当作是对我的赞美，我真的很希望自己是他喜欢的类型，那样我可以离我想得到的那份工作更近些。这些天找工作的事情折磨得我焦头烂额，眼前这根稻草我太想抓住了，在我眼里这可是一根金灿灿的稻草啊。

菜上来的时候他跟我说起在圣地亚哥喝到的一种葡萄酒，然后他滔滔不绝地对我介绍起世界各地葡萄酒的特点，仿佛在给我上一堂葡萄酒知识的普及课。说实在话我对葡萄酒没有多大兴趣，我着急自己的事情还来不及，但我还是做出兴致勃勃的样子听他讲。他说着说着，就像忽然想起一样，问我："你想喝点葡萄酒吗？"

我一点也不想喝酒，我一喝酒就会脸红，我不想让他看见我像一只煮过的大虾一样。但是我不想扫他的兴，我婉转地说："您想喝的话我陪您。"

他叫来服务生，拿着酒单从头至尾细看了一番，挑了一款他认为还有点特色的葡萄酒。他这样说："这里的酒太少了，没啥选择。"又说，"价钱太贵，这些酒在国外根本都不值什么钱。"

他这句话让我感觉到他的精明和犀利。在我看来他富有，并不在乎金钱，却绝对不会上当受骗。而且在我眼里他什么都懂，头头是道，我意识到我要从这个人手里骗到一份工作并不是件容易的事，于是我的态度更加配合。

这顿饭吃得相当愉快，这不是我说的，是他说的。基本一直是他在说话，他话头很密，好像有说不完的话。这倒省我事了，用不着我搜肠刮肚去寻找话题，还要留神他是不是感兴趣。他一边说一边笑，有时是哈哈大笑，笑声非常爽朗。他笑得那样畅快让我十分安心，就像试题做得得心应手一样。我预感到这场考试我的成绩应该不会差的。

他亲自给我斟酒，只是我非常谨慎，喝得很少，基本是沾一沾嘴唇就放下了。我告诉他我酒精过敏，不能多喝。他也不勉强，一瓶酒主要是他一个人在喝。喝了酒他脸上浮起光泽，心情也似乎更加愉快了。

晚餐接近尾声，我觉得他怎么也该说点主题了。我想这么愉快的一顿饭，他不可能不给我一点交代吧？他说话的节奏也不像刚才那样快了，话语和话语之间不时出现短暂的沉默。我想他不会是有什么难处吧？但我并不着急，我静待他的下文。

他叫服务生买单，随后对我说："穿好外衣，外面风大。"

我跟在他后面往外走，心里充满了失落。这一晚上明摆着就是虚度了，我就跟着他吃了一顿饱饭，事情可是毫无进展。可是这个时候我却有点开不了口，我实在不好意思吃了人家的又在人家毫无表示的情况下再强求人家办事。我心里充满了那种理屈词穷的软弱，我觉得自己真是没用，心中有点悔恨交加。

走出餐馆，我和他站在餐馆门口的马路边告别。外面风刮得特别大，吹得我站立不稳。他突然把一只手放在我的肩头，把我推回到了餐馆。他让我跟他去地下车库，他说："我送你吧，这么大的风我不忍心让你一个人走。"

我其实不太好意思让他送，可是也没好意思拒绝，最主要是我还抱着一丝希望想再找机会跟他提一下工作的事，那才是我心里的大事，是我的当务之急。于是我跟着他去了地下车库。上车的时候我小心翼翼地问他喝了那么多酒还能开车吗？他微微一笑，说那点酒对他而言不在话下。我说要是被警察抓住呢？他哈哈笑着说："有时候违规一下很痛快的，你不觉得吗？"

我很吃惊，没想到他会有这种想法，看他衣冠楚楚的样子，很像是遵纪守法的好公民。他边说边凝视着我，眼神里有一种明亮而流淌的东西，即使在灯光暗淡的地下车库里我也看得清清楚楚。我心中一动，瞬间有一种微妙的、似乎是接收到了某种信号的感觉。我以为是错觉，但却肯定不是错觉。我下意识地评估了一下他传递过来的这个信号，无疑对我是有利的。

我上了他的车，他问了我地址，沿着长长的斜坡驶出地下车库，朝我家的方向开去。他默不作声地开着车，汽车开出不到四五百米，他轻轻嘀咕一声"不好"，调转车头向相反方向开去。我问他怎么啦，他说看到前面有警察。我问他那怎么办？他没有马上说话，像是在思考一般。我也不作声，做出随遇而安的样子。他扭过脸望我一眼，微笑着问我："要不我们再去喝点东西？我正好醒醒酒。"

我点头答应，心里又燃起了希望。我想机会又摆在了我的眼前，这次我一定要把想说的话说出来。

他拐进一条小街，停下车，带我进了一家装饰得朴素却很有格调的酒吧。他带我上了二楼，熟门熟路进了一个小间。这个小间灯光柔和，里面放着两张式样简单的沙发，一张正方形的实木茶几，靠墙是两排大书架，整整齐齐摆满了书，乍一看就像是某个爱读书的人家里的书房。他请我在一张放着锦缎靠垫的淡紫色小沙发上坐下来，自己在茶几对面的另一张蓝布沙发里坐下来，他显出无比惬意和放松的神情，淡淡地说："我没事常来这里坐坐，这个地方让我想起过去。"

他说的"过去"对我来说有一种神秘感，也像一堵高大的墙一样把我挡在了外面。我很想知道他来这里是想起过去的某些具体的事情，某个具体的人，还是泛泛地怀旧，我发现我突然对他这个人产生了一点兴趣。也许正是因为不了解才会产生兴趣吧。

屋里点着电暖气，十分暖和。他脱掉外衣，露出熨烫平整的雪白的衬衣。他的白衬衣和蓝沙发构成色调清爽的画面，平心而论，我有点被打动。究竟被什么打动，我也说不清楚。

他点了一杯现磨咖啡，我也跟着他点了一杯现磨咖啡，他提议我尝尝这个店里的特色饮品。我不知道什么是所谓的"特色饮品"，也不知道这里的特色饮品有什么。他轻轻说了一个名字，服务员飞快地记了下来。我隐约听见他说了三个字，但没有听清楚他说的是什么。

没多久服务员端着托盘送来了咖啡和饮料。咖啡就是咖啡而已，没有什么特别的，那杯饮料在我看来也没有什么特别的，一只细高的玻璃杯，里面是半透明的淡黄色液体，加了许多冰块和几片薄荷叶子，杯口扣着半只青柠檬，里面插着一根粗大的吸管，就像许多果汁店和茶餐厅卖的那种冷饮。他微笑着轻声慢语地说："绿灯笼，你尝尝喜欢不喜欢。"

绿灯笼？——这名字倒是新鲜别致。

他告诉我这个饮料是用柑橘汁、西柚汁、柠檬汁、蔓越莓汁和玫瑰花苞及野生的蜂蜜调制而成，还加了一种热带雨林中的香草，因此口感和香味都很特别。

我吸了一小口，细细地品味。

他关切地问我："好喝吗？"

说实话的确很好喝，酸酸甜甜的，比我想象得还要浓郁。我点点头，他似乎放下心来。

他舒服地坐着，很少说话，和在吃饭时大不一样。他眼睛不时望我一下，目光在我身上停留片刻，又转到别的地方。小小的房间里一直响着爵士风格的音乐，很好听，和这个环境很相称，和他也很相称。我心里安静下来，这个晚上我第一次体会到了放松和享受。

但是我心里有一个声音却在不断提醒我不要松懈，我从沙发里坐正了身体，打算办点正事。而他，还是软软地靠在沙发里，脸上的神情相当安详，仿佛跟这里完全融为了一体。我真不好意思打搅他这种安逸的状态，犹豫再三，还是开口了。

我说："我想问一下，那件事有可能性吗？"

我尽量把话说得委婉，做出一副不想给别人添麻烦的样子。其实我真的是不想给别人添麻烦，但凡能不求人的时候我都不求人，从小到大我一直以为自己是一个活得清高硬气的人，可是走上社会屡屡碰壁，我发现自己那一套实在是太幼稚了。我已经开始改变自己，不过，这个改变似乎还跟不上时代的潮流。我把目光集中到他脸上，我尽量不让自己显得那么热切和咄咄逼人。他的眼神和我碰在一起，仿佛从茫然中醒过神来。他意味深长地一笑，说："可能性当然是有的。"

我喝一口绿灯笼，感觉浑身充满了力量。我鼓起勇气追问他："那可能性有多大？"

他又是意味深长地一笑，说："这个我还说不大好，不过有一句话，事在人为。"

他的口气很肯定，没有推三阻四的意思，我感觉就像是吃了一颗定心丸。

他一边喝咖啡一边慢悠悠地问我："你为什么要到我们这里来？"

我想一想，认真地回答说："因为你们是个严肃的网站。"

他忍不住嘿嘿笑了两声，不过很快就收住了笑说："你真这么认为？我怎么从来也没觉得我们是'严肃的网站'？说实话，我都不知道有没有所谓的'严肃的网站'存在。"

一时我觉得十分尴尬，在他面前我一定是太天真了吧？

他脸上的笑容变得更加柔和，说："其实，当初我也是冲着这一点才调过去的，那时候我跟你一样，心中有理想，对事物抱着美好的看法，态度至少是很积极向上的，但是实际上……我真的希望你能保持你现在的看法，我每天的工作其实也正是在朝这个方面努力。"

我以为他会就这个话题跟我说下去，可是他话头一转跟我说起了别的。我感觉他特别不愿意跟我谈正题，而我不想让他觉得厌烦，也没有立刻把话题拉回去。我跟他东一句西一句地聊着别的，直说我就是在陪聊。我竭尽全力讨他喜欢，希望给他留下一个不错的印象。我慢慢喝着绿灯笼，直到面前的玻璃杯见底。我终于再次鼓起勇气，单刀直入地问他："那，我怎么才能进你们网站呢？"

这句话说出来我感觉就像在他面前放了一块巨大的石头或者是坚硬的铁块，我相信他没有办法视而不见，也没有办法再像前面那样一笔带过。我很得意终于把网铺到了他的脚下。

他神情平淡地说："你想好真的想来吗？这好办，你来参加下周我们的招聘考试就是了。"

我问他："我能考上吗？"

他说："问题不大。"

他的口气很肯定，我的心情轻松起来。我又追了他一句："考试的时间您可一定要告诉我啊！"

他点头，马上拿出手机拨通了一个号码，三言两语之后他挂断了电话，说："我已经安排人到时跟你联系。"

我彻底放下心来，这个夜晚对我来说大功告成。

他开车送我回家。外面的风很大，天气很冷，但我心里暖洋洋的。他似乎也很高兴，一路上有说有笑。我下车的时候他还下来替我开车门，我觉得自己运气真好，遇到这样一位绅士。

考试比我想象得还要顺利。之前我打电话给他向他请教考试的范围，他大致跟我说了说会考到的内容，还特别给我说了重点题目。等考卷发下来，我一看除了前面常识性的简答题，所有需要下功夫回答的题目都是他事先透露给我的。我心里真有说不出的感激。我在又激动又兴奋的心情下奋笔疾书，那简直不像是考试，而是飞翔，那种美妙的感觉，真是无法言说。

果然不出所料，考试的结果相当理想。我考了第二名。他打电话向我祝贺，说："你不愧是高才生，顺利进入前三，笔试这关就算过了。"

接下来是面试。我从他那里打听到这次招聘有五个名额，按一比五的比例进入面试。我心里又有些忐忑，怕过不了面试这一关。

我把我的担忧对玫瑰小姐说了，请她帮我分析判断一下有戏没戏。这一阵她不知道在忙什么，每天很晚回来，早晨一大清早就走，她回来我已经睡了，她走时我还没有醒，我们已经有好长一段时间没有在一起好好说过话了，我也没有机会把认识他的事情告诉她。我刚把要去参加面试的事情说出来，玫瑰小姐就咧开嘴笑着说："这有什么呀？面试人家就是看看相貌，你虽说不上国色天香倾国倾城，至少也是粉雕玉琢香甜可人，你就放心大胆地去吧。"

我说心里话："我很怵啊！"

玫瑰小姐说："慢着，你先告诉我你是从什么线上去的吧。"

她一副经验十足的样子，我觉得没有必要瞒她，就把和他认识的过程告诉了她。她听了咯咯笑起来，给我分析了一番，然后蛮有把握地说："这我就更加踏实了，你背后有人，而且你背后这个人分量很足。这种事必须有靠山。"

经玫瑰小姐一点拨，我心中豁然开朗。原来他不仅是一个绅士，而且还是我的靠山。

笔试和面试之间有十天的间隔，我不知道为什么要有这个间隔，这让我等得有些心焦。我多么希望这件事快点落下帷幕，这样不管成与不成我都好继续往下走。我已经不太敢去查我银行卡上的数字，不查我也知道那个数字在不断缩小。我远在边疆小城的父母好几次打电话问我工作的事落实没有，他们口气凝重，忧心忡忡。我实在不想让他们为我担心。他们也问过我要不要给我汇些钱来，每次他们这样说的时候我都一口拒绝，而且态度恶劣。挂断电话我又十分后悔。那些天我真有点度日如年的感觉，每一个日子似乎都那么长，长得过不到头。而我却打不起精神来做任何一件我想做或者说该做的事情。

在这段无所事事十分空虚无聊的日子里，好多次我都不由自主地想到他——这个被我的同屋兼闺蜜的玫瑰小姐称为"靠山"的人，我很想打个电话或者发个短信给他，可是我终于忍住了。我觉得我没有理由去打扰他，尤其是在这个事情未定的敏感的当口，我更应该保持安静——我觉得其实也是保持尊严。于是我继续沉入到等待之中，尽管我的心情越来越焦灼。

等到第六天，早晨我还在睡觉，听到手机嘀地一响，我半睁着眼睛摁亮屏幕，竟然是他发来的短信，他约我中午和他一起吃饭，地点就在我们上次见面的那个餐馆。我真是喜出望外，顿时睡意全消。我从床上跳起来，翻箱倒柜寻找去见他时穿的衣服。我再挑不出美艳的衣裙，无奈之下只好穿了一件朴素的白衬衫，外面是同样朴素的灰色的羊毛衫。我收拾停当，静静地等着那个幸福的时刻到来。我无法形容我有多快乐，简直就是心花怒放，我觉得他这个时候的邀请无疑让我离我的目标更近了一步。

我准时赴约。刚到餐馆他打来电话，让我在门口等他，他马上开车来接我。我不知道他因为什么突然改变计划，也不知道他要接我到哪里去，但他既然这么说了，我想总有他的道理吧。我站在马路边上等着，不到十分钟他就来了。

他的笑容十分灿烂，让我的心情顿时轻松下来。我一上车他就带着歉意对我说："刚才临时接到通知下午三点有个重要的会议，所以我们的时间不太多。"

我看了一眼他车上显示时间的电子屏，刚刚十二点钟，我想三个小时吃顿饭时间足够了。他侧过头看着我，用一种像是商量的口气对我说："我先带你去看看我们的一个工作间吧。"他又补充一句，"就在附近。"

我不清楚他为什么要带我去看他们的工作间，也不清楚那跟我有什么关系，但我甘愿听他摆布。他显得很欣悦。

开车没多一会儿就到了。他带我走进一家不大却看着很高档的饭店，示意我跟他乘电梯上楼。他径直走向拐角处的一个房间，掏出钥匙开门，随即朝我莞尔一笑。说实话，直到这个时候我都没有意识到这是他的一个圈套。

我跟在他后面进了他所谓的工作间。那个工作间还真像那么回事，里面有摆成一圈的沙发，有茶几，有写字桌，还有什么我没有看太仔细。实际上那就是一个套房，只是我很少进酒店经验不足没有马上反应过来。

他脱了外衣，伸出胳膊拥抱了我。这发生得太突然了，我顿时蒙了，不知道如何应对。我是说我不知道是该接受还是拒绝，这对我简直是个两难的选择。我问自己：这不是你希望的吗？可是我又听不见内心深处有肯定的声音回答。我仿佛一脚踩空，身体急剧坠落。我本能地抱紧他，却又马上用力推开了他。

他显然没有防备我如此变化莫测，被我一推，他重心不稳，但他很快站稳了脚跟，却是丝毫不恼。他脸上还是绽露着温暖灿烂的笑容，伸出胳膊更紧地搂抱着我，就像耐心地驯服一只野兽。而我挣扎得更加剧烈。我一声不吭，暗中用尽全力。我还没想清楚这件事，凭直觉认为这样做肯定不好，有何不好？却说不出来。但是我心里清楚只要迈出这一步，就无法回头。那是一条界线，我觉得我不应该跨过去。

他一直是笑着拥抱我，准确说是竭力拥抱我，同样也没说一句话。我觉得这个时候是应该说话的，但是他没有。我们俩都沉默着，用身体彼此较力。他比我高大，力气无疑比我大得多，但是他并没有抢占上风，所以我们之间的较劲一直保持在一个均衡的水准上。慢慢地，这种推搡似乎像是一个游戏，或者说是男女间的另一种调情方式。我觉察出他在对我拿出极大耐心的同时对我的拒绝并不反感，他似乎就像接受过程中的一环那样顺其自然，甚至还有几分乐在其中。就在我分神的这一刻，他只是轻轻一推，就把我推倒在床上，然后他用力按住了我的双手。我竭力挣扎了一番，终于体力不支瘫软下来。

他两眼望着我，哧哧笑起来。笑过之后他说："你可真有劲啊！"

我挣脱了他，翻身起来。

我看着他，认真地说："我觉得这样不好。"

他凝视了我片刻，像是接受批评一样声音低低地说："我也觉得这样不好。"

我真想对他说既然你知道这样不好为什么还要这样，但是我没有勇气说出口。

他接着说："可是我控制不住自己。"

我坐在床沿上，赌气地把身体扭向一边。

他靠上来，问我："你生气啦？"

我没有说话。

他转到我这一边，握住我的手，放在嘴唇边轻轻吻了一下说："别生气。"又说，"我喜欢你。"

我突然鼻子发酸，几乎流下泪来。我不知道我怎么会心中忽然生起委屈，也许是想到这么多天默默地等待，也许是想到那份不确定的工作，也许是想到自己拮据的生活，当然，也想到了摆在眼前的需要马上决断的问题，当然也想到了这是一个绝佳的机会，简直就是天赐良机……我虽然对他的情况一无所知，但我凭直觉也能判断他一定是结了婚的，而且很有可能婚姻美满家庭幸福，他那个年纪的所谓成功男人多半都是这样。即使婚姻不美满家庭不幸福他们也会做出美满幸福的样子，他们出轨只是为了猎艳和猎奇，给他们平淡无奇早就过厌了的生活增添一些色彩，仅此而已。我虽然涉世不深，但我早就有了这样的人生经验。我们这代人几乎都有这样的人生经验。我们可能不懂规则，但我们深知潜规则。我们可能不懂世情，但我们很世故。我

128

知道现在他就想要在我身上实施潜规则了，可是我之前一直是把他看作师长和朋友的，而且是一位有身份有地位令人尊敬的师长和朋友。他突然要动真格的，我发现自己其实是没有那种承受力的，甚至没有做好相应的心理准备。他倒是很有耐心，他又一次把我的手握在他手里，就像哄孩子一样说："你真不高兴啦？你别不高兴呀！"

我说我没有不高兴，努力做出正常的样子。他似乎松了一口气，也在床沿上坐下来，搂住我的肩头说："我不会做让你不高兴的事的。"

随后他靠在床头，让我靠在他身上，跟我聊起天来。我不想靠在他身上，觉得那样很别扭。我坐直了身子，跟他保持一定的距离。但是他一边说，一边却十分自然地贴近我。我一次次躲避，最后终于松下劲来。他立刻搂住我，把我抱得紧紧的。我觉得自己在他的手臂中就像是一只被扼住了头颈的猎物，随后他就像扑向猎物一样压在了我的身上。

他不出意料地吻了我。我没有像之前那样挣扎，但我也没有迎合他，我封闭了知觉，只希望这件事快点过去。我努力让自己的意识和感觉休眠，可是，他身上巨大的磁力却穿透了我自我保护的铠甲，而且不可抗拒地激活了我的感官。我听着他剧烈的心跳，在他怀抱中变得酥软和迷醉。理智就像溃败的堤坝一样崩塌了，我在一种无法抵御的吸引下和他吻在了一起。

我就像在暑热中忽然淋到了一场大雨，我无法形容自己到底是烦恼还是渴望。我在惊魂未定之中竟然被他的吻俘虏了。他在一番长时间的热吻之后动手解我的衣服，我薄弱的理智又及时回来了，我用力抓住他的手，不让他解我的衣扣。我当然知道接下来会发生什么，可是我真的没想那样做。我觉得那样做会把事情搞糟。这个念头相当强烈，就像是一种提醒，或者说是警告。可是他不顾我的阻挡，一边在我耳边低低地说着哄我的话，一边继续着他的动作。也不知道是被他迷魂汤般的絮语软化了还是我阻拦他的动作不够坚决，反正到后来他还是把我的衣服脱掉了……再后来我就彻底失去了抵抗。

三点差一刻我们从床上起来，他冲完澡穿好衬衣，打好领带，显得有一点匆忙，却又是尽力克制着着急，坐在床边默默地吻着我。这个时候的吻已经有了别样的意味，奇怪地带着一种亲情。这让我清楚地意识到自己跟他已经"有过"，心里隐隐地有些莫名的失落。我想起他说三点钟有一个重要的会议，赶紧迅速穿戴整齐。我还没来得及仔细体会这事发生之后带来的微妙的改变，我们已经到了必须分别的时候。他在酒店门口略带歉意地说："今天不能送你了。"他替我拦了一辆出租车，付给司机一百元车费，替我打开车门。出租车开动的时候他朝我挥了挥手，露出一个亲切而简短的笑容。

我坐在出租车里心情忽然极度低落，我不知道我为什么会如此颓丧，我竭力让自己振作一点，可是眼泪还是忍不住流了下来。

我说不清自己有什么好委屈的，我只是模糊地感觉到自己没有着落。用玫瑰小姐的话说他是我的靠山，可是我的直觉告诉我他真未必是我的靠山，因为我心里根本就没有那种有依靠的感觉。

当晚，我饿着肚子躺在床上，我已经两顿饭没吃了，饿得头昏眼花，可是我丝毫没有胃口。我等着玫瑰小姐回来，想向她诉说心头的苦闷。我很想听听她那些直中靶心一针见血的话，好让我理清烦乱的思绪。可是等到玫瑰小姐回来，我却没有跟她提一句今天下午发生的事。我真不是怕她会怎么去想我，也不是怕她笑话我或者瞧不起我，在我看来她有超强的理解力，足以精准地判断事情的内涵。是我自己忽然不想说了，我想让这件事成为我的秘密，一个我会一生保守的秘密。这么一想我瞬间就释然了，所有的委屈、失落以及自怨自艾等等的负面情绪都烟消云散。我心里甚至生起一股温热的东西，就像水流一样，这些水流飞快地汇聚成一个大湖，足以包容很多的东西，可以行驶很大的船。我自问是不是喜欢上他了？这么一想竟然脸红了起来。好在屋里灯光暗淡，玫瑰小姐不会发现。

再见到他是面试的那天。自从上次分别之后他没有给我打过电话，也没有给我发过短信，我也同样没有联系过他，我们处在音讯不通的状态之中。我想他不给我打电话发短信大概是不想打扰我复习，当然我这是往好的方面想。我尽量不让自己胡思乱想，以免扰乱了内心的平静。我要保持良好的状态，以便在考试中大获全胜。我想我只要进了他们网站，以后就经常可以见到他，所以一时的音讯不通也没什么。

面试那天我早早去了，我抱的小希望是或许能碰见他，或许考前还能有机会跟他聊上几句。可是我到达他们公司发现面试地点改在另一座大楼，并不在他那座办公楼里，考前碰上他的可能性显然不大。我去了指定的楼层，一间巨大的会议室里挤满了人，粗略一看，远远超过他跟我说过的面试人数。会议室一头摆着一张蒙着深绿色桌布的长条桌，我数了数，后面是十把椅子。我想一会儿他就会坐在其中的一把椅子上，对我进行面试，我不由心跳加快起来。

面试准时进行，所有参加面试的人坐在外面的椅子上安静地等着叫号。我估算了一下，一共有近六十个人。不过面试进行得倒并不慢，三五分钟一个，最长的也没有超过十分钟。我看面试过从里面出来的人一个个都面色平静稳操胜券的样子，心中更加忐忑不安。

总算轮到我了，我穿过空旷的会议室，一直走到评委们面前，在条桌对面的那把椅子上坐下来，恰好和他正对面。那一刻我心里想，假如把其他人隐去，那就是我跟他脸对脸坐着。我们的目光碰到一起，他比我更快地将目光移向别处。想到几天前他与我肌肤相亲，我觉得现在我们这样面对面坐着很有些讽刺。不过我没来得及多想，评委们的问题就像冰雹一样向我砸来。我顿时明白了为什么每个人面试三五分钟就会结束。我集中精神回答问题，尽量简洁又不失聪明。我看见有几位评委在听了我的问答之后露出了笑意。面试速战速决，在离开会议室前我飞快地朝他瞥了一眼，他脸上没有一丝笑容，显得格外严肃。

我走出考场，仿佛卸下了一个包袱，心想后面反正有他呢，横竖就靠他了。于是我马上明白了为什么走出考场的人几乎个个都是一副胜券在握的样子。

就在我准备乘电梯下楼的时候他出现在电梯口。他朝我一笑，对我而言简直就像云开日出一般。他轻声对我说："你发挥得不错，我看应该没啥问题。"他一边跟我说话一边留意着是否有人经过，我明白他是怕被别人看见。说完这句话他朝我使了个心照不宣的眼色，疾步朝洗手间走去。

有了他送出的这封鸡毛信，我就像吃了一颗定心丸一般。

面试结束第三天他就打电话约我去酒店见面，我预感到他一定有好消息带给我，高高兴兴地去了。这一次他约我直截了当，我自然也没有扭捏作态，我们一副心有灵犀极有默契的样子。

在下午的上班时间里他开好了房间等我。我一进门他就抱住我，热切地吻我，在我耳边说他太想我了，每时每刻都在想我。我来不及深想他这些话是不是真的，是不是有夸张的成分，却很被感动。在他的甜言蜜语里我们紧紧地搂抱在一起，倒在了宽大的床上。

一切发生得都那么顺理成章，我们之间再没有推搡和拒绝，我跟他就像恋爱中的情人那样紧紧地搂抱在一起，感情炽热，难舍难分。他温柔地吻我，我也同样温柔地吻他，他慢慢地进入我的身体，不像上次那样情急。我无比顺从，就像享受阳光沐浴一样，放任自己在他的爱抚中陶醉。他显然很陶醉，时而急剧，时而舒缓，仿佛在用身体与我交谈。我不懂他要对我诉说什么，但我却感觉到了肉体交融带来的那种无法言说的激动和迷醉。快感像潮水一样包围了我，让我忘掉了烦恼，甚至忘掉了我和他之间的差距。高潮突然而至，就像海啸一样吞没了我。随即他也像百米冲刺一般跑到了终点。

我们洗过澡躺在床上，我想我们该谈谈正事了。可是他却慵懒而沉默，只是搂着我，不时用下巴轻轻地蹭着我，没有交谈的意思。

终于我打破沉默，问他："那件事怎么样了？"

他睁开半闭的眼睛，声音有些含糊地说："还在讨论。"

我问他："什么时候会有结果？"

他胳膊用了点力搂紧我，说："很快吧。"

他又一次亲吻我，手指在我身上游走。他用半开玩笑的口吻说："我不喜欢在床上办公。"

他这句话像一口浓烟一样把我呛住了。

他可能觉出气氛有些凝滞，马上换了亲昵的口气轻声问我："刚才你感觉好吗？"

我不想回答，但还是轻轻地点了下头。

他大概觉察我们之间不像刚才那样情投意合，不再多说什么，翻身俯在我身上。他凝视着我的眼睛，很深情地轻轻叹了一口气，随后露出他招牌式的温暖灿烂的笑容。

他抱紧我，又一次和我交融在一起。还是那样激动和陶醉，我感觉我的肉体似乎是独立于我的精神存在的。我仿佛站在自己的身体之外审视着这一切，觉得自己十分可耻。我并不是羞耻自己去迎合潜规则，也不是羞耻自己用身体去达到目的，因为这些都不是我的本意。我觉得自己可耻是因为自己太软弱，不知道是否爱他就和他睡到了一起，而且，即使在隐约感触到爱的时候却又不敢迎上前去证实它。

我们俩紧密地交合在一起，就像生死相依一般。身体的欢乐冲垮了理智的堤坝，让我在他面前赤身露体也不觉得羞涩。短短几个小时让我们彻底亲近起来，似乎在一起过了半辈子一般。

在即将结束这个放纵情欲的下午之时，他拉我站在巨大的穿衣镜前，他从背后搂抱着我，一只手放在我的胸口，叹了一口气，轻声嘀咕了一句什么。

我没有听清他说什么，问他："你说什么？"

他两眼在镜中凝望着我，目光有点涣散，但神情极为严肃。

他说："是不是太荒唐了？"

我说："你后悔了吗？"

我尽量说得不带嘲讽。

他认真地说："不是后悔，我是觉得自己太荒唐了。"

但是他没有时间向我解释他为什么觉得自己太荒唐，因为外面天色已经暗下来了，他急着要赶回家去。他在我面颊两边亲了亲，让我先离开房间。

又过了一个星期。这个星期下了两场雪，整个城市先是白茫茫的，后来是脏兮兮的。这个星期我一直在等消息，因为总也等不来那个意料之中的消息，我的心情也是灰蒙蒙的，和外面阴沉的天色一样。我其实是满可以打个电话问问他，可是犹豫多次还是没有给他打这个电话。我心里一直在等他给我打电话，我不想主动，我愿意在一个退守的位置上。我知道这是由我内向的性格决定的，我认为这完全是来自遗传。我爸爸就是一个内向沉默的人，在我看来他没有什么斗志，我妈妈更是一个嫁鸡随鸡嫁狗随狗对任何事情都没有准主意的人，大小事情都听我爸爸的。他们俩优秀的基因结合让我成了一个内心孤僻还有几分清高凡事不争不抢一边想着冲锋一边想着撤退的矛盾重重的人。玫瑰小姐有一次给我看手相神神叨叨说我在成长的过程中受过伤，我想不起来受过什么伤，只是我的童年并不快乐。我父母工作忙把我送到乡下的奶奶家，我奶奶看着她儿女们陆续送回去的五个孩子，我是前不着村后不着店年龄居中的一个，又是女孩，在我那些表兄妹中没有占着什么风水，说白了我是被冷落的一个，用现在的话说我就是打酱油的。我在我奶奶家打了四五年酱油又被送回到城里我父母身边，我父母看我是呆头呆脑一身土气，而我看他们是脾气暴躁又没有能耐。后来我上大学离开了他们，反而觉得他们可亲，心里也更多地爱他们，但这份爱里面包含着许多的怜惜和同情。我感觉他们对我也是一样，只是他们从来不说出来。沉默寡言不擅表达感情是我们共同的特点，我们彼此之间很少流露情感，更不可能说什么亲热的话，那会让我们难为情，也是绝对说不出口的。从小到大，我已经养成了克制感情的习惯，越是跟亲近的人越是不会表达亲近。因此，我跟他也是这样。

这么多天过去要说我不想他那是假话，我的确是竭力控制自己不去想他，但是，我真的是做不到。而他却音信杳无，就像沉入到深海一般。我心里慢慢有了一些气恼，我真想不再理他。

十多天过去了，我还没有接到我等待的那个通知，我有点沉不住气了。那天是星期五，显然未来的两天也不会有任何消息。我在百般纠结犹豫再三之后还是给他发了一条短信，就是极简短的一句话："那件事到底怎么样？"

短信刚发出我就接到了他的电话。他说话的声音很低沉，能听出是在会场上打的。他也是极简短的一句话："晚上七点半在老地方见面，我跟你细说。"

他来的时候已经快八点半了，我等得心急火燎。他向我解释说会议开得没完没了，他没法脱身。要不是他强行宣布散会，估计现在还结束不了。我心说既然你有权决定散会，那为什么不早点说呢？但是我没有说出来，不想让他觉得我是女人之见。

他去开好了房间，我们进入到属于我们的私密空间。他还像上次那样迫不及待地把我搂在怀里，说他有多么多么想我。他拥抱我，亲吻我，抚摸我，简直就像一个热恋中的情人。可是我却没有相应的热情，我只想知道我的工作有没有定下来。我想起他上次说的"我不喜欢在床上办公"那句话，犹豫着是在上床之前还是在下床之后再问他。

没等我开口他已经抢先一步把我抱到了床上，他脸上带着热情而迷人的笑容开始了我们两人之间的功课。他依然是沉默不语，只是用肉体来抒发和表达。我努力摒弃脑子里翻腾着的种种世俗杂念，尽量专心致志地投入到和他的做爱之中。

性爱的美妙让我暂时忘记了心中的烦扰。我跟他交织在一起，仿佛要把自己的生命织进他的生命当中。我就像一个孩子一样跟着他四处狂奔，我们上天入地，继而在水面滑行，继而在天空翱翔，再之后便一起坠落到万丈深渊……但是我却没有恐惧，即使坠落也十分欣悦，而且心甘情愿。

激情平息的时候他靠在床头，点上一支烟慢慢吸着。我去洗过澡安静地躺在他身边。他伸出胳膊搂住我，不时轻轻地亲吻我的面颊。我享受着他的爱意，身体里荡漾着饱尝性爱之后的酣畅与满足，心情轻松而愉快。

他侧脸望着我，莞尔一笑说："真是个可爱的小丫头！"

我听出他口气中由衷的快乐，心头不由一动。

他声音柔柔地问我："你在想啥呢？"

我说："我们要早点认识就好了。"

他笑出声来，用半是喜悦半是遗憾的口气说："不顶用的，我比你大得太多了。"

他柔情似水地把我抱在怀中，似乎是为了弥补我们之间的差距和悬殊。

我依偎着他，仿佛依偎在父亲的怀抱里。其实我并不知道父亲的怀抱是什么滋味，我很小就离开了父母，从记事起我爸爸就没有搂抱过我，我是一个父爱缺失的孩子，我渴望依靠，因此也容易以为男性的怀抱都坚实和可以依靠。也许是我的依恋打动了他，他又开始抚爱我。他那么耐心和投入，就像在从事一项伟大的事业。我心里忽然觉得可笑，我又一次站在身体之外观看着我们这项无耻而又淫荡的活动。我不知道我们这样做意义何在？我也不知道我们这样做到底通向何处？我讨厌自己在本该销魂的时刻思考这些问题，可是我没有办法排除头脑中的杂念。做爱的后半段我无法投入，也几乎享受不到快感，相反，我感觉到那种机械反复的动作单调乏味，甚至带来疼痛。我咬牙忍着，不吭一声。他有所感知，停了下来，关切地问我："你怎么啦？"

我没有说话，只是费力地对他微微一笑。我觉得我本质上还是一个好姑娘，我不愿意让他扫兴，特别不愿意在这种时刻让他扫兴。我知道该忍耐的时候要忍耐，在我这个年龄段我应该还算是个有牺牲精神的人吧。

他继续他的驰骋，胜利达到高潮。

他就像酒足饭饱一样满意地舒出一口气，在我额头和脖子上亲了几下。突然他像是想起什么似的问我："你吃过晚饭了吗？"

我没有吃晚饭，但我并不觉得饿。

他说："你真的不饿？我可饿坏了。"

他拿起电话叫了送餐服务，不久服务生送来了煎鱼、熏肉、薯条、奶酪、面条还有冰淇淋和水果。他只吃面条，其余都是为我要的。我们穿上衣服，在桌子边坐下来吃饭。

他不时把食物喂到我的嘴里，让我吃惊的除了他对我表现出的这种亲昵或者说是宠爱，他做这些无比自然，就好像他总是这么做的。可是实际上我们认识到现在也没有多久，他这么做让我很不好意思。可是，他对我这么好也让我不由得想入非非起来。我甚至想他是不是爱上我了。我当然希望他爱上我，那样我就容易达到目的了。可是当我这么想的时候我又很鄙视自己，我没法容忍面对一个人的爱，我心里居然是杂念丛生。我想如果这真是一份爱情，那我简直就是糟蹋了爱情。我咀嚼着他喂进我嘴里的食物，有一阵心里发酸，眼泪差点流出来。我从小到大还没有人这样疼爱过我，我的父母虽然只有我一个孩子，可是他们不会这样宠爱我，更谈不上溺爱我了。在他面前我慢慢变成了一个孩子，温顺，听话，乖巧，一心想讨他喜欢。他果然上当了，不时伸出手来抚摸我的脸，同时发出心满意足的叹息。我心里滋味复杂，我暗暗地想：这真的就是爱情吗？

坐在桌边他和在床上时很不一样，他话多起来，而且说得兴味盎然。他说自己有点生不逢时，他一点不喜欢眼下这种朝九晚五的上班生活，不喜欢钩心斗角尔虞我诈，憎恨本该愉快合作的人在争权夺利中品德败坏，甚至不喜欢赚钱。我问他那喜欢什么？他说他喜欢金戈铁马的生活，觉得那才痛快淋漓激动人心，在那种生活中男子汉才能真正实现自己的价值。说心里话我完全无法认同他的这种说法，也理解不了他怎么会有这样的想法，但我频频点头，似乎非常赞同他说的这些话。从男人他自然而然地说到了女人，他说自己不喜欢女人太漂亮，女人太漂亮会给人压力，而且漂亮的女人多半骄傲，因为有人捧，常常会不知道自己是谁。我赶紧悄悄检讨自己，是不是因为相貌丑陋才合他的意？或者，是不是无意中流露出女人的骄傲或者有什么不得体的地方？他说他太太就是个漂亮女人，所以他有时会觉得生活在太太的阴影下。我明白他原来是要说这个，这算是炫耀吗？我心里忽然有了醋意。

本来我一直没有想到过那个人，虽然我早已经预计到有那么个人存在，但我觉得自己和她是没有任何关系的，她是她，我是我，我和她井水不犯河水，甚至分属不同的星系。可是他随随便便一句话，就让我和她发生了联系，我发现自己离她居然如此之近，近到脱不了干系，近到息息相关。而且，如果用社会上流行的道德观来评判，我还是那个见不得光的小三。我在醋意之下又添了几分委屈和沮丧。

我忽然感到自己是那样地卑贱，为了达到找工作的目的而讨好他，跟他偷偷摸摸地约会，不但见不得光，而且心里有感觉也不能表达出来，因为那样就会破坏游戏规则，也与我的初衷不符，我觉得这样的关系好变态，可是却陷入其中不能自拔。我真希望我根本不想通过他找工作，如果能干干净净地爱他多好，哪怕仅仅是跟他恋爱一场，也是值得的。可是现在我却心怀鬼胎，欲爱不能。到这个时候我终于明白了自己骨子里其实是个传统的女性，既不现代，又不坚贞，我就是这么一个矛盾体，随波逐流，缺乏主见，连我自己都瞧不起自己。我本来就卑微渺小，现在更加觉得自己卑微渺小。我感到心里有尖锐的东西划过，突然觉得欲哭无泪。

他马上觉察到了我情绪的变化，他走过来捧起我的脸，两眼含笑望着我说："怎么，你不高兴啦？"他在我的唇上亲了一下，笑呵呵地说，"真是个娇气的小女人！"

我见好就收。我觉得现在不是任性的时候，因为我还有重要的事情要办。来之前他答应跟我"细说"的，我一直在等着呢。前面铺垫了这么多，营造了这么美妙的气氛，我不能因为自己一时的气恼让事情变得不顺。我调整了情绪，不再显得不快。

我把话题往面试上引，刚说了一两句，他马上就把话头接了过去，对我说了面试的详情。他告诉我这次面试竞争相当激烈，完全出乎他的意料。最主要的是有不少人是通过种种渠道打了招呼的，有的人甚至还不止有一个人来打招呼，而且，不同的评委都有自己想要关照的对象，所以在打分时不免会有私心。我耐着性子听他说着平衡各方关系的过程，心里却只想知道自己的结果。好容易等他说完，我忍不住问他："那我呢？"

他沉默了一下，十分为难地说："现在的名单里没有你。"

我的心就像被锤子敲击了一下，心情瞬时一落千丈，我脱口而出："为什么呀？"

他又沉默了一下，面露难色说："一言难尽。"

我急切地说："你不是一把手吗？你不是能说了算的吗？"

他微微一笑，显得并不跟我一般见识。他口气和缓地说："我确实是一把手啊，但我也不能样样都一个人说了算吧？那样不成一言堂了吗？"他向我解释说，"其实我如果硬要坚持，你也不是没有可能，但我没有那样做，不是我真的多么光明磊落不想以权谋私，而是如果我坚持让你进来，他们都看在眼里，那帮人贼着呢，我跟他们一直在斗智斗勇，他们要是闻出点味道，你想将来会有许多双眼睛盯着你，我们的一举一动都会暴露在人家的面前，无处躲无处藏。你想吧，我们是这样的关系，就是我们再留心，也很难隐藏得一丝破绽没有。尽管即使你到我们公司来，我和你也隔着好几层，我不会来直接领导你的工作，在公司我们不会有多少交集，但是，如果别人知道了我们之间的关系，他们又会怎么看待我们？那样我们就会相当被动。那是我不愿意发生的情况。"

我胸口被一口气顶着，我想说这根本就不是我想要的关系——可是我却竭力忍住了。我清楚这样的话是万万不能说出来的。

他带着自我剖析的诚恳说："其实开始之前我也曾经犹豫过要不要和你走到这一步，说实话我思想斗争很激烈。我是这么想的，如果你来我们公司，我就应该和你保持纯洁的关系，但是，如果迈出了这一步，最好我们不再成为工作关系。也许你觉得我很自私，但我真的就是这样想的。我还是有一些老派的观念的，我特别反感时下那些潜规则什么的，我认为上级利用职权和部下发生不正当关系是很无耻的事，当然我不想自己成为那种人。我心里喜欢的是男女之间清洁的情感关系，即使没有婚姻之约，至少也是两情两悦吧。从我的角度，坦率地说，我给不了你婚姻，但我会对你好的。话说回来，我们年龄相差这么大，真要让你嫁给我，你会很吃亏的，连我想想都替你觉得冤。"他说着，自己呵呵笑起来。他拉我坐到他怀里，在我脸上轻轻亲了一下说，"你别恨我，不是我不肯帮你忙。说句不怕你不高兴的话，你完全可以这样想，如果你不认识我，在这样的竞争中你同样也不会有多大可能性。这么一想你心里是不是平衡多了？"

我真是无话可说，我算是服了他了！在他这样强大的逻辑面前我觉得自己既软弱又无助。

他看我不说话，用胳膊圈住我，显出从未有过的温柔，用那种就像是哄孩子的口气说："我知道你听见这样的消息肯定会不开心，这也是我迟迟不想说的原因。"他换了严肃的口气说，"其实我是很看重你的，你是个聪明伶俐的女孩子，你身上有一种特殊的沉静气质，在我看来是很难得的。你是那种稳得住心神的女孩，跟时下的那些小姑娘不太一样。这是我特别喜欢你的地方，也是我特别看好你的地方。你这样的品貌出去找份工作应该是不难的。但是，你也知道，现在社会上不管做什么事，能力是一方面，关系有时候比能力更加重要。你明白我说的吧？这次你没有进我们公司并不是什么坏事情，你可以找到更好的工作，这我能帮你，你完全可以放心。"

他停下来，就像征求我的意见那样专注地看着我，我则在心里咀嚼着他这些话的意思，判断他到底有几分是真心又有几分是糊弄。越琢磨我发现自己越看不透他，我和他之间总像是隔着一片雾，他在那片雾的背后，影影绰绰，似是而非。我承认对他那个年纪的男人知之甚少，更谈不上有多少把握，尽管我和他睡过觉，有过那么深刻的肌肤之亲，可是我感觉自己和他根本就没有真正走近过。

他大概是看我默不作声，便拿出更大的耐心哄我高兴。他又一次把我紧紧地搂进怀里，和颜悦色地对我说："你别灰心，我说了，这种考试实际上就是走走过场，并不真正证明什么。而且，我也已经答应你，我一定会为你找一份你满意的工作，这点你要相信我。"

他亲我的面颊，让我笑一个。我突然想到很小很小的时候爸爸为什么事惩罚了我，然后他就是这样把我抱在怀里，让我给他笑一个。那应该是我最早的记忆吧，我居然在这个时刻十分清晰地想起来了。我心里发酸，但还是强忍着委屈给他挤出了一个笑容。

这一天终于没有不欢而散。他开车送我回家，分别的时候他情意绵绵地说过几天会来看我的，让我高兴一点。我虽然并没有多少高兴的感觉，但还是对他绽露出了灿烂的笑容。

接下来的日子我过得浑浑噩噩，我很想抓紧这无事可做的时光好好读点书，或者把英语补习一下，可是我却没有办法坐下来好好面对书本。我发现自己再也不能像在学校那会儿心无旁骛地专心学习。我看一会儿书就累了，读一会儿英语就烦了，总之一句话，我变得坐不住了。还有一个问题就是我的存款越来越少，已经少到我需要精打细算地过日子了。以前我隔一段还会上街去逛逛，虽然也不买什么贵的东西，但买些化妆品、零食啥的也是平常的事。现在我已经不会那样大手大脚花钱了，我只去超市，只买特别必需的生活用品。我父母照例会每个星期打电话过来，问我过得好不好。我跟他们从来都说自己过得很好，不把真实情况告诉他们。我知道告诉他们也没有用，因为他们帮不上我。已经有一两个月我不主动给他们打电话了，一是我不想找上门去跟他们撒谎，二是我得考虑节省长途电话费。有时候想想自己混成这样，眼泪会突然涌上眼眶。

这一段因为忙着考试找工作，我和我的朋友同学都没有什么来往，其实我也没有多少朋友，我觉得交朋友是需要时间和金钱的，这两者我从来没有同时富裕过。要么有时间没钱，要么既没时间也没钱。有时候我觉得自己很封闭，过得根本不像一个二十来岁的年轻人，不过更多的时候我觉得这样也挺好，简单，不费精神。如果玫瑰小姐忙起来，我经常是从早到晚没有机会说一句话，假如呼吸也能省，我恐怕连呼吸都免了。

我稀里糊涂过了几天之后终于下决心重新出去找工作。我下楼去买了一堆报纸，剪下所有的招工广告，又在网上搜寻，想找到合适的机会，但忙了一圈成效不大。

我又想到了他——几乎是下意识地想到他。我想他应该不会说话不算数吧？我想好等再见到他一定催他为我找工作，别的都是次要的，我实在是不能再等了，我总不能耗到真揭不开锅吧？我想我再不能不好意思向他张口了。

离上次见面整整一个星期，他打来电话，简单问候了两句，问我晚上有没有空，说他想来看看我。我真是喜出望外，但语气尽量平和，不让他感觉到我是那么渴望见到他。我仿佛看见我撒下的那张网上的浮漂开始跳动，我要静等他进入网中。

他一下班就来了。我们在我家楼下不远的一个餐馆吃饭。这是一家装修得非常考究的法式西餐厅，也是附近最高档的餐馆，早就听说非常贵，所以虽然离得近，我也从来没有进去过。我和他一起走进这家餐馆，心中马上充溢着高档生活带来的那种情调和喜悦。

他十分绅士地把菜谱放到我面前，让我点菜。我从来没有在这样的餐厅里吃过饭，我怕露怯，又把菜谱推给了他。他微微一笑，接过去仔细地看起来。他给我点了生蚝和烤牛排，自己只要了蔬菜和面条。他笑着向我解释说他刚刚体检过，好几项指标都偏高，所以在吃上只好节制点了。

我马上说："那我们没有必要来这么高档的地方吃饭。"

他笑了，说："我是为了让你吃点好吃的。"

他看我的眼神十分温存，就像看着一个孩子，我脊梁后面瞬间生起一路鸡皮疙瘩。我挪开了目光，不敢看他的眼睛。

这顿饭吃得真不错，高档餐馆的菜就是不一样，说真话我从小到大从来没有吃过这么好吃的菜，真是用"美味佳肴"形容一点不过分。尤其是吃到牛排，我差点感动得落泪。他的目光一直在我身上，不时问我菜合不合我的口味、要不要再加点东西。他对我这么好让我心里暖洋洋的，原先梗在心里的那些支支棱棱的东西似乎被融化掉了，我心里又涌起那股应该称作爱情的东西，我几乎又要张不开口向他提找工作的事了。我专心品尝着美味，仿佛就是为吃而来的。吃完我沉醉地坐着，享受着饱尝美食之后的混沌。

他吃得很少，的确是在认真地节食。但他的话却一点不少，一晚上一直在口若悬河地说着。他说他们公司的人事变动，部门调整，甚至还说到奖金制度的改革。说实话我对他说的这些不感兴趣，我对他们公司谁做副总谁做主管毫不关心，他提到的人我一个不认识，对他们的部门是多一个还是少一个也不想知道。我坐在他对面就像一个植物人一样，或者干脆说就像植物一样，只不过我还会随声附和罢了。我自己认为这是对他这顿好饭的回报。

说完了一通鸿篇大论，他脸上泛起光泽，让他整个人显得更加滋润，就像做过爱一般。但是这天因为我身上不方便我们无法做爱，因此我们没有像以往那样去酒店开房，晚饭之后他提出带我去商店里逛逛。

记忆中我很少和男人逛街，以前我的男朋友也有陪我逛街的，但我发现他们虽然性格各异但有一点是共同的，就是不喜欢逛店。我小心眼地猜想可能是他们不愿意替女朋友付账吧。难为他主动提出逛街，激起了我逛街的兴趣。我的确有好久没有逛过街了，真有点久旱逢甘霖的感觉。于是我欣然地跟着他去了商店。

他带我走进一家鞋店，指着货架上一双款式时髦的皮鞋让售货员拿给我试。我的脚刚伸进鞋子，一种舒适的感觉涌遍全身。说实话它比我穿过的任何一双鞋子都要舒服，我就像刚才吃牛排一样差点感动得落泪。毫无疑问，这是真正的好鞋。当然，这鞋的价格不菲。

店里人很少，有两个和我年纪相仿的女店员为我服务。她们格外热情，让我试遍了店里所有的新款。最后他给我买了两双皮鞋和一双靴子。他去刷卡的时候我没有跟过去，我没有勇气也不好意思看着一个男人为我付钱。

买完鞋他问我还想逛什么店，我十分坚决地说哪里也不想逛了。这晚上足够了，我不想再让他为我花钱。他看了看表说："时间还早，好容易出来一次，别这么就回去了。"他的笑容里有一丝顽皮的神色，似乎他是逃学出来的一般。他略想了想提议说，"我们再去喝杯咖啡吧，就去上次那家好不好？"

我猛然想起了那次喝的绿灯笼，口腔中似乎涌起那种酸酸甜甜的感觉。但是我没有点头，我犹豫了一下，还是说了出来："要不……去我那里坐坐吧。"

他马上点头，我倒是觉得自己有点贸然。我在心里责怪自己：干吗要让他参观我贫寒的生活？干吗要和他走得这样近呢？

他的车很快就到了离我家很近的大街上，这是一条灯火通明的大街，每次他送我我都让他在这条街上停车，可是我住的地方并不在这条大街上，而是需要穿过一条弯弯曲曲的小胡同，那里灯光暗淡，房子又破又旧，而且胡同太窄，汽车很难开进去。我让他把车停在街上，但他还是坚持开进了那条实际平坦感觉上却是高低不平的胡同。下车时我听他说了一句："你怎么住在这种地方？"

我没有回答，假装没有听见他说什么。

这天玫瑰小姐出差去了，不会回来。进门前我就把这个消息告诉了他，我不想让他来我这里微服私访一般还提心吊胆。他果然像是松了一口气，这更加让我觉得不该带他到这里来。

他进屋之后就抱住我亲吻我，让我心里轻松了不少。我觉得他并没有拿自己当外人，这让我几乎心生感激。他让我更加感动的是坐下不久，我去厨房烧开水准备给他沏茶，他跟了进来，随手打开了冰箱。我正诧异他这个举动，他看了看冰箱里的东西，对我说："冰箱里啥都没有啊，你平常都吃什么？"

冰箱里的确是存货不多，但也远没有到他说的"啥都没有"的地步。蔬菜还是有的，鸡蛋剩下不多，此外还有一些老干爹老干妈的辣酱，那些是我的常备物资，实在没有菜或者不想做菜的时候可以用它们来对付一顿饭。

他两眼紧盯着我说："你这么年轻，营养太差是不行的！"

我笑起来——不是苦笑，是真的好笑。现在这个时代，简直是物质极大丰富，吃的喝的楼下的超市里可以说应有尽有，我虽然节省，但也不至于会营养太差。

我半开玩笑地对他说："我正在减肥呢。"

他十分严肃地说："你减什么肥？你这样清瘦，要胖一点才好。"他大概看我不以为然，又说，"我觉得对不少女孩来说减肥就是个误区，总好像是越瘦越美，其实根本不是那么回事。身体健康才是最主要的。所以吧，吃上面一定不能马虎。"

我笑嘻嘻地点头。我觉得他这样对我谆谆告诫简直就像一个父亲，让我有些不自在。说心里话我不喜欢看到他像一个父亲，我也不希望他对我太好。因为我心里非常清楚我跟他是怎样的一种关系，我也非常清楚我跟他只能是怎样的一种关系。正因为如此，我小心翼翼，生怕越线。我自觉遵守着一套不成文的规矩，我以为这样可以约束自己，也可以保护自己。我也防范着自己的情感过多地被他侵入，因为我不想受伤太深。

这一晚我们并没有相安无事地度过，我们还是忍不住亲热了。他把我抱到床上，我们在我的小床上紧紧拥抱，缠绵地亲吻，就像真正的恋人一般。从前我和我的初恋就经常这样，后来他出国留学去了，我们只好分手。和他紧紧相拥的一瞬间我仿佛回到了大学时代，我也几乎错把他当成是那一个他。他温柔而耐心地抚摸我，我也给了他温柔体贴的回报。我们在小床上消磨了不少时光，不用看表，我也知道夜已经很深了。我心里不想让他走，但我还是懂事地催他该回去了。

临走之前他从包里拿出一沓钱，放在我床边的写字桌上，对我说："这是我今天拿到的加班费，你先用着。"

我连声说不要，我是真心不要。我不想拿他的钱，那样我成什么了？从小我父母就教育我不要拿别人的东西，更何况我跟他又是这样一种关系，我固执地认为我就更加不能要他的钱了。我拿起那沓钱硬塞回他包里，他按住我的手说："你这孩子别这么犟，给你你就拿着。"他似乎有点要急了，又说，"你日子过得太苦我看着心疼。"

他后面这句话打动了我，我不再那样坚决。他搂住我，我在他怀里慢慢松弛了下来。

时间太晚了，他不得不走了。他不让我送他，我坚持要送他下楼。在寒风里他飞快地拥抱了我一下，在我耳边说："真舍不得你！"

他上了车。我朝他亮着尾灯的汽车挥手，他从车窗里探出头看我，我们就像真正的恋人一样难舍难分。

他留下的钱有五千多块，缓解了我生活的窘迫，让我的日常生活一下子进入到"丰衣足食"的模式。如果按我前一段那样精打细算过日子，这笔钱至少可以维持两个月的生活。而我相信有这两个月的过渡，只要他肯帮忙，我应该是能找到工作的。我心情也因此变得轻松起来。

他和我还是时常见面。我们有时去酒店开房，有时就在我的小屋里亲热。他说他工作很忙，所以每次见面都很匆忙。我尽量让他高兴，做他喜欢的事，不做他不喜欢的事。一段时间下来，他夸我懂事。他这样说："我真没有看错你，你是个聪明的女孩，知道分寸，也肯委屈自己，有这些，走上社会也是不怕的，我对你很放心。"

我觉得他这几句话的信息量很大，细想一下他每句话都是站在自己的角度说的，当然也的的确确是对我或者说是对我的付出的一种肯定吧。我感觉他对我是满意的。想到自己拿了他的钱，我不由马上联想起"吃人家的嘴软，拿人家的手短"那句老话，心里泛起阵阵委屈。想想自己从小到大也是一个清高自傲的人，上学的时候从来就是品学兼优的好学生，走上社会不久竟然成了一个依靠男人生活的人，而且还是这样一种地下关系……无论怎么说，在我自己的价值体系里这就是堕落。要是让别人知道，我真心无颜见人。

说心里话，我只想尽快改变这种生活状态。不久之后的一天，在我们做爱之后，我终于向他开口提出我想快点找一份工作。他似乎有些惊讶，好像我这个问题很出乎他意料一样。

他问我："现在这样不是挺好，干吗急着出去工作？"

我口气坚定地说："怎么说还是得工作吧。"

他呵呵笑着说："你什么都好，就是太要强了。"

他似乎并没有马上行动，至少是没有马上给我一个结果，也没给我任何反馈。我也不催他，一是我觉得催他不好，怕他烦，二是我想在他那里保持那个聪明、知分寸、肯委屈自己的形象。既然我已经向他开口了，我想他不可能彻底忽略掉这件事。他是那种有素质的人，所以我对他还是相信的。再给他一段时间吧，我心里这样对自己说。

又一个月过去了，一天他来看我，又给了我一信封钱。我不肯要，我态度坚决地说："我不要你的钱。"

他执意要给我，比我态度更加坚决地说："我不想看到你过苦日子。"

我说："总花你的钱算什么？"

他笑着说："我倒真希望你能总花我的钱。"他迅速话头一转说，

"你工作的事我一直在想办法，太差的地方我不想让你去，有些不错的单位想进的人打破头，需要候机会。你不要心急。"

他都这么说了，我还能怎样？我只能耐心等待。

三个月过去了，我的工作还没有着落，我也没有等来一个准信，每次我鼓起勇气问他，他都说正在找，甚至拿出手机让我看他的通话记录，说他来之前还给哪里哪里的老总或是副总打过电话，只是他们最近没有招聘，或者是他们最近不再招人，等等等等。有时我也怀疑他可能是在敷衍我，我甚至怀疑他是在用这样的方式拖住我，让我就像被粘鼠胶粘住的老鼠一样跑不掉。本来我是想诱他入网的，结果反倒是自己成了他的猎物，想想真是沮丧！可是即便如此，我又能怎样？我不敢得罪他，更不敢和他翻脸离他而去，因为理智地想靠他找工作实际上是我眼下的最佳策略，或者说是最好的出路，除他之外我没有别的靠山，也没有别的捷径可走。况且我已经付出这么多了，我不能让自己的付出打了水漂。我这可不是小心眼，我是从大局考虑。我已经越来越不任性了，因为我知道我是怀揣着现实的目的的，我不可以由着性子胡来。我一无所有，只能委曲求全。

他和我的见面变得频繁起来。他还是那样来去匆匆，和我见面最主要的内容就是做爱，甚至可以说仅仅就是做爱。我们越来越默契，而且逐渐形成了一套我们之间特有的模式。他很好地操控着一切，有条不紊，按部就班，就像完成一套固定的程序。当然，这套程序简洁完美，让他身心愉快。看得出来他对此十分满意。平心而论他不是一个自私的人，相反，他很照顾我的感受。正像他跟我躺在床上聊天时说的那样："不能什么事光顾自己合适，不管做什么事都要考虑别人，就像广告里说的'大家好才是真的好'，双赢都不够，要多赢才好。"他的确就是这样的。

他是个成熟而可靠的男人，我悄悄想过这样的男人做丈夫肯定是相当不错的。我甚至把找老公的标准有意无意朝他靠拢了。当然，我

148

跟他是完全不可能的，这是他和我一开始就话里话外讲明白的。虽然我心里也不是没有过波动，但我记得我和他在一起的目的是什么。就像玫瑰小姐说的，鱼和熊掌不可兼得。要得太多可能什么也得不到，这是我从很小早就知道的道理。再说，就像他说的，他比我大得多，我真嫁给他也未必是一桩合适的婚姻。有一天在闲聊时我问他多大了，他说四十。可是随后不久的一次约会他去洗澡时我看见了从他衣服口袋里掉出来的身份证，我偷看了他的出生年份，他已经四十五岁了。不过，对我来说四十岁还是四十五岁又有多大区别呢？

三个多月下来，还有一个变化，就是我们的感情在不知不觉中升温。"日久生情"那句话还真不能不信，如今我算是有了切身的体会。现在，和他分别之后我会非常想他，可是他和我依然是很少联系。他几乎不给我打电话，也不发短信，除非是有事，而他"有事"也就是约会。他不用QQ，不用MSN，不上博客和微博，想和他在网上秘密而甜蜜地交流也是不可能的。有时，尤其在夜深人静之时，我多么渴望能得到他通过电波或者网络传来的一声问候或者是一句暖心的话。我坐在灯光昏暗的小屋里，想着我们有过的亲昵，感觉都不像是真的发生过的。我很想给他打电话，可是我担心他旁边有人，说话不方便。我想一想已然感觉心痛，我发现我已经不是醋意，而是痛楚。曾经有过一次我打电话给他，那是下班以后，估计他正在家里，他接我电话的声音相当烦躁和严厉，令我惊恐万分。我想他是不愿意我触碰那条看不见的警戒线吧？那条线画出了家里家外，地上地下，我无疑是属于那个见不得人的存在。放下电话我后悔了半天，心里充满了自卑。等我们再见面，他并没为这件事说一句道歉的话。于是我明白了他是不欢迎我打电话给他的。发短信也是一样，他对我的问候和发给他的一些无病呻吟的句子从来是不置一词，同样见面时也不提起。我感觉他除了与我亲热，其他所有的时间和生活都是与我无关的，而且，我也同样应该与他无关。他画出的这条线对我来说犹如天堑，我是不能随随便便越过的，当然其实也是无法迈过的。我理解他是用这样的语言向我强调无论我们在床上怎样如胶似漆，其实我们不过是一种合作罢了。可是我又不甘心跟他这样若即若离，也不甘心自己对他来说如此无足轻重。尤其是当我心中对他的爱意弥漫的时候，我又心酸又委屈，而且无人可以诉说。

那一段我的同屋亲爱的玫瑰小姐通过相亲找到了一个男朋友，她带他来我们的小屋，看不出他们之间有多少激情和爱意，但一看就是关系稳定，而且像是要厮守一辈子的样子。说实话我很困惑，我不知道像玫瑰小姐那样要相貌有相貌要才华有才华的女孩为什么要选择这样一种归宿，我也不知道等待我的命运会不会比她更好。就我和她两个人的时候我问过她是不是真的心甘情愿嫁给这么一个普通的人？

她笑起来，仿佛我说的话很好笑似的。笑过之后她说："我像你这个年纪的时候真没想到我会选择这样一个男人做自己的终身伴侣，不过现在我倒觉得这也算是一个不错的选择，总比嫁不出去要强。"她用一种推心置腹的口气说，"我的激情，或者说爱情，已经在年轻的时候挥霍掉了，也可以说在还不明白什么是爱情的时候就挥霍完了。我心里其实一直是有许多原则的，但是从我成年以后我一直在违背那些原则，甚至可以说是在破坏那些原则。我以为自己清高、干净，也有能力守护这份清高和干净，结果完全不是那么回事。有不少时候，我妥协了。现在我不想回首往事，过去的都过去了，想抓也抓不住，留下什么算什么，什么也没留下也得往前走。这些年我觉得自己的经历就证明了一句话，就是白居易的那句诗：'大都好物不坚牢，彩云易散琉璃脆'，越是美好越是容易消逝，越是美好越是会让你受伤，甚至是你付出越多得到越少。"她忽然收住话头，两眼烁烁地看着我，停了一会儿又说，"我就别拿自己不成功的人生经验来磨灭你了。要说我的确在感情方面受过伤，但即使伤痕累累，我对自己经历的这一切还是感恩的。而且，有了那种让你痛楚让你沉沦的经历之后，我才知道自己真正想要的生活是什么。"

我不死心，追问她："就是现在这样的生活吗？"

她沉默了。好久才说："每个人都有自己的秘密，原谅我不能跟你实话实说。"

仿佛是急刹车，她突然让我明白了她生活在一个我所陌生的世界里。

其实我无意窥探她的秘密，她这么一说却瞬时让我有了把自己这几个月的遭遇告诉她的冲动。我说得语无伦次，而且声泪俱下，她平静地听完，平静地对我说："爱情不一定总是以它真实的面目出现，你看见它的样子不一定是完美的，甚至都不一定是美好的，有时可能似是而非，有时可能面目全非，它也不光给你带来喜悦和幸福，不少时候让你失落、沮丧、痛苦、无奈，甚至让你深受其害，但是只要你认出了它的面目，你就好好珍惜它。"

我惊愕地望着她，第一次意识到原来我和他竟然也是爱情。

然而面对现实我真怀疑那就是爱情。没有足够的交流和沟通，没有足够的关心和温情，那算是爱情吗？而且总是偷偷摸摸，见不得阳光，如果这就是爱情，那我真的很怀疑爱情。我想我不必自欺欺人，也许玫瑰小姐什么都看得清清楚楚，她只是不想让我难堪才那么说的吧？

日子一天天地过去，和他来往已经将近五个月了，想到自己快要有半年没有工作了，心里不由一阵阵发虚。每次父母给我打电话，我只能用撒谎来宽慰他们的心。我不喜欢撒谎，因此每次跟他们说过那些话心情都很灰暗。我催过他几次，当然是尽量言语缓和，并且表现得不急不躁。但是他却反而没我平心静气，有一次我刚提起这个话头，问了他两句，他突然就有点火，挂在脸上的笑容瞬间消失了，很不耐烦地说："你不了解这个社会，现在办点事情有多难，你要是拿不出东西去跟人家交换，人家凭什么替你办事？找工作可不是一件简单的事，尽管我手上也有点小权，但也不能像花钱那样直接拿出去交换吧？再说你我这样的关系，我怎么也得注意点。你得容我慢慢来。"

我心里万分委屈，却只能温顺地点头。有时我真恨自己太软弱，我真希望自己能像个泼妇那样痛痛快快地对他说："我跟你在一起就是为了找份工作，你推三阻四到底要拖到哪天才给我办？你以为你是在包养我吗？你以为每月花五千来块钱就够包养我的吗？"

当然这样的场景永远不可能出现。我只会沉默和忍让。可是那天我即使沉默和忍让也无济于事，他一直气很不顺。我们差一点不欢而散，但总算在我们分别的时候又和好了。我知道在这种时候不能任性，以前我没少吃任性的亏。俗话说"吃一堑，长一智"，我当然不能吃了一条条壕沟还不长记性。告别时他向我解释他最近心情不好，公司和家里都有诸多不顺心的事，让我原谅他。我当然会"原谅"他的，我不"原谅"他又能怎样？

这次的摩擦并没有影响到我们的关系，等下一次见面我们似乎又回到了原先的轨道。他重新变得温柔体贴，还像以前一样跟我滔滔地说着他对公司改革的一些想法，甚至说到他未来五年到十年的计划。说真话我听着有点恍惚，我从来没想过五年或者十年以后的事情，当然也不会有什么计划。我只能肯定在未来的岁月里自己青春流逝会变得越来越老，其余的根本就不是我能预料的。可是听他说得那样头头是道和蛮有把握，我差点相信一切都会按他的计划发生。不过有一点，他未来的五年到十年里肯定不会有我（想到这我心里不由一酸），所以他根本没有说到跟我相关的任何一句话。他巧妙地回避了这一点，让我反而觉得他这人很真实。

这次约会的意外之喜是他送给了我一份礼物。再过几天就要到我的生日了，他提前给我预备了生日礼物。他的这种细致真的让我很感动。他送给我一个包装十分精美的盒子，里面是一套白色的睡裙。他已经送给过我好几件睡衣了，有长的，有短的，有吊带的，也有袍式的，有真丝的，也有尼龙的，颜色一概是白的，而且装饰着雅致的蕾丝花边。说心里话他送的这些睡衣我都非常喜欢，他的确是个品位超凡的男人，也很会给女人买东西。但是我一次也没有穿过这些衣服，我很难想象我会把这些衣服带到酒店穿给他看，我也不会在他偶尔光临我小屋时为他穿上这些衣服，我真的不好意思那样做，我自己也说不上是为什么。他问过我为什么不穿那些衣服，是不是不喜欢？我说我很喜欢，太喜欢了。他露出困惑不解的笑容说："真理解不了你们女人！"

这天他坚持要我试试他送给我的睡裙，我拗不过他，穿上了那件衣服。我从洗澡间走出来的时候他夸张地瞪大了眼睛，然后大大地赞美了我一番。这一天他格外兴奋，对我也更加浓情蜜意。

做爱之后我们躺在床上，他的一只手放在我的肚子上，用一种类似于梦幻般的口气说："你要是替我生个儿子多好！"

我以为自己听错了，但是他真的是这么说的。

我转过脸望着他，他却闭起了眼睛。他喃喃地说："我有一个女儿，还没有儿子，要是我们能有个儿子就好了。"

"真的？"我故意这么问他。

"当然不是真的。"他叹一口气，"就是做做梦而已。"

他就像醒过神来一样搂紧了我，说："我一直想再生个儿子，不是我重男轻女，我只是觉得生个儿子将来不用太为他担心，当然，该铺的路我这个当老爸的肯定会为他铺好的，不像女儿，你时时都要替她担心。说句那什么的话，现在这个社会太复杂了，也太肮脏了，根本不适合像你们这样清清爽爽的年轻女孩子闯荡。"

他的这句话真的是刺激到我了，我一骨碌翻身起来，两眼盯着他，单刀直入地问他："你什么时候能帮我找到工作？"

我也不知道那一刹那我是哪来的勇气，反正我就是直截了当把话说了出来。他似乎一愣，然后开始找词。他说的还是以前说过的那套话，什么不要着急啦，求人的事情要慢慢来啦，他一刻也没有不把这件事放在心上啦……但是我不容他说完就打断了他，我气急败坏地说："你能找就找，不找就不找，给句痛快话算了，不用说这些来拖住我，也不要以为谁离了谁活不了。"我甚至对他说，"你以为你是包养我吗？你到底把我当什么了？……"

我说了很多，就像是控诉一般，什么话狠说什么，什么话恶说什么，我把能想得到的难听话都说了出来。我仿佛进入了爆发模式，脑子转得飞快，句句话出来都跟刀子一般锋利。我顾不得他听了是什么感受，我已经忍得太久，我实在忍不下去了。

他就像挨了当头一棒，脸色在我歇斯底里的爆发中变得煞白。我想他在公司里高高在上，一定没有人敢这样跟他说话。我心里涌起一阵畅快，就像打了胜仗一般。我已经不再去考虑我这一通发作毁坏了什么，我只想把一切都砸烂。我本来就一无所有，顶多还是一无所有。我只觉得毁掉一切原来是这样轻而易举，心里充满了解放般的快乐和得意。

但是这快乐和得意转瞬就变成了沮丧和失落。在怒气发泄之后，我的理性立刻就回来了。我仿佛面对着一片狼藉的战场，顿时傻了。

他却似乎从我的发作中醒过神来，他面孔由白转红，似乎也要跟着发作起来。但是他还是控制住了自己的情绪，他走过来，伸出胳膊试图搂抱我。我扭过身子，躲开了他的搂抱。我就像一只夺翅的公鸡不可一世，但其实我的内心就像一颗脆弱的鸡蛋一样不堪一击。他没有缩回胳膊，他靠过来，轻轻拍着我的背，安抚我失控的情绪。在他温情的抚爱下，我鼻子一酸，突然忍不住失声痛哭起来。就像小时候失手打碎了最心爱的碗一样，我哭得昏天黑地死去活来。他把我搂进怀里，耐心地抱着我，直到我哭完。

在我停止哭泣的时候他牵起我的手，带我走进卫生间，亲手绞了热毛巾替我擦脸，让我仿佛回到了童年时代。我的眼泪忍不住又流下来，但这一次我没有放声大哭，只是默默流泪。好容易我才平静下来，他拉我和他一起靠在床头。

他温柔地握住我的一只手，用那种听上去像是深刻反省的语气说："我没想到把你伤得这样深……我太自私了，你一哭让我意识到我的确是做得太不好了。说心里话，我一看见你就喜欢你，远远超过喜欢，真的，你很吸引我，让我一下子有一种回到青春的感觉。这种感觉并不是经常有，更不是看到年轻姑娘就会有……我不知道怎么解释，就算是缘分吧。"

他侧过脸望着我，我心里已经回暖，但神情还是很冷漠。我不看他，就像不专心听讲的学生一样眼睛望着窗外。

他干脆转过身来对着我，继续说："我有家庭，不该再玩这种感情游戏，我当然是清楚的。说句自私的话，其实我比你更加玩不起。但是，我就是无法控制自己……记得我跟你说过，我是犹豫过的，犹豫再三，所以也可以说我是想好了做的。你不要以为我后悔了，我一点不后悔，我觉得这是一段美好的记忆，对于我来说是一段非常珍贵的记忆。我这个人喜欢思考人生，我常常问自己人生的意义到底是什么？也就是说人活一辈子到底图什么？既然什么也带不来什么也带不走，那还有啥意思呢？想来想去，我觉得人生就是为了经历，说到底，只有那些真正美好、珍贵的经历和记忆才是属于自己的。我这么说当然是很自私，也许对我来说美好珍贵的经历和记忆对你来说并不是这样，那我就在这里跟你说一声对不起。"

说老实话，他这一番话又一次击溃了我的心理防线，搅动了我心底最柔软的东西。我差点跟他说你千万别这么说，如果我们能相爱，我一定会毫不犹豫，而且是幸福快乐地投进你的怀抱。但是我什么也没有说。

他仔细地观察着我的反应，说："也许你觉得我这个人有点道貌岸然，说一套做一套，其实我内心也是很矛盾的。跟你说真话，像我这种人是最纠结的，我想忠于家庭，却又做不到；我想放任自己去追求心灵的自由，可是又背负着沉重的道德枷锁，而且还非常在乎别人的看法，比如熟人朋友会怎么看，社会会怎么看，弄来弄去，什么事都弄夹生了。我其实还真不是一个不讲规矩的人，也不是一点感情不讲，有时候我真羡慕那些无所顾忌的人，他们放纵，无耻，不顾别人只顾自己，他们令人痛恨和不齿，可是要让我成为那样的人我还真做不到。所以吧，我是从心里觉得对不起你！当然也可以说我们这种人多少还是有灵魂的，没有把灵魂彻彻底底卖给魔鬼，所以才会纠结，才会痛苦，才会进退两难。你知道我的梦想是什么吗？我非常想带着你去一个没人认识我们的地方开始新的生活。但是这绝对是不可能的。这就是现实啊，现实总是残酷的，而我们必须面对现实。所以我从来没有跟你说过一句这样的话。你心里想的什么我也是知道的，但是我们只能这样，你明白吗？"

他说得很慢很轻，听上去既柔和又有一种强韧的穿透力，显得语重心长。我第一次听他说得这样直接和坦率，心里很震动，眼泪又一次浮上了眼眶。他脸贴过来，小心翼翼地亲吻了我的嘴唇。我的眼泪又一次流了下来。

这一天分别的时候他两手搂住我的肩膀对我说："亲爱的，你要高兴一点，我喜欢看你高兴的样子。"

他第一次叫我"亲爱的"，之前他从来没有这样称呼过我。就像是脱口而出，又像是很习惯这样叫我，让我在一愣神之后心里涌过幸福的潮水。

他紧紧地拥抱我，嘴唇贴在我耳边上，就像是耳语一般说："别把我想得太坏。"

他还是像往常那样让我先走，他随后结账退房。我知道他是怕被人看到我们在一起，他总是这么小心谨慎。我走出房间，听见房门在背后"咔哒"一响，我觉得那一声响是那样清脆和冰冷，仿佛断送了什么。

两个星期后他带着我去了一家国内知名的门户网站，他领我直接去见了这家网站的CEO。这位网站的大领导是个网络名人，他的名字我早就如雷贯耳，见到真人我说不出心里有多么喜悦，他比我在电视和网上看见的样子更加英俊，而且相当幽默。

他和这位网络名人却很随便。他笑嘻嘻地对我说："你别看他现在人模人样的，从前我们做同事的时候没少一起胡闹。"

他管这位网络名人叫"风总"，语调里带着狎昵和调侃，他让我也这样叫他，我不敢，怕在名人面前失礼。而风总却十分放松，他马上接过去说："我们早年常在一起厮混，论说起来算是上下铺的兄弟。"

两个人脸对脸呵呵地笑着，看着就是很有默契的样子。

闲聊了一阵风总请我们去吃饭，是在他们公司顶楼的内部餐厅，他说这就是他们公司的食堂。我第一次见识了一个公司食堂那样奢华和考究。吃完饭他又请我们到咖啡厅喝咖啡，仍是公司内部的，同样是无比奢华和考究。

在吃饭的时候他和风总一直谈笑风生，就像真正的上下铺的兄弟那样亲近。风总相当热情，频频向我们敬酒，他自己也喝了不少，反复说今天是他特别高兴的一天。他看上去确实是非常高兴，而且，从我们一进门起，他明晃晃的眼神就像太阳灯一样照到我的身上。他甚至做出惊艳的样子夸赞了我一番，当然，我把这看作是场面上的客套，但他的兴奋劲儿显然不是装出来的。在吃饭和喝咖啡的时候他一直没有忘记照顾到我，那种亲切和随意，仿佛我与他们同样是上下铺的兄弟。

整个会见一句没有谈及我工作的事情。从网站出来，我忍不住问他："你怎么没跟风总说我工作的事？"

他看我一眼，嘴角露出一丝似有若无的笑容说："这还用得着多说吗？"

我追问他："那，有可能吗？"

他自信地点点头，说："我看八九不离十吧。"

我说："你这么有把握？"

他冷冰冰地一笑，没有说话。

他的笑容那样冷，让我感到周身的寒意。

当晚他送我回家，我让他在街边停车，但他执意穿过弯曲狭窄的胡同送我到楼下。我下车的时候他拉住我，像往常一样亲了亲我的脸颊，我想对他说句感谢的话，但想想好像没有必要，就什么也没有说。我没想到这就是我们的最后一面——准确说是我们以这种关系见的最后一面……早知如此，我怎么也应该对他说句谢谢的。

几天之后我接到通知去了那个知名的门户网站上班，我终于得到了一份自己想要的工作。

一晃几年，我结婚了。我早已经离开了那个门户网站，在换过几次工作之后，终于如愿以偿进了电视台做了编导。我早已经不是新人，在工作中也算有了自己的一席之地。自从去了那个门户网站，我的事业就开始顺了，爱情也是一样。我顺利地把自己嫁了出去，丈夫和我年龄相仿。

我割断了和以往生活的所有联系，我建起了新的朋友圈，我在我的朋友面前轻松自如，他们看我大概也是如鱼得水……过去的都已经过去了。

但是就在某个秋日下午的某个不经意的瞬间，我似乎又与过去的生活有了一次短暂的对接。

那天结束拍摄我经过一条店铺林立的街道，无意间看见一家装修得很有风格的咖啡店，我一眼瞥见门口的一块小黑板上写着"各种饮料"，第一个就是绿灯笼。那三个字似乎引爆了一颗遗落在深海中的炸弹，我的心里顿时有一种东西在炸裂——没有声响，不见硝烟，却有巨大的冲击力。我想起跟他在一起的一幕幕：第一次和他相见，第一次和他吃饭，第一次和他亲吻，第一次和他上床，第一次他带我去逛店，第一次接受他给我的钱，第一次在他面前痛哭失声……无数的第一次，我以为我早已经忘记，但实际上却什么也没有忘记。他第一次为我点的就是这种饮料：细高的玻璃杯，杯口扣着半个青柠檬，加了薄荷叶子、玫瑰花苞和许多的碎冰块，据说是用柑橘汁、西柚汁、柠檬汁、蔓越莓汁和野生的蜂蜜调制而成，还加了一种热带雨林中的香草，口味酸酸甜甜，正如我青涩茫然的过去。

我正沉浸在五味杂陈的回忆之中，突然看见咖啡店的玻璃门内影影绰绰出现了一个眼熟的身影，正推门出来，他边上还有一位苗条多姿的姑娘。我已经来不及躲避，就在那个瞬间，我内心展开了激烈的斗争，是大大方方迎上前去跟他打个招呼，还是装得不认识？最后我决定鼓起勇气迎上去，让他看一看今天的我。我想我之所以能成为如今这个样子，确确实实是经过了他的磨砺和帮助。

我屏气凝神，等着他走近。但是，那个人一出门我就发现我看错了，并不是他。我望着那位先生带着那个姑娘穿街而过，他伸出胳膊，让姑娘挽着。他们大大方方地走着，亲近而自然。我心生羡慕，我想假若当年我们也能像他们这样坦坦荡荡地走在大街上该有多好。我的眼睛里突然浮起了泪水，我咬着嘴唇，竭力不让眼泪掉下来。

2014 年 8 月

礼拜二的下午茶

和朱铃铃见面是上星期就约定的，佳娜根本就不想去见这个面，她实在是被逼无奈。她无数次设想过赴这个约的情形，当她在礼拜二下午走进香格里拉饭店的时候，心里还是一阵忐忑，差一点就要打退堂鼓。

佳娜一向认为自己是个不怕事的人，不但她这么认为，丈夫刘文正也同样这么认为，甚至更加高看她一眼。在辞职前她当过八年记者，算得上是资深了，而且她当的还是豁得出脸去的娱记。职业的素养使她不怵见生人，而且几乎就像出自本能那样能在第一时间吸引对方的注意力并且抢占到有利地形。八年间她应付自如，如鱼得水，在业内混得颇有名气。不过去见朱铃铃还是让她心生畏惧，她完全没有把握自己能够把控局面，她十分清楚这是件吃力不讨好的事情，而且随时可能陷入自取其辱的境地。然而她却只得硬着头皮上——对她来说这是一场婚姻保卫战，她没有退缩的余地。一个星期前刘文正毫无预兆地向她坦白了他和朱铃铃之间的私情，简直就像·个焦雷劈在她头上。这还没完，他又苦苦哀求她出面帮他解围。他反复跟她说自己被逼无奈实在是没招了——朱铃铃拿走了他一个性命攸关的硬盘逼他给她承诺，现在只有她出马才能救他。她愤怒、委屈、失落、心灰意冷，头脑里闪现的第一个念头就是跟他离婚，快刀斩乱麻一了百了，但她很快就冷静下来，觉得不应该这么冲动。毕竟离婚不是一件简单的事情，他们结婚十二年，除了有一个富足舒适的家，还有共同的朋友圈和默契的生活习惯，让她亲手打碎这一切，她实在是狠不下心来。尤其是想到女儿妞子小小年纪就没有一个完整的家，很可能会像她小时候那样成为家里多余的人，她更是心如刀割。最关键的是她无法想象从此跟刘文正分道扬镳视同陌路。在过了暗无天日的一个星期后，她想明白自己不能因为别人的侵入就主动出局，她不能让小三轻而易举就遂了心愿。她主动结束了冷战，并且答应刘文正去替他要回硬盘。

　　佳娜自己都弄不清楚刘文正和她怎么不知不觉就成了这种依赖和被依赖的关系。她承认在某种程度上这是她一手造成的，她对他过于迁就和宽容，甚至到了纵容的地步，她反思自己确实是爱他爱过了头。他们是大学同学，也是彼此的初恋，在见第一面的时候他们就相互属意，是真正的一见钟情。然而他们如胶似漆地好了一年之后，因为一次小小的龃龉而分手。刘文正很快和一位学姐恋爱，她则被几位学哥热情地追求。他们尽管还在同一个课堂里上课，但却似乎属于不同的星系。大学毕业之后，刘文正很快和学姐结婚，佳娜嫁给了单位里的一个同事，随后两人几乎断了联系，他们各自都认为此生再不可能有太多的交集。然而他们都在不到一年的时间里结束了第一次婚姻。某天他们在车水马龙人潮涌动的王府井大街不期而遇，他们站在街头简短地聊了几分钟，相约找时间再见。就这样一次偶然的相遇，竟然是命运给他们的一次机会。他们在几天之后见面，两个人都恍若昨天重来。他们再次堕入情网，这次和上次青涩的初恋完全不同，两个人都有了经历，也都变得成熟，最主要的是他们都认为自己懂得了珍惜。结婚十二年，他们夫唱妇随，用老话说两口子都没红过脸，就连"七年之痒"都既没痛也没痒平平安安地度过了。或许因为是失而复得，佳娜对刘文正倍加珍爱，她把他照顾得无微不至，拿他就当个孩子一般，而刘文正也真的就像一个被惯坏的孩子那样充分享受她泛滥的母爱。这似乎成了他们夫妻间的一种模式。这次也是一样，佳娜在经受了当头一棒之后顾不得自怨自艾，她就像中了蛊一般，带着母亲的气息责无旁贷般地去替刘文正冲锋陷阵排忧解难。

出门之前佳娜十分精心地打扮了自己。她一直拿不定主意穿什么衣服，她想若是穿得很正式未免太把朱铃铃当回事儿了，可是要是穿得太随便她又担心朱铃铃真把她当成一个蓬头垢面的黄脸婆。想来想去，她还是穿了自己最得意的一件织锦缎手工苏绣短旗袍，头发梳起来盘在脑后，还特意戴上了那副满天星的钻石耳环。这是她高规格的盛装，淡出江湖两三年，她已经很少下这么大功夫打扮自己。

她挑了个靠窗的沙发坐下来，香格里拉饭店的咖啡厅是她喜欢的地方，和大堂连成一体的开放式空间让她觉得通透和敞亮，每次来这里她都感到舒适和轻松，然而，这一次却大不一样，她的心情紧张而混乱。这个时间咖啡厅的人不多，放眼四顾，没有一个和朱铃铃年纪相仿的人。她的心情放松了一点，她早来就是为了让自己能够平静和松弛下来，她不想让对方看到自己的仓皇和狼狈，她希望在对手眼里自己稳如泰山，就像身怀绝技的武功高手，气定神闲，不怒自威，首先在气势上把她压倒。她暗自给自己打气，这一仗只能打胜不能打败。

快两点了，这是她们约好的见面时间。平常这个时候她一般都在午睡，这是她认为的家庭主妇的福利，也很为拥有这样的福利得意。有时候这一觉她会睡得很长，反正只要在放学时间去学校把妞子接回家就行。她相信睡觉能够养颜，她明显感觉到不上班这两三年要比上班那会儿气色好得多，皮肤也变细腻了。今天因为赶着出来，她没有睡午觉，略有几分困乏，加上有一种如同赶赴考场的紧张，让她隐约有一点头晕和心悸。服务生过来问她喝什么，她本想等朱铃铃来了一起点，这是她习惯的礼貌，但略一转念，她还是给自己点了一杯现磨咖啡。

两点十分，朱铃铃还没有到，她忍不住朝大门口张望。她望着从旋转门走进来的形形色色的女人，暗暗判断着哪一个会是朱铃铃。她忽然意识到自己正在以刘文正的眼光审视和筛选那些素昧平生的年轻女人，心里涌过一阵沮丧。她差点被这股浊流击溃。服务生恰到好处地给她送来了热腾腾的咖啡，她转回脸，努力调整了心情。

她刚喝了两口咖啡，感觉侧后方有个阴影慢慢移过来笼罩了桌面，她立马意识到自己等的人来了。

她们短兵相接地相互打量同样不动声色。简短地打招呼之后她们面对面坐下来，佳娜立刻想到谈判桌上的甲方乙方。她想象中的朱铃铃应该更加年轻艳丽，而且应该打扮入时，而眼前这个穿着白T恤水洗布牛仔裤扎着马尾巴相貌平平而且看上去有几分憔悴的女孩多少让她有点失望，不过也让她心理上略占上风。

朱铃铃为自己的迟到道了一声歉，服务生朝她们这桌走来，佳娜抢在服务生之前问她想喝点什么。朱铃铃看一眼她面前放着的咖啡，好像故意要避开跟她相同的选择，她随口点了可口可乐。

"你很忙吧？"佳娜尽量说得语调柔和，她不知道这算不算恰当的开场白。她实在是找不到合适的话跟她说，没话找话让她尴尬，但总归也不能冷场。

"呃，还好吧……这是一星期当中最不忙的一天。"朱铃铃淡淡地回答，仿佛小心翼翼地规划着语句，尽量就事论事，不往里面加进任何一点多余的内容，可就是这样，这句话似乎还是泄露了很多信息。她刚一说出，脸就刷地红了。佳娜也差点脸红，她立马下意识地想到每到这一天老公称忙不归的症结所在。

佳娜脑子忽然出现了短路，她不知道跟朱铃铃该怎么往下谈。如果直截了当说，那些话她真说不出口，也怕朱铃铃拂袖而去，那等于什么事情也没有解决，那她就算白来了；可是让她兜着圈子就像当年笼络明星那样不遗余力地去铺排讨好，她是绝无兴致的，也觉得不值当。她进退两难，忽然对刘文正生出一肚子的怨气。

服务生送来可乐，朱铃铃端起来大喝了一口，她似乎真的很渴。佳娜判断她倒是个不装的人，或者说连装都没有学会。于是她简捷地说："你知道我要跟你说什么吧？"

朱铃铃突然被呛了一下，她放下可乐，两眼望着她，脸上闪过惊恐的神色，活像一只被追捕的兔子。"我不知道。"说出这句话之后她马上慌乱地更正，"您是要跟我说那件事吧？"

佳娜嘴角卷起一个似有若无的笑容，心想就这么点子料，也敢吃到别人锅里去。

她做出心平气和的姿态说："我不是来找你吵架的，也不是来找你出气的，我只想跟你好好聊聊。"

"可以啊。"朱铃铃说，她态度淡淡的，不过没有了先前的惊恐不安，显得镇定很多。

佳娜心中冷笑，暗忖我怎么说你还怎么信啊。她问她："能说说你和他是怎么一回事吗？"

说出这句话她自己都觉得这是明知故问，甚至于是故意找茬，她生怕朱铃铃会拒绝回答，没想到她竟然不紧不慢地说："大约去年比这早些的时候，我和刘总去上海出差，说实话那时我跟他不熟，对他也没有感觉。他是大领导，高高在上，也不分管我们这片，我是临时被抽调过去帮忙的。刘总计划性很强，要求很高，而且特别严厉，说一不二，什么都要别人听他的，事情做得不能有丝毫偏差，当时我很不适应，跟他做得辛苦不说，而且因为没有自主权总是手忙脚乱。我觉得他就是一个霸道总裁，我都想好出完差就辞职。没想到那次我们的谈判非常成功，大家都特别高兴。他和我同机回来，和我聊了一路，我对他的印象完全变了。不过那次我们没事。之后深圳方面的项目他又点名叫我过去……就他和我，没有别人。"

这和刘文正对她说的完全一样，看来他没有撒谎。这倒是像他一贯的为人，他是不肯轻易撒谎的，他总说说谎话累，不值得他那样做。他就是这么强势和自负，让她既爱又恨。

"你不知道他是有家室的吗？"佳娜尽管没有疾言厉色，但还是没忍住单刀直入。

"我没想那么多。"朱铃铃几乎是下意识地避开了她的目光，低声辩解说，"自然而然就发生了，就是水到渠成，没容我多想。"

佳娜眼光虚虚地望着她，声音冷硬地说："你把自己说得也太无辜了吧？"

朱铃铃像是被击中了要害，脸上的表情变得僵硬。她不说话，目光转到别处，做出防御的姿态。可她越是这样，在佳娜的眼里她越是不堪一击。

不过佳娜并不追击，她在忍辱负重的心情下保持着更有耐心的沉默。

就像是为了掩饰困窘，朱铃铃低下头去喝可乐，很快杯子就见了底。她放下空杯子，抬起脸，眼睛里蒙了一层泪花。她飞快地眨动着眼睛，竭力要把泪水憋回去，但眼睫毛上还是沾着细小的泪珠。她似乎是不得已打破沉默，语速很快地说："刚开始我没想那么多，也没想要高攀大领导，当然就是我想高攀也未必高攀得上。我只想把自己的事情做好，能在领导面前表现一把、被领导赏识那当然是很高兴的，如果能有高层领导罩着那自然是求之不得的。后来我去分公司就是他一手安排的，我清楚凭我自己的努力至少三五年内是坐不到那么高的位子的。当然说实话他是很吸引我的，我和他那样也不仅仅是想在公司里能混得好点，不过我并没有想要拆散你们。"

"那后来呢？"佳娜不想跟她绕弯子，也觉得没必要跟她绕弯子。她不能让她看出自己的踌躇和畏缩，只想干净利落地把手中的牌打出去。早晨刘文正去上班前还特意叮嘱她不要跟"小朋友"来硬的，叫她尽量别伤着人家，她听得怒火中烧，心头百般不是滋味，不过她还是克制了自己，没有发火。在这件事情上她既然选择了容忍，她就得拿出容忍的胸怀。她本来就是个极能忍的人，这一次不过就是把底线放得更低。刘文正出门前小心翼翼地凑上来想拥抱她，一边还半开玩笑半认真地说："救人一命，胜造七级浮屠！"她闪身躲开了他的拥抱，她实在没有心情像往日一样和他卿卿我我。但他却不顾她的拒绝，还是柔情蜜意地将她搂进了怀里。她虽

165

然余怒未消，但已心软。她由衷地感叹他们彼此实在是太熟悉了，无论是言语还是眼神，一颦一笑，甚至一呼一吸都能精准地揣摩和感知对方，谁都知道什么时候该进一步，什么时候该退一步，他知道怎么哄她，她也总是吃哄。

她端坐着等待朱铃铃的回答，仿佛石化了一般。朱铃铃就像一个被责难的孩子，在她的压力下有点无所适从。突然她不知道从哪里来了一股勇气，就像是不顾一切地冲破防护网，跑进某个不设防的区域。

她说："我一点没想到过我会掉进去，说心里话不破坏别人的婚姻是我的底线，我不是说自己有多好，但我不是一个没有底线的人。我很小的时候父母离婚就是因为别人插足，所以我痛恨小三，我也一直恐惧婚姻。二十岁之前我都没有交过男朋友，我真的是非常害怕受伤。三年前我交了一个男朋友，我们已经到了谈婚论嫁的阶段，都见过双方父母了，也买了房子，就等一个差不多的时候去领证结婚。从深圳回来之后我跟他提出分手，他不肯，说他爱我，肯原谅我，希望我们还能结婚。拖了一段，我和他还是分了。我发现自己陷进去了，而且陷得很深。不瞒您说，有不少时候，或者说有许多时候，我感觉我是唯一的，我完全忘了还有您存在。当然，理智的时候我明白这不过是错觉。我不说是他骗了我，我只说是我自己骗了自己。"

她看不出有丝毫愧疚的意思，似乎还很委屈，佳娜并不生气，只是心里感觉有一块塌陷下去。他可不就是这样吗？和他认识之初他对她就呵护备至，甚至让她觉得他对她大包大揽。和他在一起这么多年，她已经记不清有多少深深打动她的浪漫和惊喜的时刻，让她几乎不相信自己的生活竟会是这样的。然而正因为如此，他突然向她坦言出轨令她如同坠落深渊一般。

朱铃铃继续说："我本来是可以跟我的男朋友结婚的，虽然不说是大富大贵，至少也是一份过得去的生活，而且我跟他能光明正大地在一起，我们可以过得很阳光，用不着偷偷摸摸。可是和他去过深圳之后，其他人在我眼里都黯然失色，包括我的男朋友也是一样。我就像吸毒上瘾，完全不能自控。后来我慢慢明白，我已经在不知不觉间被他控制了，到这个时候说什么都太晚了。"

佳娜心里冒出阵阵寒气，她没想到自己竟会对她说的话产生如此强烈的共鸣。她太清楚他那套柔情似水的绝技了，他放出大招她自己也是无法招架的。朱铃铃就像一面镜子，瞬间向她照出了刘文正那份温情的凶狠和危险。她望着眼前这张线条清晰干干净净的面孔，不知道是该鄙视她还是同情她。她在来之前以为自己要面对的是一个蛮横无理的第三者，现在她知道自己面对的是一个动了真情的女孩，这个情况比她预计的要更加复杂。

"你有没有想过这不过是男人猎艳的手段？"她努力绽露出一点淡淡的笑意。

朱铃铃摇摇头，没有马上说话。过了片刻她说："也许是因为我从小没得到过多少父爱和母爱，所以我对别人的疼爱特别敏感也特别珍惜。好几次深夜我从外地出差回来，看到他站在出站口等着，我真的是太感动了，我想就为了这一刻也要跟这个人在一起。有一次我发烧，他陪了我三天，寸步不离。我知道他有紧急的会议要开，还有非常重要的谈判在等着他，他都没有去。"

佳娜分明听出了她的潜台词：他是真心的，并非猎艳。她心里阵阵刺痛。朱铃铃的这些话也向她证实了刘文正那些以加班为借口的不归之夜都去了哪里。她记起确实有那么三天，她反复打他的手机他都不接，仿佛消失了一般，她急得差一点就要去报案。那是怎样担忧和煎熬的分分秒秒啊！在失踪和失联的三天之后他回到家，就像经过长途跋涉一般疲惫不堪，她问他怎么啦，他只是含糊其辞地说工作上出了点状况。现在她知道究竟是出了什么状况。况且他失联的时候也不仅仅是那三天，前后有过多少回连她都记不清楚了。事后她也从未追究，她认为这是夫妻间的爱与信任，她相信他能处理好自己的事情，也尽量不去过多干涉他的事情，没想到他却毫不留情地利用了她的爱与信任。听朱铃铃这么说，霎时她心里出现了更大面积的坍塌。不过她表面上依然镇定自若，她设想过和朱铃铃见面自己随时都可能中箭受伤，她早已经做好了鲜血淋漓的准备。

她脸上又一次浮起淡淡的笑意说："他这个人就是这样，别人有点什么他可当回事儿了，对旁人比对自己还上心。"

朱铃铃以一种认真和客观的口吻说："他不光是对别人好，他真的是一个很有魅力的男人。"

她就像是就事论事，但她语气里的肯定和平静让佳娜感觉到她的分量，显然她不是一个轻飘飘的样子货，除了年轻漂亮，她身上有更多能打动刘文正的东西。佳娜意识到跟她之间这场没有硝烟的战争并不好打。

佳娜略带调侃地说："听上去似乎是碰到了传说中的理想男人。"

朱铃铃两眼望着她，毫不闪避，从她的神情看这是确凿无疑的。佳娜感到心头一阵闪痛，而朱铃铃还雪上加霜地说："他能让女人心甘情愿。"

她显然是迎刃而上，毫不客气。

佳娜发现她们看待同一个男人竟然如出一辙。她心里忽然生起一股恍惚感，她觉得这一幕似曾相识：同样的场景，同样的光线，同样的气味，同样的回旋在大厅里的钢琴曲，甚至那些走来走去的客人们都是一样的……她只是记不起她在什么时间什么地点经历过这一幕。朦胧间她体会到梦里从云霄向下坠落的那种失重感。她竭力一笑，总算掩盖了满心的失意和懊丧。

朱铃铃忽然问她："您是怎么知道的？"

佳娜一愣，她没想到她会如此唐突。她决定不绕弯子，如实相告。

"其实我早有感觉。"她说，"不是说女人都是敏感的吗？但我真不算敏感，我太相信他了，发生这样的事实在是出乎我的意料。不过尽管我不去疑神疑鬼，但我还是感觉到了不对劲儿。首先是时间，他本该回家的时候没有回家，再就是情绪，一个人的注意力被分散了是很容易被察觉出来的，再掩饰也会有破绽，还有更加细微的，原谅我就不对你说了。就这样我还是没有怀疑他，因为我不想去怀疑。有一天我在他车里无意中看到了一张中关村某某小区的长期停车证，我想这应该就是物证了吧。当时我确实很冲动，很想立马把事情弄个水落石出，然后跟他该分就分。可是我仔细想想这个代价实在是太大了，而且涉及的也不光是我和他两个人。想来想去，我还是决定把脑袋扎进沙子，装得什么都不知道。"

朱铃铃满脸惊愕，忍不住问她："什么时候？"

"大约半年前吧。"佳娜说。

"真没想到您能忍这么长时间。"朱铃铃说，"其实，我真的是希望他把我们的事情告诉您的，我也不止一次跟他说过，我不想再那样躲藏下去。"

佳娜心里腾地生出一股怒气，为她的厚颜和直率吃惊。她想如果刘文正真是按她的意思来告诉她这件事的话，那势必毫无挽回的余地。

她绷着脸，尽量不露嘲讽地说："也许你还不够了解他，据我所知，他是不会的。可能你也清楚，他一直在维持着平衡，如果不出意外，他还会继续维持下去。"

佳娜说到"意外"两个字时略略加重了口气，她感觉到朱铃铃微微一颤。

朱铃铃明显受到了打击，她的声音一下子变得沙哑。她说："有的时候——不，是不少时候，我觉得我真的是不太了解他，我不知道他是怎么想的，我问他什么他都不说，就那样笑眯眯地沉默着。我琢磨不透他，拿他没有办法，我感觉自己根本不能真正走进他的心里，或者这么说，他心里的位置是被占着的。这种时候我就一点没有自信，我怀疑自己，也怀疑我和他之间的感情。我不知道是因为有您的存在，还是男人就是这个样子。我很受折磨，而且，我越挣巴，好像离我心里的爱情越远。"

她说得有点无奈，可是佳娜并不觉得高兴，相反，她对她有股莫名其妙的同情，不过也就是一闪而过。

朱铃铃突然腼腆一笑，但她很快收起了这个昙花一现般的笑容。她说："有句话我还是说出来吧，我问过他到底爱谁，他说'都爱'，每次问他，都是这样回答。"

佳娜感觉胸口被重重一击，随后一股钝痛在身体里蔓延。她就像受了内伤一般眼前一黑。她心中叹气，她又何尝没有问过他同样的话？在他坦白之后，她反复追问他到底爱的是谁。他先是沉默，在她的逼问下终于不再沉默，他给她的回答就和给朱铃铃的回答一模一样，只不过就是配上了嘻嘻哈哈的神情和推心置腹的自我辩护——他们彼此太了解了，都知道对方吃什么，也都清楚对方的软肋。她不由想起一句老话：不是冤家不聚头。

没等佳娜有所反应，朱铃铃又说："有一点我特别理解不了，您为什么要忍？"

显然这触及到事情的本质，而且直指她心中最脆弱的地方。她不由又想起了她度过的那些猜疑和烦恼的日子，她一直在努力忘掉，没想到朱铃铃的一句话又让那一切沉渣泛起。特别是七天前刘文正残酷地向她证实了此前她的直觉和猜测，让她再也无法逃避。那天他半夜回到家里，心事重重，坐在小客厅里默默吸烟，她问他怎么了，他说自己遇到了麻烦，她问他遇到了什么麻烦，他却不肯说。在她的追问下他才吞吞吐吐说出他受到了某个姑娘的"胁迫"。——她面对自己生活和内心的双重崩溃却还要面对他的困窘，他们竟然因为他的出轨成了共同的落难者，而且还得由她出面干预来帮他摆脱困境，她尝到的这杯苦酒充满了荒唐的滋味。

她好久没有说话，眼睛望着窗外，目光穿过庭院落在那些摇曳多姿的桃树上，她恍然觉得那些桃树就像一群被定格的婆娑起舞的妖精。

"如果不是事到临头，我真的想不出我会怎么做，忍或者不忍，其实就在一念之间。"她尽量压抑着心里的烧灼和痛楚，她从来没对谁说过这些，也从没打算过告诉任何人，她没想到听她吐露内心的竟然会是她的情敌。

"您身上有一股百折不挠的气质。"朱铃铃两眼凝视着她说。

佳娜细心地辨析着她话里有无嘲讽和其他的意思，她感到的却是直言不讳的率真。她心头一颤，若有所失。那个刹那她想到刘文正，她下意识地想她的直率和机敏一定很打动他吧。

没等她说话，朱铃铃又说："其实一看到您我就知道结局会是什么样了。"

佳娜听她这么说并没觉得轻松，相反，她把握不好下面她们会谈得更加顺利还是更加不顺利。

"要是我就绝不会像您这么做。"朱铃铃突然像是运足了一口气，说出这么一句。

"我也以为自己不会这么做，但我还是做了。"佳娜说得很平和。她很想狠狠地回击她几句，但她忍住了。她本能地反感她用这样的口气跟她说话，她觉得自己这么做是需要勇气和胸怀的，而并非是和另一个女人去争夺一个男人。她心里涌起一股被误解的烦恼，但她不能跟她把这些话都说出来。

"您明知道他有了别人，您为什么要委屈自己？您是因为爱情吗？"朱铃铃却仍然不依不饶，她刨根问底一般，简直有点不顾一切。

佳娜真害怕看到朱铃铃脸上出现尖刻的神情，那样她会无地自容。她不知道甘愿委屈算不算是一种美德，或者就是软弱和无能？她不知道自己在朱铃铃眼里是个什么样子——是被丈夫抛弃的秦香莲？或者干脆连秦香莲都不如。朱铃铃说出的"爱情"两个字就像一道强光一样在刹那间仿佛照出她的原形，令她心慌、难堪，甚至倍感屈辱。

她绕开了她的问题，说："我只想保住这个家，我希望每天睁开眼睛看到的还是那些看惯了的东西，我也希望从外面回来的那个人还是他。"

她说得很慢，很艰难，自己都感觉到自己的虚弱。

"所以您明知道他出轨也能接受？"朱铃铃尽管还是轻声慢语，却掩饰不住话里的尖酸刻薄。

佳娜说："我不是接受，我是原谅。"

"这有什么区别？"

"当然。"佳娜深深地吸了一口气说，"区别很大。"

朱铃铃沉默了好一会儿才说："我总算明白问题出在哪里了——我确实远比不上您那么爱他。"

佳娜很想告诉她不是这么回事儿，她不是光凭自己的爱就可以留住他的，男人爱上女人和如何取舍有他们自己的逻辑，爱情也不是等价交换，当然强扭的瓜肯定不甜。不过她觉得没必要跟她说这些。

"还有一个问题我想问您。"朱铃铃忽然变得有些腼腆，不像刚才那样直率和尖厉。她说，"您为什么愿意见我？"

"是他要我来的。"佳娜实话实说。

的确是刘文正恳求她出面，他并非第一次请她出面，在此之前比如他要和上级走动，要请他认为重要的社会关系吃饭，为了达成某项合作等等，他都要她出面，她自然也是欣然前往，而像这样的事情之前是没有先例的。她已经想不起自己的愤怒和决绝是怎么样在他的软磨硬泡中一点点被消解的，到最后她不但答应了他，而且自觉地把这件事当成了自己的事情。

听了她这话朱铃铃脸色阴沉下来，她无比沮丧地说："我真的没想到他会搬您做救兵，他做得太绝了。"

佳娜反问她："那么你为什么肯来呢？"

略略有些迟疑，朱铃铃说："说心里话，我想看看您是什么样的人，他说过我们很像。"她两眼望着她说，"我想看看十年后的我会是什么样子。"

佳娜勉强笑一笑，她忽然悲从中来，觉得自己和朱铃铃好像走在同一条路上，她们一样步履蹒跚，一样餐风饮露，她们晒一样的烈日吹一样的风，只是她们无法同声欢笑。她想起在她和刘文正彻夜长谈的时候，他也对她说过这样的话，他说他遇到的是一个和她很像的姑娘，还自嘲说自己总是在同一条河里淹死。她没想到的是朱铃铃竟会把这话说出来。

"那你觉得呢？"她淡漠地反问她，一半是好奇，一半是不屑。

朱铃铃似乎并没有那么敏感，她就像思考一般微微皱起眉头，随即脸上浮起类似羞涩的表情。她说："我觉得完全不一样，如果说您是石头，我就是沙子。"她浅浅一笑说，"来的路上我还想和您抗衡，见到您之后我已经从心里缴械投降了。"

佳娜凝望着她说："那你改变主意了？"

"您指什么？"

"你明白我指什么吧。"

朱铃铃不易察觉地叹了口气，眼圈忽地红了。

佳娜真害怕她在这个高档体面的地方哭出来，好在朱铃铃很快控制了情绪，她就像是负隅顽抗似的说："您为什么要原谅呢？我真的是理解不了，也根本想不通。要我肯定是坚决不原谅的。出了这样的事情，那只有一条路，就是分道扬镳，他走或者我走，总之不可能再在一个屋顶下生活，更不可能再睡在一张床上。在我看来这就是背叛，我什么都可以容忍，唯独不能容忍背叛。"

她带着一股怒气，话说得理直气壮，似乎完全忘了造成这个局面的正是她本人。佳娜感到荒谬，但并不怒火中烧。她那曾经美好得没有瑕疵的爱情世界从她怀疑刘文正出轨已经不再完美，在刘文正坦白之后更是成了残墙颓垣，她甚至觉得朱铃铃说得没错，自己为什么要原谅他？自己有主见有能力，随便找份工作就能做到经济独立，完全可以不委曲求全，也没有必要委曲求全，在一瞬间的眩晕之中她甚至觉得自己可能做错了决定。

她心里顿时涌起一阵空虚感，这是她自记事之后经常弥漫在心间的感觉。从小她备受冷落，父母离婚之后又分别再婚，很快爸爸和继母生了一个弟弟，妈妈和继父生了一个妹妹，尽管她有两个家，但在两个家里她都是多余的人。从小学开始她就住校，她太渴望有一个自己的家了。她一天都不想多等，大学一毕业就火速结婚，可惜迈进了一个错误的婚姻。和刘文正再度走到一起，她认为自己是找到了真正的幸福，她心里甚至认定这是一份加了保险的幸福。那天刘文正向她坦白，盛怒之下她还是没忍住冲口说出了"离婚"两个字。那一个礼拜他们过得暗无天日，虽然她嘴上说要离婚，但却根本无法冷静下来仔细考虑这个问题，尤其是看到妞子娇美可人的模样，看到她认认真真地写作业，看到她有条不紊地整理自己的用品，看到她跟刘文正撒娇，想到她小小年纪就要失去眼下的幸福，她心如刀割，暗自垂泪。

朱铃铃这番直接击溃她内心的话却让她心里蓦地静了下来，静得仿佛进入了真空。她就像午夜梦醒一样头脑格外清楚，她觉得这是一个星期来她真正平静的时刻。她望着忽然变得嚣张的朱铃铃，从容不迫地说："你说你什么都可以容忍，唯独背叛不能容忍，在感情上我不喜欢用'背叛'这个词，我觉得比如用'选择'或许更恰当一点。选择其实就是平和地面对现实。"

她尽量说得和缓，不咄咄逼人。

朱铃铃凝神静听，似乎在揣摩她话语中不尽的意味。

佳娜继续说："从表面上看好像是他需要做出选择，实际上是我们三个人都面临着各自的选择。这样就会有多种可能出现，简单说，每个人都在'留'和'走'之间选择，或者换句话说，每个人都在'得到'与'失去'之间选择。每个人选择的结果也并不·定符合对方以及第三方的意愿，甚至不是对方以及第三方愿意看到的。排除一切因素，他选择了留下，我也一样，如此，结局对你就很不利了。"她略略停顿了一下又说，"说句到底的话，他就是能同时给我们两个人爱情，但他也做不到同时给我们两个人婚姻，这就是现实。"

她平静地说出这些，她清楚自己已经把手中的牌都打了出去。

朱铃铃显然被她的话打击了，她就像忍着剧痛那样脸色苍白，鼻尖冒出汗来。不过她同样平静，或者说故作平静地说："我和他在一起一年多，不是一天两天，我们有那么多美好的时光，我不相信他从头到尾都是在骗我。说句得罪您的话，我相信他对我的感情。"

佳娜又陷入芒刺在背的状态。她眼睛转向窗外，那群翩翩起舞的妖精仍然定格在庭院的深处，妖娆而狰狞。

朱铃铃目光停留在她的脸上，忽然妩媚地一笑说："不瞒您说，我也有一副和您一模一样的耳环。"

佳娜觉得用"无地自容"都不足以形容自己此刻的处境。早知这样，她就绝不会戴这副满天星的耳环。当然她并不知道她别的首饰是不是在朱铃铃那里也有同款的副本，结婚以后她所有的首饰都是刘文正给她买的，本来这是她心中的幸福和骄傲，现在完全变了味道。

"我真的不是想冒犯您，我就是不服气，凭什么输的是我？——我不是说输给您，我是说输给他。"朱铃铃说，"我妈妈对我说过：'爱得越深，输得越惨'，原来我不相信，现在我没法不相信了。"

她的眼里刹那间充满了泪水。佳娜感觉到对面坐的确实是自己的同类，她心里甚至生起一股模模糊糊的惺惺相惜的感觉。

她这才注意到桌上的杯子早已经空了，她叫来服务生，问朱铃铃想喝点什么，朱铃铃要了一杯柠檬水，她也同样要了一杯柠檬水。当服务生把两只冒着小气泡的细长的玻璃杯摆在她们面前，她们显得像是同一阵营的了。

佳娜似乎放下了所有芥蒂，她尽量和颜悦色地说："那么，你想好了吗？"

朱铃铃听她这么说忽然变了脸色，她嘲讽地反问道："这还用我想吗？"

佳娜尴尬地沉默了。

朱铃铃眼睛里突然滚下泪来，佳娜心头一抽，觉得她是那么孤立无援。她缓缓地带着安抚的意味说："他说你聪明、理性，是个讲道理的人。"

"不，这一次我不理性。"朱铃铃反驳说，"之前我对他还心存幻想，您打电话约我见面，我就知道跟他走到头了。"

看来刘文正这张牌是出对了，佳娜暗自承认他确实是找到了一条捷径——他是惯会取巧的人，而且下手稳准狠。可是她心里却没有丝毫的认同和欣慰，只觉得自己可耻而且可悲地成了他的同谋犯。

朱铃铃低下头，从黑色的双肩背包里掏出一个半张扑克牌大小的硬盘，放在桌上。

佳娜伸手拿起硬盘，放进了自己的包里。她看着朱铃铃更加憔悴的面色心里忽然凉到冰点。她打开钱包，拿出一张银行卡，放到刚才放硬盘的位置，轻声说一句："给你的。"

朱铃铃眼睛里充满了惊愕，或许还有恼怒和羞愤，但她很快恢复了正常。她伸手拿起银行卡，放进包里。

所有的动作都是那么自然和流畅，她们完成了交接，配合默契，就像此前经过无数次演练。

佳娜没想到的是朱铃铃如此痛快地收下了银行卡，她以为她会拒绝，至少也会纠结和为难，朱铃铃的那份自然让她心颤——她觉得对比自己年轻十岁的孩子的确需要刮目相看。原本她想给她五万，她认为这笔钱足够朱铃铃做一次疗伤的旅行，但她犹豫了一下在卡里存进了十万，因为她听刘文正说朱铃铃有出国留学的打算，她希望这十万块钱能够促使她下决心去实现自己的心愿。她想即便刘文正知道她这么做肯定也不会反对，或许正合他的心意——她了解他，他是个不肯负人的人，他对朱铃铃这样，心里不会没有负疚，因此这笔钱或许多少能够平衡一下他的内心，对她自己而言当然是让朱铃铃走得越远越好。

事情结束了，至少是刘文正恳求她办的事情办好了。佳娜付了账，她们俩同时站起身，往饭店门口走去。

外面雾蒙蒙的，没到傍晚天色已经暗了下来。秋天的风有了明显的凉意，吹在身上冷飕飕的，她们两个人都穿得过于单薄了。

她们站在饭店的旋转门外等出租汽车。朱铃铃声音很低，就像是自言自语一般说："值得吗?"

佳娜听得真切，她扭过脸望着朱铃铃，她面色灰暗，厚厚的嘴唇有点干裂，风吹起她的头发盖在她的眼睛上，看上去既忧悒又迷茫。佳娜一阵心酸，因为此时此刻她想到的恰好也正是这三个字。

2015年9月

春深处

　　小茉莉成年之后，爸爸告诉过她这样一件事：那年5月末的一天，他躺在沙发上刷手机，屏幕上跳出一条突发新闻，环路上一座立交桥坍塌，压扁了三辆行驶中的汽车，其中有一辆里面是一对母女。那会儿正是妈妈去接她放学的时间，那条路恰好是她们的必经之路，他疯了似的奔向出事地点，不仅忘了打车，连鞋都没顾上穿。他说，那是他最后的良心发现。不过，他又说，良心经常是最狗屁的。

　　小茉莉直到吃早餐的时候心里还很忐忑，生怕妈妈问起她数学小测验的事。这次数学小测验她没有考好，才得了八十八分，卷子发下来她一看成绩心脏便狂跳不已，好像胸口有一只被夹住一条腿的大鸟在不要命地扑腾想要飞出来。好在张老师说这次测验不记入总评分数，也没有要求让家长签字，她如释重负，心里觉得张老师真是个大救星，她觉得她的笑容很温暖，甚至她讲话时摆动的手势在她看来不是奇怪地支支棱棱，而是那么亲切，优美得就像是在跳舞。她多么希望妈妈也像张老师这么和善宽厚，张老师跟她以往的老师不一样的是她从来不火急火燎地催作业，有人没做完，她会说"请各位同学尽快把作业交上来"，语气还那么温和，你真是拖上一两天，她也不会像别的老师那样急不可待，让课代表追在你屁股后头狠命地催，当然最后作业肯定都是会完成的，谁也不会真的不做。小茉莉所在的这个班是全年级十个班级里唯一的实验班，班上每个人都是选拔来的尖子，用她妈妈的话说"竞争是白热化的"，妈妈也说张老师是"明松暗紧"，小茉莉倒是没有这种感觉，她觉得所有紧张气氛都是妈妈一个人制造出来的。妈妈就是这样，什么事情都爱急，整天就是催催催，催了爸爸催她，每天总弄得像是有大事要发生一样，爸爸给她起个绰号叫"催命婆婆"，她听了变本加厉，对他们催得更紧，一点点小事到她那里都会成了房顶失火。从小茉莉上学起，尤其是上了初中，她就是在妈妈的催促声中度过的，连周末都过不踏实。妈妈总要她抓紧，说读书就是逆水行舟不进则退，她在玩的时候人家都是在学习，所以一点松懈的念头都不能有。妈妈有一套一套的说辞教育她，还老是突然跑进她房间来查岗，看她是不是在看书和做题。这个周末也是一样，一次次对她搞突然袭击。只要妈妈一叫她，她就以为是要问她测验的事，好在妈妈只是例行查作业，别的没问。周末两天妈妈精神似乎不太好，本来说好带她去逛公园也没有去。其实她对逛公园兴趣不大，因为妈妈只肯去楼下不远的免费公园，里面除了几只样子呆呆的鸭子什么也没有，她喜欢逛动物园和游乐场，妈妈一听就摇头，说你都多大了，十二岁了怎么还跟个小屁孩一样？也不怕人笑话。反正妈妈不肯带她去玩她想玩的，她觉得自己躲在房间里东摸摸西摸摸玩玩那些从小玩到大的毛绒玩具也挺好的。

阳光透过白色的窗纱照到餐桌上，桌上照例放着牛奶，牛角面包，煮鸡蛋，煎火腿和切好的水果，小茉莉在桌子边坐下来，慢吞吞地吃起来。每天的早饭都是妈妈的任务，也是妈妈的作品，她面前的每一只碗、每一只碟子、每一只杯子摆放的位置和盛在里面的东西每天几乎都一样，不认真看根本看不出差别，就是仔细看，也看不出有多少差别。所以妈妈总说她粗枝大叶，再不就是麻木、幼稚、不上心、缺心眼。被妈妈说得多了，她承认自己确实有点粗心。但总听妈妈唠叨，用妈妈的话说是"疲了"，妈妈说她，她就关闭耳朵，不去听她说什么，该粗心的地方依然粗心。妈妈有时候拉长了脸忍着，自己一边生闷气去，有时候没忍住就朝她喷发，甚至连累上她温文尔雅的爸爸——压不住怒气的时候妈妈总是将他们父女两个一起纳入到她火力密集的射程之中。所以，她没考好，除了害怕自己被妈妈骂，心里还隐隐替爸爸担心。而且，她的难处是既不能告诉爸爸提前预防，更不可能让爸爸站出来保护她。

小茉莉往嘴里塞着煎火腿和面包，喝两口牛奶，就想草草结束早餐。她盼着早点出门，心里想着只要上了汽车，就可以跳过这一段，妈妈可能就想不起来问她小测验的事了。因为妈妈刚拿到驾照不久，开车是个新手，一上路手忙脚乱自顾不暇。以前妈妈不开车时带着她乘公共交通或者是坐爸爸的车送她上学，路上不是要她背古诗就是要她背公式，即使和她闲聊天说的也是学习上的事。她很庆幸妈妈下决心去学了开车，这一路上总算闭上了嘴。她知道爸爸比她还要庆幸，既不用一大早上送她去学校，更不用一路听妈妈唠唠叨叨，她觉得爸爸比她更怕妈妈唠叨，虽说他总好像是敢怒不敢言，但他会沉下脸，眉毛拧成一条直线。这种时候她便机智地一声不响，她很奇怪自己都看出来爸爸不高兴了，为什么妈妈就一点感觉不出来呢？

她放下杯子正准备离开餐桌，爸爸裹着晨衣从洗澡间出来，他脸刮得干干净净，头发打了摩丝竖在头上，显得特别清爽帅气，就像是从广告里走出来的明星一般。爸爸伸长胳膊拍她脑袋，这样打招呼表明他心情不错。她飞快把脑袋往脖子里一缩，让爸爸扑了个空，他们两个不约而同笑起来。这个游戏他们百玩不厌。恰好这时妈妈从房间里疾步走出来，她已经换好了出门的衣裙，抹好了口红，看见眼前这一幕，微微皱起眉头，不过脸色马上就舒展了，两眼朝老公一闪，柔声说："你没事起这么早干吗呢？"

"有个会。"爸爸在餐桌边坐下来，"临时的。"

妈妈走过来，靠近爸爸，她轻轻地带着娇气叹一声："唉……"

爸爸仰脸问她："唔？"

妈妈轻轻点了下头："嗯。"

小茉莉看在眼里，觉得爸爸妈妈就像在说暗语。

爸爸一笑，揽过妈妈的腰，既像要拥抱她，又像要和她跳舞，不过他马上就松开了她，在椅子里坐得更加舒服一点，口气轻松地说："数数，已经多少次了？有二十回了吧？我都习惯了，我不是说了嘛，这是急不得的。"

妈妈一点不笑，倒像是要哭一样。她说："你也不安慰安慰我？"

爸爸平淡地说："都这个岁数了，哪里会像二十来岁那么容易？"

妈妈瞬间沉下脸说："你这也算是安慰人的话吗？你就不会说点我爱听的嘛。"

爸爸哈哈大笑。

小茉莉觉得爸爸笑得有点虚张声势，其实她早已经明白他们两个在说什么事了。

果不其然爸爸对妈妈说："你还是要把心态放松，有也好，没有也好，你这样想，兴许就比较容易有。"他喝了口牛奶又说，"要我说现在这样就挺好，我们已经有了一个漂亮聪明的孩子，可以知足了。"

妈妈想反驳，却欲言又止。她没说出来小茉莉也知道她要说什么，她不止一次听她说是爸爸想要儿子，爷爷奶奶想要孙子，但爸爸自己并不这么说，他只说"要是再有个儿子也不错"，不过他也有一段没说过了，爷爷奶奶回乡下去之后也听不见他们说这样的话了，倒是妈妈自己想起来就会说一下。比如表舅送她一个飞机模型，妈妈张口便说："你别拆开，留着给弟弟玩吧"；楼下新开了一家双语幼儿园，妈妈开心地说以后你弟弟可以上这个幼儿园；再比如有一天他们经过一个卡丁车场，她想进去玩，妈妈却说你和弟弟一起来玩吧，听她那口气就好像真有那么个弟弟存在似的。她自己说不好想不想要一个弟弟，她觉得那是妈妈的事，不是她的事，甚至也不是爸爸的事。她对那个至今还没有到来的子虚乌有的弟弟很无感，也说不上嫉妒，她觉得妈妈说到弟弟时的那种兴奋劲儿有点莫名其妙。

爸爸吃得风卷残云，桌上的碗碟很快空了一大半。他就像是突然想起来似的问妈妈："你吃了吗？你怎么不吃？"

妈妈摇了摇头，虚弱地说一句："不想吃，没胃口。"

爸爸说："那怎么行？早饭最应该吃好，不然一天的能量是不够的。"他就像是随口说的，又像是随口问一句，"你肚子疼不疼？"

"还行。"妈妈按了下肚子，"可能大劲儿还没开始。"

"要不……我去送小孩吧。"爸爸说得迟迟疑疑。

小茉莉刚想说"好呀"，还没来得及开口，妈妈已经否定了爸爸的提议。

"算了，今天路上肯定很堵。"妈妈转过头盯她一眼，口气严厉地说，"你书包收拾利落了吧？该带的书带全了吗？学习用品也带全了吗？别出了门又回头，大早上的跟你折腾不起。"

妈妈总算没有提到考试卷子，她有躲过一劫的感觉。

早晨妈妈这样那样提醒了她一通，但有一样她没说到，就是没叫她穿外套。换季的时候天气变化快，出门的时候天气晴暖，下午突然刮起了大风，外面飞沙走石，刚刚还阳光灿烂，转眼便阴沉下来，气温一下子降低了几度。

因为突然变天，学校通知各班可以提前放学。许多家长不约而同提前到学校来接孩子，其实就是天气好的时候，他们也会早早围在学校门口等着。妈妈一般都是踩着点儿去接她，不会太早也不会太晚，如果是爸爸接她，更得拖延一段时间。这天教室里快走空了，妈妈却迟迟没来。班主任陆老师安慰几个留在教室里还没走的学生，说他们才多等了不到一刻钟，叫他们不要着急。可是陆老师不说还好，这么一说他们反而有点坐立不安。

反正要等，急也没用，小茉莉干脆拿出本子写作业。突然她听见有人叫她，抬头一看，隔壁班的方壹壹正隔着窗玻璃朝她招手。她走过去打开窗户，看见方壹壹的爸爸跟在他后面，方叔叔笑呵呵地问她："坐我的车回家好不好？"

以前她常搭方叔叔的车，更多的时候是搭方壹壹的妈妈林阿姨的车，方壹壹同样也搭过她爸爸妈妈的车。他们两家是相距不到一百米的邻居，她和方壹壹两个小学就是同学，小时候经常在一起玩，有时在这家，有时在那家，邻居甚至搞不清楚他们谁是谁家的孩子，也有邻居以为他们两个是一家的。后来方壹壹的爸爸妈妈离婚了，她就很少去他家了。再后来他们上了中学，两个人虽然考在同一个学校，但几乎就没在一起玩过。方壹壹没有考进实验班，平常他们在学校碰到的时候很少，就是碰到，也就是匆匆一见，或者就是远远看见，两个人上了初中几乎没机会说过话。

看见方壹壹和方叔叔两张热情洋溢的笑脸，小茉莉飞快收拾了书包，跑出教室。方叔叔把手机给她，让她给妈妈打个电话，告诉妈妈一声，她照做了。妈妈在电话里用气声对她说还在开会，关照她跟着方叔叔乖一点，到家把门关好，写完作业再看动画片，最后也没忘记让她谢谢方叔叔，她一口答应。

一上车小茉莉和方壹壹就瘫坐在后座上，和他们小时候一模一样。他们就像两只叽叽喳喳的小鸟，有说不完的话。方叔叔提醒他们系好安全带，好几次扭过头来笑嘻嘻地抱怨他们把他的头都吵晕了。这天大概是晚高峰提前，好几段路都很堵，开到半路上还下起雨来了。两个孩子在车里聊得兴高采烈，堵不堵车下不下雨跟他们毫无关系。

快到家的时候雨竟然下得很大，小区是人车分流的，车没法开到楼门口，方叔叔想把小茉莉从地库送到电梯口，但他们两家不是一个地库，他的车进不去。他试图让保安放行，但说了好一会儿保安就是不答应。他没辙，只好把车开到离她家最近的一个大门口。他车里没伞，叫她快跑几步回家。她谢了方叔叔，冲进雨里。

到家她按了密码锁开了门，打开门的一刹那她吓了一跳，爸爸正坐在客厅的沙发上，见她回来马上站起身来，就像是弹起来一般，显然，他也是吓了一大跳。

"这么早就回来了?"爸爸说着探头朝她后面看去,他快步走到门口,又朝门外看了看,然后才问她,"你妈妈呢?"

她说是跟方叔叔回来的。

爸爸这才如释重负地舒了口气。

他捏了捏她脑后的小麻花辫,用逗她的口气说:"赶紧赶紧,你的小猪尾巴化掉了,在淌水呢,快擦擦去,别感冒了。"

她往洗澡间走去,爸爸突然一把拉住她,她正不知所以,洗澡间的门开了,有个她不认识的年轻姑娘走了出来,看见她也是吓了一大跳的样子。

"我女儿小茉莉,估计是天气不好提前放学了。"爸爸已经镇定下来,他对那个年轻姑娘说,"没事。"

后面这句话说得特别轻,但小茉莉还是听见了。

爸爸又转头对小茉莉说:"她是我的研究生汪睦睦,你叫姐姐吧。"

小茉莉还没开口,汪睦睦咯咯笑起来,快言快语地说:"好漂亮好惹人爱的小朋友!真想不到老师家的小公主这么大了。应该叫我阿姨,叫姐姐不对吧?"

爸爸哈哈大笑,说:"当然是姐姐,叫阿姨把你叫老了。"

"好吧,那就叫姐姐好了,听老师的。"汪睦睦笑眯眯的,温顺地说。

小茉莉觉得她笑起来真好看,眼睛弯弯的,像月牙儿,一口白牙就像珍珠一样。她特别羡慕她有一头又黑又长的头发,一直垂到腰间,不过也是湿的,一绺一绺沾在一起,看来肯定也淋了雨。她礼貌地叫了声"姐姐",走进洗澡间,看见门后面挂着一件陌生的透明塑料雨衣,正滴滴答答往下流着水。

她擦干头发,回到客厅里,厅里已经亮起了灯,爸爸和他的学生坐在餐桌边正头靠着头在看电脑。她走过去,他们似乎并没发现,或者说他们发现了也没当回事。她以为他们会跟她说话的,至少爸爸会跟她说话,但她想错了。他们一边看电脑,一边聊得挺热闹,主要是爸爸在说。她听不懂，也没兴趣听。她在他们旁边站了片刻，爸爸好像突然发现了她，轻轻推了推她，朝她房间指了指，她明白爸爸的意思，扭了下身子，表示不愿意。爸爸还是没说什么，只是拿眼睛瞄着她，他的目光从她脸上一直移向她房间的方向，神情明确，什么意思她自然是一清二楚，这下她不能不听他的了。她知道爸爸越是不说话，越是动作小，越是表明态度坚决，她也越是不应该违背他。爸爸从来不对她疾言厉色，但她知道不能惹他生气，她不是害怕他，而是因为他们太好了，用爸爸的话说"关系好就应该很有默契"，所以爸爸需要她配合的时候她总是很乖很听话。虽然她不想回房间，还想留在客厅里在他们旁边玩，但被爸爸大灯似的目光一照，她还是麻溜地回了自己的小房间。

她人待在房间里，心却留在客厅里。家里很少有客人来，爸爸也从不请学生来，她觉得是因为妈妈爱清静，不喜欢别人来打扰，尤其是她超级爱干净，有人来过她要反反复复地擦呀洗呀，凡是外人碰过的东西她都要仔仔细细地消毒。爸爸跟她说过用不着这么草木皆兵，越是弄来弄去抵抗力越差，反而容易生病，妈妈根本听不进，说他不懂科学，还满脑子错误知识。爸爸说不过妈妈，这也不是一天两天的事了，在妈妈面前他总是败下阵来，有时候他软得就像棉花一样，而且还总是毫无原则地妥协，她很同情爸爸，所以也是没有原则地站在他的一边。爸爸今天请了学生到家里来，他敢这样违背妈妈，她心里竟有几分替他高兴。

她怀里抱着毛绒猴子，竖起耳朵听着客厅里的动静。她听见爸爸的说话声，还有笑声——笑声是他们两个人的，就像两只气球在空中飘。她一个人在屋里坐了老半天，一看墙上的钟，才过去十分钟。

她坐不住了，悄悄打开门，轻手轻脚溜进了客厅。她像小狗一样爬到地毯上，他们两个一直在说话，谁也没有理会她。她故意发出一点响动，他们就像没听见一样，或者说他们装得就像没听见一样。她朝爸爸那边爬过去，伏在他的脚边。平常她也喜欢这样，妈妈看见了那是肯定要骂的，说她不讲卫生，这里蹭蹭那里蹭蹭把细菌弄得到处都是，有她在这个家里没一处是真正干净的，还说爸爸纵容她，把她惯坏了。不过这会儿爸爸的注意力一点也没在她身上，她伏在他脚边他毫无感觉，只顾说自己的话。她钻到桌子底下，听着爸爸在头顶上面很响地笑，那个叫汪睦睦的小姐姐也在笑，两个人都特别开心的样子。她看不见他们的头和脸，只看得见他们的腿和脚。突然她瞥见汪睦睦长长的头发拖在椅子边，已经干了，发梢是棕黄色的，蓬蓬松松，很像松鼠的尾巴。她看得心里痒痒的，忍不住伸手去抓。汪睦睦垂下头朝她一笑，马上又抬头去听爸爸说话。她把她的头发绕在手指上，小心翼翼地拉了一下，她又一次低下头朝她笑，还朝她做了个鬼脸。她不知道爸爸发现没有，自己躲在桌子底下偷偷地乐。

她正玩得开心，汪睦睦站起身告辞。爸爸走进洗澡间帮她拿雨衣的当口，汪睦睦拉起她的手把她从桌子底下拽了出来，问她上几年级。小茉莉回答说初一，爸爸的声音盖过她，说："你看她哪像个初中生，还是幼稚小孩一个。"

爸爸怜爱的神色让小茉莉挺开心。

爸爸去送汪睦睦，她要跟着一起去，爸爸阻止了她，说外面雨下得那么大，你就别添乱再出去弄一身湿。

爸爸送完汪睦睦回转没多一会儿，妈妈就到家了。她面色苍白，好像心情也不太好。她从洗澡间洗完手出来高声说："怎么回事呀，里面一地的水？"没等他们回答，她又说，"我说过多少回了，别把洗手间搞得跟个水帘洞似的，说说，你们两个谁弄的？"

小茉莉朝爸爸望去，爸爸也正朝她看，两个人都做出一脸无辜的表情。

妈妈瞪着他们，怒气冲冲。

妈妈弯腰整理客厅门口的鞋架，把他们脱得东一只西一只的鞋子一双双整整齐齐地归拢摆好，她拿起刚才汪睦睦穿过的拖鞋，略微迟疑了一下，也放上了鞋架。爸爸一声不吭，神情严肃。小茉莉朝爸爸咧嘴一笑，爸爸赶紧悄悄朝她竖起一根手指，暗暗做了一个"嘘"的动作，她立马会意，用手捂住了嘴。

从这天起，她觉得自己和爸爸有了一个共同的秘密。

小茉莉没想到很快又见到了那个头发长长的汪睦睦，她更没想到的是汪睦睦摇身一变，竟成了她的家庭老师。

事情是这样的，接下来的一个星期，数学小测验她又没考好，这次她只得了八十四分。比上次更加糟糕的是这次张老师要求家长签字，不但要签字，还要家长到学校开会。小茉莉知道这次可不会再像上次那样躲得过去了。

果不其然，当她战战兢兢把试卷递给妈妈，妈妈的脸瞬间就黑了下来："天哪，你就考这么点子分数？从头开始就有错题，你连最基本的都没搞懂，每天我问你课上学的会不会，你说都会了，你是真会啦？老师说你有退步，你这是断崖式下跌啊，你这个样子往后可怎么办……"妈妈既恼怒又烦躁，看上去痛苦不堪。

如果不是爸爸出差，小茉莉肯定会先跟他说的，再让他去跟妈妈说，妈妈肯定也是要发脾气的，但多少会好一点。这一次少了爸爸这道屏障，妈妈就像火山喷发一样劈头盖脸对她一顿痛骂。她一句话不敢说，眼泪默默地往下流。见她淌眼泪，妈妈更来火，气得差点撕了她的卷子。

小茉莉沮丧极了，哭得昏天黑地，被妈妈骂得一无是处，她觉得自己彻底完蛋了。妈妈不理她，更不劝她，随她去哭。她感觉妈妈肯定已经放弃她了，这下她肯定更想生二胎了。

爸爸回来了。不出意外，妈妈抢先告状。她所有的错，不光是考得不好，都被妈妈一条一条拎出来：早晨起床拖拉，写作业不专心，吃完饭不肯洗碗，擦地擦得不干净，看起动画片没完没了，晚上不肯睡觉，不听话而且还会顶嘴……最主要的一条当然是学习不专心导致考试成绩下降。其实有这一条就够了，在妈妈眼里她已经彻底贬值。

妈妈一边对爸爸诉说，一边扭过头来骂她，自己气得不行，而且还特别委屈。

"每天我忙里忙外累死累活，我图什么？你就上个学，还学不好，真不知道对得起谁？为什么别人能考一百分你就不能呢？你是比人家笨还是比人家懒？你好好找找原因吧……"

爸爸听着，不吭声，好像挨骂的是他自己。妈妈在气头上自然也不会放过他，骂着骂着就要追根溯源，说他对孩子上学从一开始起就不重视，别人家要么花大价钱买学区房，要么托张托李削尖了脑袋也要把孩子送进重点学校，他买不起学区房就不说了，还豁不出脸面去找人，怕麻烦，图省事，能凑合，孩子有个学校上就行，而且放任不管，大撒把，从不抓小孩学习，什么事情都推给她……妈妈一路说下去，爸爸七七八八的旧事都被翻出来，一桩桩一件件，都是他对家庭缺乏责任感。

小茉莉最怕被妈妈骂，她怕听妈妈那些说了又说的车轱辘话，她也不喜欢妈妈骂人时的样子，本来好看的鹅蛋脸拉得长长的，眼睛突出，眉毛倒竖，变得一点也不好看。而且妈妈一骂她，爸爸也会变得不高兴，家里的气氛阴沉沉的，让她心情很压抑。爸爸不敢帮她说话也让她灰心，她在心里发狠，以后找老公一定不找爸爸这样的。

不过这天爸爸却没有一直沉默下去，等妈妈发过一通脾气之后，他突然开口了，而且还喜笑颜开的，他说："要不给她找个家教吧？那些课在家提前补，学通了成绩自然就上去了。"

"她有可能学得通吗？"妈妈柳眉倒立，不过她想了想却说，"要不就试试吧。"

爸爸喜上眉梢。

妈妈问他："那是找她学校的老师吗？"

"学校规定不让老师做家教。"他轻松地笑着说，"这事我来承包了吧。"

然后，汪睦睦就又出现在他们家里。

小茉莉挺喜欢汪睦睦，她喜欢长得好看的小姐姐，汪睦睦完全符合她的审美。汪睦睦瘦瘦的，高高的，大长腿，小细腰，眼睛又黑又亮，小茉莉觉得她长得很像芭比娃娃，在她眼里芭比娃娃是世界上最漂亮的女孩儿。汪睦睦还很会打扮，简简单单的一件白衬衫一条黑裙子穿在她身上就美得不得了，又清爽，又飘逸，走起路来好像她的衣裙会跳舞。小茉莉特别喜欢她背着一个浅蓝色的背包，又俏皮又帅气，就像她的一个标签。那个背包是个三角形布兜，系着两根细带子，上面还装着两个毛茸茸的白色小翅膀，她第一眼看见觉得特别眼熟，想起来是和日本电影《菊次郎的夏天》里小男孩正男背的那个包一模一样。爸爸见到她背这么个带小翅膀的包总要笑话她，说她心里住着一个小天使。汪睦睦和正男一样经常会发呆，小茉莉觉得她发呆的样子比她讲题的样子要可爱得多。

汪睦睦先是两个星期到家里来一次辅导她作业，给她讲习题，妈妈觉得不够，她便每个星期来一次，妈妈觉得还不够，她每个星期除了固定来一次，有时还会临时再加一次。每次辅导结束，妈妈（偶尔是爸爸）付给她家教费，一次五百元，她高高兴兴接过钱，落落大方，一点不扭捏。小茉莉暗中观察她，妈妈给她钱的时候她接得很快，而爸爸给她钱的时候她就有点迟疑，接得没那么快，而且笑容也跟妈妈给她钱时略微有点不一样。不过她从来没有推让过，除了说句"谢谢"也不说别的客气话。小茉莉看在眼里，心里那种隐隐的担心和尴尬就消失得无影无踪，她也越来越喜欢汪睦睦。

汪睦睦来辅导之后，她的成绩迅速回升，紧接着的两次小测验她都得了九十分以上，一次九十四，一次九十五。效果很明显，妈妈很高兴，说看来这个家教是请对了。爸爸肯定也很高兴，但他不表现在脸上，他只是说再看一段吧，时间太短还不好说。一个月之后便是期中考试，她的数学考了九十八，两分扣在了填充题上，是她忘了写小数点。最后一道二十分的应用题，汪睦睦给她讲过一模一样的题型，考卷上这道题的计算比汪睦睦给她讲过的那道还要更容易，她轻而易举就做对了。爸爸说期中考试算大战，大战告捷，值得奖励。爸爸给她买了一个她早就想要的游戏机，妈妈给汪睦睦发了一个两百元的微信红包，大家都很开心。

汪睦睦都是周末来，一般是星期六或星期天的下午，有一阵妈妈经常出差，妈妈不在家的时候不是周末她也会来，更多时候她晚上来。和之前一样汪睦睦先给她辅导作业，给她讲题，除此之外，还会陪她玩。她发现汪睦睦很会玩，打扑克、下象棋、下围棋等等她都会，打游戏更是不在话下。而且她还特别会玩过家家，她随口给毛绒玩具起的名字非常有意思，好像它们本来就该叫那样的名字，她让它们扮演各种角色，自己现编词给玩具配音，说出来的话能把人笑得肚子疼。她真是一个好玩的人，玩起来很投入，很忘情，就像一个大孩子。尤其是妈妈不在家的时候，她特别放松，笑得很疯很大声。小茉莉自己也一样，她觉得妈妈不在家的时候家里的空气都更充沛。不过妈妈不在家的时候，汪睦睦除了给她辅导跟她玩，也去跟爸爸说话。有时候她们两个正上课或者玩得正热闹，爸爸突然就推门进来了，他饶有兴趣地看着她们，好像也很想加入。爸爸一来，汪睦睦就草草收场，跟他到厅里去说话，把她一个人丢在自己的小屋里。

她不知道他们两个怎么会有那么多的话要说。就像那个下雨天她提前回家撞见的那样，他们坐在餐桌边，头靠着头一起看电脑，你一句我一句，一起哈哈地笑。他们一聊起来就把她给忘了，她不开心，却不好说——她跟爸爸那么好，跟汪睦睦也很好，她当然什么也不能说。

以前妈妈出差的时候爸爸就做些凑凑合合的饭，比如煮面条，煮速冻水饺，要不就是叫外卖。爸爸不喜欢下馆子，他说怕等菜。可是汪睦睦来了就不一样了，爸爸不会用煮面条和煮速冻水饺对付，也不会随随便便点个外卖，而是欢欢喜喜开车带她们两个下馆子，而且还都是他在网上挑来挑去看了又看货比三家的好餐馆。他也不再提怕等菜的话，等菜的期间他有说有笑，比她们还耐烦。

小茉莉看得出来爸爸很喜欢汪睦睦，点菜的时候他老是问她这个吃不吃那个吃不吃，不过她不嫉妒，因为爸爸知道她爱吃什么不爱吃什么。小茉莉还有一个发现，只要妈妈不在家，汪睦睦回去的时候爸爸都会开车送她，而且一走时间都很长。好几次她歪在床头等爸爸回来等得都睡着了。而妈妈在家的时候爸爸只送她到门口，连家门都不出。小茉莉觉得爸爸有点装。

小茉莉成绩提升显著，妈妈很得意。有一天她在业主群里看见方壹壹的爸爸替方壹壹发的作业求助，拿给小茉莉看，问她会不会。小茉莉拿过来几分钟就在草稿本上做好了，妈妈拿起手机拍了张照，发给了方壹壹的爸爸。几分钟后方叔叔打来电话表示感谢，还夸她这个思路特别好，让他们豁然开朗，他热情地邀请她有空到家里找方壹壹玩，还说要请她去吃冰淇淋。妈妈一高兴顺嘴说了是因为请了一个挺不错的家教，要不然她大概也不会做。方叔叔一听很感兴趣，问能不能给介绍一下，有可能的话也请这位老师辅导一下方壹壹。妈妈满口答应，把汪睦睦的电话给了他。等到汪睦睦过来，妈妈跟她提起这件事，汪睦睦面无表情地说接到过电话，不过她给拒了。妈妈有点吃惊地问她为什么，汪睦睦淡淡地说一句："忙不过来。"

晚上，汪睦睦走后，他们一家三口在灯下吃晚饭，妈妈提起这件事，她不满地对爸爸说："你那个学生怎么回事呀？方先生想请她给儿子做家教，被她一口回绝了。"

爸爸"唔"了一声，面色和悦，似乎听了一个好消息。妈妈瞪着他，就像看着一个怪物。

爸爸仿佛突然醒悟过来，笑了笑，像是替汪睦睦辩解说："她自己的功课挺重的，要做实验，要写论文，还要抽出时间辅导小茉莉。"

"那她也可以好好说嘛。"妈妈说，"人家方先生也是看得起她。"

爸爸不作声，脸上的笑容没有了。

妈妈毫不在意，说："你得说说她才好，你不是她导师吗？'教书育人'，你不光要教她读书哎，你还得教她做人吧。"

爸爸还是不作声，不过脸色已经不对了。

妈妈还在说："她骄傲什么？真是不知道天高地厚！"

她不依不饶的。

爸爸突然"啪"地把筷子放在桌上，饭也不吃了，转身进房间去了。

妈妈吃了一惊，她恨恨地骂一句："神经病！"

就为这么点小事爸爸和妈妈开始冷战，两个人一句话不说，谁也不理谁。小茉莉比平时更加小心，她小心翼翼的，生怕再惹爸爸妈妈不高兴。她知道两个人都憋着火，她可不想他们的火烧到她头上。

爸爸妈妈不说话，家里的气氛很压抑。以前他们也吵过架，生起气来也有不说话的时候，不过从来没有像这次这么长。这次他们好像是铁了心不再理对方，小茉莉甚至担心他们会离婚。她的同学当中就有好几个父母离婚了，比如王小桃、李娟娟、杨露露、宋悦佳，对了，还有方壹壹，他们有跟着妈妈过，也有跟着爸爸过，还有跟着爷爷奶奶或者姥姥姥爷过，她想跟着爸爸妈妈一起过，不想只跟着妈妈或者只跟着爸爸，更不想被送到爷爷奶奶或者姥姥姥爷家。爷爷奶奶家在乡下，她喜欢去玩，但不喜欢住在那里，那里没有繁华的大街，没有游乐场，没有好吃的餐馆，也没有她的好朋友。姥姥姥爷家倒是离得不算远，不堵车的话开车半个小时就能到，特别小的时候她还喜欢去，长大一点就不爱去了，原因是姥姥姥爷不喜欢她，他们只喜欢舅舅家的一对双胞胎。双胞胎跟她同年，比她小了不到三个月，任何事情姥姥姥爷都要叫她让着他们，口口声声说他们是弟弟，你是姐姐，大的就得让着小的。有点好吃好玩的东西姥姥姥爷都要偷偷摸摸拿给他们，她看得特别烦。她越来越不喜欢到姥姥姥爷家里去，假如非要把她送到姥姥姥爷家，她宁可离家出走，她真就是这么想的。所以她特别害怕爸爸妈妈会离婚。

一个星期过去了，又一个星期过去了，爸爸妈妈还是不说话。只有一个时候例外，就是汪睦睦来辅导她功课的时候，爸爸妈妈竟然还像往常一样热情地招呼她，他们彼此也是该说啥说啥，装得就像没事人一样，而且居然特别自然，看上去一点也不别扭。小茉莉看他们变脸变得这么快，还以为他们气消了就这样和好了呢，结果汪睦睦刚一走，他们两个又把脸呱嗒一下拉下来，冷冰冰的谁也不搭理谁。

5月的第一个周末是小区里办花展的日子，各家各户都会挑几盆得意的花草送到会所前的小广场上展览，邻居们用小石子投票决出一二三等奖，由业主委员会发奖。往年小茉莉家是积极的参赛者，妈妈对各种比赛都积极得很，即使是这种邻里之间的小活动都特别起劲，花展前一两个月她就会认真准备，拉着他们两个转遍各大花市，挑选她认为又漂亮又有新意的花木。爸爸笑话她只要一沾"比赛"二字便热血沸腾，就像打了鸡血一样，真是个见荣誉就上的人。今年她情绪不高，没有提前去寻摸奇花异卉，随随便便从家里搬了两棵栀子去参展，连她自己都说就是去凑个数。这次花展上最抢眼的是方家父子的展品，他们搭了个小花坛，摆满了各种稀奇古怪的花草，据说有十好几种是难得一见的珍稀品种。邻居们都很惊叹，大家第一次知道原来这个小区里还住着一位很有名气的植物学家。

那天爸爸外出了，妈妈带着她在会所的餐厅吃简便午餐。她们刚坐下，看见方壹壹和他爸爸正端着托盘找座位。她们招呼他们一起坐，四个人凑成了一桌。

这顿午饭吃得特别开心，因为方叔叔成了花展上的明星，不时有街坊四邻过来跟他打招呼，还站下来跟他闲聊，他们这桌成了中心。被这么多的人关注，不仅方叔叔和方壹壹非常高兴，她和妈妈也跟着很荣耀。吃完饭方叔叔邀请她们娘儿俩到家里去喝咖啡，她们喜笑颜开，就像得到了意外的奖赏一般。

到了方家，妈妈就像第一次来那样把他家的陈设和装饰好好夸赞了一番，她一遍又一遍地感叹道："你们家真是太漂亮了！"方叔叔笑得很谦虚，显得特别开心。

他们四个人坐在厅里的小方桌边喝咖啡，喝完咖啡方叔叔提议玩会儿牌，妈妈欣然答应。她平常是不玩牌的，而且她痛恨这类浪费时间的娱乐，要是看见爸爸跟她打扑克，她肯定要说他们"玩物丧志"。这天她却是特别高兴，一边打牌，一边说笑，不提一句"玩物丧志"的话。

方叔叔拿了一把火柴做筹码，说一根一块钱，等结束之后大家要算钱，妈妈热烈响应。因为是来钱的，他们玩得格外起劲。小茉莉赢得最多，妈妈输得最多，在家里不管玩什么，妈妈都是最想赢的那个人，假如她输了，她会不依不饶，非要扳回去不可，爸爸就会故意让她赢，这让小茉莉很气恼又很鄙视。这天妈妈又输得很惨，她很担心妈妈会像在家里一样，那样她会难为情。可实际上妈妈完全不用她担心，妈妈一直情绪很好，笑得比谁都响，似乎一点不在乎输赢不说，还做出娇媚的样子，连声音都是嗲嗲的。小茉莉觉得妈妈在卖弄风情，而且她越输牌越卖弄风情，每次输掉了她都低下头去咻咻地笑，肩膀一抽一抽的，从裙子的领口可以看到乳沟都露出来了，妈妈这个样子让她很不自在，也让她觉得很难为情。

他们打到天黑才散。最后是小茉莉和方壹壹赢了，妈妈和方叔叔输了，不过妈妈只输了一点点，方叔叔输得最多。小茉莉总觉得方叔叔是故意输给他们的，他不但一点不计较，而且输得开开心心。她还从来没有见过谁输牌输得这么高兴呢，她觉得方叔叔这个人真是挺好的。

从方家出来，妈妈心情很爽，她步子轻快，边走还边哼着歌，一点不像在家里玩输了那样闷闷不乐还要发脾气。

晚上睡觉前小茉莉和妈妈闲聊，她故意问妈妈："你说方叔叔是不是有意输的？"

妈妈听了一愣，随即笑起来说："连你这么个小孩子都看出来了，那肯定就是真的吧。"

小茉莉又问："方叔叔为什么要故意输呢?"

妈妈脸上带着笑望着她,好像在等她自己想答案。

小茉莉故意说:"他是怕我们输了你会骂人吗?"

"胡说八道!"妈妈瞪她一眼,扑哧一笑,"人家情商高呗。"

　　就像碰巧一样,接连好几天,妈妈接送小茉莉上下学的时候都碰到方叔叔和方壹壹,方叔叔热情地邀请她们空时再到家里去玩,妈妈也向他们发出了同样的邀请。两家就这样又走动了起来,有时妈妈带着她到方家去小坐一会儿,有时方叔叔带着方壹壹到她家来串个门,一来二去,两家的关系变得密切。后来爸爸也会跟她们一起去方叔叔家坐坐。他们小孩跟小孩玩,大人跟大人玩,各得其乐。

　　小茉莉其实更愿意听大人们说话。方壹壹处处让着她,但她却并不觉得他有多好玩,跟他玩一会儿她就不想再玩了,也只有特别无聊的时候她才愿意找他玩。有时候她不起劲,方壹壹就想出各种办法哄她高兴,可是他越是这样,她越是没兴趣,要不是妈妈拉着她到方家玩,她更乐意自己在家闲待着。不过听大人们说话就不一样了,不管是方叔叔和妈妈两个,还是加上爸爸三个,他们都特别有得聊,不管说什么,都聊得兴致勃勃,爸爸和妈妈在家很少这样聊天,他们和方叔叔一起却话很多,而且他们说的话也都非常有意思,她常常撇下方壹壹,跑过去听他们聊天。他们越是聊得海阔天空,她越是听得津津有味。

　　有一次又是爸爸妈妈和方叔叔三个大人闲聊,他们说起方叔叔离婚的事情,妈妈问他为什么要分开,方叔叔沉吟了片刻说其实也没有什么大不了的事,甚至没有什么太具体的事,就是两个人过着过着没了滋味,谁都感觉跟对方在一起挺累的,而且谁都不需要谁,不如自己过更好,于是就下决心分手了。

　　爸爸妈妈听了都是一脸的疑惑,爸爸就像很不理解地问他:"双方并没有什么事情的话,那为什么非离婚不可?"

方叔叔想了想，就像是检讨一般说："要说我这个人是有点问题的，还不仅是有点问题，而是问题很大——我对自己对生活是有要求的，如果达不到我心里的那个标准，我就会失望，会兴味索然。婚姻本身就很容易变得乏味，两个人日复一日地相互面对，要做到相看两不厌不是件简单的事。再说了，生活里加进了柴米油盐，又加进了孩子，琐事越来越多，就像扛一件巨大的行李，这个包袱越来越重，但趣味却并没有增加，反而是越来越少。她希望我成为家庭的顶梁柱，而我觉得自己根本不是那块料……我就是这么败下阵来的。"

妈妈说："小林挺不错的呀，又漂亮又能干，我真没想到你们会离婚。"

小茉莉印象中的林阿姨温柔和气，笑起来特别爽朗。以前她接方壹壹的时候也经常捎带她回家，她印象最深的是半路上林阿姨会停车给他们买冰淇淋吃。

"那是我没福气。" 方叔叔叹了口气，苦笑一下说，"我对小林也说过，她是适合谈恋爱的人，她跟我一样，不适合婚姻，所以说我们两个结婚本身就是个错误。我和她关注的从来不是生活，我们关注的是感受，是梦想，是观念。职场打拼，挣钱吃饭，对我们来说就是一堆无聊的事。所以说我们离婚也算是纠正错误，但这纠错和错误本身一样令我们痛苦不堪。"

爸爸和妈妈听了都沉默。

方叔叔又说："都说'结婚过日子'，我觉得这五个字沉甸甸的，就像大石头一样。年轻的时候当然不会知道这么多，也从来没有人告诉我。"

三个大人好像突然发现小茉莉在场，不约而同地一怔。

方叔叔自嘲地说："我这么说可别教坏了小朋友。"

爸爸妈妈赶紧催她走，叫她去和方壹壹玩。

她扭着身子慢慢吞吞地走，耳朵还竖着听大人这边的谈话。她喜欢听方叔叔说话，他说的那么多话都是她从来没听到过的，她觉得又新鲜又有趣。

　　她发现妈妈比她还要喜欢听方叔叔说话，用"着迷"形容她都不过分。好几次妈妈忙完家务空闲下来，就问她作业做完了没有，做完了带她去找方壹壹玩会儿。她当然知道这不过是个借口，她没想找方壹壹玩，是妈妈想找方叔叔聊天。她一般都是痛快答应没一句废话，因为她这个时候听话，妈妈会心情很好，而且妈妈的好心情会延续挺长时间。有意思的是爸爸从来不反对妈妈带她去方壹壹家玩，有时候他甚至也会提出来跟她们一起去，不过更多的时候还是妈妈一个人带她去。

　　逐渐地，小茉莉有了更多的发现。她感觉到方叔叔对妈妈态度有变化，比如之前妈妈领着她到他家，他也是非常热情，但那就是一种客气，爸爸跟着她们一起去，他也是相当热情相当客气，和后来妈妈带她去他家是不一样的——后来他反倒没有一开始那样客气，却多了亲切和自然，而且毫不掩饰自己的高兴。她一看他满面笑容就知道他是真心喜欢妈妈和她去的。还有就是他和妈妈说话也变得柔声细语，就像爸爸心情好时和妈妈说话那样，而她已经很久没有见到爸爸那样和妈妈说话了。她觉得方叔叔看妈妈的眼光也和以前不太一样了，他的目光柔柔的，亮亮的，就像很清澈的水一样。

　　再后来，爸爸就不去方家了。妈妈叫他一块儿去他也不去，她们出门进门跟他打招呼，他也不说话，顶多只是鼻子里哼上一两声。

　　有好一阵子爸爸情绪不高，做什么事情都打不起精神。以前他们一家三口经常开车出去玩，逛公园，去儿童乐园，看展览，到处找好吃的，虽然一天下来也挺累的，有时多走不少冤枉路，有时被太阳烤得要化了，有时又渴又饿，或者憋着尿找不到厕所，但他们总是玩得很开心。爸爸妈妈还凑了假期带她去外地，大小节日更是一个也不放过。可不知从什么时候起他们不再一起出去，爸爸连开车去趟超市都不愿意。妈妈倒是也会开车，但她除了技术不行还胆小，不敢开高速，不敢开长途，不敢开狭窄的小路和胡同，也就是平常上下班和接送她上学放学还凑合，所以爸爸懒得动，他们全家也就不出游了。

不过也有例外的时候。汪睦睦一来，爸爸就活过来了。他也不喊累了，也不窝在沙发里不动了，端茶倒水削水果忙得不亦乐乎。

恰好妈妈又忙起来，隔三差五去出差，汪睦睦来得特别勤，常常是前一天刚来过，后一天又来了。小茉莉觉得她来讲题和陪她玩都不过是借口，她其实是来找爸爸的。

一天小茉莉放学发现来接她的竟然是汪睦睦，从这天起，妈妈出差的日子大多数时候都是她来接。也是自然而然地，她和他们一起吃晚饭，晚饭后辅导她作业，更多的时候她和爸爸说话。

妈妈给小茉莉规定的是九点钟准时上床睡觉，现在爸爸把这个时间提前到八点半，只要过了点，他就会过来催。经常她一觉睡醒汪睦睦还没走，半梦半醒中她听见她和爸爸喁喁私语，就像课堂里同学在底下说悄悄话。她的思绪就跟着飘起来，脑子里会出现被风吹动的两根绸带，有时绞在一起，有时各自展开，或者是浮在空中的两只气球，一只白色的，一只红色的，白色的气球是爸爸的，红色的气球是汪睦睦的，两只气球一起飞着，一会儿飞到蓝天上，一会儿又落到草丛里……汪睦睦待在她家跟爸爸闲聊的那些夜晚，她都睡得不太踏实。

某个晚上她做了一个吓人的噩梦，梦见两条大蛇打架，它们缠绕在一起，发出咝咝的声音，仿佛要吃掉对方。她害怕极了，想跑却跑不动，一下子惊醒了。她起床去上厕所，在卫生间里遇到汪睦睦，她已经卸了妆，正站在镜子前梳头发。她第一次看见她素颜的样子，卸完妆的汪睦睦皮肤晶莹润泽，漂亮得就像一颗透明的水晶球。她嘴里说着"你真好看"，忍不住搂住她的腰抱了她一下。她松开她出门右转回去睡觉，迷迷糊糊间听见汪睦睦发出甜美快乐的笑声。

小茉莉犹豫过要不要对妈妈说，最后还是决定什么也不说。她不喜欢打小报告，特别讨厌打小报告的人，也不知从哪里学到的，她认为告密是一件十分可耻的事情。

她有了保持沉默的念头，并为自己暗暗得意。她知道不说话不容易惹事，不表态或者表态慢一点会避免犯错，装傻能少吃苦头。这些经验她也不是凭空得来的，有的是她自己走了弯路懂得的，有的是看别人掉到坑里明白的。她不多话，也尝到了不多话的甜头。她感觉不管是爸爸还是妈妈都挺信任她，他们越来越把她当大孩子对待。

已经5月底了，天气热起来，气温高的日子就像真正的夏天。晚上临睡前，小茉莉已经刷完牙，爸爸站在洗澡间门口对她说："明天带你出去玩一天好不好？算春游吧，再不去春天就过完了。"

"好呀，好呀！"她兴高采烈，问爸爸，"就我们两个吗？"

妈妈又出差去了，她直觉爸爸会叫上汪睦睦。

"咳咳。"爸爸清了清嗓子说，"还请了你老师。"

一大清早她跟着爸爸开车去学校接上汪睦睦，三个人欢欢喜喜出了城。他们沿着高速进了山，在一片大湖前停下来。城里的花已经谢光了，树叶子绿油油的，城外的花还在一树一树开，连风里都带着花香。他们选了块比较平整的草地，坐下来野餐。小茉莉不由自主想起了妈妈，以前每年春夏他们一家三口都会出来野餐，家里有整套的野餐用具，从铺在地上的单子，到装食物的竹篮子，还有盘子、杯子、纸巾、湿巾、刀具、砧板、隔湿坐垫等等，妈妈买的不仅是最好的，还是最好看的，这天用的不少东西都是妈妈置办的，她和爸爸熟门熟路，配合默契，几分钟就把带来的东西在合适的位置上一样一样摆好了。有一点和他们以往不同的是汪睦睦除了带了许多花花绿绿的零食，还带了一把吉他，吉他往铺开的白亚麻布单子上一放——天哪，她觉得实在是太漂亮，太浪漫，太有气氛了，瞬间秒杀了所有野餐必备的东西。

他们的野餐单子一半铺在太阳下，一半铺在大山的阴影里，三个人随意坐着，享受着眼前的湖光山色。汪睦睦拨弄着吉他，不过她并不怎么会弹，她打着和弦，唱起了歌。她的歌倒是唱得很好听，小茉莉觉得她的歌声一直流进她的心里。爸爸半躺在草地上，嘴里咬着一根草茎，眼睛里飘着天上的云，小茉莉觉得他就像一只喝醉的羊。

他们吃饱喝足歇够了，爸爸问她们想不想到山后面去看看，他说着已经站起身朝一片低矮的小树林走去。她们赶紧跟上他，衣服和裙子不断被旁边伸出来的树枝上细小的刺挂住。他们穿过一条不知是人还是动物踩出来的似路非路的小径，再过去就是一座戈壁一样的山丘，到处是碎碎的黑色石子，还有一些白色的碎碎的贝壳，除了粗硬的野草什么也不长。再往前走连野草都看不见了，光秃秃的陡峭的山脊，就像一片前仆后继的海浪，既粗糙又纯朴，简直像是史前世界一般。

"这里像不像世界尽头？"爸爸说。他是对走在他身旁的汪睦睦说的，"如果走到世界尽头会怎么样？"他神情严肃。

"你说呢？你说怎样就怎样。"汪睦睦快步走着，紧跟着他。

"这可不像你的性格。"爸爸笑了一声。

"你是我的老师。"汪睦睦俏皮地说。

"在你面前，老师并没有权威。"爸爸很一本正经地说。

他们两个人咻咻地笑起来。

小茉莉落在他们后面，四周的大山让她感到说不出的孤独。风吹过来，汗湿的衣衫冰凉地贴在身上，她忽然觉得害怕起来。她紧走几步，伸手去抓爸爸的手，脚下一滑没站稳，竟一把抓住了汪睦睦的手。

汪睦睦有力地扶住了她，自己却差一点跌倒。小茉莉感到她的手那么细腻和温暖，忽然对她生出了一种奇怪的好感。往回走的一路上她都情不自禁地拉着汪睦睦的手，汪睦睦也紧紧攥着她的手，她觉得自己和汪睦睦成了好朋友。

野餐之后好几天，小茉莉都不时会想起野餐时的情景，特别是汪睦睦握紧她手的一刹那，她总是一次次地反复回忆起，那种柔柔滑滑又是很骨感的感觉仿佛沾在她的手指上，或者说就像是沾在她的脑子里。她意识到有一种细腻的感情在心里生起来，这种感情仿佛贴着她的肌肤传遍全身，然后像扩散的涟漪一样不知不觉在她的身体里消失了，或者说是潜伏了下来。见不到汪睦睦她很想念她，见到汪睦睦她又总觉得哪里有点不对劲，就好像这个真实的汪睦睦和她想念的那个汪睦睦并不是同一个人。她一个人待着的时候心里常会莫名其妙地感到寂寞，仿佛世界空荡荡的，夜晚、天空、星星、月亮、树和风都会让她怅然若失。

但她还是喜欢汪睦睦，汪睦睦的一切都令她羡慕。她羡慕汪睦睦明亮的大眼睛，羡慕汪睦睦挺拔结实的双腿，羡慕汪睦睦一头瀑布般黑亮顺滑的长发，甚至还羡慕汪睦睦二十出头的年纪。她多么希望自己能一下子长得像汪睦睦那么大，那她就可以自己走来走去，想去哪里去哪里，到哪里都不用爸爸妈妈跟在后头。她不断照镜子，满心着急，盼着自己长高长大，盼着自己眼睛变大，盼着自己头发变长，最好一夜之间就能长成像汪睦睦那样的大姑娘。

看她老是跑去照镜子，妈妈直撇嘴，忍不住讽刺她："才多大点岁数，就这么臭美了？你能把爱美这点心思用在学习上，至少成绩会好看些。"

爸爸听了直发笑，既不给妈妈帮腔，也不回护她，似乎甘愿当个吃瓜群众。妈妈对他这个态度显然是不满的，她要爸爸跟她结成统一战线，要爸爸坚贞不二地站在她这边，可是爸爸一条也没做到，妈妈自然就很恼怒。

妈妈很生气，后果很严重。妈妈的脾气变得很暴躁，动不动就发火，而且她一动怒不管谁的错肯定要把他们两个都骂到。妈妈不仅埋怨眼前的事，还要把历史的案底翻出来一样一样说，她和爸爸实在是怕了她。

可是他们拿她没办法。妈妈是家里当仁不让的领导，家里什么事都是她说了算，好像她天生就是要在家里占上风的，她得理不饶人，没理也要找出理，他们能做的就是让着她，由着她骂，任她唠叨。

看爸爸一副装聋作哑忍气吞声的样子小茉莉很生气，恨他骨头软。她又一次在心里暗暗发誓以后一定不找爸爸这样的男人做丈夫，她要找那种个子高高肩膀宽宽敢说敢当的男子汉结婚，她忽然觉得未来的目标很清晰。然而眼下的日子还得一天一天过，不能跳过去。她想自己能做的就是尽量别惹妈妈不开心，可她发现这不是光靠她努力就能做到的。因为有时候妈妈发脾气是冲着爸爸的，爸爸做的任何事情也都可以成为妈妈发火的理由，比如起床没有及时整理床铺，换洗的衣服没有放进脏衣筐里，吃空的食品盒没有随手丢掉，用过的茶杯到处乱放，甚至毛巾晾错了挂钩，在她看来都是些琐琐细细不值一提的小事，但到了妈妈嘴里全变成了大事，每一件都可以说上半天，而且今天说了，明天后天还可以拿出来再说。她听得都快疯了，只要听见妈妈念叨这些就浑身冒汗，她真不知道爸爸是怎么能够忍受的。

她明显偏向爸爸，但有时候又不由自主地偏向妈妈。妈妈跟爸爸生了气，会对她说："这日子没法过，我要离家出走了。"或者这样说，"要是没有你，我跟他早散了。"她听着心会揪起来，觉得这些是妈妈的心里话，妈妈真的很无奈，自己却一点帮不上她。

妈妈给自己减压的办法就是去方壹壹家找方叔叔聊天，妈妈叫她陪着去，她总是二话不说拔起腿就跟她走。方叔叔不但聪明，而且耐心，和他说过话之后妈妈情绪会好很多。她想了个词形容方叔叔——"绅士"，她也想了个词形容方叔叔开导过的妈妈——"安定"，她隐约感到男人绅士女人安定就能从庸俗烦躁的那团乱麻中摆脱出来。

有一天，一个意外的发现惊着了她。那天晚上妈妈一个人下楼去，不像平常那样出门要拽上她。妈妈出去了好一会儿也没回来，她问爸爸知不知道妈妈去干吗了，爸爸瞪大了眼睛说我正要问你呢，我还以为你知道。她拉爸爸一起去找，爸爸躺在沙发上追剧，叫她打个电话问一下。她拨通了妈妈的手机，但在一长串的"嘟"声后妈妈没有接。她不放心，自己下楼去找。

她习惯性地跑到方壹壹家，按了门铃，没人开门。她绕到花园后面，看他家的几个窗户都是黑的，这么说妈妈不会在他家。她转身往家走，想看看妈妈是否已经到家。到家一看，还是只有爸爸一个人歪在沙发上看电视。她再次出门去找妈妈，这次变得茫然无绪。她沿着林荫道走到小区门口，门外是车水马龙的大街，灯火通明，仍然非常热闹，完全不像小区里面和她家里那样夜深人静。

她对着街景发了一会儿呆便折返回去，走到牡丹花坛边，有个熟悉的人影在眼前闪现，定睛一看可不正是妈妈嘛。她正要叫她，看清她不是一个人，方叔叔正与她并肩走着。她立刻收住了脚步，轻手轻脚地跟在他们后面。

妈妈和方叔叔两个走得很慢，就像是散步一样。她很想听听他们在说什么，又不敢靠他们太近，怕被发现。他们转过花坛，绕过喷泉，在小小的荷花池边站了下来，她离得远，听不见他们说话，透过树影，倒是看得见他们并肩立着。她没有时间概念，不知道他们那样站了有多久。她心里有个冒险的念头，想走过去靠近他们，但她还是克制住了，没有那样做。突然，她看见那两个人影慢慢靠拢到一起，他们头靠着头，方叔叔的一只手搂在了妈妈的腰上。这不就是电影里的爱情吗？她惊愕极了，想到爸爸知道一定会生气。那一刻，她的心脏几乎要跳到嗓子眼里了。

小茉莉以为这件事肯定会在家里引起轩然大波，但实际上却无声无息。妈妈回来的时候爸爸只是随口问一句"你去哪儿了"，妈妈也只是随口说一句"去物业问维修的事情"，爸爸就不再问，他显然是既不感兴趣"物业"也不感兴趣"维修"，多一句话都没说。小茉莉在自己小房间里听着爸爸和妈妈说话，真想提醒爸爸多问几句，那样妈妈肯定就要露馅。可是妈妈露馅了又怎么样呢？爸爸会不会跟她离婚呢？如果他们离婚，那她怎么办呢？她想得害怕起来，不敢往下想，却又忍不住不去想。那些纷乱的想法令她惊恐，她忽然生起妈妈的气来，觉得她太自私了，心里根本就没有这个家。

然而，她心里对妈妈有气，表面对她却更加温顺。当她想到妈妈很可能会离开他们，她就更是做出一副乖巧懂事的样子，不叫妈妈生一点气。现在妈妈不论叫她做什么她都执行得十分麻利，而且做得一丝不苟。

妈妈已经有好久没有拉她一起去方壹壹家串门了，她默默地看着她在晚上装得没事人似的神秘失踪，说是到楼下随便走走，或者是去小超市买点东西，却又不让她跟着，她既想提醒爸爸留意，又怕爸爸真的留意。爸爸吃过晚饭只要不出门就是雷打不动歪在沙发上看电视，要是有球赛，他更是像着了魔似的盯着电视屏幕，恨不得一头扎进电视机里，妈妈去哪里他问也不问，似乎毫不在意。

这天妈妈一反常态又叫上小茉莉一起去方壹壹家，走在路上妈妈就像不经意地说起前一阵子方壹壹被他妈妈接过去了，刚刚送回来，可能心情不大好，要她说话留点儿神。妈妈就像是顺口说起方壹壹的妈妈又结婚了，这下方壹壹的父母复婚无望了。她带着喜悦的神色，似乎有点幸灾乐祸。小茉莉点头答应，心里咯噔一下，立马明白了为什么妈妈去方家又会叫上她。

方叔叔还像以前一样热情和亲切，小茉莉跟在妈妈身后走进去，却感到有点不自在。方叔叔和往常一样泡了茶，切了水果，她只跟他们坐了一小会儿就跑去找方壹壹玩。

方壹壹正关着门做习题，见到她特别高兴，立刻丢下作业本跟她聊这聊那，说得兴高采烈，把她也感染了。他们谈起各自班上的一些事情，他们说到的不少同学竟然彼此都认得。他忽然问她："你认识陈雨诗吗？"

她不认得，好奇地问他陈雨诗是谁。被她追问他欲言又止，笑得很害羞，她更加要刨根问底。他转了话题，问她班上同学有没有谈恋爱的，她立马敏感地问他陈雨诗是不是他女朋友。他脸一红，赶紧跑去关上房门。

小茉莉没想到方壹壹竟然像语文老师形容的"竹筒倒豆子"，痛痛快快和她分享了许多秘密。虽说他们从小在一块儿玩，但她并不觉得他们两个算得上是那种无话不说的好朋友，而且在她看来他还是个圆头圆脑天真稚气的小孩呢，没想到他心里可不像他外表那样单纯。

方壹壹不仅对她承认了陈雨诗是他的女朋友，而且还把自己喜欢上陈雨诗的经过都对她说了。他向她透露有一次上体育课陈雨诗从双杠上摔下来，她的裙子翻起来露出了大腿，他一下子就爱上了她。她听得面红耳赤，忍不住笑起来。长这么大她第一次听一个人说这样的事情，况且还是一个男孩子，她吃惊、震动、害羞，还有一些说不出来的迷茫——难道这就是传说中的爱情吗？她第一次感觉爱情离自己这么近，居然就发生在自己的同学之间，而且居然就发生在方壹壹身上。方壹壹说得一本正经，可怎么看他还是个小孩儿。

"你不担心被陈雨诗拒绝吗？"她小心翼翼地问。

"没有。"他认认真真老老实实地说。

"她也爱上你了吗？"她说。

"她没说。"他还是认认真真老老实实地说。

她又忍不住笑了，不过立即收住了笑，她觉得好像不应该笑。

"陈雨诗是不是长得很漂亮？"她热切地问。

"呃，她是挺漂亮的……"他扑闪着大眼睛，一脸骄傲地说，"她是他们班级的班花。"

"你怎么知道的？"她追问。

"我当然知道。"他说得得意洋洋，"同学都这么说。"

这个晚上余下的时间他俩一直在说陈雨诗，聊得兴味盎然。她得知陈雨诗是比他们高两个年级的学姐，她不明白方壹壹怎么会爱上比他大的学姐，在她想象中这位学姐一定是才貌出众特别优秀。在操场上做操和上体育课的时候她看到初三的同学要比他们高出一大截，他们排成的方阵整齐有气势，完全不是他们这些初一的小豆豆可比的。初三有许多漂亮的学姐，即使穿着统一的宽宽大大的运动装校服，也掩盖不住她们身上洋溢的青春气息。在她们面前，她自惭形秽，简直觉得自己跟她们不属于同一物种。她说不出来由地对陈雨诗充满了好奇，一定要方壹壹找机会指给她看是哪一个。

那天晚上，她梦见了陈雨诗。她梦里的陈雨诗长得像芭比娃娃，大眼睛，大长腿，穿着白雪公主的裙子，走路轻盈得像飞一样。让她惊奇的是陈雨诗也像白雪公主一样后面跟着七个小矮人，那七个小矮人个个相貌丑陋，她看了心里很不舒服。早晨醒来她依然觉得郁闷，仿佛在睡梦中遭受了某种说不清楚的损失，令她怅然若失。

方壹壹很守信，他果然在一次全校集合时趁着队形没站好跑过来悄悄告诉她第三列第一个就是陈雨诗。小茉莉以为自己听错了，方壹壹指给她看的这个陈雨诗跟她想象中的陈雨诗完全不是一码事，她想象中的陈雨诗又高又美，而眼前的陈雨诗个头矮矮的，小圆脸，圆眼睛，身材也是圆圆的，看上去有点憨憨的，就像一个没有长大的小孩子。她心里的失望简直无法用语言来形容，那天梦里的那种失落感就像雾一样又涌了回来，她实在不明白方壹壹怎么会爱上这样一个平平常常的女孩子。

她一直想当面问问方壹壹，可见到他却根本不好意思开口。她觉得这个问题太尖刻了，她怕说了他一定会不高兴，说不定跟他连朋友也做不成了，因此她忍着没有说。方壹壹却喜欢跟她聊陈雨诗，他在学校里碰到了陈雨诗，或者是陈雨诗和他说了什么话，即使不是面对面跟她说，也会在QQ上告诉她，他显然是把她当成了知心朋友。

某一天，就像是无意间触碰了哪个开关，她突然对陈雨诗产生了浓厚的兴趣。她想不通一个看上去如此普通的女孩子竟然被大家公认为班花，不但有男朋友，而且她还听同学说喜欢她的远不止方壹壹一个，有不少男生为她着迷，各个年级都有，她弄不明白她怎么有那么大的魅力。

小茉莉常常在暗中观察陈雨诗。做课间操和上体育课的时候她的目光总是在一片蓝白相间的校服中寻找陈雨诗，她很快练就了火眼金睛，眼光像箭一样精准，总能飞快射中目标——每当她在人群中锁定陈雨诗矮小的身影，她的心里瞬间会涌起一股喜悦，就像达到了某种目的一样心满意足。

一天中午，她吃完饭正在教室里看书，突然外面一阵喧嚷声吸引了不少同学跑到窗户前去看，她也跑过去，看见教室前的空地上一群学生正在跳绳。她一眼就看见了陈雨诗，她一口气跳了好久，大家加油声喊成一片，围观的人也越来越多。她忽然换了一种跳法，两只脚在地上飞快地跺着，跳绳的速度快到来不及数，这下反倒没人喊加油了，大家屏声敛息看着她跳，当她停下时人群中爆发出一片掌声。小茉莉看得羡慕不已，她多想成为一个像陈雨诗这样受大家欢迎的人。

她趴在窗口，看了一中午陈雨诗，看得如痴如醉。最后，她的目光落在了陈雨诗的脚上，她穿着一双崭新的运动鞋，海蓝的鞋面配着橘黄和浅粉的图案，银白的反光条在正午的阳光下熠熠生辉——在千篇一律的穿校服的人中间，这双鞋让陈雨诗格外引人注目。

她趁妈妈情绪不错的时候跟她提出想要买一双新鞋——就是陈雨诗那样的鞋。

"不行，你有那么多鞋了。"妈妈没听她说完就一口拒绝。

"那你自己还买那么多东西呢。"她脱口而出。

她以前从不这样跟大人说话，妈妈一愣，眉毛竖起来说她："我辛辛苦苦上班，辛辛苦苦挣钱，我买什么还轮不到你来管。"又说，"你什么时候学会顶嘴了？"

她根本不看妈妈脸色，不顾一切地说："你想想你买了多少东西吧——你没有裙子吗？但你买了一条又一条；你没有毛衣吗？天都热了你还在买；你自己买的鞋子还少吗？高跟的，中跟的，坡跟的，平跟的，白的，黑的，红的，绿的，样样都有；再说裤子，你的新裤子有多少？长的，短的，五分的，六分的，七分的，八分的，一条腿的，两条腿的，三条腿的，四条腿的，八条腿的……"

妈妈被她气笑了。

妈妈平和了口气跟她说："我不是不给你买新鞋子，你脚长得快，原来那些鞋子不穿就都穿不下了。"

她气嘟嘟地说："为什么你给自己买不给我买？你对我一点也不好。"

妈妈听了气起来，说："你够没良心的，我对你还不好？那谁对你好你找谁买去。"

她知道说错话了，把妈妈得罪了，心里很后悔。

小茉莉跟妈妈的关系时好时坏，只要看见妈妈又给自己买东西她就不开心，可是也没有办法。妈妈一直没答应给她买她想要的那双鞋，她还是穿着她那几双土头土脑的旧鞋子去上学，感觉很抬不起头来。

那一段妈妈参加了一个网上的内购团，据她说买任何东西都比在别处买要便宜得多，她购物的热情空前高涨，买了许许多多家里用得着和用不着的东西，每天都有快递送上门。小茉莉冷眼看着妈妈买这买那，觉得她是个感情用事的女人，而且心里只有她自己。以前她常为妈妈的聪明能干凡事有办法而骄傲，这样的骄傲现在已经没有了，她对妈妈的看法改变了很多。

妈妈还在持续不断地买买买，热情丝毫不减，用爸爸的话说网购成了她生活的中心。爸爸说过她几次，丝毫不起效果，已经懒得说了，一副熟视无睹的样子。每天收快递拆快递是妈妈最开心的时候，不过打开之后她兴许就没那么开心了，碰到不满意的商品她便火速退货，一分钟也不拖延。有时她也犹豫，对到手的东西拿不准是喜欢还是不喜欢，不知道是退好还是不退好。看到她双眉紧锁，一脸愁容，小茉莉和爸爸就会相视而笑，他们越来越明目张胆地站到妈妈的对立面。

妈妈越买越上瘾，某一天快递送来了一大纸箱的婴儿用品，随后婴儿摇床、童车、小木马、学步车等等接踵而至，不仅小茉莉目瞪口呆，连爸爸也瞠目结舌。

"哦，"爸爸带着讥笑说，"是不是有什么我不知情的情况发生了？"

妈妈反应了一下才干巴巴地回答:"没有。"

爸爸问她:"那你买这些东西干什么使?"

妈妈说:"趁便宜先囤着,省得要用的时候手忙脚乱。"

爸爸说:"又不是啥紧俏商品。"

妈妈说:"又没让你操心,你怎么还有这么多话说?"

爸爸就不再说什么,沉默了。

妈妈沉着脸,十分扫兴的样子。

小茉莉知道妈妈想生二胎,但这样迫不及待让她无语而且灰心,她觉得妈妈这样做是在强调她在她心中无足轻重。她跟妈妈越来越没有话说,说不上几句就要戗起来,她也学会了像爸爸那样跟她冷战。

妈妈的注意力似乎也不怎么在她的身上,她不再像从前那样抓她的成绩,她学习上的事情差不多都丢给了汪睦睦。

汪睦睦倒是兢兢业业的,给她看作业,给她讲题,然后落落大方地从她的家长手里接过家教费。这一阵妈妈没出差,汪睦睦只在固定的时间来,来了基本只待在她的小房间里,也不去跟爸爸聊天,爸爸也只在她告辞的时候出来露个脸。小茉莉总觉得哪里有点不对劲,却说不出哪里不对劲。她特别想跟汪睦睦聊一聊,她有不少疑问想问问她,但却不知道怎么对她开口问。

那天汪睦睦正给她检查作业,她突然说:"你郁闷吗?"

汪睦睦抬起头,一脸狐疑地问她:"你什么意思呀?"她两眼盯着她说,"谁跟你说我郁闷的?"

小茉莉说:"你不郁闷吗?我很郁闷。"

汪睦睦扑哧笑出声,松了口气,随口问她:"你小小年纪郁闷个啥?"

小茉莉一本正经地问她:"你知道爱情是什么吗?"

"好心烦的问题。"汪睦睦皱起眉头说。

"你说呀。"小茉莉催她。

汪睦睦想了想说:"喜忧参半,既快乐又痛苦——有多高兴就有多难受，难受比高兴要多得多。"

小茉莉听了就像陷入了沉思，她两手托着腮，好半天一动也不动。

汪睦睦打量着她说："你怎么啦？你问这些干什么？"她逗她说，"快跟我说说你是不是有啥情况啦？"

小茉莉不作声。

汪睦睦说："你有心事啦。"

小茉莉脸一红。

汪睦睦问："能跟我说说吗？"

小茉莉飞快地摇头。

汪睦睦压低了声音悄悄问她："你是不是早恋了呀？"

小茉莉很坚决地摇头，说："我没有。"又说，"不过我们有的同学已经脱单了。"

"真的呀！"汪睦睦捂着嘴咯咯笑起来，"这么小就名花有主啦？"

"你有男朋友吗？"小茉莉突然很认真地问她。

汪睦睦竟然没有一下子回上话。她嘴巴动了动，用张口结舌形容一点不夸张。片刻之后她镇定下来，神情黯然，就像是赌气似的说："有啊，有又怎么样？唉，我这辈子肯定是嫁不出去了。"她说话的口气就像面对一个大人。

小茉莉听了一感动，对汪睦睦说出了知心话。她说："跟你说句心里话别跟我爸爸妈妈说，我特烦待在这个家里，我就想快点长大，我好想有个男朋友。"

小茉莉做不到一下子长大，但她却很容易就有了男朋友，还不是一个，而是两个。

她一个男朋友叫郭远山，是同班同学，另一个男朋友叫张比尔，是初二年级实验班的班长，这两个人无论是外貌还是性格都截然不同，但他们却都同样一往情深地爱着她，她也一样情意绵绵地爱着他们。

郭远山和她小学就是同学，有一学期他们还是同桌。他长得浓眉大眼，性格稳重，学习刻苦用功，属于穷人的孩子早当家的类型，是老师经常要拿出来表扬并且要大家向他学习的人物。他的爸爸在一次游泳时淹死了，家里只有他和妈妈。他的妈妈在商场里开电梯，经常在中午来给他送饭。小茉莉在小学里就无数次看见他妈妈从暖瓶里倒出煮好的粥给他吃，每次看见他们母子俩相依为命的样子她心里就酸酸的，很不是滋味。有时她会把学校发的小盒牛奶偷偷塞进他的书包里，吃午饭的时候她会把自己饭盒里的肉和鸡蛋给他吃，他从来不拒绝，也从来不说客气话，只是低着头笑一笑，十分领情的样子。他总是默默地对她好，他们同桌时她的书本和笔掉到课桌下，他会飞快地弯下腰去帮她捡起来，轮到她值日他会主动帮她擦黑板。到了中学，他和她一起分在了实验班，她的成绩掉了下去，而他却依然名列前茅。她没记下的笔记他会借给她，她不会做的练习他会告诉她，后来她干脆早点到学校抄他的作业。他对她有求必应，特别乐意帮她，只要她的事，他都当成自己的事，甚至比对自己的事还要上心。其实她成绩提高那么快，除了汪睦睦辅导她，他也没少帮助她。

他们两个好得特别自然，有一天老师抽查背书，正好抽到她，而她正好没背出来。老师也正好在气头上，罚她抄写那段课文五十遍，不抄完不准回家。于是那天所有课间和中午休息时间她都在奋笔疾书，她写字慢，抄得昏头涨脑才抄了二十遍。到了放学时间，同学都走了，但她走不了，还有三十遍要抄，没个两三小时肯定抄不完，她绝望得快哭了。关键是这一天还是爸爸来接她，爸爸是最烦等人的，他和妈妈出门，妈妈偶尔磨蹭几分钟他都会暴跳如雷，如果让他在校门口等上那么久，他肯定会大发雷霆。可她也不敢不完成老师布置的任务，本来就是惩罚性的，她不敢再惹得老师请家长，那样她更加吃不了兜着走。就在这万般无奈的情形下，又是他默默地帮了她。放学之后别的同学都走了，他没走，留下来用活页本帮她抄——课间他已经模仿着她的字迹帮她抄了好几篇，她感动得不知说什么好。他们两个埋头苦干，用了不到一节课的时间终于把剩下的都抄完了。作业交给老师，她还忐忑老师会发现笔迹不一样，但老师只是随便翻了翻，连篇数都没数，只是让她下不为例。

走出教室郭远山轻轻拉了一下她的手，他从来没有这样过，就连上小学的时候也没有过，她很意外，又好像并不意外，她马上抓住了他的手，把他的手指握得紧紧的。他羞怯地朝她一笑，她觉得他那一笑胜过千言万语。他什么也没说，但她懂得他的意思。从这天起他们两个就好上了——他成了她的男朋友，她成了他的女朋友。

和张比尔是另一个故事。张比尔长得高高瘦瘦，就像一棵春天的小白杨，他是一个德智体全面发展的学生，除了功课好，运动也特别棒，他打破过学校的跳高纪录，是不少女生心目中的白马王子。她第一次见到他是在运动场上，他和一帮男生打篮球，他跑起来就像一匹小野马。不知从什么时候起，也许是从学校运动会上第一次见到他起，她就暗暗喜欢上了他。不过直到学校组织去伦敦游学，她和他才算真正认识。

去伦敦游学是自愿的，学校也是第一次尝试组织这样的活动，因为费用高昂，报名的学生并不多，成行的只有二十个学生。游学一共十天，在这十天里她和张比尔从不认识到认识，游学结束在机场分手时张比尔成了她的男朋友。其实经过特别简单，一路上张比尔对她处处照顾，他们特别有话说，但因为是集体活动，从早到晚各个项目安排得非常密集，他们完全没有单独相处的时间，也没有单独相处的机会。某个夜晚师生们到剧院看戏，发到票的时候他们两个的座位并不挨着，他不知道用了什么办法把座位调换了，等戏开演的时候她惊讶地发现他竟然就坐在她的旁边。她英语不好，他翻译给她听，她也不知道他说得对不对，是不是有他编的，但他翻得头头是道，那副自信的样子让她深信不疑。在幽暗的灯光里她被他眼眸中的神采深深打动，他的眼睛不仅温柔，而且就像会说话一样，她从来没有见过哪个人的眼睛像他这样清澈和动人。

一起看过戏之后她对他的感觉不太一样了，她觉得至少他们可以

212

算作朋友了，但她还是不怎么敢接近他，也不敢主动和他说话，他太帅了，令她胆怯。更何况她片刻也没有忘记自己是有男朋友的人。余下的几天里，她一直躲着他，排队站得离他最远，上车也故意不坐离他近的位子，只要他的目光朝她投射过来，她立马就调转头不去看他，她一次次成功地避开了与他目光相遇。

离开伦敦的前两天她着凉发烧了，带队的老师怕她身体吃不消让她次日留在饭店休息。他得知她病了，不但给她买了水果和蛋糕，还主动提出留下来照顾她。她听他这样说心里十分感动。当晚同学们在阳台上喝饮料聊天，他一次次到她房间来看她，她烧得昏昏沉沉，连话都说不动。他给她烧开水，给她找退烧药，看着她吃了药，还坐在她床前陪了她好久。

第二天她烧退了，虽然还是头重脚轻，仍然打起精神去参加集体活动。她不舍得浪费这难得的游览和学习的机会，更主要的是她不愿意他做出那么巨大的牺牲留下来陪她。那天她坚持了下来，心里特别高兴，病也好了不少。

在回国的航班上，张比尔再一次把座位换到了她的边上，他为她要了毛毯和靠枕，飞机起飞不久他就站起身让出自己的座位，让她斜躺着好好休息。航班在黑夜中飞行，他过来给她送过两次茶水，还帮她盖过毯子，她睡得迷迷糊糊，眼睛都睁不开，却清楚地感觉到有只温柔的手迟迟疑疑地触摸她的额头测探温度，她感动得心都要化了。

航班降落之后大家在传送带边上等行李，分别在即，她很想对他说几句感谢的话，可是又不知道说什么。他帮她从传送带上取下箱子，就像对哥们儿一样大大咧咧地搂住她，顺势把她的一条胳膊拧到背后，用狠巴巴的口气对她说："做我的女朋友，答应不答应？"没等她说话，他不容置疑地说，"从今天起，你就是我女朋友了。"说完扬长而去。

她惊愕极了，那个刹那脑子一片空白，心里充满了欢乐，只觉得幸福来得太突然了。

她就这样一下子有了两个男朋友。之前她看见同学中有人出双入对心里羡慕得不得了，也很想有男朋友，可她怎么也没想到自己会同时交两个男朋友，而且跟他们都那么好。他们两个对她都特别真心，她对他们当然也很真心，她心里被这两个男孩子塞得满满的，有时想想这个，有时想想那个，感觉特别甜蜜。她既爱这个，也爱那个，一个也无法舍弃，她怕那样做了他或他会伤心，她自己不用说，肯定会伤心得要死。

　　上学的日子她都能见到郭远山。她不再觉得上课很无聊，做作业对她来说也不算是一件太痛苦的事，反正不会做可以问郭远山，不想动脑子就抄他的，如果她实在不想做就把作业本丢给他，他会悄悄帮她做好的。有了郭远山，她觉得上学既轻松又愉快。

　　她和张比尔并不天天见，他们的教室离得不算远，跑步过去也就两三分钟，但她从来不去找他，她不愿意被他的同学用异样的目光盯着看，更不愿意被人说三道四。不过尽管他们见面不频繁，联系还是很密切，他经常在她的QQ上留言，或者给她发微信。他很浪漫，遇到节日会给她送礼物，他送给过她毛绒狗、巧克力，还有漫画书，那些礼物用彩色包装纸一层一层包得很整齐很美观，一看就是花了心思的，令她既喜欢又感动。

　　起初她的这两个男朋友都不知道有对方的存在，但这种事情在同学中传得飞快，瞒是瞒不住的，再说她也没想瞒。他们很快就相互知道了，都扬言要去打对方，不过都迟迟没动手。在她面前他们两个同样一句都不提，就好像没有这回事一样。

　　但班主任陆老师知道了这件事，陆老师把她和郭远山叫到办公室，关起门来很严肃地和他们谈话。陆老师没提张比尔，她只管自己班上的事。陆老师问他们知不知道为什么要请他们来，他们两个都点头表示知道。陆老师说听人说你们关系不一般，是男朋友和女朋友，是不是有这回事？他们两个都点头承认有这回事。陆老师差点忍不住笑，又问他们知不知道早恋的危害性，他们两个又一致点头表示知道。陆老师说那是你们跟我表个态，从今天起这件事不算数了，我也就不问了，还是我找你们家长来说？他们两个都低着头不吱声。

陆老师严肃地看着他们，似乎在等着他们做决定。他们两个不表态，五分钟过去了，十分钟过去了，二十分钟过去了，老师和学生就那么僵持着。

"我劝你们分手吧。"陆老师终于忍不住开口说。

他们沉默着。

"你们也是知道的，校长要求学校杜绝早恋现象，你们不表态我都没法交代。"陆老师说得苦口婆心。

他们还是沉默着。

"你们到底想怎么样？"陆老师就像下了决心，"好吧，那就请家长。"她的语气干巴巴的。

郭远山的眼泪刹那间滚了下来，他哭了。小茉莉看他哭了，忍不住也哭了起来。

陆老师雷厉风行，第二天她的爸爸妈妈就被请到了学校。陆老师跟他们怎么谈的她不知道，他们到教室来接她的时候脸上乌云密布。回家一路上他们两个都没有说话，她的心上就像压着一块大石头。

回到家里，妈妈端坐在桌子边，拉开了要训斥她的架势，爸爸倒似乎已经冷静下来，就像他每次一回家做的那样，习惯性地打开电视，手里拿着遥控器不断调换着频道。妈妈已经很不耐烦，她高声叫他过去，爸爸扔下手里的遥控器，拖着脚步踢踏踢踏走过去。他们两个都阴沉着脸，就像要审判她。这架势让她不寒而栗。

妈妈朝爸爸一皱眉一努嘴，意思让他先说。

"说说吧，你在学校都干什么了？"爸爸似乎并不想说，但被妈妈瞪着，不得不开口。

妈妈显然不满他含糊的态度，抢上去对她说："你知道不知道早恋的危害？你才多大啊，十二岁就交男朋友，放在过去是要被抓起来的呀，你知道不知道？你这么点子年纪懂什么呢，你懂爱情吗？我看你就懂替我们丢人现眼！"

妈妈没说几句就横眉立目骂起她来。

爸爸赶紧插话，他语重心长地对她说："你这个孩子实在不让大人省心啊，你现在还太小了，也就介乎儿童和青少年之间吧，还不到谈恋爱的年纪，你要把心放在学习上，你真要是一门心思读书，就没有工夫去琢磨别的事情了。"

妈妈烦躁地打断他说："你别不温不火跟她说这些没用的，你明白告诉她，刚上初中就谈情说爱，说不定哪天就会被学校开除。"

爸爸并没有照办，他闭着嘴，不说话。

妈妈突然朝他喷发："她这个样子，都是你造成的，老师说了别的家长方方面面都抓得紧，你管什么了？她自由散漫，放任自流，我管她你还护着，你让我还怎么管？她为什么成了这个样子，还不是你纵容的？"

爸爸没有像平常那样反驳，这天他好像下了决心要和妈妈结成统一战线，妈妈说他，他忍着，而他的沉默却激怒了妈妈，妈妈滔滔不绝骂了他好一阵子，不但没消火，反而更气恼。

"这孩子是完了——这样一个家，叫我怎么办？"妈妈突然大哭起来，哭得非常绝望。

爸爸终于憋不住了，对她说："你别哭行不行？有话好好说嘛。我们不也是中学就谈恋爱的，也没那么糟糕吧？所以我劝你还是冷静一点，别弄得家里鸡飞狗跳的。"

爸爸不说还好，他这一说妈妈就和连环雷一样又炸开了。妈妈边哭边说："你是没什么，苦头都是我一个人吃的。如果不早恋，我肯定就考上大学了，不会上那个破技校，工作又累，挣得又少，在单位里处处要看人脸色，我到现在都后悔得要死，我这辈子都耽误在这上头了。"

爸爸也生气起来，他忽然变了脸，冷嘲热讽地说："现在后悔也晚了，生米早煮成熟饭了。"说完，他走进书房嘭地关上了门。

妈妈余怒未消，高声叫骂了几句，爸爸毫无动静，任她怎么气急败坏只是一声不出。

妈妈气呼呼地换过衣服出门去了，小茉莉猜想她大概又是去方叔叔那里寻求安慰了。一个多钟头之后她回来了，手里拎着小区超市的透明塑料袋，里面装着一把芹菜，她已经完全缓过来了，就像没事人一样，看不出一点生气的痕迹，浑身上下充满了一种重获青春的感觉。

紧接着校考、月考、阶段考、区统测、分层考各个科目大大小小连考了十几场，老师和家长的注意力都集中在了考试成绩上，似乎把早恋的事情忘得干干净净。整个实验班考得都还不错，小茉莉发挥得相当好，分数进步不少，终于排进了班级前十五位，郭远山还是稳居前三，斩获了一枚"五星不凡学霸"奖章，陆老师说到他声音都是得意洋洋的，也不再提他和小茉莉之间的事。

然而考试成功带来的喜悦并没有持续多久，初三年级出了一件事，学校的气氛一下子又紧张了起来。

事情竟然就出在陈雨诗身上。小茉莉最早得知这件事是听班上的女同学说的，她们说得藏头露尾神秘兮兮，大概的意思是陈雨诗因为早恋离家出走了。她马上想到方壹壹，但听她们说的人却分明不是他。后来这件事传的人多了，她大致知道了来龙去脉，原来陈雨诗喜欢上了一个救助小动物的男孩，那个男孩经常在微博上发保护流浪动物的视频，陈雨诗给他留言，两个人的联系密切了起来，一直发展到了网恋。陈雨诗在考完第十场试之后，给父母留了张纸条就走了，她在纸条上写这种整天考来考去的生活令她厌倦，她一天也不想再过了，她要去做点对社会有用的事情。她的父母破获了她的密码，查看了她和那个男孩在网上的聊天记录，追到成都，把她带了回来。然而更可怕的事情发生了，她在自己家中割腕了，好在发现得早，没有酿成大祸。

学校再次强调杜绝早恋，老师不敢掉以轻心，班上几个重点对象包括小茉莉、郭远山等等又被叫到办公室逐一谈话，不仅要他们口头表态，还让他们写了保证书。

自从上次陆老师请了她和郭远山的家长到学校之后，小茉莉敏感地发现郭远山对她躲躲闪闪的，不像以前那样只要她朝他看，十有八九能与他对视，现在她很难捕捉到他的目光，有时他面对着她，但眼睛却望着别处，好像是刻意回避她，令她很伤心。她不再向他借课堂笔记，也不再抄他的作业，他不理她，她也同样不理他。他和同学说笑她不过去，他参与的游戏她不去参加，连有他的球队打比赛她都不去助战，以前她可是最起劲的拉拉队队员。她要做一个有骨气的人，心里再难受自己忍着。

就在陆老师又跟他们谈过话不久，有一天发作业的时候郭远山把一张纸条夹在她本子里，并用眼神暗示她。她偷偷展开纸条，他约她中午到实验楼见面。她的心咚咚咚地狂跳，又激动又喜悦，她以为自己已经不在乎他，没想到他一张小纸条又把她点燃了，她心里酸酸的直想哭。

在教室里吃完午饭她去了实验楼。之前几分钟，郭远山已经先她出门了。实验楼靠近学校北大门，和教室隔着大操场和小树林，是学校里比较僻静的地方。她离得远远的就看见郭远山站在实验楼旁边的冬青丛后面，见她过来，他快步进了大楼。

中午实验楼空空荡荡，他们走进去没有遇到一个人。实验楼是发了财的校友捐赠的，是学校里最高最大最新的建筑，刚刚封顶不久，除了下面两层已经启用，上面好几层还没有装修，散发着混凝土的气味。楼里的电梯不开，他们一口气爬到顶层十二楼，走得气喘吁吁。他们两个默不作声，在楼道顶头的窗台上离得很开坐了下来。

郭远山打破沉默，关切地问她："你爸妈骂你了吗？"

小茉莉犹豫了片刻，点了点头。

他又问她："他们打你了吗？"

她摇了摇头。

"你比我好。"他似乎想笑一笑，但那个没有形成的笑容僵在脸上，显得很尴尬。

她关切地问："你挨打啦?"

"我妈往死里打。"他眼睛望着别处，故意说得轻描淡写。但他眼圈红了，好像马上要哭了。

她浑身一疼，仿佛挨打的是她自己。她生怕他哭出来。那天在陆老师办公室她看他哭就好心痛，她起身走过去，坐到他旁边。他伸手搂住了她的腰，动作果断，毫不迟疑。她心跳起来，想挪开，却没有动，由他搂着。他扭过头来直直地望着她，她不好意思与他对视，把眼光挪到了一旁。

"我妈说了，如果让她知道我在学校里和女同学好，她就干脆打死我算了，她也不想活了……"

小茉莉脊梁后面一阵寒意。

"你吓坏了吧? 别害怕，其实我妈那个人特别好，她白天开电梯，晚上给服装厂轧衣服，经常一夜一夜不睡觉，她打我骂我也是为了我好。"

小茉莉听了不知说什么好。

郭远山突然站起身，拉住她的手，她也站了起来。他两眼直视着她说："往后我们不能再来往了，我一想到要和你分开，心就像被切成一片一片的。"

他用力攥紧她的手，突然露出狰狞的神色，脸在那个刹那变形了，他用比平常更尖厉的声音对她说："在我们分手前我想吻你一下，我还从来没有吻过一个女孩子，你是第一个。你也没有和别人吻过对吧? 我要做你的第一个。"

他两条胳膊死死地卡在她的腰里，身体贴近她，嘴巴凑了上来。她从来没有和他离得这样近，在外面反射进来的正午的阳光下，她看清他嘴唇上面有一层淡淡的毛茸茸的胡子，感觉他就像一只兽，身上也有一种令人不快的兽的气味。她本能地躲避，他扭过头来，生硬地对着她的嘴唇。她怕他生气，不敢再把头扭到另一边。他终于把嘴唇盖到了她的嘴唇上，两个人的嘴唇碰了一下立即就分开了。她以为这件事到此结束了，没想到他又一次吻住了她，这一次他不仅吻了她嘴唇，还吻了她的脸，把她亲得满脸口水。

他松开她的时候，她的手指都被他捏紫了。

她一点没觉得疼，好一会儿才缓过神来。他紧锁着双眉，好像是下了巨大的决心一般对她说："走吧。"

他们一起从楼梯下楼，十二层楼，二十四个转弯，她转得都晕了。走出实验大楼，她就像控制不住自己一样撒腿飞奔起来。郭远山远远地落在她后面，他没有追她，也没有奔跑，只是不紧不慢地走着。

她一头冲进教室，仿佛到了安全地带，才算松了口气——刚才站在没有遮挡的十二楼的窗口，她很害怕郭远山会把她推下去，她也不知道怎么会有这个想法的，但害怕的感觉非常真切。她坐在教室里，还感到心有余悸，一下午都在打战，一直处于晕头涨脑的状态，老师讲的什么她一句都没有听进去。她不时偷瞄一眼郭远山，他在与她隔着两排座位的斜侧面端正地坐着，听讲很认真，记笔记很专心，老师提问他还像一贯的那样迅速举手发言，她很吃惊他的冷静，也很惊奇刚才的事情就像不是发生在他身上。她觉得他很陌生——他刚刚吻过她，他把她搂得紧紧的，她身上还沾着他的味道，这一切让她的心飘在虚空之中收不回来。

小茉莉有了心事，憋了一肚子的话没一个人能讲。她不会跟爸爸说，因为他根本听不懂，而且他也没耐心听，她想跟他聊得多一点，他就会做出迟钝的样子，或者干脆不耐烦，推她去跟妈妈说。妈妈对她的话倒是听得懂，也会立刻有反应，但她脾气暴，不知听到哪句话就会急，就像往油桶里扔一根火柴那样腾地就能烧起来。她畏惧妈妈，不想跟她说什么，妈妈不骂她就好了，她没有蠢到要往她枪口上撞。有时她想想挺委屈，说起来爸爸妈妈都很爱她，但她既不能和爸爸说什么，也不能和妈妈说什么。

她发现倒还是和汪睦睦能说说心里话。汪睦睦来给她辅导的时候她们经常关起房门，两个人头凑在一起声音小小地说悄悄话。

"你是什么时候有男朋友的？"小茉莉问汪睦睦。

"你问哪一个男朋友？"汪睦睦笑嘻嘻地说，"过去的、现在的还是将来的？"

小茉莉听了咯咯地笑，又问她："你同时爱过两个人吗？"

"有过啊，我同时爱过好多人——"汪睦睦两只手在空中夸张地比画了一个大圈子，随即换了严肃的神情说，"当我知道真正爱谁的时候，我就只爱一个人。"

"唉。"小茉莉重重地叹了口气。

"你叹什么气呀？你这样叹气真像个小大人，就好像你懂的比我还要多。"

她们两个一块儿笑起来。

"我真的就是爱着两个人。"小茉莉鼓足勇气向她坦白，"你说怎么办？"

汪睦睦做出吃惊的表情。

"原来你是个问题少女。"汪睦睦十分严肃地说。

小茉莉第一次听到"问题少女"这个词，她一愣，受到打击一般沉默了。

突然，房门被猛地推开，妈妈探进满头烫枯的发卷的脑袋，恰好听见汪睦睦在说"逃避不是解决问题的办法"，她定格一般停在那里，好像在反应这句话是指什么。她显然并没有侦破她们的话题，不过脸上还是出现了不满的神色，板着面孔说道："入神些啊，多练练难题，不要简单重复。这会儿省脑子，考试就露馅。"说完，缩回脑袋，退了出去。

小茉莉觉得妈妈说的都是废话，毫无信息量可言，就跟她平常的那些车轱辘话一样。她觉得妈妈这个样子一点不可爱，简直让她难为情。她发现汪睦睦一脸无奈地望着她，对她充满了怜爱。她没有回到自己的位子上，不由自主地走过去，跟汪睦睦挤坐在同一张椅子上，伸出胳膊像长臂猿一样搂住她，头靠在她的肩窝里——那一刻她觉得汪睦睦成了世上唯一可以依靠的亲人。

不知什么原因，这天之后好一阵子汪睦睦都没有到家里来。小茉莉问妈妈，妈妈爱答不理，支支吾吾，含糊其辞说她挺忙的吧。她又去问爸爸，爸爸也说她挺忙的，不过却是欲言又止的样子。她觉得爸爸妈妈的态度有点古怪，不过也并没有太当一回事。

这一段爸爸妈妈关系很紧张，他们动不动就吵架，为什么事都能吵起来，而且互不相让，有时直接对骂起来，骂急了两个人比着摔东西，把家里新买的一套水晶杯子都摔碎了。小茉莉很心疼，她喜欢那套漂亮的杯子，看着那些无法复原的碎片，她的眼泪忍不住掉下来。

但她的眼泪也阻止不了爸爸妈妈的争吵，她发现爸爸妈妈也不睡在一个屋里了，夜里她起床去卫生间，看见爸爸睡在客厅的沙发上，她很担心爸爸妈妈要离婚，电视连续剧里的人只要这个样子一般就是要离婚的。爸爸妈妈吵完架又是冷战，两个人一句话不说，以前汪睦睦来的时候他们两个还会装得没事人似的，现在汪睦睦不来，他们连装装样子的机会都没有。

家里的气氛很沉闷，每天她过得很压抑。

那天妈妈到了下班时间没回来，爸爸和她两个人吃完速冻水饺之后她："最近你学习怎么样？"她听了一愣，因为爸爸平时几乎不过问她的学习，她不知如何回答他突然的提问，心里有点忐忑，因为练习本上确实有不会做的题目。

爸爸看她迟迟疑疑的，倒也没追问，只是说一句："要不我带你去找你老师吧。"

她心里一喜，她早就想见汪睦睦了。

爸爸带她去了一家汉堡店，他们进去的时候汪睦睦已经等在里面。汪睦睦看见他们不像以往那么高兴，脸板着没有一丝笑容，只是隔着玻璃门向他们举了一下胳膊示意他们过去。他们三个在一张窄窄的小条桌边坐下来，汪睦睦顾不上和她说话就跟爸爸聊开了。两个人都是一脸严肃，声音不高，但语速很快。小茉莉听不明白他们到底在说什么，好像在商量什么事情，和他们以前在一起说话的腔调也不太一样——以前他们说说笑笑，两个人都很轻松愉快，现在他们聊得很沉闷，两个人都显得非常为难，小茉莉坐在旁边插不上话，她不知所措，坐也不是走也不是，在位子上不住地扭动着屁股。爸爸朝她打了个手势示意她保持安静，汪睦睦伸出手轻轻按在她手腕上，她明白汪睦睦也同样是让她安静。汪睦睦细滑的手指一触到她，她立刻就坐稳了不再扭动。

"我先去给小孩买点吃的吧。"爸爸站起身朝柜台走去。在爸爸排队点餐的这段时间，汪睦睦给她讲完了她不会的习题。

爸爸买了汉堡和饮料回来，他和汪睦睦都没吃，只有小茉莉一个人吃得狼吞虎咽。两个大人脸对着脸说话，完全忽略了她的存在。小茉莉把每个汉堡咬了几口想引起他们的注意，但他们就像根本没有看见。

"你误解我了，如果我是这个意思，我又何苦和你说这么多。我只是希望你体谅我的难处，就好比你要穿过车道，你要向左看看，再向右看看。责任你总是无法忽视的，有些事情你想绕也是绕不过去的……"爸爸的目光落在小茉莉的身上，他好像一时找不到恰当的话说。

"你的意思我听明白了，我就一句话，既然如此，你根本用不着为难。"汪睦睦说得斩钉截铁。说完，她果断地站起身，准备离开。

爸爸一把拉住她。

突然，他就像拍板一样口气坚定地说："你再给我一点时间，我早已看清楚路标了，我会朝自己定下的目标一路走下去的，你要相信我，我不会让你失望的。"

汪睦睦绷着脸听着，随后她苦笑了一下，说："你这么说好像是我要你怎么样似的。我跟你说过，我只是不想陷入到一团乱麻里，我承认，我不知不觉已经陷入到爱情的泥淖中。我现在不光是为难自己该怎么做，我难受的是自己怎么做都会面临很大的问题，我甚至怀疑这么做有没有意义。"

她说得也很坚决，和她平常说话的样子大不一样，小茉莉听她说到"爱情"两字，心里一震，她感觉到事情大概很严重，特别留意他们要说什么。

爸爸沉默着，一只手痛苦地揪着自己的脸，就像一只漏气的皮球，不像刚才那样神气。

"唉。"他长长地叹了一口气，用微弱的声音说，"你让我怎么说呢？反正我怎么解释，你都有自己的想法。为什么你不相信我呢？你就不能信我这一回吗？难道你看不见我的诚意吗？"

汪睦睦微笑了一下，她笑得冷冰冰的。

"知道网上说女人不能犯的四个错误是什么吗？"她一字一句地说，"轻易的无条件的信任，没有原则的善良，毫无底线的心软，一错再错的忍让——可惜这四条我都犯了，如果说这四条就像四个陷阱的话，我一个都没有躲过。我承认我愚蠢，但我不想错上加错，既然如此，那就如此，啥也不用再说了。"

爸爸两眼凝视着她，整个人就像一团快要下雨的乌云，他那个样子让小茉莉很害怕，她心里也很难受。

"我们回家吧。"她小声说。

"别急，马上就走。"爸爸安慰她，但他坐着没动。看得出他是耐着性子对她这样说。

爸爸又对汪睦睦说了一大通话，他说着说着焦躁起来，不过他控制住了自己。他面色发白，显得特别沮丧。

"别当着孩子说这些。"汪睦睦说。

"她还不懂呢。"爸爸说。

汪睦睦说："不要低估她。现在她不懂，以后说不定会想起来。"她说得很小声，小茉莉勉强听见。

她那副凝重和苦恼的样子让小茉莉看了心痛。

"好，不说了。"爸爸轻声嘟囔一句，"你耐心点儿……"他站起身，发誓一般又补一句，"我说到做到。"

小茉莉跟着爸爸走出汉堡店，她回头看汪睦睦坐在位子上没有动。她发现这一次爸爸没有把补课费给她，她想提醒他，可看他那副心烦意乱的样子她没敢张口说。

爸爸妈妈一直在冷战，小茉莉已经习以为常。她发现他们冷战也有好处，都不太过问她的学习，而且汪睦睦不来，她连补习课都免了，每天做完老师布置的作业混混就过去了。

现在爸爸经常很晚回来，妈妈接她回家吃过晚饭也会出去，他们什么时候回家她一点不知道，因为那时她已经睡着。有好几次她想等到他们回家，可是左等右等，等睡着了他们也没有一个人回来。

不过每天早晨爸爸妈妈倒是都在家，坐到餐桌边吃早饭似乎是一天当中他们认认真真做的头一件事。阳光透过白色的窗纱照到餐桌上，桌上照例放着牛奶、牛角面包、煮鸡蛋、煎火腿和切好的水果，每天的早饭还是妈妈做，妈妈做得一丝不苟，就像是一件艺术品，摆在桌上的每一只碗、每一只碟子、每一只杯子都有固定的位置，盛在里面的东西也差不多一成不变，不认真看根本看不出差别，就是仔细看，反正她也看不出有什么差别。爸爸和妈妈除了不说话，什么都跟以前一模一样。她每天在家里都像看哑剧，她真不知道是该哭还是该笑。

有好一阵子她经常做梦，梦里爸爸妈妈是说话的，而且他们话很多，说得滔滔不绝。爸爸的声音就像一只羽毛丰满的大鸟，扑棱扑棱的，飞得很高很远很有劲儿；妈妈的声音就像蜜蜂，嗡嗡嗡嗡，像一根线绕了一圈又一圈，没有停下来的时候。直到有一次厅里摔东西的一声声巨响惊醒了她，她才明白过来原来她睡着之后爸爸妈妈在吵架。

其实她早已经想到爸爸妈妈可能会离婚，现在这个想法更加肯定。不过她并不很烦恼，班上有好几个同学的父母都离婚了，她看他们都还高高兴兴的。她曾经生怕某一天爸爸或者妈妈向她宣布他们要离婚了，让她选择到底跟着谁，现在她也不那么害怕了，因为她懂得大人的事情小孩是没有办法的，只好随他们去。她暗暗想好假如真发生那样的事，她就说我一个也不跟，而且她一定要把这句话说得干脆利落，理直气壮。

小茉莉处处留意父母的一举一动，现在比任何时候都上心，甚至是他们的一颦一笑，她暗暗地寻找着蛛丝马迹，想看出他们是在慢慢地好起来，还是关系越来越差劲。她变得异常敏感，好多次她拉开大卧室的床头柜抽屉，偷偷去数妈妈的孕检棒有没有少，比起父母离婚，她宁可妈妈生个二胎。

小茉莉心事重重，郁郁寡欢。妈妈和爸爸都看出来了，妈妈说"这小孩有点怪怪的"，爸爸说"是到青春期了吧"，妈妈问她"你怎么啦"，爸爸也问她"你没事吧"，她不理他们，要么轻描淡写说一句我挺好的，她只能这么说，她还能怎么说？

在学校里她也并不开心。实验班的功课不断加码，完全超出了教学大纲，就这样老师还不满意，他们四处搜寻了更难的题目给大家做，在那些难题面前她一次次崩溃，而当她看到斜侧方那个沉着应战而且能屡获高分的身影，她的崩溃还要乘上十次方。

那天中午在空旷无人的实验楼郭远山跟她说了分手之后，果真再没有和她有任何私下的联系，甚至连目光都没在她身上多停留一秒钟，她心里不太相信这是真的，她以为他就是为了不让老师和家长挑毛病才这样做，她一直在等着他对她悄悄一笑，或是暗暗地给她递个眼色，那样她就会知道他心里还有她。但是没有，他出现在她面前的始终是那个坚毅和坚定的形象，和以前的那个他完全不同，他不和她说话，发作业本的时候都避免看她，他又冷又硬，就像石头一样，虽然她表面镇定自若，心里却有无法说清的难过。

好在张比尔不一样，他虽然并没与她频繁见面，但他让她觉得总是离她不远，他能驱散她心头积存的阴霾。

张比尔经常在QQ和微信上给她留言，给她发自己实时状态的照片，他对她的信息几乎都是秒回，即使一时不便，也会尽快回复，从来不会让她觉得自己被怠慢和冷落，她想起他心里暖洋洋的。她没有告诉他自己和郭远山分手的事，觉得没必要对他说，也不知道该怎么对他说。

有一天下午刚下课，张比尔跑来找她，他站在离他们教室不远的法桐树下，她就像有第六感，一抬头就看见了他。她不顾同学的目光，快步向他跑了过去。他手里拿着一个白色的大信封，他把信封往她怀里一塞，喜笑颜开地说："明天我过生日，请你到我家吃晚饭，放学后你在教室等着我来找你，晚上我妈妈开车送你回家，你跟你爸爸妈妈说一声好吗？"

她长这么大还是第一次收到这么正式的邀请，她接过请柬，激动得不知说什么好，只是一个劲儿地点头。

她多了个心眼，生怕妈妈问这问那不同意她去张比尔家吃晚饭，先去跟爸爸说，毕竟爸爸好通融一点。

爸爸看了请柬，做出惊讶的样子说："嗬，现在小孩儿过个生日这么排场呀。"他把请柬举得高高的，逗她说，"快告诉我，这是不是老师不允许你们来往的你那个男朋友？"

她气急地说："你别瞎说，妈妈会打死我的。"

爸爸收起开玩笑的样子说："我同意你去还不够，说不定你妈妈会反对。"

她失望得快要哭了。

爸爸想了下说："要不我帮你出个主意吧，就说明天我去学校接你，让你妈妈安排她自己的事情，她不是总说特别忙嘛。"

她转忧为喜。

爸爸说:"如果明天你妈妈回家晚就没必要跟她说了,如果她回来得早,就说你去方壹壹家玩了。"

爸爸这么替她想,让她心生感激,她非常想像小时候那样搂着他的脖子亲他一口,但她没好意思那样做。

有爸爸的成全,第二天放学后她坐上了去张比尔家的车。他家的车既不是爸爸开的,也不是妈妈开的,而是司机开的,这让她觉得非同一般。车里除了张比尔和她,还有另外四个孩子,三个男生一个女生,男生都是他的同班同学,女生是他的表妹。张比尔家的房子又大又豪华,长这么大她还没有见过谁家的房子这样高级和气派。雅致的客厅,华丽的家具,钢琴,雕塑,绘画,插花等等令她目不暇接,他家有些设施是她第一次见到,比如水墙和室内花园。张比尔的妈妈迎出来热情地和他们打招呼,她瘦削精干,烫着蓬松的发卷,穿着长长的银光闪闪的裙子,既时髦又美丽。她俯下身轻轻搂了搂小茉莉,欢迎她第一次来,让她好好玩,还特别关照张比尔照顾好她。她给他们弹了一段钢琴曲,就起身离开去准备晚餐。

两个穿着洁白围裙的阿姨给他们端来了冰得凉凉的牛奶和刚烤出来的滚热的点心。用过茶点,张比尔带他们去游戏房打游戏,他家的游戏机比游戏厅的还高级,他们玩得开心极了。

打过游戏他们被请到餐厅去吃晚饭。餐桌已经布置停当,上面整齐地摆着碗碟、杯子和餐巾,每一样物品都那样精美,洁净,闪闪发亮,小茉莉几乎看呆了。几个孩子在餐桌边坐下,张比尔的爸爸妈妈也进来了,两个人手挽着手,就像电影里的人一样。张比尔的爸爸高大魁梧,衬得他妈妈更加娇小玲珑,他年纪也比他妈妈要大得多,头发花白,却风度翩翩。他话不多,态度亲切,笑容可掬,不住地劝小朋友们多吃,只要看见谁爱吃什么,立刻就把盘子端到谁面前。小茉莉从心里喜欢他,虽然觉得他和自己爸爸好像截然不同,但她认定他是个好爸爸。

吃完晚饭,阿姨过来收掉餐具,重新换上雪白的绣花桌布,准备切蛋糕。张比尔的爸爸站起身，他走到餐桌的那一头亲了亲他妈妈，又亲了亲张比尔，然后和每个孩子握手。张比尔的妈妈仰着脸低声问他："你……这会儿就要走呀？"

他点头。

"吃过蛋糕再走吧？"她笑着问他。

"你们好好热闹，我也不能吃甜的，别搅了你们的气氛。"他温柔地说。

张比尔和妈妈起身送他，小茉莉他们也都站起身。他让他们坐下来安享晚餐，说着走出餐厅。

大家重新坐下，一起唱生日歌切蛋糕。

小茉莉不明白张比尔的爸爸为什么饭吃了一半就走了，没人说，她也不好问。但切蛋糕的时候气氛明显比刚才吃晚饭时冷清了不少。

吃完蛋糕，几个孩子又回到游戏房打游戏。张比尔悄悄拉了小茉莉，带她去参观他的房间。

他的房间在三楼，布置得像一个城堡，墙上画满了稀奇古怪的画，既像是夜空，又像是海滩，她仿佛置身月球的一角。

"你喜欢吗？"张比尔问她。

她不知道说什么好，在她眼里这不像是一个家，她不能说喜欢，但也不能说不喜欢，因为她感觉很新奇。她仿佛突然被拽进了一个未知的世界，四周仿佛有看不见的暗流和波浪在涌动。她走进他的卧室，看到床、被子和枕头这些熟悉的物品，才有了一点回到现实当中的感觉。

他们两个坐在床前的地毯上，靠着床沿闲聊。小茉莉在这个异乎寻常的环境里忽然对张比尔产生了一种前所未有的依恋感，她觉得就好像跟他坐在一条船上，又好像是身处远离人烟的孤岛，或者简直就像是在世界的尽头，她忽然觉得可以跟他无话不说。

她对他说起汪睦睦，她说自己很喜欢这个大姐姐，想跟她做好朋友，但她跟爸爸更好；她也说到了妈妈，说她脾气很差，动不动就在家里骂人，她很害怕她；她还说到了方叔叔，说他特别会开导人，妈妈好像迷上了他，她一直很害怕爸爸妈妈要离婚……她搜肠刮肚，从一个话题跳到另一个话题，想出各种话来跟张比尔说，她心里有一种奇怪的冲动，她想告诉他自己生活中的秘密，她甚至觉得不跟他分享秘密很对不起他。

张比尔好像完全理解她的心意，他听得相当专注，神情和态度贴切地配合着她，令她心情舒畅。她的胸腔涌起一股股热流，她感觉自己一颗心软软的，不由主动去拉住张比尔的手。

张比尔握紧了她的手，他望着她，眸子里闪现出奇异的光彩，瞬间她想起了在伦敦看戏的那个夜晚，他眼睛里闪动的也是这样奇特美丽的光彩。她凝望着他，感觉就像置身梦里一般，当然是一个特别美的美梦。

他们笨拙地拥抱和亲吻了一下，松开时两个人的面孔都红扑扑的。

"我爱你。"张比尔说，"你爱我吗？"

"我也爱你。"小茉莉说，"我真的爱你。"

从张比尔房间出来的时候小茉莉已经知道了他最大的秘密：他爸爸有两个家，平常他住在那个家里，他从来不参加他的家长会，也不带他和妈妈去任何地方。

"你担心你爸爸妈妈会离婚吗？"小茉莉鼓起勇气，小心翼翼地问他。

"我不担心。"张比尔十分坦率也十分肯定地说，"我爸爸妈妈不会离婚，因为他们没有结婚。"

这一晚还有一件令小茉莉更加惊愕和意想不到的事情。

张比尔的妈妈开车把她送到楼下，她刚进家，妈妈紧跟着也进了门。妈妈十分蹊跷地问她去哪里了，怎么这么晚才回家。她根据事先爸爸替她出的主意，立马说去方壹壹家玩了，妈妈就像没听清一样反问她："你说什么？"

她只好又说了一遍。

妈妈抬手甩了她一巴掌，怒目圆睁对她吼道："你是什么时候学会撒谎的？你骗谁呢，你说去方壹壹家了，我一晚上都在那里，怎么没有看见你？"

小茉莉顿时傻眼了，她涨红了脸，搬救兵一般把目光投向了给她开门之后还没来得及走到沙发前的爸爸。尽管电视开着，刚才妈妈的话他显然听得清清楚楚。他收住了脚步，转过身望着她，他的目光像两束冰冷的激光。

妈妈在原地打了个晃，就像被彻底击溃一般，脸上闪过尴尬、羞愧、抓狂等等表情，随即歇斯底里大爆发，疯了似的向爸爸扑过去，爸爸及时抓住了她的手腕，但还是被她的冲力狠狠地撞向桌角。两个人扭打在一起，小茉莉吓呆了，她只见过他们吵架，从来没有见过他们动手。

就在她发呆之际，爸爸和妈妈几乎同时转向她，他们不约而同对她吼道："你进屋去！"她来不及反应，机械地执行命令一般不顾一切地跑回自己房间，以最快的速度关上了房门。

这是她经历的最心惊肉跳的一夜。爸爸和妈妈吵得天翻地覆，客厅里不时响起摔碎东西的声音，有尖锐的，有沉闷的，他们都像是愤怒极了，要把这个家砸烂十次都不解恨。妈妈从疯狂到怯弱，又从委屈到愤怒，一次次崩溃大哭。相反，爸爸却是从怒不可遏到冷静平和，他像算账一样一条一条责问妈妈，他没有骂，但他的话就像一颗一颗的钉子，被一锤一锤地砸进妈妈的身体里。妈妈的辩解声越来越低，最后只剩下虚弱的抽泣声。

小茉莉在妈妈的哭声里听到疼痛和绝望，她忍不住泪流满面。

她用被子蒙着头，仍然挡不住外面吓人的声音。吵闹声好容易止息了，没过一会儿就像死灰复燃一样又响起来。到天蒙蒙亮的时候她再次被妈妈凄楚的哭声惊醒，她喊着她爸爸的名字痛骂："白瑞民，你无耻，你冷酷无情，你是个骗子，你是个老狐狸，你是个混蛋……"

第二天小茉莉还是在闹铃响之后起床洗漱，爸爸已经衣冠楚楚坐在沙发上等着送她上学，她不知道他这一夜是不是根本没睡。妈妈没有动静，可能还在睡觉。和往常不一样的是这天餐桌上没有艺术品般的早饭，妈妈也没有在厨房和客厅出现。

　　餐桌上放着几页纸，小茉莉瞥见上面写着"自愿离婚协议书"，她心头猛地一跳，目光就被吸引了过去，只见上面写着："白瑞民和李晓莉自愿离婚，夫妻婚后购有房产两套，育有子女一名，现协议如下……"

　　小茉莉跟在爸爸后面走出家门，她战战兢兢，提心吊胆。外面阳光灿烂，空气里充满了玫瑰花香。

2020 年 12 月 8 日

情人节

天蒙蒙亮老秦就听见门铃响，他以为是李英提前回来了，慌忙间只找到一只拖鞋。他一只脚穿鞋一只脚光着跑去开门，门一打开，他愣了，门口站着的根本不是李英，而是他的前妻丁淑英。

"你怎么来了？"老秦一脸的疑惑。

"过节，来看看你。"丁淑英挤出一个笑容，努力把话说得轻松随意。她又说，"没把你吵醒吧？"

老秦说："那倒没有，我三四点钟就醒了。"

丁淑英笑一笑，这回笑得自然得多。她发现他一只脚光着，说："鞋呢？"她的口气就像是对一个小孩，关切里带着一种习惯性的不耐烦。

老秦没说话，踮着那只光脚走进卧室，在床底下找到了另一只拖鞋。

丁淑英跟在他后面，一边说着话一边径直往卧室里走，就像是她的家一样。他赶紧套上鞋走出来，在她还没迈进卧室门之前及时把她堵在了门外。

老秦让丁淑英在客厅的沙发里坐下来，自己开了电水壶烧水沏茶。

丁淑英说："你快去把衣服穿好，我又不是客人。"

老秦这才发觉自己只穿着秋衣秋裤。现在他的记忆力越来越差，丢三落四不说，忘性还特别大，越是眼前的事情越是记不得。李英跟他开玩笑说他记从前的事，她帮他记现在的事。实际上从前的事他也同样记不清楚，有的事早就忘得一干二净，就跟从来没有发生过一样。有的事虽说还记得，不过连他自己都承认他记得的肯定是面目全非。几年前还不是这样，七十多岁的时候他还能写文章给杂志投稿，那些年轻的编辑都赞叹他思维敏捷，上了八十岁就大不如前了。其实也不是真的以八十岁为分界线，退化每一天都在发生和进展。刚才要不是丁淑英提醒，他都没有意识到自己还没穿好衣服。

他进卧室去穿了衣服出来，电水壶里的水刚好烧开。他走进厨房，抖抖索索地洗了两只杯子，准备泡茶，可是却找不到茶叶罐放在哪里。平常这些事都是李英管的，他从不过问，拿李英的话说他过的就是衣来伸手、饭来张口的日子。他正在东翻西找，丁淑英走了进来，随手一指说："那不是吗？"

她并不知道他在找什么却准确地指出了他想要的东西，让他感叹。一瞬间他仿佛又回到了从前，看着她在厨房里晃动的身影有点心烦。

老秦招呼她回到客厅坐下，问她："你吃过早饭了吧？"

丁淑英说："吃过了。"

老秦说："你要是没吃我也没早饭给你吃。"

丁淑英说："我还不知道？"又说，"不吃早饭对身体不好。"

老秦嘿嘿一笑说："我好几十年都不吃早饭，怎么说也活到八十二岁了，不吃早饭能对身体有多不好？"

丁淑英不屑地说："又来你那一套了！"

两个人端起杯子喝茶，同时停下了话头。

隔了片刻老秦问她："你一大清早跑来，有事吗？"

丁淑英朝他笑一笑说："我来陪你过节。"

老秦说："你来之前连个招呼都不打，要是李英在家，岂不尴尬？"

丁淑英冒出一句："我还怕她？"这句话戛然而止，就像一段突然拗断的树枝。她又说，"昨天我跟焕然通电话，她说她回去看孩子了，就你一个人在家。"

女儿焕然和儿子一新是他们三十二年婚姻的成果。焕然在医院当护士，早已结婚成家，有一个十一岁的儿子；一新在加拿大读博士，快毕业了，还没结婚，平常他跟妈妈联系多点，跟爸爸几乎没有联系。

老秦问她："他们都好吧？"

丁淑英露出一个不易察觉的笑容，脸上现出尖酸的神情，不过没有说出什么刻薄的话，而是口气平和地说："还是老样子吧，都是忙得不得了。一新在写论文，答辩完就要毕业了。他又换了一个女朋友，还是说不想结婚。我说他你总不跟人家结婚，人家姑娘怎么耽误得起？他叫我别管。我当然是不管，别说不在跟前，就是在跟前我哪里管得了他？焕然除了忙工作就是忙儿子，栋栋不爱学习，就爱打游戏机，她没少着急。女婿是油瓶子倒了也不扶的主，家务一点不沾手，我看她一个人忙里忙外真是挺累的。"

老秦听了心疼女儿，说："你下次跟焕然说说，别什么事都自己一个人包圆，累死了也不落好。"

丁淑英呵呵一笑说："我怎么听着像是说我呢？"

老秦没吭声。

丁淑英又说："我说了她也不会听的。"又补一句，"你干吗不自己跟她说？"

老秦说："我会跟她说的，不是你们接触得多吗？"

他这话明显是含着怨气的，当初他们离婚的时候有相当一段丁淑英阻止女儿去看爸爸。焕然从小顺从，性格懦弱，被母亲要求，真的好久不登父亲的门。老秦尽管也是一肚子重男轻女的思想，但因为丁淑英偏袒儿子，他一直更偏向女儿一点。他自认为这是为了保持家里的平衡。女儿跟他疏远，让他一想起来心里就很难过。

丁淑英很敏感，马上说："你和她怎样是你们之间的事，我早就不掺和了。"

老秦想说"冰冻三尺非一日之寒"，话到嘴边还是忍住了。

丁淑英侧过头望着他，跟他说起了外孙栋栋。栋栋是他心坎上的人儿，她知道一说栋栋准保让他高兴。

果不其然老秦的脸上闪现出动人的笑容，神情格外专注，一字不漏地听她说外孙。尽管都是些日常小事，他听得饶有兴趣，还不时打断她，向她提些小问题。他们这一段的交谈因为随时被打断反而显得更加连贯和融洽。

聊完了孩子，老秦站起来想去拿电水壶续水，丁淑英已经快他一步走进了厨房。她手脚麻利地往两只茶杯里续水，嘴里说道："有事情你叫我做就是了。"

老秦没说话，更显得行动迟钝。

两个人喝着茶，丁淑英问老秦："哎，她对你怎么样？"

老秦一愣，不知怎么说才好。他虽然健忘，还不糊涂，他知道自己在她面前说李英对他好还是对他不好都不妥。于是他含糊地说："就那样吧。"

丁淑英翻他一眼说："就那样是哪样啊？"

老秦还是不松口，说："马马虎虎吧。"

丁淑英仿佛松了口气，酸溜溜地说："人家还说什么'二婚的媳妇回笼的觉'，原来也不过如此呀。"

老秦不说话。

丁淑英叹了口气又说："反正不管怎样吧，在你眼睛里狐狸精肯定都比我好。"

她侧过脸来看着他，他没有转过头去也能感觉到她针尖一般的目光。

老秦轻轻一笑，嘴里低声嘟囔一句："你不是跑来找茬儿的吧？"

丁淑英接嘴道："你放心，我不来跟你翻旧账。我早知道我这人命苦，年龄老大找不着对象，好容易找着一个，还是个负心汉！"

老秦皱起眉头说："这还说不是来找茬儿的！今天是正月十五元宵节，还没出新年呢，我们最好都高高兴兴的。"

丁淑英有点气恼地说："谁不想高高兴兴的？"

老秦说："那我们就说点彼此愉快的。"

丁淑英不吭声。

老秦问她："你现在每天还去公园转大圈吗？"

丁淑英就像没听见他说什么，顾自说："你说今天是正月十五元宵节，你知道今天还是什么节吗？"没等老秦回答，她转怒为喜，笑眯眯地说，"今天还是情人节。"

老秦忍不住笑起来，说："你不会是一大清早跑来找我过情人节的吧？"

丁淑英一本正经地说："我还真是来找你过情人节的。"

老秦听了哈哈大笑，笑得老泪纵横。他忍着笑说："多大岁数了还惦记过这洋范儿的情人节！你啥时候变得这么浪漫？"

丁淑英说："活了七十八岁我还是第一次过情人节呢。"她恨恨地说，"凭什么只许你浪漫不许我浪漫？"

老秦听出她话里的火药味儿，怕她又要控诉他，赶紧说："你先坐一下，我下楼去把报纸拿上来。"他套上羽绒服，下楼去取报纸。十来分钟门口响起他拖沓的脚步声，他拿着报纸上来了。丁淑英的情绪已经平静。

老秦一边脱掉羽绒服，一边嘴里嘶嘶吐着气说："外面还真冷。"

丁淑英没接他的话，用一种直来直去的口气说："你不是问我来做什么吗？我来陪你过节是一件，还有一件，想跟你商量点事。"

老秦坐下问她："什么事？"

丁淑英说："我听焕然说你早就在万佛园买了块墓地，对吧？"

老秦点头说："是啊。"

丁淑英说："现在墓地涨了。"

老秦疑惑地说："你什么意思，你是想让我卖掉吗？"

丁淑英说："不是，你要卖掉了恐怕再也买不回来了。"

老秦说："那你什么意思？"

丁淑英顺着自己的话头说："得亏你买得早，算是买着了。现在要再买那样一块墓地，得好几十万了，而且有钱也买不着。房子涨得离谱也就罢了，墓地也涨得离谱。人家说活不起，也死不起，你说上哪儿讲理去？"

老秦不咸不淡地说一句："大家不都一样吗？别人怎么过，我们也怎么过。"

丁淑英鼻子里哼一声，说："像你工资高还好说，像我们工资低的就说不起这种话。"

老秦不吭声。他跟她从离婚之日起就没有了经济上的往来，作为有过失的一方当初他差不多就是净身出户，除了书和随身的衣服，什么都给了她。两套房子也都是他单位分的，因为后来分到的补差的那一套面积大，所以换给了她，他仍然住在他们从前的这套不足五十平方米的小两间里。他心中暗想她莫不是来找自己要钱的吧？

丁淑英就像猜到了他的心思一般，呵呵笑了两声，和缓了语气说："你别紧张，我那点退休金少归少，平常我没啥大开销，也还够用。我就是想跟你商量——"她突然收住了话头，看他的反应。

老秦半闭着眼睛听着，他并不是昏昏欲睡，只是做出一个不会让她轻易达到目的的姿态，尽管他并不清楚她的目的是什么。

丁淑英脸上的笑容更加恭顺，口气也更加柔和，对他说："我就想问问你，我死了以后跟你合葬，行吗？"

老秦没想到她会提这么一个要求，他一口回绝："不行。"又补一句，"真是闻所未闻！"

丁淑英低眉一笑，说："你急什么呀，我这不是跟你商量呢吗？"

老秦说："我没急，我就是惊诧。亏你想得出来，你听说过离了婚的夫妻有合葬在一处的吗？真是天大的笑话。"

丁淑英不急不恼地说："谁规定离了婚的夫妻就不能合葬在一块儿？活着的时候夫妻不和，死了难道还夫妻不和？"

老秦被她这句话噎住了。不过他还是强硬地说："反正是不行，没商量。你不要在这儿跟我胡搅蛮缠。"

丁淑英听了,并不跟他硬碰硬,她轻言细语地说:"谁跟你胡搅蛮缠了?我们两个真要是合葬在一起,只有好处没有坏处。"

老秦好奇心动,也有讥笑和讽刺的意思,说:"你说说看有什么好处。"

丁淑英说:"第一条当然是我省得去买墓地了,用不着再花一笔冤枉钱。"

老秦闭着眼睛点头:"嗯。"

丁淑英说:"第二条等我们那什么之后,儿女孙辈去扫个墓也方便,不用跑来跑去。"

老秦仍是闭着眼睛点头:"嗯。"

丁淑英说:"第三条……我跟你说实话,我存下的那点钱都给一新当学费了,房子也过户到他名下了,现在我两手空空,还真没有钱去买墓地。"

老秦睁开眼睛,脸上带着既像是恭维又像是取笑的含义不明的笑容说:"你可以让你儿子给你买呀。"

丁淑英粲然一笑说:"他博士还没读完呢,哪里有钱?"又说,"我才不花我儿子的钱,我儿子要攒钱娶媳妇,还要养儿育女呢。"

老秦说:"你心疼你儿子,就来勒索我这把老骨头。"

丁淑英撇嘴道:"瞧你这话说的,我儿子不是你儿子?就跟你商量个合葬,既不用你出钱,也不用你出力,说得着'勒索'吗?"

老秦提高了声音说:"当然是勒索啦!"

丁淑英不耐烦地说:"勒索就勒索,你用不着这么大声音,我耳朵不背,听得见。"

老秦终于没忍住,他愤愤地说:"那要是我提出搬你那儿去住,你会同意吗?"

丁淑英咧开嘴笑着说:"我同意呀,你随时去。"

老秦倒是哑口无言。

丁淑英说:"当初要离婚的是你不是我,闹婚外恋的也是你不是我,我从来就没有什么对不起你的地方,反过来那句话我就不说了。"

虽然离婚都十几年了,老秦听她说这话还是觉得杵心窝子。他沉下脸,不理她。隔了会儿他才像是醒过来似的,说:"你也不考虑李英会怎么想,毕竟我跟她也是正经结了婚的。"

丁淑英听他提到李英,厌烦地皱起眉头,说:"今天我是来陪你过节的,我不想让你不开心。"

她表现出一种少见的忍让和克制。

老秦沉默了片刻说:"是啊,本来大家就该开开心心的。我们也都这个岁数了,从前有过什么恩恩怨怨都结束了,说句那什么的话,往后还不知道再能见几回呢。"

丁淑英不吭声。好一会儿她才说:"我也是想了好久才来跟你说的。"

老秦沉默。他慢慢抬起一只手,捂着胸口,脸上现出痛苦的表情。

丁淑英急切地问他:"你不舒服?"

老秦不吭声。

丁淑英顿时有点紧张,说:"你不舒服快进去躺躺!"

老秦坐着,一动不动,就像什么也没听见。丁淑英手足无措,心急如火。两三分钟之后老秦缓了过来,轻声说一句:"刚才胸口一阵疼。"

丁淑英叹出一口气说:"你可吓死我了!"

老秦虚弱地一笑说:"一时半会儿还死不了,你放心好了。"

丁淑英说:"现在好些了吗?要不要上医院?"

老秦说:"没事了,就是一阵闪疼,疼过去就好了。"

丁淑英朝卧室的方向努努嘴说:"你去歇会儿吧。"

老秦点头,说:"那我去眯一小会儿。"

他慢慢站起身,丁淑英伸手去扶他。她侍候他躺下,替他盖好被子。她已经有十多年没这么做了,做起来却是熟门熟路,就像每天都做的一样。

　　老秦睡下之后丁淑英去了厨房。她在碗柜下面找到了面粉，在另一个柜子里找到了和面的盆。她离开这个厨房已经有十五年三个月零一天，但这个厨房里的东西她还是伸手可及，没什么是她找不到的。

　　她和好了面，让面饧着，打开冰箱找调料。她在冰箱里找到了大酱和黄酱，还找到黄瓜、豆芽、尖椒、青豆、西红柿和鸡蛋，连肉末都是现成的，就好像是她自己准备的那样。她在心里感叹老秦找的这个狐狸精后老伴过得还挺精细的，一点不亚于她。

　　丁淑英在擀面条的时候听见身后响起了熟悉的脚步声，回头一看，老秦正笑呵呵地走进来。他客气地说："你也不歇着？"

　　丁淑英关切地问他："你好啦？"

　　老秦点头，说："本来就没啥，躺一下舒服多了。"

　　丁淑英说："中午给你做炸酱面。"

　　她说这话的神情和口气就好像她是这个家里的女主人。老秦一时有点恍惚，仿佛她从来就没有离开过。他不由打了个寒噤。真要是这样——他想，这十五年肯定过得就像在牢笼里一样痛苦不堪。不过她做的炸酱面他还是相当喜欢的。他甚至认为那是她出色的厨艺中最精华的部分，完全可以当作保留节目。她说出"炸酱面"三个字让他精神一振，他立刻露出了欢快的笑容。

　　丁淑英说："你去厅里坐着看会儿报纸吧，马上就得。"

　　她说话的口气还和从前他们共同生活时一模一样，让他又是一阵恍惚。他听话地走出厨房，在厅里坐下来拿起报纸看起来。

　　不一会儿丁淑英从厨房里走出来，在餐桌上找到胡椒粉瓶子，拿了进去。隔了会儿她又走出来，把切得细细的黄瓜丝还有焯好的豆芽等等端到餐桌上。又隔了会儿她再次走出来，不知道拿了点什么又进去了。她嘴里哼着不成曲调的歌，他知道她心情很好。再之后她去了趟卫生间，他听见卫生间里哗哗的水响，响了好一阵也没停。他在厅里问她："你在干吗呢？"

她在卫生间里说："我在刷马桶。"

她还是这么闲不住，老秦心里想。不过他不像从前那样觉得她闲不住是一种毛病。他看着她甩着手上的水从卫生间出来，又进了厨房，心里奇怪地有一种踏实的感觉。

很快她做好了炸酱面端出来。他离得很远就闻到面条的香味。他脸上露出由衷的笑容，感叹地说："真是有时候没吃过你做的炸酱面了！"

丁淑英翻他一眼，说一句："你自找的！"

不过她看上去并不气恼，相反，就像是说一句不痛不痒的家常话。

老秦笑笑没再多说。

两个人脸对脸吃面条。

面条吃完，老秦赞叹一句："好香！"

丁淑英抬起脸问他："再来点？"

老秦摇头说："再吃就撑了。"

丁淑英说："年轻的时候你能吃这样的三大碗。"

老秦笑叹道："哪里还有年轻的时候了？"

丁淑英收了碗筷进厨房去洗碗，老秦说："放那儿吧，等会儿我来洗。"

丁淑英说："你哪会洗碗？"

老秦得意洋洋地说："现在每天洗碗都是我的事。"

丁淑英在厨房里半天没作声。

老秦说："真的，你放那儿吧。"

丁淑英不耐烦地说一句："这就弄完了。"

说话间她端着电水壶从厨房走了出来，往老秦杯子和自己杯子里续了开水，两个人坐下来喝茶。她突然想起什么似的说："哎哟，我还带了元宵来了，忘记煮了。"

她从手缝的环保包里掏出一盒元宵，说："稻香村的，我特意去买的。"

老秦笑说："你不是来过情人节的嘛？吃不吃元宵没关系。"

丁淑英说："那不行，元宵节哪能不吃元宵啊？再说带都带来了。"

她不管他的反对，进厨房去煮元宵。

老秦在厅里说："你怎么还这么轴？"

丁淑英没吭声。

元宵煮好了，他勉强吃了两个，说："我吃顶了。"她二话没说，把剩下的都吃了。

老秦跟她开玩笑说："吃不了可以剩着，真是舍命不舍财。"

丁淑英还是没吭声。

老秦想说点让她高兴的话缓和一下气氛。他说："我活了八十二岁，还是第一次过情人节。我感觉我好像又年轻了。"

丁淑英瞟他一眼，没好气地说："哪里还有年轻的时候了？"

这正是他刚才说过的话，他哧地笑了。

丁淑英叹气说："唉，想想我这辈子过得真是失败透了。"

老秦慢慢站起身，端起电水壶替她续水，他轻轻握了下她放在桌子上的手说："也还好吧。"

她似乎很意外，一抬头看见他一双笑得弯弯的如同月牙一样的眼睛。她态度明显软了，不过还是说："都是让你害的！"

他啥也不说，只是望着她笑。

丁淑英晚饭前就走了，她不想跟李英碰到。李英夜里才回来，她提着两只大包，里面装满了从女儿家带回来的礼物。这些礼物中有一件羊绒衫和一条羊绒围巾是给老秦的，老秦一个劲儿夸继女懂事心细，让李英十分开心。

李英脱掉大衣，她换鞋的时候嘴里"咦"了一声，问老秦："家里来过人了？"

老秦不想跟她多说，半闭着眼睛，鼻子里哼一声："没有。"

李英在空气里嗅了两下，口气肯定地说："怎么没有？"

老秦嘿嘿笑着说："你真是长了一只狗鼻子。"

李英斜他一眼，没说话。她走进厨房，不一会儿又从厨房里出来了，手里拿着作为证据的胡椒瓶。

她笑吟吟地朝老秦亮了下胡椒瓶，说："你能解释一下这东西怎么跑厨房里去的吗？"

老秦说："我哪儿知道？"

李英说："至少你没说是你拿到厨房里去的。"

老秦瞄一眼胡椒瓶，说："我压根儿就不知道有这么个东西存在。"

李英呵呵一笑。

老秦说："你笑啥？"

李英说："拖鞋的位置也不对，我一进门就发现了。"

老秦由衷地感叹说："女人真是敏感！"

他马上跟她承认丁淑英来过。

李英没好气地说："她来就来呗，你干吗要瞒着？"

老秦羞赧地解释说："我也不是故意要瞒着，顶多算是不报。我不是怕你知道了不高兴嘛。"

李英翻他一眼说："你骗我我就高兴啦？"

老秦脸上挂着讨好的笑容，说："书上不是说这是'爱的欺骗'吗？"

李英毫不买账地说："尽胡扯八道！"

老秦起身去沏了两杯茶，恭恭敬敬地端了一杯给李英。

李英说："你坐下，我问你话。"

老秦举起一只手敬了个马马虎虎的礼，说："是，夫人！"

李英慢条斯理地问他："她来有什么事吗？"

老秦轻描淡写地说："没啥事，就是来看看我。"他突然一笑，"她说她是来跟我过情人节的。"

李英立刻皱起眉头，说："真是酸倒大牙了，都什么岁数了！"

老秦说："就是啊！我也是这么说。"

李英不说话，神色有点郁闷。

老秦小心翼翼地说："你没不高兴吧？"

李英说："我为什么不高兴？"

老秦说："还有好笑的呢，你要不要听？"

李英说："你想说就说，别卖关子。"

老秦说："她提出要跟我合葬。"

说完他哈哈大笑。

李英一愣，也笑，说："亏她想得出来！"

老秦说："我也是这么说。我跟她离婚都十好几年了，死了以后还跟她合葬，这不是天大的笑话吗？"

李英问："她怎么提起这话的？"

老秦说："她说买不起墓地，还说以后孩子扫墓方便。"

"噢，是这样啊。"李英若有所思地说，"倒也不是没有道理。"

老秦惊讶地瞪着她，随后说："有狗屁道理！她就是处处为自己想，我跟她过了那么多年，还不知道她？我跟她婚都离了，也不说她什么了，她这个人用一个字形容就是俗。"

李英突然大笑起来，笑得满眼泪花，她忍住笑说："要是我也要跟你合葬，那另一边就得打一隔断了。"

老秦一点没笑，只是说："胡闹！"

李英停下笑却说："其实，你可以答应她跟你合葬。"

老秦疑惑地望着她。

李英接着说："我是不会跟你合葬的，要合葬也得跟我老头合葬去，他是生病死的，我跟他也没有离婚。"

他听她这话心不由往下一落，就像被当头泼了一盆凉水。

他算算自己跟她结婚也有十年了，如果算上他们相好的时间，那就更长，断断续续有二十来年了。她是他好过的不算前妻时间最长的女人，也是他自认为感情最深的女人，没想到她竟然不想跟他合葬。

突然他听见她问："你想什么呢？"

他含糊其辞地说："啊，没想什么。"

她朝他柔柔一笑，说："那就去睡吧。"

他顺从地走进卧室，躺到床上。

她走进来，站在床边，对他说："你没刷牙吧？"

他这才想起来自己确实是忘记刷牙了。

他像个孩子似的求饶说："今天就算了吧？"

她态度坚决地说："不行。"

他起身去刷牙。回来的时候她已经在床的另一边躺下了。卧室里的大灯熄灭了，只开了一盏床头灯，橘黄色的光很集中地洒在床头的一角，显得屋里特别静谧。他看她一眼，她闭着眼睛，灰白的头发披散在枕头上。他想起曾经在一本书里看到过这样的话："在她的眼睫上，他看到了冬霜的细末。"这句话给他留下了无比深刻的印象，但是他怎么也想不起是在哪本书里看到过的。现在他都不敢去看她的眼睫毛上是不是同样也有冬霜的细末，其实不用看，他心里也知道。自从跟她结婚，他以为她会一直陪在自己的身边，然而，看来实际情况显然并非如此。

想到跟她在一起的日子说不定是屈指可数，他不由长叹了一口气。

她睡意迷蒙地问他："你怎么啦？"

他回答说："没啥，睡吧。"

2014 年 4 月 29 日

246

梅林罐头

七月，正是我老家江苏炎热多雨的季节。高考恢复第四个年头，我作为应届毕业生参加了历时三天的六门考试。那时房子里没有空调，紧张加上闷热，戒备森严的考场不时有人晕倒。记得考完之后我一路淋着大雨回家，天上电闪雷鸣，脚下一地泥泞。在接下来的日子里，我过得也并不轻松，每天提心吊胆，既期盼又害怕得知成绩。那是悬而未决前途未卜十分难熬的一段日子。

考完没几天，妈妈对我说给我在食品厂找了一份临时工，一天一块钱，明天就能上班，问我去不去。她脸上挂着轻松的笑容，在房间和厨房的过道里跟我说这番话，显得特别随意。她还跟我说是托学生家长去开后门的。看她乐滋滋的样子，我知道这肯定是件好事情。当时爸爸妈妈两个人一个月工资加起来是一百元，他们都是毕业二十年的大学生，一天能挣一块钱对于一个从来没有工作过的十几岁的中学生来说绝对是很高的工钱。爸爸在一旁听了忍不住插话说，你也不小了，该了解了解社会了，就当是体验一下生活。他的这句话瞬间给去食品厂做临时工这件事涂上了一层浪漫的色彩，我欣然答应，一点没有想一想等待我的会是什么。

第二天一早我穿戴整齐，就像平常上学一样准备去食品厂上班。妈妈望我一眼说："你穿成这样去呀？"她提醒我换身旧点的衣服，她说做工的时候说不定油呀汤呀会溅到身上。我照做了，到了厂里才知道妈妈的提醒多么重要。

食品厂在城西面，过了灯瀛桥就算是城外了，快到桥头马路两旁的房子越来越低矮，铺子也不如市中心的亮眼和像样。桥西完全是另一幅景象，大马路戛然而止一般突然就到头了，楼房很少见，连平房也是零零落落，甚至还有不少土坯墙的茅草屋。河岸边长着高高低低的芦苇和野草，荒僻得有点人迹罕至的味道。往前走出好长一段，是几家紧挨着的工厂，就是常听说的大厂区，再远就是一望无际的农田和池塘了。因为荒凉，在工厂没有建起来之前这里住的大部分不是本城人，有不少是周边乡下和外地逃荒来的，所以这里五行八作三教九流鱼龙混杂，奇事怪事也最多。我记得大约还是六七岁时外婆领着来过一次，是因为我发烧不退加肚子疼，跑了几家医院看不好，暗中经人介绍找过来，由一个干瘦的老奶奶在我小腿肚子上扎了两针，放了一点血，症状果然即刻消退。一直听说城西是没人去医院的，除了放血，这里有点年纪的几乎人人会看病，个个是神医，都晓得枇杷叶子镇咳，荷叶汤消食，芝麻油调了牛膝、乌贼骨头和土鳖虫专治跌打损伤，棺材里挖出来的石灰消肿收敛，对久治不愈的痈疽疮疖最有效，猫胎盘能治癫痫和惊厥，大蒜汁治得了肺结核，芦根水简直是包医百病。除了会治病，这里还有不少会算卦和扶乩的高人，城里人算命看相，寻物找人，与亡灵通话，都跑到这里来，据说灵验得很，因此这里笼罩着一层神秘色彩。加上城西河沟密集，常有小孩溺水，我们从小就听说落水鬼投胎要找替身，因此神秘之外又增添了几分恐怖的气氛。所以城里的大人们一般不让家里小孩来这里乱跑，如果不是非来不可，他们自己都不怎么到这里随便走动。后来这一片建起了一家家工厂，逐渐兴旺起来，不过和城里还是没法相比。虽说只是一河之隔，感觉还是两重天地。

我到的时候食品厂门口已经站了不少人，都是和我年纪相仿的学生，放眼望去差不多都是女孩，只有很少几个男孩夹杂其间。这些人都穿着随身的小背心和短裤，看上去破破烂烂的，就像一群小叫花子。但他们，尤其是那些小丫头们，叽叽喳喳聊得十分起劲，比聒噪的麻雀还吵。尽管我已经听妈妈的话换上了旧衣服，但站在这群人当中还是衣服鲜亮得扎眼，而且我和他们一个都不认识，加不进他们的谈话，这让我显得有点格格不入。我孤零零站在旁边，很尴尬，很不自在，手心一直在冒汗，心里一阵阵生起空虚感。

出家门前妈妈只告诉我到食品厂门口去等着，并没有告诉我找谁，估计那位学生家长也是这么对她说的。等到八点钟，有一男一女两个穿着藏青工作服的师傅从厂里走出来，他们大声叫我们排好队，然后开始念名单，念到名字的进入厂区。走了两拨之后才轮到我。我们这一批的人数最多，被带到一个有好几间教室大的车间，分派给我们的工作是做鸭肉罐头。

这是我平生第一次见到工业化的生产流水线，之前我甚至还从来没有听过"流水线"这个词。车间里的师傅们让我们一大队人在很长的操作台边上一人一个小凳子坐下来，之前给我们点名的那个女人拿着喇叭筒给我们宣读厂里的规章制度，然后开始讲解如何装罐头。有几个师傅就像飞机上的空姐那样站在我们对面拿着空罐头盒对着我们做示范，之后我们排队去水池边用肥皂和消毒水洗手，随即一盆盆热气腾腾的高压煮熟的鸭肉就送了过来，我们按照师傅演示的样子开始干活。

铁皮罐头盒通过传送带送到我们面前时并不是空的，里面已经放好了小半罐汤汁，喷香滚烫，车间里顿时升起一团团蒸气，弥漫了过年才能闻到的那种味道。我们做的罐头一共有八块鸭肉，装罐头很有讲究，先放什么后放什么必须按规定操作，一点不能弄错。步骤是先填进去两块鸭脖颈，再放上两块鸭肋骨，之后装进两块鸭胸脯，最上面盖两块鸭腿——次序是从肉少到肉多，从肉差到肉好，这样一打开罐头显得好看诱人。师傅们来来回回巡视，看我们有没有放错。如果错了被师傅发现或是检查出来要立马返工，还要挨骂，据说还会被扣钱。一开始偶尔会听见师傅高八度的嗓音响起来，那肯定是有谁被抓到没有做对。不过我们都做得很认真，一上午整个车间基本静悄悄的，和一大早厂门口的吵嚷完全不一样，大家都埋头做罐头，很少有人被师傅说。

我们第一天做的是常日班，上午八点开工，下午四点结束，十二点半到一点有半个钟头的吃饭和休息时间。让我非常奇怪的是一到吃饭钟点相当多的临时工和师傅们一样纷纷从包里掏出饭盒，他们竟然都是有备而来，带的还都是正正经经的饭菜。后来我才知道他们绝大部分都是食品厂的职工子弟，有的从初中起每个暑假都来这里做工挣钱。而那些跟我一样没有经验不知道要带饭的，差不多都是第一次来的，也差不多都是非本厂职工子弟。他们成群结队去食品厂外面的小店买东西吃。我被热腾腾油腻腻香气扑鼻的汤汁和鸭肉熏了一上午，没什么胃口，本来想不吃算了，回家再说，但干了一上午活，肚子饿得咕咕叫，有点头重脚轻。我犹豫了好一阵，还是决定出去买点东西吃。

等我走出去，厂门口的小店窗口挤满了人，米饭饼金刚其等等都卖断了货，连包装的饼干和点心那些平常大家都嫌贵很难卖出去的东西也卖光了，我只好往远处走。弯弯的一段河岸没遮没挡，在大太阳底下泛着白光，目光所及之处没有人家，也没有商店，让人看了都没有勇气往前走。但想想还有一下午的活要干，饿着肚子头晕心慌的滋味不好受，所以我还是顶着大日头往城里的方向走。走出好长一段路才看到一间早点铺子，歪歪扭扭像是快要倒塌的一座小房子墙上开了个窗口，用缺胳膊少腿蚂蚁爬一样的字体写着"早点心"三个字，小铺子好像已经打烊，乌脏的面板上丢着几条收缩变形还缺了角的冷烧饼，苍蝇围着嗡嗡地飞，就像菜市场卖剩的死鱼一样。当时一条烧饼五分钱二两粮票，没有粮票要再加四分钱，我没带粮票，觉得加钱不合算，正在犹豫买还是不买，有几个一起做工的学生从后面赶上来，一眨眼工夫那几条卖相很差的烧饼就到了他们手里。我手在衣袋里捏着那张没有机会花出去的一角钱，心里一阵后悔。

回到车间正好上工铃响起，我没有吃东西，连水都没有喝，赶忙坐到工位继续做活。下午上班的时间比上午要短半个钟头，但过起来却比上午要慢得多。好容易等到收工铃声响起，因为坐得太久，站起来腰酸腿麻，好一会儿迈不了步子。

回到家第一件事情就是洗澡。去厂里穿的衣服全部换掉，用肥皂水浸泡。衬衣和裙子果然溅上了不少汤汁，黄黄地洇到布缝里，不知道还能否洗得出来。除了衣服，头发上、皮肤上甚至鼻孔里都沾上了车间里那种混合了花椒大料的香味，油滋滋腻乎乎的，即便洗过了澡换了干净衣服好像还没能完全清除。这股挥之不去的鸭子味道让我到吃晚饭时仍然毫无胃口。

两三天过去，我几乎闻不到车间里的浓烈香气，对那股就像是沤了汗水的鸭子味儿也不敏感了，一到中午饭点能胃口极好地把妈妈给我准备的一饭盒米饭和放了肉片的炒菜吃得干干净净。偶尔哪一天妈妈没来得及给我准备午饭，我会在午间休息铃声响起的第一分钟冲出厂门，飞奔过弯弯曲曲的河岸，到烧饼摊去抢购一个早点卖剩下来的烧饼，运气好的时候还能再加三分钱用摊主给的优惠价买到一根同样是早晨卖剩下来的油条。尽管每天到下班还是会累得腰酸腿软，但我再没有像第一天那样回到家之后还老是泛起晕车一般的阵阵恶心，也不再像第一天上工那样时时处于一种忐忑不安的状态。

我很快适应了在食品厂做工。到第七天下班时分，恰好赶上厂里发薪的日子，我们这些做临时工的也领到了第一笔工钱。那实在是一个激动人心的时刻，好多人，也包括我，都是一生中第一次靠自己挣到钱。大家排着队往后面财务室走，一路欢声笑语，有人还唱起了歌，比第一天来上工时还吵。师傅带着我们，一边大声喝骂训斥，一边也是喜笑颜开。我默默地排在队里，默默地领了钱，心里十分高兴，但我没有说话，因为我没有分享心情的人，我和他们虽然已经认识，仍然不怎么熟悉。

在那个年龄我性格非常内向，不喜欢跟陌生人说话，也不喜欢主动结交朋友，不过倒还是很容易融入新环境，之所以我在食品厂一个星期了跟谁都没有混熟，是因为妈妈让我少跟别人搭话，"言多必失"——这是她整天挂在嘴上的一句话。因为经历了一个又一个运动，也为避免与他人发生矛盾，妈妈处处谨言慎行，也要求我们孩子做到。妈妈特别关照我说帮忙介绍工作的学生家长跟她说过厂里的人分帮分派头绪很多，有亲戚老乡，也有冤家对头，亲的疏的，明的暗的，关系错综复杂，外头人搞不清里头的情况，不如索性离他们都远点。后来我才知道那位学生家长其实最主要的是跟我妈妈说厂里有一帮十几岁的男孩女孩经常混在一起，偷鸡摸狗，招摇过市，他们内部关系混乱，还拉帮结伙打群架，怕我结交了他们跟着学坏。妈妈之所以没有跟我明说，我想大概她认为我跟他们不是一路的，也没有那个胆量，所以她只是避重就轻让我在外面少说话而已。

领到钱我正要走，一转脸看见一个矮墩墩胖乎乎圆脸蛋的女孩子正朝我笑，她两只眼睛眯眯的，就像两只小蝌蚪。我不认识她，还以为她是对别人笑，但她马上开口说："以前你是一班的吧，我认识你，在学校老看见你。"

这么说她跟我是一个中学的，我一问，果然这样。

"我是八班的，在你们楼下最东头，你肯定不认得我。"她说到"楼下最东头"时掩口而笑。

我们学校从高中起按成绩分班，在文理科没分开之前一共有八个班，一班是特优班，学生都是各班精挑细选出来的，配备的师资最强，高考准备冲击重点院校。二三四班是快班，学生的素质也很不错，配备的师资也很强，是学校升学率的保证，这四个班都在楼上上课。五到七班是普通班，实际上就是按教学大纲上课的正常班，但和前头四个班一比就算是慢班了。八班是增强班，绝大部分是正常进度都跟不上考试经常要挂红灯的学生，高考可以说几乎没有指望，大家叫它"放弃班"，因为不好听，老师不许这么说。这四个班在楼下上课，因为班级由西向东依次排列，所以"楼下最东头"几个字意味着什么不言自明。在学校里经常会听到我们任课老师念叨"你们不好好学就准备好下楼去最东头",或者是,"考这么点分,是想去楼下最东头了吧"等等。这个女孩嘴里说着"楼下最东头"脸上还笑嘻嘻,完全没有我们老师那种严肃和恫吓的意味,也一点没有羞于启齿的自卑,却有几分自嘲和一种认命的诚实。我问她叫什么名字,她只笑不肯说。

我们一起往大门外走,都是她在说话。她热情洋溢,说个不停,换句话说就是有一股自来熟的劲头。那个年纪的小姑娘一般都很清高矜持,我玩得好的朋友没有一个像她这样的。说着话,她就主动告诉我她叫戴小萍——"披星戴月的戴,无名小辈的小,萍水相逢的萍。"说着,她自己咯咯咯地笑起来。她还说起她认识我们班上的哪个哪个同学,包括我的好朋友李沁、蒋薇薇和毛晓蕾。她说话又急又快,还有点结巴,我不知道她是因为说得太急太快而结巴,还是因为结巴所以着急想要说得快。她给我感觉是热情得有点过头,所以我心里暗暗否定了她,认定自己不会跟她做多好的朋友。

快到厂门口,忽然有个女人闪过来,一把攥住戴小萍的臂膀,直着嗓门吼她:"你在做什么哪?下了工不家去,还在外头疯,看我腾出手来不打死你!"

说时迟那时快,这个身材粗短的女人已经朝她伸过手来,我以为她要打她,实际上她只是把她额头上浸着汗水的一绺头发撩到耳朵后面去。听她说话恶声恶气,看她的神态却有一种说不出的温柔和怜爱,我立刻意识到她肯定是戴小萍的妈妈。戴小萍仰着脸讨好地对她笑,飞快地从衣兜里掏出刚刚发到的七块钱递到她面前,她只是抽了一张五块的,那两张一块的她没有拿,还顺势推了推戴小萍的手。戴小萍又惊又喜地把两块钱收进口袋,脸上更加笑得就像一朵花。

"我到后头去一趟,迟些回家,你们自己吃饭,关好门睡觉,不要等我。"她说得飞快,口气非常知己,不像是对孩子说话,听着有一种心照不宣的意味。戴小萍正了眼神点头,同样是心照不宣的样子。我看在眼里，觉得新鲜，心里也暗暗有点奇怪。她交代完了快步往厂里走去。

戴小萍一把拉住我胳膊，兴高采烈地说："哈哈我有钱了，你跟我去玩吧！"

我很想立刻回家，因为口袋里揣着七块钱呢，我想早点交到妈妈手里，让她高兴，自己心里也踏实。可是戴小萍使劲拉着我，不住说着好话，又是谄媚又是哀求，其实我跟她也并没有那么熟，她这个样子让我不好意思拒绝。

她带我去了河对岸，这是另一片对我来说更加神秘的区域，是我从来没有踏入过的。她在一片老旧残破东倒西歪的房子中间穿梭，步履轻捷，熟门熟路。她不走大街，专挑小巷钻来钻去。那些巷子曲里拐弯，有的地方走着走着就没路了，要从墙上的洞里钻过去，或者要从扯破的铁丝网下经过，不知道的人恐怕根本找不到那些小径。最荒诞的是有一条小路竟是从一户人家的大门进去，穿过这家的厨房，从后院的小门出去，这家人也任由素不相识的人进进出出，视若无睹。对我来说这一路充满了惊险，还差一点被狗咬了。走到一个小摊子前她停下来，买了酸梅汤请我喝。那种酸梅汤不像我平常喝的颜色，泛红发紫，有点可怕。她端起来畅快地几口喝光，我也照她样子喝了，倒还是酸梅汤的味道。喝完酸梅汤，她又到另一个小摊子上请我吃了一片西瓜，转过两条街又拉我去一个很小的店里吃了一碗凉粉，每次都是她花钱，她掏钱又快又爽气，找的零钱数也不数就装进口袋里，一路走一路哗啦哗啦响。没想到她是这么慷慨大方的一个人，我对她的印象一下子好起来，心里也有点不过意。可是我口袋里除了刚发到的七块钱之外只有五分钱，整钱我不舍得打散，用零钱请客我怕不够，反倒尴尬。其实，我吃她东西心里并不踏实，好几次我跟她提出不玩了，要回家去，她不让，死拉活拽要我再玩一会儿。我不好意思拒绝，跟着她东转西转，逛了一圈之后，她把我领到了她家里。

她家离那片破破烂烂的街巷不远，在一个半旧不新的红砖墙围起来的院子里，走进去之后我才发现院子特别大，一排排房子密密麻麻，那些房子比对面小巷子里的好不了多少，也是低矮破旧歪歪斜斜，各家各户搭建出来的盖着油毛毡的大小不一的简易棚子，挤得连路都快没有了。不过院子里也有一些房子还是蛮不错的，青砖青瓦，高高大大，玻璃窗又明又亮，看上去方正整齐，颇有气派，门前还有低低的竹篱笆围起来的小花园和小菜地，所以这个院子里的气氛和外面街上还是不太一样，显得高级不少。戴小萍告诉我这里是食品厂、化肥厂、酒厂、造船厂、纺织厂、缫丝厂、印染厂的职工宿舍，这几家都是当地名气很响的大厂，她说这话的时候脸上带着毫不掩饰的骄傲，我脑海里立马蹦出一个词："工人阶级的骄傲"——硬气，托底，有依靠，而且有一种抬头挺胸走在社会前列的优越感。我们很早就在学校的政治课上学到工人阶级是领导阶级，那时高考恢复不久，连最先入学的七七级学生本科还没毕业，之前绝大多数年轻人按政策都要上山下乡，能留城当工人那是万般幸运，当上了工人不但跻身于领导阶级行列，最重要是每个月都有固定工资拿，工资还会随着工龄增长，工厂还有各种劳保福利，退休之后还可以由子女顶替等等，反正是好处多多，令人眼热。

不过戴小萍家并没有住在青砖青瓦的大房子里，她家的房子很一般，就是普普通通的一间小平房，和左邻右舍挨得很近，每家前后都有搭出来当厨房的披屋，还有见缝插针种的向日葵、玉米、韭菜和大蒜，东一簇西一簇，就像癞子头上没有剃干净的头发。房子和房子之间很有限的空中纵横交错拉着铅丝，万国旗一样挂满了男女老少的衣服裤衩还有毛巾被单。走进她家，迎面就是三张床，一大两小，摆成冂状，床铺上堆得凌乱不堪，地上也是东一摊西一摊放着各种东西，到处都是乱糟糟的。

我去的时候她姐姐戴小莲正蹲在家门口生风炉，一把焦黄的蒲扇扇出满天的黑烟，遮云蔽日，家里灌了满屋呛人的烟味，熏得人眼泪都流出来。

烟散去一些我看清楚戴小莲，她生得可真漂亮，尖尖的瓜子脸白里透粉，一双大眼睛黑白分明，像猫眼一样灵动闪烁，她的神情也有几分像猫，高傲中带着冷峻和野性，让人不敢跟她说话。她和戴小萍长得可一点不像，戴小萍个子不高，粗胳膊小短腿，圆滚滚的连腰都没有，而她却是高挑苗条，腰细腿长，走起路来风摆杨柳一般，妩媚妖娆得无法形容。我真没想到戴小萍竟有这样一个袅袅婷婷貌美如花的姐姐。

戴小莲扔下手里的扇子走过来，她未语先笑，落落大方地跟我打招呼，就像老朋友一样，倒让我有点受宠若惊。她叫戴小萍去接着扇火生炉子，自己忙忙地进屋打水洗脸。

"你又要外去啊?"戴小萍问她。

"你管我呢?"戴小莲对着镜子往脸上搽润肤霜，不冷不热地回妹妹。

戴小萍说:"妈妈不是不许你晚上外去吗?"

戴小莲鼻子里哼一声说:"先管好她自己再说吧。"边说边扎好了头发，当着我们的面三下五除二一点不害羞地换好了衣服，随即一阵风似的出门去了。

戴小萍请我在床沿上坐，翻箱倒柜找出瓜子招待我。那些西瓜子比绿豆还小，一看就是嗑不出肉的，估计还是过年时候的存货，我没有动。她又拿出两颗糖给我，一颗是椰子糖，另一颗是大白兔奶糖，都是高级货，我一看就知道肯定是她的珍藏，不管她怎么跟我推让，真心实意要我吃，我还是没有动。每年过年我和弟弟也有不少的糖果，但不出新年我们就吃得一颗不剩，能一直留到大夏天，让我心里暗暗感叹了一下。我们东一句西一句说了会儿话，我起身要走，一个七八岁的小姑娘拿着鸡毛毽子从门外冲进来，她满头大汗，嚷着说饿死了，问晚饭烧好了没有。她长着团团脸，小眼睛，大嘴巴，和戴小萍就像是一个模子里倒出来的，不用问，肯定是她的妹妹无疑。戴小萍一把拉过她，撩起自己汗衫替她擦了擦汗，像个大人一样喝骂她:

"小菱角，你皮得没魂了，一天到晚就晓得疯，不到天黑不来家！"她就像刚想起来一样跑到门口去看炉子，不知道是戴小莲没有生着还是又熄掉了，她叹了一口气。

"妈妈呢？"小菱角问她，又哭叽叽地说，"带我去找妈妈。"

"她到厂里有事情去了。"戴小萍不耐烦地说一句，不想跟她多说的样子。

小菱角又委屈又不满地嚷嚷说："她怎么一天到晚去厂里呀？她去做什么呀？"

"大人的事，你小孩子少问，问多了找打。"戴小萍更加不耐烦地说。

"那我要吃饭，是不是又没得晚饭吃了？"小菱角一屁股坐在床上，皱起鼻子，张开嘴，哇的一声哭出来。

戴小萍板起面孔要凶她，却一把将她搂住，刮着她鼻子哄她说："这么大的人，说哭就哭，难为情不难为情？家里有剩饭，马上我生着炉子给你烧泡饭吃。"

小菱角还是哭，戴小萍从衣袋里掏出五分钱塞在她手里，叫她去买饼吃，小姑娘立刻不哭了。

我出门回家去。戴小萍很不好意思地说炉子灭了，没法留我吃晚饭。她要送我，我不让她送，让她带妹妹去买东西吃，她说她自己会的，执意要送我。她送我到大院门口，我叫她回去，她不肯，说这边乱得很，不放心我一个人走，一直把我送到河边。我说不要送了，她说天晚了，河边没什么人，又坚持把我送过河。

她目送我往城里走，走出很远我回头去看，她还在原地站着，令我心头一热。我觉得戴小萍这个人真是不错，而且我也有点喜欢她家那种出入自由随随便便的气氛，这在我家是绝对不可能的。

次日一早去食品厂上班，一进车间我发现坐在位子上的全是生面孔，连带班的师傅都是不认识的，我还以为自己走错门了，正疑惑间，有个穿深灰色工作服高筒套鞋胡子拉碴的男人跟进来对我说："你怎么这会子才来？从今天起你们临时工三班倒，别人都做了快四个钟头了，你说我是留你还是打发你回家去？"

我低声说没人通知我，他口气肯定地说不可能，下班前通知的，而我确实不知道，或许那个时候我恰好去上厕所了，正要跟他解释，他虎着脸，料事如神一般很凶地说："你用不着跟我辩。"说着，打个手势让我跟他走。

他把我从灌装车间带到了屠宰车间。这里和灌装车间完全不一样，好几十口大锅一字排开，穿得跟他一模一样的师傅们拿着挂着一串鸭子的长叉子站在木凳子上烫毛，中间一长排桌子一边围着人在拔毛，另一边围着人在掏内脏，车间里热气蒸腾，地上又湿又脏，到处是一摊摊的血迹、内脏和结团的鸭毛，简直下不去脚。最要命的是味道相当难闻，又臭又腥，熏得人睁不开眼睛。因为来得迟了，我生怕被师傅一句话打发回家，也顾不得地上有多脏气味有多大，踩着泥水往里走。这位面孔就像结着一层霜的师傅站定了睃巡一圈，指了指拔毛的一边，让我过去。但是那边人站得满满登登，一个空当也没有。看我没有挤得进去，他又招手让我去掏内脏的那一边。

掏鸭子内脏这事可真要我的命，我在家里从来没有干过这样的事，也不敢干这样的事。记得有一年妈妈小产，要喝鱼汤补养身体，她不能下冷水，正好爸爸出差去了，就叫我去收拾鱼。我缩手缩脚给鱼刮鳞，战战兢兢破开鱼肚子，下了好大决心才把手伸进去掏鱼肚肠。就在我手指接触到鱼肠时，恶心得干呕起来，从此再不肯做这类事情。然而，这一天我却躲不掉，为了挣一块钱，更主要的是我不能失掉妈妈开后门为我找来的这份工作，我没有二话站到了那张堆着鸭毛和内脏血水横流的桌子边。

掏鸭子内脏对我来说绝不比掏鱼肠子好受。因为在开水锅里烫过，拔了毛的鸭子身上还是热乎乎的，摸上去的温度就像它们生前差不多。手从切开的鸭屁股伸进去到鸭子的腹腔，触到的是软软硬硬不可描述的一大坨，用劲拽出来还要当心不能弄破苦胆。有时手指不小心插进结成一团的肠子里，那种滑腻腻的缠绕感会让我恶心得叫出来。不光是我，别人也一样，车间里经常能听见干得十分专心的女孩突然啊的一声叫起来。有几次我好容易憋住才没有吐出来。原先以为装罐头香气让人倒胃口，到这里才知道真正让人倒胃口的是什么，也是到了这里才知道装罐头原来真可以说是件美差。

正埋头干活，旁边有人用胳膊肘挤我，我扭头一看，竟是戴小萍。她戴着两只长长的白护袖，衣服干干净净的，人也清清爽爽。看见我她很高兴，又好像很吃惊，笑嘻嘻地说："我找了几个车间才找到你，还以为你不做了呢。"她收了笑容，皱起眉头问我，"怎么把你弄到屠宰车间了？"

我不知道该怎么说，我自己都莫名其妙被划分到这里。我问她是不是还在灌装那边，她说她被调到前面白房子的水果罐头车间了。"水果罐头"四个字瞬间就像一道大墙一样竖在了我们之间，我们两个不约而同停住了话头，似乎一时找不到话说。不过这堵墙很快就消失了，因为她拉住我手臂悄声在我耳边说："你先将就一下子，等我去找我妈妈说把你调出来。"

她的这句话给了我希望，真有点像是寒夜里看见了一束火光，我的心瞬间被她的友情温暖。在这个举目无亲的地方，在这样一种境遇下，有这么一个人不但记挂我，还肯帮我，真让我心里充满了无以言表的幸福感。

到中午十二点，上早班的人下工回家，而我才做了四个小时，早上带我进来的那位黑脸膛长着络腮胡子的师傅走过来对我说："你不要走，不想扣钱的话就再做四个钟头，我跟领导打过招呼了。"

我正要谢他，他转身走了。我已经知道他姓卢，还知道他的外号叫"煤球炉"，大概是形容他长得黑吧。卢师傅从我见到他起一直板着脸，一副凶神恶煞的样子，说话口气也是狠巴巴的，我知道别的临时工也都很怕他。他对我说话是一副说一不二没得商量的腔调，而且居高临下，派头十足。我对着他的背影恭恭敬敬地答应："好的，卢师傅。"他昂首阔步而去，理都不理。

上中班的人十二点钟接班，我又跟着他们一起干活，所以没有一点空闲去吃午饭，虽然带的饭盒就在书包里装着。中班带班的师傅忽然提出要计件，每个人收拾的鸭子不管是拔毛的还是掏内脏的，都放在自己身边的箩筐里，有专人清点统计，记下数来，还要贴到墙上，让我们开展劳动竞赛。我们这些刚刚从中学毕业和还没有毕业的学生就是在各种竞赛中长大的，所以这个师傅的提议立即激发起了我们的好胜心。

中午又热又蒸，人困马乏，但大家却干得热火朝天。我肚子饿得咕咕叫，手里一直忙个不停，把吃中饭的事情完全抛在了脑后。我发现周围有几个人干活手脚相当麻利，弄得又快又干净，我做事向来不笨，在家里妈妈夸我最多的就是能干，况且上午我已经做了四个小时，对这套活已经非常熟练，因此我并不输给他们，只不过一点不能松劲。

做了一两个钟头，我觉得难受起来，头晕心慌，浑身热汗直冒，不一会儿热汗变成了冷汗，湿漉漉的衬衫贴在身上，电扇的风吹过来后背冰凉一片。忽然我眼前冒起金星，几乎站立不住，我把胳膊肘撑在工作台上，后来实在支持不住，顾不得面前一大堆的鸭毛和内脏，弯腰伏在了又湿又脏的桌面上。我听见有人问我怎么啦，我没有力气回答，感觉那些声音离得很遥远，渐渐地就听不见他们在说什么了。再有意识是有人扶着我，拿水给我喝，还有人把一块硬糖塞进我嘴里。过了一阵我才缓过来，周围的声音真切了，眼前的景象逐渐清晰，头也不那么晕了。只听大家七嘴八舌问我是不是中暑了，都说刚才我脸色惨白，一头的汗珠子，把他们吓得不轻。

卢师傅站得离我最近，他粗声大气地问我："你吃中饭没有？"

我摇摇头。

他瞪我一眼说："不吃饭你想成仙！能有力气干活吗？"又说，

"你是呆子啊，我一句话不到，你连饭都不晓得吃啦？"他皱着眉头，挥了挥手，让我赶紧吃饭去。

我端了饭盒，到车间外头的凉棚底下去吃饭。凉棚底下一点也不凉快，比车间还热。我胃里还是难受，加上车间的腥臭味一阵阵飘过来，没吃几口我就吃不下去了。

回去继续干活。我在心里对自己说：忍忍吧，再过一个多小时就可以下班了。但是最后的这个钟头好像特别漫长，特别难过，车间的顶头有一只钟，指针似乎半天也不移动一下。想到明天还要在这里做同样的事情，后天还要做这样的事情，大后天还要做这个事情……低头看着自己两只泡得浮囊的沾着黄褐色不明汁液的黏糊糊的手，我心里真是犯怵。但我不敢打退堂鼓，想都不敢那样想。还不仅仅是为了挣钱，我也不能让妈妈失望。我不时想到戴小萍，巴望她真的能找她妈妈把我调出来，我把全部希望都寄托在她的身上。

这天到下班戴小萍都没有出现。我一直在暗暗盼着她来，最好是她欢天喜地奔过来，笑嘻嘻地告诉我事情办成了——说心里话，她的热情和真诚都增加了我对这件事的期待。或者哪怕她过来回句话，让我知道事情进展得如何也好。但是她没有来，我不知道是她忘记了，还是事情不顺当。

下班走出车间，卢师傅追上来高声对我说："明天你还是早班，四点钟上班，不要再睡过头。"我点头答应，他又厉气补充道，"再像今天这样你就直接回家去，不要怪我不客气。"

我恭顺地答应他，一句话不想跟他多说。

出了食品厂大门，沿着河岸往家走。大夏天四点多钟的太阳明晃晃热辣辣的，天空中一丝云彩没有，知了在稀稀落落的小树上一阵紧似一阵地叫，就像是火上浇油。新铺的一小条柏油路晒得都化了，一踩一个脚印，走路要当心凉鞋不沾上黑油。突然我听见有人在大声喊我，声音压过了知了声，回头一看正是戴小萍。她跑得上气不接下气，脸上汗水直淌，边跑边急冲冲地对我说："好容易才追上你，你先不慌走，跟我到厂长办公室去一趟。"

"厂长办公室"这几个字让我听了肃然起敬，也有一点蒙，不知道她要我去那里做什么。我问她，她解释了几句，说得结结巴巴，我没听明白。她一个劲催我快点走，说迟了她妈妈可能就不在那边了。她把我带到车间后面的一座浅灰色三层小楼，楼门上方用正楷写着"厂部"两个大字，我跟着她上了三楼。刚进楼道就听有人大声说话，叽叽呱呱聊得十分热闹，还伴着一阵阵哈哈的大笑声，主要是女人的声音，又高又响，中气十足，男人的声音夹杂在里头，低沉柔和，唯唯诺诺，就像是在附和她们。

戴小萍在楼道口站住了脚步，试探地叫了声"妈妈"，没人答应，她提高了声音又叫了一声，还是没人答应，那边说笑声依然。她等了片刻，运足了气，高叫一声："妈妈!"

她妈妈从一间办公室里探出身来，拉着脸吼她："吵啥吵，喊魂啊! 你又跑来做什呢?"她看见我就像没看见一样。

戴小萍被她妈妈一凶，就像撒了气的皮球，顿时瘪了下来。她妈妈倏地冲过来，横眉立目地说她："你一下午来闹我好几趟，你不嫌烦我还嫌烦呢!"

戴小萍不说话，她贴墙站着，手放在屁股后头，哈着腰，佝偻着身子，看上去既像是认错又像是耍赖。我当然知道她是为了我讨了她妈妈的骂，站在一旁浑身不自在，走又不好走，尴尬极了。

她妈妈还是一眼不看我，推着她肩膀说："走走走，玩你的去，不看我在这里有事呢吗?"她压低了嗓音悄声说一句，"我跟厂长在说话呢，你乖乖的，不要到这里来吵。"

戴小萍一听似乎觉得有机可乘，不但没走，反而变得理直气壮起来，大声说："那我跟你说的事情呢?"

她妈妈皱起眉头，脸上却露出些笑容，哄她说："晓得了，晓得了。"边说边怜爱地拍了拍她的脑袋。我看着觉得她妈妈之前对她凶巴巴的样子是装出来的，她心里其实一点不厌烦她来找她，包括带着我一起来，甚至还有点得意。但她妈妈对让她办的事情乐意不乐意，我可一点看不出。

走廊里有个女人笑嘻嘻地朝她说："你家这个二丫头真是牛脾气，不达目的不肯罢休啊。"

"嗯呐。"她听了扑哧一声笑出来，拖长了声音，装得恨恨地说，"不晓得像哪一个哟！"

戴小萍和她妈妈纠缠了一会儿和我一起下了楼。她有点悻悻的，脚步拖在地上，情绪不高。我不知道该怎么安慰她。尽管之前她一句没跟我提起，看了刚才的情形我也知道她为了我已经在她妈妈这里碰过壁。她带我一起来，估计她是想让她妈妈当着我的面不好拒绝，没想到她妈妈根本不吃这一套。

走出厂部小楼我对她说："真是难为你了。"

她听了脸一红，有点张口结舌。

"不要再跟你妈妈提这件事了。"我怕她真惹烦了她妈妈。

她苦着脸说："她又不是办不到，她去说句话很容易，平常也是替这个说替那个说的，今天不知是怎么了。"

我宽慰她说："估计阿姨是有难处吧。反正就是临时工，做一阵子就结束了，也不做一辈子。"

尽管我说得很轻松，她还是闷闷不乐的，一副颓丧懊恼的样子。

她对我这么好，心还这么重，让我很过意不去。

一到家，妈妈跟我说李沁和蒋薇薇来找过我，刚走没一刻。我问妈妈她们找我什么事，妈妈说她没问，又说就是找你去玩吧，能有什么大不了的事？我赶紧洗了澡，换了衣服，去了离得不远的李沁家。

李沁家住在学校里，她也是教工子弟，她父母和我父母是同一年大学毕业分配到这个中学的，她爸爸是物理老师，妈妈是化学老师，但她没有学理科，高二分班的时候她去了文科班。我父母一个是语文老师，一个是历史老师，他们却不主张我学文科，希望我考医学院。说实话，本来学理科也就学了，但李沁去了文科班对我的冲击相当大，直接动摇了我学理科的信念。当时有个偏见，似乎理科读不下去才转文科，而李沁各科成绩都非常好，绝对不是因为数理化差才选择文科的。从上小学起我们两个就好得形影不离，想到她在文科班念古诗读古文，风花雪月，我在理科班每天题山题海，枯燥乏味，我越来越打不起精神。所以又坚持了半学期，有一天我突然下决心走进了文科班教室——我没想到事情如此简单顺利，其实有时候仅仅就是需要自己做出决定。在文科班我和李沁的成绩不相上下，考试不是她第一名就是我第一名，我们在班里遥遥领先，用现在的话说是甩别的同学好几条街。因为喜爱，我们两个学得轻松愉快。我们甚至在高考复习最紧张的阶段还筹划一起合作写一部小说，但因为不得要领，终于放弃了这个计划。

我到的时候李沁正坐在阳台上一边看书一边吃葡萄，见我进去，她笑着问我去哪里了老见不到人，我不想跟她说去食品厂做临时工的事，笑笑没说话。她重复问了一遍，我心里动摇了，想对她实话实说，可是一看她白白嫩嫩天真无邪的小脸蛋，一双闪闪发亮干干净净的大眼睛，话到嘴边又咽了回去。我实在没有勇气跟她说自己在食品厂做罐头拔鸭毛掏内脏的那些事。见我不说，她也就不再问，起身掩上房门，拿出琵琶，给我弹她新学的《十面埋伏》。说是刚学，她弹得十分娴熟。我觉得奇怪的是曲子那么激烈，她却显得那样安静闲逸，似乎掌控着全局，甚至超然物外。我几乎是下意识地盯着她的两只手看，那真是一双纤纤玉手，灵巧秀美，手指白皙修长，两个小拇指的指甲盖上残留着凤仙花染过的橙红色印子，剪得只剩一线了，显得那么娇俏可爱。再看自己泡得泛白粗糙的一双手，真有点自惭形秽。

弹完曲子，她就像才想起来似的说："你来迟了一步，蒋薇薇和毛晓蕾刚走，今天她们到学校来估分了，我们还去你家叫过你呢。"

高考考完我就把这件事忘到了脑后，因为心里畏惧也不去想分数的事，没想到李沁她们还专门去估分了。我问她谁给估的分，她说是赵老师。赵老师是我们文科一班的班主任，他也是我和李沁刚上初中时候的班主任，对我们两个特别好，是我们从内心里爱戴的老师。我问她赵老师给她估了多少分，她把头摇得拨浪鼓似的说肯定不准的。我追着问，她说给她估了四百二十多分，我很惊叹，也很羡慕，总分一共才五百三十分，达到这个分数肯定能上好大学。她还在说赵老师给她们估分的事，给蒋薇薇估了多少分，给毛晓蕾估了多少分，我都没有听进去，说实话，我只关心她的分数，对别人考多少并不太在意。一听她估了这么高的分数，我立刻沉不住气了，拽着她要她立刻陪我找赵老师去。

我们下了楼，手拉手走在高大的法桐树交织成穹顶的林荫道上。太阳正在落山，天边满是紫红色的晚霞，校园沐浴在一片金光之中。

我们穿过大操场去了赵老师家，赵老师看见我们特别高兴，他脸上笑出几道括弧一般的皱纹，对我说："李沁都来过好多次了，有时候一天就能来两趟，高考以后怎么没见到过你？"

赵老师从前是和我家住一排房子的邻居，我小时候叫他赵叔叔，初中到他班上才改口叫他赵老师，他是看着我长大的，看我就像自己家孩子一般。听他这么说，我笑笑没有解释。

赵老师让我们坐，又对我说："你们班大部分人都估过分了，你还没有估，你感觉考得如何？你一直不露面，我还真有点担心，在路上撞见你爸爸妈妈也没敢问。"

赵老师拿出一套卷子，一道题一道题和我算起来。高考结束也就十来天，我发现好多答案已经记不真切了，看着赵老师手里的标准答案，我好像是这样写的，又好像不是这样写的，疑疑惑惑的。赵老师笑着批评我："别人都是清清楚楚的，怎样考的都记得，你怎么糊里糊涂的？"

我忽然觉得高考那件事好像离得很远，跟我眼下的生活很不搭界。

因为我记不清答案，赵老师只能大概齐替我估估，估下来比李沁要少二三十分。我心情低落，赵老师立马看出来了，安慰我说："这个准确度不高，不过再怎么说，至少你上大学应该不成问题吧。"他迟疑的神色和不肯定的口气让我更加郁闷。

"先不要去想考分的事，放轻松些，相信你们都错不了。"师母杨老师笑盈盈地从厨房走出来，满面春风地跟我们打招呼。杨老师也是我们学校的老师，初中时她教过我们英语课，她是上海人，多才多艺，能歌善舞，会唱昆曲和评弹，还会编舞，学校里文艺演出的节目绝大部分都是她指导的。她举止端庄，谈吐温婉，衣服发式一向非常时新，也可以说即使是普通的衣服穿在她身上都能显出与众不同的味道，她浑身上下总是自然地散发出那种来自大都市的富丽和典雅，是我们学校里一致公认的最时髦洋气的女教师，而在当时时髦洋气是需要巨大的勇气，所以她是我们这些小女生心目中的偶像。那时候我们还不懂得品位和时尚，就是觉得她漂亮，优雅，魅力无穷，能有机会跟她亲近我们都觉得特别荣幸和愉快。

杨老师热情地提出要留我们吃晚饭，她说刚才关着门在厨房里炸藕夹子，听见我们声音特意多炸了一些。我和李沁喜出望外，又不好意思马上答应。杨老师喜气洋洋地对我们说："今天赵若曦要回来，赵沐阳去车站接她了，你们一定不要走，一起吃饭才热闹。"

我和李沁就没再客气，坐在客厅里和赵老师闲聊，等着赵若曦和赵沐阳回来一起吃晚饭。

赵若曦和赵沐阳姐弟俩都是我和李沁从小一起玩的伙伴。赵若曦比我们大两岁，高两个年级，她除了数理化非常棒，作文更是出色，高一的时候她写了篇文章悄悄投给报纸，竟然很快就在副刊上发表，学校的布告栏里一直贴着她的那篇文章，她是令我和李沁仰慕的才女。她更加传奇的经历是前年高考达到了一类大学的起分线，但因为不够上她理想的大学，居然主动放弃了，这件事成了我们当地的一个爆炸性新闻。——1978年才是高考恢复的第二年，十多年积压下来的考生数目庞大，走进考场的人几乎无一例外都盼望能通过高考改变命运，考上就不容易，考上了还放弃，简直是匪夷所思。然而，赵老师和杨老师居然还都支持她。复读一年之后她如愿考上了她最向往的名校，她成了我们学校的光荣和骄傲，也成了我们的榜样。赵沐阳跟我和李沁从小学一年级起就是同班同学，直到我们两个相继离开理科班去了文科班，和他才不在一个班上。不过大约从小学三年级我们男女生在学校不说话，我们也只有回到家才会一起写作业一块儿玩。后来渐渐地连写作业和玩也不在一起了，但这并不妨碍我和李沁跟他要好。即使和他不说话，在教室里见到，彼此也都特别愉快，连笑容都不一样。说起来也许只是一种心里的感觉而已，我觉得我们相互之间有一种不同于旁人的亲近和知心——我和他是这样，李沁和他也是这样。我和李沁说悄悄话的时候会说出来对他的好感，看见他可爱有趣的举止和事情也会与对方分享，不过我们从来没有为他争风吃醋。那种朦朦胧胧的情感很难描述，既亲近又疏远，既真切又虚幻，我看李沁偶尔会露出一点忧郁和惆怅，而我也和她一样，也许这就是青春期吧。

等了没多久赵若曦和赵沐阳姐弟俩回来了，赵老师和杨老师喜笑颜开地招呼我们开饭。

吃饭的时候大家聊得十分热闹。赵若曦给我们讲了不少大学里的新闻和趣事，舞会、讲座、流行歌曲、各种思潮，教授们令人捧腹的故事，还有一个又一个我从来没听说过的名词、术语甚至还夹杂着英语词汇，经她妙语连珠地娓娓道来，让我一下子被大学的气氛深深吸引，忍不住暗暗幻想自己若是能进入那样精深不凡的高等学府该是多么光彩多么美好多么开心。赵沐阳不怎么说话，也许是因为有我和李沁在，他有些腼腆，只顾闷头吃饭。他很快吃完，放下碗筷就离开了桌子。赵老师和杨老师叫他坐下来陪陪我们，他也不过来，再叫他，他干脆躲进自己房间里了。赵若曦笑嘻嘻说一句："青春期的小孩怪怪的。"赵老师和杨老师也就不勉强他，随他去。

吃过晚饭，收了桌子，杨老师洗了水蜜桃给我们吃。她提议我们四个孩子打扑克。杨老师喊赵沐阳，他不出来，她又进房间去叫他。我们三个坐在桌子边等着，好一会儿他才磨磨蹭蹭走出来，显得扭扭捏捏的，我和李沁交换了一下眼神，想笑又不敢笑。牌玩得倒是挺开心的，我和李沁一头打他姐弟俩，大家水平不相上下，有输有赢，十分激烈。赵沐阳打牌很专心，就像看书写作业那样全神贯注，不知不觉他就放开了，不再害羞拘谨。玩到高兴处他一边出牌一边又说又笑，说出来的话机智俏皮，逗得我们直乐。赵老师和杨老师站在旁边看我们打牌，一局打完，他们就评点一番，说说笑笑，格外热闹。

　　从赵老师家出来，我和李沁心情极好。我们意犹未尽，没有马上回家，穿过操场又去荷塘边转了一圈。荷塘是我们校园最美的一处风景，荷塘中央有一个小岛，岛上唯一的建筑是一座青砖砌成的图书馆，我们从小就常来这里捉迷藏。我们踏着咔咔作响的木桥上了岛，习惯性地爬到图书馆前的花砖矮墙上坐着，吹着微凉的夜风，荷叶与荷花散发出的略带焦涩的香气扑面而来，还能闻得见更加清淡的不知名的草木发出的清香。我们聊了不少好玩的事情，又自然而然也可以说是情不自禁说起了刚才的牌局，而且几乎是不约而同说到了赵沐阳。我们两个就像复习功课一样回忆着这个晚上他说过的每一句话，我们把这些话一句一句拿来分析，还想发现其中没有领会的意思，我们也不想漏掉任何一点可能的题外之意。我们聊得兴味盎然，仿佛赵沐阳是一个值得我们深入探究的课题。

　　李沁突然问我："你有喜欢的男生吗？"

　　我听了一惊，对我来说这真是一个振聋发聩的问题。我和她是最好的朋友，但我们从来没有涉及过这样的话题。她问得这么直截了当，让我无法回避，我觉得她是疯了。

　　我笑起来，她也跟着我笑，我们笑得很响很疯。笑了一阵，她把刚才的问题认认真真又问了一遍，让我觉得她是刨根问底，而且有点不依不饶。我不肯说，反问她有没有喜欢的男生，她说是她先问的，我必须先回答。她和我脸对着脸，眼睛望着眼睛，她黑黑的眸子在夜色里闪着光，一脸的纯真，很有耐心地等着我说。她肯定是喜欢赵沐阳无疑，而我心里也喜欢他，这么说我和她就是情敌啦？可是我们这么要好，哪里有一点情敌的样子？我脑子里正这么行云流水般地想着，她用力推了推我，催我快说。

我灵机一动说："要不我们把喜欢的男生名字写下来，换了看好不好？"

她迟疑了一下，故作一本正经地说："我没有喜欢的男生。"

她真狡猾。我同样一本正经地说："我也没有啊。"

她想了一下说："那我们就写自己心里最喜欢的一个好不好？"

我说："要写真的，不能骗人。"

她点头答应。

我们翻遍口袋只找到一支钢笔，也没有纸，没法同时写，只好分头写在手上。

谜底就要揭晓，对我们来说那可真是激动人心的一刻，我们为马上就要获知对方的内心秘密哈哈笑个不停，既期待又忐忑。多少年后想起这一幕，我才意识到其实最刺激的还不是获知对方的秘密，而是袒露自己的内心秘密。我们两个笑作一团，在摇曳的梧桐树影下一起摊开了手心。

我们都避开了赵沐阳，谁也没写他。李沁写的是吉小磊，我写的是陶明明，他们都是我们在理科班的同学。我们不约而同带着出乎意料和扫兴的口气问对方："你喜欢的是他呀？"

我不知道她是否认为我写的并不是心里真喜欢的，反正我是不相信她写的真是她心里喜欢的。我仍然认为她喜欢的是赵沐阳，而且这么一来，我更加认定是这样。不过我没有说出来，她也同样没有说什么。我们像是很有默契地走到荷塘边去洗手。她洗手的时候我紧紧地拉着她，生怕她掉进水里。我洗手的时候她也同样紧紧地拽住我。我们把用蓝墨水写在手心里的名字洗得干干净净，之后我们再也没有提起这件事。

凌晨三点一刻我被闹钟铃声惊醒，我轻手轻脚起床梳洗好，从纱橱里拿了妈妈隔夜为我预备的午饭，因为天太热怕饭菜坏，她给我准备的是咸鸡蛋和擦酥烧饼，还有两个洗干净的西红柿。我正准备出门去上班，爸爸也起来了，他几乎是无声地推着自行车走到门口，说："上车吧，我送你去。"我小声说不用，我自己去。"这么早，不安全。"爸爸不容置疑地说。

爸爸骑车带着我，把我送到食品厂门口。一路上没有看见一个人，整个城市仿佛在沉睡。出了城经过河边那一段，望过去河面黑黢黢的，泛着灰亮的微光，风吹芦苇沙沙作响，还夹杂着水鸟的怪叫声，一时间我听过的水鬼和妖怪的故事纷纷从脑子里冒出来，脊梁后面阵阵发凉，吓得我赶紧闭上眼睛，不敢四处张望，暗自庆幸得亏爸爸送我。

车间里却是另一番景象，灯火通明，如同白昼，已经有不少人到了。卢师傅见我进去，粗声大气地说："今天你来得还是时候，昨天要不是我，这份钱你就不要再想挣了。"

我朝他笑笑，没吱声。

他催我说："快点快点，今天改章程了，先到先做，我替你们看着钟呢，早做多长时间，中午划出来让你们多休息多长时间。"

他摆出一副大领导的派头，带着一种替我们着想的神气，而且洋洋得意。我不知道他在车间里是个什么角色，反正他不是车间主任，听说车间主任出去学习了，他也不是副主任，副主任是个高高瘦瘦面色白净的小伙子，沉默寡言，多一句话都不说，也从来不管我们，有事都让卢师傅出面。临时工当中有几个机灵的找各种机会讨好他，有给他泡茶的，有给他点烟的，还有偷偷塞东西给他的，而别的师傅对他似乎不太感冒，不怎么理他。看他对我们吆五喝六，师傅们会露出讥讽的表情，有时还会嘲笑和奚落他几句，他听了也不当回事，黑黑的脸膛没有表情，一副迟钝麻木或者说不理不睬的样子。

我套上护袖，穿上车间统一的棕色防水围裙，站到台子边动手拔毛。不管怎么说，拔毛要比掏内脏好，没那么恶心。因为来得早，有机会挑挑工种，我心里很高兴，觉得不枉起这个大早。

这一天天气特别热，太阳还没有出来就已经热得受不了，不仅热，而且还闷，就像是有雨下不下来。几台大功率的电风扇都开到了最高挡，呼呼地吹，可能因为电力不足，吹着吹着风就没劲了，车间里热得像蒸笼，不过大家都很忍耐，没有人喊热，因为喊热也没有用。卢师傅在几个车间跑来跑去监工，他汗流浃背，厚厚的长袖工作服背后和脖颈一圈都被汗水浸透了，就听他一个人抱怨："日他妈妈的，快烤化得了，热死人不偿命！"他来来去去走，反反复复念叨这句话，早晨看上去不错的心情似乎消失殆尽，又回到他平常那种愁眉锁眼的样子。快到八点钟，马上就要中间休息，他估了估收拾好的鸭子，认为我们偷懒了，突然生气地大喊大叫起来，骂了这个又骂那个，看什么都不顺眼。我们都非常害怕，生怕自己撞在他枪口上，都埋头干活，不敢松劲。过了八点好一会儿，他才宣布让我们休息，不过硬要扣掉十分钟，原先答应我们先来先做、早做多久划给我们多休息多久的承诺也不作数了，我们敢怒不敢言。

好容易挨到中午，还有十来分钟就要下班了，卢师傅带着一股热浪从外面走进来，一改怒气冲冲的样子，脸上竟然有了少见的笑容。他一边走一边打着手势让我们安静，说有好消息要宣布。我们又热又饿，只盼着快点下班，对他说的"好消息"没有什么反应，大家都很麻木，尤其是那些一上午被他凶过的人，垂头丧气，或者说小心翼翼，反正都不大相信他能有什么好消息带给我们。

闲聊的人照样说着话，只是声音低了一点，车间里还是嗡嗡声一片。卢师傅也顾不得安静不安静，他扯起嗓门说："你们一个个都给我听好了，刚才接到一个好消息，卜厂长在上海签了一个大订单，从现在起全厂都要争分夺秒加班加点赶进度，要不然就不能按期完工。

我不跟你们多说，说了你们也不懂，一句话，签了大订单，大家就有钱赚。"他停顿了一下，眼里闪着光，用煽动的口气说，"算你们运好，赶上了这么个好机会，因为工期紧张，厂里人手不够，所以你们愿意加班的下班以后留下来，每人还能多做半个班。这半个班照道理讲应该是四个钟头，厂里优待你们，特为减掉半小时，也就是只要做三个半小时，加上你们喝喝水上上厕所磨磨洋工，至少再去掉半小时，划下来顶多实实在在能做到三个钟头就不错了。三个钟头拿半天的钱，你们开动脑筋想想合算不合算？"

大家听了哄的一声笑起来。卢师傅让愿意留下来的举手，结果所有人齐刷刷都举了手。我本来心里还有点犹豫，怕到点不回家爸爸妈妈着急，一看这个情形顾不得多想，也举了手。

因为没有人走，中班接班的人也陆续到了，车间里人挤人，台子边上根本挤不下。卢师傅随手圈出二三十个人，让这部分人跟他走。我也在其中，不知道他要把我们带到哪里去，他不说，我们也不敢问。

走到车间门口，他忽然停住脚步，我们也跟着停下来。他回过头，用鹰隼一般的目光扫视了一下，点了几个人，做个手势让他们回去。他目光在我身上停留了一两秒，脸上似笑非笑的，我立刻紧张起来，心口咚咚跳，不知道自己有什么地方不对。他打个手势让我也回去，我没有马上反应过来，站着没动。他突然就急起来，大声吼我说："你是木头啊？叫你回去还不回去，你以为我们是去吃好吃的？我们是去杀鸭子，你看看自己是不是杀鸭子的人？"

大家又是一阵笑，我尴尬得不得了，不过心里却很轻松，而且暖洋洋的。我不敢想真让我杀鸭子会怎样，别人都做，我哪能不做？卢师傅在最后的关头把我放走，我从心底里感激他，觉得他真是救了我。但是看他一脸的凶相和喜怒无常的样子，我连声谢谢都不敢对他说，而且在当时的气氛下我也不合适对他说这句话。

到了这时候我才知道拔鸭毛和掏内脏竟然也算是一份不错的差使，真是没有比较不知好赖。再做这些事情我心里竟然荡漾着幸福感，一点不觉得肮脏和恶心。

这天我们车间里干劲十足，活做得特别快，因此不断有人被抽过去杀鸭子，男的都被叫走了，剩下的都是女孩子，每个被叫到的人都很不开心，愁眉苦脸，嘀嘀咕咕，有的眼泪都流下来了，可是没人敢不去。没被叫到的人其实也很紧张，生怕下一个就轮到自己。我也是忐忐忑忑，但好在一直没有叫到我。卢师傅还是在几个车间跑来跑去巡视，他到我们车间的时候我们都活干得格外麻利，生怕被他挑刺，最害怕的还是被他打发过去杀鸭子。

离下班还有半个多钟头，戴小萍来了，她挤在我边上，拉过我手里的鸭子帮我拔毛。她拔得飞快，不一会儿一只鸭子就在我们两个的手底下收拾得光溜溜的。我问她加班了没有，她说加了，供不上货，提早下班了。她说话时眼睛并不看我，语气有点吞吞吐吐，起先我并没有意识到什么，随后才反应过来，她似有愧疚之色，大概还在为没有把我从这里调出去不自在。

突然她用胳膊肘碰了碰我，在我耳边悄声说："我妈妈来了。"

我抬头一看，果然她妈妈高视阔步地走进车间，脸上挂着矜持的微笑，带着点居高临下的神气跟卢师傅打招呼。卢师傅脸上忽地笑得像一朵盛开的菊花，亮开大嗓门夸张地奉承她说："哎哟我的姑奶奶，是霍师傅啊，哪阵香风把你刮过来的？"

我第一次从他脸上看到如此热情灿烂的笑容，简直吃惊这个经常耷拉着一张脸的人还会这般谄媚讨好。打过招呼他们站着说话，说了有十来分钟，聊得很投机的样子。霍师傅不时伸出手拍拍卢师傅的胳膊和肩膀，卢师傅在她的拍拍打打之下神情越来越柔顺，两只鼠目笑成了弯弯的两条细线。因为离着好几步远，车间里声音又吵，他们有的话我听得见有的话听不清。

他们一边说一边朝我这边走过来，走到近旁，霍师傅问我："你行不行啊？吃不消你就跟卢师傅说。"她说得理直气壮，一副大包大揽为我撑腰的样子。

我感激地说："谢谢霍阿姨，我没事。"

霍师傅朝我笑眯眯地说："听说昨天你昏过去了，怕是中暑了吧？你要是不舒服就去歇歇，我跟卢师傅打过招呼了，请他多照应你。"她扭过脸去望着卢师傅，好像在等他表态。

卢师傅立马接腔说："好说好说。"他露出笑容，半真半假地凶我说，"你做不动就去休息，硬撑着何苦？你不要连累我吃领导批评。"

霍师傅举起手作势要打他，咧开嘴笑着说："哪个是你领导？我才不是你领导呢，人家说县官不如现管，强龙不压地头蛇，这个地盘上你说话最狠。"

卢师傅赶紧说："不敢不敢，我就是下头跑腿的，你们哪一个都是我领导，领导有啥指示尽管吩咐，我保证好好执行就是了。"

他们言来语去说了一阵，两个人都是满脸放光兴头十足。

霍师傅忽然换作抱怨的口气说："这两天我被二丫头闹死了，非要我把她同学调过去跟她在一起，她们小孩子就欢喜结团，我要是去说说也不是做不到，不过厂里那几张嘴，你晓得的，有事没事要嚼一通蛆，我不想让他们说。"

我听着觉得她这些话是有意说给我听的，但她并不是直接对我说的，我不好有什么表示，也不知该怎么表示，只好装作没有听见。

卢师傅倒是立刻做出知情会意的样子，他夸张地奉承她说："哪个叫你是风口浪尖上的人物，我们想让人说还没得人说呢。"

霍师傅听了扑哧笑出来，装得十分无奈地说："你也真是狗嘴里吐不出象牙来，我把你当个好人才对你说，你倒反过来取笑我。"她转过来，小声对我说，"你先将就着，等我寻个机会替你想想办法。"

临走前她大大咧咧捶了卢师傅一拳说："拜托你这个老师傅多关照啊，不要让人家读书的小姑娘累坏了。"

卢师傅利索地答应，表态一般大声说请她放心。

这天下午在剩下来的不到半小时里卢师傅一趟一趟走过来看我，问我累不累，还要不你早点回去吧，我说我没事，直到下班才和戴小萍一起走。出门的时候卢师傅闷声闷气对我埋怨道："还好没有让你去杀鸭子，你在厂里头有人事先也不对我说一声。"我听了实在不知道该如何回他，笑笑没说话。

出了门戴小萍问我是不是要回家，我点头，她迟迟疑疑地问我能不能去她家里玩玩再走，我说已经迟了，爸爸妈妈说不定会着急。她笑嘻嘻说反正是迟了，再迟些不是一样的？我听她说得有道理，就答应跟她去玩一会儿再回家。

到了她家一进门就闻到一股焦煳味，戴小莲正用烧红的火钳在烫头发。看见我们进门，就叫我们帮她烫后脑勺上的头发。戴小萍不肯，也不让我帮她这个忙，她高着嗓门说姐姐："你又作怪了，妈妈不是不许你瞎弄吗？再烫你那点头发就没用了。"

戴小莲用一双又黑又亮的大眼睛翻她两眼说："我自己的头发，长我头上又不长你头上，你管得着！"

她不再叫我们帮忙，自己对着镜子烫。又是一阵焦煳味飘过来，戴小萍冲过去夺她手里的火钳，戴小莲猛地把火钳扔在地上，两个人就像两只斗架的公鸡一样吵了起来。

"吵什么吵？你们真是前世的冤家，隔条河我就听见家里不太平，还当着同学的面，你们两个难为情不难为情？"她们正吵得不可开交，霍师傅带着小菱角回来了。她一只手提着一篮子菜，另一只手提着瓶口系着细麻绳的盐水瓶，里面装着半瓶子油，她没顾上放下东西，催她们姐妹俩说，"你们吵得差不多了吧？早上头就跟你们说了下晚有客人要来，叫你们两个把屋里收拾收拾，怎么到现在还不见动手？"

我一听有客人要来，立刻识趣地告辞。霍师傅笑容满面拉住我，热情地招呼我坐，不让走。嘴里说着："我家条件差，跟你家肯定没法比，要是换作别的辰光，家里一棵菜半个萝卜做一锅汤，只有酱茄子豆腐乳下饭，我也不好意思留你吃饭。今天你来得巧，正好我买了点肉，你要是不吃饭就走，就是看不起我们家。"

听她这样说，我完全不知道该怎么说，也不好意思执意走，只是红着脸一个劲地对她说谢谢。

她两眼望着我，笑容更加灿烂地说："听小萍说你是老师家的小孩子，学习特别好，还是班干部，我看你是个有出息的人，你肯来我们家里玩，我们欢喜还来不及。"她说得很恳切，很真诚，尤其是夸我"有出息"，我也不知道是否就是一句客套话，不由听得面红耳赤，不知所措，糊里糊涂就答应留在她家吃饭。

我觉得霍师傅这个人蛮有意思，在厂里威风凛凛，脾气很大的样子，在家里对我却客客气气，既和蔼又慈爱，和她在外面一点不一样，让我心里有种莫名的感动。霍师傅坐定了跟我拉家常，她说她爸爸就是老师，从前在镇上的小学做副校长，可惜他死得早，她要帮妈妈拉扯几个弟弟妹妹，三年级上了不到半学期就退学了。

"不说假话，我在学校里成绩一直很不错，我蛮会读书的，我也喜欢读书，可惜没有读书的命，到现在会的差不多也忘光了，大字不认得几箩筐。"她嘿嘿笑着说，"我要是读了书，说不定早就混出来了，不会像现在这样一天到晚卖苦力，至少弄个办公室坐坐吧。"

"你想得美！"戴小莲插嘴说。她对她妈妈说话的口气一点不像是小辈对长辈。

霍师傅也不当回事，她笑一笑，又慢悠悠地说："我从小就听我爸爸总说'读书翻身'，我自己没得书读，几个弟弟妹妹没一个肯读书的，我就指望她们姐妹三个，可惜也都不是读书的料。姐姐看见书就脑瓜子疼，小萍高考还不晓得考了几大分，小三子刚上到二年级就挂红灯了，唉，打也打了骂也骂了，都没用，我也强求不得。跟你说吧，我心里是真喜欢会读书的小孩，就像你这样的。"

她把我说得很难为情，不过心里乐滋滋的。戴小萍看她妈妈喜欢我，也是非常开心的样子。

霍师傅跟我说话也没有耽误她做事，她把肉切好，放了姜葱剁成肉馅，空气里充满了香气。她们姐妹三个也忙开了，戴小莲出去买卤菜，戴小萍铺床叠被收衣服，小菱角拿了一把小扫帚扫地，她们分工协作，配合默契，谁做什么都不用商量。我不好意思闲坐，就帮着拣菜。

家里刚收拾齐整，客人就到了。这位来客长着一张坑坑洼洼的橘皮脸，皮肤是少见的酱黄色，个子很高，大约有一米九，长得魁梧结实，往屋里一站就像一座铁塔一般。他一只手里提着尼龙线网兜，里面装着一个四四方方的铁皮饼干盒，还有一袋糖果，花花绿绿的包装透出精致和豪华的味道，另一手托着一只很大的西瓜，少说也有二十来斤。霍师傅慌慌地撂下手上的事情，一脸春风地迎上去，笑得比蜜糖还甜。她接过他手里的网兜，嘴里嘀嘀咕咕念叨你人来就好了，又不是外人，带什么东西呀，一边把事先凉好的一大碗绿豆汤捧给他喝。她们姐妹三个过来跟他打招呼，毕恭毕敬叫他"卜叔叔"。这位大高个子叔叔见了她们哈哈笑着，跟她们说话逗乐非常亲切，小菱角直接扑到他身上，他撑着她的胳膊把她悬空悠了一圈。霍师傅对我说他就是卜厂长，我在厂里听说过他，不过没有见到过，我没想到食品厂的头号人物会到这么寒酸的人家来，而且不是空着手来的，还带了这么多礼物，我心里暗暗吃惊，用当地话说有点摸不着头路。卜厂长一点不搭架子，对我也像对她们姐妹三个，有说有笑的，丝毫不冷落我。他还说忘记把照相机带来了，要不然就可以给我们拍照了。

饭菜很快弄好上桌，一张折叠圆桌摆得满满当当，仔细看除了一碗红烧肉圆，都是素菜。但我还是奇怪之前并没有看见有多少菜，霍师傅简直就像变戏法一样，竟弄出这么多来。家里的凳子不够，实际上即使有凳椅也摆不开，卜厂长坐了唯一的一把椅子，我们几个就坐在床边上。霍师傅没有坐，她还在小厨房里忙着炒菜烧汤。卜厂长叫她不要弄了一块儿来吃，催了好几次，她才过来坐。

霍师傅给卜厂长斟满了杯，也给自己倒了一小杯酒，陪他喝。她眉开眼笑朝他说："给你这个大功臣庆祝庆祝，签了这么大一个合同，这下子我们厂又能当先进了。"

卜厂长也是满脸笑容，和她轻轻碰了下杯，一口喝干了，说：

"啥先进不先进，我想不了那么多，先图能把日子过下去再说。"几杯酒下肚，他聊起了去上海签合同的事，"说起来真是不容易，来来回回不知道跑了多少趟，我把梅林罐头厂大大小小领导缠得吃不消，这块骨头真是不好啃。这么说吧，这张合同签不下来，厂里这么多工人下半年没得正经事情做，只能生产些荸荠罐头青豆罐头啥的，汤汤水水，淡滋寡味，哪个要撒？那些东西一是不好卖，二也卖不出价钱来，就图个累了。不说年底发不出奖金，就是一人一份的年货发不出来，你等着看，一个个还不要闹翻天。"

"就是啊！"霍师傅接嘴道，"早些年哪有奖金发，就是干工资，不是也能过？发了奖金反倒胃口大起来了。我是真替你担心，生怕这次去上海又白跑一趟。昨天上午你没有来电话，厂里已经有人传你那边又踏空了，那两个不顶用的老东西副厂长又叽叽咕咕的，煽动得人心惶惶的。接到你从上海打来的电话，你不晓得，他们马上就不作声了。我们都开心得没话说，这么长时间一块大石头终于落了地，生产科一分钟不耽误发通知加班，连他们这些做临时工的小孩子全都留下来了，大家劲头子高得开锅。"

卜厂长听了，笑得很开怀。

霍师傅又说："不过话又说回来，你这么起早贪黑舟船劳顿，还要四处求爷爷告奶奶，现在是弄下来单子了，有肉一块儿吃，要是弄不下来，你等着瞧，不晓得那帮人又要说出什么来。"

卜厂长喝一口酒，不当回事地说："你以为有事做有钱赚他们就不说了吗？一样会有话说。只好随他们说去，不计较就是了。"又说，"计较也计较不过来。"

霍师傅说："你就不好拿出威风来镇住他们吗？要是我，根本不跟他们客气，有一个算一个，哪个犯嫌就把哪个收拾掉。"她说着扑哧笑起来。

卜厂长哈哈大笑说："我要是把不顺心和不顺眼的人都弄掉——"他说了半句收住话头没有再说下去。

霍师傅转向我说："你不知道卜叔叔，他一心扑在工作上就不谈了，为了厂里的事情真是肯把自己的命搭进去。他这个人不是我说，从来不肯占公家一丝一毫的便宜，跟我们以前的老厂长完全不同。厂里人都说老厂长是把食品厂当他自己的家，车间里进什么，他家的锅里头就有什么，厂里的东西他想吃什么吃什么，想拿什么拿什么，卜叔叔跟他正相反，他打出牌子不吃罐头，我们厂里的罐头多好吃呀，你问问他，他都不知道是什么味道，他一口都不碰。"

我顿时对卜厂长心生敬佩。街上商店里买什么都要凭票，买猪肉要票，买鸡蛋要票，买豆腐要票，买油买糖也要票，过年买点芝麻花生都要票，而且有票还要起大早，有时候大半夜去排队还不一定能买得到。当时人人肚里缺油水，食品厂的罐头在我们眼里绝对是高级品，特别是那些午餐肉罐头、火腿罐头、鸭肉罐头、鸭胗罐头，都是我们闻到香味甚至听到名字都要流口水的。普通的人家不怎么吃得起，即便吃得起的也不舍得买，家境好些的人家小孩生病的时候能吃到一个水果罐头就算是很高的待遇了。我小时候有个理想就是有一天我有钱了一定要敞开来吃罐头，吃够为止。面对那么多可以白吃的罐头不动心，在我看来绝对不是凡人。

卜厂长却平平淡淡地说："我要是带头吃的话，食品厂恐怕早就被吃得只剩个空壳子了。"

我们几个听得哈哈大笑。

霍师傅笑嘻嘻地说："你不吃不拿，从前吃惯拿惯的人看你就不顺眼。"她转向我说，"卜叔叔不占公家便宜，其实也得罪人，别人就不好倚风作邪。有人说他捞资本，他自己说身正不怕影子歪。"

卜厂长抿一口酒，低声说她："跟小伢子说这些做什么？"她听了一笑，轻轻叹了口气。

吃完饭，我看天黑透了，想回家又不好意思说，霍师傅叫我不急这一刻。

她收了桌子，沏了茶来吃。她就像是随口说起一般对卜厂长说：

"你把老卢打发到屠宰车间真是用对人了，他现在积极得很，不像从前做搬运工的时候一肚子怨气到处拨弄是非，不是在这里生事就是在那里闯祸。像他这种人还是拢住些好，省得他动不动给你搞事。我看他领着这些临时工杀鸭子，黑着一张脸，想骂就骂，凶神恶煞，倒是把他们带得一点不比厂里的老师傅差。你看不出来吧，就连她这样文文静静的小姑娘，三把两把就能把只鸭子掏得干干净净。"

卜厂长"哦"了一声，看我一眼，眼睛里满是笑意。霍师傅脸上绽露着笑容，口气特别温柔地说："我想请你说句话，把她调到水果罐头车间去，我心里又怕那几张嘴说。"

卜厂长撺了一筷子菜，放嘴里慢慢嚼着，微微笑着，没说行也没说不行。

霍师傅推推他说："你不要光点头哎。"

卜厂长转过来问我："你敢杀鸭子?"

没等我说话，霍师傅说："还好没有真叫她去杀鸭子，老卢这个人脸黑心还没黑透。"

卜厂长笑起来。他做出一本正经的样子对我说："你没有学会杀鸭子，不能算在我们食品厂做过，你应该跟卢师傅学学去。"

我尴尬地笑，回不上话。霍师傅飞快地接上去说："过两天还要做午餐肉呢，老卢管杀猪，你叫她直接跟他去学杀猪也不迟。"

卜厂长听得哈哈大笑，说她："有你这张嘴，我看用不着怕哪个说。"

"行，有你这句话，那我就打着你的旗号为所欲为啦。"霍师傅喜笑颜开，目光柔柔地停在卜厂长的脸上。卜厂长不说话，也不看她，稳稳当当地坐着，就像入定了一样。

"今天喝得真不少。"他缓缓地说一句，脸上泛着红光，心满意足的样子。

霍师傅瞟他一眼，面色粉粉的，白白的，眼波就像细细的水流围绕着他打转。卜厂长看她两眼，忍不住笑，把眼光转开了，似乎故意不看她。停了片刻霍师傅问他："刚才我跟你说的话你听见了吧？"

卜厂长抬起眉毛，做了一个就像是疑问的表情。

霍师傅装作没看见，她用不容置疑的口气说："明天我就去和车间主任说把她调到水果罐头车间去，就说是你点头答应的。"

我回到家，爸爸妈妈和弟弟已经吃过晚饭，正坐在家门口乘凉。门前的青砖地上泼了水，冲洗得干干净净，家门口的夜饭花和灯盏花开得正盛，幽香阵阵袭来。吃晚饭的小方桌靠墙放着，上面摆着一盘洗干净的水果，还有一玻璃瓶我家每天都有的消暑去火的金盏花茶，就像静物一样。见我回来，妈妈又气恼又惊喜地说："你一大老早出去这么晚回来，我们都快急死了，还以为你丢了呢！"她问我，"你饭吃了吗？"

我说吃过了，她问我在哪里吃的，我一五一十说了，还说在戴小萍家见到食品厂的厂长了。妈妈听了笑起来，说："你去厂里才几天，都有人家请你吃饭了。"

爸爸也笑着说："想不到我们家的小孩到工厂里还蛮吃得开的。"

妈妈接着爸爸的话头说："她从小就灵活，这个家里爸爸和弟弟出去我总是悬着一颗心，她出去多长时间我都不担心。"

爸爸听了突然就不说话了，妈妈显然没有意识到这话有什么不妥，而我听到表扬话总是很开心，尤其是极少夸奖我的妈妈这样说。我洋洋得意告诉他们我同学的妈妈明天就会把我调到水果罐头车间去，她是当着我跟厂长说的，以后我就用不着一身腥气去收拾鸭子了。妈妈笑着说："那你好好听人家阿姨的话。"她又说，"哪天把你的那个同学带到家里来玩玩，难为她妈妈照应你。"

可是第二天霍师傅却没有把我调到水果罐头车间。我以为一到食品厂门口就能看到戴小萍欢天喜地迎上来，告诉我调成了，随后我们一起高高兴兴跑进车间去上班——可是到了之后却不见她身影，我犹豫了片刻，还是走进了屠宰车间。

卢师傅已经到了，不知为什么事正在大声呵斥一个瘦小的男孩，看见我进去他就像没有看见一样，继续唾沫星子乱飞地骂人。我也没敢跟他打招呼，系上围裙戴上护袖就去干活。我想这么一大早，说不定霍师傅还没有上班，自然不可能替我调工种，只好等等再说。这个早晨我心里就像揣了只兔子，上班上得很不踏实。卢师傅每一次经过我身边，我心口都不由自主地咚咚狂跳，十分紧张也十分期待他突然对我宣布好消息。

然而他来来去去不知走了多少趟，也没有跟我说一句话，连看都没有看我一眼，我渐渐地不太乐观了，心头那个像气球一样飘着的希望也一点点瘪下去。

有好几次我下决心要找个借口去问问霍师傅情况到底怎么样，如果她忙忘记了，正好去提醒她一下，但因为一直忙着做活，腾不出空去找她。总算等到休息时间，我却又迈不开腿，心里忽然变得迟疑起来，不知道怎么跟她开口说。长这么大我还从来没有求人办过事，在家里跟爸爸妈妈都不怎么提要求，脸皮特别薄。我想到霍师傅也同样是要去求人的，人家可能答应，也可能不答应，如果她没有替我去办，那一定是她不好张口或者根本张不了口。想到这些，我就更加畏缩不前。

就这么犹犹豫豫的，休息时间便过去了。卢师傅扯着嗓子喊大家开工，我一回到工作台前，心立刻就定了下来。我觉得与其费劲去找人，还不如就这样呢。拔毛掏内脏虽然脏点臭点，但也不是忍不了，毕竟这么多人在做，别人可以，我也没啥不可以。这么一想，我就不去费心思琢磨调车间了，只当没有这回事。

也不知过了多久，外面响起一阵吵嚷声，两个女人尖厉的对骂声传过来，就像往汤锅里撒了一把盐，车间里的人一下子沸腾起来，不少人兴奋地蜂拥到门口和窗口，探头探脑地看。卢师傅也不管，还一脸坏笑地说："骂架你们没有看过啊？有什么好大惊小怪的。不瞒你们说，一大老早她们已经吵过头荏架了，那时候恐怕你们不少人还在睡梦里头呢。"他竖着耳朵听了听，似乎还算满意地说，"这个回笼架吵得力道还蛮足的。"说着他往外挪动着脚步，一眨眼工夫人就没影了。

卢师傅刚一走，车间里立刻就停了工，有几个胆子大的也跟着出去看，余下的人放下手上的活挤到窗户前面去听。外面的声音一浪高过一浪，吵得相当激烈，骂的都是最粗野最难听的话，完全不顾体面，有些话我还是头一次听到。跑出去看热闹的人不时跑回来通报一下战况，但他们就是三言两语，说得没头没尾，我听了半天连谁跟谁、为什么事吵架都没听明白。车间里越来越多的人溜了出去，最后我们大家都跑去看吵架了。

在灌装车间和消毒车间之间的那片空地上，厚厚的人墙把吵架的人围在当中，我们这些到得迟的人根本挤不进去。我随着一队人爬上稍远处的医务室二层小楼，这里同样也是人挤人，加上有树梢和房子挡着，看得不怎么清楚。但当我透过别人的肩膀和脑袋看到吵架的场面还是大大地吃了一惊，其中一个人竟然就是戴小萍的妈妈霍师傅，她和另一个比她年轻的女人在不停地对骂，两个人都扯着高八度的嗓子，豁出命地骂对方，声音都变了调，难怪刚才我一直没有听出来是她。她们一样穿着白得耀眼的工作服，显然是同一个车间的。她们也一样都是袖子挽得高高的，气急败坏地挥舞着胳臂。让我觉得古怪的是她们两个人还同样是一手拿着砧板，一手举着菜刀，一边骂一边在砧板上剁——后来我才知道这是当地人骂架最恶毒的一种方式，有把对方千刀万剐和诅咒对方不得好死的意思。我离得老远看到她们挥舞着明晃晃的刀子，情绪失控地跳着脚，一颗心都提到嗓子眼里了，生怕她们冲动之下把刀砍到对方身上去。我看得胆战心惊，腿都吓软了。

我挤出人堆跑下楼去找戴小萍。我一口气跑到水果罐头车间，偌大的一个车间空空荡荡，只有角落里坐着三四个年纪不小的女师傅在闲聊。我经过窗下时听见她们正在说："狗咬狗，没一个好东西……"另一个声音几乎同时说，"这下子架都没人拉，得罪哪一个都没得好果子吃……"她们一起笑，幸灾乐祸地说，"就看厂长站哪头了！"她们突然看到我冲进去，都吓了一跳，朝我望过来的目光十分警惕。我扫一眼戴小萍不在，也没敢问她们，赶紧回身走了。

我不知道去哪里才能找到戴小萍，在厂区转了一圈之后回到屠宰车间。看热闹的人陆续回来了，工作台上烫过毛的鸭子已经堆积如山，我一边干活一边竖起耳朵听着外面不断传过来的高一声低一声的叫骂声，想着霍师傅，心里沉甸甸的，就像压着一块大石头。

卢师傅也看过热闹回来了，他黝黑的脸膛泛着油光，亮堂堂的，就像喝了老酒一样。他不像之前那样忙着抓生产，一进门就像发布新闻一样滔滔不绝地说起外面吵架的前因后果。他讲得眉飞色舞，大家放下手上的活凑过去听得津津有味。他说霍师傅和孙师傅两个都是厂里出了名的大好佬，她们同样都是"惹不起"。他脸上带着嘲讽，嘴里发出啧啧啧的声音，显得无比鄙夷的样子，和前一天对霍师傅点头哈腰的样子简直是天壤之别。刚才在水果罐头车间无意间听见那几个女师傅背地里议论霍师傅和孙师傅我心里已经莫名地觉得不舒服，听他这么说，我既吃惊又震动。

有人问他为什么这么讲，他故意停了片刻，双目炯炯地环视一圈，然后压低了声音神秘兮兮地说："你们是真不知道还是假不知道，霍大姐跟厂长是一个乡里出来的亲密战友，有人说他们两个还是青梅竹马，年轻时候的霍大姐不是现在你们看见的这个样子，她是食品厂的一枝花，皮肤雪白，哆劲十足，不到现在一半胖。这几年上了点岁数，吃了酵头一样发福了，水蛇腰变成了水桶腰，快看不大出从前的模样了，不过她哆起来我看还是没得人能比……"他忍不住嘿嘿笑起来，脸上的表情怪模怪样。

大家跟着他笑。

笑了一阵，他接着说："霍大姐跟厂长的交情那不是一句两句话讲得清楚的。再说孙二姐，人家是厂长嫡嫡亲亲的小姨子，十几岁就跟着姐姐姐夫一起过，进进出出就是一家人，她跟姐夫有多亲连她一个娘胎里出来的姐姐都要吃她的醋。老话说，手心手背都是肉，这样两个人，你们说说厂长怎么弄?"

卢师傅碎碎叨叨绘声绘色说起昨天晚饭头里厂长从上海回来，有人看见他一下长途汽车就风急风火直奔河对岸宿舍区，一头扎进了霍师傅家，而且他不是空着手去的，还提着花花绿绿非常高级的礼物。这边孙师傅听说他要来家，吃过中饭没过多大工夫就去汽车站接，左等不来，右等不来，直等到天墨黑也没有接到他。她没有想到厂长不等汽车进站就提前下车了，是不是有意躲她没人说得清。她自然是晓得他去了哪里，不过也不敢上门去找，那不成打上人家门上去了嘛。她回家等到大半夜，也没有等到姐夫回去。这个礼拜正好轮到霍师傅做卫生，三点半就要到厂里，一大清早她刚踏进车间门，孙师傅已经气鼓鼓守在那里等着她了。两个人一见面就铜锤对铁棒干上了，一个骂一个骚狐狸，见了男人不放过，当着自己家一窝小崽子就能跟外头男人骨头轻，要多贱有多贱；一个骂一个臭狗屎，顶风臭十里，死皮赖脸不知丑，送货送到人家床头上，倒贴都没人要……两个人都是挑戳对方心窝的难听话骂。说得兴起，卢师傅又对大家透露卜厂长老婆三年前生病死了，厂里有不少女的都对他有意思，厂外也有一些女的喜欢他，谁也想不到居然让这么个五短身材大饼脸的半老徐娘抢了上风，都对她恨得牙痒痒，最恨她的当然就是他的这个小姨子。他说今天顶有意思的是这两个"惹不起"相互揭老底，让厂里的老熟人听得笑死了。只可惜早上那一架吵得太早，看客不多，下午这一场吵得声势不小，算是弥补了早晨的缺陷，不过也还是有一点美中不足——他卖个关子停下来，故意不说了，有性急的忍不住催他快点讲，他不紧不慢掏出根烟，四处找火点着了，按在乌焦的嘴唇上猛吸两口，吐了一个烟圈，才像揭开谜底一样说："就缺厂长那一勺子油。"

有个师傅插嘴说卜厂长哪里不知道，那么大动静只有聋子听不见。

卢师傅咧着嘴，龇着一口烟熏的大黄牙，阴险地笑着说："你们当我不晓得？厂长远远瞄了一眼就缩回办公室了，一直没有露过面。"他哼了两声又说，"一个是心，一个是肝，你们凭良心说说厂长难不难？"

大家听得一阵爆笑，而我站在那里不但一点笑不出来，而且十分局促和不自在，就好像他们说的事情和我有关系。其实我和霍师傅认识才几天，但她为我来跟卢师傅打过招呼，昨天还请我在家里吃过晚饭，她还跟卜厂长求情要把我调到水果罐头车间去，她对我这么好，我心里的天平不知不觉倾向她，自然而然地，也可以说是义不容辞地就倒向她一边。卢师傅还在那里唾沫横飞说个没完，我一句不想听下去，悄悄走到车间的另一头，离他远远的。

然而，又一件事情震惊了我。仅仅过了一天，次日工间休息的时候，我无意中撞见在我看来相当奇怪和不可思议的一幕：霍师傅竟然跟孙师傅抬着一个空箩筐并肩走着，两个人有说有笑，就好像彻底忘记了昨天吵架的事，简直就像是什么都没有发生过一样，而且看上去她们不是装出来的，真正是心无芥蒂甚至是亲密无间的样子。我以为有了像昨天那样当着全厂人面的大吵，不说她们从此结下怨仇势不两立，但恐怕也很难和好得这么容易吧，她们转弯转得这么快，倒让我转不过弯来。我心里莫名其妙地有一种说不清是失落还是失望的感觉。我不清楚她们是如何做到仅仅过了一夜就冰释前嫌而且亲近得如同姐妹一般，我在吃惊和诧异之外心里隐约有一种无法言说的厌烦和畏惧，也许我是应该为她们和为贵感到高兴才对，但我却毫无那种正面的情绪，甚至因此连带对戴小萍也几乎失去了好感，心里觉得没意思，也不知道见了她说什么好。

这天下午照例加了半个班，快下工时戴小萍跑到我们车间来了，她蹦蹦跳跳笑容满面，看上去很高兴。我不知道她为什么这么高兴，如果是我，可能会抬不起头来。在看见她的那一刻我心里多少有一点尴尬，而她还像往日一样直奔我而来，挤到我旁边跟我收拾同一只鸭子，那样亲切又自然，让我也不由自主地松弛了下来。

卢师傅见到戴小萍，马上嬉皮笑脸走过来，一副不怀好意的腔调跟她开玩笑说："你老来我们车间帮忙，也没得一分钱工资把你，多过意不去啊。"他凑近她，一张毛胡子拉碴的脸对着她，故作亲近地问她说，"听人说昨天孙二姨把你妈妈斗败了，你妈妈家去哇哇大哭了老半天，有没有这个事情啊？"

戴小萍把头一扭，不睬他。

卢师傅半真半假叹一口气说："我晓得你妈妈不是骂不过她，我们霍大姐，骂起架来呱呱叫，男的就不说了，没得一个嘴巴子利落干得过她的，女的也没一个是她的对手，不要说骂架，就是打架她也打得赢。她之所以没有弄得过孙师傅，其实不在她，而是另有原因，你说我说得对不对？"

他得意洋洋，露出比谁都知道得多的骄傲。戴小萍低着头，只顾拔毛，不睬他。

卢师傅乐呵呵地自我肯定道："让我说对了吧。"

车间里安静下来，那些收拾好了准备下班的人假装在做事情，磨磨蹭蹭不走开，大概还想听听他说什么。

卢师傅见有人关注越发来劲了，他用一种就像对自己人的亲密口气对戴小萍说："问你一个事——听人说厂长要跟你妈妈结婚，你妈妈不肯答应，是不是这样啊？"

戴小萍终于没忍住，不耐烦地回他一句："没得这回事，听那些鬼嚼舌头。"

"噢，那可能就是我听错了。"卢师傅狡黠地笑着说，"要不就是你妈妈想跟厂长结婚，厂长不肯答应，到底有没有这回事嘛？"

戴小萍听了顿时涨红了脸，气急败坏地说："没得这回事，你不要瞎嚼蛆。"

卢师傅拍着巴掌哈哈哈大笑说："那就肯定有这个事，要不然你急成这个样子做什呢？"

戴小萍一抬头，口气很冲地回敬他说："我妈妈跟不跟厂长结婚跟你有狗屁关系，是不是你想跟厂长结婚呀？"

大家听了哄堂大笑。

"小丫头子蛮厉害的嘛，这张嘴不比你家妈妈差。"卢师傅朝她竖起大拇指，不阴不阳地说，"厂长跟不跟你妈妈结婚跟我是没得狗屁关系，跟你还是有狗屁关系的。比方说厂长娶了你妈妈，他就是你名正言顺的晚爸爸，你就升级为厂长家的千金小姐，到时候奉承你的人你看看有多少，哪个看见你都要多敬你几分，你想要办什么事都好说，不过要是厂长不跟你妈妈结婚，那我就不好说了。"

戴小萍气呼呼地朝他呸了一口，正好下班时间到了，她拉起我就跑了。

我们去水龙头下洗干净手，戴小萍从衣袋里掏出几个很小的青果子给我，我不认得，问她是什么，她说是海棠果，在隔壁缫丝厂院子里偷摘的。海棠果碧青，又小又硬，咬一口很酸涩，她却吃得津津有味。她好像一点没把刚才在屠宰车间的不快放在心上，跟我说说笑笑，问我想去哪里玩。她把我带到食品厂后面的小树林里，想在那里摘野果子，结果什么也没找到。

我们兜了一圈回来经过礼堂门口，一大群穿着工作服的师傅正坐在树荫下叽叽呱呱闲聊，绝大部分是女师傅，只有三五个男师傅夹杂其中，卢师傅也在里面，面孔黑黑的十分显眼。看到我们走过，那些师傅突然哈哈大笑起来，他们笑得东倒西歪，就像大风刮过的树枝子。我和戴小萍被他们笑蒙了，就在我们一愣神工夫，说时迟那时快，霍师傅从人堆里弹出来，简直就像从天而降，嗖的一个箭步冲过来，抡圆了膀子狠狠抽了戴小萍一耳光，戴小萍被她打得原地转了大半个圈，捂着脸蹲在地上。刚刚还笑得前仰后合的师傅们突然静了下来，好像他们也被那一巴掌打蒙了。霍师傅却是甩过了一巴掌还不解恨，又对戴小萍劈头盖脸一通打，嘴里恶狠狠地骂道："你这个不要脸的小畜生，嘴头子上没得个把门的，就会在外头胡说八道！老娘的事情轮不到你来管，先把自己屁股上的屎擦擦干净再说。以后要再让我听见一句你瞎扯蛮，看我不把你逼嘴扯烂算你有本事……"

她越骂越气，用力从地上拖起戴小萍还要打，戴小萍左躲右闪，没有哭，受了惊一般一声一声地干号。我想上去把她们母女拉开，根本无法靠前。坐着的那些师傅肯定都听出来霍师傅在指桑骂槐，小孩也是打给他们看的，都很尴尬，没有人出来劝。后来大概看她动手动狠了，仿佛才回过神来，几个人一起过去拽住她，其他人也七嘴八舌劝说起来。卢师傅坐在那里没有动，也没有说话，笑容僵在脸上，面色很不好看。

戴小萍从她妈妈手里挣脱出来，她鼻子下面拖着一条血迹，脸上带着红印子，好像就要哭出来，但她没有哭，掸一掸裤腿上沾的泥土，慢慢走开了。我也跟着她往厂门外头走，走出老远还听她妈妈在后面尖着嗓子恨恨地骂。

出了厂门，走到河边，戴小萍找了一处平缓的河岸，俯下身去，轻轻划开水面，撩起水，慢吞吞地把脸洗干净。我掏出手绢给她擦，她迟疑了一下，接过去，不过只是在面颊上碰了碰，生怕弄脏似的，手绢没沾湿就又还给了我。

她很快恢复了平静，半边脸还是红红的，已经有了笑容。她问我想去哪里玩，我心里忽然一酸，摇了摇头。她一笑，大大咧咧地说不碍事的，现在离天黑还早呢，做了一天工，又不用写作业，不玩可惜了。说着咯咯笑起来，好像已经忘记了刚才平白无故挨了一顿打。

她拉着我跑过桥，又到对岸那片去游荡。

一走上到处搭出来支支棱棱半高不低小房子的街道，就见戴小莲骑在一辆崭新的凤凰牌自行车上迎面而来。她骑得风驰电掣，车轮子的钢圈在阳光下闪闪发亮，整个人也好像闪闪发光，简直形容不出那种青春飞扬和意气风发。和她一起骑着自行车呼啸而过的是一大帮二十上下的小伙子，她是他们当中唯一的女孩，既美丽又潇洒。戴小莲看见我们立刻刹住车，敏捷地从自行车上跳下来，她把车往街边一停，扑到戴小萍身上，上上下下摸她的口袋，一边说："你有啥吃的？

我饿死了。"

戴小萍就像条件反射一般用力推开她，我还以为她们要打起来。戴小莲拽住她，从她口袋里掏出三四颗海棠果，高兴地放到嘴里嚼着，一边皱着眉头大叫"酸死了"，一边又说"真好吃，还有吗"。她再翻妹妹的口袋，什么也没有找到，大失所望，极不耐烦地说："你快回家去烧晚饭，妈妈叫的。她下了班不回来，我也晚点家去。"没等戴小萍说话，她又说，"夜里记得给我留门。万一妈妈回来早，你就说我去舅舅家了。"话没说完，又飞身上了自行车，一路闪闪发光远去了。

戴小萍朝她喊："我才不管你的事——"

戴小莲就像没听见，骑出老远从自行车上回过脸，朝妹妹嫣然一笑。

戴小萍苦着脸，一副很为难的样子。我问她怎么啦，她不作声，就像是不好说，我就不再问。她却叹了口气，嘟嘟囔囔地说："米都没得了，叫我拿什么烧晚饭？"

我听了，不知道怎么安慰她，手伸进衣袋，摸出唯一的一块钱递给她。她就像被烫了一下，马上笑嘻嘻地说自己有钱，是跟我说着玩的。她死活不肯要，我是真心实意要给她，跟她推让了一番，实在拗不过她，只得作罢。

忽然想起前些天去学校估分的事，我对她说："对了，你估分了吗？"

她一愣，茫然地望着我。

"你想估分的话明天我陪你到学校去。"其实我心里想的也不是陪她去估高考分数，我只是想给她一点安慰，一时不知道说些什么好。

她听了咿咿笑起来，面露羞惭说："我才不去估分呢，考过以后我想都不去想，我根本不敢想，就这样夜里还做过好多次噩梦，梦见自己坐在考场里答试卷，题目难死了，全是我不会的，卷子长得看不到头，心里绝望得要命，醒过来一身汗，心咚咚咚咚跳……"她坦然地说，"我肯定考不上，半点希望也不抱。我早就想好了，假如有招工我就去上班，当不上正式工做临时工也可以。"

她说得很平静，也很笃定，似乎想好了后路，而且有一种就这么过一辈子的认命和安然，而我一点都没有想过要是考不上大学该怎么办。看她就像一个很有主见的大人，提前做好了最坏的打算，让我暗暗吃惊，也让我有点为自己茫然无头绪感到心慌。

她要赶回家做晚饭，看得出来她心神不定，不过还做出没事的样子陪我逛。走过小摊子她又要买香瓜给我吃，我没让她买。我拉着她直奔这片唯一的一家冷饮店，推门进去把一块钱放在柜台上，要了两块上海产的光明牌冰砖。我们来过几次都没有舍得买，这回我总算请了她一次客。

回到家吃过晚饭，李沁就来了。她说赵若曦约我们去她家玩，拽上我就走。我们到的时候赵老师一家也已经吃过晚饭，他和杨老师正要出门看朋友，我们刚到他们就匆匆走了。他们一走，赵若曦欢呼雀跃，我和李沁看了既惊讶又好笑。赵老师和杨老师在我们眼里是相当宠孩子的，他们家的气氛也是少有的自由和宽松，赵若曦这个样子，我和李沁忍不住哈哈大笑起来。不仅是赵若曦，赵沐阳也忽然活跃起来，他本来是躲在自己房间的，也大大方方走出来，还故意和姐姐打打闹闹，把她的辫子揪散。他这么活泼，和他平常简直判若两人，我和李沁悄悄相视而笑。

赵若曦拿出从上海带回来的巧克力和蜜饯招待我们，她支赵沐阳去学校门外巷子口的冷饮店买雪糕，赵沐阳一走她就跟我们两个说起了知心话。她望着我们叹一口气，说："像你们这样无忧无虑多幸福啊！"我和李沁听了不解，问她何出此言。她显出忧郁的神情说，"我爱上一个人——而且是一个不该爱的人。"

我们顾不得对她表示同情，迫不及待想知道她爱上了谁，究竟为什么不该爱。

"他是我的哲学老师，不过他已经结婚了。"她直言不讳地说，"我见他第一面，听他第一节课，就迷上了他。他年纪不小，比我大了一倍还多，以前我从来没有想过自己会喜欢一个大到能做自己父亲的人，但我真的被他深深吸引。他太渊博了，仿佛生活在世界的核心，没有他不明白的事情。我不懂的他都能解答，而且能说得让我心服口服。我真的每时每刻都希望能和他在一起，永远不分开。"她面色绯红，目光迷离，就像陶醉在一个梦里。

"他也爱你吗?"我小心翼翼地问她。

她怔怔的，没说话。

"难道他不爱你吗?"李沁怯怯地问她。

她摇了摇头。

"我说不好。"赵若曦说，"当我们在一起的时候，他又快活又详细地跟我讲他生活中细小的事情，讲他学术上的进展和遇到的挫折，把我当知己，让我觉得离他非常近，真的有那种心贴心的感觉。可是，当我们不在一起，没有课的时候连着几天见不到他，他不会给我写信，也不许我给他写信，我们音讯不通，我又怀疑他真的对我有那样一份像他说的那么深厚的感情。我觉得在他面前自己就是一个小毛丫头，既幼稚又无知，虽然他总夸我聪明有才情，但说心里话面对他我没有自信，他越是夸我，我越是心虚。"她问我们，"你们懂吗?"

我和李沁争相点头。

赵若曦十分动情地说: "反正我对他怀着的是一份真正的爱情，这是我的初恋。我是因为心的指引而爱上他的，不管这段爱情的路程有多长有多难走，我也要一步一步走下去。他说我是因为太年轻，才会这样热情和义无反顾，而他正是被我的青春和炽热打动，他说我的一切他都爱。"她忽然叹了口气说，"他也对我说爱情并不是我想象的那个样子，爱有多深，心就有多痛，而且，现实从来就是爱情的敌手，一刻也没有放松对爱情的追杀。他问我能不能在痛苦和孤独的时候忍耐，我说当然能，他说我说得这么肯定是因为还不懂得人世的艰辛和人生的悲哀。"

"他会和你结婚吗？"我们急不可待地追问她。

"你们想得太远了。"赵若曦露出雪白的牙齿，哈哈笑起来，但很快笑容从她的脸上消失了。她略带感伤地说，"不会吧，我这一辈子看来不会嫁人。他说他是用一颗真挚的心爱我，而不是用一颗庸俗的心爱我。他要我相信他，他说他或许给不了我婚姻，但他会给我纯粹的爱情，我当然是相信他的。"

"你们真是太浪漫了！"我和李沁异口同声地一起感叹。

"我这些事情不能让我爸爸妈妈知道，他们不会理解的，知道了只会为我担心。我也不想让赵沐阳知道，他还是个懵懂小孩。你们一定要替我保密。"她关照我们。

我们十分严肃地答应了她。

赵若曦跟我们说起她和哲学老师相识和与他在一起度过的那些用她的话说是令她的心沸腾的时光。她也说到了恋爱复杂难辨的滋味，那种无法摆脱的怀疑和猜忌，还有她内心一次又一次受到的挫伤。她跟我们说她在好些天没有见到哲学老师的某个傍晚，因为忍受不住相思之苦，按着通信地址悄悄摸到了他家附近。她在教工宿舍的院子里徘徊，盼望能意外碰到他。她转了半天，感觉希望渺茫。眼看着天黑了下来，而且还下起了雨，也不知哪来的一股勇气，趁着夜色，她大着胆子走进了他家的那个楼门上了楼。她停在他家门口，一时没想好要不要敲门和敲开门之后怎么说。其实她只是想看一看他，知道他安好就放心了，并不想打搅他的生活，她真真切切就是这么想的。就在她站在门外犹豫不决的那个片刻，她听见屋里突然响起尖厉的骂声，泼辣、蛮横、凶狠、歇斯底里，厉声指责没有把衣服挂到指定的地方，随即又数落起别的没有做好的家务事，她听见他在怒气冲冲的喝骂声中嗫嚅地回应——她深深爱的那个人，是那么懦弱、无力、心平气和，甚至低三下四。她就像无意中挨了一闷棍，心刹那间疼痛起来，她是流着泪跑掉的，那么仓皇和狼狈。她忽然意识到那扇门背后的生活兴许才是真实的，而她和他不过是在一起做梦罢了，而这个梦是那么脆弱，不堪一击。她也意识到她自以为拥有的他不过是个幻影。她一头冲进雨幕，完全顾不得被雨淋得浑身精湿……

正说着话，赵沐阳回来了，他提着雪糕出现在我们面前的时候我们都呆住了，好像完全忘掉了他的存在。

他们姐弟请我们吃雪糕，我和李沁正听得入迷，渴望知道赵若曦和哲学老师后来怎样了，她已经转了情绪，兴致勃勃地提议我们一起玩她们女生在宿舍里经常玩的时装表演游戏。她麻利地打开衣柜，从里面挑出长长短短的衣裙，还有床单围巾等等，把我和李沁装扮起来。她往我们身上一层一层套衣服，又用围巾和大毛巾把我们包裹起来，还在我们背后插上鸡毛掸子和长柄刷子一类的东西，说是把我们装扮成食人岛的酋长和公主，她打量着我们，自己先笑弯了腰。她又教我们走猫步，我们三个乐不可支，笑作一团。折腾完我和李沁，她又要打扮赵沐阳，他不肯，一直害羞地笑，很扭捏，她费了不少口舌说服弟弟。她把他带进父母的房间，关上房门，几分钟之后房门打开，出现在我们面前的赵沐阳穿着妈妈的衣裙，围着妈妈的围巾，戴着妈妈的眼镜，胳膊下面夹着妈妈的课本，嘴里用英语说着妈妈习惯性的打招呼的话，活脱脱就是我们在课堂上见到的杨老师。一时间我们四个笑得屋顶都快掀掉了。

嬉闹了一场，我们脱下套在身上的围巾和衣服，因为热得实在吃不消。赵若曦马上又想出新玩法，她说在学校里她参加了戏剧社，演戏特别有意思，她一脸兴奋地问我们："我们来玩排戏好不好？"

我们不知道怎么玩，她从书架上抽了一本莎士比亚的《哈姆雷特》，翻开书，绘声绘色地念起来："生存还是毁灭，这是一个值得考虑的问题。默然忍受命运暴虐的毒箭，或是挺身反抗人世无涯的苦难，通过斗争把它们扫清，这两种行为，哪一种更高贵？"我们被她极有表现力的朗读吸引，凝神静听，顿时被那种无法言说的魅力震慑。

赵老师和杨老师回家的脚步声打断了我们，他们望着家里被我们弄得一片狼藉，桌子上、椅子上、大床上乱七八糟堆满了衣物，竟然哈哈大笑。赵老师饶有兴趣地问我们在玩什么，杨老师一边假装抱怨我们把家当成了花果山，一边却催赵若曦不要中断继续念下去。赵若曦放下书，撒娇地说不念了不念了，气氛没有了。杨老师就出主意说干脆大家分一下角色来读剧本。她提议由赵老师扮演国王，自己扮演王后，我们拍手叫好。哈姆雷特这个角色理所应当该由赵沐阳来，他却坚决不肯。杨老师也就不勉强他，她问我们谁来扮演哈姆雷特，李沁飞快地举了手，杨老师爽快地点头答应。随即她沉吟片刻，似乎在为把奥菲利娅一角分给赵若曦还是分给我犹豫。赵若曦主动说她来读波洛涅斯，杨老师微笑着向她投去赞许的目光。

杨老师选的是《哈姆雷特》第三幕第一场，正是有刚才赵若曦读过的那段精彩台词的那一场。念完之后我们还沉浸在戏剧的氛围中，连站在一旁没有参与我们读剧本的赵沐阳也似乎入了迷。

赵老师打破沉默说："经典就是经典，什么时候读总那么好。"

杨老师笑着说："这几个孩子感受力不错，可以趁假期多读一点文学作品。"

赵老师立马起身，带我和李沁到房间里的书架边，对我们说："这个书架上的书都是我特别喜欢的，你们可以挑喜欢的拿回家去看。"

我和李沁一直知道赵老师的这些书是不外借的，听他这么说，都有点受宠若惊。

看我们站着没动，赵老师笑着说："你们想看什么就拿，不要不好意思。"

杨老师也走过来说："等你们上了大学，学校图书馆里的书应有尽有，多得看不完。"

我和李沁把赵老师这个上下八层塞得满满的竹子书架仔仔细细看了个遍，虽说我父母也有一些文学艺术方面的书籍，但这一书架的书还是让我非常眼馋。我们两个拿了这本放下又去拿那本，最后我们一人挑了一本，我挑的是托尔斯泰的《安娜·卡列尼娜》，李沁挑的是司汤达的《红与黑》。

赵老师对我们说："你们可以多挑几本。"

我和李沁没有再拿。

赵老师说："你们看完再来换。"

杨老师笑盈盈地对我们说："读完之后你们来谈谈感想，赵若曦和赵沐阳也都是这么做的。"

听老师和师母这样说，我很感动，我知道他们完全是出于真心和爱意。他们是那种既真诚又清高的人，不会虚情假意那一套，也丝毫不客套，他们的行为处事让我体会到体贴和恰到好处的分寸，还有难以言表的大气和舒展。我和李沁告辞出来，我们都感到这个晚上太有意思了，而且受教良多。

紧接着一连好几天吃过晚饭李沁就来叫我，我们一起去赵老师家，说实话，他家每个人都让我们喜欢。不过我们最想见到的是赵若曦，我们和她一起到大操场上散步，听她跟我们分享她的恋情和秘密，听她说那些发生在她和哲学老师之间的故事，我们在操场上走了一圈又一圈，不止一次走到深夜。她的爱情里既有五彩斑斓的诗意，又有凛冽坚硬的现实，她说的每一件事都是她真切的感受和心得，快乐中有着疼痛，令我们跟着她心潮起伏，仿佛是我们自己亲身经历了一般。

更多的时候我们和赵老师一家人坐在桌子边乘凉和闲聊，我们也念剧本和谈论我们读过的文学书籍。赵老师在课堂上就鼓励我们说出自己的见解，在他家里这个自由度更大，他和杨老师都非常乐意听我们说那些天真幼稚不成熟不成形甚至不靠谱的观点和想法，他们经常听得开怀大笑，而且从不板起面孔批评我们。赵老师家的气氛特别自由宽松，在这个家里晚辈和长辈是平等的，孩子毫无障碍地和父母交流，可以随便反驳父母，父母不会生气，甚至对此丝毫不当回事。而我和李沁也跟着享受这样的待遇。赵老师家的这种氛围和我家很不一样，我父母与赵老师和师母曾经是一个教研室的同事，但观念差别很大。比如在我家，父母在孩子面前有绝对的权威，孩子不能顶撞父母，顶嘴被看作是错误和无礼的表现，会让父母气恼，而且凡事都有一定之规，对的错的，好的坏的，该说的不该说的，该做的不该做的，分得清清楚楚，孩子做错了事情不仅会挨骂，甚至会挨打。在我家里爸爸妈妈也不会跟我们坐下来一起读莎士比亚，也不会和我们谈论托尔斯泰、雨果、巴尔扎克，他们只要求我们学习成绩好，最好能在班上遥遥领先，我甚至不知道如果做不到会怎样，因为我不敢让那样的事情发生，为此不敢有一丝一毫的松懈。虽说我从来想不到要刻意去比较，但我心里清楚即便是所谓的"知识分子家庭"，彼此之间的差异也是非常大的。

那一阵子白天和夜晚我过着截然不同的生活。白天我扎着油乎乎的围裙在食品厂掏鸭子，不仅要看卢师傅和其他师傅的脸色，还随时要当心别因为一些小事情和别的临时工起冲突；晚上我穿着洁净的衣裙坐在赵老师家铺着绣花桌布的桌子边听他们讲一些生活中的趣事和书里的故事，和他们笑谈欢洽。我心里时常会有虚空感油然而生，恍惚间我会觉得眼前的情景不真实。我自己也说不清到底是白天的生活不真实，还是晚上的生活更不真实。那个时候我不知道，也丝毫意识不到自己正走在命运的十字路口，这其实就是我未来生活的某种预示——就像硬币的两面，既可能是A面，也可能是B面，而决定这一切的，在当时看来极其简单，就是高考成绩。那个时候离得知高考分数只剩下不到十天时间。

我和戴小萍每天都找各种机会见面，我们非常要好，而且越来越好。她除了不时跑到我这边车间来看我，帮我干活，还经常给我带吃的，我有好吃的也会带给她，就像在学校里我跟李沁、毛晓蕾、蒋薇薇她们几个一样。大约是从上高中起，我们同学之中分了一个个的小圈子，有的是气味相投，有的是因为有共同的兴趣爱好，有的不过就是家住得近，我们几个实际上不是小圈子，更像是一个学习小组。李沁、毛晓蕾和蒋薇薇都是班上名列前茅的学生，她们不仅聪明勤奋，伶牙俐齿能说会道，还个个长得水灵漂亮，秀丽挺拔，就像生机勃勃的小树，各有各的可爱，深得各科老师喜爱，在同学的眼里她们都是老师的宠儿，能与她们这般优秀出众的同学为伍，我难免心生得意。说句实话，如果还在学校里，我估计是不太可能和戴小萍走得这么近的，更不可能成为如此亲密的朋友。尽管我和戴小萍这么要好，但我从不和她说回家之后的事，我也想不起来要跟她分享。我倒是想过如果她跟我住得近，我会不会带她一起去赵老师家，答案无疑是否定的。

　　戴小萍对我比我对她要热情得多，不仅是她，她妈妈和姐姐妹妹对我都特别亲热特别好，她们简直把我当成了家里的一员，赶上饭点是一定要留我吃饭的，不吃不让走。平常她们的饭菜很简单，有时连干饭都没有，就是剩饭加点菜叶子或者白萝卜做的泡饭，饭少的时候还要加山芋干，但她们会先让我吃饱。霍师傅虽然在厂里很跋扈，口碑不怎么好，我也不止一次亲眼目睹她脾气上来随手甩戴小萍几个大巴掌，但她对我十分客气，和颜悦色不说，只要我上她家去，有什么好吃的，甚至连她们自己舍不得吃的都会拿出来招待我，特别大方，让我非常感动。戴小萍带我去家里我感觉她是很鼓励的，不止一次她流露出羡慕说她就希望小孩能交像我这样文文静静学习成绩好的朋友，虽说我不能判断她这么说是出于礼貌和世故还是出于真心，但我听了还是相当高兴。也因为受到这样的礼遇，我很乐意跟着戴小萍到家玩，而且去了也觉得十分自在。

　　做了一星期早班我们又轮换成常日班，但我还在屠宰车间。调回常日班感觉比上早班轻松很多，至少是不用起那么大早了。还因为厂长签的订单很大，厂里原材料储备不足，新订的货又没及时运到，所以许多车间连八小时都做不满。就拿我们屠宰车间说，有时候做得快，中午一过就没事情可做了。也有时候做完都收工了，突然有原材料送到，又四处找人加班。到后来大部分临时工到了下班时间也都不走，等着突然来临的加班机会。加班的好处是不管做多长时间，也不管做多少活，只要做了，不足四小时按半个班算，超过四小时就按一个班算，所以赶得巧的时候一天能挣两天的钱，这是大家都十分开心的事。

因为上班的时间不太固定，每天我待在食品厂的时间很长，和戴小萍玩得也更多了。经常是我一下班或者是还没下班，她就已经来等我了。她带我把食品厂周边的一些工厂诸如造船厂、动力机械厂、纺织厂、印染厂、缫丝厂等等都逛了个遍，附近的大街小巷更是逛得透熟。有两回她还带我去找她姐姐玩，从她嘴里我听说了戴小莲不少事。戴小莲只比我们大一岁，和我们也是一个中学的，不过她早就不读了，高中她上了不到一个学期，因为上课听不懂作业不会做，逃了一阵子学就彻底不去了。辍学之后她在附近的工厂做临时工，这个暑假她没有出去做，因为妈妈心疼她太瘦了，让她在家里好好歇歇养一养。戴小萍还悄悄向我透露，因为姐姐长得漂亮，妈妈不想让她在这个穷地方吃苦，打算把她嫁到苏南去，对象已经说好了，是无锡的，比她大一岁，是她姨妈婆家那边的亲戚，因为双方都没到结婚年纪，还要等个两三年再说。我听了有点吃惊，也觉得十分新奇，因为在我家里从来听不到这样的话，而且也接触不到这样的打算和心机，我父母商量什么事情都避开我和弟弟，"小孩子不管大人的事"在我家就像是某种信条，所以这种谈婚论嫁完全是成人世界的事情特别吸引我。我问戴小萍她姐姐本人对家里安排的这桩婚事怎么看，她说她满意得很，她妈妈更是得意得不得了。我早就看出来霍师傅拿戴小莲当掌上明珠，看她的眼神又柔和又透亮，那种美滋滋的神色无法形容，连跟她说话的口气也是甜甜软软的，从来不喊她名字，总叫她"小乖乖""小宝贝""小心肝"。而对跟她差不多大的戴小萍的态度却完全不一样，一点不拿她当回事，想骂就骂，想打就打，说话也没有好声气，有时因为我在场，对她还算客气一些。戴小莲在家里的待遇明显远远高过两个妹妹，比如她有很多的新衣服，样子都是最时髦的，她脖子里还有一条闪闪发光的金项链，两个妹妹都没有，她们穿的也是颜色洗得都发掉的旧衣服，而且她们对此似乎习以为常。平常戴小莲经常会盛气凌人地对待她们，她们急了也会跟她吵上几句，但大部分时候都是一副逆来顺受的样子。因为有妈妈惯着，戴小莲在家里有着特殊的地位，在我眼里她是相当骄傲的。让我略感意外的是戴小萍带我去找她玩，她居然很高兴，还把我介绍给她的那些朋友。跟她一块儿玩的那帮人和我们学校的同学大不一样，和我们一起做临时工的人也大不一样，他们烫着卷发，穿着到处是拉链的上衣和紧紧包在身上的裤子，个个冷漠而骄蛮，脸上挂着天不怕地不怕纵横四海的洒脱和不羁的神气，完全超越了我们这个充满土气的苏北小城的平淡和庸常，简直新潮时髦得不行。但我也清楚羡慕不来，自己和他们不是一路人。而戴小莲跟他们在一起却如鱼得水，而且在他们当中风头十足，因此我为能跟她一块儿玩暗暗得意。

到戴小萍家去的次数多了，我发现她家常常人来人往，亲戚同乡，街坊四邻，厂里的工友，半熟不熟的人，热闹起来就像走马灯一样。有时候进来几个人，坐一坐，喝杯水，甚至自己动手煮碗面条吃，等走了一家人相互一问，竟然谁都不认得。她家就像一个客栈，那种热闹和混乱，在我家是绝对不会看到的。我几乎是没有原因也没有理由就喜欢上了她家这种轻松随意无拘无束的气氛，到这里来比回家还放松和舒服。

除了戴小萍一家人，在她家我和卜厂长也熟了起来。卜厂长三天两头会过来一趟，有时候有点事情，有时候也没什么事情，就是顺脚过来转一转。在厂里我听不止一个师傅传他和霍师傅关系不一般，有胆大的会当面打趣他们，他们两个都是笑笑，有时也反过去说别人几句。霍师傅明里暗里还会炫耀一下自己跟卜厂长的关系，但卜厂长看上去却不大愿意别人说，有人玩笑开得过头，他会神情深沉地沉默，人家也就识趣不再多说。霍师傅对他这种态度似乎不太满意，不过好像也拿他没啥办法。

卜厂长在戴小萍家见到我总是非常亲切，而且他谈兴甚浓，很喜欢跟我聊一些掌故和历史方面的知识，尽管我历史学得很不扎实，搞不清朝代和人物，常会闹些张冠李戴的笑话，他也并不当回事。他总是三拐两绕就说到历史上曾经发生的事情，如果我不知道他会详详细细讲给我听，我记错的他会一丝不苟纠正我，就好像他是我的老师一样。他记忆力好得惊人，他说出来的历史事件和时间地点都和我们历史课本上一模一样。他特别让我佩服的是很擅长联系，能把历史上的事情和现实生活中的事情结合到一起，讲得深入浅出，很富哲理，许多我原先不懂的，经他一说立刻就懂了，有些原先没有品出滋味的，经他一点拨，也顿时领略到了其中的奥妙，所以我非常喜欢听他说话，喜欢跟他交谈，觉得特别长见识。卜厂长坐下来跟我闲谈的时候，霍师傅和三姐妹都会脸露敬佩和羡慕坐在一旁认真地听，这种时候卜厂长一般不跟她们说话，就好像她们不存在一样，她们也都不插嘴。卜厂长停下说话的时候，霍师傅会不失时机地夸奖我一番，有时候还会拿我教育一下自己的三个女儿。

某天闲聊时我问卜厂长学问这么好为何不去考大学，他说年纪大了，超出招生的年龄杠子了。我说可以考研究生嘛，他羞赧地笑着，说自己基础差，这点三脚猫功夫进考场是远远不够用的，连本科都考不上，休说考研究生了。他转而又说，考研究生这件事确实让他动过心，他喜欢读书，特别想进大学深造，但恐怕这辈子是不可能了。"我们这代人被耽误了，就像爬山一样，我们在山脚下已经把力气用尽了，想爬到山顶是不可能了。"他叹着气说，"改变命运是一件相当不容易的事，尤其是在命运不济的时候。"

霍师傅听我们说考大学和考研究生的事，忍不住插话："他不能去考，考得上考不上先不说，他哪里走得开？他要真走了，食品厂就完蛋了。"

"那倒不至于吧，还不晓得有多少人心里盼着我走呢。"卜厂长笑着摇头说，"我现在这个样子哪有心思看书复习？每天从睁眼到熄灯，忙成三头六臂都不够用，乱七八糟事情一大堆，没一件是好弄的，心早就散了。我这辈子恐怕就这么回事了，能把手头上这点事情做好就不容易了。"

霍师傅听了大松一口气，笑得甜甜地对我说："他是我们的领头人，不说别的，多少张嘴靠着他吃饭呢。"

卜厂长听了不作声，脸上似笑非笑的，虚着眼睛出神。

第二天晌午我正上着班，戴小萍到车间来找我，她兴冲冲的，跑得气喘吁吁。她叫我跟她一起走，我看看卢师傅，不敢走。戴小萍扬着脸朝他说一句："是厂长让我喊她的。"拉上我就走。卢师傅想说什么没有说，呆呆地望着我们跑出了车间。

戴小萍把我带到厂部的小楼前，那里站着几个人，卜厂长正拿着照相机给他们拍照。霍师傅、孙师傅还有厂医和会计几个都在，她们没有穿工作服，都穿着自己的衣服，个个打扮得花枝招展，站在一起花团锦簇的。看见我们跑去，卜厂长笑得十分开心。霍师傅突然着急起来，嘴里念念叨叨说着怎么还不来，把人急死了，卜厂长笑眯眯地劝她不着急，一边招呼我们站到阳光里，要给我们拍单人照。那几个站在旁边的师傅脸上笑笑的，酸溜溜地说这个待遇太高了，我们杵这块半天了，厂长心疼胶卷不给我们拍一张单人的。卜厂长不理她们，专注地调弄着照相机，正要动手拍，戴小莲骑着自行车带着小菱角赶来了，霍师傅拍着巴掌欢快地说："我一心一意想拍张全家福，今天总算逮到机会啦！"

她们娘仨在厂部门口的台阶上站好，戴小萍也被叫了过去，霍师傅突然朝我招手说："你也过来呀！"我以为听错了，她笑嘻嘻地大声说，"快来快来，我拿你当自己家小孩子，这个面子你不给我吗？"

她这样一说，我既不好意思去，也不好意思不去，进退两难。

卜厂长对我说："叫你去你就去吧。"

我在众目睽睽之下走过去，很羞涩，也不知道该往哪里站。霍师傅把戴小莲和戴小萍往两边扒了扒，腾出个空当让我站在她们之间。卜厂长端着相机对着我们，我发现自己还戴着上班的护袖，正要往下拉，卜厂长阻止我说："你戴着护袖好，有劳动的样子，这才有纪念意义呢。"我听他的话，没有再去扯护袖。

他拉开架势正要拍，霍师傅声音很响大大咧咧地对他说："你不来吗？"她一扬脖子哈哈笑着又加一句，"你不来还能算是全家福？"

我感觉她有点像示威的样子，又有一点虚张声势，心里不由替她捏着一把汗，也莫名其妙地替她觉得难为情，既不敢看她，也不敢看卜厂长，生怕卜厂长不过来让她丢面子。好在我的担心是多余的，卜厂长对好了焦距，调好了光圈速度，把照相机递到站在旁边看他拍照的一个副厂长手里，让他按快门。他大步流星走过来，边走边整理着乱蓬蓬的头发，三步并作两步跨到了台阶的最高一层。在副厂长摁下快门之前，霍师傅回过身飞快地替他披了披衣领。随着快门"咔嚓"一声响，留下了霍师傅称之为"全家福"的这张照片——这是我十七岁在食品厂做临时工唯一的一张照片。照片上卜厂长就像老鹰展翅一样伸出胳膊把我们拢在一起，我们每个人都咧着嘴，笑得十分灿烂。

就在和卜厂长一起拍照的当天，我就离开了屠宰车间，被调到霍师傅和戴小萍都在的水果罐头车间。这个车间和屠宰车间完全是另一种景象，这里窗明几净，空气里散发着水果淡淡的甜香，每个人的衣服都是干干净净的，护袖和围裙也是清清爽爽的，连脸上的笑容也透着安逸和优越。

台风来了，连降暴雨，电线被刮断，大面积停电，食品厂被迫停工。雨停之后我跑到厂里去看看，车间里只有不多几位师傅，临时工都没有上班，就是师傅们也不在做事，他们有的坐在一起聊天，有的坐在外头树荫下抽烟喝茶，厂里的气氛不是悠闲，而是十分萧条，和我之前看到的忙忙碌碌热火朝天的景象完全不一样。我正准备离开，看见卜厂长正从办公楼那边往车间走来，他也不像平日那样容光焕发神采奕奕，而是佝偻着背，眉头深锁，一副心事重重的样子。我本想跟他打个招呼，但一看他那个样子没敢和他说话，赶紧缩进了车间。

卜厂长站在车间的交接处，火气很大地责问手下的人电到底什么时候能来？电线还修得好修不好？为什么不找关系去催？两位副厂长一听，商量了几句，转身走了。随即他又高声大嗓责骂几个车间主任，抱怨他们总是打无准备之仗，不是这里出问题就是那里出毛病，等一会儿电来了，料就该缺了，料有了，人手就会不够，反正总有地方要出乱子。"再这么下去，不要怪我不客气，有一个算一个，把你们统统撤职！"他声色俱厉，所有听他训话的人都鸦雀无声，没人敢回一句嘴。

我躲在窗户后面看着他横眉立目对着厂里的一干领导发威，完全不认识他了——这难道是那个和蔼可亲谈笑风生的卜厂长吗？我心里充满了惊诧，几乎到了惊恐的地步。看着这天也不像能开工的样子，我从车间的另一个门溜出去回了家。

到家换过衣服，我出门去找李沁玩。李沁没在家，她妹妹告诉我她在学校图书馆，让我去那里找她。我直奔图书馆，李沁果然在，不但她在，赵沐阳也在。看见我去，李沁十分惊喜。我问她在这里做什么，她说做义工，帮图书馆搬书和盖藏书印。我问她怎么想起来到这里做义工的，她说校门口布告栏里贴了通知，随后又略带羞涩地说她在操场上玩碰到赵沐阳，是他告诉她的。她穿一件洗得发白的淡绿色泡泡纱连衣裙，梳着两条麻花辫，娇娇柔柔，袅袅婷婷，就像是从画报上走下来的一样，我马上想到很可能是赵沐阳约她来的，心里忽然涌起一丝酸意。看我笑得不自然，她对我解释说去过我家里几次，老碰不到我，他们也是前天下午才来帮忙的。她喜笑颜开地拉了我的手说："你来得正好，你也来做义工吧。"她一脸纯真，完全不像是装出来的。

于是这天我和李沁、赵沐阳他们一起在图书馆做义工。中午我们各自回家吃了饭，下午继续做到三点多钟结束。走出图书馆李沁既神秘又兴奋地悄悄对我说赵沐阳想约我们去公园看猴子，问我去不去。我觉得赵沐阳是约她的，不想跟着去。李沁却说赵沐阳真的是约我们两个人的，他是怕被我们一口拒绝才先跟她说的。她信誓旦旦对我说我去她就去，我不去她也不去，我也就没再计较赵沐阳为啥先跟她说不先跟我说。其实我也很想去公园玩，只是那条路有点偏僻，平日我一个人是不敢去的，能三个人约着一起去当然好，我就答应了。

这是我和李沁上中学之后第一次和男同学出去，而且是和我们都特别喜欢的赵沐阳一起，我们掩饰不住心里的兴奋，不时偷偷地相视而笑。我们三个出了学校一路向北往公园走，台风过后天气特别晴朗，湛蓝的天空白云朵朵，分外好看。大风吹断了不少树枝，狼藉遍地，环卫工人正在沿街清扫。李沁忽然说起她去绿化队做临时工的事，她说要不是之前剪过一遍树枝，台风吹断的还要多。她还让我看她胳膊上那些已经结痂的小红包，说是剪树枝的时候被毛痫子咬的。她说得很轻松，毫无心理障碍，而我话到嘴边，却仍然没有说出自己到食品厂做临时工的事。我问她什么时候去绿化队剪树枝的，她说就是这个暑假，我问她做了多长时间，她说就做了两天半，我问她怎么不做了，她说她妈妈看她晒爆了皮，舍不得让她去了。她说得嘻嘻哈哈，笑得傻乎乎的，我忽然对她有种说不出的羡慕。

我们到了公园，因为好久没来，动物园居然搬走了，原先养猴子的地方养了一群鸡，让我们大失所望。之前那些梅花鹿、孔雀、丹顶鹤等等也不见踪影，我们扫兴地出了公园，顺着大街漫无头绪往前走。我们没有商量，就像是不约而同朝城中心走。城里一共就两条大街，十字交叉处就是最繁华热闹的市中心，这里有百货公司、电影院、邮电局、饭馆、小吃店、裁缝店、理发店等等，是我们平常逛街的必到之处。

走到冷饮店门口，赵沐阳问都没问我们一声就径直走了进去，我们两个犹豫了一下也跟着他往里走。他买了三瓶冰镇汽水，用系在柜台上的金属扳子开了盖，插上麦管，一声不吭递给我们。我们羞怯地接在手里，也没好意思马上喝。冷饮店里人很多，座位很少，我们找了一个窗口站着，都有点局促，也不知道说什么好。

305

总算等到了位子，我们三个人在一张低矮的小圆桌边坐下来，桌子和凳子都很小，就像幼儿园里的桌椅，我们不知因为什么忽然笑了起来，气氛顿时轻松了。

　　冷饮店斜对面就是少年宫，从敞开的窗口能看见圆圆的红屋顶和墙上十分幼稚的壁画。赵沐阳说暑假少年宫组织了不少活动，问我们去没去参加，我和李沁都说没有。在我印象中少年宫就是小学生唱歌跳舞的地方，虽然也有图书馆和阅览室，但里面就是一些内容陈旧被翻烂了的书和杂志，我们都很奇怪赵沐阳怎么会对那样的地方感兴趣。但是他描述的少年宫完全是另一个样子，他两眼放光地跟我们说起在少年宫里做航模的事，他满口都是"机身""重心""机翼""尾翼""翼弦""前缘""后缘"等词汇，听得我和李沁云里雾里。说完航模他又说起围棋，同样也是我们一窍不通的。他兴致勃勃地跟我们说他一个人在家打谱，不但提高了棋感，长了棋力，最主要是感受到了高手下棋的奇妙，实在是妙不可言。他说有一天晚上他打慢谱，吃过晚饭坐下来，等打完谱一看钟已经是半夜两点多了。我和李沁做出吃惊的样子，他狐疑地望着我们，似乎怀疑我们到底懂不懂。不知道是我们装得太像了还是他谈兴太好了，他接着又说他知道有个人比他还过头，同样是晚饭后打谱，一抬头发现天已经大亮，太阳升得老高。我们问他是谁，他说不认识，就是听说的。我们都觉得匪夷所思，不明白一个人自己跟自己下棋怎么还这么痴迷。他解释说围棋博大精深，里面门道很多，是一门艺术，一旦扎进去很容易着迷。他还说，其实高手是非常寂寞的。

　　他说了一番航模和围棋，就像是随口问起我们假期在家做些什么。我微微一愣，没有马上说话。李沁说她在家读小说、学英语和练琵琶，一听她做的事情都这么高雅，我更加心虚，不过还是把实话说了出来。

　　赵沐阳一听我去食品厂做临时工，非常出乎意料般地瞪大了眼睛问我："你怎么会想起去做临时工的？"

我不知怎么说好，就用一个冠冕堂皇的理由回答他："我爸爸说应该了解一下社会。"

赵沐阳听了很不以为然，说："去做几天临时工就能了解社会啦？"他一脸严肃地说，"这可是我们难得的一个可以自己支配的暑假，为什么不用来做点自己想做的事呢？"

听他这么说，我立马感觉他确实比我有主见，我略微有点后悔。然而，片刻的愣怔之后，我还是说："去做临时工还是有收获的，跟我们在学校里学工学农不一样，我觉得只有到工厂里像工人一样干活，才能了解工厂。"

李沁附和我说："体力劳动真的好累人，我就去做了两天半，腰酸腿疼的，皮都晒掉了。"

赵沐阳却说："你了解工厂又怎么样？去吃那种苦有意义吗？要我说就是自讨苦吃，浪费时间。"

他的话让我和李沁目瞪口呆，他平常也并不是这样说话的。我脱口而出："你这么说很幼稚，在工厂能学到不少东西，很开眼界。"

他固执己见地说："有这点时间在家多读一些书，肯定能学到更多东西，更开眼界。"

看我和赵沐阳快争起来了，李沁似乎有点紧张，不过她还是坚决地站在我这一边，就像以往我为别的事和别人争论时一样。她反驳赵沐阳说："古人说，'读万卷书，行万里路'，你说读书重要，你能说接触社会不重要吗？"

赵沐阳说："我说的只是读书效率更高，并没有说接触社会不重要，等我们大学毕业以后都会走上社会，急什么？到那时候我们有自己的专业知识，我们不是简单地去适应社会，还能够改造社会。"

我听他这么说觉得他很有见识，同时也觉得他有点太自负。李沁与我交换了一下眼色，表示与我同感。我们两个终于忍不住异口同声问他："你就这么有把握一定能考上大学？"

"那当然。"他说得稳操胜券一般。

"要是考不上呢？"我们单刀直入地问他。

"不可能考不上。"他仍然是自信满满。

"万一呢？"我们穷追不舍。

"那就复读再考，一次不行考两次，两次不行考三次，直到考上为止。"他说得十分肯定，丝毫没有跟我们抬杠的意思。

我们俩吐了吐舌头，皱起眉头，一脸愁苦地朝他竖起了大拇指。

我气馁地说："我考不上不想再考了。"

李沁也说："我考不上也不考了。"

赵沐阳非常不解地问我们："真的吗，为什么呀？"

我们都说高考太难了，而且录取率那么低，真正是千军万马过独木桥，一次考不上，下次谁能说就考得上。

"你们对自己就这么没有信心？"他似乎不想跟我们争论，只是问我们，"那你们不上大学能做什么？"

听他的口气好像我们只能上大学，此外别无他路可走。他这么说，不就是"何不食肉糜"嘛？我和李沁相对而笑，不过我们是苦笑。

这是从上中学后我和李沁与赵沐阳聊得最多也最深入的一次，他的自信和坚定刷新了我对他原有的印象，他远比我以为的有个性和有想法。我说不好经过这一下午的交谈我是否更加喜欢他，但他清晰的思路和对未来的信心令我叹服。

就在这一天，我们一回去就得知赵若曦提前回校了。她一声招呼不打就走，让我和李沁很失落，也有点替她担心，不知道她走得这么突然是不是遇到了什么事情，当然，我们首先想到的是她感情上的事，更加担心的也是这件事。

赵老师和杨老师还像他们一贯的从容和淡定，要留我和李沁在家吃晚饭。而我却还是感觉到他们有一种隐隐的不安，尽管他们还像往日那样和蔼可亲，但我能看出赵老师眉宇间的愁绪，杨老师脸色黄黄的，远不像她平常那样容光焕发。我不知道赵若曦临走之前有没有和父母说什么，依她的个性应该是不会说的，但赵老师和杨老师对她的事情显然不是一无所知，他们只是克制着不显得忧心忡忡。李沁大概也是心有所感，因此我们在他们家停留得很短暂，也就站了几分钟，说了几句很平常的话，连坐都没坐就告辞走了。

一个星期后收到赵若曦的一封来信，信是写给我和李沁两个人的。信上说她和哲学老师已经分手——那天下午她在家接到他一封短信，上面只有寥寥数语，中心意思是说往后不再与她单独见面，有事请她到办公室说。她匆忙赶回学校就是为了跟他当面做一次长谈，哪怕是最后一次长谈。她没有想到的是这次"长谈"仅仅持续了不到五分钟。她说她见到哲学老师即刻就感到一阵彻骨的寒意，他没有笑容，一脸的冰霜，看她的眼神也是冷冷的，和以前的那个他判若两人。她彻底蒙了，不明白他为什么一转脸就成了这样。她不记得自己和他说了什么，但她清楚记得他用极其冷淡和生硬的态度拒绝了她。他还像他信中写的那样，对她说以后没事不要再见面，也不要写信，不然对彼此都不好，他还说不来往是为了她好。他是站在办公室门口对她说这番话的，甚至都没有请她进门。她没想到他变得这么快，他们曾经相约要相爱一辈子，她想不到他嘴里的"一辈子"如此之短，他神情中的决绝令她齿冷。她心痛，眩晕，能听见自己心碎的声音。她从来没被谁这样拒绝过，令她觉得自己像个包袱和累赘。她在羞耻和屈辱中转身跑了。这一切发生得突如其来，就像当初他们产生感情那样无法意料，她甚至都不知道是因为什么，他们之间的关系就结束了。事后她回想起来，在他们短短的见面时哲学老师似乎给过她解释，他说过他不想再滥用自己的情感，他要过一种自己能担当的生活。她不明白他所谓的"担当"是什么，显然她不在他"担当"的范畴之中。随即她就从学长那里听说了哲学老师就要荣升系副主任了，她一边是恍然大悟，一边却宁愿不相信这是他们分手的真正原因。

我们一边读信，一边唏嘘感叹。但在那个年纪，我们对爱情还很无知，我们只看到爱情的浪漫和诱惑，我们比赵若曦还要不懂爱情中的谎言和欺骗，甚至也无法体会她心里的创痛。赵若曦的信不长，只有一页纸，不像她平常给我们写信总是洋洋洒洒好几张纸。她让我们原谅她不辞而别，还说她等着我们两个的好消息，期盼很快能在大学校园里和我们见面。她用的是学校的信笺和信封，信笺抬头是淡绿色的草体校名，信封上印着校园的一角，虽说这是一封关于失恋的信，但那份痛苦中的诗意深深地打动和吸引着我们，大学里的一切也更加令我们神往。

　　我常去戴小萍家吃饭，尤其是她妈妈替我说话把我调到了水果罐头车间，我妈妈说一定要谢谢她们，她买了糕点和水果让我送去，还让我叫戴小萍到家里来吃顿饭。

　　戴小萍听说我妈妈要请她吃饭，受宠若惊，她说自己长这么大除了过年走亲戚，还从来没有人家带她吃过饭。随即她捂着脸说害怕，不敢去。霍师傅笑骂她狗屎上不得台盘，拉着脸说她："老师家请你，天大的面子啊！你还敢说不去，不要给脸不要脸，把我的台都坍光了。"

　　星期天厂里正好等料停工，我跟戴小萍说好请她到我家吃中饭。一大清早我刚起床妈妈已经买菜回来，她买了排骨、鲫鱼、黄鳝、虾子、茶干、茭白、黄花、苋菜等等，还有一只活鸡，我非常高兴，看来妈妈真是下了本钱准备好好招待我的朋友。到晌午时分，按我们当地规矩我去戴小萍家"带"她。戴小萍已经打扮好在家里等着，她换下了平常老穿的那两件黄不黄绿不绿的小汗衫，穿了一件轧了紫边的白色短袖衫，下面是一条绵绸花裙子，我仔细一看，这两件衣服都是戴小莲的。戴小莲比她高不少，裙子穿在她身上太长了，拖泥带水的。看见我她一脸的羞赧，嘴里说着"不去了吧"，屁股沉沉地坐在床边不动。我又劝了她一通，还说我妈妈一大清早就去买菜了，最后生拉硬拽把她拖走了。

　　到了我家，菜已经摆好在桌上。我一看，心里却有些疑惑，桌上只有四个菜：一盘茭白炒虾子，一盘香菇烧面筋，一盘炒豇豆，还有一碗半汤半菜的萝卜丝烧淡菜，没有一个扎实的荤菜，就是我家平日家常便饭的样子，甚至还顶不上吃得好的时候。我以为还有菜没有端上来，进厨房一看，已经收拾得干干净净，显然是没有别的菜了。我悄悄问妈妈怎么就这几个菜，排骨、鲫鱼、黄鳝还有鸡为何都没有烧，妈妈说刚才有事出去了一下，没有时间烧了。我听了觉得就像是一句敷衍的话。果然妈妈马上就说了真话："这就可以啦。"看她的神色是不容挑剔。

坐下来吃饭，戴小萍十分拘谨，她不敢吃，又不敢不吃，那样子真有点受罪。我拿了双干净筷子给她夹菜，把她的小碗都堆满了。

我实在是没有经验，把戴小萍请来一进门就吃饭。她是第一次到我家，和我爸爸妈妈弟弟都是初次相见，彼此不熟悉，没有话说，大家都很尴尬。爸爸一向沉默寡言，平常话就不多，他和戴小萍简单聊了几句，就不再主动找话跟她说。饭桌上主要是妈妈一个人在说话，我一直觉得妈妈很擅长交际，和什么人都有话说，这天她好像情绪不太高，不过一直在维持着气氛，她问戴小萍喜欢吃什么，虽说饭桌上的菜肴并不丰盛，她还和戴小萍谈论怎样炒蔬菜火候正好，尽管她并不知道戴小萍会不会做饭，总之都是些普普通通的家常话，但至少是没有出现冷场。

饭快吃完，妈妈忽然说到了高考，她说没几天就要公布成绩了，决定命运的时候就要到了。她问戴小萍考得怎样，估分了没有，有多少分，问得戴小萍张口结舌，红着脸说自己考得很不好。我赶紧朝妈妈使眼色，意思是要她别问了，妈妈肯定是明白的，但她却不以为然，继续说下去。她用一种似乎比较含蓄的口气说我分估下来还不错，考得不算有多好，不过上大学应该马马虎虎。随后她又说，其实高考这种事情谁也说不好，你觉得自己考得还可以，人家考得比你还要好，起分线高出一分，不知道要刷掉多少人，考上考不上只有等拿到录取通知书才作数。所以估分也就是个自我安慰而已，这么多天她一直失眠睡不着觉。我听了很吃惊，我以为就我自己紧张呢，没想到妈妈也一样紧张，而戴小萍却好像并没有听到她后面的话，她一听我的分估下来还不错，立刻露出无比羡慕的神色，那么真心地为我高兴，而我心里就像被针扎了一下感到一阵刺痛。

我再次朝妈妈递眼色，试图阻止她说下去，她却还是说："你们算是幸运的，赶上了好时候，至少有高考这样改变命运的机会，放在头几年一毕业就该要下放去种田，说不定要在农村扎根一辈子。不过你们要是抓不住高考这个机会，还是不容易有好前途。"说完她又声色严厉地补一句，"考不上大学没出息！"

我知道她这话不是凭空发感慨，实际上是说给我听的，也许是为了激励我才这样说，也许是她过于焦虑忍不住这么说的，可她对着戴小萍说出来，让她顿时忐忑不安。我看她如坐针毡，连饭都吃不下去，心里很为她难受。

吃过饭戴小萍立刻动手收拾桌子要帮着洗碗，我拉住她，不让她做。我请她到我房间坐，让她看我收集的邮票和一些女孩子的小玩意儿。她根本没有心思，几次站起来要去厨房帮忙。我用力拽住她，不让她去。我们说了一会儿话，我看她心神不宁手足无措的样子，问她是不是想走，她飞快地点点头，我也就没有多留她，免得她受罪。

我陪她去和我爸爸妈妈弟弟道了别，她脚步急促地出了我家门。她如释重负，走得飞快，就像逃一样。我心里觉得很对不住她，好心好意请她来吃顿饭，结果把她吃得这么难受。走出一段路，她笑呵呵地让我回去，说不要送了，她认得回家。我心里不过意，继续陪她往前走。我很想为我妈妈说的那些话向她道个歉，又怕我的道歉反而让她多心，几次话到嘴边还是没有说出来。又陪她走了一段，她坚决地推我回去，不让我陪她在大太阳底下晒。我往回走的时候心里不踏实，又反身追上去问她："你没有不高兴吧？"

她听了一愣，马上露出最灿烂的笑容说："当然没有，我做什么要不高兴？你想得起来说！"

我说："你没有不高兴就好，那我就放心了。"

其实我心里真的生怕她受委屈。

回到家，我很不开心，怎么想都觉得妈妈怠慢了戴小萍。妈妈正在厨房里擦洗，我走进去，也不帮忙，还把锅盖摔得乒乓响。妈妈肯定知道我在找别扭，但她什么也没说。

我终于还是憋不住问她："今天买的那些菜呢?"

她很平淡地说："晚上你伯伯一家要来吃饭，晚上再烧。"

我忍不住又说："我去戴小萍家她们每次都招待我……"其实她们是拿出家里最好的东西招待我，我没说，我说不出口。我鼻子发酸，快要哭了。

妈妈脸色变得不太好看，却还是耐着性子说："请你同学到家里来吃顿饭，心意到了就好了吧。"

我更加生气，说："那还不如不请人家呢!"

妈妈一听，也生气了，说："我里里外外忙了一上午，就为听你跟我挑理?"又说，"我看她也不是读书的料，也不像有什么大出息的，要不是你说她们一家对你如何好，我也不主张你和这样的孩子交朋友。"

听妈妈的意思好像只有读书好将来能出人头地的人才值得交往，我忽然明白其实她根本就看不起人家戴小萍，这正撞着我心头的痛。想到刚才妈妈在饭桌上说"考不上大学没出息"这句话时戴小萍的尴尬和慌乱，我对戴小萍的愧疚之情翻涌上来，我不由气鼓鼓地顶撞妈妈："你怎么知道人家没出息? 再说考不上大学又怎样? 能上大学的才多少，那么多人考不上大学难道人家都不行?"

妈妈瞪着我说："你真以为考不上大学没什么吗? 你在食品厂做过工你还不知道吗? 如果你愿意一辈子过那种庸庸碌碌的生活，那你就随波逐流好了，我不来管你。"

我强硬地说："我觉得食品厂就很好。"

妈妈冷笑一声说："那是你不晓得背景，你眼里很好的食品厂不过是一个有几个车间和几台机器的作坊，就你们做的那些罐头，连个正规商标都没有，贴的是别人家的牌子，说得不好听就是冒牌货。就这样的工厂你想进还不一定能进得去呢。"

我一听，赌气地说："在我眼里食品厂就是很好，我也不觉得上大学就怎么了不得。"

妈妈生气地说："我不想和你多说，你愿意怎样就怎样吧，你想成为什么样的人过什么样的日子是你自己的事，父母不能跟你一辈子。"

我一听，心里忽然一阵难受，瞬间崩溃，眼泪喷涌而出。也不知从哪里来的一股无名火，我冲进房间，打开书桌下的柜子，拖出一大摞高考复习资料和做过的习题本，抱起来冲进厨房，丢进放引火木材的铁皮桶，二话不说，划了根火柴点着了。

妈妈看见厨房里冒烟吓了一跳，她惊叫一声，跑过来打开后门，把铁皮桶拖了出去。随即我听见爸爸愤怒的咆哮和穿过房间急促的脚步声，在他挥起的巴掌就要落到我身上之前我撒开腿就跑。

这是我第一次挨打逃跑，在我家是绝对不允许的。我穿过空旷的体育场，一口气跑出很远。我越跑越快，直到筋疲力尽才喘着粗气停下来。我发现自己已经跑过公园，到了城北的蟒蛇河边。我一步一步走上长长的北闸大桥，站在高高的大桥中央，呆呆地望着流淌不息的大河。河水汤汤，船来船往，水面泛着刺眼的白光，令我有种说不出的惆怅和迷惘。这天我在外面徘徊到夜深才回家，我胆战心惊，充满烦恼，既害怕回家挨打，更为自己不确定的前途担忧。

越临近公布考分的日子我越焦灼不安，我觉得反倒是到食品厂去做工让我自在一点。每天在固定的时段坐在车间里，手上忙碌着，耳朵听着周围各种笑闹声，包括暗中传播的流言蜚语，心情多少能松弛一些，可以暂时缓解心中的恐惧和忧虑。

没想到在食品厂做临时工这件事说结束就结束了——不但我没想到，可能谁都没有想到，因为按惯例是要做到8月底开学前的。这件事是由另一件事引起的，就像多米诺骨牌倒下，这不过是被压在当中的无足轻重的某一张。

那天，正在车间上班，我听两个师傅一边干活一边窃窃私语，她们竟然在说卜厂长和梅林厂签的合同是假的，梅林厂那边不认账，我们做的罐头他们不接收，都堆在仓库里，库房都快堆满了。不一会儿又有两个师傅凑过去，跟她们交头接耳，我隐约听她们在说这件事卜厂长要是挡不过去恐怕就要倒大霉了，她们既忧心忡忡，又幸灾乐祸，那种感觉，很难描述。

午间休息的时候我悄悄问戴小萍知道不知道卜厂长和梅林厂的事，她眼神躲闪地点了点头。我问她是怎么回事，她说卜厂长和梅林厂签的是代加工合同，我们生产的罐头贴梅林的商标，梅林厂收过去出口。我问她为什么要这样做，我们生产的罐头不能直接卖吗？她说那样利润高，而且不愁销路，要不然我们这么个不出名的小厂做的罐头卫生不卫生别人都不相信。她说这些年卜厂长就是靠着梅林罐头厂这块金字招牌把食品厂搞得红红火火的。我想起我妈妈说的那些话，试探地问她这算不算是生产假货，她迟疑了一下说不是吧，签了合同就不是假货。我问她那传言又是怎么回事？她说是梅林厂刚换了领导，新领导不承认这份以前领导签的合同，实际上是想把罐头包给自己人的工厂去做，所以不认账。我听了很吃惊，之前可是一点不知道这里面名堂这么多。我问她是听谁说的，她不作声，我也就不再问。

到下晚收工，我从戴小萍那里又听到了新情况。她愁云满面，难以启齿一般告诉我说卜厂长承认他跟梅林厂的合同还没有正式签，他拿回来的那份合同确实是假的。我吃惊地问她卜厂长为什么要这么做？她说老厂长退休以后卜厂长一直在等着被提上去，他名义上是代厂长，实际上还是个副厂长，前一阵他听说要从外面调进一个人来当厂长，他急起来，想立刻做出成绩好快点升上去，至少是有竞争力跟人家拼一拼。她像是为卜厂长辩护似的说，之前梅林厂确实也是答应过跟他签合同，只不过最快也要到明年，他等不及，所以就说合同已经签了，还让大家加班加点赶出来，反正罐头做出来放冷库里也不会坏。结果这事被一个副厂长发现了，他对卜厂长不前不后签回来的这张大合同起了疑心，通了关系去梅林厂打听，果然证实了他的怀疑。他又告诉了另一个副厂长，·他们本来跟卜厂长就有矛盾，就一起告发了他。我问戴小萍这可怎么办，她双眉紧锁用力摇了摇头。我问她妈妈知道吗，她迟疑了片刻说她知道又能怎么样？我又问卜厂长会不会有事，她像大人一样重重地叹了口气说提拔肯定是不能了，他们说他欺骗组织，给厂里造成了巨大的经济损失，要追究他的责任。她忧心忡忡惶惶不安，我听了心里也是沉甸甸的。

这件事迅速发酵。第二天一到车间，我马上觉出气氛不同往常，所有人都默不作声，埋头忙着自己的事情，似乎特别小心谨慎。坐下不久就听师傅们悄声说厂里的头头们正在召开紧急会议，讨论厂长的问题。过了不到一顿饭工夫，就有一条爆炸性新闻传来：卜厂长要被撤职了。

乍听这个消息，大家都惊呆了，师傅们担心没有了卜厂长做领头人工厂的前景可能会不好，福利可能会不如从前，说起来不少人都长吁短叹。可是过了不多一会儿工夫，气氛就发生了变化，有人在说卜厂长撤职不撤职跟大家关系不大，反正工厂是铁饭碗，谁当一把手下面的人都一样。车间里的空气又活跃起来，甚至比往常还要热闹几分，有人甚至拿这件事开起了玩笑。

有两个人不知不觉间成了这件事不大不小的核心，一个是霍师傅，一个是孙师傅。

听到卜厂长要被撤职的消息，她们同样很吃惊，也都很气愤，不约而同一口否定，说不可能，是别人瞎传的，肯定是恨他的人诬蔑他，她们两个异口同声大骂"瞎了狗眼的""烂了嘴角子的""不得好死的"。她们一个在车间这头骂，一个在车间那头骂，很像是统一战线。骂了半天，恐怕连她们自己都不晓得骂的是谁。

尽管霍、孙两位师傅大骂了一通，车间里对卜厂长的事还是传个不歇，而且越传越盛，说得有鼻子有眼的。有人说这几年他就是通过请客送礼打通关节才攀上梅林厂头头脑脑的，他在外面手脚大得很，反正花的都是厂里的钱，不过梅林厂的人其实并不认他，也不真帮他的忙。他们说他事情多了去了，远不止花公家的钱去搞关系这一条。他们猜测他拿了公家的钱出去花，不可能笔笔有发票，谁知道哪一笔是真花出去了，哪一笔是装进他自己腰包里了。他们说他只要从上海出差回来，每回都是花花绿绿大包小包带东西，就厂里发的这点工资，他不吃不喝也不够买那么多时髦货，就是买得起，他哪里会舍得买？还有人说亲眼看见他拎着难得见到的好东西不是回家就是到河对岸去……然后说话的人神色便暧昧起来，声音也低下去，听的人凑得更近，围得更紧，脸上流露出心知肚明的表情，还朝霍、孙两位师傅投去轻蔑和鄙夷的目光。这些我都看在眼里，我觉得霍师傅和孙师傅肯定也晓得，但她们却都装得就像没有听见没有看见一样，安安静静，或者说忍气吞声，没有再跳出来骂人。

厂领导的会开过了十二点还没有结束，不时有人跑去偷听，回来都说这个会开得吓人，一个个黑着脸，就像开批斗会一样。"没得命了，厂长这下子完蛋了！"车间里不少人发出这样的感叹。到了一点多钟，有人跑来说会开完了，师傅们都关切地问卜厂长撤职了没有，回答说是不知道。霍、孙两位师傅一听散会了，不约而同站起身，拎着饭兜子往后面厂部小楼走，两个人同样都是一股大义凛然的劲头。

师傅们知道她们是去找厂长一起吃饭，有笑的，有叹的，神情复杂。我调到水果罐头车间一直就看霍师傅和孙师傅为了卜厂长明争暗斗，中午去找他吃饭几乎是每天要上演的一出戏，她们也因此常被别的师傅议论和取笑。之前霍师傅和孙师傅都是一个先去，另一个错后一会儿再去，中间会隔一刻钟二十分钟，别的师傅们笑话她们是"上半场"和"下半场"。两个人哪个先去哪个后去不一定，但她们都很留心对方的动静，一个先走了，另一个就会等一等，很有默契，至少我从来没有看到她们撞过车。

317

这一天她们几乎一起出门，前后脚往厂部走，不过没有一起回来。霍师傅先回到车间，不少人好奇地朝她看，似乎想看出些什么，她却镇定自若，很拿得住劲，十分正常的样子。她径直走到我和戴小萍旁边，展颜一笑，对着我说："下了班你不着急回去，到我家去吃晚饭。"

她用的是一种长辈对小辈的口吻，既亲切又不容推辞。我站起身，恭恭敬敬点头答应，谢了她。我不明白她为什么在这个时候忽然请我晚上到家里去吃饭，吃饭倒还平常，我也没少去她家吃，但她如此郑重其事，让我疑惑。随后她又悄声对我说一句："明天你们就没得临时工做了。"说完提高了声音，故意用兴高采烈的口气说，"厂长也来吃晚饭哟！"好像要让大家都知道。

她一副得意洋洋的样子，挺胸扭臀走回到自己的位子上，好多人的目光跟着她，有师傅笑着议论说她刚才肯定是在厂长那里吃了什么定心丸，才这么得劲，马上又有别的师傅说早两天这个话还有点道理，现在厂长自己泥菩萨过河，哪里还有这个心思？怕是故作姿势给人看吧。她们说话声音不小，似乎也不担心被她听见。

霍师傅刚坐定，孙师傅怒冲冲地从外面走进来，她面色灰暗，一边走一边骂骂咧咧。有人问她怎么了，她拉着脸，不回答，又有人问她厂长那边没事吧，她没好气地说要问去问他自己，问我做什么？她气呼呼在工位上坐下来，突然就像被马蜂蜇了一样跳起来，在车间那头炸开了。她尖着嗓子痛骂，什么难听的话都骂出来，一边骂，一边拿起一把刀，把筐里做罐头的西红柿剁得稀烂。我们都看呆了，不知道她这股子邪火因什么而起，连霍师傅都一脸的茫然。

孙师傅骂了足足十分钟，火力丝毫不减，而且越骂针对性越强，谁都听得出来她在骂谁。霍师傅倒是出奇地镇定和忍耐，一副事不关己的样子，脸上甚至还挂着一丝淡淡的笑容。有几个师傅围着孙师傅劝她消消气，有人一边劝一边说些煽风点火的话，问她是不是跟姐夫闹别扭，还有人追问她到底是哪个触犯了她，孙师傅更加气急败坏，干脆一屁股坐到操作台上朝这边骂。难得的是霍师傅还是忍着，这和她平常一点就着的作风完全不一样。大家纷纷停下手上的事情，好奇而热切地关注着这一幕。刚才霍、孙两位师傅去找卜厂长吃饭他们已经蠢蠢欲动等着看热闹了，结果霍师傅开开心心回来无疑让他们很失望，孙师傅黑着脸进来，紧接着又开骂起来，让他们有一种峰回路转的兴奋，然而霍师傅却稳坐钓鱼船不搭腔，又让他们弄不明白她葫芦里到底卖的什么药，这个热闹他们看得实在是有点吊胃口。

孙师傅一个人唱独角戏一般骂了半个来钟头，就像是前头最急的那场雨下完了。霍师傅一直不吭声，估计让她不得趣。她停下了漫骂，对围着她的师傅们倾诉，话说得又急又快，因为离得远，我听不清楚她在说什么。她说到气头上，又忍不住破口大骂起来。

这一次她没有像刚才那样撒泼打滚地骂，而是一句跟一句不紧不慢地骂。尽管没有指名道姓，大家都清楚她骂的是谁。她骂狐狸精命硬克夫，前头克死了两个，还要继续造孽，这种害人精，早死早干净……一直忍着的霍师傅忽然腾地站起来，开足了马力一般朝孙师傅那边直冲过去，走到离她还有三五步远，操起台子上一大盆切好的西红柿，就像浇水一样兜头盖脸狠狠朝她泼过去。一时间，孙师傅从头到脚淋了一身的西红柿块和西红柿汁，湿答答浑身淌水。一惊之下她抓起刀子，不要命地朝霍师傅砍过去。只听得噗的一声闷响，就像是刀剁进了肉里，车间里响起一片惊叫声，我吓得心都快要跳出胸腔。再一看她手里的刀子已经被别人抢走丢到一边，她们倒在地上，扭打成一团，两个人都是一声不吭，用力击打对方，下死手的样子。她们身上雪白的工作服染了一片片的红色，也不知是番茄汁还是血。戴小萍一脸惊恐地冲过去，绝望地大叫着去护她妈妈，被她妈妈不耐烦地一把推开。有几个师傅上去拉架，哪里拉得开她们。车间主任叫她们不要打了，也劝不开她们，保卫科长来了，同样劝不开她们，四个副厂长有三个跑过来劝她们，还是不起作用。

正闹得不可开交，卜厂长来了，他没有进门，只在窗户外头露了一下面，有人喊一句"厂长来了"，霍、孙两位师傅立刻住了手，她们迅速从地上爬起来，掸土，抻衣服，抹头发，悻悻地朝不同的方向走开，回自己的工位去了。车间里的这场战事就这样草草收兵。有人悄悄感叹说："厂长就是厂长，被撤了职威望还这么高！"马上有人反驳道，"哪个跟你说厂长被撤职的？不要胡说八道，让厂长听见攮死你！"

我看见卜厂长出现在窗外的时候不由自主心往下一落，他眉头紧锁，神色惨淡，短短半天没见两颊竟然凹陷了下去，不但没有了以往容光焕发神采飞扬的样子，而且他脸色奇怪地成了酱紫色，就像得了重病一样，我心里有说不出的难过。

霍、孙两位师傅停止打斗各自回到位子上，霍师傅一把扯开工作服的领子，露出一大片后背，上面有一道红紫的伤痕，她嘴里发出咝咝的声音，做出龇牙咧嘴的表情，一边却笑起来，骂道："日他亲妈妈的，一刀把我杀了多痛快，又没得这个胆量，拿刀背砍人算什么本事？这次饶了你，下次再敢嘴头子不干净，不要怪老娘不客气，看看到底哪个狠！"她发出一串响亮的笑声，端起大茶缸到外面开水炉子前面接开水泡茶。不一会儿她端着满满一大缸子热茶走进来，包括我在内的不少人都提心吊胆望着她，生怕她把那一缸子滚茶浇到孙师傅身上去。好在她没有，她连朝那边看都没有看一下。

孙师傅回到工位上用毛巾擦着脸上头发上和工作服上淋淋漓漓的西红柿汁，突然放声大哭起来，她哭得呼天抢地，悲痛欲绝，就像是受了天大的委屈。整个车间安静下来，好像大家都在听她哭，竟然没有一个人过去劝。

在孙师傅的哭声里霍师傅脱下红一块黄一块的工作服，还没到下班时间，她就拎起包，说要去晚市买菜，迟了怕买不到东西。她还特意关照我说，下了班跟戴小萍一起到家里去。说完，哼着小调，脚步轻快地走了。

其实我心里是非常犹豫的，我想这天发生了这么多事情，霍师傅心里肯定不轻松，我还跑到她家去吃饭，是不是太不懂事了？可是我也不好拒绝，她一而再地跟我说，我要是不去也不合适。我虽然已经十七岁，外表长得和大人差不多，但其实用我爸爸的话说是"空心萝卜"，涉世未深，许多场面我都很怵，不知如何应对。

下了班戴小萍叫我一起走，她亲切而甜蜜地笑着，让你根本无法拒绝。我们刚走出车间，就被一个师傅喊住，他让我们所有的临时工都排好队，到财务室去领钱。尽管之前霍师傅已经透过这个消息，但当时一听就过去了，我还是有点意外。结账倒是很顺利，我一共做了十九天，算上加班，挣到二十三块钱，刨去之前领到的七块钱，拿到了十六块钱。

我跟着戴小萍到了她家，霍师傅已经买好菜回来，正坐在桌子边剥毛豆。她热情地招呼我坐，起身洗了手，盛了绿豆汤给我们喝。霍师傅做的绿豆汤除了放冰糖，还放了薄荷叶和红绿丝，特别清凉好喝。我意识到这是沾了卜厂长的光，因为每次他来她才会做绿豆汤。

喝过绿豆汤，我和戴小萍也在桌子边坐下来剥毛豆。霍师傅手里飞快地剥着豆子，眉飞色舞地跟我们说她在晚市买的五花肉特别新鲜，还买到了活蹦乱跳的昂刺鱼，河蚌和螺蛳个头也很大，而且今天运气特别好，还买到了牛肉。她眉开眼笑地说："卜叔叔说吃了牛肉有力气，他顶欢喜吃牛肉了。"难怪一进门我就闻到了肉香，经她这一说，香味更加浓郁。

"卜叔叔什么时候来？"听她提到卜厂长，戴小萍小心翼翼地问一句。

"急什么？"霍师傅笑眯眯说，"他忙好就来了。"

剥好毛豆，霍师傅又拿出韭菜让我们择，她自己去厨房烧菜。

天暗下来，戴小莲和小菱角前后脚从外面回来，霍师傅说她们："你们不做事的倒比我们上班的人还要忙。"虽是责备，却满是怜爱。那两个也不帮忙，坐到床上打扑克玩。

菜快烧好，霍师傅一趟趟走到外面去，我猜想她肯定是去看卜厂长来没来，但每次她都是一个人回来。她越来越掩饰不住焦躁与失望，脸上连强作的笑容也没有了。

等饭菜整整齐齐摆上桌，霍师傅终于像是下了决心一样说："我去给他打个电话。"

她从钱包里翻出五角钱，拿在手里走了出去。过了大约二十分钟她回来了，看她的神色结果肯定不乐观。

她把手里的五分钱塞回到钱包里，戴小莲问她："电话打通了吗？"

她点头。

戴小莲又问："卜叔叔啥时候到？"

"不来了。"霍师傅简短地说，"你们吃吧。"

戴小莲瞪着眼睛说："你跟他说好了怎么不来了？"

霍师傅轻声嘟囔一句："没说好。"

戴小莲一愣，盯着她有好几秒钟。霍师傅转过头去，避开她的目光。

突然戴小莲问了她一个看似不相干的问题："怎么就找回来五分钱？"

霍师傅一怔，想说什么，没有说。

戴小莲皱了下眉头，冷下脸来，也不吭声。

我心里快速算了一笔账，四十五除以三等于十五，也就是说在刚才差不多二十分钟时间里，霍师傅很可能给卜厂长打了十五个电话。我知道这里家属院的电话是三分钱一次，只要接通说一句话和说个没完是一个价，我陪戴小萍去打过电话知道得很清楚，我还说这不合理，戴小萍说从来就是这么规定的。我不明白霍师傅为什么要在二十来分钟里给卜厂长打这么多电话，他们完全可以只花三分钱把话说清楚。我仔细一想，很可能霍师傅把电话打过去，卜厂长跟她没说多久就挂断了，她再打，又是没说几句就挂断了，甚至接起来一听是她就挂断了，要不然是不可能在二十来分钟的时间里花出去这么多电话费的。

霍师傅的失落和沮丧是明显的，但她还是强颜欢笑，招呼我们开饭。

这一天因为没有等来卜厂长，这么丰盛的一顿晚饭吃得冷冷清清。每次只要卜厂长来吃饭，三姐妹都是争着给他倒酒，其乐融融。霍师傅自己也端着杯子陪他喝酒，还嘻嘻哈哈地向他敬酒，那种娇媚温柔，我在别的人家从来没有见到过，在我自己家里更是见不到——我爸爸妈妈都很严肃，尤其是当着我们孩子，他们的言行完全符合那个年代清肃的规范，他们已经把为人师表变成了一种自觉的习惯。而卜厂长和霍师傅他们举手投足之间流露出亲昵之情，自然率真，甚至也不太掩饰男欢女爱的意味。——他们并不太回避我们，这是我长大之后回想起来才明白的，不过当时我也并不觉得有啥别扭，因为他们毫不做作，也毫不掩饰。戴小莲和戴小萍比我见得多，更是处之泰然，小菱角年纪还小，对大人之间的事还很懵懂。卜厂长一来，我感觉霍师傅家里仿佛浮动着无数香香软软的小气泡，黯淡的屋子明亮起来，连空气都充满了芬芳和甜蜜。在这个家里出现的卜厂长，和他在厂里出现时大不一样，他的面色是开朗的，眉头是舒展的，眼角眉梢都是笑容，脸上的线条非常柔和，说话的口气也是缓慢的，柔润的，时常未语先笑，简直就像是换了一个人。他对她们三姐妹，包括我，都极其亲切和善，丝毫没有长辈的架子，不管我们哪个给他倒酒，他都端起来一口喝掉，就像一个好脾气的爸爸。

这个晚上霍师傅做了十几个菜，把买的菜都烧了出来，真的是比过年还丰盛。平日里这样大摆筵席是很少见的，更别说她家并不像是多有钱的人家，如果用我妈妈的话说，就是过了今天不想明天。我清楚霍师傅是多么期待卜厂长来，不仅是她，我和三姐妹也盼着他来。后来我意识到霍师傅也许并不是不知道卜厂长不会来，她在厨房烧菜的时候我进去端菜，无意间看见她两个眼泡肿肿的，好像是正在抹眼泪，当时我还以为自己看错了呢。

霍师傅还是像以往一样让我们先吃，我们怎么叫她，她都说就来就来。等我们快吃好，她才从厨房出来坐到桌子边。她端着一个大碗，装着中午吃剩的面条，面条已经坨了，里面漂着枯黄的菜叶子，她低着头大口地吃着，让我心里非常不过意。因为是客人，我不知道该怎么说，也不好意思不让她吃。我把红烧肉和鱼推到她面前，对她说："霍阿姨，你吃菜。"

她又推过来，说："你们多吃点。"

戴小莲忽然气恼地说她："你这又何苦？今天不吃新鲜的，明天又吃剩的。"

霍师傅口气柔和地说："这碗面条不吃就坏了。"

戴小莲说："随它去。"

"你不要管好不好？"霍师傅说得有点低声下气。

戴小莲说："我不管就没人管你。"她用命令的口气说，"快去倒掉！"

戴小莲这种口气说话，霍师傅居然一点不生气，反而更加赔着小心，她三口两口狼吞虎咽吃起来，显然是想快点把面条吃光。戴小莲见劝说无效，二话不说，抢过大碗噔噔几步走过去就把面条倒进了垃圾盆里，霍师傅顿时变了脸色，嘴里发出"啧啧"声，十分可惜的样子，随即竟然像个无辜的孩子一样笑了。

看霍师傅笑了，我们几个也敢说笑了，我们都有意无意地逗她开心。有我们这些孩子在旁边打岔，霍师傅的情绪很快恢复了正常，她又像平日那样说说笑笑。她一高兴起来，家里的气氛就像云开日出一般。

戴小莲去厨房拿了干净的碗筷，盛了一大碗米饭端给她，又给她夹了好多菜，堆得尖尖的，霍师傅就像到别人家里做客一般不好意思起来，嘴里说着"好了好了，太多了"，她接过去，细嚼慢咽，吃得津津有味。她圆圆的面孔在灯光下润泽饱满，皮肤又白又细，充满弹性，一笑起来眉眼弯弯的，女人味十足，一点不像快四十岁的人。我想起人家说她年轻的时候是厂里的一枝花，细看除了胖一点，确实还是蛮漂亮的。

霍师傅忽然想起炖好的鸡汤还没有端上来，我们都说吃饱了，吃不下了，她执意又给每人盛了一小碗，叫我们慢慢喝。鸡汤是砂锅煨的，特别香，尽管已经吃得很饱，我和她们姐妹三个还是没有抵挡住这口鲜汤的诱惑。看我们喝得有滋有味，霍师傅笑得那么满足和开心，就好像完全忘了卜厂长没来带给她的失望和失落。

突然，戴小莲扔下汤匙，一只手捂着嘴，快步朝门外跑去。她还没跑到门口，就扑向墙角的垃圾盆哇哇吐了起来。霍师傅赶忙过去搂住她，替她揉背，叫戴小萍拿清水给她漱口。戴小莲吐完了，漱了口，大家才又回到桌子旁坐下。霍师傅问她是不是吃坏了，肚子疼不疼，难受不难受，要不要去医院看看，戴小莲摇摇头，她面色苍白，一下子没了刚才的精气神。霍师傅伸手去摸她的额头，嘴里说道："我的小祖宗，你可千万不能有事啊，你要有点啥，我就没得过了……"她忧心忡忡，饭也没心思吃了。

戴小莲叫她好好吃饭，不要管她，话没说完，她又一次起身冲到垃圾盆前吐了一回。霍师傅急起来，问她说："你是着凉了还是吃坏了？我还是带你去医院看下子吧！"

戴小莲还是摇头，她坐到床上，头靠着墙，闭着眼睛。霍师傅突然一伸手扣住她的手腕子，低声问她："上次你什么时候来的？"

戴小莲没吭声，还是闭着眼睛，眼皮明显跳了一下。

霍师傅催问她："快说呀，啥时候来的？"

戴小莲睁开眼，不耐烦地说："不记得了。"

她把手一甩，身子往后一缩，想挣脱她妈妈的手，但霍师傅把她抓得牢牢的，她连甩了几下都没有甩掉她。

"不记得了？什么时候来的不记得了？"霍师傅额头上暴起青筋，急急地追问，"我问你，这个月你来过没有？"

戴小莲不回答，满脸惊恐地看着她妈妈。

"跟我说，到底有多长时间没来了？"霍师傅提高了声音追问她，既像是疑惑又像是恫吓地问她，"怕是不好了吧？"

戴小莲几乎是咬着牙关沉默着。

霍师傅两眼紧盯着她，近乎哀求地说："你说话呀，你跟我说实话呀，你说话好不好？"她换了温柔的口气，说得轻声轻气，但声音干涩，刺耳，突然之间她的喉咙就哑了。

戴小莲的眼泪就像决堤一样从她那双黑葡萄一般晶亮的眼睛里滚落下来，屋里的空气顿时凝固了。

霍师傅惊愕地瞪着她，叹一声："活作孽啊！"凑近她，就像要把她吃了一样，恶狠狠地问她，"是哪个？"

她只顾淌眼泪，眼泪止都止不住。

霍师傅紧紧地抓住她纤弱的肩膀，就像要把她揉碎一般，绝望地说："你要把我气死啊！快些说出来，看我拿刀去杀了他！"她抬手就要给她一巴掌，然而她手举得高高的，却没有落到戴小莲的身上。

霍师傅没打戴小莲，却朝她大发雷霆，她抓起桌上的碗，狠狠地砸在地上。她一连摔了好几只碗，地上到处都是菜汤和碎瓷片，戴小莲伏在桌上放声大哭起来。

霍师傅扯着嘶哑的嗓子骂她："你漂漂亮亮一个大姑娘，放着好好的日子不过，非要作死，你想想你值得吗？"她气急败坏，又要打她，但挥起胳膊又放下了。

哭得声嘶力竭的戴小莲突然抬起脸，脸上挂着眼泪和鼻涕，就像对质一样对她妈妈说："我不值得你值得？你先问问你自己值得不值得？"

一句话，把霍师傅说得噎住了。

戴小莲一边哭一边不依不饶地继续说："你不要光顾说我，你先说说你自己。就说这顿饭，你是做给我们吃的吗？你什么时候给我们做过这么多的菜？你再想想你花出去的钱吧，你挣的那点工资够你这样摆阔？自从你知道灯瀛桥头那个委托行，你去过多少次了？你把花瓶卖掉了，把祖传的脚炉卖掉了，把羊毛毯子卖掉了，把自己的手表卖掉了，还把我的金项链也要过去卖掉了，不是我说你，你又图什么呢？"

霍师傅被她说得目瞪口呆哑口无言，我形容不出那一刹那她的神色，是羞愤、恼火还是委屈、伤心，我只是感觉戴小莲这些话就像锋利的刀子刺向她的妈妈，不仅是霍师傅，就是我这样的旁观者都十分震动与难堪。霍师傅再一次向她举起手臂，不过这一次和前两次一样，最终巴掌还是没有落到她身上。

霍师傅忽然转过脸望着我——就在那个瞬间，她好像突然清醒过来一样，意识到有我这个外人存在，她呆了一下，但也就是一两秒钟工夫，她就收敛起怒气，脸上挂上了笑容，就像刚才那样热情地劝我再吃点，一定要吃饱。她转得如此之快，我完全跟不上她的情绪。要不是戴小莲还在哭泣，我几乎以为之前的一幕不是真的。

当时我尽管对男女之事似懂非懂，但却极其敏感，这类事情即便是暗语也一听就懂。戴小萍的神情和反应也暴露了她和我一样。这个家里大概除了小菱角谁都明白戴小莲发生了什么。

霍师傅装得很自然，但我却很不自然，戴小萍也很不自然，我真希望自己不在这里，我第一次体会到无意间知道别人的秘密尤其是这样的隐私是多么尴尬和狼狈，当时的我简直陷入到一种插翅难逃的窘境之中。我心里很堵，觉得自己碍事，又不好拔腿就走。忍了一会儿，我终于忍不下去了，站起身，说一句"我家去了"，就往门外走。霍师傅就像平常那样说一句"玩玩再走吧"，但她并没有费力留我。我眼睛都不敢朝她们看，低着头溜一样出了门。

走出没几步，戴小萍跟出来要送我。紧接着霍师傅也走了出来，步子迈得比她还急还快，抢到她前头，对我说："我送送你，明天你就不来做工了，以后不知道什么时候才能见着呢。"她说得真心诚意，情深谊长，我听了很感动，心里莫名有些难过。

我谢了她，请她留步，她却坚决要送我。她不但自己要去送，还不让戴小萍送，她像赶小鸡一样张开胳膊驱赶戴小萍回去，口气坚决地对她说："你家去，不要你送，我来送。"看戴小萍不回答，她相当不耐烦地说，"我送她你有什么不放心的？"

她打起一支小小的手电筒，黄黄的一团微光在我们脚前晃动。她挽起我的胳膊往前走，既像是跟我亲近，又像是怕我在坑坑洼洼的小路上跌倒。尽管跟她不算陌生，但被她挽着的感觉却是陌生的，和戴小萍挽着我的感觉不一样。她的胳膊肉肉的软软的，却仿佛有一股强大的力量，她带着我的那股劲也很大，而且是那样坚决和果断，兵来将挡水来土掩一般，令我畏惧。我的胳膊肘不时触碰到她丰硕的乳房，让我更加局促和不适，可我又不好意思挣脱，就那么钝着半边身子，像是被她拖着走。

我听见身后有追赶的声音，霍师傅也听见了，我们回过头去看，果然是戴小萍跟了上来，跑得气喘吁吁。霍师傅朝她摆手，叫她回去，但她不听，还是跟着。走出一段，霍师傅又回过身去摆手，大声吼她让她别跟着了，她仍是不远不近地尾随着我们，霍师傅只好作罢，不去管她。

尽管打着手电筒，我和霍师傅走得还是高一脚低一脚。这条路之前我和戴小萍走过好多趟，夜晚也走过，从来没有这样难走过。快到河边四周更是一片漆黑，连城里好像也没有灯光。

"又停电了。"霍师傅叹一声，我这才反应过来原来是停电了。我心里乱糟糟的，想和霍师傅说话，却找不到话说。她的口气听上去忧心如焚，不像只是说停电的事。一路上我一直在担心她会关照我什么，比如叫我知道什么不要说出去，天哪，那我可怎么回答她？我觉得怎么回答都难受死了。

走到河边，前面忽地亮了起来，电来了，能隐约听见远处传来一片欢呼声。霍师傅站住了，把手电筒塞到我手里，说："你一个人走可以吗？"我点头，她又说，"那你慢慢走啊，我不送你了。"

我没有接手电筒，桥那边路灯亮了，城里已是灯火闪烁。我默默地往前走了几步，转回身和她挥手告别，确切说是朝她还有戴小萍挥手告别。我心里微微有一点发酸，但更多的却是轻松。我一直担心的事没有发生，霍师傅一句也没有叮嘱我，我觉得她是个聪明人，她知道我会怎么做。她信任我，让我对她充满感激。许多年后，当我回想起这个夜晚，心中还暗暗感叹她的忍耐和练达。

终于到了高考成绩出来的日子。这天午饭还没吃完李沁就来了，约我一起去学校看分。一个暑假下来她养得珠圆玉润，个子也似乎长高了，不像上学时那样又黄又瘦，剪树枝晒黑的皮肤也转回来了，面颊就像玫瑰花瓣一样娇艳，笑起来两个酒窝更深了。她穿一件簇新的蜜桃色连衣裙，小腰掐得细细的，露出两条长长的小腿，梳得十分光滑的辫子从辫根穿过，盘成两只短短的麻花，扎着两个粉色的蝴蝶结，整个人就像早春开满花朵的小树。妈妈一看她打扮得这么漂亮，立即催我去换衣裳。我本来只想穿随身衣服去的，妈妈说我身上的衣服太旧，不好看。她走进我的房间，开了衣橱给我挑衣服。其实我的衣服并不多，她毫不犹豫拿出那条最新的白亚麻裙子，那是她不久前去杭州开会给我买的，因为一直在食品厂做工，我一次还没有穿过。我觉得就是去学校看个分数，而且还不知道考多少呢，没必要这么隆重，妈妈却执意要我换上。我换上了新裙子，妈妈又叫我过去，亲手给我梳了两条辫子，从辫根对穿，在脑后盘成一个半圆，她也想给我扎上蝴蝶结，被我一口拒绝。妈妈拿出她自己的一条细细的金项链，戴在我脖子里。打扮好了，妈妈得意地推我去照镜子，我不好意思，拉起李沁就跑了。

这天，寂静了好几个星期的学校里人头攒动，除了参加高考的十个班级的考生，校长副校长教导主任，各班的班主任及任课老师，还有不少的考生家长，甚至三亲四戚七姑八姨也都来了，校园里比过节还热闹。我和李沁一进校门就吸引了无数的目光，可能是我们的新衣服太扎眼，我们被看得很难为情，手拉手飞跑着穿过校园，直奔大礼堂而去。

经过教学楼前，我们遇到也是去看分的赵沐阳，他不紧不慢地走着，不像我们那样既紧张又激动，就好像看分数这件事跟他没有多大关系似的。我们催他快走，他笑笑，说急什么，还是迈着四方步，很稳得住神的样子。

等我们来到大礼堂前，告示牌被里三层外三层围得水泄不通，很难挤到前面去。赵沐阳知难而退，往回走到教学楼前面的树荫下站着，我和李沁挤了一阵，败下阵来，也走过去站在他旁边。突然有一群老师和同学笑着朝我们快步走过来，赵老师也在其中，他满脸喜色，在离我们几十米开外张开双臂奔跑过来，就像一个大获全胜的运动员——那是我见到的他最快乐忘形的一刻。

赵老师给我们带来了好消息，赵沐阳考了全校理科成绩第一名，李沁和我是全校文科成绩第一名和第二名，而且我们学校的分数在全地区排名是最靠前的。那真是一个无比开心的时刻，是我们人生的高光时刻，对我来说心里的一块大石头终于落了地，犹如云开日出一般，之前所有的担忧和纠结一扫而光，那真是一生难忘的时刻。也许是因为和赵沐阳在一起，我和李沁比平常矜持得多，我们甚至都忘了在第一时间跑回家去报喜。

陆续到来的同学也都知道了各自的成绩，我们文科班高分的有好几个，班主任赵老师笑逐颜开。之前他带过的一班高分就更多了，有二三十个，连校长副校长教导主任都来向他道喜，称赞他"功高德劭"，校长还说要去做一面这样的锦旗挂在他办公室里。这边正聊得高兴，数学老师却在一旁叹气，他说赵老师的锦旗上可以写"功高德劭"或者是"功德圆满"，而他同样起早贪黑催命鬼一样在学生后面督促他们做题却得不到锦旗，如果得也只能写"功败垂成"或者是"功亏一篑"，大家问他怎么说？他说高考分数最高的出在他教的班上，最低的也出在他教的班上，他心情复杂地说他教的学生最高考了满分，最低的只考了三分。"三分啊，买根棒冰都不够！"他双手掩面，做出痛哭流涕的样子，所有听他说话的人都忍不住哈哈大笑。

一圈人正说得热闹，我无意中一眼瞥见来来往往的人流中有个熟悉的身影，定睛一看正是戴小萍。我大声叫她名字，她显然听见了，却没有停住脚步，还是一个劲儿地往校门外走。我用更高的声音喊她，并朝她的方向奔跑过去。突然她转过身，朝我笑了笑，旋即钻进熙熙攘攘的人群中不见了。

　　我以为她只是跟我开个玩笑，但她就这么消失了，我追出去很远，一直追到街上，也没有找到她，让我非常失落和不解。

　　以后我再没有见过戴小萍。

　　我与李沁和赵沐阳一直有联系，尽管我们相继出国后来又相继回国，中间也曾短暂地中断过联络，但名字一直在彼此的通讯录上。他们两个后来都发展得不错，这似乎顺理成章毫无悬念。李沁大学毕业后分配到北京，在一家英文报纸当记者，有一阵我们经常在采访时碰面，我们参加同一个会议，采访同一个新闻，在同一张饭桌上谈笑风生，甚至出差时被主办方安排住同一个房间。那种感觉既奇特又平常，也不能说是昔日重来，就好像我们两个同乘一辆列车，同坐一个包厢，还没有下车。我亲眼目睹了她恋爱、结婚，后来又离婚，再婚，再之后她和我告别，和第二任丈夫一起去了美国。她在美国读完研究生之后在新泽西的一家会计事务所工作，生了两个女儿，过上了用她自己的话说是"平静得没有一丝波澜"的安居乐业的生活。赵沐阳在哈佛读完博士之后留在美国，辗转几个大学任教，年纪轻轻就当上了终身教授。他事业可谓顺风顺水，但个人生活却有些波折。他迟迟没有结婚，甚至很长时间没有女朋友，直到三十八九岁才找了一个大学同学的妹妹结了婚，生了一个儿子，老婆在家做全职太太。我隐约听说他和李沁曾有过恋情，但他们两个都没有对我说起，我也从来没有问过，对这里边的曲衷缘由毫不知情。我只知道他们各有配偶家庭孩子，并没有走到一起。倒是他的姐姐赵若曦无论是事业还是个人生活都很顺遂，她读完硕士分在上海的一家出版社工作，一毕业就嫁给了自己的老师（不是那个哲学老师，是另一位老师）。婚后她没生孩子，是坚定的丁克一族。她写了不少风花雪月的文章，发表在报纸副刊和杂志上。她不但是我们同龄的朋友中最先买房买车的，因为受丈夫的影响她擅长投资理财，他们夫妇靠买卖房子早早实现了财务自由。他们夫妇还都是马拉松运动爱好者，两人经常结伴去世界各地跑马拉松比赛。每每听到这些昔日小伙伴的消息，我便会忍不住想到戴小萍，而我和她后来再没有联系。她那样明显和故意地躲避我，说心里话，让我鼓不起勇气也打不起精神去找她。

　　毕业以后我甚至很少听到她的消息，因为回去得少，我和我们中学同学的联系也很少。我在参加过的不多几次的同学聚会上也偶尔听见别人提到她，每次只要有人说起她，我都会竖起耳朵听，还会凑上去问，不过不管谁提起她都是三言两语，一带而过，说的也都是旧事，没人知道她的近况。她就像一颗远去的星星，只有淡淡的光影，在我的视野中日渐模糊，我似乎也再无法接近她。不过昔时的情谊还是留在心头，只要想起戴小萍，我脑海里总是立刻浮现她笑容满面的样子。我一直记着中学最后一个暑假和她一起度过的那些既平淡无奇又风波迭起的打工时光，她对我的热情和关照，她求她妈妈为我换工作的恳切又执着的神情，她带我过河去玩买东西给我吃的慷慨大方和一路上的欢笑，她一家人还有卜厂长对我的情谊，所有那些在食品厂和她家里与她一起经历的陌生而闪亮的瞬间我都记忆犹新，历历在目。特别是每次她送我过河时的恋恋目光，还有公布高考分数那一天她倏忽间的消失，尽管这么多年过去了，只要一想起，我心间仍然会涌起感伤和惆怅。

　　让我惊愕和震动的是在毕业二十多年后一个偶然的机会我听到关于她的情况——那次我去上海出差，在一个觥筹交错极尽奢华的饭局上碰到一位当年也是住在河西工厂区的同学，如今他已经是百亿级别的企业家，手上正做着的一个项目就是对那片萧条得不成样子的大厂区进行拆迁，在那里扩建运河文化带和新建一座水上乐园。他和戴小萍是多年的邻居，从小就认识她，知道她毕业后的一些事情。他说她之后又连续参加了七次高考——从十八岁到二十四岁的七年里，不工作，不谈恋爱，不结婚，当然也不生孩子，一门心思补习，反反复复高考，终于以比分数线高出两分的成绩幸运地考上了我们当地的师范专科学校。大专毕业以后她又花了两年专升本，她先在城郊的一所小学当老师，后来一步一步调进城里做了职高老师，之后考进报社做录入排版，再后来竟然弄来弄去调进电视台当上了编辑。戴小萍的这位发小说，她成了我们当地最出名的一个发奋向上不言放弃的励志典型，每年高考前和开学后都会被我们母校郑重其事地请回去代表历届毕业生对年轻的学弟学妹们进行鼓劲演讲。

　　"你绝对想不到吧，当年高考数学只考了三分的人，如今是我们当中最红的一个。"这位当晚宴会的主人说完，喷发出一阵洪亮的大笑。

2019年12月

旱河街的午后

　　陶莲来到新疆三年多，每天忙忙碌碌，从来没有工夫在大街上看热闹。那天下午她从华大姐家出来往心愿餐馆赶经过旱河街的时候却不由自主放慢了脚步，她看见一群孩子从一个门脸很小的学校里出来，立时就想起了放在老家的两个女儿露露和珠珠。她留神看着从身边经过的一个个小女孩，略微有点像露露和珠珠的她就会多看几眼。不过她看来看去，像露露和珠珠的很少，露露和珠珠都是那种内向沉默老实巴交的孩子，她不知道她们像谁，大概就像她自己吧。而从她身边经过的这些小姑娘都是叽叽喳喳，欢蹦乱跳。她看着她们勾肩搭背嘻嘻哈哈，想着两个女儿在老家跟着爷爷不知过成啥样，心里又苦又涩。

　　在到这里之前陶莲跟着前夫小杨在东莞打工，那时小杨还是她丈夫不是前夫。小杨在老乡的装修公司做，她在台商的制鞋厂上班，两个人加起来每月能挣到四五千块，她和小杨说得最多也是最高兴的话题就是把攒下来的钱拿回老家去怎么用。可是出了一档子事就把他们的计划打破了。有一天她因为肚子疼请假回家，没想到正好撞见小杨和一个染了一头红毛的女人在床上翻滚。她二话没说，从案板上操起菜刀就要砍那个女的，被小杨死命拦住。她发疯一样挥动着菜刀，好几次差点把自己老公给结果了。小杨狠狠地扭住她的手腕，把菜刀抢过去扔到了窗外，生生把狐狸精给放走了。小杨向着外面的骚货不

334

向着她，她肺都气炸了，把家里一通狠砸，连锅都踩扁了。小杨不理她，揣了包烟就摔门出去了。小杨一走她眼泪就忍不住哗哗流下来，她后悔自己太鲁莽——要是去喊几个老乡把这两个狗男女堵在屋里头，再慢慢收拾他们，局面就不会这么狼狈。现在气没出干净，事情倒弄得不知如何收场了。

她一个人哭了一夜，小杨一夜都没回来。她不知道他还会不会回来，也不知道他回来自己怎么面对他，是跟他打，还是跟从前那样跟他和和气气过日子？跟他接茬儿过她咽不下这口气，她也不相信两个人弄到这步田地还能好好过下去。她心里气闷，头脑昏沉，想来想去自己收拾不了这个烂摊子。她想给要好的姐妹打个电话，可是却不知道打给谁——平常都是她们向她讨主意，她清楚自己指不上她们来给她指一条明路。想到她们顶多就是说些车轱辘话劝劝她，那些话她们不说出来她也能想得到，而且打电话还费钱，她也就懒得打电话了。第二天她还照样上班下班，心里暗暗盼着小杨能回家来。结果是空等了一场。到第三天，她还特意去买了一条鱼，她想无论如何小杨也该回来了，他在外面借住一夜两夜行，再多人家要烦他的。可她做好了晚饭，等到九点钟，小杨也没回来。她一个人默默地吃着放冷了的晚饭，忍不住流下泪来。她觉得自己跟小杨是走到头了——错是他犯的，他不向她认错，还一跑跑得没影儿了，还算是个人？她越想越气，推开饭碗，起身胡乱收拾了几件衣服，拿上家里的存折，一咬牙去了火车站。她横下一条心，反正是再也不跟这个男人过了。

她打算搭上火车回老家去，但想想一个孤身女人回到老家是会被人看不起的，而且人家还要问东问西，因此到了火车站她临时改变了主意。她决定先不回老家，干脆跑得远点儿，去新疆投奔在那里打工的表姐爱娟。她先到了广州，买了一张去乌鲁木齐的火车票，坐了五十五个小时终于到了乌鲁木齐，准备再转车去伊宁。她和爱娟通电话，爱娟让她在乌鲁木齐等两天，找到顺车把她捎过去。三天之后果然有人打电话叫她去搭车。可是顺车却不是直接去伊宁，而是走走停停，从这一个地方拐到那一个地方，有时候还要走几百公里的回头路。她上了车就算交出去了，一路上赔着笑脸跟着人家，替人家卸货装车，支锅做饭，凡是能出力的地方她都不偷懒。为了省钱，也没有中途下车去换乘别的车。到达伊宁已经是十八天之后。到了之后她才知道爱娟在五天前已经生病死了——这简直是晴天霹雳，她万万没想到事情会这样，爱娟年纪轻轻，一场感冒竟然没能扛得住。一路上她还和她通过好几次电话，后来因为没啥事，也为了省电话费，她想等快到再给她打电话，没想到她自己人到了爱娟却不在了。她哭得死去活来，恨不得跟着爱娟一块儿走算了。是表姐夫老孙红着眼睛来接的她，她第一次见到老孙，因为爱娟死了，她看他就像亲人一般。她完全没想到一个星期之后自己会和这个胡子拉碴其貌不扬的男人睡到一张床上。

陶莲年轻，却是个相当本分的女人，尤其是从老家到了东莞之后，她更加为自己的清白骄傲。她十九岁的时候经人介绍认识了小杨，不到一年就跟他结婚了。除了小杨，她没和别的男人好过，这么快就和老孙弄到了一块儿，连她自己想着都觉得脸红。但这一切发生得让她反应不过来，就像在陌生的地方走路，走着走着就走迷了。她就像是该当如此地和爱娟的男人睡觉，还用爱娟的锅碗瓢盆，穿爱娟留下来的衣服，抹爱娟没用完的润肤霜……有时候她心里也会过意不去，觉得自己坐享其成，占了爱娟的便宜。占爱娟的便宜也就罢了，小时候她就经常占她的便宜，爱娟从来就是让着她的。爱娟是姐妹中对她最好的一个，也是最大方的一个，她活着的时候占她便宜陶莲没觉得什么，可是她死了还占她的便宜陶莲心里就不那么理直气壮了。尤其是想到报应，她脊梁骨会阵阵发凉。爱娟没有孩子，她想过如果表姐留下一儿半女，自己会把他们当成亲生骨肉，也算是报答爱娟了。现在陶莲无法报答她，便对她的男人好，特别是在床上对他好。老孙是在她一脚踏空时接着她的，这份情她不能不报。她坐了十八天长途车蓬头垢面来到这里，刚刚丧妻的老孙接了她打给爱娟的电话就赶了过来，第一天他带她去馆子里吃了顿拉条子，领她去老乡家住下，第二天他带她去馆子里吃手抓饭，把她安顿在另一个老乡家住下，第三天他带她去馆子里吃炒菜和饺子，皱着眉头吸着烟帮她盘算晚上送她去哪个老乡家过夜……她看得出他为难，可是她没钱去住店，只能交给他去安排。东混西混过了五六夜，老孙实在没辙了，叫她去他家里住，她二话没说就跟他去了。当晚老孙让她睡床，自己打地铺，她不肯，让老孙睡床，自己睡地铺。两个人推让了几个来回，最后还是老孙睡了地铺她睡了床。这样睡了一夜，第二天起来后两个人都有点不自然。她想着老孙对她的好，一天都是恍恍惚惚的。第二天晚上他们又为谁睡地铺谁睡床争执不下，最后还是老孙睡了地铺她睡了床。睡下之后她却翻来覆去睡不着，老孙好像也是翻来覆去睡不着。睡到半夜，蒙眬之中，她感到被人用力抱住，她醒过来发觉一个热乎乎的身子正紧紧贴着她，有硬邦邦的东西顶在她后面。她没有叫喊，只是默默地抵挡了一阵，然后就缴械投降了。她任凭老孙扯掉了衣服，分开了双腿……第二天一早起来她就点火做饭，一边把老孙脱下的脏衣服泡在塑料盆里大洗起来。就这样她跟老孙过上了日子。她几乎忘记了爱娟，只有静下来才想得起来。想起爱娟时她会在心里为她念几声"阿弥陀佛"，算是祭奠她。有一天半夜睡醒，她忽然觉得自己成了爱娟，她害怕被表姐附体，推醒老孙要他叫自己的名字。老孙睡得稀里糊涂居然一下子就明白了她的意思，他骂她神经病，拉过她就翻身把她压在身下。她感觉自那以后老孙跟她倒是不见外了。

不过陶莲对老孙也并不是百分之百称心。她一般是不拿他跟小杨比的，可是有时候心里还是忍不住会拿他跟小杨比。她觉得老孙这个人有他的毛病，他跟小杨有好多地方正相反。小杨是那种火气很盛的人，炮筒子脾气，什么都不装在心里，他只要看她不顺眼，难听的话跟着就出来了，这让她既恼火又无奈，她总想忍过去算了，可是每次差不多都快忍到最后了还是忍不住，所以家里总是三天一小吵五天一大吵，街坊邻居都知道他们夫妻关系很不好。她自己倒不这么觉得，吵归吵，她看小杨还是蛮顺眼的，第一当然是他人长得精神，帅哥就是在吵架的时候也还是帅哥，还有就是他为人大方，这也是她觉得他最大的好处。小杨是那种挣到钱就要花掉的人，而且特别肯为她花钱。她听小姐妹总抱怨自己男人抠门，也听她们说男人肯为你花钱就是爱你，所以觉得从这一点上说，小杨是真爱她的。有时她看他什么都想给她买、就怕给她买少了那种挣俩花仨的劲头心里都过不去，觉得他对自己好得有点过头了。她最心疼的还是花掉的钱，因为花出去了就没有了，她还想积起来拿回老家去建房子开店呢。而且小杨对她大方，对别人也大方，好几次刚发到工钱他就约了哥们儿去喝酒，一顿酒下来一大半就去掉了。为这事她没少跟他吵。后来她发现他除了舍得把钱花在跟哥们儿喝酒上，更舍得花在那些野女人身上。起初她一点没往那上头想，有一天去菜市场遇到一个老乡，那女的在老家就以嘴碎出名，最喜欢搬弄是非。她一看见陶莲就大惊小怪地说："哎哟刚才看见你家小杨在百货店逛呢，挎着个女的，不是你呀？"她往地上啐一口，骂她老眼昏花撞见鬼了。不一日，她又听别的老乡悄悄告诉她碰见小杨跟一个女的下馆子，她心头一惊，嘴上还是说人家看错眼了瞎说八道。但她从那时候就开始暗中留意小杨，所以要说那天她回家撞上他和红毛女人胡搞也并非纯属巧合。不过她冷静下来之后心里多多少少也后悔自己从家里跑掉，她想毕竟和小杨是明媒正娶的原配夫妻，而且还有两个孩子，让外头的骚货一把把家给搅散了，真是太冤了。但要让她回去她是无论如何做不到的，打小她就是一个硬气的人，家里人都骂她倔，"打落牙齿往肚里咽""不撞南墙不回头""一条道走到黑"这些老话她觉得都是说她的，所以她迈出了这一步就不可能回头了。不过她想想自己靠上了老孙这个码头，这辈子也算是有着落了，心里也还是踏实的。只是老孙太抠了，比如平日买点油盐都要算来算去，啥都不舍得给她买不说，给钱让她去买东西连零头都要收回去，让她心里生气。再一条是老孙人蔫，做起事情有一搭没一搭，什么事情开个头就扔那儿了，没一件是能从头到尾利利索索做完的，你催他，他有时听得进有时听不进，你不催他，他就压根儿只当没那事。她看得起急，觉得他尿。可他发起脾气来跟小杨一样火力十足，甚至比小杨还火爆，让她苦不堪言。还有一条也是她觉得别扭的，就是老孙在床上花头多，要她这么着那么着，这样做那样做，她不肯顺从他就强迫她，她俯首帖耳他最开心，也只有在这个时候他跟她才是最亲近的。日子一长她发现老孙的本性暴露出来了，他在床上跟她热得像一团火，下了床就不拿她当回事了，对她不闻不问不说，经常是连话都懒得跟她说。她心里觉得小杨血是热的，而老孙的血是凉的，小杨像狗一样喜欢黏人，老孙就像一条蛇，在太阳底下晒着才能晒热，一到阴凉处就又凉了。好几次她一个人走在路上，想起这些鼻子一阵阵发酸，眼眶就湿了。她明知道自己走错了路，但只能将错就错走下去。她清楚自己没有退路，只得认命。

老孙还有一个特点也让她心烦和无奈，就是他特别好面子。跟她搞到一起之后他觉得脸上不好看，也没跟她商量一句，就要离开伊宁。那会儿她样样听他的，他说去哪里就去哪里，他说什么时候走就什么时候走。她跟他到了布尔津，在布尔津住了没几个月，老孙又要走，这回是他和打工的汽修店主不对付。她劝他这家不行就换一家，总比换个地方要少折腾些，但老孙不肯听，他说必须走，于是她跟着他到了这里。

不过陶莲倒是个看得开的人，她明白开心是一天，不开心也是一天，所以尽量把日子往好里过。在家里她凡事尽量顺着老孙，在外头她从来不挑活，有啥做啥，只要能挣到钱就行。到这里因为人生地不熟，她一时找不到活儿，就去做钟点工。做钟点工的时候她认识了华大姐，华大姐是个退休老师，说话慢条斯理，对她相当好。华大姐教她认字，还把她介绍到一个小餐馆里当洗碗工。后来她就不怎么做钟点工了，主要在餐馆里做。换了几家之后，她换到了心愿餐馆。心愿餐馆也是个小餐馆，做的是夜市生意，所以到晚上才忙，她白天还是做钟点工。不过她只做两家，一家是华大姐家，另一家是华大姐对门的老太太家，这两家都是包月的。每天她做完这两家就去心愿餐馆上班，那边也是包月的。有了这两块固定的收入，她心里不由打起了小算盘，想把放在老家的两个女儿接过来。不过她还没跟老孙说，她不敢随随便便跟他提，知道他没那么好说话。要是开了口被他撅回来，她知道再让他拐弯就难了。所以她得找准机会跟他说。最重要的是她要多攒些钱，她知道腰包硬了腰杆子才能硬。

她一边走着一边想心事，突然有一群孩子从她身边跑过，就像一群飞奔的小马驹，少说也有十几二十个，他们像一阵狂风向她席卷而来，转眼又呼啸而去，差点把她带个跟斗。她看见他们在追逐一个小孩，那孩子个头不高，却跑得飞快。追他的这群人都要比他大，但同样也都是孩子。她真替那个被追的小孩捏一把汗，她想他要是被追上，吃亏是肯定的。

她没走几步，那帮孩子忽然又跑了回来，这里正是几条小街的交会口，她不知道他们是从哪条路钻出来的，一错眼珠他们已经跑到了她面前。她看清奔跑在最前头的还是那个小孩，他不要命地跑着，嘴张得老大，脚上跑得只剩下了一只鞋子，后面一大群气喘吁吁的孩子还是紧追不放。她真想帮他一把，却无从下手，追他的孩子太多了，她没法子拦住他们。她眼睁睁看着那个小孩被大孩子们追上扑倒在地，在他倒下的瞬间她的心猛地往下一沉，没顾上多想就大声呵斥起来。旁边摆摊的人目光冷淡地看着她，就像看她发神经。她突然有些心虚，意识到自己是在多管闲事，而且是在这个陌生的地方管闲事。但是当她看见那个小孩被那帮孩子不顾死活地拳打脚踢，她还是加快了脚步冲了上去。

她冲进孩子堆里，张开胳膊去挡那些飞来的拳脚，就像一只老鹰护着自己的幼雏一样护住那个滚了一身泥土的孩子，一边趁乱向还在袭击他的那些孩子挥动着拳头。乱了一阵子之后那帮孩子总算退了下去，她拉起倒在地上的小孩，用力拍打他沾在衣裤上的尘土。

小孩很顺从，任她拍打。她看他长着一张小圆乎脸，替他掸土时拍在他身上她感觉他瘦得一把骨头。她替他拉好衣服，让他看上去整齐一点。小孩抬起眼睛飞快地瞥了她一眼，马上就垂下了眼睛，他不好意思的样子就像个女孩。

她觉得应该和他说句话，她问他："他们为啥打你？"

他不吭声。

她又问他："你几岁？"

他还是不吭声。

她心说别是个哑巴孩子，又问他："你叫个啥名？"

他眼睛看着别处，就好像没听见她在跟他说话。她心里有些失望，正想走开，小孩突然开口说："小鼻涕泡。"

他声音很轻，她勉强听清楚，扑哧笑起来，说："真难听，这是人家瞎叫你的吧？"

小孩咧嘴笑了，他眼睛里闪着光，一脸高兴，就像刚才根本没有挨打一样。

她看他这样，心里忽然也觉得轻快起来，笑着说："你有七岁了吧？"

小孩说："八岁。"

"不像。"她说，"上学了吗？"

小孩点头。

她还想跟他聊点啥，小孩突然说一句："阿姨再见。"话音未落，已经一溜烟儿跑远了。

几天之后，还是下午差不多的时候，陶莲从华大姐家出来往心愿餐馆去，走到旱河街上，她想起家里没有缝被子的针，就转到后街的日杂店去买针。后街很僻静，大风一刮看不见一个人影，日杂店也像打烊了一般。她把钱从窗子里递进去买了针，没有从原路返回，而是拐进了另一条小街。她想斜插过去抄近道回家，结果却看见了吓人的一幕。

在一片被拆得七零八落的旧房子前她看到一个小孩被绑着，几个孩子正拿树枝抽他，还有几个孩子正在拉一条绳子，很快这个小孩就双脚离地被吊了起来。她一眼认出那小孩正是小鼻涕泡，不由分说冲了上去。那帮孩子一看有大人来了，撒腿就跑。因为他们突然松手，刚刚被悬吊起来的小鼻涕泡重重地摔在了地上。她想扶他起来，可是他却站不起来。他疼得龇牙咧嘴，她想看看他伤得怎样，发现他大冷天里光着两条腿，仔细一看他竟然没穿裤子。她伸手帮他擦去沾在破了皮的腿上的灰土和草屑，他满脸通红，一把推开了她的手。

她皱着眉头心疼地问他："他们怎么老欺负你？"

小鼻涕泡不吭声，眼睛四处寻找，一瘸一拐跑到一堆烂木头边捡起卷成一团的裤子，飞快地套到身上。她帮他捡起扔在地上的书包，走过去替他背在身上。他低着头，侧过身子，非常配合。她一下子就想到了自己的两个女儿——她们长这么大她都没有帮她们背过书包，在家的时候她每天忙得腾不出手来，什么事情都叫她们自己做；出门打工自然就更加顾不到她们，一两年才回去一趟，回到家还是忙得不可开交，每天眼睛一睁到天黑躺到床上就没个喘息的时候，她们的事情还是让她们自己做。她一向不是个惯孩子的人，可是对眼前这个小孩却生出一种说不出的怜爱，真想把他照应得妥妥帖帖。

她陪着他走出这条狭窄的小街，她不知道他要去哪里，只是默默地跟着他，她怕那帮孩子再杀回来找他的麻烦。

风仍在刮，刮得大的时候让人睁不开眼。他们一前一后走到旱河街上，这里人和车多起来，她放下心来，低头对他说："以后你上下学走大路，拣人多的地方走，过马路不要走前头，也不要走后头，夹在人当中走。"

他点头。

她想了想又关照他："他们打你你要往人多的地方跑，跑不掉你要喊，大声喊救命，要不喊救火，不能不吭声。"

他又点头。

她停下脚步，站住问他："记住没？"

他抬起眼睛望着她，突然就笑了。他眼睛里闪着水灵灵的光，一张小脸就像盛开的花朵一样，让她心里好喜欢。想到自己保护了他，她心里暖洋洋的。

华大姐的女儿生孩子，陶莲一口气忙了一个多月。华大姐请她过去帮忙侍候她女儿坐月子，要别人叫她是不会答应的，在别处她只做家务，不看孩子，她嫌看孩子累，也怕担不起责任，但对华大姐例外。华大姐一向对她好，她也一心对她好，所以华大姐跟她一开口她立马就满口答应。一个多月忙下来，华大姐替女儿多给了她一千块钱，她推了好半天没推掉。她拿着那个装钱的信封走出华大姐家，想到自己做了好事还拿了钱，心里头美得不知怎么说。

华大姐女儿家住在城南，离她打工的心愿餐馆不远，她不用经过旱河街就能到。因为没走旱河街，这一个多月她没有见到那个叫小鼻涕泡的小孩。等她侍候完月子再回到华大姐家，那天下午忙完家务走出门，正是放学的钟点，一路上她放慢了脚步，有心想遇见那个小男孩。

她走在旱河街上，四处张望，生怕和小鼻涕泡擦身而过。就这一个多月的时间，已经是秋去冬来，风吹在身上冷飕飕的，吹在脸上就像小刀子拉一般。树叶子早就落光了，树枝光秃秃的，冒着寒气，刮过风之后街道倒是显得干净了一点。她跟华大姐闲聊的时候问过这条街为什么叫旱河街？华大姐告诉她以前这里真是有河的，不但有河，河还不小，河水又清又大，还能走船呢。后来河水小了，也脏了，没几年眼看着就成了臭水沟。再后来河干了，干脆就被填了。慢慢这里成了自由市场，再后来铺上了沥青，成了大街。她听了叹气，心里可惜好好的一条河说没就没了，她还没来得及看上一眼。

不过叹气归叹气，她对是河是路也不大在乎。走在旱河街上，她看不少店铺都用上了厚厚的门帘子，烟囱里往外冒着灰白色的烟，显见都生火了。她忽然担心起小鼻涕泡，不知道他有没有加衣服。正想着，一扭头看见那孩子正远远地走过来，他还穿着她上次看见的蓝不蓝灰不灰的裤子，上面也还是那件胸口印着火箭的黄绿色的针织衫，衣服和裤子看上去都是脏得一塌糊涂。

她"哎"了一声，快步穿过街道。小鼻涕泡也看见了她，露出惊喜的笑容，他停下脚步，站在街边等她。她走到他旁边，捏了捏他的衣袖说："你不冷啊？"

小鼻涕泡摇摇头。

她又说："没人叫你加衣服啊？"

他又摇了摇头。

她着急地说："都啥天气了，会冻坏的。"

她真想领他回家去穿上衣服，可是她立刻感到自己无能为力。她跟他啥也不是，他冻着，她也只能看着。

她正和小鼻涕泡说话，有三个十来岁的女孩勾肩搭背从他们边上经过，她们用唱歌一样的腔调嚷着："小鼻涕泡，小鼻涕泡，小鼻涕泡是个大屁包，小鼻涕泡，小鼻涕泡，小鼻涕泡讨厌没人要……"她们边唱边乐，嘎嘎地笑成一团。大概是觉得有她撑腰，小鼻涕泡敏捷地捡起路边的小石子，狠狠地向她们砍去。三个女孩笑着撒腿跑开了。

她看得不由咯咯笑起来，说他："你别跟她们小丫头一般见识。"

她闻到一股子油香味飘过来，街对面的炸糕店开着窗户正在卖炸糕。她牵起小鼻涕泡脏兮兮的小手带他走到小店前，从口袋里掏出两块钱从窗口递进去，不一会儿里面递出来放在粗黄纸上的两块热腾腾油滋滋的炸糕。她把纸拢了拢，递给他，让他吃。

小鼻涕泡没有接，好像在犹豫。

她有点不耐烦地朝他说："给你就拿着。"

他还是没有动，低着头，好像很为难。

她笑了，一边把炸糕往他手里塞，一边柔和了口气说："吃吧，香着呢。"

344

他往后退缩着，还是没有接。

她把炸糕送到他嘴边，笑眯眯地说："咬一口！"

炸糕的香气太诱人了，她自己都想咬一口。小鼻涕泡显然没抵挡得住香味儿的诱惑，他凑上来，小心翼翼地咬了一小口。

她笑着把炸糕又送到他嘴边，没再说话，小鼻涕泡很配合地一口一口咬着，把一块炸糕吃完了，就像一只温顺的小狗。

她朝店里要了一只塑料袋，把另一块炸糕装进去，递给他说："这块你带回家去吃吧。"

小鼻涕泡虽然有一点不好意思，但却毫不犹豫地把塑料袋接了过去，紧紧地攥在手里。她笑了，拍了拍他单薄的小肩膀说："吃完好好写作业。"

他乖乖地点头，让她相信他真的把她的话听进去了。

现在只要不是礼拜六和礼拜天，陶莲一踏上旱河街就会放慢脚步，尽管她不能每天都遇到小鼻涕泡，但一个星期里总能碰见他两三次。她隔三岔五会买些东西给他吃，每次花个一两块或者两三块钱。她跟他熟了，他也不扭捏，她买什么他吃什么，每次都吃得干干净净。他从来不对她说谢谢，也没有任何表示，就好像她给他买东西吃理所应当。她怕他饿肚子，喜欢买吃得饱的东西给他吃。她看着他吃心里甜丝丝的，就像给自己孩子买东西吃一样——其实她在老家的时候是很少买零食给两个女儿吃的。她喜欢看小鼻涕泡吃，也喜欢看他笑，他一笑起来眼睛弯弯的就像月牙儿一样，就好像他是世界上最开心的人。他一笑她心里暖洋洋的就像春天一样。

有一天她给他买炸糕，炸糕店的老板娘笑嘻嘻地问她是这个小孩的什么人，她一下愣了，脸不由自主就红了起来。她当然不能跟老板娘说自己和小鼻涕泡就是街上遇到的，以前根本就不认识——她对他这样亲，老来买炸糕给他吃，跟他却是非亲非故，她实在有点说不出口，也怕人家当她是专拐小孩的人贩子。

挺冷的天她出了一脑门子的汗，她镇定了自己，反问老板娘："怎么啦?"

老板娘脸上挂着暧昧不明的笑容，眼睛瞟着她，又把眼光闪到一边去，像是故意漫不经心地说："我听人家说你是这小孩的妈……"

她听了心里一震，形容不出是惊骇还是欢喜，她脊梁后面一阵发热，脸更红了。她嗫嚅地说："我不是的。"

炸糕店的老板娘嘻嘻一笑，压低了嗓音说："之前我也以为你是呢……我听说这小孩的妈生下他就跑了，他爹也是倒霉透了，前头两个老婆都跟人跑了，找了第三个，说是凶得不得了，家里整天打得鸡飞狗跳。"

她听她说这些，心里沉沉的。

炸糕店的老板娘又说："我来这里有五年了，算是看着这孩子长大的，什么时候看见他都是一副垃圾孩子的样子。他真要是有你这么一个妈，也算是他的福气。"

说着话，有顾客来买东西，她转身去忙生意了。

陶莲听了这些，心头就像压了块石头。小鼻涕泡就在离她不远处蹲在马路牙子上自己玩着，她看他一眼，他也看她一眼。她心里一阵冲动，真想把他领回家去。

可是她走到小鼻涕泡旁边却完全是另一副样子，她平平常常地对他说："你吃也吃了，玩也玩了，回家去吧。"

小鼻涕泡从地上站起来，她俯下身帮他把裤腿上的泥土掸掉，她一边拍打一边忍不住说他："就这一刻工夫，又把自己弄得泥猴一样，你真是个不省心的!"

小鼻涕泡听她说，一声不吭。她偷偷瞄他，长长的眉毛下是一双秀气的眼睛，齐刷刷的眼睫毛翻卷着，他一点没有害怕的样子，她放下心来。

她把手搭在他的肩头，关照他说："你自己回家走大街不走小路，有人欺负你要大声喊，听见没?"

小鼻涕泡没吭声，她又问了他一声"听见没"，他还是不吭声。她有点气急败坏，威胁他说："你再不吭气我就不理你了！"

小鼻涕泡抬起脸朝他一笑，他本来就圆乎的小脸笑起来简直就像一只又红又香的大苹果，她弄不清那么瘦的孩子怎么会长这么一个圆脸蛋，真想在他胖乎乎的小脸上亲上一口。不过她没有这样做，在家里她就从来不乱惯女儿，她知道小孩最容易惯上脸，大人要有威严，就不能由着性子跟小孩腻。

她正了脸色对他说："现在你回家去写作业吧。"

小鼻涕泡点点头，快步走了。

陶莲心里很快慰，华大姐又给她加钱了。她帮华大姐侍候她女儿坐月子，华大姐多给了她一千块钱作为奖金，等她回到华大姐家，华大姐把她做钟点工的钱也涨了上去。她拿得已经算多了，又涨钱让她心里不过意，可是华大姐却说她活儿做得好，这是她应得的。她不知道怎么报答华大姐，总是早去晚走，每次做得格外尽心尽意。华大姐也很领她情，每次她去都对她客客气气，跟她有说有笑，有时多买的菜也会送些给她。她觉得自己遇到了好人，在她家干活心情十分舒畅。

她在心愿餐馆干得也顺心，刚去的时候她是洗碗工，现在已经勉强能算半个厨师了。餐馆里有两个掌勺的大师傅，一个嫌工钱少跑去别家干了，只剩下一个，客人多的时候忙不过来，老板就叫她去炒菜。到月底结账，老板主动给她加了三百块钱。在她看来炒菜和洗碗是一码事，因此觉得这三百块钱就是从天上掉下来的，心里欢喜，花起来也大方。

这一段她还是经常能见到小鼻涕泡，也还是经常买东西给他吃，每次给他买东西吃他都挺开心，不过他还是不会对她说谢谢。她倒是觉得他这样好，这样子才像一家人。她早已经不觉得他是大街上的一个孩子，她跟他就像是家里人一样。她经常一踏上旱河街就知道能不能马上见到他，她的感觉准得很。

一天下午她比平日早了一刻钟从华大姐家出来，她特意跑了两条街去买了一小包糖炒栗子。她把滚烫的纸包揣在衣服底下，到学校门口去等小鼻涕泡，可是她左等右等却不见他出来。放学的时间过了，她看从学校里出来的学生越来越少，心里有点着急，她怕他没上学，或者已经走了，自己空等一场。空等她倒无所谓，只是怀里这包热腾腾的栗子不能给他，让她懊恼。她本来就是给他买的，她自己才舍不得吃这么贵的零嘴呢。

　　她想拦个学生问问认不认得小鼻涕泡，他是走了还是没放学，可是想想自己连他几年级什么班级叫什么大名都不知道，只好作罢。她实在等得急了，在心里对自己说再等五分钟。五分钟过去了，她又对自己说再等五分钟。她不时掏出一个旧电子表来看，四十分钟就这样等过去了，她终于失望地走了。

　　那包栗子因为贴身揣在棉衣里，还有一点点余温，天色还没有暗下来，但寒气已经涌上来了。她一边往回走，一边回头看，盼着能看见小鼻涕泡。她一步一回头，一直走到旱河街的顶头，只要一拐弯就看不见学校。她又一次朝学校方向望去，校门前空空的，连个人影子都没有，她彻底失望了。

　　她拐进小岔路，再走不到五分钟就到心愿餐馆了。可她还是不死心，突然扭身往回走，又折回到了旱河街，风风火火地朝学校走。她心里其实不抱多大希望，但不去一趟学校总是不死心。她走出没多远，看见一个眼熟的身影从校门里走出来，她还没看清楚是不是小鼻涕泡，心口已经激动得怦怦跳。她加快步子走过去，看清果然是他。她远远地大声叫："小鼻涕泡，小鼻涕泡——"

　　他听见了，扭头看她一眼，却装得像是没看见一般，还是继续往前走。她快步追上他，从衣襟下掏出那包已经冷了的栗子，塞到他手里说："给你的。"

　　小鼻涕泡却没有一点欣喜，他默默地接着，好像不知道该拿这包东西怎么办。

她在旁边笑眯眯地催他说:"吃呀吃呀,好香的。"

小鼻涕泡没有动手,好像吃这件事也不能让他兴奋。

她觉出不对,问他:"哎哎,你怎么啦?"

小鼻涕泡默不作声。

她轻轻推他一下,说:"是不是被老师批评啦?"

小鼻涕泡顿时神情呆滞,不敢看她。

她毫不留情地追问他:"快说,怎么回事?"

小鼻涕泡不说话。她还在一个劲儿地追问,他似乎顶不住压力,片刻之后从书包里掏出一个作业本。她一把抢过去,笨拙地拿在手里一页一页翻过去,翻到有字的最后一页,她看到了一大排触目惊心的大红叉。她虽然不识字,但红叉还是认得的,不由紧皱双眉问他:"上课你没听?怎么错了这么多?"

小鼻涕泡垂着眼帘,做出一副逆来顺受的样子。

她突然明白了他怎么这么晚才下学,虎着脸说:"你被老师留学了吧?老师说啥你都记清楚了吗?回到家里你把这些题好好做做,听见没?"

他点头。

她口气严厉,不容置疑地说:"明天放学我还在这里等你,我要检查你的作业本。"

她看着他拿着作业本和她给他的那包栗子往家走,既心疼又担心,她不知道他回到家会不会挨打?她从来没有像这样牵挂他,甚至对露露和珠珠也没有这样忧心过。

次日陶莲从华大姐家出来就去学校门口等着。她在大拨从学校拥出来的学生里没有看见小鼻涕泡,又等了大约一刻钟,才见他走出来。

她迎上前,关切地问他在学校里怎么样,有没有被老师骂。小鼻涕泡不吭声,再问,他轻轻摇了一下头。她让他把作业本拿出来给她看,他磨磨蹭蹭的,但还是从书包里把卷了边的本子掏了出来。她迅速往后翻,看到上面还是有五个大大的红叉。她数了数,一共十二道题，他做错了将近一半。她火气腾地起来了，说他："怎么还错这么多？"

小鼻涕泡不吭声，眼睛里突然滚下两串泪珠。她从来没有看见他哭过，竟然一阵心慌，哄他也不是，不哄他也不是。她想想小孩哭随他哭去，没有哄他，只是对他说："别哭了，回家去把做错的题目重新做。"

小鼻涕泡还是哭，抽噎得十分委屈。她不知道该拿他怎么办，轻轻摸了摸他的头。他的头发脏得粘在了一起，摸着有一种就像摸破麻片的沙沙的感觉，她真想替他洗一洗。想想自己不能这样做，她心里忍不住叹气。她的手往下移，又轻轻摸了摸他的肩膀。她发现他尽管加了一件外衣，衣服还是相当单薄，在这个大家早都穿上棉衣的季节里，他衣服穿得还这么少，让她很心疼。她蹲下身，用自己的衣袖替他擦去眼泪。

小鼻涕泡吸溜着鼻涕，慢慢停住了哭。她替他把作业本装进书包，叮嘱他说："你好好做题，每道题都要做对，明天我还来这里检查。"

他看她一眼，目光里似乎有些畏惧。

这一天她什么东西也没有买给他吃。

第二天她早早去学校门口等着小鼻涕泡，他倒是一点没晚，随着大队学生从校门里走出来。她想到他至少没有被老师留学，心里暗暗松了口气。她朝他露出笑容，他也朝她一笑。他主动从书包里拿出作业本递给她，她翻开检查，还是有两道错题，不由拉下了脸。小鼻涕泡站在旁边望着她，一脸的害怕。她本来是不满意的，看他这副样子却柔和了口气说："比昨天有进步。"她想忍还是没忍住，说他，"怎么还错了两道，你就不能仔细点吗？"

小鼻涕泡低下头，一副颓丧的样子。她不喜欢看他这副模样，对他又生气又心疼。

她问他："你到底学会了没有？"

他点头。

她又问："真的？"

他仰起脸望着她，又胆怯又无辜。

心疼瞬间抵消了生气，她伸手去拉他的手，对他说："走，给你买烤鸡翅吃去。"

她刚拉住他的手感觉他的手指僵硬冰凉，但当他听到她这句话手指马上变得柔软了。他主动勾紧了她的手，一路小跑，屁颠屁颠跟着她往烤翅摊走去。她看他一眼，心里暖融融的，不由想起自己家的露露和珠珠，觉得又多了一个孩子。

她买了两根烤鸡翅，自己没吃都给了他。他迟疑着没有接，她硬是塞给了他。她看他专心地小口咬着滚烫的鸡翅，柔声问他："你在家能吃饱吗？"

她早就想问他了，只是觉得这样的话有点说不出口。看他皮包骨头的样子，她猜他很可能吃不饱饭。

小鼻涕泡愣了一下，停下咀嚼，没说话。

她又问了一遍，他点了点头，马上又摇了摇头。

她忍不住问他："她对你怎么样？"

小鼻涕泡好像没听明白，抬起眼睛茫然地望着她。

她只好又说："你妈……对你好不好？"

小鼻涕泡就像没听见一样，过了一会儿他点了下头。

她两眼盯着他说："你跟我说实话，不要害怕。"

小鼻涕泡嘴里嘟着一口鸡肉，眼看就要哭出来。

她不忍心，叹了口气，不再问了。

她看着他把两根烤鸡翅吃完，对他说："你回家去好好写作业，等你题目都做对了我给你买牛肉面吃。"

小鼻涕泡露出开心的笑容，眼睛亮晶晶的，就像天上的星星一样，她看见他这样的笑容心里也跟着透亮起来。

陶莲从心愿餐馆收工回家，手里的环保袋里照例装着两盒打包的剩菜。最早她做的几家小饭馆都是不让把吃的带走，只有这家例外。尽管就是些剩菜，她也觉得很开心，每次提着沉甸甸的布袋子心里都很感激老板仁义。老孙喜欢在收工后喝两口，正好就着她带回去的饭菜下酒。

这天陶莲回到家，老孙和平日一样坐在三条腿的小条桌边上自斟自饮。她进门之后没顾得脱衣服，先把布兜里的东西拿出来，准备放到锅里去蒸一下。她刚把餐盒拿出来，老孙就像长臂猿一样一只手一挥，一巴掌就扇到了她的脸上。她大吃一惊，还没反应过来，又一个巴掌抽到了脸上。她脸上火辣辣的，心里又气又委屈，捂着脸朝老孙骂道："灌了马尿不认得你亲娘了，好好的打我做什么？"

老孙把酒杯重重地往桌上一蹾，恶狠狠地吼道："你在外面做的好事自己清楚，我抽你是便宜你！"

她急了，扯着嗓门说："我在外面做啥了？是杀人了还是放火了，你他妈给我说清楚！"

老孙更加火冒三丈，吼道："你还敢跟老子装疯卖傻？我问你，外面那个杂种是谁？"

她一愣，脑子迅速跑了个大圈，把自己这些日子接触过的人都想了一遍——心愿餐馆的老板是对她不错，可是她跟他清清白白没任何事啊；来吃饭的客人有喜欢跟她开玩笑的，那也就是嘴上逗一逗罢了，做生意的讲个和气生财，即使是冲老板的面子，对客人她总是会客客气气的；还有就是有个老乡打电话给她说要借钱，那人在东莞，都不知道她早已经到了新疆，她没答应借钱给他，跟他也够不着借钱的关系，而且她也确实不想借钱给别人……她最后才想到了小鼻涕泡。她没料到自己跟这么个七八岁的小孩来往老孙也要发这么大的火。

她怒不可遏地说："那么个豆大点的孩子，你为他跟我胡缠，你他妈还是个人吗？"

老孙毫不相让地说："我不信豆大的孩子后面就没有大人，我还真不晓得你在外面有什么名堂呢！"

她这才算闹明白老孙吃的哪门子醋，急急地分辩说："那小孩就是我在街上认识的，不信你问去，我跟他家什么人也不认识，你别乌七八糟乱栽赃！"

老孙气昂昂地说："人家都说是你男人领着孩子找过来了……"

她一听这话，提高了嗓门说："我家的是女儿，这个是男孩，男女都分不清啦？"又说，"你听谁胡说八道？没影的事儿也能编得这么有鼻子有眼儿。"

老孙冷冰冰硬邦邦地甩出一句："我没说孩子，我说的是男人！"

她气呼呼地说："谁看见我跟哪个男人在一块儿啦？说话要有根据。"

老孙收敛了些声气说："人说总看你给孩子买东西吃，不是亲生的你肯替人家花钱？"

这句话把她说哑了。她忽然觉得跟老孙说不清楚，一气之下眼泪直往上涌。她飞快地眨着眼，硬是把眼泪憋了回去。

老孙占了上风，继续嘚吧："我这人最恨别人骗我，一个屋顶下过日子，还存个外心，算啥呢？我从来没问过你来历，也不多管你，你上哪儿去找我这么好说话的？你说那小孩不是你儿子，那你还在外头养起野孩子了？老子每天就吃点剩饭剩菜，你有钱给野孩子买烤鸡翅吃！"

她被他噎得回不上话来，憋回去的眼泪又涌了上来。

老孙看出她理亏，气焰更加嚣张地说："你给我听好啰，我把话搁这儿，我这个人是不吃哑巴亏的，你不想过你走，我不拦你，你要还想跟我过，那就别让我再听到人家说你什么话。我这个人是说一不二的。"

他说得斩钉截铁，她听得眼泪直流。

老孙恶狠狠地瞟她一眼说："你他娘别给我哭哭啼啼的，我还没死呢!"

说完他一推酒杯,咕咚往床上一倒就躺下了。不一会儿他鼾声大作,酒气熏天地睡着了。

她的眼泪流得止不住,心说这过的叫啥日子。

陶莲倒也没被老孙吓住,她心想小鼻涕泡也不是她的亲儿子,这是事实,自己跟他来往也没犯着谁,不过她还是没敢明目张胆去找他。她不像以前那样差不多天天去旱河街等他,现在她看他一次之后会间隔两三天,而且她也不再去学校门口等他,怕被别人看见。她在旱河街的一个小岔路口等他,那里僻静。每次她都是先买好吃的,包在手巾包或者装在塑料袋里,悄悄塞给他。小鼻涕泡见到她总是很开心,他吃她给他的东西还是那么理所当然,他还是话少,问什么说什么,不过他对她要比刚认识时亲热得多。她看他一眼他就会憨憨地笑,走在路上会自动拉住她的手。她觉得被他小手拉着很幸福,一到这样的时候她忍不住就会想到露露和珠珠。到新疆之后她没有回去过,想她们想得厉害。她心里筹划这个春节无论如何都要回去一趟看看她们。她想好回去要给她们带新疆的水果、干果、奶酪、馕还有别的好吃的东西,还要给她们一人买一条漂亮的新裙子。她想好这次回去一定要好好惯惯她们,虽然她知道小孩是惯不得的,很容易就惯坏了。就比如小鼻涕泡,她觉得他就有点被她惯坏了,她跟他说过许多遍了,让他学习用心,题目好好做,不要叫老师批评,可他作业本上到现在还是经常有红叉,最坏的一次被老师从头叉到底。她当然要说他,可是他听不进去。她心里真的很气很急,恨铁不成钢。已经有好几次她看见他脖子里有淤青,不用问她就知道他挨打了。她还想撩他的衣袖和裤腿看,他死命捂着不让。她虽说气他不好好学,可是看他挨了打,心里还是疼。有一天小鼻涕泡跟她说他爸说了再不好好学就不让他上学了,送他去煤矿干活去。她听了心都快碎了,她老家就有小煤矿,她可知道在煤矿干活是啥滋味。想想他才七八岁,她不知道他往后的日子怎么过。她想这个年纪如果去打工，吃苦不说，身体受了伤那可是一辈子吃苦头的事；如果不去打工，就怕他家里不能容他吃闲饭。她真害怕他会流落街头，成为痞里痞气东偷西摸的小流氓。她心里越想越难受，可是转而想想他也不是她的亲儿子，她根本没办法替他去做主。她想到自己的两个女儿，也还扔在老家呢，她们吃什么喝什么学好学坏她都管不上——想到这里她心里酸得直要流眼泪。

每次见到小鼻涕泡陶莲都要检查他的作业，她把要好好读书的道理反反复复跟他讲，还跟他说自己不识字吃了多少苦，要他答应她一定好好读书。可是她说到学习，小鼻涕泡总是一脸呆滞的样子，和给他吃东西完全不一样。她心里叹气，却还是原谅了他。她想自己两个女儿也是一样，看来小孩子都差不多。

有一次她忍不住问他："你爸管你学习吗?"

他摇头。

她想了想又问："她呢?"

他好像知道她指的是谁，还是摇头。

她又说："那我管你学习你烦不烦?"

他停了片刻，还是摇头。

她笑了，俯身说："没说假话?"

他点头。

她说："那你肯听我话吗?"

他用力地点头。

她又说："你为什么肯听我的话?"

他不说话，好像不知道该怎么说。

她笑了，逗他说："人家说我是你妈妈，你相信吗?"

她自己先哈哈笑起来。

他居然一个劲儿地点头。

她笑得更加开心。

她继续跟他逗："那你叫声妈妈我听听——"

他不吭声。

她等了一会儿，不想勉强他，故意板起脸来说："不叫算了。"

他突然声音很小地叫了一声："妈妈。"

她竟然没好意思答应。她心口咚咚跳起来，脸也跟着红起来，就好像做了不该做的事。

这一天她和他说了不少话。

她问他："你上课不好好听老师讲课在做啥呢？"

他吭哧了一会儿，说："没做啥。"

她又问："在想啥呢？"

他说："没想啥。"

她说："肯定是在想吃的。"

他摇头，笑。

她又说："除了想吃的就是想着玩吧？"

他还是摇头，笑。

她说："光想吃和玩是没出息的。"

他突然说："我想长大。"

她从来没听他把话说得这么干脆利落。

她吃了一惊，问他："你想长大？"

他望着她，说："长大可以走好远好远。"

她问他："你要走好远好远做什么？"

他垂下眼睛，又不说话了。

她又问他："你长大还想做什么？"

他声音小小地说："挣钱。"

她笑出声来，逗他说："挣钱做什么呢？"

他有点害羞地说："买东西给你吃。"

一股热流涌过她心里，她忍不住把他搂进了怀里。

陶莲以为自己悄悄跟小鼻涕泡见面老孙不会知道，可是没想到他竟然知道得一清二楚。这回老孙没有喝高了打她，他滴酒未沾，抽着烟坐在床沿上等她回家。她刚一进门，他就让她坐下，说有话跟她说。她看他拉着张驴脸，心里就打起了小鼓，不知道他又要跟她起什么幺蛾子。

老孙直截了当地问她："我不想在这地方待了，你走还是不走？"

她脑子一蒙，心想待得好好的，怎么又忽然要走？她反问他："为啥要走？"

老孙黑着脸，两眼朝她一瞪说："你说为啥呀？"

她脑子一下转到了小鼻涕泡身上，突然变得张口结舌。她觉得老孙真是气量小，却又不知道该怎么跟他辩解。

老孙目光冷冷地盯她一眼，口气冷冰冰地说："你愿走就走，我不勉强你。"

她的心顿时就像掉进了冰窖里。她想自己每天热饭热汤热炕头侍候他，他居然张口就说出这样绝情的话。她真想痛痛快快回他个"不走"，可是话到嘴边还是忍了回去。

她没吭声，起身去捅炉子做饭。

她做了拉条子，炒了芹菜羊肉片和皮辣红，这两个菜都是老孙喜欢的，果然他一端起饭碗脸色就和缓了。

陶莲跟老孙三四年过下来，知道他是个说干就干的人，经常是他想都没想，事情就干完了，要不就是想都没想，事情就干砸了。对他这一点她既恼火又无奈，而且也相当害怕。这个月眼看着就要到头了，他不等拿到工钱就要走，她根本不知道他是哪根筋搭错了。她最生气的是他都没想好要往哪里去——他一大清早先跟她说是去乌鲁木齐，没到天黑又跟她说去奎屯，第二天约好了老乡的顺路车又告诉她去博乐。她既不想去乌鲁木齐，也不想去奎屯和博乐，她根本就不想走，在这里活儿挺顺手的，日子也挺顺溜的，特别是她还有挂在心上的小鼻涕泡，她觉得待在这里挺好的，可是却拗不过他。她生了一夜闷气，这一夜她前前后后都想过了。她想想老孙虽说有这样那样的毛病，毕竟还是一个能依靠的男人，有他总比没他要强。她不由又想到小杨，心里后悔当初自己一跺脚就离开了他，既然跟哪个男人都得忍，还不如跟定他一个算了。

老孙已经联系好了车子，过一天就走。前一天她已经跟华大姐和华大姐对门的阿姨还有心愿餐馆都辞了，他们不约而同都给了她整月的工钱，让她心里非常感动，也更加舍不得离开，但是她也实在是没有办法。她一边叹气一边收拾东西，家里虽说没啥值钱物件，可是收拾起来也是相当费劲。她看着屋里满眼的锅碗瓢盆瓶瓶罐罐，样样都是过日子用得着的，样样都不能丢，丢了哪样还得花钱去买。可是东西这么多，不可能都带着走，老乡车里也装不下。再说本来就是搭人家的顺风车，还带这么多东西明摆着遭人嫌。她苦恼极了，拿了这样，放下那样，一天下来也没把东西归置好。

她心烦意乱，最放不下的还是小鼻涕泡。想到自己就这么拔脚走了，这一走还不知道什么时候能回来，说不定这辈子再也来不了这里了，再见不到那个苦孩子了。她想以后恐怕不会有谁带着吃的去学校门口等他，给他检查作业，这么一想她心里简直就像有一只手在揪。到了下午快放学的时间，她再没心思收拾东西，趁老孙去落实车子，从家里溜了出去。

她心急如焚地往学校赶，生怕错过了小鼻涕泡放学的时间没处找他。她像前一阵一样躲在旱河街那个僻静的岔路口，远远地瞄着学校大门。可是她一想明天就走了，也不怕被人看见了传话给老孙，干脆走到学校门口，坦然自若地等孩子。

她到得并不比平常晚，可是等了老半天也不见有学生放学出来，她去传达室问正坐在炉子边打盹的老大爷，老大爷支支吾吾说不清楚，一会儿说还没放学，一会儿又说今天好像不上学，再问下去他干脆让她自己进去找。她犹豫了片刻，抬脚走进了学校。她还是第一次走进这个学校，心里忐忑，手心冒汗，生怕遇到人家问她进学校干什么。她一个教室挨一个教室找过去，好几个教室都是空的，有人上课的教室里都是一些大孩子，她想小孩子们大概已经放学走了。

她沿着教室的走廊走着，想到自己恐怕再见不着小鼻涕泡了，心里有说不出的懊恼和失落。她想平常日子也就罢了，今天不行还有明天，明天不行还有后天，可偏偏是她走前的最后一天见不着他，真是运气背到家了。她往校门外走，听见学校里传来整齐的读书声，人飘浮起来，肚子也隐隐作痛。她觉得这几个月在这里和小鼻涕泡见面、买东西给他吃、和他说笑，就像是一个梦，眼一睁梦就醒了。她想再等他一会儿试试，可是自己都清楚等也没啥指望。她满腔失望，慢腾腾地往家走。

风刮得呼呼的，她浑身发冷，心里比身上还冷。她沿着旱河街往家走，走两步一回头，可是每次看见的都是缩着脖子匆匆走过的陌生人，她比哪一天都更想看见小鼻涕泡——但是这个希望却像点尽的蜡烛一样在她心里熄灭了。

她拖着脚步没精打采地走着。小时候她这样走路妈妈是要骂她的，她也知道这么走路费鞋，可这会儿她顾不得费鞋不费鞋了。她两腿沉重，几乎连走回家的力气都没有。平常在她眼里宽阔齐整的旱河街也变得死气沉沉。

突然，她听见身后有脚步声，脚步声响得很急，就像有人在奔跑。很快有一股风卷到她身上，她本能地感觉到这股风与她有关，而且很可能是给她带来意外的好消息——但是她心里仍然是不抱什么希望地转过头去，可就在这一刹那，她眼前一亮，跑过来的人正是她盼望见到的小鼻涕泡。

简直就是喜从天降，她高兴得说不出话来。她伸手一把揽住他，惊喜地问："你怎么知道我会来找你？"

小鼻涕泡气喘吁吁地说："我每天都跑来看看你在不在……"

她听了鼻子一酸，眼眶红了。她赶紧飞快地眨动眼睛，使劲不让眼泪流下来。

她看小鼻涕泡的脸冻得红扑扑的，真想紧紧地把他搂在怀里。她摸了摸他的衣袖，他总算是穿上了一件还算厚实的棉衣，她总算放心了一点。

"走，今天带你去吃牛肉面！"她拉住他一只脏兮兮的小手，把他领到一家叫九头牛的清真馆。每天她从这家馆了门前经过，都会看看门口又大又亮眼的招牌，她早就想带小鼻涕泡来这里吃碗热腾腾的牛肉面了。

她花了八块钱给他买了一碗清汤牛肉面，碗里撒了一层碎碎的葱花和香菜，闻着香气扑鼻。她又花了一块五给他买了一个卤鸡蛋，卤鸡蛋是用酱汁煮的，蛋白煮成了深褐色，一看就是入味的。这个钟点不是饭点儿，店里没什么人，顾客只有她和小鼻涕泡两个。她隔着热气腾腾的一大碗面条望着他，催他说："你快吃呀！"

小鼻涕泡没有吃，而是把筷子递到她手里。她心头一热，没有接，而是推了推他的手说："你吃。"

小鼻涕泡执意把筷子塞进她手里，她握着筷子，挑了一根面条，送进嘴里，动作有点笨拙。她把筷子递还给他，又把碗往他面前推了推。

小鼻涕泡学她的样子，也挑起一根面条放进嘴里，但是他很快埋头吃起来，她看着他，忍不住笑了。不一会儿他吃得鼻尖和额头上都冒出汗来。

小鼻涕泡吃了一半就像是突然想起来似的，又把筷子递给她，她十分坚决地推了回去。她看他狼吞虎咽的样子，觉得这九块五花得真是值。

她看着他吃，心里却一直有种沉甸甸的感觉。她想告诉他自己就要走了，可是她实在是张不开口，怕他听了会难过。想到从此跟他说不定再也见不着面了，她真怕自己一张口就会哭出来。而且看他吃得那么香甜，她也不忍心在这个时候告诉他这么个消息，她想怎么也该等他把面条和鸡蛋吃完再说。等他吃完，她看他因为吃了东西小脸又红又嫩，笑容甜甜的，像个小姑娘一样，还是不忍心告诉他。她跟他东一句西一句地闲聊，说的都是别的。她问他作业有没有错，题目难不难，又关照他好好上课，好好写作业，不要跟同学打架，有人欺负他要告诉老师，他都点头答应。说完这些，她想想还是得把要走的话跟他说，可是犹豫再三，她还是没有勇气说出来。

她领着他从馆子里走出来，陪他回去。他脚步轻捷，开开心心地跟着她。他们走在冷风呼啸的大街上，她用手去捂他的耳朵，他顺从地让她捂着，仰起脸朝她一笑。她心一酸，眼泪又一次涌进眼眶。

走出一段，她觉得怎么也该把话说出来。她蹲下身，拉住他的手说："有件事我要跟你说……"

她刚说了一句，就不知道该怎么说下去了。看着他清亮的眼神，她不由自主地说："其实，其实我不是你的妈妈。"

他点点头，像大人一样沉着地说："我知道的。"

她眼睛直发酸，赶紧转过脸去。

她转回脸看着他说："我要走了……"

他愣了一下，没有说话。

她又说："不知道什么时候才能回来……"

他彻底呆了，明亮的眼睛突然黯淡了。她生怕他哭，但他没有哭，只是一直不说话。

她站起身，拉着他的手继续朝他家的方向走。他的手特别凉，让她有说不出的心疼。

快到他家的时候她停下脚步，再一次蹲下身，拢着他说："你自己回吧。"又说，"我看着你走。"

小鼻涕泡突然把额头抵着她的额头，扑簌簌掉下一串眼泪。

她的心一颤，真想紧紧搂住他，但是她没有，而是心硬地把他推开了。

她看着他走到街道顶头的院子门口，他回过头来看她，她朝他摆手，让他进去。他顺从地往院里走去，迈着小孩幼稚的不太协调的步子，跨进了门槛。

看着他进了家门，她转身往回走。她尽量转开脑筋不去想这件事。当年她跟露露和珠珠分别也是这样，她上了车就扭过头去不再看她们，任她们在车下哭喊她也没有回过头去。

可是当她走到旱河街上，远远看见炸糕店黄绿相间的门脸时，她使劲吸溜着鼻子也没有忍住突然蹿出来的眼泪。她一屁股坐在卖菜大棚旁边的马路牙子上，双手捂着脸，放声大哭。她顾不得街上人来人往，也顾不得有人停下脚步看她，她从来没有哭得这样伤心，就像真的丢下了亲生儿子。

2014年10月

凤　舞

清明回老家扫墓，表姐问我，你还记得小凤吗？就是花家的小五，我说记得呀，她是我同学，大名叫花凤舞。表姐说对的，我说的就是她。前几天在菜市场碰到，她问起你，说你回来一定告诉她，她想与你见见，有话要对你说。

我脑海里立刻闪现出凤舞小时候的模样，一张尖尖的瓜子脸，两只又黑又亮的大眼睛，笑起来脸颊上有深深的小酒窝，特别聪明伶俐的样子。然而，她读书却并不聪明，我小学二年级转学过去和她同班，考试她经常是垫底的，即使班上只有寥寥无几的考不及格者，她也差不多总是在列。我不知道从什么时候起她跟我要好起来，大概是因为我们都是排北路队的，两家住得不远。那时候城市很小，也就是现在市中心附近的那片地方，两条街加一条河，再朝哪边走都是乡下，满眼水田和芦苇荡，还有棉花和蔬菜，住在城里的人家其实离得都不远。放学之后凤舞经常约我玩，我父母管得严，不怎么允许我跟别的孩子出去，生怕闯祸，难得凤舞是他们信得过的。因为玩得好她要抄我作业我总是很乐意让她抄，甚至考试的时候我也给她传过小纸条。那时候我很单纯，并不知道这样做有多不好，也不知道如果被追究起来可能带来的后果会有多严重。我觉得就是小事一桩，不值一提，态度也是平等的，而她却流露出小心翼翼，甚至巴结，我才慢慢意识到自己是帮了她的忙。她除了对我很谦卑，还经常从家里带一些零食给我吃，那时候大家都穷，小孩子的零食很少，她家姐弟六个，有时候连饭都吃不饱，零食更加难得。我记得她给我的东西有时候是一块硬糖，有时候是几粒炒蚕豆，有时候是一只煮山芋，有时候是一牙水萝卜，当时我并没有意识到这都是她从自己嘴里省下来的，随随便便就吃了。不过我对她也会投桃报李，有了吃的也会和她分享，印象中我的零食比起她的算是又多又好，我给她的糖是软糖，我还给过她爆炒米、饼干和苹果。她总是不肯要，收下以后还要一次一次地塞还给我，直到我压着她吃掉为止。我们的友谊也因此加深了。

记得一天她问我要不要到她家去玩玩，我欣然答应，那时候串门是十分平常的事情，有的小孩经常跑到别人家去吃饭，甚至住在人家好几天不回家，也不算什么了不得的事。因为孩子多，有些家长对自己家小孩并不特别在意。但我后来才知道，凤舞是从来不带同学到家里去的，因为她妈妈不许，原因是生怕别人家的孩子去吃她家东西。

我跟她去了她家，她家住在人烟稀少的河对面，虽然仅仅一河之隔，那边街道狭窄房子破旧，还有许多搭出来的小披屋，盖得歪歪扭扭。她家大白天走进去也是黑乎乎的，没有像样的家具，给我印象满屋子都是床。她爸爸是泥瓦匠，矮个子，干巴瘦，脸上长了不少皱纹，笑起来骨骼突出的一张脸像朵枯萎的大菊花。不过他很少笑，话也少，看见我们这些小孩爱答不理，就像没看见一样，十分冷淡。她妈妈是纺织厂工人，长得人高马大，比她爸爸至少高出一个头，说起话来嗓门大得吓人，就像炸雷一样，配上她颌骨宽大的四方脸，我觉得她很像是伪装成女人的一个男人。在家里她的地位明显比丈夫高，她眼睛一瞪全家人都不敢作声，绝对是当之无愧的一家之主。凤舞上面是一水四个姐姐，下面有一个弟弟，她的姐姐和她一样，长着瓜子脸大眼睛，个个都是美人儿。她弟弟大喜比她小了四五岁，一只眼睛有点斜睨，看人的时候似乎带着鄙视和挑战。我第一次见到他时他一条胳膊用绷带吊在胸前，听说是顽皮爬树从上面摔下来跌骨折了，一家人的注意力似乎都在他身上，对他宝贝得不得了。凤舞在家里和四个姐姐明显都是没什么地位的，大人叫她们做什么就做什么，她们很听话，很顺从，唯有大喜跟她们不一样，他在家里耀武扬威横行霸道，他脾气上来的时候从他爸爸妈妈到爷爷奶奶外婆外公都要看他的脸色，五个姐姐更是如此。

凤舞很爱这个唯一的弟弟，样样让着他，他出去玩她紧随其后跟着，就像他的一个小跟班。我亲眼看见在上学的路上她冲到男孩堆里跟他们打架，被他们死命拽头发，推倒在地拳打脚踢，浑身沾满泥灰。她从地上爬起来不顾自己，先去察看弟弟有没有受伤。她心疼弟弟，怕他挨打，而自己挂彩却无所谓。我还亲眼看见过一次她在街上边走边哭，问她怎么了，她哽咽着说弟弟不见了，一家人都到外面去找了。当然不过是虚惊一场，她弟弟只是贪玩忘了回家。她从来不嫉妒弟弟的待遇，记得她跟我说过，他们家吃饭经常只有腌萝卜干和腌雪里蕻，大人们会偷偷给弟弟开点小灶，她们知道了也装作不知道。有一天桌上没菜，弟弟又不肯吃饭，发脾气，爸爸骂了他几句，他就摔了碗哭。奶奶看不下去，到隔壁邻居家借了三个鸡蛋，一声不响进厨房炒了，盛在一只小碗里放在弟弟面前，只叫他一个人吃。弟弟啥都不管，独自吃了。一家人就脸对脸看着他吃，他们仍然只吃萝卜干和雪里蕻。后来这样的事情经常发生，家里只要有一点好东西，奶奶就做给弟弟吃，也不再避着她们。大姐二姐三姐四姐有意见，她们嘀嘀咕咕，奶奶听见了就骂过去，骂她们都是不争气的赔钱货，以后出了门都是别人家的人，只有大喜一个是有用的，他是家里的根，是留着做种的。姐姐们听了哑口无言。只有她从来不跟着她们嘀咕，她爱弟弟，觉得弟弟怎么被宠都不为过，她心甘情愿他过得比自己好。

凤舞有一个在我们这些旁人看来很呆气的想法，她一心认为是因为大喜才有的她——换句话说，假如弟弟生在她前头，那她肯定就没有机会来到这个世上了。街坊邻居都说她家重男轻女，但她爸爸妈妈并不承认，听到这样的话，他们会以鼻子里拉长的声音否认。情绪不错的时候他们会说自己一点也不重男轻女，生得多是因为喜欢小孩，还会说儿子女儿都喜欢这样的话，不管人家怎么说，他们倒是一点不生气。他们自己家里也常笑话她爸爸想儿子想疯了，不生儿子不罢休，她爸爸听了也是一笑置之。家里的长辈反复讲过她爸爸在几个孩子降生时不同的反应，早说成了一个笑话。她爸爸一心盼儿子，老婆生第一个孩子的时候他跑到医院去等，结果是个女孩；生老二的时候他没那么高劲头了，就在家等，结果仍是个女孩；生老三的时候他在外面做活，不想耽误挣钱，在工地上等，结果还是个女孩；到生老四，他早早上床睡觉，别人去叫他，迷迷糊糊中他不耐烦地说自己在睡梦里等，不是儿子别叫醒他，可第四个又是女儿，他灰了心；到第五个，也就是凤舞，他根本就不等了，说彻底失望了，如果生的不是儿子用不着跟他报信了。

这也成了姐姐们轻贱她的理由。尽管她们在家也不受待见，但跟她比，总归还是要好点，四个姐姐便团结起来孤立她。我常去她家，发现她们都不怎么跟她讲话，因为我是她同学，她们也不理我。只有大喜倒是例外，我去他还挺高兴的，有时候拿出扑克牌或者象棋和我玩儿盘。因此他爸爸妈妈还有爷爷奶奶外婆外公对我都特别客气，他们看人的标准仿佛就一个，就是他们家心尖子大喜喜欢不喜欢。

不过大人总有他们自己的事情要忙，经常顾不得小孩，由他们去。凤舞的四个姐姐欺负她各有招数，而她却没什么办法，也不是她们那一干人的对手。因为家里经济条件差，他们几个小孩之间经常要抢东西，抢吃的抢穿的抢用的，姐姐们人多手快，把东西抢下来然后她们四个再分，经常是有点什么一眨眼工夫就被她们抢得精光，没她的份。而弟弟是被特殊关照的，即便抢不着，大人也不会缺他的，所以最吃亏的就是她一个人。她的衣服又破又旧，是四个姐姐挑剩穿坏不要的；她没有梳子，头发老是乱蓬蓬的；她没有书包，用一个旧面粉口袋改的布兜装书本；她甚至没有钢笔，老是用一支笔杆缠着胶布的圆珠笔写作业，被老师说过好几次，老师要求写作业一律用钢笔，后来我把一支旧钢笔送给了她。

我觉得凤舞是有点可怜的，但她自己却不以为意。有一次她笑嘻嘻对我说，她大姐出生的时候，她的晚爹爹——就是她爸爸的继父，是个小学老师，也是他们家学问最高的人，给她起名字叫小春，后面二姐三姐四姐就接着大姐往下排叫小夏、小秋和小冬。她爸爸很怨，总说接二连三生一串丫头片子是老头子把名字起坏了，就跟一桌麻将那样，来了一个，就非要把四个凑齐了，下面怎么也该转风水了。没想到生了她，还是个女孩，她爸爸火了，不要晚爹爹起名字，就喊她小五子，直到她快上学才胡乱给她起个名字叫小凤。她到学校去报名，老师问她叫什么，她说叫花小凤，老师说倒是不难听，就是有点土。老师问了问她情况，得知她是家里第五个女儿，便说那就叫花舞凤吧，舞与五谐音，虽大俗，但有特点，也好听，还不容易跟人家重名。等到落笔，老师不知怎么笔一抖，灵机一动写作了"凤舞"，恰好合了"凤舞九天"之意。后来老师自己都说，那简直是神来之笔啊。

凤舞有了一个好名字，却没有一个好的学习成绩，老师先还喜欢她，慢慢地就不怎么喜欢她了，到后来只剩下失望，说到她便摇头叹气，再后来不怎么愿意提起她。我刚转学过去时听不懂当地话，老师上课都说方言，至少有一两个月我坐在教室里就像傻子一样，即便这样，我的考试成绩仍然都是一百分，老师就拿我做例子教育别的同学，尤其是凤舞。老师还把她的座位换到我旁边，要我作为好学生带带她，要她向我好好学习。我不记得我对她有过什么帮助，顶多是让她抄抄作业吧。她和我坐了没多久就被调开了，因为上课时我们说话，还笑，老师就把她换到后面去了，理由是怕她影响我学习。不过，课间和放学我们还是会在一起玩，她对我的态度也越加恭顺。那时候我虽然年幼，也能明显地感觉到。

我渐渐长大起来，对她有了更多的同情心。我想一个小孩在家里不被大人喜欢，在学校里不被老师喜欢，也不被同学喜欢，这样的境遇应该是很难受的，然而她却看不出有一点不快和沮丧，相反，她总是高高兴兴的。她很爱笑，同学们玩的游戏不管什么她都喜欢，都乐于参加，更准确说是看别人在一起玩，她总是会主动凑上去，也不管人家脸色好看不好看，愿不愿意带她玩，她都兴致勃勃。她老是笑嘻嘻的，两个圆圆的酒窝特别醒目，仿佛放着光彩，整个人都是喜气洋洋的。她对每个人都好，是发自真心的那种好。有时我在旁边看着，竟会为她不好意思，因为她实在太热情了，我甚至害怕别人要误会她有啥企图。她和我在一起的时候总是照顾我，替我交作业，替我开门，替我打伞，给我讲好玩的事情。她话很多，说东说西，把我逗笑的时候她特别开心。

她说的有些事情其实并不好笑，尤其是她自己和家里的一些事情，有时我听得心里很不是滋味，但她是嘻嘻哈哈地说出来，完全当笑话讲的。有一阵她经常跟我说她的晚爹爹，说起他时她有一种莫名的兴奋，或者说是陶醉，很难形容。她跟我说她的亲爹爹，也就是她爸爸的亲生父亲，去世得早，她没见过，她爸爸对他也记忆模糊，她奶奶不识字，是家庭妇女，丈夫死后她一个人拉扯几个孩子没办法，经人介绍改嫁给这位也是丧偶的小学老师。我到她家见到她奶奶对晚爹爹毕恭毕敬，泡了茶都是双手捧给他，她跟着孙辈喊他"老爹爹"，和别人说话提到他都敬称他为"先生"，包括对我们这些小孩子。平常她满口粗话，但在他面前嘴巴干干净净，态度也非常温柔，和她在别人面前粗声大气不一样。奶奶过来帮忙做家务，好像一年到头都住在她家里，很少回自己家去，晚爹爹隔几天就会过来看看，难得也会留下吃顿饭，我不知道他在不在她家住。我听她说晚爹爹来会给奶奶钱，有时五块，有时十块，全凭他高兴，所以奶奶很巴结他，不光奶奶，全家人都巴结他。她还悄悄告诉过我，几个小孩当中晚爹爹对她最好——他会带东西给她吃，偶尔还会偷偷塞钱给她，有时是一分钱，有时是两分钱，有时是五分钱，最多的一次给过她两角钱，把她开心坏了。最让她得意和骄傲的是晚爹爹从来不给她几个姐姐，也不给大喜。她对我说起这些，脸上是形容不出的喜悦和甜蜜。

所以她特别盼着晚爹爹到家里来，每次他登门，她都非常欢喜，为他做这做那。我在她家见到过她晚爹爹许多次，他来了就坐在八仙桌旁，一支接一支抽烟，有时面前放一杯茶，有时就放一杯白开水，他很严肃，不跟小孩子逗笑，脸上也难得有笑容，但他与凤舞的爸爸不同，他的严肃里有一种和别人的距离，让人觉得有点高攀不上。我不敢和他说话，感觉他是一个难以接近的人，但在凤舞的描述中他和蔼可亲，完全像是另一个人。也许是为了获得我的认同，她把晚爹爹给她的钱买成零食，和我分享，那些硬币在她手里都捏出汗来了，付钱的时候会粘在她的手心里，给我的印象相当深刻。她不止一次跟我说，晚爹爹很有学问，他是大学毕业生呢，他下放到这里，要不然他不会是小学老师，至少也是中学老师。不过我听她家邻居说晚爹爹是犯了错误被发配到我们苏北苦地方来改造的，他具体犯了什么错误邻居没有说。我估计凤舞不晓得晚爹爹犯错误的事，要不然她大概不会说起他那么得意和骄傲。她还告诉过我，晚爹爹对她爸爸妈妈说，是认认真真说的，叫他们一定要让小孩子好好读书，男孩女孩一个样，还有就是要对小孩子好点，不能想打就打想骂就骂，他说小孩子统统会记得的，就是一时忘记了，以后也会想起来的。"不能伤了小孩子的自尊"，"不能伤了小孩子的心"，他反反复复叮嘱她爸爸妈妈。她妈妈一听一了，不以为然，对几个丫头照打不误，她爸爸倒像是听进去了，他确实不打小孩了，对他们说话也比以前和气得多，也不再进进出出拉着一张像谁都欠了他钱的苦瓜脸。我见到他去学校给凤舞开家长会，穿得也算干净，走的时候还不忘记面带笑容去跟老师打声招呼，看上去体体面面的。我听到她妈妈嘲讽他，一个泥水匠，穿涤卡中山装还不是一身泥一身水的？他听了不作声。

有一天凤舞的爸爸买了一辆自行车回家，是在小菜场上买的人家的旧车子，那时候自行车、缝纫机、手表是家里的三大件，经济条件好点的人家结婚的时候就置办齐了。爸爸买了自行车开心得很，先是抱她弟弟坐在后座上，带着他上街去转了一大圈，然后挨个带着她们姐妹几个上街去转。轮到她的时候，爸爸说累死了，没劲了，下次吧。她跟我说这些的时候是喜气洋洋的，一点没有不开心。她说自行车买来就是家里的，爸爸既然答应带她，总能坐上车子的。

她耐耐心心等着这一天，等了好久，她的这个心愿终于实现了。

那天她爸爸去看晚爹爹，几个大的一个没带，只带了她和大喜。去的时候爸爸说骑车带不动他们两个，只让大喜坐上车，叫她走路去。回的时候已经是夜里了，爸爸让她自己走着，等他把弟弟送到家再回头去接她。她为了能坐在爸爸自行车后面时间长一点，走得很慢很慢，慢得就像蜗牛爬。她终于等来了爸爸，在昏暗的路灯下她影影绰绰看见爸爸骑在自行车上就像一个英雄骑在高头大马上，又威武，又帅气，简直就像电影里的人一样。她觉得那是爸爸最好看的样子，然而，爸爸看见她，刹住车，脸一翻，劈头把她一顿骂。她吓坏了，头脑发蒙，好容易才听明白爸爸嫌她太磨蹭，老半天才走了那么一点点。"乌龟爬都要比你快得多。"爸爸大发雷霆，差一点骑上车扬长而去。她不怕爸爸骂，但生怕失去这个马上就要到手的坐车机会……最后她总算是坐上了爸爸的自行车，那真是一个无比幸运的时刻啊，她觉得坐在自行车上就好像在风里飞一样。第二天上学见到我，她就迫不及待把这一段告诉我，她有说有笑，脸上洋溢着幸福的光芒。

她就是这样，一点点小事就能特别高兴，她每天都过得开开心心的，即使在家里受了欺负，挨了打骂，吃了苦头，走出来也总是雨过天晴，阳光还格外灿烂。她天生就是一个纯真乐观的小孩，蹦蹦跳跳，无忧无虑，直到发生了那件尴尬的事情。

那也是她亲口对我说的。某日放学回到家，家里一个人没有，她捅开煤炉烧晚饭，刚把泡饭锅炖上，晚爹爹走进门来。他往八仙桌边上一坐，不声不响，跟他平常没啥两样。她找不到茶叶，就给他倒了一碗白开水。晚爹爹对她说，你不要忙，坐过来我跟你说话。她走过去坐在他对面，他让她坐得靠近些，坐到他旁边，却好一会儿并没有和她说什么，只是静静地望着她。她被他看毛了，他忽然问她，你冷不冷？又说，把手伸过来我替你焐焐。晚爹爹以前从来不这样，她不好意思，没有动。他说着，探过身子把她的手握在自己手心里，还细细地在她的手背上摩挲着。从她记事起就从来没有人对她这么亲过，她不习惯，但也不敢把手抽回来，怕那样做辜负了晚爹爹对她的好。晚爹爹忽然又伸手摸她的脸，他一边摸一边说，小脸滑滴滴，像只小苹果。从她记事起就从来没有人用这种怜爱的口气对她说过话，她听了心里暖暖的，也有一点不自在。晚爹爹摸她的脸也不像人家摸小孩那样手掌贴上去，而是伸出三根细长的手指头，在她脸颊上轻轻地划过来划过去，仿佛在摸一件特别珍贵的东西，让她心里有种说不出的感动。她忽然觉得晚爹爹蛮喜欢她的，她还从来没有被别人这样惯过呢。就在这时，比突然还突然，晚爹爹凑到她耳朵边上，轻声对她说，把你的衣服撩起来让我看看。她呆住了，以为自己听错了，一时间都不知道衣服应该怎么个撩法才对头。晚爹爹嘿嘿笑着，亲自动手，轻轻地把她的衣服掀起来，两只眼睛盯着她的上身看。她这才反应过来，他是要看她的奶子。晚爹爹看得很专心，目不转睛的，两个黑眼珠子都快对起来了，他那个样子就像在读一本书。他一边看一边自言自语，不能碰啊，碰不得啊。他把她衣服放下来，马上换了一副脸色，一本正经的，就好像什么事情也没有发生过。

家里有人回来之前，同样的事情又发生了一次。炉子上的锅开了，稀饭潽得一塌糊涂，她冲进厨房，手忙脚乱用抹布擦，生怕妈妈回来又要骂。她还没有弄干净，晚爹爹跟了进来，对她说，不关的，有我在这里呢，他们不能拿你怎么样。他说话的口气非常温柔，跟原先和她说话很不一样。他又叫她把衣服撩起来让他看看，这次她也知道衣服怎么撩了，就照他说的做。他也只是看了看，一边看一边还留心着外面是不是有人走进来。看过之后他让她把衣服弄整齐，然后他们就一前一后走出厨房，回到了堂屋里。

等家里人一个个回来了，晚爹爹又坐了一歇，跟她奶奶还有爸爸妈妈说了一会儿话就走了。等吃过晚饭，收拾好了躺到床上，她才想起这件事，觉得有点怪怪的，也有点别扭。她是隔了一阵才把这事告诉我的，当时我听了心里同样觉得稀奇古怪，那时候我还不懂这件事真正的意思是什么，她那种羞耻和说不出口的态度增加了我心里那种无法描述的感受。我实在不明白，她晚爹爹为什么要看她的身子，她个子小小的，还没有发育，完全是小孩子的模样，不像我们有的同学胸脯已经鼓了起来。每个礼拜天她都约我去她妈妈上班的纱厂洗澡，我们对彼此的身体一清二楚，她两个小奶子就像两只叮在墙上的小蚊子，还是那种没有吸到血肚子瘪瘪的蚊子，甚至比蚊子还要小。我实在想不出有啥好看的，而晚爹爹看了一次不够还要再看第二次，我觉得实在太莫名其妙了，简直是发神经。后来我们似乎就把这件事忘掉了，没再提起过。

那年春节对凤舞来说很不一般，她穿上了里外全新的棉袄和棉裤，罩衫和罩裤是府绸的，料子又轻又滑，微微闪着柔光，看上去相当高级。穿得那样簇新漂亮，以前她是从来没有过的。她头颈里也系上了当时最时髦的红纱巾，大年初一一个老早就来我家拜年，约我到大街上去玩。她喜气洋洋，小脸蛋红扑扑，就像新蒸的大馒头。她口袋里装着软糖和掼炮，软糖我也有，但掼炮只有我弟弟有，通常也只是男孩子们玩。我很惊讶，她的爸爸妈妈怎么一下子对她这么好，她说不是爸爸妈妈买的，是晚爹爹买给她的，也不是只给她一个人，她和大喜都有份，不过四个姐姐就只有干看着。她笑眯眯地说晚爹爹打出牌子来只喜欢他们两个小的，她的几个姐姐干着急。

后来她不怎么提她的晚爹爹，也许是她之前说他得太多了，我会问她，你怎么好久不说你晚爹爹了？还有，你晚爹爹又给你买啥了？她听了就是笑笑，随便用一两句话支吾过去。——也许她的笑容是暧昧的，或者包含着某些不明的含义，只是当时我并不懂。

不知不觉间，她有了一些变化。她经常笑得很疯很大声，有时神神秘秘鬼鬼祟祟，说一些我听不大懂的话，有时她自言自语，我都不知道她在嘀咕什么。我听见她家邻居阿姨说她："这个细小的人小鬼大"，阿姨还说她"开窍了嘛"，神情里带着夸张的赞赏和掩饰不住的鄙夷。这我倒是听明白了，我知道阿姨的意思是她懂得了我们这些小孩不懂的事。

我其实也已经感觉到她和我们不一样了，有一天，我听见别人说一个词——"早熟"，我马上就联想到了她。除了那种很疯很响、放肆的、歇斯底里的、不顾一切的大笑，她还会突然之间脸红，问她什么也不说，让我摸不着头脑。她对一些奇奇怪怪的声音也特别敏感，比如别人叹口气，或者呻吟一声，她会突然停下手上正做着的事情，侧耳细听，做出奇怪的表情。有时她听着听着脸上会露出神秘的笑容，或者是羞涩的、隐晦的、讽刺的、鄙视的笑容。还有一个特别明显之处，就是她不长个了，我们都像小树一样忽地蹿了起来，只有她仍在原地踏步。她的一张小尖脸越发瘦削，配上她小小的个子，更加显得娇小玲珑，一眼看上去就像个特别秀气的孩子。连我们班主任都说，别人都是越长越大，只有花凤舞倒是越长越小。

有一阵子她在学校里特别出风头，宣传队排节目，只要有儿童的角色，都是找她去演。有时候一个晚上演出她要串五六个节目。以前由于学习成绩不好，没什么人理她，如今因为登台表演她一下子蹿红起来，成了学校里令同学仰慕的大红人。

她的新衣服也越来越多，多到令我们眼热。我问她，是不是晚爹爹给你买的？她不回答，就像没听见一样。我追着问她，她躲不过去，只好点头。她笑，娇羞而甜蜜，特别美的样子。

凤舞在学校里成了一个自带光环的人物，走到哪里都引人注目，我为有她这样一个朋友很有几分得意。

但是她很快遭到了打击，一个非常沉重的打击——她的晚爹爹去世了。她一听到噩耗便号啕大哭，哭得涕泪交流，声嘶力竭。她到晚爹爹家去给他守灵，直到他下葬，她没有回家，也没有到学校上学。

等再见到她，她的两只眼睛仍然红肿着，脸色惨白，人都瘦脱了形，看上去更加矮小。她穿着素色的衣服，左胳膊上套着一圈黑纱。那圈黑纱她戴了很久很久，远远超过了一般人家服丧的时间。

晚爹爹去世之后有好长一段，凤舞十分忧郁。她话很少，时常一个人发呆，就像是伤心过度。我不敢在她面前提她的晚爹爹，也不敢说到她家里的事情，更不敢到她家去玩。我没在意她是怎么缓过来的，不知从什么时候起下课和放学以后她又凑到女同学堆里和她们一起踢毽子跳橡皮筋，还像以前一样，也不看别人脸色，人家爱不爱带她玩她都不在乎，非常热情非常开朗地凑热闹，哪里人多哪里就有她的身影。她又提出要带我去她家里玩，说了一次又一次，热情得根本不容你拒绝，我只好答应。她家里看不出有啥变化，基本还是老样子，父母仍然不喜欢她，四个姐姐不怎么搭理她，弟弟还是很霸道，但没有了晚爹爹给她撑腰，她没了保护伞，在家中更加没地位，家里谁都对她吆五喝六。

有一点和我料想的不一样，她家的人提起晚爹爹没一个悲悲切切，都是嘻嘻哈哈，不当回事，就好像他根本没有死，活得好好的，只不过不再到这边来了而已。他们甚至还拿晚爹爹跟她开玩笑，说她："哭灵就你哭得顶伤心，比奶奶还过不去。"他们调侃她，"说说看，老爹爹给你什么好处你哭成那个样子？"他们毫不掩饰地取笑挖苦她，她听了抿紧嘴巴不说话，平日伶牙俐齿的劲头也不见了，被说急了，就用一连串的嚷嚷声回敬他们。大概他们觉得这样逗她很好玩，这些话老是要说起。后来她似乎变得无所谓了，面无表情地听他们说，偶尔口气平淡地回敬他们，说晚爹爹对我好，我哭他怎么啦？还会说，晚爹爹给我钱了，我就哭他，你们把钱给我，等你们死了我也哭。他们听了就变了脸，呸呸呸呸地朝地上吐口水，骂她促寿鬼，说话没轻重。转头他们又会追问她，晚爹爹到底给你多少钱呀？还说，你拿出来跟我们一起用用呀。她就沉默了，郁着脸，一副不敢招惹他们的样子。

有一天放学后我们两个坐在河滩上，她用一种轻快的口气谈起晚爹爹。她说，晚爹爹活着的时候确实对她说过，死了以后要她哭一哭。晚爹爹是这么跟她说的："人死了没人哭，难为情的，我自己没有小孩，就拿你当亲生的。"他还说，"你是我最贴心的。"他还特别跟她说过，"人再好再不好，钱总归是好的。"每次他对她说这种贴心话的时候总会拿钱给她，有时是一块钱，有时是两块钱，有时是五块钱，最多的一次给她二十块钱。那是她从来没有得到过的巨款，连她爸爸妈妈口袋里都未必有这么多的钱。她说晚爹爹拿出两张十块钱的大票子给她，她头都蒙了，心口咚咚咚跳个不停。她不肯收——也不是不肯收，是不敢收。但是晚爹爹说，你一定要收下，我年纪大了，今天说不准明天的事，钱给到你手里，我就安心了。他把两张新崭崭的十块钱叠一叠，小心翼翼地塞到她贴身的口袋里，又关照她一定要放好。那还不是晚爹爹最后一次给她钱，后来他又给过她，但再没有这么大的数目了。直到临终他一直陆陆续续给她钱，临了他已经没有钱了。

她说这些话只告诉我一个人，叫我不要对旁人说，千万不能让她家里人知道，我答应会为她保守秘密。

"钱是真的。"她站起身，掸着屁股上的土，就像自言自语一般说。她的神情是非常老成的，她这样说话让我既吃惊又佩服。

我问过她，晚爹爹不在了，你会不会很想他？她听了出神了老半天才说："也不是吧，不过我倒是梦见过他。梦里他很年轻，不是一个老头子，衣服穿得干干净净，头发梳得整整齐齐，非常时髦，其实我根本没有见到过他那么年轻的样子。他不说话，安安静静坐在那里倒还是他平常的神态。在梦里我模模糊糊意识到他不在了呀，他不是死了吗？但是我不敢往死上面想，只觉得他身上发生过一件什么事，很严重，这件事情让他跟以前不一样了，我一想到就替他难过，心揪起来，我形容不出来，不过不是死，他没有死，还活着，人还在那里。"——她说得语无伦次，我听得毛骨悚然，她笃定的口气听上去那些话都是真的，她没有撒谎，也不是胡说八道。她说完，神情庄重肃穆，更让我相信她说的就是真的。从她身上我第一次真切地、带着恐惧地感知到一个人失去亲人的哀痛和内心的创伤。

我不明白为什么别人总是要取笑凤舞，她家里的人、邻居、同学，好像都这样。但我从来不那样做，我从心里反感别人欺负她。她对我一向很好，甚至是太好了，从来都是笑脸相迎，从来都是言听计从，而且让你觉得她完全发自内心。

她对我好的例子很多。那时候老师经常要我们捡玻璃、捡树叶、割秧草交到学校，甚至还让我们交过老鼠尾巴。有些任务并不那么容易完成，就拿捡玻璃来说，学校发动每个学生都去捡，外面的碎玻璃本来就有限，常常是出去转上好半天也只能捡到一点点，有时候甚至一块也捡不到。捡废铁和废塑料也是一样，大家没办法只得把家里的铁锅、塑料凉鞋等等拿到学校去。令我惊奇的是，凤舞每次都能捡到很多，有时她甚至提了满满一篮子废品到学校，她会主动分我一大半，这样我也能圆满完成老师布置的任务，甚至还因此得到过老师的表扬。割草、捡树叶这些更加不在话下，一是容易，二是她同样会帮我。因为有她，我不再担心老师布置的那些稀奇古怪的事完不成。

还有一件事情我心里也非常感激她。我们北路队要经过工厂区，那里有一些半大小孩特别野，尤其是男孩，以打群架著称。她家离学校比我家近，但每次她都不先走，总是跟着我把我送到家之后再反身回去。有一天她生病请假没上学，下了路队我一个人往家走，被几个大孩子拦住，他们向我要东西吃，我心里害怕，闷着头加快了步伐，他们冲上来摸我的口袋，把我衣兜里的糖和话梅都掏走了，还推搡我，给了我几下，我是哭着回家的。她病好之后还像以前一样先送我到家，我后来才意识到，她其实一直是在暗中保护我。

我学到一个词——"仗义"，我觉得用在她身上特别合适。她一点不吝惜对别人好，我常常会被她感动，也认为自己比别人更了解她。我们一直是形影不离的朋友，有时候别的同学想找我玩，但有她跟着，她们就不太起劲。也有跟我明说不带她玩的，但我说不出口。我和她其实也不是时时有话说，和她一块儿玩也不是总那么有趣，但我不忍心抛开她。

我和她一起小学毕业，一起升到了中学。我们上的是同一所中学，在同一个班级，当时还是按地段入学，我想假如要考试的话，以她的成绩无论如何是考不上这所全城最好的中学的。中学的课程一下子多起来，难度也大增，她小学就没怎么学好，基础很差，上了中学更加吃力，考试成绩经常在及格线上下徘徊。

她还是没怎么长个，身材纤瘦，但发育得却很好，胸前凸起，像结了两只紧实的果子，脸也更加秀丽，大大的眼睛又黑又亮，嘴唇像玫瑰花瓣一样红润，头发又黑又长，尤其是一笑起来既娇憨又妩媚，听说有同学称她为校花。她在学校里火速走红，除了登台表演，在体育运动方面她也展现出惊人的天赋，每次学校召开运动会她都能拿到名次，她不仅跑步好，跳高、跳远、标枪、铁饼都很出色，她还打破过学校的跨栏纪录。很难想象她小小的身体里蕴藏着那么巨大的能量，而且那样具有爆发力和持久力。她是我们学校运动会上当之无愧的明星，我们班写到广播站的稿件几乎每一篇都是夸赞她的。我也为她写了不少表扬稿，我的每篇文章都饱含敬佩和羡慕，我是真心服气她——满头大汗，气喘吁吁，比了一项又一项，在大太阳底下晒得黑黑的，狠命咬着嘴唇皱着眉头时脸上仿佛生出很深的皱纹，一次次夺得第一，拿到奖牌，却从来不叫苦不叫累，而且不骄不躁。那种沉着，内敛，安静，是我那个年纪没有在别的同龄人身上看到过的。

很快她的机遇来了——但我并不能说那是一个好运。

一天下午放学之后我们正在操场上玩，有一位穿着运动服的年轻男老师走过来，问她愿意不愿意参加每天放学以后的长跑训练，他说了几句夸奖和鼓励她的话，要带她去领衣服。没多一会儿，这位老师就让她到操场边的一个小房子里领出了两套运动服和一双跑鞋。幸福来得太突然了，不止是她，连旁观的我都感到惊喜。

这位老师不久之后就成了我们的体育老师，他叫方翱翔，听说因为工作出色他刚刚被领导从城郊的中学调过来，正在物色人才准备创建一支校运动队。方老师二十五六岁，热情洋溢，充满活力，身上有一种光彩照人的东西，深得我们这些初中生的喜爱。他带我们全年级八个班的体育课，他上课的时候男女生分开，每节课为男生和女生安排不同的内容。不知从什么时候起，我听见班上的女生在悄悄议论他，她们说到他的时候都是很开心很陶醉的样子，表现出对他非同一般的喜欢。每次上他的体育课，她们都特别兴奋和活跃，甚至放学以后也会到操场上去观看他训练运动员。方老师成了老师当中的明星。

到了下学期，忽然传出一些对方老师不利的话，说他作风不好，和不止一个女老师谈恋爱，脚踏几只船。之后又传出他和女学生不清不爽，甚至说到跟校花关系暧昧。"校花"指的就是凤舞，一时间方老师和她被卷入舆论的漩涡。

突然有一天就出事了。那天我们正在大操场上准备做课间操，大家已经排好了队，但队形还是松散的，同学们交头接耳，打打闹闹，和平常一样，还没有形成整齐的方阵。学校的大喇叭响起来，不是播放的广播体操音乐，而是传来教导主任的公鸭嗓，说有一件重要的事情要宣布，让大家不要讲话。就在这时，几条大汉呼啦一下冲到前面，把领操的方老师按倒在地，我们还没有反应过来，教导主任在大喇叭里厉声说方翱翔犯了流氓罪，已经被学校除名。操场上鸦雀无声，我们都吓坏了，眼睁睁看着那几个满脸横肉的人气势汹汹地把方老师押走，还当着我们的面给他套上了手铐。

当时凤舞也在操场上，她排在队列的最前面，同样是眼睁睁看着这一幕，她跟我们一样吓傻了，我想她内心受到的冲击肯定比我们还要大。不过这件事看上去倒是对她没有太大的影响。方老师被抓走之后，学校并没有追究和方老师相关的人与事。尽管她是被传得最厉害的人之一，而且还犯了师生恋的禁忌，但好像没有谁找过她麻烦，至少她学还是上得好好的，老师也不让同学提这件事。

在学校里这个风波表面上很快平息了，但是在家里，她的几个姐姐不时话里话外嘲讽她，而且更加孤立她，常常是四个人骂她一个人，她们说出来的话句句戳心，比外人还刻薄。姐姐们约着一起串门上街都不带她，有时候一家人出去，她们嫌她碍眼，叫她离远点，不要跟她们走在一起，免得遇到熟人尴尬。只有大喜对她态度还好一点，大喜骄纵跋扈，但从不嫌弃她，也不说那些伤她心的话，也许是因为他年纪还小，不懂大人之间的事情吧。凤舞越发爱他，对他呵护有加，为了他什么事情都肯做，在他面前她自己完全是无所谓的，把他看得如同我们语文书上写的"就像眼珠一样"。爹妈虽说对她各种嫌弃，但是大喜跟她出去他们是放心的，甚至可以说是最放心的。我们那里水网密集，河道纵横，常有小孩失足掉下去，我看到过凤舞无数次陪着大喜在河边玩，尤其是在那段她备受孤立的日子里，我对她记忆最深的一个情景就是大热天里她拉着弟弟的手从水里蹚过，水大的河段她把他背在身上，那时大喜的个头已经远远超过她了，她就像驮着一大团食物的小蚂蚁。——多少年以后，我听她说有一阵连日下暴雨，河里水大，大喜爱找水急的地方玩，她一把没拉住，他被水冲走。她不顾一切扑腾着去救他，完全忘记了自己不会游泳。她自己都不知道是怎么救起了大喜，托着他爬到岸上，自己最终也爬了上来。她说那是她一生中最最后怕的事情，万一大喜有个闪失，她根本没有活命的理由。

我完全理解她说的，她的处境就是那样艰难。她父母对她也是相当冷淡。她爸爸妈妈不喜欢她，她小的时候他们还做做样子，嘴上会说自己家的孩子个个喜欢之类的话，渐渐也懒得说了，她在学校里有了那些让他们觉得丢脸的事情之后，他们连样子都不做了，一点不拿她当回事，毫不掩饰对她的歧视。他们买东西给孩子，数量很多的，给她的是别人挑剩的，一人一份的，唯独就缺她的。她心里难受的时候也会跟我说，不过就是当时抱怨一下，一两句话一带而过，之后就不再提起。慢慢也不听她说了，大概习以为常了吧。

在学校里和家里凤舞都不舒心，没有温暖，没有爱，她似乎干脆就破罐子破摔，结交了一些我不认识的人，大多数都是工厂区那边的孩子。我不知道她怎么跟他们搭上关系的，那些孩子比我们略大一点，大概十五六岁，正是青春期，他们留长发，穿得很花哨，在一起抽烟喝酒打架，家长也管不住，街上循规蹈矩居家过日子的人们对他们都很黑眼，讨厌他们。凤舞跟他们混在一起，神奇地也带上了野性。不过她倒是没有穿奇装异服，自从晚爹爹去世之后，没有人给她买新衣服，她的衣服还是原来那些，已经又小又破。姐姐们有了新衣服还是把她排斥在外，她们之间互通有无，不让她穿。她衣服虽说赶不上时髦，但头发上一点不落后，她用火钳和铝梳子放在炉火上烧红了把头发烫得卷卷的，蓬蓬的，十分扎眼，跟她的那帮朋友在一起完完全全就是一拨人。她顶着那样一头鸡窝似的焦糊头发到学校，老师看不过去，叫她剪短。同学背后说她变成阿飞了，我不懂"阿飞"是什么意思，她们说跟小流氓一个意思。但当时小流氓打扮得都很俏，半夜里骑着自行车打着响铃在大街上飞驰，横冲直撞，她穿得可是一点不时髦，也不会骑自行车，加上头发被迫剪短了，完全不像是小阿飞，甚至比我们这些认真读书在老师眼里是好学生的人还要土气。

可她穿得再差却掩不住天生丽质。她依然风头很足，听同学传有好多男生给她递纸条，她不像别的小姑娘遇到这种事情羞羞答答，甚至有点害怕，她大大方方，据说还和男孩子约会，跟他们出去吃东西。有几次她和男生下馆子被人撞见，报告给班主任，在当时这可是不得了的大事，班主任张老师大概觉得不管不行，就让班长带话去请她家长。第二天她告诉我一到家爹妈就对她破口大骂，她妈妈直扑上去对她又拧又掐，她一头雾水，后来才知道是怎么回事。

从那时起，她妈妈再不到学校开家长会，理由是怕被人笑话。她爸爸也再不到学校开家长会，说不想管她的事了。他们派她的姐姐去，听她说四个姐姐也是相互推来推去，大姐不爱出头露面，二姐是最爽利能干的一个，所以就让二姐去。可是二姐跟她关系最不好，有事没事都要欺负她，这下子更是不放过她，每次回家也没有什么好话，她父母的脸色总是特别难看。

某一天二姐开完家长会回到家，也不知道她跟爸爸妈妈说了什么，等她一到家，他们又是劈头盖脸把她一通骂，她爸爸气得还摔了碗，她妈妈又涨红了脸朝她冲过来要打她。她不知怎么了，拔起腿转身跑出门，在外面信马由缰地游荡，直到天黑透了也没回去。她甚至想从此再不回家了，可是口袋里没有带钱，穿得又少，天一黑风刮在身上冷飕飕的，直往骨头里钻，她冻得实在吃不消，最终还是慢慢走了回去。后来她对我说，那天若是把晚爹爹给她的钱带在身上，她肯定就不回去了。我问她不回家去哪里，她说不知道，没想好。她思索了片刻说，可以先走到上海，然后再从上海到北京去。她没说为什么要到上海和北京，也没说去上海和北京干什么。我对她说，上海在我们南面，北京在我们北面，两个地方不是一个方向。她顿时愣住了，结结巴巴说我就是随便说说的。她瞬间没了神气，变得低落和沮丧。

时隔不久，她还真的离家出走了。那天本来我们说好放学后去新开的花鸟市场看小金鱼，但一早她就没来上课，下午也没来，到第二天，她的座位仍然是空的，第三天第四天还是如此。我不放心，下学后跑到她家里，她父母说不知道她去哪里了，神情是淡漠的，很无所谓的样子，看不出焦急。我问她姐姐们知不知道她去哪里了，她们也都摇头，脸上似有若无地笑。他们一家人跟平常完全没什么两样，庸碌，麻木，该吃吃该喝喝，就像没有发生任何事，也没谁出去找她。

到第七天，她回来了，也像是什么事没发生一样。一早她就坐在教室里，没带书包，衣服和头发都很脏，别的和她以往差不多。张老师把她叫到办公室去问话，具体问的什么她没说，我们也不知道。放学之后她回了家，我想她肯定挨打了，因为第二天我看她眼睛是肿的，脸也是肿的，额头和手腕青一块紫一块挂了彩。我看了心里很难过，都替她感到疼，也不敢问，也不知道对她说什么好，能做的就是把作业本拿给她抄。她掉了一星期的课，有很多作业要补，我想如果我是她，我都不知道该怎么办。

没多久，她家出了一件大事，她爸爸做工的时候从脚手架上掉下来，死了。她爸爸是家里的顶梁柱，这件事一出她家的天塌了。她爸爸掉下来之后并没有马上死，被人抬回家，躺在床上，听说医院已经不收，叫他回家去。她爸爸大部分时候是昏迷的，一家人围在他身边，他紧闭眼睛睡着了一样。偶尔清醒过来，只要看见她在，就会把脸别过去，有时愤怒地叫她滚。她爸爸死后，全家上下都说爸爸是被她活活气死的。他们说要不是她不听话，离家出走，管不了了，他不会走神从脚手架上摔下来，他是被她害死的。

她爸爸死她没有哭，她亲口告诉我她一滴眼泪没有淌，当时我听她说出这句话只觉得胸口发闷，仿佛挨了一拳，那种震动难以形容。那时候我还理解不了她的自责和悔恨。她说家里人烦她，看见她就叫她"滚开去""滚远点"。爸爸出殡她一个人站得远远的，不靠前去。那一阵她每天还照常上学，只是下课之后不跟任何人玩，一个人愣愣地坐在教室里发呆。

我真害怕她会从此一蹶不振。她家我是不敢去了，她也再不会热情地拉我去，连她自己回去仿佛都是出于不得已。她父亲去世之后她家经济上也更加艰难，大姐下放农村，二姐刚刚毕业，按当时政策也要下放农村，三姐四姐和她及弟弟都在上学，她母亲一个月三十多块的工资根本不够养家里这么多张嘴。我在街上碰见过她家的人，无论是她妈妈还是她姐姐弟弟，穿得都很破旧，而且一个个面黄肌瘦，看上去就是营养不良。那时候物质匮乏，大家普遍都瘦，但像她一家人那样形容枯槁还是十分显眼。她爸爸活着的时候虽说钱也不多，那几个姐姐还是尽力打扮的，她爸爸不在之后，她们穿着寒酸，连面子也顾不得了。

过了好长一段时间她才变得正常起来。有一天放学外面下雨，我们合打着一把伞，我预感她要对我说点什么。果然，她就像憋不住一般，嘴唇颤抖着突然对我说："我真不知道，我是缺什么，还是做错了什么？我怎么就这么倒霉呢！"

她两眼望着我，眼睛里含着两泡泪水。我不敢看她，心里一阵阵酸楚。

尽管是这么没头没脑的话，我一听就明白她在说什么，我想安慰她，但真的不知道怎么对她说——难道是把她家里人骂上一通不成？我只好不吭声。

她重重地叹了一口气，就像大人一样，完全不像个十几岁的小姑娘。

她走着走着停下来，站在街边上，雨一直在哗哗地下，溅起的泥水打湿了我们的裤脚，她就像竹筒倒豆子一般说个不住，我只得陪她站在雨地里，听她说话，不过很快我就被她的话吸引。

她说她爸爸是个很好的人，"其实他是个老好人。"在我们的方言里，"老好人"最直接的意思是没有锋芒，老实无用，当然也有对谁都好的意思。可是她爸爸分明是不厚待她的，所以我更想听听她这么说究竟是什么意思，甚至是不是在说反话。她给我讲了一些事例，她说有一阵子奶奶腰疼，家里没钱给她看，她疼起来就吃点止痛片，连膏药都买不起。一天下晚她在外面闲逛，无意间撞见爸爸站在卫生院墙外哭，他用胳膊捂着眼睛，哭得呜呜的，像个孩子。她从来没有看见过爸爸哭，顿时吓坏了，以为他出了什么事，仔细看他还是平常的样子，她没敢上前去跟他说话，悄悄走回家去。几天之后爸爸买了各种药给奶奶，她从妈妈和姐姐嘴里得知他去卖了血。她还讲了一件事，有一段时间爸爸总是很晚回家，往常家里吃好吃赖都是等齐了人才开饭，他们老是左等他不来右等他不来，后来他叫他们先吃不要等他，他也不说自己在忙什么，他们以为他就是在工地加班。再后来他经常半夜或者一大早出门，连妈妈都起了疑心。有一天妈妈叫上大姐一起出去找他，她也凑上去跟着，她们在工地附近的一片废墟里找到了爸爸，他正在月光下用一只长柄大瓢往菜地浇水——原来他在工地边上发现了一片空地，悄悄开垦种了菜。那个夏天她家吃的蔬菜又多又好，而且全是不花钱的。她脸上放射出一种难得一见的神采对我说，晚爹爹也跟她说过爸爸人不错，有责任心，没有外心，而且不喝酒，不打牌，不吹牛，男人的毛病一样没有。晚爹爹认为他相当不错，虽说这个儿子不是他生的，也不是什么人物，就是个普普通通的靠力气吃饭的人，他对他却是很肯定的。晚爹爹还偷偷关照过她要跟爸爸搞好关系，晚爹爹对她说你嘴放甜些，多关心他，毕竟他是一家之长。她也确确实实听进去了，但是，不论她怎么做，都没有效果。

我听她说话听得入迷，完全忘了我们站在大雨里。

"我心里很喜欢爸爸，远远超过我妈妈。连晚爹爹都说他是个好人，我当然晓得他是个好人，他看不上我，所以让我特别难过。"

她充满了委屈、自责、愧疚和伤心。她苦着眉头的样子，让她脸上生出许多皱纹，好像忽然间苍老了一样。

"你说，我爸爸是那么好的一个人，他为什么不喜欢我呢？那肯定是我的原因啦，是不是我特别不好？"她睁着两只水汪汪的大眼睛望着我，我就像是条件反射一般说当然不是，她还那么盯着我，仿佛要等我给她一个有说服力的理由。而我却理屈词穷，因为我也不清楚这是为什么，在我眼里她既好看又乖巧，而且那么心善，除了是个女的真说不出还有什么原因让她爸爸那么不待见她。

"跟你说吧，其实我爸爸对我还是蛮好的，就在他出事的前几天还专门把我带上街买东西给我吃。"她忽然神情一变，就像云开日出一般轻快地笑起来，兴高采烈地告诉我，"只买给我一个人吃哎——我说的是大实话，骗你我不是人。"她情绪转得这么快，一点过渡没有，我差点转不过弯来。

她向我描述那次爸爸单独带她出去的情形，爸爸骑车带她到胜利电影院边上的那家冷饮店里，对她说，你还没有吃过冰淇淋吧，我买一个给你。她客气，说不要不要，爸爸一句话没说，从口袋里掏出两角钱钞票，给她买了一个卷筒冰淇淋，递到她手上——她说比蜂蜜还甜，比冰还凉，咬下去牙齿都成了冰糖，好吃得一辈子忘不掉。吃完了里边的奶油冰淇淋，她问爸爸说这个卷筒可以吃吗？爸爸说，全能吃啊。她便把卷筒吃了，连包在卷筒外面的那一圈薄油纸也吃了。爸爸突然之间瞥见，脸色一变，惊愕地低声说你怎么连纸也吃掉了？她说你不是说全能吃吗，她爸爸"嗤"了一声，一脸尴尬，马上扭头去看四周有没有人注意他们。她赶紧讨好地小声对爸爸说，纸也是甜的。

她跟我说到这里，忍不住咯咯地笑，笑得泪眼蒙眬的。

跟表姐说起这些，表姐说这还不是她最惨的，有些事情你还不知道。表姐迟疑着没有说，也许她觉得这样议论别人不太好，何况她是我要好的发小。表姐不说，我也就没有追问。

我又想起了几件有关凤舞的琐细的事。她爸爸去世之后，她家得到一个子女留城的机会，大姐花小春已经在乡下插队，二姐花小夏和三姐花小秋争这个名额，互不相让，最后三姐没有争过二姐，二姐分到了邮局。那时候能得到这么一个工作简直就是捧上了一只金饭碗。二姐在家拔尖要强，除了大喜就她霸道，她跟凤舞一向不对脾气，这下更是逮着机会就要踩她几脚。

连我都知道二姐擅长拉帮结派，她和大姐、四姐、大喜是一派的，然而只要是针对凤舞，她会尽己所能把每个人都拉到身边，包括经常跟她针锋相对的三姐。凤舞跟谁都不搭帮，在家里势单力薄，她也不屑搞这些鬼鬼祟祟的事情。

那时候她奶奶经常犯头疼病，做不动事情，连饭也不能烧，被打发到女儿女婿家里去住了，外婆外公年纪大了身体也不好，也搬了出去，老两口在我们学校后门口摆一个早点摊，日子倒也过得去。她妈妈受了打击也没有了之前的强健凶悍，凡事都随她们去，不去多管她们之间的事，她始终不变的只偏心儿子一个，也只关心儿子一个，心里装的只有儿子，别的她无可无不可，根本不在心上。本来家里算好风舞中学毕业之后也是下放农村——其实用不着算，大形势就摆在那里，她妈妈的那个顶替名额是一定要留给大喜的，反正怎么也轮不到她头上。三姐在家里哭闹过几次，想要顶替，都被妈妈撅了回去。五姐妹中长得最好看的四姐花小冬，她不仅漂亮而且伶俐干练能歌善舞，自己找了个机会去了淮剧团，后来又找了个机会去南京当兵了，成了家里第一个飞出去的金凤凰。要说风舞运气也不差，她刚上高中高考就恢复了，当然她家里根本就不指望她能考上大学，她那个成绩看上去也毫无希望，不过也就是从那个时候起，她忽然开始认真读书了，成绩竟慢慢有了起色。某一天她的考试分数居然进入了班里的前二十名，不但老师和同学吃了一惊，连她自己都大吃了一惊。

风舞在学习上突飞猛进，她在背后下了多少功夫没人知道，我只晓得她经常熬夜读书，有时候凌晨打个盹就又起来学习了。那一段她气色越发不好，黄巴巴的一张脸，眼睛都抠下去了，但她取得的效果却是显著的，能看出来她心情特别愉快，而且确实是憋着一股劲想追上去。我们当时的班主任吴老师很重视她，也很鼓励她，经常点名表扬她，那一定是她长那么大听到鼓励和表扬话最多的时候。

眼看高考在即，她忽然不来上学了，我以为她又是家里有事情，或者跟家里闹别扭离家出走了，放学后我跑到她家去看看啥情况，她居然就在家，问她为什么不上学，她拉我到外边去，走到学校操场才告诉我说家里不让她上学了，妈妈正忙着要把她嫁出去。

我一听就傻了，我说你才多大呀，难道是让你去做童养媳？你在这个时候放弃高考太可惜了吧？她摇头，说就是去考哪里那么容易考得上？我说你不考，那是肯定考不上的。她木着一张脸，望着远处出神。

反正是我说什么都没用，后来吴老师也找她谈过好几次话，她勉强还坚持来上学，却是三天打鱼两天晒网。高考前吴老师发给她准考证，还特意让我跟她说最好还是参加考试，这是改变命运的机会。当时她答应了，但后来她还是没有走进考场。

　　就在我们心怀忐忑等着高考成绩出来的时候，她家里人却在紧锣密鼓为她找对象。她悄悄告诉我说，她妈妈不知听了哪位亲戚的话，说现在外面有些人发财了，必须先下手为强，如果能找个万元户把她嫁了，家里经济上就彻底翻身了，将来弟弟也能娶一房好媳妇，她妈妈一听就坐不住了，立马行动，四处为她找对象。

　　她上面有四个姐姐都没出嫁，她妈妈就像看不见一样，眼睛只盯着她一个，就像甩货一样着急把她嫁出去。她妈妈挑女婿的标准自然不是从她出发，最重要的一条，干脆说唯一的一条就是看对方是不是有钱。那时候下海做生意才刚刚兴起，真正发大财的人还不多，在我们那个小地方有钱人还是十分稀少的。她妈妈竟然有本事拐弯抹角托张托李，介绍了一个又一个给她。上当的时候肯定有的，比如她妈妈给她介绍了一个老家在苏南的，相处了一段，她妈妈发现那个人并不像他自己说的那样有钱，他说家里有工厂，实际上他和父母都在一个小工厂上班，赶紧就叫她和他吹。妈妈又给她另找了一个做批发生意的，然后没多久，又说这家人贩卖的都是假货，查出来不但被罚了款，还有可能被抓去吃官司，又叫她赶快吹。紧接着妈妈又给她介绍了一个人，离婚带一个儿子，这人穿着讲究，出手大方，确实很像是有钱人，但她见了两面就不想再见。她一点也不喜欢他，年纪大不说，人长得很猥琐，还特别喜欢跟她吹牛，叫她做这做那，把她支使得团团转。每次见面他就掏出一包香烟，一支接一支抽，浓痰随口吐在地上，让她非常厌恶。她妈妈却还一个劲儿跟她说这个人好，怎么怎么好，要她跟他好好交往。然而她妈妈又不知从哪里听说这个人是有点钱，不过离婚的时候钱都被老婆要走了，在外面还欠着不少纰漏，又赶忙叫她吹。就这样几番折腾，一年时间就过去了。她妈妈觉得这样一个一个找太慢了，就跟她姐姐商量，叫她们出去发动人，多找一些过来一块儿谈。

风舞自己似乎抱着无所谓的态度，她妈妈让她见谁她就去见，看着顺眼的多来往几次，无外乎是跟他们多吃几顿饭，让他们给买点东西，跟他们厮混一番，反正她待在家里也没事，闲着也是闲着，只当出去散心。某一天她听邻居家的女孩对她说，外面有人议论她，说她作风不好，骗财骗色，她听了气坏了，但那些又确是她做过的事情，她跟她妈妈大闹了一场，又被邻居的女孩传出去，弄得好多人知道，更加坐实了她的坏名声。

也不知道她是没了心气还是真打算听妈妈的话，她很快和袁开河定了下来。袁开河也是妈妈替她找的，所以她一点头妈妈就松了一口气。袁开河长得獐头鼠目，五短身材，就像武大郎再世，人还有点呆，虽说不上是智障，一看就是木头木脑的不机灵。介绍人说，他爸爸和叔叔都去南方贩货，家里开着好几爿商店，富得很。妈妈领着她去袁家店里逛过，确实是店面很大，商品琳琅满目，实力非常雄厚的样子。她妈妈也不管她愿意不愿意，趁着上厕所的工夫先悄悄和对方说定了。回到家也不问她的意思，一把锁把她锁在房间里，关了两天她就答应了。

我听同学说风舞出嫁的时候十分风光，公婆家迎娶她摆了好几十桌酒，当时在我们那个小城市算是盛况空前。公婆家也给了她娘家不少彩礼，送了大彩电，双开门冰箱，双缸洗衣机，还有刚刚兴起的窗式空调。但是她这个婚结得明显不称心，暑假我从大学回去见到她，她不怎么愿意提起自己的婚事，即使说到也是一两句话带过，我们一些老同学聚会，她从来不肯带她丈夫过来跟我们见面。她倒是请我去过她的小家，在离市中心不远紧靠河边的一座对开门楼里，楼房是红砖砌的，外墙上爬满了翠绿的爬墙虎，看上去非常整齐漂亮，家里也是装修过的，铺了当时算相当高级的复合地板，家具和用品都很新，只是满屋子大红大绿的摆设，窗台上面还挂着金光闪闪的纸拉花，看上去有点俗气。给我印象特别深的是她家五斗橱上摆着一大束塑料花，红的、粉的、紫的、黄的，颜色艳得夸张，就是从那时起，我特别讨厌塑料花。我不记得那次有没有见到她丈夫，不过后来肯定是见过的，还跟他一起吃过饭，他话很少，说的和别人接不上茬口，有点不知所云，确实是不聪明的样子。凤舞对他的态度很粗鲁，不太拿他当回事，他在她面前有点唯唯诺诺，不过好像很得意这个媳妇。

凤舞曾经嘻嘻哈哈地对我说，她妈妈的如意算盘后来还是落空了，结婚的时候她和娘家是拿到过公婆家的钱，但之后他们还想袁家在经济上贴补就难了，而且越来越难——"就像下雨，也就是刚刚湿了个地皮，指望再多没有了。"她这么说。

袁开河家也是兄弟姐妹众多，五个，他排行老二，上面一个姐姐下面两个弟弟一个妹妹，姐姐早早嫁人了，凤舞嫁过去的时候弟弟妹妹还小，刚读初中和小学。几年之后他们长大起来，尤其是两个弟弟，出落得一表人才，而且头脑活络，他们跟着父亲和叔叔四处跑，很快接手了家里的生意，掌管了家里的钱财，别说给她娘家，就是袁开河跟不跟着干都捞不着什么油水。后来凤舞的妈妈跟他们小两口的关系渐渐就不好了，对袁开河尤其差劲——原先是富女婿上门丈母娘笑脸相迎，后来就成了傻女婿上门丈母娘懒得抬眼皮。

凤舞和老公没有孩子，她跟我说过，怕生出来随爹也是傻孩子，不敢要。不过她还是怀过一次孕，那是因为避孕药失效，她犹豫生还是不生，摔了一跤就流产了。她请她妈妈过去照顾，她妈妈就去看了看，给她做了一碗鸡蛋羹转身就走了，整个小月子期间再没有上过她家的门。流产之后她停了药想好好怀一个，可是她真想怀却再怀不上了。

她没有四处寻医问药，就是听天由命。从一开始她就对和袁开河的这段婚姻不称心，她怕孩子生出来成了拖累，无孩一身轻，过不下去分开也容易，所以她并没有想方设法怀孕，一拖也就拖下来了。再后来她妈妈病了，她回娘家去照顾，自己的事情更加顾不得了。

她工作很忙——中学毕业后她考进了银行，说是考，其实用不着她费劲，她和袁开河定亲之后靠着袁家找个工作还是不难的。我听人说她进了银行还挺吃香的，她人长得美，又能喝酒，又会说话，领导出去应酬喜欢带着她，有时候几个领导为争夺她还能吵起来，她很早就被提拔重用，行里有好机会也总能轮到她，所以她经常要没日没夜在外头忙。我表姐说，你不知道，还有 个说不出口的原因，她迟疑了片刻，还是说了出来。她说，凤舞和袁开河不般配，他们的婚姻确实是很勉强，真正的原因是她心里有人。我以为表姐会说凤舞与银行里的人怎样呢，结果她却说："你肯定想不到吧，她喜欢她小姑父。"

我听了真是目瞪口呆，我很小的时候就见过她小姑父，就是一个普普通通的男人，好像是退伍军人，见人笑眯眯，客气得很，爱讲笑话，有股子自来熟的劲头，她家上上下下都蛮喜欢他，有他在的时候经常是充满了欢声笑语。他时常会到她家去一趟，送点吃的什么。尤其是她父亲去世之后小姑妈和小姑夫两口子经常上门照应他们一家，也是在那个时候我见到他们的次数多一些。我实在想不到凤舞怎么会喜欢上她的小姑父，她的小姑妈可一直都健在呀，而且他们夫妻关系好像还很不错，再说她小姑父看上去也并没有混得特别出色，我真不知道也理解不了这段一个大家庭里跨越辈分的感情是怎么产生的。

表姐叹说，这件事曾经闹得沸沸扬扬，好事不出门，坏事传千里，我们这么个巴掌大的小地方一点点事情就能闹得满城风雨，她家的人出门都抬不起头来，听说他们比以前还要嫌弃她，有好几年都不许她回去。娘家对她这样，婆家那边她就更加没法做了，她真的就像风箱里的老鼠，两头受气，你说她的日子怎么过呀？实在想不出她是怎么熬过来的。

我的思绪陡然和旧日的一些记忆对接起来，我想起凤舞结婚前不久，寒假我从学校回来，她到我家来看我，她跟我说知心话，她说她爱上了一个人，是一个永远得不到的人，她说："我这辈子是不会结婚了"，又说，"我肯定是嫁不出去的"，还对我说以后你回来要记得来看看我哦。当时我以为她就是那么说说，小姑娘感情不顺时发发悲声而已，我还对她说你怎么可能嫁不出去？你长得这么好看，多招人喜欢啊。果然让我说中，没过多久她就嫁给了袁开河——但这个"嫁"显然和她说的那个"嫁"根本不是一回事。我这才知道原来里面还埋着这样一个伏笔。

以前我也听凤舞说过她的小姑父，她说他人特别好，还说他是唯一一个对她跟她姐姐弟弟一视同仁的长辈，也就仅此而已。在我印象中，她跟我聊到的她爱的那个男人，和她现实中的这个小姑父，完全是两个不相干的人，无论是从她叙述的口气还是情绪来感受，都似乎是风马牛不相及的两个人。所以，即使我和她那么熟，我也从来没有把她的小姑父和她爱的那个男人联系到一起，一丝一毫也没有，所以当我听表姐这么说，简直惊讶到失语。

也许是我的吃惊令表姐打开了话匣子。表姐说，她家不让她回去还有一个原因呢，当初她结婚时她妈妈从她婆家收了一大笔钱，之后又上她小家庭一趟趟搜刮，把那些钱都拿给她弟弟娶媳妇——给她弟弟找对象，她妈妈可比当年给她找对象上心不知多少倍，她千挑百拣，看了一个又一个，简直把城里年貌相当的姑娘都找遍了。她心疼这个心尖子儿子，嫌外地人做菜跟我们不是一个口味，所以不要外地的。她挑人的条件多得很，一条一条要说老半天，听上去不像是挑儿媳，倒像是挑保姆。最后挑中了一个轻纺局局长的女儿，老太太特别满意。当时亲家公因为贪污关在牢里，要不然女儿也不至于这么下嫁吧。老太太对亲家公那个境况倒并不计较，因为大喜只挑相貌，对别的不在乎，女方家里有点事情，老太太觉得反而更好，这样两家差距小，拢得住媳妇。大喜小两口刚结婚还算恩爱，不过两个人都非常自私，同样是只顾自己不顾别人，一起过了没多久便互不相让。两个人还有个共同之处是看见父母家里有点好东西就要拿回他们小家去。他们结婚不到半年，两个人就闹翻离婚了，原因是大喜和表嫂搞上了。表嫂比大喜大了十来岁，两个人也不住在一个城市，一共没见过几次面，春节表嫂跟着表哥过来拜年，不知怎么一来二去和表小叔子搞到了一块儿。离婚是大喜提出的，他啥都不要，用现在的话说是净身出户，只图快点拿到离婚证好跟表嫂做正头夫妻。可是他却并没如愿，因为表哥死活不肯离。大喜离了，表嫂没离，他成了孤张，一个人晃荡了几年，也不肯找别人结婚，大概是还在等着表嫂。他妈妈和几个姐姐心疼他，心里有气，想起来就在家痛骂那个狐狸精转世的表嫂。后来不知怎么她们忽然一致把矛头转向了凤舞，说她坏了门风带来了报应，不然弟弟不会落得这步田地。——当时我不知晓背景，只觉得她们莫名其妙。

凤舞跟小姑父究竟怎么回事我并不知情。我倒是曾听她抱怨过："我这一生算是葬送了。"因为大喜离婚闹得糟心，家里人迁怒于她，他们又像她爸爸刚去世那会儿一样对她什么难听的话都骂出来。那时他们还住在老平房里，街坊四邻门挨门，他们一骂，就成了无人不知的事。那时我大学早已毕业，忙着上班很少回去，和她几乎断了联系。偶尔有老同学出差见着说起她，也是片言只语，有说她离婚了，也有说她没离婚，只是和丈夫分居，不过都说她过得不开心。

有一次我回去，得知她住在娘家，照顾她生病的母亲。她妈妈得了风湿性心脏病，躺在床上，生活不能自理，刚开始她的几个姐姐还轮流照顾她，她们都结婚了，都要上班，各人有自己的一摊事情要忙，原本还指望妈妈能帮一把，现在不但帮不了她们还需要她们照顾，时间一长她们就有了怨气。大喜是指不上的，他从小娇生惯养，家里的事情不会做，也懒得做，结婚之后在媳妇面前没办法还稍微动动手，但是回到妈妈家里依然做大爷，饭来张口衣来伸手，他侍候不了别人，还要别人侍候。妈妈看见儿子回来总是高兴的，她没力气下床，但有力气动嘴，她不许别人叫大喜做事，要他歇着，结果把几个女儿弄得更加不高兴。大喜却是连回来都很少回来，他喜欢钓鱼和打牌，瘾头大得不得了，天气好的时候就到乡下去钓鱼，天气不好就纠结一伙人在家里打牌，玩起来没日没夜，比谁都忙。

妈妈身边离不了人，凤舞没有孩子拖累，又好说话，姐姐弟弟就不约而同把照顾妈妈的重任推给了她。为了照应起来方便，她住回了娘家，在妈妈的房间里搁一张小床，夜里妈妈一叫，甚至翻个身她都能听到。妈妈一向不喜欢她，可是到了这个时候指靠不上别人，只得将就，凤舞成了她最依赖也最离不开的一个人。除了她去上班，妈妈时时刻刻都要她陪在身边，只要一走开就扯着嗓子喊她。夜里睡不着觉，就和她说话，说的都是陈芝麻烂谷子的事，反反复复絮絮叨叨地讲，她听烦了也只能听，还必须有呼应，如果她睡着了，妈妈就会骂她，一句一句的，什么难听骂什么，就像她小时候骂她一样。

她夜里陪床，白天上班，不仅要上班还要加班，天长日久，她吃不消。她提出她出钱给妈妈找个保姆，被妈妈断然拒绝，根本不容商量。后来她要去外地出差，实在没办法，妈妈也只好接受，不过她心里不情愿，故意不配合，经常把大小便拉在床上。她有好多种办法赶走保姆，要不说人家偷懒，要不说人家偷钱，反正没一个是她称心的，保姆来一个走一个，没有待得长的。

老太太特别黏人，特别难缠，尤其对凤舞要求高，不仅要她亲手服侍，还要她轻言细语，对她说好听的话，她最喜欢听的一句就是——"妈妈我爱你"，要她挂在嘴边没事就说，如果她不说，或者说得情绪不饱满，她就会生气，发起怒来会把床头的东西一样一样摔到地上去。有时她情绪崩溃大哭大闹，高一声低一声地号，凤舞拿她没有办法。

还有更加糟糕的，她忙着照顾妈妈，好几年没怎么好好在自己家住，经常是下了班直接从银行回妈妈那边去，跟老公越来越淡漠。两个人本来感情基础就不怎么好，关系冷了更加过不到一块儿去。袁开河包养了一个从农村来卖蜂蜜的女孩，街上的人都知道，有一次吵架之后他们就去把婚离了。

然而，当地的报纸竟然还报道过凤舞，把她写成一个精心照顾卧病母亲十数载的大孝女，电视台给她拍的纪录片还获了奖。"你说讽刺吧?"表姐说，日子可是她自己一天一天在过，无论她怎么做，她妈妈都不称心，她自己的小家也散了，一个人形单影只，也就四十出头，头发已经差不多白了。

我觉得凤舞真的是很惨。我说，唉，这样的日子她得多灰心啊。表姐却说，还真不是，你想不到，她很坚强，还挺能苦中作乐的呢。

表姐说起她们几个老同学去文化宫参加合唱团，发现凤舞也在这个团里，每周她们有两次训练是雷打不动的，还会有小组练习，所以她经常能见到她。凤舞从小就喜欢唱歌跳舞，上了中学她成了舞台上的活跃分子，我并不觉得她唱歌有多好听，但她却非常喜欢唱，一唱歌情绪饱满神采飞扬，如入无人之境。表姐说，他们合唱团比她唱得好的大有人在，但没一个顶到她那么痴迷，用"热爱"都不足以形容，凤舞自己说是"白天大声唱，晚上小声唱，洗衣唱，做饭唱，苦也唱，乐也唱"，唱歌不仅是她的乐趣，也是她生命的一部分，她不放过任何一次登台演唱的机会，各种唱歌比赛她都踊跃参加，还得过大大小小不少奖，到后来评委个个认识，都是熟人，她又是个热络的人，跟他们个个很亲，有事没事约他们喝酒，都说酒是越喝越近的，所以只要她登台一唱，总能得奖。唱歌给她带来了巨大的成就感，虽然她从来也没有达到过专业的水准。因为喜欢唱歌，她也成了一方名人。看她唱歌那种热情洋溢快乐无比的样子，别人很难想象她生活得那样艰辛不如意。

听表姐说这些，我忍不住想起电影《被嫌弃的松子的一生》，松子长得漂亮，也喜欢唱歌，同样也是备受家人嫌弃，我在看这个电影的时候就不由自主想起凤舞，听了表姐讲她的事情，我脑子里不断迭现出松子的样子，我甚至觉得她俩连长相都很相像。

隔了两日，我见到了凤舞。那天我和表姐一家正吃中饭，听见砰砰的敲门声，有个沙哑的嗓门响起来，大叫表姐的名字，叫得高一声低一声的，我以为是外面出了什么事，表姐却笑道："听着是凤舞来了。"她放下筷子站起身，打开门，果真是凤舞。

我面前的凤舞已经完全不像小时候害羞腼腆，也不像前几年见到时低调稳当的样子，而是咋咋呼呼，特别热情，似乎一张嘴就要把一整天的话讲完，我不知她怎么变成了大妈劲头十足的一个人。

她发福了，比原先至少胖出了半圈，小时候的一张小尖脸变得圆圆乎乎，下巴下面长了一层肉，一笑两只大眼睛眯成了两根线，看着倒是一副安天乐命的样子，并不像是饱经沧桑。她穿着一身银行里那种深色的工作服，脖子里扎着一条颜色鲜艳的丝巾，不知为什么看她这身打扮我总觉得她很像一个女干部。

五六年不见，她的变化还是挺大的，如果在大街上遇到，恐怕我不能一下子认出她。她看了我直说"你倒是没大变化呀"，这原本是女人之间互夸的话，可我对着她却说不出口同样的话。

她在饭桌边坐下来，表姐赶紧为她添了一副碗筷，她说吃过了，表姐客气地让她，她便毫不见外大大咧咧地吃了起来，一边跟我们闲扯，聊得十分热闹，她小时候的样子又显现出来：热情，快乐，一副要讨所有人高兴的劲头，而且她也确确实实在努力讨每个人的欢心。

吃完饭表姐和表姐夫要上班，凤舞带我去我们小时候经常玩耍的河边走走。穿城而过的小蟛河大致还是原来的模样，岸边修了步道，比原来整洁美观，她却说不如从前的小河浜好，河岸砌起来之后不怎么听得见青蛙叫了，报纸上说是青蛙不来产卵了，而且小孩子失足掉下去自己也爬不上来。她望着波光粼粼的河水出神，回忆起自己八九岁的时候就在这里落水，好在河边水浅，扑腾了几下爬了出来，算是死里逃生。她说："我回到家我妈妈看我浑身精湿淋淋，不但没说一句安慰的话，抡圆了就狠狠给了我一巴掌。我妈妈抽巴掌可不像人家打孩子雷声大雨点小，她是真出死劲打呀，她先是把大粗胳膊甩到背后，简直就像鲲鹏展翅，运足了气嗖地抽上来，特别有气势，速度快，干净利索，打得那是真疼啊。我生生让她打怕了，看她发怒闻风丧胆，瑟瑟发抖。她那一巴掌抽上来，我脑袋嗡嗡响了好半天，加上耳朵里进了水，人晕晕的，特别难受。我甚至想，还不如淹死算了。那天到夜里我都睡到床上了，她才想起来煮了半碗姜汤叫我喝。"她说着笑起来，有点难为情地说道，"从小到大，我是家里多余的人。"

她的神情和在我表姐家时完全不一样，变得愁郁和冷峻。她带着犹豫和羞怯说："看见你我就忍不住想对你说说心里话，你不会烦吧？"她两眼定定地望着我说，"你看我们　晃就有五六年没见面了，我知道你忙，回来也是匆匆促促，我不太好意思打扰你。其实每次听说你回家来，我就想跑过来看看你，也没有别的，就是想和你说说话。像你们早早走出去的人大概不会像我这么郁闷，你们在外面认识了许多的人，见过大世面，估计不会老想着过去的那点事。我一直还在这里，碰来碰去还是原班人马，以前的事，现在的事，有可能还包括将来的事，桩桩件件都在眼前，枝枝蔓蔓纵横交错，我好像被罩在一团网里，或者说是掉进了一个陷阱里，我怕说出来平白给你添烦。"

我说："跟我你别见外。"

她突然嘿嘿笑起来，笑了一阵才说："说来好笑，有一天我在我妈家整理东西，翻出一册课本，也不知道是谁的，随手翻开，恰好是鲁迅先生的《故乡》。你还记得我们上学的时候学过这篇课文吗？我虽学了，一点印象没有，看每个字都是新鲜的，我竟然一口气读了两遍。昨天我又忍不住拿出来读了一遍，我读着怎么觉得自己就是闰土。闰土说，'阿呀呀，你放了道台了，还说不阔？你现在有三房姨太太，出门便是八抬的大轿，还说不阔？吓，什么都瞒不过我。'哈哈哈哈，我也害怕自己张口一说话就跟闰土一样。"

我听了也笑，眼前活灵活现出现她小时候的模样。

"知道你成了作家，你不晓得我有多开心，简直就像我自己成了作家一样。跟你透露一个秘密，不怕你笑——其实我初中时也有过作家梦，但我没天才吧还不用功，那时候我可羡慕你们这些读书好的同学了。"

我说："有一段你的成绩也追上来了，我记得的。"

她像是想了想说："好像是有那么一段……你不知道我在家里顶了多大压力，我妈妈和姐姐挖苦讽刺不说了，只要看见我读书做作业，她们就要我去做事，做这做那，一刻不让你消停。夜里我开着灯看书，她们说灯光照得她们睡不着觉，我躲进被窝打手电看书，她们说我浪费电，根本不是这块料，装啥大头虾？高中一毕业就被她们打发出嫁了。那时候年纪小，头脑简单，完全让别人牵着鼻子走。"她仰着脖子哈哈笑了两声，像是自嘲一般，又迅速收了笑，重重地叹气道，"本来正好赶上高考恢复那么个大好机会，吴老师一次次对我说那可是改变命运的机遇，让我千万不要错过，我记得临高考前两天，已经放学了，他追到教室外面走廊里语重心长跟我说了好一会儿话，当时的场景我历历在目，阳光照在栏杆的哪个位置我都记得清清楚楚，可惜我辜负了吴老师，白白错过了摆在面前的机会……"

　　我不由在心里替她叹了一口气。

　　她继续说："我小时候什么样子你是知道的，有些话跟别人没法说，跟你说说你一听就明白。其实，说来好笑，有时候我心里想着这些事情，就想要说给你听。前两天我去给我爸妈扫墓，站在他们坟前，我心酸得不行，想起小时候我一直希望我爸爸能朝我笑一笑，就是那种脸对脸的笑，但是他从来没对我笑过。可能你想不到，我这一辈子都没有看到我爸爸对我露出发自内心的笑容，想到这个，不知有多少次我眼泪忍不住流下来。站在他们坟前，想到再也没有这样的机会了，我的眼泪又是哗哗直淌。"

　　我们在河滩上坐下来，还像我们小时候放学时那样，不过我们不再像从前那样在青草丛生的河滩上席地而坐，而是坐在岸边的木条椅上，这样微小的细节让我心里瞬间生起某种物是人非的感觉，我清晰地意识到眼前的一切都和童年拉开了巨大的距离。

　　五六年不见，我们其实已经有些疏淡了。我们聊起各自的近况，说到一些共同认识的熟人的消息和八卦，话题变得轻松起来。我问起她的姐姐和弟弟，她说，他们也都好，各过各的日子，都蛮安逸。她笑笑说："至少比我过得好吧。"

　　她絮絮地告诉我大姐花小春回城后进了印染厂，后来调到金店做售货员，早早退休了，回家带孙子，现在孙子已经很大了。大姐夫是她同学，当年和她一起下放农村，两人算是患难之交，虽然打打闹闹半辈子，两人都翻不出对方手掌心。二姐花小夏顶替父亲进了邮局，当年别提多让人羡慕。她嫁了一个同事，二姐夫官运亨通，年纪轻轻就升上去当到邮局一把手，有老公罩着她在单位里不受亏待，一直是趾高气扬，很有官太太的派头，不过在老公面前她倒是委曲求全，二姐夫很花，在外面名堂很多，二姐就是鸵鸟，头往沙子里一扎啥都不问。他们过得算是姊妹当中最好的，收入稳定是一方面，他们很早就知道买股票、买房子，发了财了。不过他们都是只顾自己的人，跟两边家里关系处得都不好，她跟他们除了在街上碰到，也就过年的时候见一两面。三姐花小秋是最后一批下放农村的，她老抱怨自己运气不好，实际上是说家里人对她不好。父亲去世顶替，她没有争过二姐，妈妈退休顶替，她又没有争过弟弟，她也是一肚子委屈。插队回城之后她进了化肥厂，她不想在那里待一辈子，自己苦读，花了三年工夫考上了师专，毕业以后她又不想当老师，混来混去，混到了一家医院，在那里管人事。没想到从此吃香起来，她守着医院，手上有大把的好资源，经常给人介绍医生，带人去看病，算是靠山吃山，日子过得相当富裕，属于闷声大发财的。她嫁的是当年隔壁机床厂的一个工人，三姐夫很会察言观色见风使舵，还会装老实，被来厂里视察的一位领导看中，调去开车，后来又通关系进了机关，当上了管后勤的小头目，但三姐瞧不上他，不拿他当回事，家里样样是她做主，他们最合得来的事情就是坐在麻将桌上打麻将。四姐花小冬的经历很有戏剧性，早年去了淮剧团，后来又自己想办法去当了兵，她是五姐妹当中最机灵、最能折腾的一个，也最会为自己着想，不过她情路坎坷，一直到三十五岁都没嫁出去，后来通过登报征婚找了一个离异的职校老师，嫁过去就给一个六岁的女孩当后妈。她对他们父女俩尽心尽意，没想到结婚两三年老公跟她提出离婚，又和前妻复合。人家破镜重圆，剩下她孤零零一个，离婚之后她竟然发现自己怀孕了，她悄不声响生下孩子，嫁给了前夫学校的教务主任，前夫成了她丈夫的手下。说到大喜，她家唯一的宝贝男孩，她不由重重地叹了两口气。她说，从小大喜就是家里的金疙瘩，上上下下都围着他转，没想到他结了婚反倒围着别人转，转了半天，人家还是不要他。当初弟妹的父亲出事她也是被家里连催带哄草草结婚，嫁的并不是她中意的人，她心里其实很委屈。大喜是被娇宠惯的，不会疼人，也不会做事，里里外外都是弟妹操劳。他们还没结婚就有了孩子，也许这也是弟妹嫁给他的一个原因吧。他们头胎生的是个女儿，又想方设法开了残疾证明生了第二胎，还是女儿，大喜对老婆就没有什么好脸色，吵嘴时说她坑了他，断了他家香火。弟妹气起来就回了娘家，一去几个月不回，大喜带了礼物到她娘家去给她赔礼她才肯转弯。后来两个人拖了一段还是离了。大喜是个没有什么本事的人，他顶替妈妈到纺织厂做维修工，织布机只要不坏他就没什么事情做，后来纺织厂倒闭他就下岗了。那时候妈妈还在，她让她们几个做姐姐的凑钱给他买了一辆车，他去开出租车。他嫌开出租车辛苦，干干歇歇，三天打鱼两天晒网，挣得也不多，没钱了就问姐姐要，五个姐姐均摊，凑份子给他，反正怎样都让他过得去。她一句没提大喜跟表嫂的事，就好像没这事一样。

　　她说的这些我有知道的，有隐约听说过的，也有不知道的。说到自己，她反而话不多，三言两语带过。她说自己比上不足比下有余吧，小时候不受家里人待见，也还照样长大了，嫁人的时候啥也不懂，全凭父母打发，好在自己有一份工作，不用靠别人来养。

　　"我早就学会了什么事情都往好里想，这是不是就叫看开了？"她笑嘻嘻地说，"过去那些不愉快的事情我都忘掉了，或者说尽量都忘掉，我总对自己说，我是一个幸福的人，有现在这样的生活真的很知足。"

　　她做出十分潇洒的样子，舒展开的眉宇间却布满了细碎的皱纹，愁苦的痕迹无法掩饰地刻在她的脸上。

午后的河边静谧安宁，天气就像是百年一遇般清朗，阳光照在身上暖洋洋的，空气里有阵阵沁人心脾的花草的清香，虽然才是清明，春意已经浓郁了。望着眼前清亮欢快的流水，她说起了自己感情上的事。她跟我说，她这辈子无论是生活还是感情都很不顺，不过倒是体会到了书里说的那种爱情。

"咦，你是说你遇到过真心相爱的人？"我忍不住问她。

她毫不犹豫地点了头，朝我露出一个甜美的微笑。

"是谁呀？"我再次忍不住问她。我仿佛回到了跟她无话不说的小时候。

她笑着，低下头去，把脸埋在手心里。她微微抬起头，眼波流转地望着我说你认识的。我说我们共同认识的人太多了，我晓得是哪一位呢？

她声音柔柔地说："就是方老师啊，你还记得他吧？"

方老师——我当然记得啦，那天课间操发生在大操场上让我们震惊的一幕犹在眼前，听她说出是方老师，我吃惊的程度几乎不亚于那个早上。

我脱口而出："真的吗，怎么会？"

她脸上浮起娇俏的笑容，笑得那样天真和沉醉，仿佛有一道光照在她的身上，她整个人都亮了一层。

她说："方老师被判了一年，放出来之后在一个小农场劳动改造。他被开除了公职，又是那样一个罪名，一直没有结婚。我是上了高中以后才第一次去看他，我出现在他面前的时候，他就像不相信自己的眼睛。从他被抓起来，他再没有见过我们学校里的任何一个人，包括以前跟他正式有过恋爱关系的两个女老师也都没有去看过他。"

她停下来，望着我，似乎在犹豫要不要说下去。

我静静地听着，脑子里有一些旧时的画面叠印着，方老师被抓走之前是一个极受欢迎的人，其实我们都很喜欢他。

"不瞒你说，在学校里我就特别仰慕他，那时候青春萌动，我暗恋他，看见他的身影心都会怦怦直跳，他跟我说句话我会激动老半天。他对我确实很好，你知道的，他在操场上见了我，一心一意要把我培养成一个出色的运动员，要不是他出事，我的命运很可能有机会改写。"

她似乎运了下气，我直觉她要把他们的那些秘密披露给我。

"我记得清清楚楚，初二放暑假前，他把我叫到办公室，从抽屉里拿出一个崭新的书包送给我，对我说，你运动好学习也必须要好，我们培养的运动员不应该是四肢发达头脑简单的人，要德智体全面发展。从他对我说了这番话起，我开始用功读书了。他送给我的那个书包到现在我还在用，对我来说那是一件无比珍贵的礼物。"

我听了心里既震动又感动。

她停下来，眼神清澈地望着我，又说："不瞒你说，刚上初三的时候我去过他的宿舍，他跟我聊天，还用煤油炉煮面条给我吃，有一天——他拥抱了我，还吻了我。那是我的初吻，我不记得是怎么发生的，但我是心甘情愿的。那时候我也知道他正和我们的英语老师谈恋爱，但是我一点也不觉得他和我那样做有什么不对。我真的特别情愿，真的，被他亲吻我幸福得头脑发晕，其实他只是用嘴唇轻轻碰了碰我，应该算是'纯洁的吻'。后来这都成了他的罪名，我根本弄不懂是怎么发生的，听人说是因为别人嫉妒他。好长时间，我一直觉得是我害了他。"

她对我敞开心扉，说起那些显然是埋藏在她心里很久的旧事。她说方老师在农场的时候住在一间很简陋的房子里，那简直不好说是房子，就是一个有一扇门的棚子，墙是漏风的，门也关不上，屋里东西极少，床铺很窄，上面只有一条席子，冷锅冷灶，看不见一点吃的，让她十分心疼。不过方老师情绪还挺好的。"他特别坚强，以前听老师说人在逆境要怎样怎样，他真的做到了。"她感叹地说，"其实我每次看到他都难受得不行，那么俊秀的一个人，干干净净漂漂亮亮像一

401

只美丽的孔雀，被折磨得那样落魄，见过他之后总是好几天我缓不过神来，想起他就心酸，不知为他流了多少眼泪。我也就去了三五次吧，就再没去过那个小农场。"

我听得心里沉甸甸的。

"再见到他已经是七八年以后了，我早已经工作和结婚。他回到了城里，在老城那个电影院上班，做售票员，还给电影院画大海报。那时候我跟他相互之间音讯不通，他回到城里也没告诉我，有一天我去老城一个小店买东西，无意间撞到他。之后我去看他，我确实是没忍住。"

她叹了口气，欲言又止，不过还是继续说了下去。

"他孤身一人，住在电影院旁边单位的集体宿舍里。我们不知不觉见面频繁起来，确实是有旧情复燃的意思。记得有一段我在下班以后常跑去看他，有时匆匆见一下就回家，有时撒好了谎和他一起吃晚饭。他是个自尊心特别强的人，即使遭受那么大挫折也没变，他不肯让我花钱，我们那时候都没什么钱，下不起像样的馆子，就在小巷子里的小铺子里吃碗馄饨或者面条，但我们已经非常开心了。吃过晚饭我们趁着夜色到河边走走，也去过北头的公园，反正是哪条路暗就往哪条路上走，哪里僻静就在哪里多待一会儿，真的是见着面就开心得不得了。"

她说着，脸上泛起红晕，颇有一些难为情。

"不少时候，灯一熄电影开映我们就溜进去坐在最后一排，在黑暗里手拉着手。你还记得那时候电影院是敞门入场吧，里面经常是坐不满的，我们连票都不用买，而且也不用害怕被查到，因为他自己就是负责查逃票的那个人，我们也算是贪了他的工作之便吧。电影放的什么我们从来不好好看，反正想看几遍都行，看过什么我也一点不记得，我就记得我们相互紧紧地握着手，两只手握在一起越来越热，手心里都出水了。"她高声大笑起来，很疯的样子。

她突然收了笑，不说话了，长久沉默之后才又继续讲下去。

"我好像也不是个长情的人，不知怎么对他就是放不下，说魂牵梦绕也不过分。我觉得和上学时爱上他不一样，我特别强烈地想和他在一起，朝夕相处那种，最好是早上一睁眼就看见他，晚上也能看见他，半夜从梦中醒来还能看见他。我动了和袁开河离婚的念头，那个时候我们关系其实还算正常，但是离婚的念头越来越强烈。我受不了自己心是分裂的，我对方老师说出来，他居然一听就反对，说他不想破坏我的家庭，他也担不起这个罪名，而且他现在这个样子根本不能给我一份安逸的生活，他负不起这个责任。我说你是负不起责任还是不想负责任？我说话就是这么直来直去，我也不管他听了会怎么想，我也不去想会不会伤他的心，他一听果然愣住了。我跟他说我只想和你在一起，对别的无所谓，他说你可以说无所谓，但我不能，我真的不能辜负你。他很痛苦，我也跟着他陷入痛苦。"

她双眉紧锁，仿佛忍受着痛楚。

"还有一件事，让我们特别难过，也特别说不出口——不瞒你说，他不行了。"

她停下来，又一次沉默良久。

"他集体宿舍没人的时候我们上过床，但是他不行。我以为是他担心有人会进来心情太紧张的缘故，我跟他说没事，不怕，反正我是要嫁给你的，但我怎么说对他都无效。我想试试别的办法吧，我约他到外地去，住在小宾馆里，我想离开熟悉的环境，换个地方他心理负担也许会小些吧，结果他还是不行。他灰心得不得了，脾气也变得特别急躁。"她眼神清亮，脸上是天真无邪的神色，"我知道这肯定是过去生活的阴影，但我没想到竟然这么严重。我感觉到我和他之间的关系明显冷了下来，他好像不大愿意见我。但是隔一段我们还是会忍不住见面，有时是我去找他，有时是他来找我，那种感情，怎么说呢，还是火辣辣的——关系虽冷，心还是热的。他跟我说，我们怎么跟年轻人一样。但我年轻的时候还真没有那种火焰一般的感情，真的，对谁都没有过。"

她面色绯红，在阳光里额头上竟浮起一层汗。她拉我移动了一下，坐到树荫下的椅子上。

"我真是太渴望和他生活在一起了，有没有那个事我觉得不重要，无所谓，我就想每天做饭给他吃，给他洗衣服，万一他生病了我能在床头服侍他，我就心满意足了。我不知道这是不是爱情，我也问过自己，难道这就是爱情吗？"

她沉浸在讲述之中，仿佛被一股激情支配。

"他对我特别好，很关心我，冷了热了，每天吃的什么，睡好了没有，要是身体有哪里不舒服，他比我还要急得多，他像个爸爸一样疼爱我，我自己的爸爸都没这样过。他在电影院工作工资很低，奖金也不高，挣得比我少得多，但是他每个月都要把省下来的钱给我。他把那些钱装在信封里，有零有整，叫我自己去买点东西。你说我哪里好意思用他的钱呀？我每次接过他给我的信封感动得要流眼泪，心里有一股股的暖流涌过，就像我们小时候作文里常写的那样，感觉他递给我的信封沉甸甸的。"

我听了心里很感慨。

"我跟你说了这么多，你听烦了吧？"她羞赧地笑着说，"这些话我也不能跟别人说，我怕说出来别人听了笑话，还要误解我。我自己也想过这样做好像是不好，但我做了也就做了。"

我发现她说起话来和她表面给人咋咋呼呼的感觉有相当大的不同，听她说话的时候我甚至感觉和我视觉中的那个凤舞不是同一个人，跟我记忆中或者说印象中的凤舞也不是同一个人。她似乎有多面性，她经历的生活仿佛将她分裂成了不同的人，或者说不同的侧面，就好像被切割过一样。

我忽地对她产生了浓厚的兴趣，不仅是因为昔日的友情，而是对她这样一个我从小就认识，而且自以为非常熟悉的老朋友有了特别想了解的冲动。

"后来呢？"我问她。

她一笑，就像是反唇相讥一般说："你不是作家吗？应该知道结果的吧。"

我说："我哪里知道？"

她说："你猜呢。"

我说："你们是不是又断了联系，形同陌路，或者说相忘于江湖？"

她摇头，神秘地抿嘴一笑，两个小酒窝深不见底。她说："不是的，我们还有联系，而且见面频繁。"

说实话，我有点吃惊，他们的那份旧情其实是充满了沟沟壑壑，在我看来也是脆弱的，况且她说了方老师又是那样一种景况，他们之间都不能有正常的男女之事，彼此又没有法律约束，不知他们如何维持这样一份紧密的关系。

"就像亲人一样。"

她一句话给出了答案，伴随着一个真诚坦然的微笑。

她忽然哈哈大笑着说："干脆都跟你说了吧，现在我看上去是单身一个，实际上我跟三个男人关系密切，一个是你知道的方老师，一个是我前夫袁开河，还有一个你可能不记得他了，就是我的小姑父。袁开河是个老实无用的人，当年他家里有点钱都被他两个兄弟瓜分走了，什么都是他们两个霸着，他也不争不抢，不是他不想争，是他根本没有本事争。我们离婚后他一直想再结婚，托人介绍了一个又一个，也没遇到合适的，要么人家不肯将就他，要么他不肯将就人家，我真没想到他竟然是一个高不攀低不就的人。站在他的角度想想其实挺可怜的，当初跟我结婚也不是他自己的意愿，他就是好说话听他妈妈的，心里说不定也是不太如意，这就不说了，他交了几年的那个卖蜂蜜的女人，后来嫁了一个也是出来打工的同乡，人家结了婚就回老家去踏踏实实过日子了，他被丢下了，用他自己的话说，钱和感情都打了水漂，到头来啥也没捞着。他年纪不小，身体也不太好，又没什么钱，大概他也习惯了一个人吃饱全家不饿，他跟我说现在不大想结婚了，当然男人的话也就一听而已，说不定哪天他又变主意了。说出来好玩，他一个人，我也一个人，他老跑来找我，有时候还要我做饭给他吃。照理说我没这个义务，不过只要他提出来我照做，从来不会拒绝他，他想吃什么，我就给他做什么，有时候他来得频繁，早也来晚也来，我感觉就像跟他没离婚一样，这是不是人家说的离婚不离家呀？"

她边说边咯咯笑着，轻松，爽直，满不在乎，但又藏着凄凉与无奈，而她情绪中的坚强和乐观令我既酸楚又心疼。她没有细说她的小姑父，似乎想说，几次话到嘴边又生生咽了回去，显然那是她不便提及或者无法启齿的，即使下了决心对我敞开心扉也是如此。她在说到全家人扫墓时提到她的小姑妈已经过世，还提到她的儿子儿媳今年也远道回来了一趟，仅此而已。推算起来，她的小姑父也有八十多岁了。

她脸上挂着柔和的笑容，看上去就像是一个真正的贤妻良母。她说："如今我等于跟三个男人一起过，今天是这个，明天是那个，后天又是另一个，有时一天要见他们三个，走马灯似的，我自己都好笑，我的生活围绕着他们，真是哪个都放不下。要是别人知道了我现在这个样子，也算对得起我从小就有的小阿飞的名声了。"

晚上，凤舞邀我去参加同学聚会。饭局是她张罗的，事先没跟我说，大概是怕我谢绝。她约的清一色都是我们中学同班的女同学，八九个人，刚好一桌。这些同学都是我上学时经常一起玩的，有的毕业之后就没见过，久别重逢，大家相当愉快。

没想到发生了一个小小的插曲。凤舞出去上洗手间，回来的时候后面跟着一个人，高挑身材，穿一件牡丹图案的长毛衣，一头蓬松的卷发染成棕红色，鼓着一对大眼睛，就像一条硕大的红金鱼，她直着嗓子说话，人还没进门，就听见她欢腾的嚷嚷声。

凤舞朝我说："看看，谁来了，你还认识她吗？"

红金鱼咧嘴笑道："真不认识了么？贵人多忘事！小时候我们老在一起疯的呢，反正我一眼就认得出你。"

我乍一看还真没认出她是谁，定睛细看，觉得她很像从前凤舞家隔壁邻居的小女儿小菜子，一问果不其然。小菜子跟桌上的每一位都认识，虽然她不是我们班的，但跟她们比我还熟。凤舞请她坐下来，她毫不见外，端起酒杯就喝，跟大家聊得特别热闹。

小菜子已经带了几分酒，说起话来滔滔不绝，也不知道她平日是不是这个样子。她讲了不少旧事，有我知道的，大多数是我不知道的，有的事情听上去匪夷所思，完全像是她编出来的。她的话引来阵阵笑声，大家笑得越开心，她讲得越起劲，表情语调都很夸张，就像表演一样，似乎没人在意她说的是真是假。她又乘兴讲了几件凤舞小时候出丑的事情，不过还算无伤大雅，凤舞听了笑得前仰后合，满不在乎，似乎在有意配合小菜子，给她面子。

小菜子突然用极其亲近的口气问她："大喜呢?我都好久没见过他了，看见他帮我带个话，就说姐姐想他了。"

凤舞听了，淡淡地说一句："你不会自己打电话给他?"她打趣道，"大喜有五个姐姐，烦都烦不过来，他最不缺的就是姐姐了。"

大家都笑。

小菜子一愣，随即做娇媚状，夸张地抱怨说："那我不管！要不是阴差阳错，我就嫁给你们大喜了。"她半真半假叹气说，"我听说大喜过得不好，我听了心都痛！他是你们唯一的弟弟，父母不在了，你们几个姐姐要照顾好他哎。"

她就像是当仁不让替大喜维权，说得义正词严。

看得出来凤舞竭力克制，脸上仍然带笑，说得心平气和："大喜过得还好吧，我们都还算照顾他的。"

小菜子忽然冒出几句："你们家的事情我再清楚不过了，你肯定是知道的，我和大喜好过一段，我晓得你们几个姐姐从小就总欺负他……"

凤舞听了似乎很惊愕，她立即打断她："这话是怎么说的？大喜最小，全家都拿他当宝贝，我们几个怎么可能欺负他?"

小菜子皮笑肉不笑地说："那就是我说错了，应该说你们几个当姐姐的都妒忌他，这你承认吧？"

"真没有呀——"凤舞还是带笑说。她摊着手，显得十分无奈。

我感觉她的笑里有一股子冷气，虽然脸上笑着，但态度却有一种说不出的坚硬，就像泥土下面埋着石头。小菜子肯定也感觉到了，她嘻嘻干笑着，有些尴尬，大家七嘴八舌赶紧把话岔开去了。

小菜子朝大家举了举杯，喝完杯中酒立马匆匆走了，凤舞放了筷子，沉着脸说她就爱搬弄是非，我出去偏偏遇到她，真是撞鬼了。女同学们安慰她说小菜子就是这样，有点人来疯，还有点小花痴，属于有口无心的，都是从小一块儿长大的，犯不着为她几句着三不着两的闲话不开心。凤舞听了，用当地土话说："其实怪不得她，正好碰着我的心头痛了。"

我们跟她碰杯，她喝了几口酒，面色才慢慢缓和过来。

晚饭后凤舞送我到表姐家楼下时详细问了我的行程，说想带我去周边转转，我告诉她明日傍晚高铁回京，一早还有些事情要办，这次恐怕没有时间了。她表示要送我去车站，我说不必麻烦，她说那明天再看情况吧。

第二天下午三四点钟她打来电话，说已经到表姐家楼下，想约我去吃个早晚饭，我说午饭吃得晚，还不饿呢。我让她上来，不一会儿她来了，带着一个五六岁的小女孩，我想当然地认为大概是她姐姐家的某一个孙女或者外孙女。她柔声细语让小姑娘喊我阿姨，小姑娘不作声，怯生生的，神情有一点木讷，准确说是涣散。我一边拿巧克力给她吃，一边随口问这孩子是谁。她没有马上回答，脸上洋溢着满满的慈爱。她把手里提着的一个袋子放在桌上，对我说给你带点水果路上吃，我笑说就几小时的路程，哪里吃得了这么一大包水果？

"你看看是什么？"她欣悦地说，"也是巧了，中午下楼看见有挑着竹箩卖枇杷的，我想刚过清明，不会是我们当地产的吧，我们这儿的枇杷没这么早。卖枇杷的说是用了什么先进技术种的，我尝了一下，倒还真是我们小时候吃过的味道，心里马上想到你，赶紧买了一点给你拿过来。"

她兴高采烈的样子让我又想起我们小时候分享糖果的情形，我不再推让，她显得十分欢喜。

离去车站还有一段时间，我们带着孩子去楼下的小公园散步。小公园一进门就是儿童乐园，有滑梯和秋千，她让孩子玩滑梯，孩子害怕，滑了一次就不肯再上去。她把孩子抱到秋千上，慢慢地晃动着，孩子木木地坐在上面，仍然不笑，也不说话，样子呆呆的。

不远处有个售卖亭，我要去给小孩买冰淇淋，凤舞拉住我说她肠胃弱，吃不得生冷东西。我去给她买了一大纸桶爆米花，她捧着，一颗一颗塞进嘴里，不时有从她手中滚落到地上的，她似乎毫无感觉。凤舞凑过来，在我耳边低声说："看出来了吧，这孩子有点那什么……她有孤独症。"

她神情忧戚。

到这会儿我仍然没把这个孩子与她联系起来，因为之前我从没听说过她有孩子。

她嘴角掠过一丝似有若无的笑容说："本来我以为自己这辈子不会有孩子，没想到还是有了她。"她用耳语般的气声解释说，"不是我生的，是领养的。"

孩子手里又有爆米花掉下来，她伸手去接，接住了又耐心地递给她。

她叹了口气，说："你晓得昨天我为啥生小菜子气？这里边有一个事情我没跟你说过，我觉得有点说不出口，其实我跟谁都没说，不过我估计知道的人肯定也不少——我们这个一顿茶饭就能绕城走一圈的小地方，七姑八姨都通得上关系，真就是人家说的好事不出门，坏事传千里。"

她一边摇动着秋千架上的孩子，一边说："昨天我连隐私都跟你说了，这件事终究没说得出口。前两天我去扫墓，在墓地里看见一个女人大哭，哭得伤心欲绝，差不多也是我们这个岁数，旁边一大堆人个个阴沉着脸，也没人劝她，我听了他们不多几句对话一下就明白了她是受了委屈有苦没处说……"

她蹙起眉头，脸色暗下来。

"真的是家丑，我不知道怎么说。你知道的，我妈妈生病之后我一直服侍她，姐姐弟弟不能说完全不管，说好听点他们也就是帮忙，实话实说他们就是到老娘的床头站一站。妈妈在床上瘫了整七年，摸着良心说那几年我就是围着她忙。我妈妈你是晓得的，心里只有大喜，对我们这些女儿是不在乎的，但我万万没想到，她去世之后大喜忽然拿出一份遗嘱来，上面写着房产、存款还有家里七七八八的东西有一样算一样她全留给了他，我们几个姐妹都没份，当时我就是特别伤心，也觉得寒心，同样是亲妈，我们也是她生的，她怎么就偏心成这样？不过她对我们姐妹几个一样，她们认了，我心里难受归难受也不好说什么。过了大约一年多，我三姐小秋跑来对我说，是大喜逼着妈妈立的遗嘱，他为了让她们四个不说话，悄悄分给她们每人五万块钱，为什么没我的份？小秋支支吾吾地解释是大喜说我不缺钱，一个人过也花不了什么钱，而且一直在妈妈跟前服侍，妈妈有什么体己东西说不定早让我要走了，且不知道我眯了多少呢。三姐跑来找我是因为我们这里要通高铁了，这几个月城里一口气开了好几个大商圈，房价飞一样涨起来，妈妈的房子大喜还没有卖，现在毛估一下至少也能卖到三四百万，她们四个人加起来才拿到二十万，心理忽然不平衡，觉得太亏了。可是她们是拿过钱的，又立了字据，想反悔拿不出像样的理由，怕大喜不答应，所以来找我，意思是叫我出头闹。"

她长长地叹了一口气。

"我一听又伤心又气恼，钱还在其次。我真不知道怎么得罪我弟弟了，他为何要这样对待我？说良心话，我对大喜够好的，我和他年龄接近，从小到大我们两个在一起玩得最多，我有什么好东西都舍得给他，你也知道我家那个境况，好东西能到我手上多不容易，就那样我对他也是毫无保留。还记得上小学前出痧子，好在是他传染给我的，当时我们都发烧睡在床上，我被挪到小厨房边的杂物间里，怕过给别人，他反而被抱到父母的大床上去睡，我一个人躺在阴暗的小破屋里，想的不是自己，最担心的是我弟弟千万不要有事，那种焦急的心情现在想起仿佛还在心头。这么多年过去了，大家都成家立业了，他们还要像小时候那样排挤我，真让我难过。"

她又一次停下来，仿佛要缓一缓才有力气继续说下去。

"三姐找过我之后，大姐二姐四姐也来找我，说的意思一样，挑我出头去翻盘。我没答应，一是回过头想想她们拿钱的时候把我撇开，个个心安理得，现在又挑我出来闹，闹成了人人有份，闹不成我生气委屈丢人现眼，她们把头一缩没啥事体，说不定还来说些调和的话，充个好人什么的，她们完全做得出，我想都想得到；二也是因为这个事情实在是太痛心了，我没有勇气去面对，我怕话一出口我会像在墓地看见的那个女人那样哭得像个疯子，一点形象没有。有一阵子我那四个姐姐轮番来找我，走马灯一样，今天你来明天她来，有时候还带着姐夫们一块儿过来。她们来一次让我撕裂一次难受一次，不过我还是没去跟大喜提这件事。后来她们大概看我不得力，拿她们的话说稀泥糊不上墙，也就不找我了。我以为她们就此作罢，没料到她们又跑到大喜那里说我因为没有分到家产要告他，我不知道她们为啥要说这种无中生有的话，她们这样做除了利用我，也彻底伤了我和大喜的感情，虽然这份感情已经像有裂纹的玻璃杯那么脆弱。就在去年清明节，她们四个忽然联合起来跟大喜吵，她们一口咬定那个遗嘱是他胁迫妈妈立的，并不是妈妈的本意，还说她们去公证处调查过了，手上有证据。四个姐夫都有一官半职，大姐夫虽然退休了，但他从前是警察，人脉很广，还是有点余威的，而且他脾气火爆，得理不饶人，一大把年纪了凡事还是喜欢冲在头里，大喜多少还是畏惧他的；那三个姐夫还在台上，个个很有世面，大喜同样是不敢惹，据说他答应再给她们每人加五万块钱。她们不同意，后来经过一轮又一轮的吵闹加谈判，他答应等卖了房子给她们每人再加十万块钱。她们催逼着大喜赶紧去把老房子卖了，每个人拿到了十万块钱才算罢休。房子一卖，父母那个家算是彻底散了，这次分钱还像上次一样没有我的，对我瞒得严严实实，还是大喜前妻跑来告诉我的，我听了气坏了。我问我几个姐姐为什么一次又一次把我排除在外？她们讪讪的，吞吞吐吐说妈妈遗嘱里写了都是给大喜的，大喜愿意怎么处置全听他的，就这么转着圈说话。她们还像小时候一样，忽然抱起团来，每个人都是一样的脸色，不阴不阳，躲躲闪闪，说的都是一样的话，就像事先统一了口径，我好像又回到了童年那种孤立无助的境地……唉，不说了，从小到大我从来就争不过她们，我也不愿意跟她们争，我承认在她们面前我是彻底败下阵来。"

她眼里浮起了泪花。

"几个姐姐让我伤心，最让我伤心的是大喜。小菜子自己说跟他关系不一般，昨天她说的那些话不知道是不是大喜私底下跟她讲的，大喜从小在家里享受了比我们不知好多少倍的待遇和宠爱，却还要说受我们欺负，我们嫉妒他，我承认小菜子的话确实是刺激到我了，让我一下子没控制住自己……"她说得满怀歉意。

我听了对她非常同情，比起小时候这份同情有增无减，然而他们都是她的亲人，我能说什么？我只好劝她看开点，别往心里去。

"是啊，不然又能怎样呢？"她黯然地说，"本来以为年纪逐渐大了，姊妹几个会和和睦睦，看他们这样子，我心凉透了，知道往后真有什么事情，肯定是指不上他们的。"

"这倒也未必，毕竟是同胞手足，争家产是一回事，也不是你一家这样，亲情总归还是在的，你不必太悲观。"我劝她。

"但愿像你说的这样吧。"她扑哧一笑说，"我那几个姐姐只要一看我气急，就让我去问问你，说你们两个不是好朋友吗，叫我听听你怎么说，她们吃准了你总归是会往好里劝我的。我其实很怕打扰你，不想把家里的这些无聊事说给你听——今天我干脆都跟你说了吧，本来我急着找你是想跟你商量打官司的事情，你在外面，见多识广，认识的人也多，我想问问你像我这种情况怎样才能为自己讨个公道，原本我还想请你帮我介绍个律师，但是，昨天睡了一夜，我想通了不少，改了主意。不怕你笑，看见你之后也不知为什么我不想那样做了，现在心里已经打消了这个念头。"

我笑说："你不会是看出我无能还怕麻烦吧？"

她听了哈哈大笑。

我又说："老话说，清官难断家务事，为什么家务事难断，因为里面都是人情，一不小心伤害的都是至亲，至亲之间磕磕绊绊有啥味道？争输了是伤心，争赢了也还是伤心。"

她听了点头赞同，说："我也正是这样想的，只是不能说得像你这样清楚。"她凄苦一笑，随即流露出一丝调皮的神色说我，"看来你也是妥协惯了，说的话句句都是劝人后退。"

我笑，她也笑。

她正了脸色又说："有时候忍不下去我心里也会发狠，想：你们怎么对我，我也怎么对你们，干脆大家都别好好过。但这样的念头一冒出来，我心里立刻就会自责，觉得很丑，我自己已经受了欺负，吃了那么多苦头，再以其人之道还治其人之身，表面上也许是痛快了，实际上真的好过吗？肯定不是的。一家子人，血浓于水，打断骨头连着筋，这些话说得都没错，不过我真听不得，一听就要落泪，就像被戳到了心头的痛处。"她叹息着补一句，"你不要说我自相矛盾。"

她从秋千架上抱起孩子，搂在怀里。

"我是在伤心之下决定无论如何要有一个孩子，年纪大了也好有个照应。朋友介绍我去福利院收养一个，我想找个机灵点的，男女无所谓，我好好养大了，以后能给我养老送终就好。没想到一进福利院的大门，一眼就看见这个小可怜儿，大冷的天一个人坐在门外的水泥墩子上，冻得小脸通红，流着清水鼻涕，脸上脏得像小花猫，手上生了冻疮，手指肿得小胡萝卜一样，不是阿姨不管她，是阿姨实在顾不过来。我看她一眼就动了心，忘了想找聪明伶俐的孩子，心里就像有个声音说就是她了，没有一秒钟的犹豫，立时我就决定要收养她，你说这是不是缘分？"她轻轻抚摸着孩子的头发，用微小的声音悄悄对我说，"我知道她有孤独症，这病是很难治好的，至少现在还没有什么办法。我想我也不指望她怎么样，我只想好好把她养大，不让她冻着饿着热着渴着，不让她孤苦无依，尤其是不要让她像我小时候有点爱和温暖就像飞蛾扑火啥都不顾不要命地往上冲……等我老了，她能为我端个茶倒个水，陪我说说话，是个安慰，这就足够了，就是她做不到，也不要紧。记得我晚爹爹说，'人死了没有人哭两声，难为情的'，我觉得活着的时候看着她高兴就好，死了有没有人哭无所谓。不少人劝我说她太大了，知道不是我亲生的，以后对我不会好，我听不进这种话，我就相信将心比心。"

她望着孩子，眼神无比温柔。

她有点兴高采烈地告诉我说："今天一大早我就去福利院把她领出来了，本来还想挑个黄道吉日接她回家，昨天夜里回去之后我就坐不住了，只想快点把她领回来。"她又说，"如果不是遗嘱的事情刺激我，大概无论如何下不了领养孩子的决心，不管我家里人怎么对我，我都认他们是亲的热的，直到现在，半夜从睡梦里醒来我都不能相信那么些伤心事真的发生过。有了这个孩子，我就像是忽然懂得了因果，你别笑话我迷信啊——我们在语文书上不是也学到过'失之东隅，收之桑榆'吗？我不迷信，不过我是真的相信缘分，我这么想啊，假如我自己不是打小那样过来，我肯定就不会有她这个小宝宝，那些让你吃苦头的事情，竟然也能给你带来福分呢。"

她脸上浮起一层亮色，露出美美的微笑。我们在金光灿灿的夕阳下分别，她抱着孩子，就像一个真正幸福的母亲。

2021 年 8 月

嵇康叔叔

嵇康叔叔是我的表姨父，他并不真的与魏晋时代大名鼎鼎的嵇康同名，只是别人这么叫他，叫来叫去，倒是他的真名反而没什么人叫了。他姓冷名闻道，后来他自己改成"文稻"。据他说他爷老子取韩愈《师说》中的名句"闻道有先后，术业有专攻"给他起这个名字，对他这个长子实际上也是唯一的儿子是寄予厚望的，可他自认为既已年长，一无学问二无专长，愧对他在上海开埠以来第一所西医院仁济医院药房兢兢业业奉献了短暂一生的父亲，不好意思再叫这个名字，于是改成同音不同字的"文稻"，他解释是"读闲书，吃闲饭"的意思。我对他最初的印象是我大约两三岁光景外婆抱着我站在鹤镇街头消磨时光，他拿了一把菱角一边逗我一边剥给我吃。记忆中的嵇康叔叔总是板着一张面孔，即使逗小孩子也没有笑容。而他绽露笑容，却像阴雨天突然云开日出，而且是烈日当空，让人又惊又喜，甚至有微微的惊吓。我最初记事的时候就知道他是镇上很了不起的人物，我也不清楚怎么会在那么幼小的年纪就对他有了这样一个印象，我想主要是他那种沉默肃然有点目空一切的神态让我感到他非同一般，另外就是鹤镇人说到他时的那种既倾慕又无奈，既赞叹又欲言又止，既像是觉得他高不可攀，又像是对他敬而远之的复杂态度给了我这么一个感觉吧。大人们总以为小孩子不懂事，其实小孩子的直觉往往相当厉害，而且记性极好。我对嵇康叔叔的记忆带着当时的光影、色彩、气味、声音和温度，就像是记忆的标本，或者说就像是一个记忆胶囊，穿越时空没有一点耗损，迄今依然栩栩如生，而且因为隔着光阴甚至更加清晰。

当年嵇康叔叔在镇上唯一的一家邮电局上班，除了所长他是唯一的职员，也是唯一会发电报的人。会发电报之外，他还会主动帮顾客删减电文中的字。那时发电报一个字三分钱，三分钱可以买一两斤鸡毛菜或者一粒宝塔糖。找他发电报的差不多都是镇上的熟人，难得有从外面来的人，他们对他非常信服，只有经他字斟句酌的电文他们才会放心发走，而且也都相信自己没花一分冤枉钱。

嵇康叔叔和我的表姨妈金盏从小就认识，他们曾经是住在一条街上的邻居，勉强说得上是青梅竹马。他们1955年春天结婚，不过一直没生孩子。有传他们生不出，他们自己说是不想要。那个年头"不要孩子"是个让人大吃一惊的匪夷所思的想法，中国人历来讲"不孝有三，无后为大"，他们自己不想生孩子还敢公然说出来，实在是有点惊世骇俗和大逆不道。况且嵇康叔叔还是三代单传，他不要孩子，等于绝了冷家的后，连议论的人好像都有点张不开口。鹤镇的人一向以民风淳朴宽厚仁爱自诩，因此镇上的人对这件事讳莫如深，很少有人提起。镇上的人也都知道他的从年轻时就寡居的妈妈在这件事上跟他产生过相当大的矛盾，她要他改变主意，从最初的好言相劝到后来的激烈争吵，跟他几乎到了母子反目的地步，但他仍然不为所动——他自然不会改变主意，因为那根本就不是他的主意。随后他们母子冲突迅速转化成了婆媳矛盾，婆婆把愤怒都转到了儿媳身上。本来按当地风俗应该跟着儿子媳妇一起过的妈妈也不再跟小两口生活在同一个屋檐下，她退休后去了苏州，跟着两个女儿一起生活，帮她们带孩子。金盏姨妈从备受婆婆疼爱和器重的好媳妇一下子变得再也讨不到婆婆丝毫的欢心。好在嵇康叔叔对她的爱没有变，他疼爱老婆有口皆碑，对此他也毫不掩饰。金盏姨妈出生在昆山，是爷爷奶奶带大的，稍大一点她又到昆山去上学，师范毕业回到鹤镇，在小学校里当民办老师。她能歌善舞，多才多艺，是小学校里唯一除了教语文算术之外还教音乐美术的老师。她给我印象最深的是脾气特别好，说话细声细气，见人总是笑得甜蜜蜜的。她皮肤雪白，梳两根长长的细辫子，配着细瘦的腰身，有股子形容不出的娇气和柔媚。那时我还不懂得她长得算不算好看，但心里蛮喜欢她的。嵇康叔叔跟金盏姨妈说话从来都是客客气气和颜悦色，他不像镇上的男人那样管自己的老婆叫"哎"，他叫她"妹妹"，而且叫得柔情蜜意，就像戏里的公子叫小姐那样。他们走出来也是肩并肩或者手拉手，和镇上说话粗声大气走在街上总是一前一后的那些夫妻毫不一样。他们也经常在自家的竹园里一个弹琴一个唱歌，街坊四邻夸他们快活如神仙。

嵇康叔叔和金盏姨妈自己没有孩子，对小孩却极好。给我印象特别深的是他们有一个共同特点，就是喜欢给小孩东西吃。那个年头物质匮乏，能吃饱肚子就不错，小孩很少有零食吃。我跟着外婆外公，家里有些老底子，而且能按月收到我上过大学的父母寄来的生活费，日子过得还是可以的，零食从来没断过，即使这样，我也总惦记到嵇康叔叔和金盏姨妈家去吃那些好吃的东西。他们家里常有应季的和时新的东西，比如四时鲜果，再比如华夫饼干、玻璃纸软糖、奶油点心、巧克力、陈皮梅、冬瓜糖等等。有不少东西我第一次都是在他们家里吃到的。有一次他们给我冲了一勺子奶粉，问我好喝不好喝。在冲奶粉之前他们两个为我喝得惯喝不惯争论了好一会儿。我喝了，起先觉得有一股腥气，但我很喜欢那种奶香，喝着奶粉心里感受到的是一种神秘的满足。他们两个看着我一口气喝完，神情愉快，仿佛对小孩有了信心。还记得有一年夏天，嵇康叔叔把话梅放在掏掉了一小半瓜瓤的西瓜里自制饮料，说是专门适合小孩口味的。他把这个放了话梅的西瓜用切开的瓜皮盖好，在阴凉处摆放了三天，说是让它们慢慢起反应。那是我第一次听到"反应"这个词，感觉既新颖又高端，很为它着迷。饮料做好之后他喊我们一帮小孩去品尝，大家好像都不肯喝，他叫我先尝一口试试。我抿了一小口，味道酸得睁不开眼，我转头就吐掉了。兴许是天热西瓜放坏了，他的试验失败了。他不声不响扔掉了那大半个西瓜，从此再没有做过这类创新的尝试。

嵇康叔叔和金盏姨妈对小孩的慷慨令我对他们有一份天然的亲近，加上本来就是亲戚，在我懵懂的思想里我甚至觉得他们是世界上最亲最好的人。尤其是嵇康叔叔，他对小孩特别有耐心，他肯回答小孩各种各样的提问，也受得了小孩各种各样的磨烦。因此即便他并不像金盏姨妈那样笑容可掬，即便他皱紧眉头板着面孔经常是一副拒人于千里之外的样子，我也一点不畏惧他，甚至跟他也没有跟成年人的那种距离。我外婆家离邮电局不远，我很小就熟悉那条路，有时漫长的下午我会自己一个人摸过去找他玩。邮电局里经常很清静，好长时间也没人来寄信和拍电报，嵇康叔叔一个人坐在柜台后面专心致志地看书看报纸，我去了他会抱起我坐在又高又小的木头凳子上，跟我说说话，或者读一段报纸给我听。那会儿他跟我说些什么我早已经不记得了，但是他读报给我听我却记得十分清楚。首先是听他读报不像听他说话，那似乎是另一种声音，就像鸟叫和喇叭的声音不同一样。起初他读的大部分内容我都听不懂，不过有些句子我是能听懂的，也明白它们的意思，有些句子似懂非懂，勉勉强强能意会它们的意思，渐渐地他读什么我都能听得懂，仿佛世界在眼前一下子亮了起来。除了读报，他也会把他手里正看着的书随便念一段给我听，翻到哪里念哪里，我同样是不管听得懂听不懂都很喜欢听。不过他读着读着就只看见他嘴唇在动却听不见声音，每次他这个样子我都会被他逗笑，他也会忍不住笑起来。等笑过之后他就不肯读下去了，再要他读，就得等下次了。

稍大一点我逐渐知道了嵇康叔叔的过人之处，再后来我知道了为什么人家会叫他"嵇康"。

嵇康叔叔有个特殊的本事是会找东西，最早是他太婆发现的，什么东西放忘了，或者一时间找不到，叫他去找总是能轻易找到。后来街坊四邻找不着东西都会请他帮忙，他基本是箭不虚发，去了就能寻出来，就像是他藏的一样。也有时候他需要静下心想一想，随后的结果便是手到擒来。这方面他的故事有许许多多，比如他妈妈正缝着被子，厨房里的水响了，她去灌了一趟开水回来怎么也找不着针了，让他去找，他走进房间，抬手就从蚊帐上面摘下了别在上面的长长的绗针；再比如他姑妈的婆婆去外孙女婚宴上吃酒，特意戴了一副传了几代人的碧绿的翡翠耳环，戴了几天之后好好的就不见了，喊他去找，他在灶台边上的香皂盒子里替她找到了。原来老太婆洗头怕石碱水浸了耳环，摘下来放在香皂盒里，结果盖上盒子就忘得干干净净；还有一次学校里的一位女老师刚买了三天的一只崭新的英纳格手表戴在手腕上就不见了，急得要命来找他，他凝神一想说在米缸里，女老师回家一找，果真就在米缸里。没有人知道他是怎么神机妙算能精确地圈定米缸这么个目标的。他的这个才能被传得神乎其神，远远近近无人不知。后来别人家的鸡鸭猪羊走失了也来请他找，对这些活物他不大肯显本事，高兴了会大致指个方位，大多数时候都是干脆就说不晓得。有人开玩笑质疑他的能耐，他不咸不淡说一句：他们应该闻着香味去找呀。听闻的人都竖起大拇指夸他厚道。

除了会找东西，嵇康叔叔简直百事知晓。气象、农事、祭祀、生辰、婚嫁、丧葬、器物、冠服、座次没他不懂的，而且他不是一般地懂，而是样样都很有研究。他懂得多，又不拘泥，还能灵活变通，因地制宜，即使年纪大的人有弄不清楚或者不知道该如何办的时候也会向他讨教。镇上的人信服他说出的那一套，就像是信服经他的手发出去的电报一样。随便举个例子，西街上的刘家大儿子谈了一个外地姑娘，按照这边的风俗是姑娘应该先来拜见未来的公公婆婆，而按照姑娘家那边的风俗，是毛脚女婿得先上门去拜见未来的岳父岳母，两家为此相持不下，都要求按自家这边的规矩行事，都生怕丢了面子，弄得这对恋人拖了两三年一直结不成婚。老刘找嵇康叔叔问这事怎么弄，他说好办，他替老刘出主意说两家可以约个中间地点见面，比如上海或者苏州，这边如果肯出路费，再请女方一家吃顿饭，估计事情就好办。老刘听从了他的建议，向女方家里发了邀请，两家人在上海城隍庙吃了顿饭，欢欢喜喜就把结婚的日子定了下来。诸如此类的事情还有很多，嵇康叔叔因此成了鹤镇公认的毫无争议的第一聪明人。

嵇康叔叔再一个本事，也算是绝活吧，是会算卦。他算卦用蓍草，上了年纪的人一看就说正宗。没有人知道他是什么时候、怎么学会的，据说他有几卦算得极灵，件件应验，令人心服口服。不过他不轻易给人算卦，真要临到他觉得值得帮忙的大事，才会摆出阵仗认认真真替人家算上一卦。不管算出好事坏事他都会如实讲出来，算出好事自然是皆大欢喜，算出坏事人家会求他给个方法解开，他也总是有求必应。尽管谁也不晓得他给出的方子灵验不灵验，但大家一样还是都很相信他。他算卦是不收钱的，求他算卦和开解的人送他一些土产作为酬谢他倒是肯收的，而且丝毫没有当地人收礼时推来推去的扭捏和假客气。我小时候在他家里见到过别人给他送东西，他笑笑接过去，流露出不多不少的欢喜，客气话说得十分自然，而且适可而止，态度端庄亲切，既不轻贱自己，也不令对方尴尬，在年幼的我的眼里是那般雍容尊贵。镇上的女人闲坐在一起结绒线纳鞋底时叽叽呱呱特别热闹，她们看到嵇康叔叔常会叫他过去替她们算命，他总是笑眯眯快步捷行走过去，坐下来跟她们谈谈讲讲。她们跟他说着说着话题就散了，东拉西扯，海阔天空，也没人当真追着要他算命。女人们跟小孩一样喜欢问他各式各样的问题，和小孩不一样的是她们的问题刁钻古怪，尤其是有几个伶牙俐齿的，跟他话来语去，表面都是平平淡淡的家常话，话里却藏着机关，处处替他挖着陷阱。每回他都是耐耐心心有问必答，回过去的话同样表面都是平平淡淡的家常话，句句都像是实话实说，实则语含机锋，滴水不漏，兵来将挡，水来土掩，既不冒犯她们，更不会落入她们的圈套。女人们听他答话不时爆发出阵阵开心的大笑，她们喜欢他的幽默和风趣，也喜欢他的见识与风度，她们最喜欢的大概还是他俊美的长相和怜香惜玉的态度。她们和他在一起总是欢声笑语一片，而且总有一两个人的笑声特别高亢，银铃一般。有时金盏姨妈就坐在这群妇人当中，不过别人跟嵇康叔叔说笑嬉闹的时候她极少说话，只是跟着她们笑，当着人她是从来不吃醋的。

鹤镇的人探究嵇康叔叔的聪明归结为他"种好"——当地人说话就是这么直截了当，他们自认为是抓得住根本。传说嵇康叔叔的太公的伯伯中过举人，他太公和太公的几个堂兄弟都是苏州、无锡一带的财主，有的还是大财主，他爷爷是有名的乡绅，中年以后因为好赌败了家业，不过对后来定家庭成分倒是很有好处，他家算是因祸得福，没有被划为地主，只被定了一个中农。嵇康叔叔从来没有见过传说中他太公的那位举人伯伯，连他太公他都没有见过，他尚未出生他们就已经先后作古，他甚至对他留学德国英年早逝的爸爸也印象模糊，他是跟着爷爷长大的，可是他对爷爷印象最深的就是他喝得醉醺醺把酒气扑鼻的油腻腻的嘴巴伸过来用胡子扎他，直到他很大了还是如此。所以镇上的人众口一词强调他出众的聪明是出于遗传，他也就是淡淡一笑而已。他对此不以为然，不过也从不当面反驳，让人难堪和下不来台的事情他一般是不做的。换了另外的场合，或者当着另一拨人，他会强调自己的不聪明、笨拙和愚蠢。他会举例子来证明自己的"糊涂"和"不灵"，那些例子其实大家也都反复听过，比如他经常记错日子，跟人约好了不是提前便是错后，结果人家把他当成不守信用的人。还有他也记不住钱数，别人向他借了钱，人家还多少是多少，他相信人家还来的数目肯定是对的；他借了别人的钱，经常不是还多了就是还少了，还多了人家自然开心，有主动把还多的部分退给他的，也可能有不说出来当利息默默收下的，这都好说；还少了人家不但不开心，对他还会有想法。有人肯说出来，他会羞愧万分地把差头补上，也有人因为不好意思说出来，对他有看法或者生他的气，他却不知道。某天或许他发现人家对他态度大不如前，甚至干脆变了脸色，他留了心或者机缘凑巧，得知了其中的原委，他总是后悔不迭。一方面他被公认为事事精通的聪明人，另一方面他又是个粗枝大叶的糊涂人，简直就像是自己的反面，可是无论他怎么向大家强调自己的短处，别人都只认他的聪明，没人相信他是真糊涂。

嵇康叔叔从来不认为自己聪明，他把自己的这几桩本事归集为"把细"。"把细"在当地话的意思是细心和细致，他强调他的这份细心和细致也得他特别入神才行，但凡他不上心的地方，不仅与常人无异，甚至还不如一般人。我记得他阐述过记忆力好和聪明的不同，他说记忆力好是长于堆积、累加和储存，而聪明是善于归纳、抽象和提升，简单说前者就像是加法，后者就像是减法，而他自认为只擅长加法，并不擅长减法，因此他总说自己是枉担了聪明这么个虚名。然而他记忆力惊人他却是承认的，我不止一次听家里的长辈们讲过他那次传奇性的发烧。十九岁那年他得过一场脑膜炎，高烧烧到四十度，中西医都看了，连医生都认为他难挺过去。然而，烧了十多天之后，某天半夜里他在做了一个遍地鲜花盛开的美梦之后醒过来，高烧忽然就退了，之后身体竟然慢慢好转起来。在病前他懵懵懂懂，似乎对什么都不放在心上，时常视而不见，听而不闻，书读得也不好，考了两次大学都没考上，就上了个专科学校，连他在中学做校长的妈妈对他都不抱多大希望。病好之后他就像是换了一个人，变得好学不倦，对各种知识充满了兴趣，他就像是打通了一般，心智突然升级，说出来的话也极具见识，远远超过了他的年龄和阅历，最突出之处是他能把细节记得无比清晰精确。比如一般人只是看见桌上放着一只苹果，他不但能看见桌上的苹果，还能看到苹果上的斑点和红晕与青黄的渐变。他能记得住上班路上无意间看见的路边一棵丁香花在风里摇曳的样子，还能留意到花朵不同的模样和姿态。他记得住蝴蝶翅膀上的花纹，记得住蜻蜓胸腹上的颜色，自然也能轻而易举分辨出一群群的鸡鸭鹅都是谁家的。他经常蹲在地上看蚂蚁，一看就是老半天，他能区分这只蚂蚁和那只蚂蚁的不同，还能记得见过的蚂蚁和没有见过的蚂蚁。他把这些说出来，别人都惊叹不已，当然也有人根本不相信，说他是吹牛皮。不过他记人的本事大家却是服气的，所有有过一面之缘的人他都记得，他还记得每一天见到过的人，他跟他们说过的话，甚至还记得他在与某个人说话时从旁经过的人以及他们的行为举止。他不但都能记得一清二楚，而且还能在需要的时候将这些记忆调动起来，作为回忆和分析时的依据。他以微知著，自然而然地由对细节精确的记忆进入到推理分析，由此也就不难理解他为什么能够轻而易举找到那些放忘了的东西。然而，他自己并不认为这仅仅是靠记忆与推断，用他的话说是"神通"，而且他这么说的时候脸上浮起少见的严肃和敬畏，一点也不像是开玩笑和故弄玄虚。

嵇康叔叔自己也多次讲过他那次死里逃生的高烧，他说起初他很得意，还沾沾自喜地跟人家说"有人得了脑膜炎把脑筋烧坏了，也有人得了脑膜炎反倒把脑筋烧好了"，然而，他也因为记忆力太好而深受其苦。他说那是无法描述的煎熬，生活里各式各样的细节纷至沓来，就像汹涌的潮水一般，让他难以招架和忍受。有一段时间他整夜失眠，他就像会游泳的人不能将自己溺死那样没有办法让自己沉入睡眠，更没有办法让自己睡得像从前那样沉稳和香甜。他害怕天黑，因为那又到了折磨他的时刻。他的头脑就像一个堆满了东西的房间，那些东西稀奇古怪形状不定忽大忽小此消彼长，总是把空间占得满满当当，他不知道拿那些东西怎么办，他需要花费很多的时间来整理和码放那些难以言状的物体，才能让头脑里腾出空处。可是很快就有新的东西汹涌而来，再次放满他刚刚腾出的空间，他需要继续整理，而且只能不断整理。这种暗中的归置耗损了他极大的精力，使他在病愈之后仍然面黄肌瘦不禁风。

从小我就听到镇上许多人像谈论一个传奇那样谈论嵇康叔叔，我也听过太多不知真假的关于他的故事。那些故事有的说法不同，经常是前言不搭后语，甚至自相矛盾，但有一点却明白无误——嵇康叔叔是与众不同的。博闻强记令他少年老成，他不结交同龄人，喜欢跟比他年长得多的人聊天，因为他相信老年人更富有智慧。大约还在我刚上小学的时候，我曾听他说过为什么人年老了会死，那是因为上帝要收割智慧。他描绘人就像树一样，从种子开始生长发育，慢慢长大，之后开出智慧之花，结出智慧之果，而上帝收获就像割稻和刘麦一般。当时我听得似懂非懂，既豁然开朗又十分惊骇惶惑，心里翻腾着十万个为什么想问他，却张口结舌不知从何问起。那是我第一次听别人严肃认真正正经经谈论死亡——在我头脑中建立起的对死亡的最初观念不是毁灭和消失，而是"收割"。后来我曾在不同的时间和场合听他说到死亡，他又有了别样的说法，但这个说法我始终清晰地记得。年长他许多的人也颇喜欢跟他聊天，而且也好像并不介意他的奇思异想和胡言乱语，比如我外公。嵇康叔叔经常来我家找我外公闲叙，问我外公一些从前的事情，向我外公提一些在我看来非常深奥的问题。他们总是一聊老半天，谈得十分投机。尽管不大听得懂他们谈话的内容，我也喜欢端坐在他们身边旁听，而且越听越感觉自己和那个阔大高深的成人世界非常接近。我外公年轻的时候从徽州到上海学生意，挣了一些钱，选了鹤镇这个地方安家落户，虽说不上大富大贵，也算得是薄有家产。到了鹤镇之后他与人合伙开了一家典当铺，旧时开典当铺需要有极好的信誉，我外公一直是为人称道的"好人"。公私合营之后他关了铺子，过起了坐吃山空的日子。我四个月大时被父母送过来，我外公一家已经过了好几年这样的生活，当时仍有很大的宅子，进门是轿厅，随后是一个不小的天井，再是正厅，正厅两侧是房间，上面有三层楼，后面有很大的园子。我很小的时候被大人领着去过三楼，记忆中房间个个硕大无比，好几间是相通的，整个一层楼都空着没有人住。房子后面的园子里种着不少果树，有梨、枇杷、柿子、白枣、葡萄等等，树苗全都是我外公从老家徽州运来的，每年结的果子吃都吃不完。果园后面是竹园，再后面是菜园，菜园顶头的围墙上开着一扇后门，通向另一条街。这么大的宅院，在鹤镇也是首屈一指的。我外公虽说是个商人，却并不唯利是图，他本分淡泊，清高自持，关了店铺之后深居简出，很少结交朋友，和嵇康叔叔这个晚辈倒是成了忘年交，对他赞赏有加，人前人后总是夸他，说他"好学多思""宅心仁厚"。从前镇上人家里有了矛盾和纠纷常常来请我外公去裁断和说和，不知从什么时候起他去时会带上嵇康叔叔，后来他年纪大了不爱出门，人家再来请他，他便荐了嵇康叔叔过去。他的这位表外甥女婿略略客气了几句就欣然应命。嵇康叔叔替亲朋好友街坊邻里裁决事情，主持公道，年纪轻轻便已德高望重。

更多的时候嵇康叔叔是一个人独来独往，也许在他看来鹤镇可以谈谈讲讲的人并不多。在客人稀少的邮电局度过的缓慢而冗长的时光里，他给自己找的消遣就是读书。所长倒是不反对读书，他本人认字不多，文化低，却羡慕和欣赏有文化的人，看到他专心看书，只要不是非他不可的事情，自己就默默做了，不去叫他。嵇康叔叔安享这份福利，他变得如饥似渴，什么书都读。他打开家里的杂物间，从里面翻出祖上传下来的书籍和他父亲在上海时买的当时的新书，用细长的手指小心翼翼地翻开脆黄的和崭新的书页。他读《左传》，读《史记》，读《论语》，读《庄子》，读《牡丹亭》《红楼梦》《聊斋》和《世说新语》，还读《周易参同契》和《因明论》，他也读一些翻译过来的外国著作，他最爱读的是文学书和哲学书。他读得孜孜不倦，废寝忘食。镇上也有几位爱读书的人，大多上了年纪，他们当中有出自耕读世家的，有当官退隐的，都是藏书宏富，学问很深，对他看的有些书却闻所未闻，因此对他十分钦佩。他最有研究的是魏晋时代，对"竹林七贤"津津乐道，其中他最赞赏的是嵇康，他的绰号便是由此而得。我七八岁的时候就曾半懂不懂地听他给我讲过魏晋风度，我记住了饮酒、吃药、清谈、放浪形骸算是享受生命，因为人生没有意义，所以要及时行乐。他不止一次给我讲过阮籍和嵇康的故事，他说嵇康是个美男子，有一次阮籍约他和另一个朋友山涛到家里去玩，阮籍的老婆爬在梯子上偷看了他们整整一夜。当时我年纪尚幼，觉得这个故事荒诞古怪，我实在不明白一个男人有什么看头值得一个女人夜里不睡觉爬在梯子上看一夜。那时我认为男人不好看，女人才好看，因此我觉得这种故事就是他随口瞎编的。不过他讲的嵇康辞官隐居，不把王侯放在眼里，让我小小年纪就觉得清高是一件很了不起的事情。尤其是他讲的嵇康面对屠刀还能从容弹奏千古绝响《广陵散》，更是让我无比震惊和崇敬，也让我从小就懂得了什么叫风骨和名士风流。

鹤镇的人对跟自己不一样、比自己厉害的人总是高看和优待的，嵇康叔叔在大家眼里无疑是聪明绝顶无与伦比，他也因此处处受到礼遇。因为饱受仰慕的眼光的浸沐和滋润，他渐渐不再表现出谦虚，也不再强调自己的"糊涂"和"不灵"，他似乎深信自己是无所不知无所不能的。忽然有一天，他兴高采烈地告诉别人他发明了一种语言，比本地话更加动听，而且更加简练实用，可是只有他一个人会，没有人跟他说，也没有人跟他学，连他家里的两个妹妹和几个表姐妹都嘲笑他。他找到我，大概是认为孺子可教。可是我看见大人们脸上不加掩饰的嘲弄和讪笑，不由自主就退缩了。我听过他羞涩地呢喃般地说出几句他发明的那种语言，语调婉转，就像好听的鸟叫一般，说起来确实比我们的方言更加绵软柔和。因为无法推广，他的这项发明最终还是白费了。他偶尔会用这种我们谁也听不懂的话自言自语。

不过嵇康叔叔还真有成功的发明，他发明了用数字记日记。因为他会发电报，镇上的人几乎自然而然地以为他用的就是电报码，他向大家解释他自创的这套密码和电报码完全不一样，简单说，即使掌握电报码，也看不懂他的这套密码。他用一到几个阿拉伯数字代表一个词或者一句话，用数字的不同排列来代表不同的含义，他自己记得那些数字蕴含的意思，任何时候都能看得明白自己写下的是什么，而且这样的日记不怕别人看，因为除了他本人没人知道那些数字代表什么，当然也没人知道那些数字连在一起的意思，因此他的日记天然就具备保密性。他洋洋得意地向别人公开自己的这项秘密，也洋洋得意地接受别人的赞叹和膜拜。

嵇康叔叔的不同凡响令他带有强烈的孤芳自赏的气质，他越来越沉默寡言。有人说他疙瘩，"疙瘩"在当地方言里有"各色""不合群"等等意思，镇上的人用"疙瘩"形容他，大概也有说他"另类"甚至是"异类"的意思吧。嵇康叔叔确实有点目中无人，有时他走在路上别人跟他打招呼也听不见，或者说是视而不见。他爱穿宽大的白色衣服，领口和袖口绣着同色的花纹，式样不是镇上常见的，衣摆比普通的衬衣要长，尽管不及袍子那么长，走起路来风一吹也是衣袂飘飘，很有仙风道骨的味道，在那个买布需要布票的年代这无疑是很奢侈浪费的。他经常手里捧一册书坐在门前的树荫下入神地看，或者坐在自己家屋后的竹园里闭着眼睛听鸟叫，一坐就是好几个钟头。他家的竹园没有围墙，连个围栏也没有，旁边一条窄窄的泥路一头通到街上，一头通往河边的水码头，来来往往的人很多。这条小路一到下雨天满是泥泞烂得不成样子，不下雨的时候倒是干干净净蛮好的。他看书或者出神的时候熟人朋友从他家竹园旁边经过跟他打招呼，他也经常是听不见的。

　　即便这样，镇上的人说到他还是充满敬意的，不知从哪天起他们说起他神情就不似从前了，再后来有人说到他口气就有点不恭敬，甚至还含着不说出来的不满和轻慢。要说也是事出有因——多年之后嵇康叔叔在回顾往事时断断续续却是反反复复跟我说起过那件曾经闹得沸沸扬扬的事。事情大致是这样的：一天下晚时分，镇上几个人在理发店门口摆了桌子打扑克，有个人有事被叫走了，三缺一正尴尬，他恰好路过，就被他们拉着坐下来打争上游。他很少跟人打牌，牌技也说不上有多好，但因为记性好，牌一上手都是他赢。一起打牌的有布店里的会计荣庆，他是牌桌上的常胜将军，很会记牌和算牌，嵇康叔叔没来之前一直是他赢。荣庆被嵇康叔叔抢了风头很不痛快，嘴里先是嘀嘀咕咕，后来是骂骂咧咧，他听得烦了，就把牌一放说不玩了，拔起脚就要走。另外两个人一起拉住他，不让他走，都说不赢房子不赢地的，难得坐一起打把牌，打完再走，他就坐下来继续跟他们玩。

　　他们打牌的过程中有个一年前从临近的沙镇嫁过来的小媳妇好玲从门前的街上经过了两趟，第一次她只是朝他们瞄了几眼，一句话没说就走了；第二次她站住了，凑过来看了有一两分钟，随后转身走了，还是没说一句话。好玲长得明眸皓齿，轮廓鲜明，她身高腿长，走路生风,一嫁过来就吸引了镇上男人们的目光。而她最突出的是伶俐俏皮,快人快语,他和纳鞋底织毛线的妇女闲聊的时候她是最能挑起话头的一个,也是最能跟他唇枪舌剑的一个,而且也是那群人当中笑得分贝最高的一个。好玲深得她公婆喜爱,可是跟她当镇革委会干事的丈夫耿长春的关系却不怎么好。她比丈夫大了三岁,丈夫一直嫌她老,结婚不久就传出他们两个人要离婚的消息,因为父母反对,他们也还过着,表面上相安无事。好玲出挑有风头,不管她有什么事,镇上的男人们都很乐意帮忙,他也不例外。金盏姨妈曾经因为好玲跟他闹过气,有一段他们都到了相互不说话的地步,各自到我外公家来闷坐着,还是我外婆开导了他们,让他们笑开了。那个傍晚好玲就像是很不经意地经过了两遭,带动了牌桌上的气氛,打牌的几个人都格外来精神,牌局也变得激烈起来。那局牌他赢了,荣庆拉着一定要再打一盘。天色已经暗下来,连牌都快看不清了,他知道金盏姨妈还等他回家吃晚饭,实在不想再打了,可是经不住荣庆死拉活拽。那两位牌瘾都不小,一起附和着荣庆,他只好耐着性子跟他们就着路灯光再来一局。他故意打得粗疏草率,让荣庆赢了,才算了结。隔了几日,他在晚上八九点钟看见荣庆大步流星过了揽月桥朝镇外走去,十来分钟之后他看见好玲也步履匆匆走向桥头。他非比寻常的记忆力在那个时候忽然发挥了作用,心里就像是接通了某个开关,立马回想起打扑克时无意中瞥见他们对在一起又迅速分开的目光,他顿时看破了这两个人的关系。他相当吃惊的是这两个看似毫不相干的人暗地里竟然有着这么一层联系。

两天之后,他认为自己的这一发现被确证了。那天他在街上碰见好玲,看见她头颈里系着一条琵琶花纹的丝巾,颜色和图案新鲜别致,和镇上女人们土气厚实艳俗不堪的围巾大不相同,他随即想起过年的时候见到荣庆的姐姐从上海回娘家来拜年,她从街头飘飘而过,围的正是和这差不多的一条丝巾,只不过颜色不同而已,图案是一模一样的。本来两条相似的围巾也说明不了什么,同样的围巾多得很,可是这两条围巾却从他的记忆中自己跳出来，就像在空中打了个结一样活生生地告诉他它们彼此是有联系的。他五味杂陈地确认了自己此前的判断。不过他虽然看穿了他们之间的关系，却没有跟任何人说起，包括自己的老婆也不例外。因为无意间发现了这对男女的私情，他对镇上其他人也多留了几分心，结果发现天天照面的熟人当中竟然还隐藏着好几对野鸳鸯。他万万没有料到的是一向以民风淳朴道德高尚自诩的鹤镇实际上根本就不是那么风清月白，竟是个地地道道的藏污纳垢的地方。他从起初的震惊到蔑视再到失望，然而很快便见怪不怪，因为他发现这种事情其实是相当普遍的，就跟雨后春笋一样，随时随地都会冒出来，根本不值得大惊小怪。

不久之后因为缺手他又被叫到理发店去打牌，那天荣庆还是想在牌桌上称王称霸，因为心浮气躁总是输牌给他，话里话外便时不时要捎带上他。他很烦荣庆喋喋不休，更烦他那副输不起的样子，但他没和荣庆对嘴，由着他说。荣庆在接连输了几把之后有点恼羞成怒，他一边向他进贡，一边抱怨不公平，说他是偷看了别人的牌才赢的。嵇康叔叔一向清高自傲，哪里受得了这样的冤枉？不过他不想在牌桌上扫大家的兴，因此一直忍着。忽然他一抬头看见好玲头发梳得溜光衣服穿得很俏走进来看牌，他头脑一热，在一种莫名的冲动下马上抓住了一个反击的机会。他故意用熟稔的口气对好玲说：你看他一直在这里跟我滋事，你问问他我到底哪里得罪他了？好玲一愣之后羞得满面通红，荣庆迟了片刻才反应过来，也是无比尴尬。牌桌上另外两位和旁边看牌的人不由发出几声知情会意的笑声，实际上也有人早轧出了苗头，只是没人说穿而已。因此他这两句话就如刀尖一般，将荣庆和好玲的事情挑破，瞬时成了镇上公开的秘密。消息很快传到了好玲丈夫的耳朵里，随即便发生了耿干事棒打荣庆的一幕。

第二天一早布店开门不久，耿干事拎了一根大木头棒槌冲进店里，直扑坐在收款台后面的荣庆。这场架一直从店里打到店外，招引了许多人围观。耿干事五短身材，不是人高马大的荣庆的对手，但因为羞辱和激愤，他爆发力很强，举着棒槌一次次冲向荣庆，要不是围观的人奋力拉开，荣庆肯定会吃他几下。实际上荣庆却并没有真的吃着亏，只是耿干事这一闹把他的名声闹坏了。不久耿干事就把好玲离掉了，好玲含着眼泪灰头土脸离开了鹤镇。荣庆的老婆是镇上最好的裁缝铺子红心裁缝店的裁缝，她听说自己男人跟好玲胡搞被耿干事打了，家也没回，从缝纫机前站起身直奔码头坐船回娘家去了。一两个月之后她才回来，回来之后一边继续跟荣庆闹着，一边肚子却鼓了起来，第二年新年刚过就生了一对双胞胎儿子，夫妻俩自然而然就和好不再吵了。然而，离异的耿干事和好玲就没有这么幸运了。耿干事很快再婚，新娶的老婆比他年轻了将近十岁，还不到二十，却凶悍泼辣，有理无理都不饶人，结婚不到两个月就和婆婆大吵了一架，婆媳两个一直吵到街上，弄得家前屋后人人知道。耿干事的妈妈说起这个后娶的儿媳妇，好几次当着老街坊落泪。好玲离开鹤镇之后消息很少，乡邻们偶尔能从耿干事妈妈的嘴里听到几句。据说她离婚之后一直孤零零单身一人，几年之后才嫁给一个食品厂工人，那个男人对她一点也不好，经常打她，结婚两年不到还是离婚了，不过这是后话。

大家追根溯源想到这些闹的闹离的离夫妻散伙家庭不睦的事情皆因嵇康叔叔而起，镇上的舆论对他便很不利，尤其是那些背地里偷情的，对他惊人的观察力和好记性十分惧怕。大家都说一向以为他不是个好管闲事的人，何况揭人阴私是损德的，想不到他读了那么多书竟连非礼勿视非礼勿言都不懂。

嵇康叔叔从此不再去打牌，也不去和妇人们闲聊，上班之外他闭门读书，或是坐在自家竹林里闭目养神，比先前更加深居简出。

一天下午，镇革委会主任找上他的门，在他家坐了一盏茶工夫，走出来和他在门口客客气气告别。第二天老辰光革委会主任再次登门拜访，在他家一坐一下午，天擦黑才出来。对面山货店门口雷打不动坐着的几位老人家看见了，都说这两个人走动有点古怪。我外婆把这个令人诧异的消息带回来，不过她是当作闲话讲给我外公听的，我外公当时显然并没有当回事。

　　三天之后的一大清早，鹤镇早起的人打开门，被围墙上贴满的大字报惊呆了——即使是镇上年纪最大的长者也从来没有见过这个阵势。大字报揭露了鹤镇许许多多的事情和言论，那些事情和言论因为确凿而显得格外触目惊心。被大字报提到的人个个丧魂落魄惶惶不可终日，没有被提到的人也闻风丧胆如同惊弓之鸟，一时间风声鹤唳，人人自危。在那些铺天盖地的大字报中，也有检举揭发我外公的，罪名是投机倒把，说他倒卖石料和木料。这还在其次，还有更严重的一条是他企图复辟倒退，妄想回到解放前。这一条罪名直接就可以划为反革命，而反革命是随时可能被置于死地的。日上三竿的时候我外公从外面看了大字报捷步走回家来，他满面通红，身姿依然挺拔，双手却在瑟瑟发抖。我不识字的外婆急急忙忙趋前询问他大字报上写了些什么，我外公就像忍不住一般哈哈大笑起来。他大笑不止，笑了好几分钟，收都收不住，笑过之后他放声痛哭。

　　外公哭过平息下来，慢慢说出大字报里写他倒卖石料木料，桩桩都是实情。两年前他请人拆掉了没人住一直闲置的三层楼，拆下来的柱子、砖瓦、雕花门窗等等确实都卖掉了，最值钱的是十二块不重样的莲花石雕，是浙江商人过来收走的。我外公是个沉默寡言的人，家里的事情轻易不会对外人讲，况且这种家道衰弱的事他更加不会随便跟人说起。他只对嵇康叔叔详细说过，一方面因为他是表外甥女婿，不是外人，跟他聊聊家务事很平常；另一方面他们经常在一起闲谈，有点无话不说。谁想得到这些家长里短的琐事，况且还是自己家里的事情，随便说说竟然成了罪证。说他企图复辟倒退，他也想起来果然是跟嵇康叔叔说起过从前的诸多好处，比如那时候一个大洋可以买一大篓鸡蛋，比如店铺都肯为人作保，再比如做人很讲良心，做生意很讲信用等等，他实在想不到这些话竟然成了他要开历史倒车的滔天大罪。外公连惊带吓，随即躺倒。他病了大半年，中间还被带去批斗过几次，差点送了老命。

自从我外公被贴了大字报，嵇康叔叔再没有上过门，连过年都没有来给我外公外婆拜年。金盏姨妈倒是还来，只是她来的次数极少，每次略坐坐就走。她和我外公外婆似乎也没有什么话说，大家都是淡淡的，虚应个礼数而已。有一天听我外公对我外婆说：叫她以后也不要再来了。他的口气是极其厌烦的。我外婆呆了一下说：何苦呢？

　　鹤镇很小，其实是低头不见抬头见的。有好几次我跟着外公在街上走，遇见嵇康叔叔，他都是远远就调转头或者绕路走开，也有几次因为突然就走近了，他回避不了，便立定在街边，微低着头，等我外公先走。其实街道并不窄，同时走也是互不相碍，他卑恭的态度让我感觉到他是自知理亏，我心里很为他尴尬和难过，不过对他却并无恨意，也许是因为一向跟他太亲近的缘故。遇到这种情形，我外公总是相当不自然，他想装作视而不见，可他又不太会装，甚至刚装了片刻就装不下去了，硬生生地跟嵇康叔叔点个头，或者是草草打声招呼，越发显得慌乱和难堪。每次外公都脸涨得通红，窘迫的状况无法掩盖，而他一向是沉着冷峻的。只要在外面遇到过嵇康叔叔，他一进家门就会显得特别疲惫，常常是泄了气一般瘫倒在躺椅里，而且好长一段时间脾气很差。被贴了大字报之后，外公经常在睡梦中叫出声来，那种叫声十分恐怖，仿佛被一群人追杀，或者是被一群野兽撕咬。

　　我外公活到八十二岁去世，他临终距嵇康叔叔揭发这件事已经过去了十多年，但他老人家并没有释怀，嵇康叔叔也没有主动找他道歉与和解。金盏姨妈倒是来说过嵇康叔叔其实是相当后悔的，他不是故意要害人，人家问他什么他只不过是如实说出来而已，而且他也没想到那些平平常常甚至只是芝麻绿豆的事情会变成整人的证据，他哪里晓得人心那样险恶？外公听了只是沉默，不置一词。只有一次，在金盏姨妈走后，他重重地叹了口气对我外婆说：他书读得多了，人就有点呆了。——这大概是他一生中说过嵇康叔叔最重的一句话。

　　嵇康叔叔自己也承认自己呆，不过他倒并不把自己的呆归集到读书多上面去。在我长大以后他多次以沉痛和反思的口气跟我说过他也

432

是经过了那些事情才逐渐明白书里的世界和身处的世界是不一样的，他明白了自己缺乏处世经验，这可不是多读几本书就可以弥补的。他说在吃了苦头之后他懂得有些路是需要一步一步走的，尤其是那些弯路，跳是跳不过去的，就是行走在刀尖上，该走也还是得走。

因为自己的无心之举（他承认也是一时逞能）被人利用，他眼睁睁看着熟人朋友包括至亲蒙羞受辱备受冲击，他既心惊肉跳，又后悔不迭，他惊慌失措，不知如何面对。他清楚在众人，特别是那些受害者的眼里，他是一个不折不扣的告密者和害人精，是一个良心坏透的人，他平生第一次如此切肤地明白了"堕落"的意思。他感觉自己就像是从悬崖上跌落，下面是万丈深渊。他从来没有想到过自己会成为众人心目中的坏人，他不想成为那些朝夕相处的安分守己从不害人的好人的敌人，可他一时间无法扭转别人对他的看法，也无法逃离，他甚至都不能做点什么来弥补，让事情变得好转一点，不那么糟糕。他体会到了世态炎凉，也看清楚了自己的处境，更加迷恋读书——并不是他相信读书能让自己与别人的关系改善，而是不读书他不知道何以打发时光。

白天沉闷，夜晚漫长，日子越过越疲沓，越过越没滋没味。年轻的时候他从来没有这种感觉，每天都是兴兴头头，不管有没有好事心里都充溢着愉快，现在不是那样了，仿佛日过午时，光影在一点点退缩，很快天将向晚。不但他感觉兴意阑珊，他发现老婆也同样是一副打不起精神的样子。

金盏姨妈是那种天性快乐的人，虽然她话不多，但随时随地能听见她的笑声，她似乎就是用清亮欢乐的笑声标志自己的存在的，可是不知不觉间她变了，最明显的是很少听得见她银铃般的笑声了。从前他宠爱老婆是有口皆碑的，用他妈妈的话说是"金盏要月亮也会搭了梯子去摘给她"，因为心绪不宁，他对老婆无意中淡了许多，有时从早到晚话都很少跟她说。偶尔端详她，他发现她额头和眼角生出了不少细密的皱纹，圆乎乎的可爱面孔变长了，一笑就鼓起来的两块泛着动人光泽的面颊也不再丰盈，眼睛里也没有了从前那种跳跃的光彩。他看着她不遗余力地保养自己，她摘下新鲜的月季花瓣捣碎了和了蜂蜜敷面，用刨花浸的汁水抹头发，早晨起来喝生鸡蛋清，夜里临睡前吃用银耳红枣赤豆煮的酒酿，甚至还服过胞衣，可是这一切努力都没有阻止她变老。她跟他过着同样沉闷抑郁的日子，加上她又总是为他操心和担忧，她甚至比同龄的女人更显得憔悴些。他忍不住叹息，既哀叹她年华老去，也自责没能照顾好她。

有一天，嵇康叔叔在菜市场的路口拦住了外婆和我——自从我外公被贴了大字报，他从来没有这样主动地迎上来过。他把我外婆拉到僻静处，告诉她金盏姨妈小产了。他面色凝重，跟我外婆说了长长的一篇话，可能因为我太小，他们说话并不避我，不过那些话对我来说确实就像是暗语一般。我听他说金盏姨妈改变主意了——她想要个孩子，最好是马上就能有。他用沉重的甚至有些无奈的口气告诉我外婆，起先不要孩子是她提出的，她怕生孩子疼，怕生完孩子发胖，怕孩子吵，怕带孩子辛苦，怕替孩子担心，一句话就是不想要，他没有二话，后来她说想要孩子了，他同样没有二话。可是，天不遂人愿，她先后怀过三胎，都是不足三个月就流产了。他们去医院检查，医生诊断是习惯性流产，叮嘱他们如果还要怀孕最好间隔两三年再说。可是她已经三十五六岁了，实在是等不起了，他们只能不顾医嘱去冒险，结果这次怀孕还是流产了。他对我外婆说，他舍不得让她再吃苦头，而且她的身体也吃不消，他们已经商量好了打算领养一个小孩。他以一种我从没见过的郑重其事的态度把这件事托了我外婆。我外婆面露难色，犹犹豫豫，但还是答应了。那个时候运动一个接着一个，人人自危，别说做出格的事情，就是什么也不做，闭门家中坐还有祸从天上来呢，我外婆自然清楚多一事不如省一事，她害怕让人抓着辫子再惹出麻烦。她反复叮嘱我听见什么千万不能对别人说。

帮嵇康叔叔和金盏姨妈找孩子这件事我外婆一直是背着我外公的，不敢让他知道。她暗暗为表外甥女和表外甥女婿去找人，一边替他们牵线搭桥，一边也替他们把想要领养孩子的信息扩散出去。几个月后有人给嵇康叔叔和金盏姨妈送来了一个女孩，他们喜出望外，可是一看孩子他们却又迟疑起来。那孩子已经两岁半了，有点大了，我外婆也劝他们不如再等些时候抱个刚出生的婴儿。来看热闹的邻居也都说这么大了会晓得自己不是亲生的，养不家的。嵇康叔叔含笑说镇上人人都知道的事情，想瞒哪里瞒得住？他们接下了这个孩子，给她起名叫冷小红。"小红"在当时是个非常时髦的名字，镇上已经有三五个差不多大的小姑娘叫小红。冷小红身体瘦弱，还特别爱哭，金盏姨妈没日没夜把她抱在怀里，心疼得不得了，镇上的人都说她对这个小孩竟比人家亲生的还要好。有了这个孩子，金盏姨妈的精神面貌焕然一新，她那清脆甜亮的银铃一般的笑声又时时响起来。她就像换了一个人一样，一改之前衰弱倦怠的样子，变得精力充沛，浑身上下好像有使不完的劲儿，即便夜里小孩闹得不能安睡，白天她也丝毫不显萎靡。她脸上细密的皱纹也舒展了，重新焕发出年轻的光彩。嵇康叔叔对冷小红同样是视若己出，疼爱得很。即使在那个物质贫乏而且人心惶惶的年代，他们一家人也过得其乐融融。

然而，事情就像夏日的雷暴一样突如其来，嵇康叔叔不止一次跟我说起过那些就像是黑暗突然降临的日子。他说他记得非常清楚，那帮凶神恶煞的人冲进家门是阴历七月初七傍晚七点多钟，那会儿他刚刚在门前的青砖地上泼了水，暑热随着蒸发的水汽散去，虽然还是没有风，但温度略微降了些。他像往日一样摆开折叠的小方桌，预备一家人吃晚饭。他耳朵里听着厨房传来的油锅"嗞啦"一响，进屋去抱出刚沐过浴头颈里扑了一团团雪白的痱子粉的冷小红，把她放进小竹椅里坐好，正要去拿碗筷，突然一群人呼啦拥进了院门，他还没明白过来发生了什么，已经让人像老鹰捉小鸡一样叉住了两条胳膊。他看到冷小红惊呆的面孔，她手里拿着小勺子，嘴唇往下撇，一副要哭的模样。他只顾得朝厨房大叫一声"快来抱好小囡"，就被两个身强力壮的大汉架出了门，后面还有人用劲在他背上推推搡搡。

他被带到原先开酱园店的汪家。汪家已经没人住在那里，这个院子早就成了办公和开会的地方。这天院子里格外森严，除了镇上的熟人，还夹杂着不少陌生的面孔，绝大多数都相当年轻，穿着差不多式样的衣服，他们无一例外都是铁青着脸，义愤填膺。

他一进去就被人在胸前挂上了一个硬纸板做的大牌子，上面歪歪扭扭写着他的名字，他被拉到前面去，有人摁着他脖子让他低下头。他们给他定的罪名是对社会主义不满，还说他家里藏着变天账，要他认罪。面对满腔义愤的声讨，他分辩说他根本就没有什么变天账。那帮人不容他辩驳，他们只许他老老实实，不许他乱说乱动。

会上不断有人发言，揭发他的罪行。揭发他的人有他认识的也有他不认识的，有几个就是跟他一条街上住的街坊，他们畏畏缩缩，并不像其他发言的人那般理直气壮，而他不认识的那些人揭发他的罪行更加铿锵有力，而且个个怒火中烧。

汪家大院灯火通明，却阴气森森。子夜已过，大会仍在无休无止地开下去，他们要他坦白从宽，逼他交出变天账，那两个一直站在他旁边不离寸步的黑塔般的大汉还伸出拳头在他眼前比画。他吓得瑟瑟发抖，但还是一口咬定自己没有变天账。

突然有个人气喘吁吁地从外面冲进来，手里高举着一个本子，大声嚷着从他家里抄出了变天账。昏昏欲睡的围观群众瞬间精神振奋，他们争相传看一个黑色仿羊皮封面的日记本，里面果真密密麻麻写得满满的，也和文章似的点着标点，却没有一个文字，从头到尾都是数字，无疑这便是确凿的罪证——没有见不得人的秘密，为何要用密码来写？他们把本子扔给他，让他自己坦白写的是什么。

他在他们的威逼下拿过本子结结巴巴地念起来，上面写的无外乎是一些日常起居和亲眷往来的事情。那帮人不信，说他是信口胡诌，要他从头再说一遍。他便又从头念了一遍，与前一遍说的并无二致。他们仍然不依不饶，要他交出破译这些数字的密电码。他自然是拿不出他们要的东西，结果他挨了打，被他们关在空屋子里不许回家。

多少年后提起这一段，嵇康叔叔还是心有余悸，他说他从来没有料到过这样的厄运会落到自己头上。虽说他没有赶上过锦衣玉食的日子，却也是平平顺顺过了三十几年，有些日子还说得上是春风得意，哪里受过这样的欺凌和羞辱？他想不出自己触犯了哪个天条，被那帮子就像是结了八辈子冤仇的人折磨。他更加无法想象的是那些平日里熟悉甚至还很亲近的人也忽然之间露出了狰狞的嘴脸，他就像突然失忆一样变得不认识他们。不过他的好记性却像刻刀一样刻下了发生在他周边的每一个细节。在一个不经意的瞬间他回忆起自己被摁着脖子的时候，偶然之间一扭头瞥见人群中有一张狭长的面孔闪过，正是好玲的前夫耿长春——以前的耿干事，不久刚刚荣升的镇革委会副主任。他心头一跳，顷刻明白了因果。

在关了五天之后他被放回了家，放他回家并不是他的问题交代清楚了或者是一笔勾销了，而是他家里出事了——金盏姨妈突然失踪了。邻居们一大清早就被冷小红的哭声吵醒，有人看见她光着上身蓬头垢面坐在门槛上，哭得小脸泪迹斑斑，邻居们这才发现他家房门大敞，却没有一个人在家。

嵇康叔叔顾不得自己遍体鳞伤，把孩子寄在邻居家，四处去寻找金盏姨妈。他东奔西走，马不停蹄，跑遍了四乡八镇，还到处张贴寻人启事。镇上的人也热心地帮他寻找和打听，不时弄来线索。有时他刚刚失望而归，立马又满怀希望地奔向另一个地点。到第十三天他得到了一个消息，赶到五十里开外的乡下，找到了浑身泥污衣服看不出本来颜色的妻子。他找到她的时候，她已经不认得他，只会对他傻笑。

金盏姨妈被送进了精神病院，嵇康叔叔一个人带着孩子，常常看见他把冷小红装在自行车后面的筐里带着去上班。因为金盏姨妈精神失常他没有再被带走，但他的日子却并不好过。不说别的，带孩子就很棘手。起初孩子不肯跟他，整夜啼哭，后来倒是肯跟他了，却不肯吃饭，日渐消瘦。他没日没夜抱着冷小红在弯弯曲曲的街道上踱步，镇上的婆婆妈妈们都说孩子看上去像是越长越小了。

金盏姨妈住了几个月精神病院出院回来，她除了白胖一点看上去和以前没有变化。她的病没有根治，时好时坏，好的时候与正常人无异，班是不能去上了，她的学生正忙着学工学农，再说一个神经病是不可能被允许上讲台的，万一她在课堂上说反动话，那是连校长都要跟着倒霉的。嵇康叔叔替她去向学校请了长病假，从此她再没去上过一天班。好在她正常的时候带孩子做家务仍能弄得妥妥当当，然而她时不时要犯病。她一发起病来就不再是原来那个温柔娴静的女人，她会跑到街上去，嘴里说着豪言壮语，还不时振臂高呼口号，似乎跟着队伍在游行一般。也有时候她表现得更加夸张，像一个女英雄一样昂首阔步，声嘶力竭地高唱战歌，仿佛引领着千军万马。还有更加离谱的时候，她受到追击般惊慌地在大街上奔逃，嘴里发出野兽一样的嚎叫声，边跑边抓乱头发，撕破衣服，露出皮肉。每次只要她一上街就会引得许多人围观，因为都是熟人，大家多少有点不好意思，尤其是她撕扯衣服的时候，男人们一般都会站得远一点，离她近的大都是女人和孩子。有好心的人会上前劝她回家，但无疑是劝不住的，即使把她领回家去，她趁着疯劲不一会儿就又跑出来了。镇上一些淘气的半大孩子对她跑到街上表现得尤为亢奋，他们就像过节一样兴高采烈地围着她，跟着她东奔西走，大人们喊他们回去都是充耳不闻。她每次发病都闹得动静很大，非得嵇康叔叔强行把她弄回家去才能收场。而从另一面说，她发病也给鹤镇阴郁沉闷平淡如水的生活掀起了一点波澜，除了孩子们毫不掩饰的快乐，连大人们也是一边做出同情的样子，一边却是喜笑颜开。他们如同看表演一般，兴味盎然地沉浸在街头的热闹中，而且因为无法预知剧情的发展而越加入迷。所以尽管每次金盏姨妈上了街便会有人去向嵇康叔叔通风报信，但他赶到往往会落在她表演的高潮之后，甚至是两三次高潮之后。

　　金盏姨妈刚发病之初，嵇康叔叔总是她一犯病就把她送进精神病院，后来他发现药物对她损害不小，她发胖得厉害，脸上没有了从前秀丽清晰的线条，脱发也很厉害，原先一头乌黑柔顺的头发越来越稀，还有就是她记忆力严重衰退，跟她说什么都是听过就忘，而且她非常容易疲倦，早晨很晚起床，到晌午就要去躺下睡一会儿，要不然连中饭都烧不动。他问过医生知道那些药物确实是副作用很大，她再发病的时候他就不送她进医院了，自己请了假在家陪她。有他看护她白天不再跑到街上去，可是夜里他睡着了她还是会跑出去，而夜里跑出去的危险更大，经常是一跑便不知去向。每次她走失他都非常紧张，他四处寻找，丢了魂一般，所幸最后都找回来了。因为金盏姨妈疯了，有相当一段时间镇上没有再找他的麻烦，只是让他不要乱说乱动。可是邮电局却不想要他了，因为他经常请假不上班，三天打鱼两天晒网，有人去发电报常常找不到他人。邮电局先是叫他调走，可他实在没地方可去，邮电局就只好扣他的工资，本来就没几个钱，扣了更加所剩无几，加上金盏姨妈不能上班，还要看病吃药，他们一家三口要靠母亲和妹妹接济度日。

在这样的情形下，嵇康叔叔家又发生了一件意想不到的事，用他自己的话说是"船漏偏逢连阴雨"。

端午节前的一天，有几个操外地口音的人坐船来到鹤镇，他们一路打听着直奔嵇康叔叔家。其中一个女人一走进他家大门就号啕大哭起来，她哭得呼天抢地痛不欲生，和她一起来的一个男人也跟着她哭得鼻涕一把眼泪一把。这些人招来了很多人的围观，外婆和我也被热心的邻居喊去看热闹。起先大家都以为这帮人是来报丧的，很快大家弄清了情况，原来这几个人是想来领走冷小红。

嵇康叔叔倒是十分镇静，他叫那一男一女不要哭，请他们坐下来有话慢慢说。他们说女儿不是他们送掉的，是她坐在家门口的摇车里被人抱走卖掉的，街坊们听了都非常惊诧，大家议论纷纷，都说不相信新社会竟然还会有人贩子。嵇康叔叔倒是点头说当初小孩送来的时候跟着来的那对自称是她爹妈的男女确实是张嘴向他要钱的，当时他想他们肯定是太穷了，日子过不下去，才会把孩子送给别人要点钱贴补生活。他们跟他要两百块钱，一分不能少。他家里全部积蓄也没有这么多，但是金盏姨妈催他快点拿钱出来，他知道她是一心想要留下这个小孩。他跟他们好说歹说，那对男女才算松动，最后拿了一百六十元走了。——那时一百六十元是一笔巨款，银行征了我外公家大半个院子，伐倒了一大片竹林和十几棵很大的果树，才付了一百块钱。花这么多钱领养一个小孩在鹤镇这样的事情还从来没有过，可是不但嵇康叔叔没往他们是人贩子上面想，镇上没一个人怀疑他们来路不正。现在人家亲爹亲妈找上门来，看他们哭得稀里哗啦，嵇康叔叔一点也没疑心他们的身份，他相信这种样子装是装不出来的。他们说人贩子被抓到了，才知道女儿的下落，要不然死生不知，这辈子恐怕跟娃娃也见不着面了，说着又是泪如雨下。最厉害的是他们还带来了介绍信，介绍信上还盖着鲜红的公章，他明白他们是有备而来。那时金盏姨妈发过病刚稳定了没几天，他很害怕她受不了这样的刺激再犯病。她抱着孩子就坐在旁边，显然是听明白了他们的意思，她搂紧了孩子，一言不发。

这场谈话或者说谈判一直持续到深夜，看热闹的人来了又走，走了又来，这几个人一直坐着没走。他们不时出现长久的冷场，那对男女停止了哭泣，只是偶尔发出一声半声的抽泣。突然，金盏姨妈哭了起来，她的眼泪就像断了线的珍珠一样扑簌簌地从脸颊上滚下来，瞬间泪流满面。她咬着手背，想忍住哭声，可是手背上咬出了血印子她还是没忍得住，终于哇哇地放声痛哭起来。她怀里抱着的孩子也被惊醒，跟她一起大哭。等她们娘儿俩哭得稍微平息一点，我外婆站出来想帮他们说话，但嵇康叔叔脸上挂着凄苦的笑容阻止了她。外婆领着我从他家离开的时候已是夜深人静，看热闹的邻居都走了，而那几个从外地来的人却还纹丝不动地坐着……第二天早晨，嵇康叔叔家很晚才开门，他家里已经没有了孩子，显得格外寂静和空荡。

外人都不知道后来的一切是怎么发生的，结果就是我们再没有看到过冷小红。之前孩子在的时候嵇康叔叔家的日子过得慌慌乱乱，尤其是金盏姨妈发病的时候他既要顾大的又要顾小的，经常是手忙脚乱还不能把她们娘儿俩照顾好，现在没有了孩子，他家里好像任何要忙的事情也没有了，经常从一大清早起就能看见他坐在竹园里发怔，到傍晚还能看见他呆呆地在那里坐着。他家也透出一股难言的清冷，仿佛整座宅子空空荡荡。以前我们这帮孩子是很喜欢去他家的，我们去逗冷小红玩，更多的时候是以此为借口去捞点零食吃吃，即使他家没有多少东西可吃了我们也会习惯性地在那座宅院里跑进跑出。而今他家罐头般凝固的气氛令我们望而却步，连我们这些没心没肺的小孩都轻易不敢踏足，镇上的大人们更是很少有人到他家去串门，好像把他们这对夫妻遗忘了一般。

孩子被带走之后金盏姨妈倒是有好一阵子没有发病，镇上的人长久没有看见她疯疯癫癫上街，偶尔她走出来也收拾得清清爽爽利利落落，就像没生病时一样。嵇康叔叔也能正常上班了，他穿着洗涤得雪白的衣服，脸上泛着轻松的笑容，大家似乎有一种时光倒流之感。据说是嵇康叔叔的表姐夫帮他找到了一位从前久负盛名的老中医，金盏姨妈吃了他的药药到病除。不过暗中也有另一种说法，说她不光是吃了老中医的药，而是嵇康叔叔还悄悄请了大师到家里作法。他们脸色诡秘地说嵇康叔叔是顾不得了，"死马当活马医"，歪打正着替她治好了毛病。后一种说法逐渐占了上风，到后来镇上的人只要一提起金盏姨妈不再发病就会神神叨叨地透露他们请先生到家里跳大神了，他们说得神乎其神，而且有滋有味。

有一天镇领导又派人上门叫走了嵇康叔叔，这次他们没有追究他以往的事，单单让他坦白搞了什么封建迷信活动。他们除了要他交代搞迷信活动的经过，还要他交代共同参与的都有什么人。他们轮番审他，不让他睡觉，要他坦白从宽抗拒从严。据说他一直扛着，没吐露一个字。那一阵镇上的人都在传嵇康叔叔又被关起来的事，他们面色凝重，交头接耳，说着他又是一个白天或者又是一个通宵没有睡觉。他们没有丝毫的幸灾乐祸，脸上露出的是同情和痛苦的表情，就好像受折磨的是他们自己。金盏姨妈倒是很沉得住气，她每天都去汪家大院门口打听消息，人家不让她进去，她就在门外等着，有人走出来才战战兢兢凑上去问什么时候能放人回家。那些在汪家大院上班的都有点怵她，出门进门不敢朝她看，生怕被她黏上。邻居都说夜里听见她的哭声，也有人说夜里看见她绕着汪家大院围墙转圈，不过白天她一直是很正常，没有丝毫疯癫的迹象。

几天以后嵇康叔叔被抬回了家，原因是他胃出血，而且非常厉害，谁都害怕担责任。我外婆领着我去他家里看望他，他看见我们走进房间，还没开口说话眼泪就落下来。我看着他眼泪徐徐地流过面颊，心里酸得差点跟他一起哭起来。他在家躺了一两个月，又能看见他坐在屋后的竹园里发呆晒太阳。除了面色更加苍白，人也更加消瘦和无精打采。

转眼到了腊月，一年快过到头了，有一天镇上的人忽然又说金盏姨妈不见了，说的和听的人都是一脸的惊愕，大家都以为这事不会再发生了，想不到又发生了。一拨又一拨的人拥进嵇康叔叔家里，层层叠叠围着他，不论跟他关系远近，他们都充满同情仔仔细细地问他金盏姨妈不见的前后经过。他先是有问有答，到后来同样的话说过许多遍了，他就不吭声了，出神地望着伸到窗边的一枝气味芬芳的腊梅花枝条，脸上浮起迷茫而呆滞的笑容，也许那并不是笑容，就是偶尔飘浮在脸上的一个扭曲的表情。在别人反反复复的追问下，他在实在不能不说的时候就像是间歇性地重复着同一句话：到处都找过了，就是找不着啊……有人提醒他显显神通，而他就像没听见一样，神情木然，眼神空洞，仿佛不是跟他说话一般。

这一次金盏姨妈失踪之后再没有回来，嵇康叔叔却一直没有放弃对她的寻找。他不顾自己身体虚弱，从旧年找到新年，只要得到一丝线索就会立马跑过去，可每次都是空手而归。冬去春来，仍然没有金盏姨妈的消息。也不知从哪一天起，嵇康叔叔买了船票，搭乘轮船在鹤镇和昆山之间来来回回——昆山是金盏姨妈出生和度过青少年时期的地方。他经常刚上岸就买好了回程的船票，有时甚至不上岸又原船返回，一天从早到晚能走两三个来回。他成了那条水路上的名人，越来越多的人认识他，大家先还对他指指戳戳，后来对他见怪不怪。

春天快要过完，一天清早，沙镇一个早起捉鱼的人在芦苇荡里发现了一具女尸，因为被芦苇遮着，尸体已经腐烂得面目不清。镇上有个人从亲戚那里得着消息，跑去告诉嵇康叔叔，让他过去看一看。嵇康叔叔不肯去，他一口咬定那绝不会是金盏，他说她跑掉过多少次，每次还不是都找回来了吗？她从小在河边长大，以前她发病的时候也一个人在水边走来走去，从来没有出过事情，怎么可能会失足掉水里送了命？不过三天之后他改变了主意，乘车去了沙镇。他走进太平间，打开苫布看了一眼，便晕倒在停尸床边。

嵇康叔叔回到鹤镇说他没有看清尸体，他根本就没敢看，他只是朝尸体瞟了一眼而已。他又说他真后悔跑一趟沙镇，那里躺着一个死人，他花钱买了汽车票赶过去难道是为了去证实死的确实是自己老婆吗？他当然不会这么傻。他矢口否认那尸体是金盏姨妈，他对人说：一点也不像她，至少有她三个那么大，怎么会是她？他说得言之凿凿，还反复问别人他说得对不对。大家听了都不知说什么好，连劝慰他的话都说不出来。

去过这趟沙镇回来之后，嵇康叔叔有几个很明显的变化，其中之一就是变得话特别多。他遇到人拉着就说，一说起来没完没了，根本不顾人家有空没空。他唠唠叨叨说得最多的就是跟死有关的话题，也不管旁人对这种话题是否忌讳。他无论跟别人聊着什么，话头一转就会突然冒出一句：死了真的就什么也不知道了吗？或者是：死了真的就不存在了吗？他极其平静，就像谈论天气和一日三餐一样要跟别人谈论那些谁也不确切知道的事，别人除了惶惑也很无奈，不知道该跟他说什么。好在聊起这样的话题他自己话就很多，别人只消听他说就行。他不再像从前那样说死亡是上帝为了收割智慧，他说死亡是灵魂和肉体的分离，但也只是分离而已，灵魂是不会死的，死去的仅仅是肉体。灵魂在肉体死去之后就脱离了出去，它像一个气球一样飘到空中，而且可以随意飘来飘去，想去哪里就去哪里。因为它是透明的，所以我们看不见它，就像我们看不见风一样，但风是存在的。灵魂比风更轻更透明更灵活，它不但可以留在我们生活的这个时空，还可以去别的时空，去我们带着肉身不能去的时空。他还说既然有从生到死这个过程，那么一定也会有从死到生这个过程，要不然万物就会彻底死光，所以死去的人肯定是会重生的。听他这么说的大都认为他说的是疯话，大家尽量掩饰着对他的嘲笑与不屑，暗地里都在说他和金盏姨妈一样疯了，他们这样说的时候还配着怜悯和惋惜的表情。嵇康叔叔也听到了别人对他的议论，他一笑置之。

我对他的这些话却听得十分入迷，我被他这番新奇的说法深深吸引，几乎成了他专属的理想听众。他对我讲述的口气因而也变得格外自信和肯定，即使他自己也有含糊的时候，那也只不过是暂时不能确定而已，并不是这些说法有什么站不住脚的地方。他告诉我这些对死亡的见解并不完全是他个人的看法，他是从书里汲取了大师们的观点，当然也加进了一些自己的思考和分析。他跟我提到一连串外国人的名字，比如亚里士多德、苏格拉底、柏拉图等等。尽管他那些玄乎乎的话我听得云里雾里，但我却兴味盎然地琢磨里面的深意，而且喜欢问他各种为什么。他总是有问必答，比老师还要耐心。他所说的那些在我的头脑里搭建起了另一重天地，让我知道了在我们吃喝居住的这个世界之外还有另外的世界，也许那就是灵魂所在的世界吧。我暗暗想到我的金盏姨妈，这么说她就住在那个世界里？我真希望她像小鸟一样轻盈地飞来看看我们，更希望她能回到我们中间——因为嵇康叔叔说了，即使人死了，也是会重生的。我心里盼着她重生，最好能快点重生。

从沙镇回来嵇康叔叔还有一个相当大的变化是他特别喜欢喝酒。也不知他是怎么喝上的，从前他是滴酒不沾，忽然就变得嗜酒如命起来，而且逢喝必醉。他其实已经不是喝酒了，而是酗酒。经常在下午两三点钟的时候他已经喝得醉醺醺的。喝醉了他不管在什么地方倒头便睡，叫都叫不醒。邮电局所长顾念他的不幸遭遇对他一直是十分同情和宽容，但有时候镇上有人遇到急事需要拍电报，却怎么也喊不醒他，人家又急又气，所长只好替他赔不是。后来邮电局不顾镇上居民有意见，干脆贴出告示下午三点过后不发电报。

嵇康叔叔一喝了酒就是另外一副样子，有时并没有喝醉，也是疯疯癫癫的，所长看见了总是笑呵呵地说他"倚风作邪"，谁都看得出来他很护着他。嵇康叔叔仰赖所长的庇护，过得更加随心所欲。他忽然对文字有了异乎寻常的兴趣和热情，入迷地钻研起汉字从古至今的变化，经常在电文的底稿上或者是在给所长的留言里夹杂着几个秦朝或者汉朝的文字，让本来就文化不高的所长大为头疼。因为对文字的痴迷，他拿到电文也不马上发出，而是推敲来推敲去，有时半个小时才删掉一个字，而他却为此喜不自胜。别人没有急事不会跑邮电局来发电报，当他们站在柜台外面焦急地等待他把电报发出去，却看他只是抓耳挠腮，颠来倒去圈圈点点，等反应过来他白白耽误了那么多宝贵的时间，他们的气恼和愠怒可想而知。所长不知听了多少抱怨和指责，他旁敲侧击说过嵇康叔叔，可他不仅不领情，反而还嫌所长多事。

嵇康叔叔的脾气越来越坏，到后来别人在他面前稍稍流露出着急和不满，他便会大光其火，大发雷霆。而且他经常突然之间就会失去耐性，扔下手头正干着的事情，一个人气呼呼地走回家去。这些所长都忍了，他好言好语哄他把活干完了事。有一件事却是让他实在没办法忍下去，嵇康叔叔的记性越来越差，他一阵清醒一阵糊涂，有时还说得过去，有时几乎到了什么也记不住的地步，而他从前是以记性好出名的，如今不仅判若两人，简直是判若好几人。最让所长头疼的是每个月他发到工资就去买酒喝，钱很快就用光，没钱了他就去找所长叫他发工资，所长说工资已经发了，他却说没有，所长只好拿出他签字的单子给他看。过不了一两天他又会去缠所长，叫他把工资发给他。有时因为实在馋酒，他会流着泪催所长把下个月的工资提前发给他。所长无法这么做，他可怜嵇康叔叔，把自己的钱借给他买酒。他便一次次向所长开口，所长不忍心拒绝他，回家却被老婆痛骂。一年又一年，所长一忍再忍，终于有一天他向上级打了报告。

嵇康叔叔办了病退，不再去上班。邮电局新招了一个二十出头的小伙子接替他，小伙子长相俊美，简直就是他年轻时代的翻版。有时赶上有人来发加急电报电文又很长的话，小伙子会骑上绿色的公车去他家里找他，只要还没喝得酩酊大醉，他总是能把电报译得又快又好，而且从来不会出错。除了发报，别的事情上别人都说他糊涂的时候多清醒的时候少。

在嵇康叔叔一个人度日的贫困而孤独的时光里，我外婆一直很牵挂他，经常做了吃的让我给他送去，有时我也去向他请教作业，有时就是去看看他。每次我去嵇康叔叔都特别高兴，他喜笑颜开地请我坐，拿出专门为我准备和积攒的零食给我吃。其实这个时候他已经拿不出多少好吃的东西了，有时就是一把炒蚕豆，有时就是几粒话梅糖，有时是一只苹果或者香蕉，但他总是把他自己舍不得吃的东西留给我，我在他那里享受到的还是童年的待遇。他看我的目光也饱含慈祥和怜爱，常常让我感觉我比实际年龄要小得多，在他眼里我似乎从来就是一个没有长大的孩子。

有一天我在他家里看见一本苏青的《浣纱集》，我拿起来，一看就放不下。到下次去，他找出好几本文学书送给我，有托尔斯泰的《复活》《安娜·卡列尼娜》，有莎士比亚的《哈姆雷特》《罗密欧与朱丽叶》，有巴尔扎克的《欧也妮·葛朗台》，有司汤达的《红与黑》，还有莫泊桑的《羊脂球》等等。我和嵇康叔叔很快有了一个新的乐趣，就是在一起谈论我们喜爱的这些书。我发现嵇康叔叔在谈论这些书时记忆力依然出奇地好，他记得每本书里的人物名字和发生在每个人物身上的故事，有些我没有注意到的细节，他都记得清清楚楚，而且讲得生动传神，我时常在他的启发和点拨下重新去读，才领悟到那些小说的精妙和匠心。极其偶然的时候我也会抓到他记错的某个微小的地方，这能让我开心好一阵子。嵇康叔叔仿佛在我眼前打开了一扇明亮的窗户，让我更加清晰地看到了那个不同于我们生活其间的世界，我被那个世界深深吸引。嵇康叔叔告诉我他最喜欢的小说是雨果的《悲惨世界》，他说他读过好多遍，每次读心里都有不一般的震动和共鸣。他还悄悄向我透露了一个秘密——他在自学法语，为的是能够直接阅读他特别喜爱的法文原著。不过后来他突然放弃了，我问过他为什么不学了，他叹息着说没有了兴趣。他无奈地承认他的记忆力太差，而且无法集中精神，最要命的是他心里没有了坚持下去的那股动力，只剩下酒是他最好的慰藉。

在和我谈论文学时嵇康叔叔经常会发一些感慨，我在那个阅历尚浅的年龄已经能清晰地感知到他是有感而发。可能是书里的情节或者某一句话触动到他心上的某个敏感点，有时他也会给我讲一些让他苦闷和难堪的事情，不过他并没有从头至尾详详细细完完整整地给我讲过某件事情，他总是随口说起，有时一件事情没说完又岔到别的事情上，但那也足够让我体会到他的处境和心情。即便是在当时，我心里也清楚那些事情他是不肯轻易对别人说的，我也知道他那些话如果让别有用心的人听见和利用的话会给他惹来麻烦，甚至会给他带来灾难。有一点是我后来想起来特别感念的，他从来没有关照过我他告诉我的事情不要对别人说，我很明白那是不能对别人说的，我当然也不会对别人说。

我还特别记得在某些阳光明媚的时日，嵇康叔叔会触景生情回忆起金盏姨妈，他说到她时的神情宛若她还活着，或者说她一直就在，并没有死去。我印象最深的一个片断是他坐在旧藤椅里，手里拿着一本翻开的《哈姆雷特》，在给我讲述过溺亡在埃文河里的善良美丽的奥菲丽亚的疯狂和迷失之后，他含笑问我记得不记得金盏姨妈就像个小孩一样很喜欢撒娇？听他这么说我很惊愕，因为我从来没觉得金盏姨妈像小孩，也没见过她撒娇。而他脸上浮起沉醉的微笑，絮絮地说起金盏姨妈经常会用唱歌一样的调子问他：你爱我吗？然后是：你真的爱我吗？再之后是：你会一直爱我吗？他只要不回答，她就两眼望着他，耐心地等着他说。有时是她还没问完，他已经答完了，她便很不满意，缠着他要他重新好好说一遍。他一边说一边咻咻地笑，笑声沙哑，最后就像声音被吸走了一样脸上仍然笑着，却无声了……那一刻，我的眼泪忍不住涌进眼眶，因为我清清楚楚地感知到了他的内心。

读高中前我离开鹤镇去了苏北，之后很少再回去，外公外婆作古以后我回去得就更少了。偶尔回去一趟，也是行色匆匆。我被大人们领着走亲访友，作为表亲而且还是姻亲的嵇康叔叔并不属于我们必见的亲眷。有时我们在街头与他邂逅，隔着大街跟他打招呼，甚至都没有走近寒暄。只有极少的几次，我在午后和夜晚，趁大人们午睡或者忙碌的时候跑去看他，跟他单独聊聊。不管间隔多久没见，我们即刻便能聊得十分投契。我心里清楚，他还是"我的"嵇康叔叔。而在街上遇见他，他也还是那个喜欢喝酒而且一喝就醉的神志不怎么清楚的人。他仍然穿着长而宽松的白色上衣，除了冬天，什么时候见到他好像都是那样一身衣服。只是他的衣服虽然是白色的，因为沾了灰尘和油渍，看着却是灰暗的。他依然深居简出，自己读书，自己发呆，就像是一个影子，似有若无。听说每年油菜花开的时节他依然会坐上小轮船在鹤镇和昆山之间来来往往，没人知道他是去做什么，也没人知道他究竟是怎么想的。他还是在船刚靠岸就买好了回程的船票，有时甚至不上岸又原船返还，据说最多的一天他从早到晚走过五个来回。

高考前的那个寒假我回到鹤镇，那是我在读书时期最后一次见到嵇康叔叔。在一个落雪的黄昏，我去看他，在那所寒冷幽暗的宅院里他又絮絮地对我说起了那些支离破碎的往事，他说或许他此生有不少对不住的人，但最对不住的是我的金盏姨妈。他说她成为他生活的一部分太久了，就像是成了他的一部分，他以为和她会一直朝夕相伴直到很老很老——他不止一次看到自己和她晚年的光景，现在也还不时能看见，他根本不相信她已经死了。他就像透露一个秘密一样对我说其实只要他在，金盏姨妈就不会真的死去。他还对我说，人生是没有意义的，唯有深情不可辜负。那时候我还不懂得什么是爱情，但我已经知道了什么是生死相依。

后来实际上我渐渐淡忘了嵇康叔叔，斗转星移几十年过去，我甚至不知道他是否还活在世上。三年前我回去拜望一位年迈的舅舅，舅舅跟我提起他，他告诉我嵇康叔叔还记得我，不但记得我，还很关心我。舅舅说："他知道你成了作家，开心得不得了，你写的书和文章他都读，见到我总要问起你，而且问个没完没了。"我心里非常感动，不仅是因为舅舅说到嵇康叔叔对我如此关心，甚至还读我的文字，而是因为我想起了过去——那蜿蜒曲折的时光里埋藏和隐匿的许许多多既灰暗又明亮的辛酸和甜蜜，还有那些难忘的温情和深邃的启迪。

舅舅特意要了我的手机号码，他说是嵇康叔叔嘱咐他跟我要的。他也把嵇康叔叔的电话号码给了我，告诉我三四年前他把房子卖了，住到了苏州的一家养老院里。舅舅让我抽空给嵇康叔叔打个电话，"他不知道会有多欢喜呢！"他这样说。

那天临走前我特意去嵇康叔叔原先的住宅看了看。宅子最大的变化是加了围墙，长高的竹子从围墙上面探出长长的一截，风一吹发出沙沙的声响。这应该还是昔日的竹子吧？只是厚厚的青砖围墙让我觉得有点透不过气来。竹园旁边那条一到下雨天就烂得下不去脚的泥路还是从前那个样子，虽然地是干的，但能清楚看得见下雨天被踩得深一脚浅一脚的痕迹。我犹豫良久，没有去敲门。本来我是很想再看一看那长着腊梅树的天井和有雕花木窗的屋子的，但我清楚那里已经没有原先的主人了。我心里有种说不清的东西在崩塌，忽然没有底气去面对一个充满了昔日记忆却物是人非的院子，最终我还是打消了进去看一看的念头。

尽管我有嵇康叔叔的电话号码，但我一直没有给他打过电话，这么多年不见，我不知道该怎么向他解释一直没跟他联系，我也不知道和他聊些什么。

忽然有一天我接到嵇康叔叔打来的电话，他说他刚刚学会用微信，让我加他。我加了他，他马上与我视频聊天。隔了那么多年，我们通过网络见了面。

嵇康叔叔头发雪白，却精神矍铄，尤其是他笑起来非常爽朗，从前我似乎没有听他笑得这样畅快过。他说的话相当清楚，提的问题也很有条理，他感叹时光太快，还没来得及及时行乐，一辈子就过到头了。他说他那一茬人活着的已经不多，让我回去的时候顺路去看看他。他这样说："再不见，就怕在这个世界上见不到你的表姨父啰！"说完他又一次爽朗地开怀大笑，他的笑声让我心头猛然一颤，我不由想起了我的金盏姨妈，她那银铃般的笑声穿过岁月在我耳畔回响，仿佛他们俩合而为一了一般。

时隔不久，我去上海参加一个会议，散了会还有大半天的闲暇时间，我想起了嵇康叔叔，临时决定去看看他。我乘火车去了苏州，又乘了一个多小时的汽车，在花木扶疏的养老院里见到了有二三十年没见过面的嵇康叔叔。

嵇康叔叔见到我兴奋异常，他说接到我的电话激动得午休一分钟都没有睡着。我们还像从前那样相谈甚欢，毫无时空阻隔的陌生感，恍若昨天刚刚见过。嵇康叔叔谈兴很浓，跟我回忆了许多鹤镇的往事，还谈了当地不少的旧俗，简直像是给我讲了一堂生动的鹤镇历史和风俗课。他兴致勃勃提到了不少人，问我还记得不记得他们。我差不多都不记得了，因为那些人大部分是我不认识的，有的人我根本没可能见到，在我还没出生的时候他们已经离世。他还跟我聊了一些鹤镇的闲闻逸事，都是我离开之后发生的。他回忆了那么多的往事，不过却始终没提一句金盏姨妈，没提一句那个抱来又被人家抱走的冷小红，也没提和他曾经是忘年之交的我外公和对他素有照应的我外婆，除此，他也没提那些跟他的生活发生过严重冲突的人，他仿佛是小心翼翼地回避着昔日的雷区，不去触碰。尽管我们聊得十分欢洽，我心里还是郁积起对昔日生活的无限感伤。我以为我早已经淡忘了的童年的某些片断又清晰地浮现起来，当年那个聪明过人玉树临风的嵇康叔叔在我头脑中的鹤镇街道上飘然而来，他白衣当风，一脸骄傲，仿佛这个世界就是为他预备的，而且这个世界上的一切都是那么恰到好处。然而……我望着眼前须发皆白垂垂老矣的他，心中百感交集。

我和嵇康叔叔不知不觉聊到了傍晚，我向他告辞。他露出依依不舍的神色，就像夜深了不肯去睡的小孩子一样眼巴巴地望着我说："小红，下次你有空还来看我好吧？"

小红？我的脑袋嗡的一下——他把我当成了他的女儿冷小红了吗？我的心仿佛被一根看不见的刺狠狠地扎了一下，但我很快平静下来，把他叫错我名字当成是老年人不经意的口误。我笑着说："好的，嵇康叔叔！"随后我纠正他，"我不是小红，我是小青。"

他马上笑了，跟着纠正了自己。

"我没跟你说嘛，现在我身体是一日不如一日，脑筋也越来越不好，不过酒倒是戒了有好多年了，医生说再喝下去身体里流的就全都是酒精了，哈哈哈……不过其实戒得也不彻底，隔三岔五我还是要喝上几盅，不喝难受啊。"他笑呵呵地叮嘱我说，"小红啊，下次顺便的时候你一定记得来看看我啊。"

"好的，嵇康叔叔。"我再次笑着纠正他说，"我不是小红，我是小青。"

他没有笑，带着反省的神色十分严肃地说："你看，我真是老了，我记不住眼前的事情，倒是从前的事情还多少能记得一些。人家说过去是一场梦，对我来说过去还不是一场梦，就是过眼烟云。做梦的人在梦里头会以为梦是真的，过眼烟云是你睁着眼睛就没有了，消失得一干二净，越好的景象，越好的事情，越是这样。不好的事情倒像是乌云，你越担心要下雨，雨越是会下下来，而且还越下越大，下成瓢泼大雨，把你淋得精透。我已经八十八岁了，我真没想到自己能活得这么长。'现在什么都过去了，过去了也就算数了'，这是苏青说过的吧？我还记得你在我家里读她书时候的那个小模样，活灵活现，就在眼前。你还记得吗？"

我当然记得啊，那是我第一次真正接触到作家的书吧。我记得十分清楚嵇康叔叔引的这句话正是苏青书里对陈公博死的哀叹，前面还有这样几句："满目繁华，瞬息间竟成一梦。人生就是如此变幻莫测的吗?他的一生是不幸的。"

嵇康叔叔眼睛里忽然闪烁着异样的光芒，仿佛掩饰不住内心的欣喜，他情绪的突然变化令我惊讶，随后他似乎显得有点羞涩，露出一个单纯的近乎孩子气的笑容，就像是下了很大决心似的对我说："我想要送给你一个礼物，你不会拒绝吧？"

我愣了一下，脑子里飞快想着他要送给我的礼物会是什么，可我实在猜不出来。我笑着对他说："不管你送我什么，我都会喜欢的。"

他带着一种毫不掩饰的兴奋说："这个礼物是我亲手为你做的，对别人没有用处，唯有给你才有意义。不过现在还不能给你，因为我还没有最后做完。"说完他停了下来，在一个不短的间歇之后，他脸上露出了那种像是找不到合适词句的茫然表情，随后一种聚拢和清晰的神气从他的双眸中透露出来，他带着自得的微笑说，"那是我的秘密，等我做好了再给你吧。"他突然收了话头，十分认真地叮嘱我说，"小红，你要记得来看看我啊！"

这次我没有再纠正他。我说："好的，嵇康叔叔，我记住了。"

他执意要送我，我扶着他的胳膊和他一起慢慢走出房间走下檐廊。他的胳膊很细，隔着衣服也能感觉到他的苍老和衰弱。也许是因为相见的兴奋劲儿过去了，在夕阳的余晖下他的眼神显得涣散，我心里是说不出的惆怅和悲凉。在养老院的门前我紧握他瘦削干枯的双手请他多加保重。

这次相见之后不到半年嵇康叔叔就去世了，我得到消息已经是他过世三四个月之后。有一天我舅舅给我打来电话，告诉我嵇康叔叔走了，他语调平静，仿佛嵇康叔叔已经走了好几十年一般。舅舅说："他还留了一件东西一定要我交给你，有一大包，好像是书什么的。他特意关照要等他死了以后再给你，前一段因为家里装修房子，一放就放忘记了，刚才正好想起来，我叫你表姐发快递给你吧。"

两天之后我收到了舅舅让表姐快递来的嵇康叔叔给我的东西，我想这就是那次见面时他对我说的要送给我的礼物吧？我心跳加快，在好奇和期待的心情里拆开了快递纸箱，里面是十二本黑色仿羊皮封面的日记本。我想他一定是想对我的写作有所帮助吧——瞬间我明白了他为什么说这个礼物唯有给我才有意义。这十二本日记无疑耗费了他很多很多的时光和精神，直到我上次见到他还说没有做完，我想这里面一定记载着他一生的经历和所思所想，我被他对我的爱意和苦心感动，令我更加感动的是他竟然肯用自己一生的曲折和阅历对我敞开心扉。我记起他说"那是我的秘密"，我迫切想知道一个天赋异禀却又历经坎坷的人在走过风风雨雨的一生之后会有怎样的人生感悟和人生发现。

我深吸了一口气平静自己，轻轻翻开嵇康叔叔的日记。映入我眼帘的是一行行书写得非常工整的数字，数字和数字之间点着标点符号，俨然是文章一般——我一本本翻过去，十二本日记，本本都是如此。我没想到他用数字写日记的习惯竟然一直保持了终身，他可能忘了或者根本就没想到这对于我无疑是天书。这就是我亲爱的嵇康叔叔留给我的最后的礼物，我先是错愕，随后是茫然和无奈，最终心里涌满了潮水般的感激。

2017年10月

后　记

一

我不知道一本小说完成之时算不算准备就绪可以谈谈文学了。记不清从什么时候起无论是阅读还是写作在我的生活中都是默默从事的，朋友即便是同行，也很少聊起。文学更多地成了内心活动，甚至是内心的秘密，写出来更是将秘密公之于众。而我更加不确定的是还有多少人会对这样的秘密保持旺盛的兴趣，还有多少人真的渴望了解世界在个体心灵中的投射。然而，我毫不怀疑文学的价值和意义，它远非仅仅具备教化和娱乐功能，虽说这样的功能在某些时期某些年代被特别地强调。在我看来，文学最了不起的是它穿透纷乱复杂的社会现象与文化变迁以同情、宽容、抚慰和救赎给人以启迪和指引。借用一位美国作家的比方，它是一艘一边创造历史一边浮于历史之上的船，即使是灾难和危机也不能阻挠它前行。

我把文学视为一种淬炼心智的方式，通过阅读和写作来体会和理解身处其间的社会，认识和了解那些见过和从未见过的人们，还有，体验那些在现实生活中永无可能经历的惊奇、悲伤、欢悦和美妙。我好像并不急于通过小说为内心的孤独寻找一个出口，我更想拥有一座抵达平行世界的桥梁。

二

我在二十岁的年纪开始写小说，那时我虽读过一些小说，也在大学的课堂里听老师讲过小说，但我真的并不懂得小说，更不知道如何去做小说。当时拿起笔就敢写，现在想来，不光是初生牛犊不怕虎，其实是有一种先天的勇气——不是凭学习和积累，是与生俱来的。这是一种生命中的光，不论是从自己还是他人身上看到，我的心里都会充满喜悦和赞叹。

迄今写了近四十年，我的感受是，坐下来写其实只是刚刚开始。这不是一场比赛，这是一场跋涉，有些人幸运地要走一辈子。就好比每天要把大石头往山顶上推，如果不用力或者不用心，这块大石头随时会滚落，甚至会消失。总算把石头推到山顶，它仍然会滚落，会失去。好在，你沿途看见了风景，听见了声音，闻到了气味，吹到了风，晒到了阳光，感受了冷暖，你的生命注入了新的能量和动力，犹如怀抱沉甸甸的果实，你的内心富足而充实。

两个字：值得。

三

没有人告诉我这一生应该做些什么，自然也没有人告诉我应该写小说。如今回望，发现已经不需要证明这个选择或说决定是否正确。我不喜欢那些患得患失的想法，也不喜欢把账算得清清楚楚，在生活中我是个粗枝大叶的人，是个不求甚解的人，是个得过且过的人，是个懦弱求和的人，对我来说纸上的世界就像是一块保护地，我在这里找到了土壤和种子，以及播植和收获的方式，我要的不是自给自足，我企望还有多余的能够奉献给别人——这倒是我从很早，甚至还是一个十五六岁的孩子时就有的想法，只是不知如何能够做到。

所以要说，遇到文学是我此生最大的幸运，至少让实现自己的心愿有了某种微乎其微的可能。

四

我在大学读的是中文系，毕业之后从事的是新闻工作，同样是使用文字，却是两种截然不同的表达。一开始我并不知道，是逐步有了体会，这样的体会在实操中越来越深。

有句话说："新闻结束的地方文学开始"，这句话真是令我感慨良多。这几十年间，我一边采写新闻一边创作小说，我竟不觉得自己是在做着两份工作，我恍然感觉我是寄居在同一躯体中的两个人。我并不是要说自己内心如何分裂，不是的，我要说的是当我关注那些事件和现象时，我落下的眼光居然不止一种。我终于明白，文学不是从新闻结束的地方开始，它也许是在新闻发生甚至尚未发生时就开始了。

我多么希望自己能用冷静的眼光看世界，不人云亦云。其实做起来是相当困难的。阅读使我头脑清醒。写作使我与世界接榫。我懂得了有时候我只是看见了真实，却没有看见真相——光有真实是不够的，远远不够，有时甚至真实也不过就是现象。因为文学的训练，我升级了自己版本较低的感知方式，学会同时接受矛盾的想法和说法，学会去看水面之下的东西，学会去体察别人的欢笑和眼泪。

我自己的世界因而得到拓展。

五

把感受到的写下来是艰难的，我早就该想到，可是面对这种艰苦和繁难，我仍然感到吃惊。

许多时候写作就像是一种苦修。当你打开电脑开始写第一个字第一个句子，你就像是开启了一场艰辛之旅。你孤立无援，缺乏装备，没有向导，或许还体力不足，但你却要爬上陡峭酷寒空气稀薄寸草不生的高山。你摒弃虚伪，摒弃媚俗，摒弃妥协，你坚韧地穿透屏障，穿透阻碍，穿透迷雾，用心灵之光去照亮那些被遮蔽、被掩盖、被篡改、被忽视、被忽略和不被允许看见的事物，令它们栩栩如生，纤毫毕现，在我看来这是作家个体生命的一种安置，甚至是近乎完美的安置。另一方面，这样的表达和呈现，写作者或需要有无私和巨大的付出。然而，他们在体会创作的快慰的同时，也能品尝到奉献和利他的愉悦。

六

如果把文学比喻成一座高山，山顶的光芒瑰丽绚烂，脚下的山路崎岖寂寞。而且并不是每次都能找到那条对的路径，有时走着走着路突然就会消失，仿佛来到了世界的尽头。而世界的尽头却不是期望中的抵达之地，而是无边的荒芜。这种时候沮丧气馁统统无济于事，只有喘一口气，重新再来。

在上世纪八十年代，我以四篇小说作为毕业论文从大学毕业，工作之后又零星写了一些，随后就落入了一个茫然期。我就像穿越长长的隧道，眼前光线幽暗，不辨方向。我不是不想写，也不是没有感受，但总是不知从何下笔。那一段我也并没有停下写作，然而不管如何用力，写出来的东西苍白寡淡，没有滋味。至今我也没有弄清是什么原因，是换了地方，语言的方式改变了？抑或是到了新环境，熟悉的生活中断了？这个壅塞如一团乱麻的时期持续了将近十年。

我自己也没有想到，十年之后我会轻而易举地撬开坚冰。那时我随任到奥地利，住在三区稻米大街的新华社维也纳分社，出门走两三分钟就是著名的城市公园，这是各国游客来这个国家必到的顶流旅游景点，也是城市的繁华之地，但对我来说就像乡村郊野，在这里我没有工作，没有朋友，没有安放自我的途径，我经常一个人在公园的湖边漫步，无所事事地观看鸭子和天鹅，茫然无绪地聆听从远处传来的教堂钟声。我想，总是要找点事情做做吧。于是，在一个平淡如水毫无波澜的日子，我坐到了刚刚流行的电脑前，又写起了小说。

用写作来充填生活的寂寞对我肯定是不够的。回国之后，我在供职的《瞭望新闻周刊》主持编辑一个栏目名叫《心态录》，那是用第一人称采写的口述实录，用现在的话说就是"非虚构"。因为稿酬低廉，稿源稀缺，我不得不自己来写。我天南地北去了许多地方，见了许多人，写了许多稿件，回想起来，那一段生活对刚从国外回来的我冲击是相当大的。大约也是在那时候，我开始审视和反思自己的人生。某一天，当我看见窗外花园里小树上开着新鲜的花朵，福至心灵一般，我决定好好写作，用文学来让自己的内心和生命丰盈。

七

从那时至今，我一直在不间断地写作。在发表和出版的小说之外，我的电脑里还有长长短短不少未完成稿。有些写到了结尾，有些甚至已经改过不止一稿，但在我眼里它们没有达标，它们就像原木和树枝被丢在废弃的木料场上，可能永无面世之日。对我来说，它们成了练习曲，可能助力了我走向并获得别的作品。

写小说的每一天对我而言都是负重前行。我手上可能有一份字迹模糊难辨画得很差的地图，也可能连这样的一份地图都没有，迷路随时发生，跌倒也在所难免，有时可能完全无路可走。我在一篇文章里这样写道："写小说就像是到一个不知道的地方去寻找一件不知道的东西，所幸还找到了。"我没有说找不到的时候也很多，颗粒无收无功而返对于干这件事来说，一点也不新鲜。

我自己的体会，每一次写小说都是新砌炉灶，该挣扎还得挣扎，该崩溃照样崩溃，甚至不因经验的累积而熟能生巧。所以，当一个小说如愿完成，真的如同获得命运的馈赠。

八

《嵇康叔叔》这本小说集收录了我的11篇小说，这些小说写于2014年到2021年。在这八年间，我还写了五部长篇：《天使》《回声》《绿灯笼》《湖边》和《盛宴》。感觉中我一直在写长篇，似乎中短篇小说只是在长篇的间隙中写的。而实际并不是这样，我也连续写中短篇，然而长篇来了，我只得花更多的时间去承接那个更大的篇幅。从内心说，我喜欢中短篇和长篇不分高下，如果不快点写下来，它们同样很可能会消失，因此这些年我总是紧追急赶，步履匆匆。

我在《雷蒙德·卡佛访谈录》里读到，有位同行说卡佛能写出优秀短篇的原因是他不把最好的东西存下来留给长篇，这个说法令我大感有趣。确实，长篇要用更多的材料，想法、故事、人物、情节、情感、情绪等等用量远远超出中短篇，如果需要仓库来贮存，那自然必须用更大的仓库。但我好像倒是并没有把好材料留给长篇的偏心，甚至没有这样的心机，我完全凭直觉挑选材料，而且这样的挑选多半是蒙着眼睛，甚至是蒙着脑子的，和梦游差不多，选对是万幸，没选对那就只好推倒重来。

我会像多子女的父母一样摸着豆大的良心说自己的孩子个个喜欢，但我并不为这些作品感到骄傲，更谈不上飘飘然。写每一篇小说我都用尽力气，只是为了能够让自己没有担忧和羞愧的感觉。

九

我在一篇文章中写过：我的生活似乎是用小说来标记的。好像到了某个岁数之后，我就记不住每年的事情，但我记得哪年写了哪个小说。通过小说，我也能大略回忆起当时发生的事情，至少是小说加深了我对许多事情的记忆。

这本小说集中最早的小说写于2014年，一共有三篇：《情人节》《绿灯笼》和《旱河街的午后》。这一年是我生命和生活中重要的一年，写作顺利，去了很远的地方，结识了新友人，然而，我失去了母亲。

妈妈的离去带给我的创痛我从未说过，因为我不知道怎么说。我发现自己是把内心情感藏得很深的那种人，面对许多事情，尤其是面对创痛，我会假装什么事情也没有发生。我不倾诉，不痛哭，不宣泄，习惯自己默默消化。而小说却还是违背我的意愿，为我的内心做了见证。

在我妈妈走后一两个月，我写了短篇小说《旱河街的午后》。我写了整整一个月，没有停过，反反复复地写。到现在我也很难想象那么短的篇幅为什么要写那么长的时间。而且，那也不是我擅长的题材，甚至笔调都是我陌生的。小说写一个母亲和一个孩子，他们没有血缘关系，也不在一个家里生活，他们认识也纯属偶然，最后是妈妈丢下孩子走了，坐在街边马路牙子上痛哭的是妈妈，而孩子一滴眼泪也没有流。——直到现在我才意识到，那篇小说，是我内心深处的痛，是我没有流出来的泪。

我是后来才知道，小说不仅有文本的内容和意义，它其实还包含了作者的智慧、见识、才能、阅历甚至是弱点和缺陷。童年的遭遇和经历使我很早就体会到了恐惧、孤立、无助、沮丧、失望等等情绪，我变得敏感和脆弱。我在阅读前辈作家的传记时看到不少人也是因为童年的不幸和冷遇在文学中找到藏身之处，文学的力量让他们和这个世界建立起恰当的关系。我自己的体会是，文学犹如一双温暖有力的大手，在抚慰我们心灵的同时，也在我们面前建起一座与我们身处其间的现实世界息息相关交相辉映的更为宏大深邃的世界。这个虚构的世界，不仅让我们领略人间的丰富，也容纳我们的灵魂。

十

我们中国人凡事喜欢讲缘分，一本小说集哪些篇目放在一起，在我看来也是机缘凑巧。通常，写完的小说我很少或者不再去看，只有一个时候例外，就是在看清样的时候。我不知该说这是出于对文字的严格要求还是一个编辑的职业病，除了校对错别字，我还会订正一下文本的疏漏，再审视一遍逻辑是否自恰。也可以说这是我集中阅读自己小说的一个机会。

正是在看校样时，我有一个发现，简单说，我在这些小说里看见了岁月。

《梅子黄时雨》写了倪先生大半辈子的情感和生活经历；《黎先生和黎太太》写了一对海归夫妇的十年婚姻；《情人节》虽说写的只是发生在情人节一天里的事情，但主人公是一对离异的老夫妇，他们有七八十岁的年纪，曾在一起共同生活过几十年；《凤舞》写的是一个从小不受待见长大依然饱受冷落的女子的大半生；作为压轴的《嵇康叔叔》不仅写了嵇康叔叔的一生，还有他妻子的一生……似乎不管篇幅多大，我都想要在里面装进更多的时长。

其实时间的长短和小说的容载量之间并不存在正相关，小说是一瞬长于一百年的。我之所以选取了很长的时间跨度，完全是出于下意识。我想我大概是希望能在小说中多留下一些现实生活的痕迹吧。我深有感触，许多生活感受和人生经验无从表达，也没有机会表达，它们几乎在刹那间就被汹涌而来的生活潮水冲刷和淹没。好在，我们还有文学。文学能改变时间的方向和速度，能改变世界的维度。通过小说我们能倾心交谈，说说自己的心里话，说说在别处没法说的话，这是多么幸运和可贵。

2022 年 2 月 15 日

图书在版编目（CIP）数据

嵇康叔叔／程青著. -- 北京：作家出版社，2022. 6
ISBN 978-7-5212-1823-7

Ⅰ. ①嵇… Ⅱ. ①程… Ⅲ. ①中篇小说 – 小说集 – 中
国 – 当代 ②短篇小说 – 小说集 – 中国 – 当代 Ⅳ. ①I247.7

中国版本图书馆CIP数据核字（2022）第042594号

嵇康叔叔

作　　者：程　青
责任编辑：宋辰辰
装帧设计：意匠文化·丁奔亮
出版发行：作家出版社有限公司
社　　址：北京农展馆南里10号　　　邮　　编：100125
电话传真：86-10-65067186（发行中心及邮购部）
　　　　　86-10-65004079（总编室）
E-mail:zuojia@zuojia.net.cn
http://www.zuojiachubanshe.com
印　　刷：唐山嘉德印刷有限公司
成品尺寸：152×230
字　　数：374千
印　　张：29.25
版　　次：2022年6月第1版
印　　次：2022年6月第1次印刷
ISBN　978-7-5212-1823-7
定　　价：59.00元